U0038333

邱燮友 注譯

新譯唐詩三百首

三民書局

刊印古籍今注新譯叢書緣起

劉振強

人類歷史發展，每至偏執一端，往而不返的關頭，總有一股新興的反本運動繼起，要求回顧過往的源頭，從中汲取新生的創造力量。孔子所謂的述而不作，溫故知新，以及西方文藝復興所強調的再生精神，都體現了創造源頭這股日新不竭的力量。古典之所以重要，古籍之所以不可不讀，正在這層尋本與啟示的意義上。處於現代世界而倡言讀古書，並不是迷信傳統，更不是故步自封；而是當我們愈懂得聆聽來自根源的聲音，我們就愈懂得如何向歷史追問，也就愈能夠清醒正對當世的苦厄。要擴大心量，冥契古今心靈，會通宇宙精神，不能不由學會讀古書這一層根本的工夫做起。

基於這樣的想法，本局自草創以來，即懷著注譯傳統重要典籍的理想，由第一部的四書做起，希望藉由文字障礙的掃除，幫助有心的讀者，打開禁錮於古老話語中的豐沛寶藏。我們工作的原則是「兼取諸家，直注明解」。一方面熔鑄眾說，擇善而從；一方面也力求明白可喻，達到學術普及化的要求。叢書自陸續出刊以來，頗受各界的喜愛，使我們得到很大的鼓勵，也有信心繼續推廣這項工作。隨著海峽兩岸的交流，我們注譯的成員，也由臺灣各大學的教授，擴及大陸各有專長的學者。陣容的充實，使我們有更多的資源，整理更多樣化的古籍。兼採經、史、子、集四部的要典，重拾對通才器識的重視，將是我們進一步工作的目標。

古籍的注譯，固然是一件繁難的工作，但其實也只是整個工作的開端而已，最後的完成與意義的賦予，全賴讀者的閱讀與自得自證。我們期望這項工作能有助於為世界文化的未來匯流，注入一股源頭活水；也希望各界博雅君子不吝指正，讓我們的步伐能夠更堅穩地走下去。

新譯唐詩三百首　目次

五古樂府 67

卷二 七言古詩 83

七古樂府 187

卷二 五言律詩 236

卷四　七言律詩 350

七律樂府

卷五 五言絕句 442

五絕樂府 478

卷六 七言絕句 485

七絕樂府 550

附　錄

導讀

邱燮友

一、前言

唐代文學鼎盛，無論唐詩、古文，或是傳奇小說、敦煌變文、敦煌曲子詞等，都是非常出色而照耀千古的作品。探討唐代文學興盛的原因，與當時的政治、經濟、社會、教化、風俗等有關；加以外來文化的衝激，胡漢民族的融和，匯成了唐代文學壯麗的波瀾。尤其唐詩一項，更是傲視寰宇，表現了唐人的智慧和東方民族的異彩。就拿清朝康熙年間敕編的《全唐詩》來看，便收有兩千兩百餘家，約四萬八千餘首，詩人之多，遍及社會各階層人士，作品之富，遠超過以往任何時代。因此唐代文學，以詩為最盛，被世人譽為中國詩歌的黃金時代。

唐詩可愛，情采十足，寫幽情，如「深林人不知，明月來相照」，寫豪情，如「白日放歌須縱酒，青春作伴好還鄉」，寫綺情，如「春心莫共花爭發，一寸相思一寸灰」，這些千古絕唱的詩句，千年之下，猶能澄清思慮，撼人心魄，發現心靈世界無比的華麗和完美。

二、唐詩分期，賦予唐詩四季的風采

詩的本身，也具有生命。從周代的《詩經》，到唐代的詩歌，淵遠流長，而唐詩繼承了漢魏六朝的餘風，更開創了輝煌的生命，無論古體近體，樂府歌詩，五言七言，繁絃雜管，都有可傳誦觀賞的。同時，下開五代、兩宋的詩風，使我國詩歌淵遠流長，萬世不竭。

前人對唐詩的分期，便接納了宋嚴羽《滄浪詩話》的說法，把唐詩分為「初唐」、「盛唐」、「中唐」、「晚唐」四個時期。初唐的詩，唯美而豔麗，有六朝粉黛的餘習，但經初唐四傑的經營，展現新時代的氣象，高華的風骨；陳子昂的提倡復古載道，建安風骨，詩的領域從此拓寬。於是盛唐諸家的詩，如繁花盛開，便不侷於緣情綺靡的一途，有寫江山遼闊的、邊塞悲壯的詩，有寫山水秀麗的、田園淡泊的詩；林野放嘯，廊廟浩歌，禪慧如王維，浪漫如李白，寫實如杜甫，反映了唐人生活的面面觀。繼而中唐元稹、白居易的新樂府運動，啟開了平易近人的詩風，使唐詩再出現高潮；大曆十才子的努力，也拓展了個人抒寫情志的極致。晚唐唯美文風所扇，詩近纖巧，如杜牧、李商隱的綺靡小詩，也能絲絲入扣，動人心絃。

今人吳經熊博士著英文本《唐詩四季》一書，主張將唐詩分為春夏秋冬四季。他說：

我認為唐詩的境界有春夏秋冬四季之分。代表春季的，有初唐的一些詩人，以及王維和李白。代表夏季的，如杜甫，以及描述戰爭的一些詩人。代表秋季的，包括白居易、韓愈，以及和他們兩人常在一起吟唱的詩人。代表冬季的，如李商隱、杜牧、溫庭筠、許渾、韓偓，以及另外幾位次要的詩人。

雖然季節之間是互相連貫，不易劃分的，但就其全面來看，也是歷歷分明的。我不打算替這四季多作界說，只希望讀者們在親自度過這四季後，能和我心有戚戚焉。

這是經過一番深切的體會所悟出的道理，表面看來，與嚴羽的唐詩分期相似，其實，這是對唐詩重新點醒，賦予它新的生命。

三、歷代唐詩選本，各有千秋

由於唐詩的繁富，作家、作品之多，已超越前代。歷代唐詩的選本不少，重要的，有唐人選唐詩，流傳到今天的，尚有十種。這些選本的選取標準雖然各有不同，但總可以看出同時代人對同時代詩歌的一些看法和評價。最珍貴的，是敦煌石室發現的唐人寫本殘卷，其存者凡六家：即李昂、王昌齡、邱為、陶翰、李白、高適，共七十一首。除此之外，尚有無名氏的敦煌曲子詞，數量在千首以上。又如唐人令狐楚的《唐歌詩》，殷璠的《河嶽英靈集》，高仲武的《中興閒氣集》，韋穀的《才調集》等，其中以《才調集》所選詩最多，總一千首。

其後，宋代王安石的《唐百家詩選》，洪邁的《萬首唐人絕句詩》。明代李攀龍的《唐詩選》，高棅的《唐詩品彙》，陸時雍的《唐詩鏡》。清代王士禛的《唐賢三昧集》、《唐人萬首絕句選》、《十種唐詩選》，蘅塘退士的《唐詩三百首》，唐汝詢的《唐詩解》，沈德潛的《唐詩別裁》等，真是多如繁英，美不勝收。民國以來，更有高步瀛的《唐宋詩舉要》（其中包括宋詩），許文雨的《唐詩集解》。在這些選本中，也都能曲盡唐詩的精粹，籠括唐詩的精華。《全唐詩》太繁博了，因此這些選本自有它們存在和流傳的價值。

四、《唐詩三百首》編選的緣起

在古今的唐詩選本中，最膾炙人口的要算蘅塘退士的《唐詩三百首》了。

蘅塘退士是別號，從名字來看，像個隱者，他真正的姓名是孫洙，字臨西，江蘇無錫人。他生在清朝康熙年間，乾隆九年中舉，擔任過景山、上元縣府的官學教習，乾隆十九年進士及第，做過直隸山東的知縣，清廉高潔，不失書生本色。乾隆二十八年（西元一七六三）春，他與妻子徐蘭英互相商榷，編成《唐詩三百首》。儘管他的一生，官職不顯，但他編選的《唐詩三百首》，卻頗負盛名，風行海內外。此外還著有《蘅塘漫稿》。

蘅塘退士處在清代詩學興盛的時代，當時王士禛倡「神韻說」，繼而袁枚倡「性靈說」，翁方綱、趙執信、沈德潛等倡「格律說」。他編選唐詩，便融會了三派不同的意見，而大抵以格律說為間架，兼論神韻和性靈。他在〈唐詩三百首題辭〉中說：

世俗兒童就學，即授《千家詩》。取其易於成誦，故流傳不廢。但其詩隨手掇拾，工拙莫辨；且止七言律絕二體；而唐、宋人又雜出其間，殊乖體製。因專就唐詩中膾炙人口之作，擇其尤要者，每體均數十首，共三百餘首，錄成一編，為家塾課本，俾童而習之，白首亦莫能廢。較《千家詩》不遠勝耶？諺云：「熟讀唐詩三百首，不會吟詩也會吟。」請以是編驗之。

他因不滿《千家詩》的「隨手掇拾，工拙莫辨」，又只收絕律兩種，唐宋人的詩混雜一起，因此引起他編選該書的動機。書成時，仿照《詩經》的篇數，並取當時的諺語所云，稱為《唐詩三百首》。

五、《唐詩三百首》內容介紹

清代蘅塘退士（孫洙）編選的《唐詩三百首》，是一部流傳頗為廣遠的唐詩選集。它選詩的範圍相當廣闊，所選的詩也具代表性，這是它為歷來讀者所喜愛的緣故。

《唐詩三百首》，六卷，書成於乾隆二十九年（西元一七六四），共選錄唐七十七位作家（包括無名氏兩人）的詩篇三百一十首。是書分體編排，今原刻本已不得見，所見的是道光十五年（西元一八三五）章燮的注疏本。大抵章注本仍保留原刻本的規模，只是增選了十一首，合計為三百二十一首。即五言古詩三十五首，五古樂府十一首，七言古詩二十八首，七古樂府十六首，五言律詩八十首，七言律詩五十三首，七律樂府一首，五言絕句二十九首，五絕樂府八首，七言絕句五十一首，七絕樂府九首。章氏所增列的，為張九齡〈感遇〉兩首，李白〈子夜四時歌〉三首、〈長干行〉一首（本書將增列的〈憶妾深閨裡〉一首刪除，因非李白所作）、〈行路難〉兩首，杜甫〈詠懷古跡〉三首。這些只是將原詩的篇數補足，並沒有增列作者和詩題。其中古詩和樂府詩約占三分之一，近體詩約占三分之二。

此書攝取了《千家詩》易於成誦的優點，入選作品多為名家的名篇，且多通俗易解。所選七十七家中，包括帝王、官員、僧人、歌女、文士等，範圍較廣。其中作品入選最多的要算杜甫，共三十九首，可知編者最愛杜詩，其次是李白共三十四首，王維共二十九首，其次是李商隱共二十四首，孟浩然、韋應物、杜牧等人也都在十首以上，章氏所增的不計在內。編者又能照應到一些中小作家的名作，如王灣的〈次北固山下〉，崔顥的〈黃鶴樓〉等。

從以上的統計，可知蘅塘退士選詩的標準，就詩體而言，兼及各體，包括古體、近體、樂府三類，然以近體為多。就詩家而言，以杜甫、李白、王維、李商隱四家詩為最多，其他唐詩四期的作家，也能分配均勻，不失大體。就內容而言，無論紀行、詠懷、送別、贈答、登高、懷古、邊塞、閨怨、詠物、宮體、豔情，都能選出各類的代表作。

蘅塘退士的《唐詩三百首》，確能選出唐人最好的詩，又能做到雅俗共賞的地步，所以這是一部通俗而流傳極廣的詩集，難怪朱自清在〈唐詩三百首讀法指導〉一文中，特別推崇它，而視為一般人陶冶性情所必讀的書籍。

今將《唐詩三百首》所編選的詩家和篇數與《全唐詩》所收錄的詩家和篇數，作對照表，附錄於文後，以供參考。

六、《唐詩三百首》版本的流傳

讀《老殘遊記》第七章〈借箸代籌一縣策，納楹閒訪百城書〉，文中提到老殘曾在同治年間（西元一八六二——一八七四），到東昌府（今山東省聊城縣）一家小書店，問掌櫃此地暢銷的是那些書籍，掌櫃的說：

> 這裡《崇辦堂墨選》、《目耕齋初二三集》，再古的還有那《八銘塾鈔》呢，這都是講五經學問的。要是講雜學的，還有《古唐詩合解》、《唐詩三百首》。再要高古點，還有《古文釋義》。

從這裡可以知道清朝科舉時代，四書五經之類的書，是一般士子必讀的，其次便是《古唐詩合解》、《唐詩三百首》了。接著掌櫃的又說：

> 所有方圓二三百里學堂裡用的「三百千千」，都是小號裡販得去的，一年要銷上萬本呢！

這裡所說的暢銷書，有「三百千千」等四種，「三」是指《三字經》，「百」是指《百家姓》，「千千」是指《千字文》和《千家詩》，這四種算是童蒙的讀物。

《千家詩》是南宋劉克莊編選的一本詩集，自此以後，成為兒童必讀的課本，也是詩學入門的第一本書。蘅塘退士有感於《千家詩》選唐宋詩過於雜錯，加以只選近體詩，不夠完備，於是才和妻子徐蘭英共同編選《唐詩三百首》，除了供童蒙家塾課本之用外，也可以作成年人終身吟誦不廢的詩集。沒想到《唐詩三百首》自乾隆二十九年成書以來，一直風行至今。

此書面世以來，流傳版本甚多。原刻本除有題辭外，又有注釋和評點。今就較完備的注疏本，簡介於後：

(一)《唐詩三百首注疏》　六卷，清蘅塘退士編，章燮注疏。道光十五年（西元一八三五）常州宛委山莊原刻本，後又有翻刻本，翻刻本附有金壇余慶元《續選唐詩三百首》。此外尚有古香書屋的翻刻本。章氏的注疏本，以蘅塘退士《唐詩三百首》為底本，又增補詩若干首，使總數達三百二十一首。其注李白詩多用王琦注，注杜甫詩多用仇兆鰲注，同時兼採他注，有總解的則附於最後。此書注疏詳細，引證繁富。臺北蘭臺書局民國五十八年有影印本。

(二)《唐詩三百首補注》 八卷，清蘅塘退士編，陳婉俊注，道光十一年（西元一八三一）餐花閣原刻本，四藤吟社復刻本。文學古籍刊行社編輯部於一九五六年，據四藤吟社本加以斷句排印。另有中華書局排印本。婉俊係桐城李鏡緣之妻，常以蘅塘退士《唐詩三百首》授之胞弟。她的補注簡明扼要，只注事，不釋義，間或引證宋、元、明人的評論，附有詩人小傳。

(三)《唐詩三百首詳析》 清蘅塘退士編，今人俞守真編著，中華書局一九四八年出版，一九五七年重印刊行。

(四)《唐詩三百首續選》 原名《續選唐詩三百首》，清余慶元選編。此書原有道光十五年（西元一八三五）希文堂刊本，道光十七年（西元一八三七）經濟堂刊本，道光十七年粵東集益堂校刊本。蔡義江、盧炘校點，浙江古籍出版社一九八八年出版。

七、新編本書的特色

我對《唐詩三百首》所做的工作，仍以整理古籍的方式，希望透過新的處理後，能增加該書的可讀性。同時以今人研究文學的觀點，給予唐詩新的評價，名之為《新譯唐詩三百首》。

本書所採用的版本，依章注本《唐詩三百首》的篇次，再跟《全唐詩》和《四部叢刊》本，就所選的詩，逐次校訂。因坊間傳刻的本子，流傳既久，不免有舛誤的地方，今取各種版本的優點，以恢復原詩的面目。如遇詩中用字不同時，在注釋上用「一作某」以區別。同時每首詩加注音，新式標點，長詩分章節，使它適合現代人閱讀朗誦之用。由於國音中沒有入聲，而詩中的入聲字，一概作為仄聲，在詩律或吟讀上，自有其重要性，因此詩中遇有入聲字，在注音旁加一黑點，以便識別。

此外，在每一種詩體前，概要地介紹該體的淵源、韻律和作法，供初學者明瞭詩體的流變，相互間的差異。然後在每首詩中，再分「作者」、「韻律」、「注釋」、「語譯」、「賞析」等項，加以剖析，使讀者涵泳其間，不因時代的久遠，語言、文字的障礙，也能心領意會，感悟其中的情意，明辨各體詩的作法，以期收到事半功倍的效果。

古人讀書，對重要的經典，都加以背誦，尤其是詩辭歌賦之類的作品，更容易琅琅上口，反覆吟誦。今人為提高國文程度，惟有從背誦經典入手，這是古今講究讀書效果的最佳捷徑。《唐詩三百首》不僅是古代人的讀物，也是現代人接受唐詩陶冶必讀的典籍，它代表了中國人的智慧和情采，讓世人如薪火般傳誦不絕。如今已有不少家長和中小學教師，指定此書為中小學生課外必讀的書籍。其實它不但是青少年的優良讀物，也是成年人終身諷誦的好書。

八、結論

詩可以陶冶性情，啟迪人生。一首好詩，有如一座華麗無比的宮殿，有如一顆光芒四射、多面的鑽石，使人吟誦留連，讚賞不止。詩的本身，是濃縮的語言，最精巧的構思，含有極高度情意的結晶。詩人慣用象徵、暗示的手法，表現心靈中優美的情韻和意境，於是詩中常有絃外之音，情景交融，一語雙關的現象，這是在傳譯上，最不容易傳神，也最容易失去原有情韻的地方。儘管如此，本書在語譯方面，竭力維護原詩的情意，不足之處，在注釋或賞析中，再加以補救，以期忠實地表達原詩的本真，展現原作美好的境界。因此，當讀者瞭解一首詩後，不妨多加諷誦，以體會唐詩美妙的所在，領悟詩人至真至善的情操和意境。

本書於民國六十二年承黃坤堯、顏崑陽學弟的協助，幫忙校對勘誤，黃、顏二學弟也素愛詩歌，稿成後，加以推敲，務期達到完美的境地。並承戴明坤學弟加以注音，標示入聲字（字右加有黑點者），深所感激，特致謝意。由於是書印行已久，並得廣大讀者的喜愛，今重新修訂，以期以繭蛹的蛻變，化成美麗的蝴蝶。

民國八十八年三月修訂

附錄

《唐詩三百首》與《全唐詩》中所見作者詩篇一覽表

序號	作者	《唐詩三百首》詩篇數	《全唐詩》詩篇數	《全唐詩》卷數
1	張九齡	五首	二一五首	卷四七~四九
2	李白	三四首	九九九首	卷一六一~一八五
3	杜甫	三九首	一四六三首	卷二一六~二三四
4	王維	二九首	三八四首	卷一二五~一二八
5	孟浩然	一五首	二六六首	卷一五九~一六〇
6	王昌齡	八首	一八二首	卷一四〇~一四三
7	邱為	一首	一三首	卷一二九
8	綦毋潛	一首	二六首	卷一三五
9	常建	二首	五八首	卷一四四
10	岑參	七首	四〇〇首	卷一九八~二〇一
11	元結	二首	九八首	卷二四〇~二四一
12	韋應物	一二首	五六四首	卷一八六~一九五

13	柳宗元	五首	一六〇首	卷三五〇～三五三
14	孟郊	二首	四九七首	卷三七二～三八一
15	陳子昂	一首	一二八首	卷八三～八四
16	李頎	七首	一二四首	卷一三二～一三四
17	韓愈	四首	三九六首	卷三三六～三四五
18	白居易	六首	二八五二首	卷四二〇～四六二
19	李商隱	二四首	五九三首	卷五三九～五四一
20	高適	二首	二四二首	卷二一一～二一四
21	唐玄宗	一首	六三首	卷三
22	王勃	一首	八九首	卷五五～五六
23	駱賓王	一首	一二八首	卷七七～七九
24	杜審言	一首	四三首	卷六二
25	沈佺期	二首	一五七首	卷九五～九七
26	宋之問	一首	一九六首	卷五一～五三
27	王灣	一首	一〇首	卷一一五
28	劉長卿	一一首	五〇六首	卷一四七～一五一
29	錢起	三首	五三二首	卷二三六～二三九
30	韓翃	三首	一六四首	卷二四三～二四五
31	劉眘虛	一首	一五首	卷二五六

32	戴叔倫	一首	二九九首	卷二七三～二七四
33	李益	三首	一六五首	卷二八二～二八三
34	盧綸	六首	三三〇首	卷二七六～二八〇
35	司空曙	三首	一七五首	卷二九二～二九三
36	劉禹錫	四首	七九二首	卷三五四～三六五
37	張籍	一首	四五〇首	卷三八二～三八六
38	杜牧	一〇首	五二五首	卷五二〇～五二七
39	許渾	二首	五二八首	卷五二八～五三八
40	溫庭筠	四首	三五五首	卷五七五～五八三
41	馬戴	二首	一七三首	卷五五五～五五六
42	張喬	一首	一七一首	卷六三八～六三九
43	崔塗	二首	一〇一首	卷六七九
44	杜荀鶴	一首	三二六首	卷六九一～六九三
45	韋莊	二首	三一九首	卷六九五～七〇〇
46	僧皎然	一首	四八一首	卷八一五～八二一
47	崔顥	四首	三九首	卷一三〇
48	祖詠	二首	三五首	卷一三一
49	崔曙	一首	一五首	卷一五五
50	皇甫冉	一首	二三四首	卷二四九～二五〇

51	元稹	四首	八〇二首	卷三九六～四二三
52	薛逢	一首	九一首	卷五四八
53	秦韜玉	一首	三六首	卷六七〇
54	裴迪	一首	二九首	卷一二九
55	王之渙	二首	四首	卷二五三
56	李端	一首	二五七首	卷二八四～二八六
57	王建	一首	五一四首	卷二九七～三〇二
58	權德輿	一首	三八二首	卷三二〇～三二九
59	張祜	五首	三四九首	卷五一〇～五一一
60	賈島	一首	四〇三首	卷五七一～五七四
61	李頻	一首	二〇五首	卷五八七～五八九
62	金昌緒	一首	一首	卷七六八
63	西鄙人	一首	一首	卷七八四
64	賀知章	一首	一九首	卷一一二
65	張旭	一首	六首	卷一一七
66	王翰	一首	一四首	卷一五六
67	張繼	一首	四七首	卷二四二
68	劉方平	二首	二六首	卷二五一
69	柳中庸	一首	一三首	卷二五七

70	顧　況	一首	二三四首	卷二六四～二六七
71	朱慶餘	二首	一七七首	卷五一四～五一五
72	鄭　畋	一首	一六首	卷五五七
73	韓　偓	一首	三三八首	卷六八〇～六八三
74	陳　陶	一首	一七一首	卷七四五～七四六
75	張　泌	一首	一九首	卷七四二
76	杜秋娘	一首		
77	無名氏	〈雜詩〉一首		

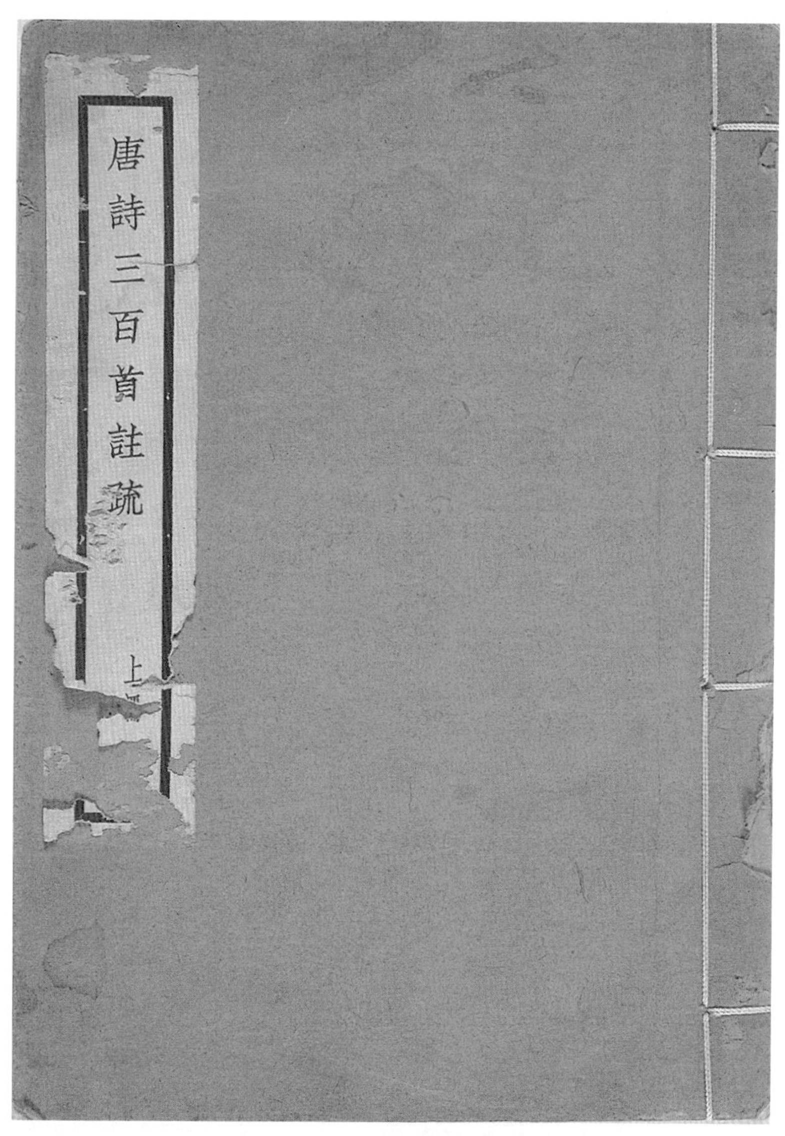

清乾隆二十八年（西元一七六三）孫洙編《唐詩三百首》，道光十五年（西元一八三五）章燮注疏本，古香書屋重印本封面。

目錄

章燮注疏本，古香書屋重印本目錄頁。

唐詩三百首註疏卷上

蘅塘退士手編　建德雲仙氏章　燮象德註

仁和孫孝根先生校正

五言古詩

感遇四首 王堯衢曰感思也思其有幸遭遇一云感之於心寓之於目發於中而寄於言如莊子寓言之類是也　感遇詩十有餘篇今從三百錄其二又從合解選其二王堯衢云以見其寄托之遠洗華從璞自具初唐之骨　張九齡

孤鴻海上來池潢不敢顧側見雙翠鳥巢在三珠樹 一解 王堯衢註是時牛李在朝九齡罷相故托為孤鴻之詞以自比潢積水池也不敢顧畏之也側見不敢正視也雙翠鳥巢於珠樹比二小人居美位指李林甫牛仙客也翠鳥產南粵三珠樹在厭火國北生赤水上其樹如柏葉皆為珠 矯矯珍木巔得無金丸懼美服患人指高明逼神惡 二解 言小人專高位毫無忌憚也矯矯珍木之巔極危之處也翠鳥專而居之得無懼金丸之彈乎彼美服者尚憂人指處高明者恐逼神惡則小人專美位而能久享乎 今我遊冥冥弋者何所慕 三解 仍合孤鴻句有鳥自高飛羅當奈何之意

章燮注疏本，古香書屋重印本內頁。

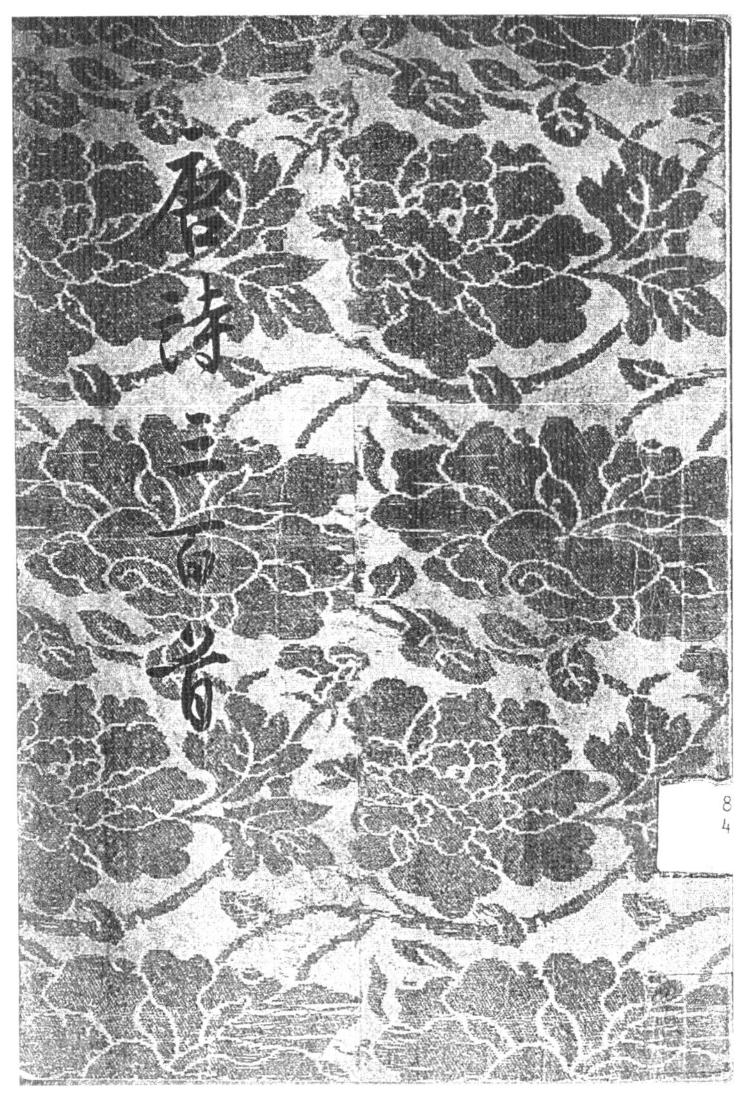

清孫洙編《唐詩三百首》，道光十一年（西元一八三一）陳婉俊補注本，一九五六年文學古籍刊行社重印封面。

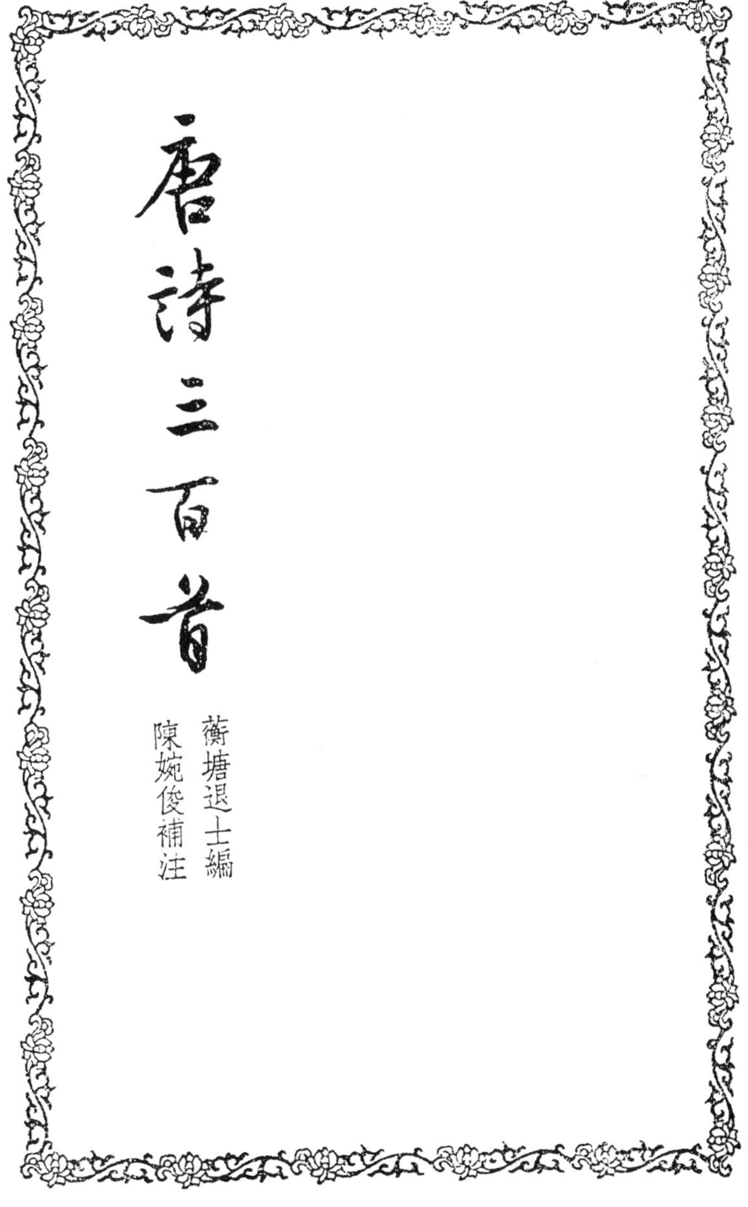

陳婉俊補注本，一九五六年文學古籍刊行社重印扉頁。

唐詩三百首、爲蘅塘退士定本、風行海內、幾至家置一編、惜箋註太疏、讀者病之。上元陳伯英女史、手輯補註八卷、字梳句櫛、攷覈精嚴、能令讀者不假祭獺而坐獲食蹠、津逮初學、功匪淺鮮。第其書版藏李氏餐花閣中、坊間罕有其本、所以沾丐士林者恐未能徧也。爰取其書、重加釐訂、付之手民、以廣其傳。書中體例、悉仍其舊。惟少陵詠懷古蹟詩本五首、蘅塘止錄其二、不免絓漏、今刻仍爲補入、俾讀者得窺全豹。註則悉依杜詩鏡詮、未敢竄易一字焉。刻成、悉心讐校、尚無淮雨別風之謬、較餐花閣本似更精緻云。

光緒十一年仲夏月中浣四藤吟社主人識

唐詩三百首　序　一

陳婉俊補注本，一九五六年文學古籍刊行社重印本序文。

上元伯英女史、余外孫李鏡緣世芬內也、爲陳叔良觀察女。幼聰慧、喜讀書、叔良鍾愛之、相依綦嚴。適余姪倩李仲甫、以其尊人海颿先生官西蜀、僑寓金陵、因得爲鏡緣締婚焉。余時權兩淮鹺政、會晉省、得悉良緣、知女史爲閨中之秀、然不意其能著述也。越數載、女史來歸鏡緣、余已移官海外。寓書問訊、於郵筒中獲睹女史詩詞、爲欣賞者久之。迨余左遷西蜀、道出里門、鏡緣亦歸里、見其案頭有補註唐詩、詢知爲伯英女史所輯、考核援引、俱能精當、殆所謂讀書難字過者歟。屬付棗梨、津逮初學。鏡緣則遜謝不遑、爲不欲爲詅癡符比也。余謂不然、自古註書、得之閨閣者恆鮮、而精當尤難、茲所補註、倩梓人傳之、亦一時佳話也。余老矣、且遠處西陲、是刻之成、尤以先覩爲快、鏡緣誌之。其終踐余言、是則老人之殷盼也夫。

道光二十四年嘉平月石甫老人姚瑩書

陳婉俊補注本，一九五六年文學古籍刊行社重印本序文。

蘅塘退士原序

世俗兒童就學、卽授千家詩、取其易於成誦、故流傳不廢。但其詩隨手掇拾、工拙莫辨、且止五七律絕二體、而唐宋人又雜出其間、殊乖體製。因專就唐詩中膾炙人口之作、擇其尤要者、每體得數十首、共三百餘首、錄成一編、爲家塾課本、俾童而習之、白首亦莫能廢、較千家詩不遠勝耶。諺云、熟讀唐詩三百首、不會吟詩也會吟。請以是編驗之。

陳婉俊補注本，一九五六年文學古籍刊行社重印本蘅塘退士原序。

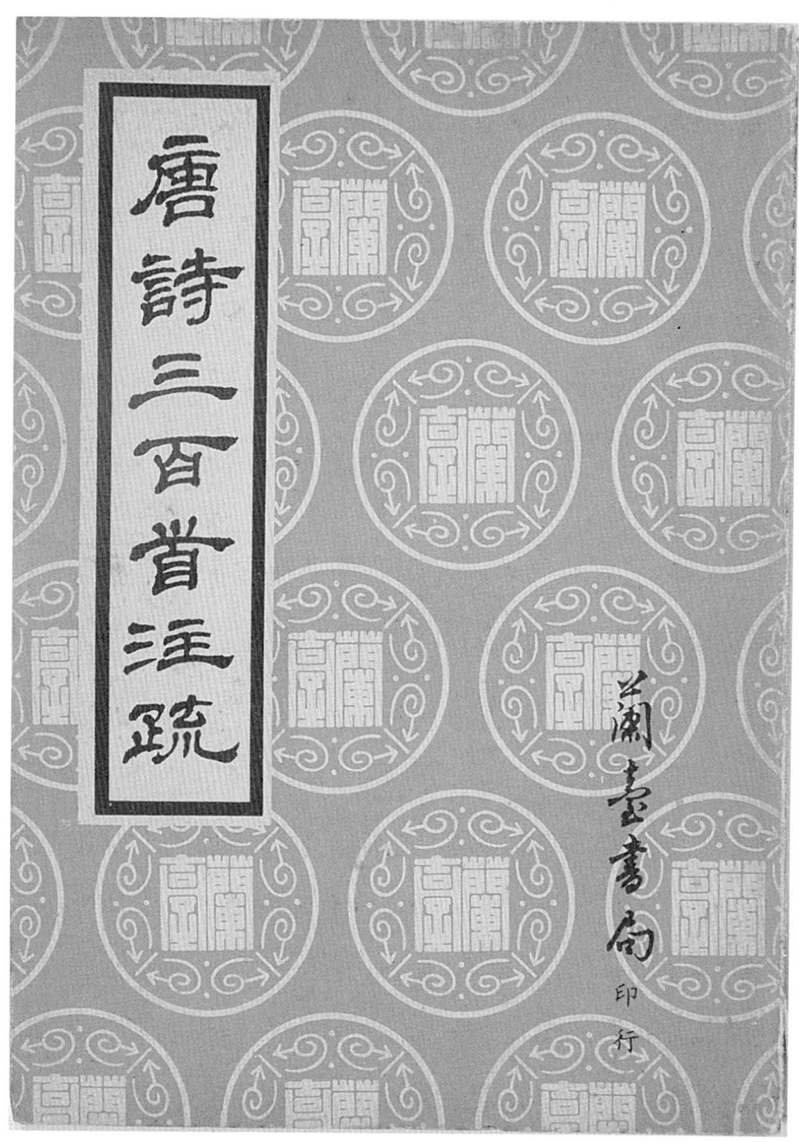

清孫洙編《唐詩三百首》，章燮注疏本，一九六九年蘭臺書局重印本封面。

衡塘退士選輯

清 章燮注疏

孫孝根校正

唐詩三百首注疏

蘭臺書局印行

章燮注疏本，一九六九年蘭臺書局重印本扉頁。

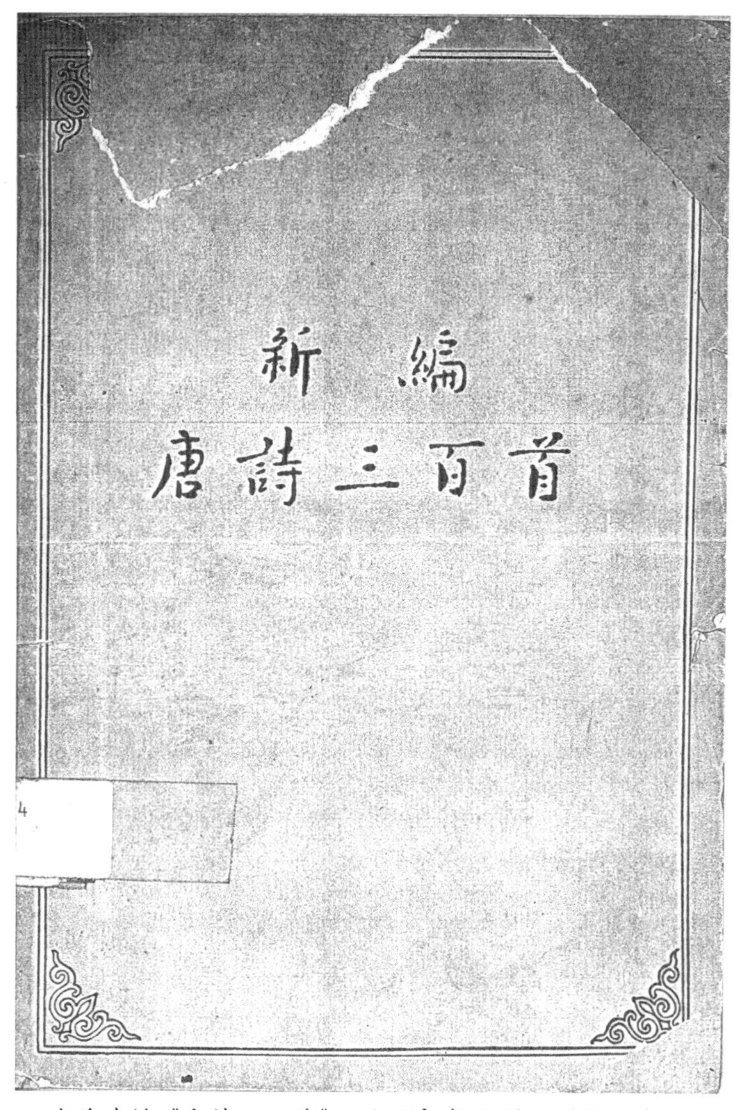

清孫洙編《唐詩三百首》，民國初年民間坊間仿刻本。

卷一

五言古詩

五言古詩，簡稱「五古」，是每句五字的古詩。所謂「古詩」，是依照古代詩人寫詩的方式，只要用韻，不講平仄的一種詩體。古詩又名「古體詩」，與唐代流行的「近體詩」相對待。近體詩包括「絕句」和「律詩」，講究平仄，因此古詩異於絕律。

古詩起源於兩漢，《文心雕龍‧明詩篇》云：「古詩佳麗，或稱枚叔。」這裡所說的古詩，是指「古詩十九首」，叔是枚乘的字，劉勰認為古詩十九首有些是漢代枚乘所作的。蕭統的《文選》視古詩十九首為無名氏所作。其後，像李陵蘇武的贈答詩，建安、正始、太康、永嘉、義熙、元嘉、永明等漢魏六朝人的詩，都是古詩的體製。唐以後，詩人不放棄古人作詩的韻律，稱之為古詩。這種詩體，仍為後人所樂用。

古詩有四種：有四個字一句的四言古詩，有五個字一句的五言古詩，有七個字一句的七言古詩，有字數不定的雜言古詩。通常詩人所寫的是五言和七言兩種。

古詩的作法，在句式上，每篇沒有定句，長短視內容而定：有四句為一首的，如陳子昂的〈登幽州臺歌〉便是；有六句為一首的，如孟郊的〈遊子吟〉便是；有八句為一首的，如杜甫的〈望嶽〉便是；有十句為一首的，如王維的〈渭川田家〉便是；以至十幾句，數十句的長詩，如李白的〈長干行〉、白居易的〈長恨歌〉便是。長篇的古詩，大抵以四句一組為原則，結束時，多為雙數句。

其次，在平仄上，古詩用字，本來不講求平仄，只要隨興而發，聲調自然便可。但後代詩家，認為古詩也有平仄可論。首先讓我們瞭解什麼是「平仄」，然後再討論古詩的平仄。

所謂平仄，是我國文字有四聲的分別，古人在詩文中講求四聲，最早起於梁代沈約的「聲律說」。他在《宋書・謝靈運傳論》中說：「欲使宮羽相變，低昂舛節，若前有浮聲，則後須切響，一簡之內，音韻盡殊，兩句之中，輕重悉異，妙達此旨，始可言文。」所謂「宮羽相變，低昂舛節」，便是聲調的變化，「浮聲」是指平聲，而「切響」便是指仄聲。四聲包括平、上、去、入四種聲調，平聲調的字為平聲，上、去、入三種聲調的字為仄聲。前人對四聲的解釋，多引明代和尚真空的〈玉鑰匙歌訣〉：「平聲平道莫低昂，上聲高呼猛烈強；去聲分明哀遠道，入聲短促急收藏。」古人便舉「天、子、聖、哲」四字代表四聲。今人不妨舉四種水果為例：「梨子」，聲調平直，是平聲。「李子」，聲調往上提，是上聲；「荔枝」，聲調往遠處送，是去聲；「栗子」，聲調不拉長，末尾急收，是入聲。如果以今人的國音聲調來區分詩詞中的平仄，大抵陰平陽平的字是平聲，上聲去聲的字是仄聲。但也有例外的，國音中沒有入聲字，而舊詩詞的入聲字是很重要的，不可忽視，如今詩詞中的入聲字，都分散在國音的四聲中。如「國」字，本是入聲職韻，國音讀成ㄍㄨㄛˊ，陽平；又如「綠」字，本是入聲沃韻，國音讀成ㄌㄨˋ，去聲。像這類入聲字，依然是仄聲，所以今人要明瞭入聲字，只好查閱韻書了。

古詩平仄論，始於清人王士禎的《師友詩傳錄》及《漁洋詩話》，其後有趙執信的《聲調譜》，翁方綱的《古詩平仄論》，李鍈的《詩法易簡錄》，以及董文渙的《聲調四譜圖說》。翁方綱在《古詩平仄論・序》上說：「詩家為古詩無弗諧平仄者，無弗諧則無所事論已。古詩平仄之有論也，自漁洋先生始也。夫詩有家數焉，有體格焉，有音節焉，是三者常相因也。」依前數家的理論，可歸納為下列幾項規則：

㈠古詩的平仄，不宜入律。換句話說，古詩用字，要避免與律句的平仄相同，不論五古或七古，在兩句一聯中，不得與律詩的平仄相同。例如：「時見歸村人，沙行渡頭歇。」這聯的平仄是「平仄平平平，平平仄平仄」，便不入律。如「日夕懷空意，人誰感至精」，這聯的平仄是「仄仄平平仄，平平仄仄平」，與五言律詩的平仄相同，便是入律了。

㈡出句平仄入律，對句便宜避免入律；同樣地，對句入律，出句便宜避免入律。所謂出句、對句，是把詩中的每兩句視為一聯，每聯的第一句為出句，第二句為對句。例如：「雖無賓主意，頗得清淨理。」出句「平平平仄仄」便入律，對句「仄仄平仄仄」便不入律。又如：「明日隔山岳，世事兩茫茫。」對句「仄仄仄平平」入律，出句「平仄仄平仄」便不入律。

㈢古詩中多用「三平調」。古詩的聲調，無論五言或七言，總以每句的下三字為主，如下三字連用平聲，便是三平調，這在押平聲韻的古詩裡，三平調尤其是普遍地被運用。因為古詩腹節的下字，即五言的第三字，七言的第五字，是音調關鍵的所在，如果是用平聲韻的律詩，腹節下字必定是仄聲；相反地，如用仄聲韻，腹節的下字必是平聲。所以為了避免入律，古詩中用平聲韻的詩，五言的第三字，七言的第五字用平聲，這樣的句子，便不會入律。同樣三平調的句子，也不可能入律，而古詩多用三平調，原因也就在此。例如：「誰言寸草心，報得三春暉。」三春暉便是「平平平」，這就是三平調。

㈣古詩中宜少用五平或七平句，但五仄或七仄句，倒是常見。因為五平句在聲調上平板，缺少變化，古人稱之為「落調」。而五仄句就不同，仄聲中還有上、去、入的變化。例如：「江湖多風波，舟楫恐失墜。」出句「江湖多風波」，便是五平句，這種句式是「落調」，尤其盛唐以後的詩人絕不會在對句上出現五平句。假如在出句上用五平，那麼便在對句上用五仄或四仄以補救。像對句「舟楫恐失墜」，便是「平仄仄仄仄」，連用四仄字來補救。又如：「月既不解飲，影徒隨我身。」出句「月既不解飲」，是屬於五仄句，其中尚有「入去入上上」的變化。所以五仄或七仄句，是古詩中常用的現象。

㈤古詩中不怕「孤平」的現象，因為有孤平的句子，絕不會入律。但在律詩中，最忌孤平，也就是要合乎「平聲不可令單」的原則，孤平而不救，便是詩家所謂的犯律。在古詩中正好相反，孤平的現象反而普遍地使用。例如：「爾輩苦無恃，撫念益慈柔。」出句作「仄仄仄平仄」，「無」字便是孤平，但對句並沒有去救孤平。

其次，在用韻上，古詩用韻，較近體詩為自由，近體詩用韻，只限本韻，不能通押，而古詩用韻，有通押的現象，而且其間尚可以換韻，不必一韻到底。所謂用韻，是指詩歌在雙句的末字上，使用韻母相同的字，使誦讀時，產生音韻和諧的美。今將古詩通押的現象，依《詩韻集成》

的韻目，僅就平聲的三十個韻目，分成十一組通押：

一、一東　二冬　三江
二、四支　五微　八齊　九佳　十灰
三、六魚　七虞
四、十一真　十二文
五、十三元　十四寒　十五刪　一先
六、二蕭　三肴　四豪
七、五歌　六麻
八、七陽
九、八庚　九青　十蒸
十、十一尤
十一、十二侵　十三覃　十四鹽　十五咸

至於上聲、去聲的韻目，可依平聲韻的用法類推，例如平聲的「東」韻，上聲就是「董」韻，去聲就是「送」韻，各自成系統，互不交雜。入聲韻可通押的韻目，可分成三組：

一、一屋　二沃　三覺　十藥
二、四質　五物　六月　七曷　八黠　九屑
三、十一陌　十二錫　十三職　十四緝
　　十五合　十六葉　十七洽

總之：古詩的韻律，是約定俗成的規則，有些也會因時代的不同而有所出入，它的效用，在增加聲調上的悅耳。讀詩除了從家數、體格、音節入手外，更應重視詩的內涵，如詩情、詩意、詩境的尋求，明瞭形象、意象的結合，以達情景交融的境界，才是詩歌精粹的所在。進而探討詩中的趣味，包括情趣、畫趣、理趣、諧趣、拙趣、禪趣和童趣等，尋繹其中的言外之音，以明言有盡而意無窮的道理，甚至悟出詩中禪境和化境一致的奧妙，這樣才是得詩家的三昧。

1　感遇　四首其一

張九齡

孤鴻海上來，池潢❶不敢顧。側見雙翠鳥❷，巢在三珠樹❸。

矯矯❹珍木巔，得無金丸❺懼？美服患人指，高明逼神惡❻。

今我遊冥冥，弋者❼何所慕❽？

【作者】張九齡（西元六七三——七四〇），字子壽，韶州曲江（今廣東韶關）人。唐玄宗時，得張說的舉薦，任集賢院學士，後拜中書侍郎。開元二十一年遷中書令，任右丞相。二十四年因極言直諫，遭李林甫的讒謗，貶為荊州長史，不久即歸故里，作〈感遇〉詩，以抒己志。開元二十八年卒，享年六十八。後人稱他為曲江公。著有《曲江張先生文集》。

【韻律】這是一首詠物感發的詩，借物比興，有言外之音。全詩用去聲七遇韻，一韻到底，韻腳是：顧、樹、懼、惡、慕。

【注釋】❶池潢　即池塘。❷雙翠鳥　一對翠鳥。翠鳥，又名魚狗，善捕魚，背有翠綠的羽毛。在此喻李林甫和牛仙客兩個小人。❸三珠樹　樹名，見《山海經》。形似柏，葉上有珠，是古代神話中的樹。❹矯矯　高危貌。❺金丸　打鳥的彈丸。❻美服患人指二句　喻奢縱驕慣，會遭致害。諺云：「千人所指，無病而死；高明之家，鬼瞰其室。」❼弋者　打鳥的人。❽慕　一作篡。取也。

【語　譯】孤鴻從海上飛來，不敢看下面的池塘；側眼便可瞥見一雙翠鳥，築巢在三珠樹上。牠們棲息在高危的珍木上，能不怕打鳥的彈丸嗎？那些穿著華麗的人，尚且怕遭到別人的指摘；居高位的人，也害怕遭到鬼神的憎惡。如今我像是一隻孤獨的鴻鳥，高遊在廣漠的天空，打鳥的人，又將怎樣獵得我呢？

【賞　析】張九齡的〈感遇〉詩，共十二首，蘅塘退士編《唐詩三百首》，只選錄兩首，今從章燮注疏本增至四首。所謂感遇，是回憶過去的遭遇，然後有所感發的意思。

本詩共十句，隔句用韻，全詩詠物，用比喻的手法寫成。當時張九齡已罷相，而李林甫、牛仙客在朝，所以詩中以「孤鴻」自比，與「雙翠鳥」做為強烈的對比。翠鳥築巢在池塘邊的珍木上，難道不畏彈丸嗎？然而孤鴻高飛冥冥，卻可逍遙自得，忘卻人間的是非得失。以「美服患人指，高明逼神惡」句，諷小人居高位，又怎能長久呢？語含說理與勸誡，得詩人溫柔敦厚的意旨。結尾以孤鴻作結，以應首句。

清黃子高《粵詩搜逸》云：「昔之選粵詩，有《嶺南文獻》，《續嶺南文獻》，《廣東文選》，然三書不皆專於詩也。專於詩者，《嶺南五朝詩選》，《廣東詩粹》，《廣東詩海》，大抵以廣收並蓄，表揚前哲為主。顧每觀各選，俱首曲江（即張九齡），一似曲江以前無詩者。」《唐詩三百首》也以曲江詩為首，豈是暗合？

2　其二

蘭葉春葳蕤❶，桂華秋皎潔❷；欣欣此生意，自爾❸為佳節。
誰知林棲者❹，聞風坐相悅。「草木有本心，何求美人折❺？」

【韻律】「蘭葉春葳蕤，桂華秋皎潔」為對仗句，古詩對仗，以不入律為佳。「春葳蕤」為三平調，用三平調或三仄句便不易與律句的平仄相同。古詩也可以用對仗的句法，如古詩十九首的「胡馬依北風，越鳥巢南枝」，「去者日以疏，來者日以親」便是。全詩用入聲九屑韻，一韻到底，潔、節、悅、折等字是韻腳。

【注釋】❶葳蕤　花葉茂盛的樣子。❷桂華秋皎潔　秋天裡桂花潔白。桂華，即桂花。❸自爾　自然。❹林棲者　指隱者。❺何求美人折　何嘗希望美人來攀折呢？美人，喻君相。意思是說：「既然歸隱，便不求君相的舉用。」

【語譯】春天來時，蘭葉繁茂，秋天裡桂花潔白。這種欣欣向榮的生意，自然形成了美好的時節。誰知林中的隱士們，看到草木的遇時，而喜悅它們能隨遇而安，便感慨道：「草木自有堅貞的本色，何嘗希望美人來攀折呢？」

【賞析】起句便成對仗，舊註「桂華」指月光，不妥。此與上句「蘭葉」相對，且與末句「草木有本心，何求美人折」呼應，草指蘭葉，木指桂花，如「桂華」釋為月光，便不能首尾圓合了。況詩以諷諭為貴，蘭、桂均是香草，像〈離騷〉中以香草比喻君子。張九齡是廣東曲江人，當地多產桂樹，詩中就地取材，因景而生情，把秋菊轉為秋桂，可謂師古而不泥古。詩人以「蘭葉」、「桂華」對舉，比喻賢人君子，潔身自愛，是詩中植物意象的使用。詩中是配應林中的隱士，才能「聞風坐相悅」，不求君相的舉用了。

3　其　三

幽林歸獨臥，滯虛洗孤清❶。持此謝高鳥❷，因之傳遠情。
日夕懷空意，人誰感至精？飛沉理自隔❸，何所慰吾誠？

【韻律】「日夕懷空意，人誰感至精？」平仄與律句「仄仄平平仄，平平仄仄平」相同，是為入律。故知清人論古詩平仄，不是必然性的。全詩用韻，清、情、精、誠等字，同屬下平聲八庚韻。

【注釋】❶幽林歸獨臥二句　坊間本均作「幽人歸獨臥，滯慮洗孤清」，今從《四部叢刊》本《曲江張先生文集》改正。全句是說獨自歸隱後，久處虛靜，可以滌除心頭的孤寂。❷高鳥　喻倖居高位者。❸飛沉理自隔　指在朝在野，形勢相隔。

【語　譯】自從我回到幽林來隱居後，久處在虛靜中，可以滌淨心頭的孤寂。以此答謝高飛的鳥兒，請為我傳情給遠方的君主。我日夜懷抱著高遠的意念，有誰能感念我的至誠呢？而今，在朝在野情勢相隔，又何能慰藉我一片思君的忠誠？

【賞　析】前四句寫歸隱後自我的心境，後四句寫思君的忠誠。

4　其　四

江南有丹橘，經冬猶綠林；豈伊❶地氣暖？自有歲寒心❷。

可以薦嘉客，奈何阻重深？運命惟所遇，循環不可尋❸。

徒言樹桃李，此木❹豈無陰？

【韻　律】這首詩多用下三仄，即「仄仄仄」的句式，如「豈伊地氣暖」，或用「仄平仄」句式的，如「江南有丹橘」、「可以薦嘉客」、「徒言樹桃李」等出句。凡用下三仄或「三平調」的句式，便不易入律了。全詩用韻：林、心、深、尋、陰等字，均屬下平聲十二侵韻。

【注　釋】❶伊　指江南。❷自有歲寒心　言橘樹有耐歲寒的本質。❸循環不可尋　天道往復，不能推尋。❹此木　指丹橘。

【語　譯】江南有一種丹橘，到了冬天樹葉依然碧綠成林。豈是江南的地氣暖和？該是這種樹的本身有耐歲寒的本質吧！丹橘本可以薦給嘉賓的，怎奈道路險阻、障礙太多？每個人都有自己的命運，只好隨遇而安，天道往復是不可能推求的。世人只知種植桃李能成蔭，難道丹橘就不能嗎？

【賞　析】此詩詠物起興，作者以丹橘自比，於是不是純粹的詠物，而有言外之音。如《楚辭》中屈原的〈九章〉之一〈橘頌〉，便以橘子橘樹暗示楚國的三閭子弟，言「后皇嘉樹，橘徠服兮。受命不遷，生南國兮」；而且受命不遷，有異於其他的子弟，以詠物暗示楚國的後起之秀，啟開後世詠物詩歌的新途徑。詩中說明丹橘有歲寒後凋的秉質，堅貞如松柏，本當薦與嘉賓，但為道路險阻所隔。暗示良才當為國君所用，然小人當道，良才被棄。於是感歎天道往復不可尋求，只求隨遇而安。結句言桃李成蔭，丹橘豈不成蔭？只是早晚不同罷了，以呼應首句。

5　下終南山過斛斯山人宿置酒

李　白

暮從碧山❶下，山月隨人歸。卻顧❷所來徑，蒼蒼橫翠微❸。
相攜及田家❹，童稚開荊扉。綠竹入幽徑，青蘿拂行衣。
歡言得所憩，美酒聊共揮❺。長歌吟〈松風〉，曲盡河星稀❻。
我醉君復樂❼，陶然共忘機❽。

【作　者】李白（西元七〇一——七六二），字太白，相傳他的母親因長庚星入夢而生他。他是西漢李廣的後代，先世居隴西成紀，據後人考證，李白生在碎葉，地當今吉爾吉斯共和國牝克馬克附近，少時隨父李客僑居四川綿州昌隆縣（宋代名彰明縣）青蓮鄉。二十五歲時離開四川，足跡遍大江南北，在雲夢娶故相許圉師的孫女為妻，在并州結識了名將郭子儀，在山東任城，與孔巢父等隱居徂徠山的竹溪。天寶初年，又到浙江省嵊縣，結識吳筠。不久吳筠入京，他也隨著來長安。賀知章讀了他的詩，歎為天上謫仙，把他薦給玄宗，召為翰林供奉。三年後辭官，浪跡東魯齊梁間。天寶十四年，安祿山反，李白避居廬山。永王李璘起兵，招李白為幕府僚佐，後李璘與哥哥李亨（肅宗）爭帝位失敗，李白被流放夜郎，途中遇赦得還。晚年投靠當塗令李陽冰。寶應元年，病死在當塗，年六十二歲。李白才情橫溢，性情倜儻，詩文高妙清逸，世稱詩仙。今人並以李白詩句「清水出芙蓉，天然去雕飾」，論其詩風。著有《李太白集》。今以今人瞿蛻園、朱金城等所撰《李白集校注》最為完備，共收詩文一千零五十篇。

【韻　律】這首詩音韻和諧，由於起句多為下三仄，對句多為「三平調」的緣故。詩中下三字全用仄的，有「歡言得所憩」，以及用「仄平仄」的，有「卻顧所來徑」，「綠竹入幽徑」等起句。詩中下三字全用平的，有「山月隨人歸」，「童稚開荊扉」，「長歌吟松風，曲盡河星稀」等句。用「平仄平」的，有「蒼蒼橫翠微」，「美酒聊共揮」等對句。詩中用韻：歸、微、扉、衣、揮、稀、機等字，同為上平聲五微韻。

【注　釋】❶碧山　指終南山。橫亙陝西省南部，主峰在長安南，即秦嶺。❷卻顧　回頭看。❸翠微　半山青縹色的山氣。❹相攜及田家　與斛斯山人攜手同行，到斛斯的住所。❺揮　振去杯底的餘酒。〈曲禮〉：「飲玉爵者弗揮。」❻河星稀　河，指天河。河明便星稀，指夜已深了。❼復樂　又樂。❽忘機　忘卻人間巧詐的心機，與世無爭。

【語　譯】黃昏時，從終南山上下山，月光一路隨著我歸來。回頭看剛走過的山路，青縹色的嵐霧蒼蒼地橫亙在山腰。在山下，我遇到斛斯山人，與他攜手同行，來到他的田家，孩童應聲打開柴門，走入種有綠竹的幽徑，那些青蘿拂著行人的衣裳。彼此談論著，我高興今晚得到歇腳的好地方。他為我備了些好酒，一起舉杯暢飲。酒後，我們同聲高歌〈松風曲〉。歌罷，已是銀河星稀的時候。我醉了，他也樂了，歡暢地忘卻人間一切的機詐，而與世無爭。

【賞　析】這是一首記述住在朋友家，暢談歡飲的詩。前四句寫下終南山所看到的暮景，再四句寫山下遇到斛斯山人，並承邀宿，住在他家。後六句，寫歡飲暢談的情景，甚至於陶然忘機。「暮從碧山下」，點出「下終南山」，「相攜及田家」，點出「過斛斯山人」的田莊，「歡言得所憩」，點出「宿」字，「美酒聊共揮」，點出「置酒」，詩句與詩題配應，自然而不牽強，好手法。全詩平鋪直敘，不用比興，但李白與斛斯山人的情誼，深厚相契，已是可見。與杜甫的〈贈衛八處士〉，情趣又是不同：李白的詩飄逸，樸質中帶有仙氣，不為情所苦；杜甫詩深沉，熱情中帶有哀思，時為情所困。這兩篇的題材相同，但表現的情感卻不一樣，詩如其人，由於性情不同，於是作品的風格也就有差異了。

6　月下獨酌

李白

花間一壺酒，獨酌無相親；舉杯邀明月，對影成三人❶。
月既不解飲，影徒隨我身；暫伴月將影❷，行樂須及春。
我歌月徘徊❸，我舞影零亂❹；醒時同交歡，醉後各分散。
永結無情遊，相期邈雲漢❺。

【韻　律】古詩有換韻的現象，前八句用上平聲十一真韻，韻腳是：親、人、身、春四字。後六句用去聲十五翰韻，韻腳是：亂、散、漢三字。

【注　釋】❶對影成三人　指獨酌的我，天上的月，月下自身的影，映成三人。❷暫伴月將影　指明月和影子偕伴我的時光很短暫。將，偕也。❸徘徊　停留不前的樣子。❹零亂　指酒中月下的影子搖動。❺永結無情遊二句　使月、影和我，永結為忘情的好友，相期會在高渺的天河間，永不分離。無情，即忘情。期，期會。雲漢，天河。

【語　譯】我在花間置一壺酒，獨酌自飲，沒有人陪伴，我只好舉杯邀明月，對著月下自己的身影，合起來便算是三個人。但月兒不解喝酒的樂趣，身影也徒自跟隨著我。但我也只好暫時將月兒和身影作為伴侶，因為人生行樂，當趁美好的時辰。我唱歌，月兒在天上徘徊，我跳舞，月下的影子錯落搖動；清醒時，我和明月、影子一同歡樂，酒醉後，我便和它們各自分離。我願和它們結為忘情的好友，相互期會在高渺的天河間相見，再也不分離了。

【賞析】這是一篇心靈獨白的詩，用想像造成美感，全篇類似酒話醉語，雖醉卻很清醒。首段四句已點出「月下獨酌」，雖一人獨飲，「對影」、「邀月」卻成三人，寂靜之境寫來竟如此熱鬧。次段四句，寫月、影不解飲，但難得與我陪伴，所以當及時行樂。末段六句引出酒後自歌自舞行樂，醉言醉態。結語兩句，希望與明月、身影結為忘情交，而期會於雲漢相見，空靈而詩意盎然。真是相期在醉夢之中，而神情高馳在雲漢之間。詩情波瀾起伏，獨酌之情，竟寫來如此繁華，極富情趣。清沈德潛《唐詩別裁》云：「脫口而出，純乎天籟，此種詩，人不易學。」

7 春思

李白

燕草如碧絲，秦桑低綠枝❶；當君懷歸日，是妾斷腸時。
春風不相識，何事入羅幃❷？

【韻律】前四句兩兩對仗。「燕草如碧絲，秦桑低綠枝」，是事對，出句和對句均用「平仄平」的句式。「當君懷歸日，是妾斷腸時」，為意對，對句「仄仄仄平平」入律，但出句不入律，合乎古詩的韻律。本詩首句便起韻，絲、枝、時、幃是韻腳，絲、枝、時是上平聲四支韻，幃是上平聲五微韻，古詩支、微韻可以通押。

【注釋】❶燕草如碧絲二句　燕北地寒，草生最遲，秦南地暖，柔桑早綠。燕，今河北。秦，今陝西。❷羅幃　羅製的帳帷。

【語譯】燕地的草，像碧綠的絲，秦地的桑，已低垂著青枝；當你想著要回家的日子，也正是我因思念你而肝腸斷裂的時候。我和春風本來不相識呀，為什麼要吹到我的羅帳裡來呢？

【賞析】這是一首怨婦春思的詩。「春」字語帶雙關，既是代表春天，也是象徵愛情之意。前兩句起興，「興」的作法，是先道景物，後道情事，景與情本不相關，今用聯想貫連，以達情景交融的境界。如燕草生與其夫生思歸的心；秦桑葉垂與婦在家思夫斷腸，本是不相關，今將景和情用聯想貫串在一起，便產生情景交融的境界，便稱之為興。末兩句，言自心貞潔，非外物所能動。清吳喬《圍爐詩話》：「春風不相識，何事入羅幃。思無邪而詞清麗，妙絕可法。」

8　望嶽

杜甫

岱宗❶夫如何？齊魯❷青未了。造化❸鍾神秀，陰陽割昏曉❹。

盪胸生曾雲，決眥入歸鳥❺。會當凌絕頂❻，一覽眾山小。

【作　者】杜甫（西元七一二—七七〇），字子美，是晉朝杜預的十三世孫，杜預本京兆杜陵人，所以杜甫自稱「杜陵野老」。後杜預的少子遷居襄陽，因此《舊唐書‧文苑傳》便說杜甫是襄陽人。他的曾祖在鞏縣任縣令，河南省鞏縣便成了杜甫的家鄉。天寶初，他入京考進士，沒及第。於是離開長安，在齊魯間流浪了八、九年，交識了李白、高適等詩人，〈望嶽〉、〈飲中八仙歌〉便是作於此時。天寶十一年，他四十歲，進〈三大禮賦〉，才得官任河西尉，他不赴任，改為率府參軍。天寶十五年，安祿山陷長安，肅宗即位靈武，杜甫往謁，拜左拾遺。乾元元年，史思明變亂，杜甫入四川，嚴武鎮蜀，請杜甫任工部員外郎，故世稱為「杜工部」。代宗大曆五年，他到耒陽，遇洪水，斷糧，後來縣令派船接他回來，以致食傷，當晚暴卒，享年五十九。杜甫一生經歷玄宗、肅宗、代宗三代，身遭安史之亂，作品中多記敘當時的實況，所以他的詩有「詩史」之稱。他小李白十一歲，詩與李白齊名，世人尊他為「詩聖」。著有《杜工部集》。

【韻　律】「造化鍾神秀，陰陽割昏曉」；「盪胸生曾雲，決眥入歸鳥」，兩聯對仗，但非律詩。「造化鍾神秀」起句入律，為「仄仄平平仄」，對句不入律，合乎格律。「盪胸生曾雲」起句為三平調，「決眥入歸鳥」對句用下三仄，合乎聲調變化的原理。全詩用本韻：了、曉、鳥、小，為上聲十七篠韻。

【注　釋】❶岱宗　東嶽泰山，在今山東省泰安縣北五里。❷齊魯　泰山的南邊為魯，泰山的北邊為齊。❸造

化　指天地。❹陰陽割昏曉　指日光照射，山前山後明暗分明。割，分的意思。泰山高大，日光所到為陽，易曉，日光所不及為陰，易昏，所以昏曉分明。❺盪胸生曾雲二句　層雲生起，使心胸激盪，歸鳥入目，使眼界開闊。曾，與層同。盪胸，心胸動盪而開闊。決眥，張開眼睛。❻絕頂　山最高處。

【語譯】泰山是怎樣的形勢呢？它和齊魯兩地相接，青色連綿不絕啊！天地的靈秀，似乎全聚集在這兒，日光所照，山前山後明暗分明。山上的層雲騰湧，使我心胸激盪，歸鳥入目，眼界也為之開闊。什麼時候才有機會爬上最高峰，那時，向下俯視，群山必然顯得渺小。

【賞析】這是一首望泰山的詩。全詩著重在「望」字，詩中雖沒有「望」字，可是句句都寫「望嶽」。前四句寫泰山的神秀，後四句寫望泰山的感觸，使心胸眼界開闊。結句豫想神遊，登泰山而小天下，波瀾壯大，有言外之音。清仇兆鰲《杜詩詳註》云：「少陵以前，題咏泰山者，有謝靈運、李白之詩，謝詩八句，上半古秀而下卻平淺，李詩六章，中有佳句，而意多重複。此詩遒勁峭刻，可以俯視兩家矣。」此詩被後人刻石立碑於泰山之上，凡登泰山者，必吟誦此詩，可謂與泰山同在，永垂不朽。

9　贈衛八處士

杜　甫

人生不相見，動如參與商❶；今夕復何夕？共此燈燭光。
少壯能幾時？鬢髮各已蒼。訪舊❷半為鬼，驚呼熱中腸。

焉知❸二十載，重上君子堂。昔別君未婚，兒女忽成行❹；

怡然敬父執❺，問我：「來何方？」問答乃未已❻，驅兒羅酒漿。

夜雨剪春韭，新炊間❼黃粱。主稱：「會面難。」一舉累十觴❽；

十觴亦不醉，感子故意❾長。明日隔山岳，世事兩茫茫❿。

【韻律】本詩多用下三仄，如「焉知二十載」，「怡然敬父執」，「十觴亦不醉」等句，用「仄平仄」的更多。其中還有五仄句，「問答乃未已」五字全仄，對句便用四平以補救。「夜雨剪春韭，新炊間黃粱」兩句對仗，然平仄不入律。

全詩用下平聲七陽韻，韻腳是：商、光、蒼、腸、堂、行、方、漿、粱、觴、長、茫。

【注釋】❶參與商　兩星宿名。一個在東，一個在西，一個黃昏時出現，一個天明時出現。❷舊　舊友。❸焉知　怎料得到。❹成行　形容很多。❺怡然敬父執　衛八的兒女們很高興地來問候父親的朋友。怡然，愉快的樣子。父執，父親的朋友。❻乃未已　還沒完。❼間　摻雜。❽觴　酒杯。❾故意　老交情。❿茫茫　一點也不明白。

【語譯】人生處世，像天上的參商一樣，總是不容易碰在一起；今晚是什麼夜晚？竟和你在燭光下相聚。少壯的時代，又有多少呢？如今你我的鬢髮都已灰白了。去拜訪老朋友，大半已經死去，不禁使我驚訝，心頭感到一陣難過。

不料二十年後，又再度來到你的堂上。從前分別時你還沒成家，現在已是兒女成行了。他們很高興地來問候父親的朋友，問我：「您從什麼地方來的？」問答還沒完，你便叫他們把酒菜擺好。夜晚外面下著雨，你剪春韭作為下酒的菜，新煮好的飯，摻雜一些黃粱。主人說：「我們難得會面。」便舉杯勸酒，一口氣連喝了十杯。連喝十杯也不醉，只是感念你對我的交情特別深長。明天分別後，隔著高山，彼此的消息又渺茫不可知了。

【賞析】這是一首贈別的詩。與李白的〈下終南山過斛斯山人宿置酒〉詩，同是過訪友人家，夜宿置酒談心，寫朋友久別重逢的歡愉，感人生的聚散無定，李白詩有淡而高蹈之情，杜甫詩樸實而有深切之情。衛八處士，是杜甫姓衛的朋友，排行第八，他是個隱士，名字已不可考。或謂衛大經的族子。清朱鶴齡《杜詩箋注》：「唐有隱逸衛大經居蒲州。衛八亦稱處士，或其族子。蒲至華，止一百四十里。恐是乾元二年春，在華州時至其家作。」杜甫這首詩，充分地表達了朋友久別重逢的親熱和複雜的情感。其間，描寫當晚接受衛處士的款待，雖是田家飯，卻見情意。結尾敘暫聚復別，悲喜交集，以感歎世事，尤為神來之筆。

10 佳人

杜甫

絕代有佳人，幽居在空谷。自云良家子，零落依草木。

關中昔喪亂❶，兄弟遭殺戮；官高何足論？不得收骨肉。

世情惡衰歇❷，萬事隨轉燭❸。夫壻輕薄兒，新人美如玉。
合昏❹尚知時，鴛鴦❺不獨宿；但見新人笑，那聞舊人哭？
在山泉水清，出山泉水濁。侍婢賣珠迴，牽蘿補茅屋。
摘花不插髮，采柏動盈掬❻。天寒翠袖薄，日暮倚修竹❼。

【韻　律】古詩多四句一組，本詩共六組，可視為六段。且詩中多對仗句，如「夫壻輕薄兒，新人美如玉」，「但見新人笑，那聞舊人哭」，「在山泉水清，出山泉水濁」等便是。古詩用字，不避重出。

本詩用韻：谷、木、戮、肉、燭、玉、宿、哭、濁、屋、掬、竹等為韻腳，其中除燭、玉為二沃韻，濁為三覺韻，其他均為入聲一屋韻。古詩入聲屋、沃、覺三韻的字可以通押。

【注　釋】❶關中昔喪亂　指天寶十五年，安祿山陷長安事。自函谷關以西為關中。❷衰歇　衰敗。❸萬事隨轉燭　指世事多變，猶如風前轉動的蠟燭。❹合昏　花名。又名合歡，花紅色，晨開，至晚即合。❺鴛鴦　鳥類。雌雄成對，不嘗相離。❻采柏動盈掬　柏有堅貞的秉性，採柏常滿把，喻所懷堅貞，始終不屈。掬，雙手捧取。❼修竹　長竹。

【語　譯】她是這一代絕無僅有的俏佳人，幽居在山谷裡。據她所說：她是個良家的女子，因遭不幸，身世飄零，只好托身於草木。

從前關中一帶遭到兵災，她家的兄弟都被殺了，官爵雖高，又有什麼用呢？遇到變故，連自己的骨肉都沒法收埋。

人情大抵厭惡衰敗，世事多變，像是風前轉動的燭火。她嫁個輕薄的丈夫，見她娘家衰落，另娶個新人，將她拋棄了。

合歡花到了晚上尚且知道合上花瓣，鴛鴦成對，從來不曾獨宿。一般人只看到新人在歡笑，那聽得到舊人在哭泣？

泉水在山中是清的，出了山，便變得混濁。為了生活，婢女當典珠玉歸來，有時，茅屋破了，牽青蘿來修補。

她已不再摘花來插在髮上，只時常採了滿把的柏葉。天冷了，翠衣顯得單薄，黃昏遲暮，倚在長竹上，更顯得她堅貞不屈。

【賞　析】全詩共分六段，敘述佳人遭逢離亂，遇人不淑，而仍能堅貞自守。在中國古典文學所刻畫的人物中，是一個獨特而鮮明的女性形象。前四句，寫佳人遭不幸，幽居空山，寄身草萊。關中四句，敘佳人母家慘遭變故。世情四句，寫世事多變，人心難測，佳人夫婿輕薄，見其娘家沒落，將她遺棄，另娶新人。合昏四句，敘新歡舊哭，物尚知相依，人卻有棄舊迎新的念頭。在山四句，以泉水在山喻佳人的貞潔，賣珠補屋，見佳人能安貧樂道。末四句，寫佳人被棄，能以貞節自操，竹柏自比，不著議論，而貞潔溢於言外。清仇兆鰲《杜詩詳註》云：「按天寶亂後，當是實有其人，故形容曲盡其情。舊謂託棄婦以比逐臣，傷新進猖狂，老成凋謝而作。恐懸空撰意，不能淋漓懇切如此。楊億詩：『獨自憑闌干，衣襟生暮寒。』本杜天寒翠袖句，而低昂自見，彼何以不服杜耶？」

11 夢李白 二首

杜甫

死別已吞聲❶，生別長惻惻❷。江南瘴癘地❸，逐客❹無消息。
故人❺入我夢，明我長相憶。君今在羅網❻，何以有羽翼？恐非平
生魂，路遠不可測❼。
魂來楓林青，魂返關山黑；落月滿屋梁，猶疑照顏色。水深波浪闊，
無使蛟龍得❽。

【韻　律】「魂來楓林青，魂返關山黑」句對仗，且出句為五平句。本詩用韻：惻、息、憶、翼、測、黑、色、得，同為入聲十三職韻。

【注　釋】❶吞聲　哭不成聲。❷惻惻　悲痛的意思。❸江南瘴癘地　肅宗乾元元年，李白因李璘事，被流放夜郎，那年李白五十八歲。夜郎，今貴州省桐梓縣界，故稱江南。瘴癘，山林間濕熱蒸鬱的暑氣，人感染到會生病。❹逐客　被流放的人，指李白。❺故人　老朋友。❻羅網　捕魚鳥禽獸的網，此指牢獄。❼恐非平生魂

二句　疑李白已死，不然，路途遙遠，怎能來入我的夢。❽水深波浪闊二句　這兩句的意思是杜甫替李白擔憂，怕他江湖乘舟，落入水深浪闊中，被蛟龍所吞食。

【語　譯】遇到跟親友死別，必然會哭不成聲，就是跟親友生別，也會心頭悲痛不已。自從你被流放到瘴癘之地的江南，一去便沒有消息。

今晚，你來到我的夢中，知道我是多麼惦念著你。你因李璘的事被繫在獄中，何以有翅膀來到我這裡？夢中所見，恐怕不是你的魂魄吧，因為我們的相隔，路途是多麼的遙遠。

真是你魂魄來的話，楓林會顯得青蔥，那麼你的魂魄回去，關山也變得暗淡；醒來，落月照在屋梁上，我疑心是照著你的容顏。路上水深浪闊要小心呀，不要把舟楫翻了，被蛟龍所吞食。

【賞　析】這首詩共分三段：首敘李白被流放夜郎。次段寫夢中的相會，恐李白死在獄中。末段寫夢醒後，恍惚的情景。「落月滿屋梁，猶疑照顏色」句，情景交融，能曲盡夢後的景象，結句還擔心他江南行舟多險，真摯之情已見。「魂來楓林青」是用屈原《楚辭・招魂》中的典故，「湛湛江水兮上有楓，目極千里兮傷春心。魂兮歸來哀江南。」明人陸時雍評這首詩說：「是魂是人，是夢是真，都覺恍惚無定，親情苦意，無不備極矣。」

12　其　二

浮雲終日行，遊子久不至；三夜頻❶夢君，情親見君意。

告歸常局促❷，苦道來不易。江湖多風波，舟楫恐失墜。出門搔白首，若負平生志❸。

冠蓋❹滿京華，斯人❺獨憔悴❻。孰云網恢恢❼？將老身反累❽！千秋萬歲名，寂寞身後事❾。

【韻　律】「江湖多風波，舟楫恐失墜。」出句為五平，對句便用「平仄仄仄仄」補救。全詩用本韻，韻腳是：至、意、易、墜、志、悴、累、事，同為去聲四寘韻。

【注　釋】❶頻　接連。❷告歸常局促　指夢中李白經常匆促告辭歸去。❸若負平生志　好像跟平日的心意相違。❹冠蓋　喻富貴者。❺斯人　此人。在此指李白。❻憔悴　困苦不得志。❼網恢恢　言天理廣大無所不包。《老子》七十三章：「天網恢恢，疏而不失。」❽將老身反累　指李白將老反得罪被流放夜郎。❾千秋萬歲名二句　盛名固然可以流傳千秋萬歲之久，但那時已死去，魂魄寂寞，又有何用呢！與阮籍〈詠懷〉詩：「千秋萬歲後，榮名安所之？」庾信〈擬詠懷〉：「眼前一杯酒，誰論身後名？」意思相同。身後，指死後。

【語　譯】浮雲在天上飄動，遠遊的人已久久沒消息了；一連三個晚上夢見你來，足見你對我的親情真摯。

每次夢見你都是匆匆地告辭回去，還苦苦說來見我真不容易，一路上江湖的風波多險惡，真耽心舟楫會翻覆。看你出門搔著白頭為難的樣子，好像跟平日的心意相違。

京都往來的盡是顯貴的官吏，只有你一個愁苦不得志。誰說天理廣大無所不包？你卻在將老的時候反而獲罪！至於盛名固然可以流傳千秋萬歲之久，但那時已死去，魂魄寂寞，又有何用呢！

【賞析】 此詩主旨仍是寫夢，夢見李白來見杜甫的情景。全詩共分三段：首段以接連夢見李白說起，「浮雲終日行」句，為起興。次段寫夢見李白告辭歸去的情景。三段感傷李白遭遇坎坷，並深表不平之意。仇兆鰲《杜詩詳註》曾對這兩首詩做了個比較：「此因頻夢而作。故詩語更進一層，前云『明我憶』是白知公；此云『見君意』是公知白。前云『波浪蛟龍』是公為白憂；此云『江湖舟楫』是白又自憂。前章說夢處，多涉疑詞；此章說夢處，宛如目擊。」這兩首〈夢李白〉，上篇寫對李白處境的關懷，下篇寫對李白遭遇的同情，兩篇記夢詩上下關連而不雷同。純然是至情至性的表白，足見朋友間情誼的真摯。

13　送別

王維

下馬飲君酒，問：「君何所之❶？」君言：「不得意，歸臥南山❷陲。」但去莫復聞❸，白雲無盡時。

【作者】 王維（西元七〇一——七六一），字摩詰，山西太原人。少年時的作品就已出色，如他十五歲所作的〈過秦王墓〉詩，十七歲所作的〈九月九日憶山東兄弟〉，十八歲所作的〈洛陽女兒行〉，十九歲所作的〈桃源行〉，都是傳世之作，可見他是個天分極高的人。

他二十一歲中進士，任大樂丞。天寶十一年，任給事中。安祿山反，王維被俘。亂平，他以附賊罪下獄，幸有〈凝碧〉詩表露忠於朝廷，始被減輕罪名。中年喪偶，不著采衣，詩由繁華入淡雅高潔，輞川諸作，皆富禪意。晚年隱居輞口的別墅中，日與道友裴迪浮舟往來，過著恬澹的田園生活。

王維的田園山水詩有很高的藝術成就，此外他還擅長於音樂和書畫，有三好之稱。尤其他的水墨畫，天機獨到，為我國南宗之祖。他的畫極富詩意，而他的詩又畫意盎然，無怪乎蘇軾批評他的詩和畫，有「詩中有畫，畫中有詩」的名言。《舊唐書》、《新唐書》均有傳。著有《王右丞集》。今《全唐詩》本收有王維詩三百八十六首，清趙殿成《王右丞集箋注》本，收錄四百三十二首，最為詳贍。

【韻　律】通首出句第三字皆仄，對句第三字皆平，與「趙秋谷所傳聲調譜」三平調的說法相符合。大抵古代短調，貴健勁，對句第三字用平，便能表現健勁。此為六句的五言古詩，雙句末字用韻，之、陲、時是韻腳，為上平聲四支韻。

【注　釋】❶何所之　何所往。❷南山　即終南山。❸但去莫復聞　「聞」字坊間本均作「問」，今據《四部叢刊》本《王右丞集》改正。

【語　譯】下馬請您喝一杯酒吧，問道：「您上那兒去？」您說：「由於不得志，隱居到南山邊。」您走後不再聽到您的消息，只見山中的白雲悠悠沒有窮盡的時候。

【賞析】前四句用問答體，寫送別。詩的開端，便用飲酒切入，用餞別點題。繼而設問對答，引來對話，寫歸隱之情。末兩句寫感慨，以景託情，表示作者對友人的關懷，白雲無盡，情意無窮，使全詩頓然生色，韻味倍增。清吳喬《圍爐詩話》云：「王右丞五古，盡善盡美矣，觀〈送別〉篇，可入三百。」清沈德潛《唐詩別裁》云：「白雲無盡，足以自樂，勿言不得意也。」

14 送綦毋潛落第還鄉

王維

聖代❶無隱者，英靈盡來歸❷，遂令東山客❸，不得顧採薇❹。
既至金門❺遠，孰云吾道非？江淮度寒食❻，京洛縫春衣。
置酒長安❼道，同心❽與我違；行當❾浮桂棹，未幾拂荊扉❿。
遠樹帶行客，孤城當落暉。吾謀適不用，勿謂知音⓫稀！

【韻律】全詩用韻，歸、薇、非、衣、違、扉、暉、稀等字，同為上平聲五微韻。

【注釋】❶聖代　指治世。❷英靈盡來歸　賢才都來歸於朝廷，為國家所用。❸東山客　喻隱者。謝安隱東山，有高世之志。見《世說新語》。東山，在會稽。❹採薇　伯夷、叔齊隱居在首陽山，採薇而食。❺金門　京都宮署門，門旁有銅馬，又稱金馬門。❻寒食　節候名。在清明節前二日。❼長安　唐代京都所在地，今陝西長安。❽同心　指志同道合的朋友。❾行當　即馬上。❿拂荊扉　拂，觸及的意思。荊扉，柴門。⓫知音　知己。

【語　譯】太平時代沒有隱士，賢才都來到朝廷，於是教那些像謝安一樣隱居東山的人士，不得再過著採薇的生活了。

你既來應試，金馬門卻是那麼高遠，誰說我們的理想不好？只是際遇未濟罷了！你離鄉應試時，經過江淮，在那裡度過寒食節，現在長安及洛陽一帶又是縫製春衣的時候。

今天我在長安道旁置酒為你餞行，感念老朋友就要跟我分離；你立刻就要坐船走了，不久便可抵達家門。

遠處的樹帶走遠行的人，當夕陽殘照著孤城的時候。我們的智謀雖一時不能為國家所用，但不要感歎知音稀少呀！

【賞　析】這是一首送別的詩。王維送友人綦毋潛落第還鄉，主旨在安慰他，不要因一時志意未伸，便說朝廷沒人，知音稀少，甚至退隱不仕，高蹈東山。綦毋潛，字孝通，荊南人。開元十四年成進士，《新唐書・藝文志》有傳。孝通能成進士，實得力於王維此詩的鼓勵。沈德潛《唐詩別裁》評此詩曰：「反覆曲折，使落第人絕無怨尤。」唐人慰問落第的詩很普遍，而王維〈送綦毋潛落第還鄉〉詩，情意真切，最富情感。

全詩可分四段：首段說明盛世無隱者。次段鋪述綦毋潛來京應試不第，久留京洛的情景。三段寫餞別的情景。末段寫送行並道感慨，結句用寬慰的話，有勉勵他東山再起之意，以呼應首章，尤為得法。

15 青谿

王維

言入黃花川❶，每逐青谿水❷；隨山將萬轉，趣途無百里❸。

聲喧亂石中，色靜深松裡；漾漾汎菱荇❹，澄澄映葭葦❺。

我心素已閒，清川澹如此。請留盤石❻上，垂釣將已矣❼。

【韻律】「聲喧亂石中，色靜深松裡」與「漾漾汎菱荇，澄澄映葭葦」，均為對仗句。全詩用上聲韻，四紙、五尾韻通押。即水、里、裡、此、矣等字為四紙韻，葦字為五尾韻。

【注釋】❶言入黃花川　言，無義，為發語詞。黃花川，川名，在今陝西省鳳縣東北十里的地方。《通典》：「鳳州黃花縣有黃花川。」❷青谿水　泛指黃花川一帶的溪水。❸隨山將萬轉二句　指所走的路還不到百里，而水繞群山曲折，將有萬轉般迴環。趣，與趨同。趣途，便是走在路上。❹菱荇　水草。❺葭葦　蘆葦。❻盤石　大石。❼將已矣　句末語助詞。相當口語的「就此算了罷」。

【語譯】進入黃花川，每每沿著青谿的水而行；所走的路雖不到百里，但水依山勢曲折，大有萬轉般地迴環。

在亂石中水聲喧騰，在深松裡景色幽靜；那溪中的水草，隨波汎漾，那岸邊的蘆葦，映照著澄澄的水光。

我的心境向來就已閒靜，加上清澈的溪水，也是那樣地澹泊。那麼請留在盤石上，垂釣過一輩子罷！

【賞　析】全詩用白描手法，描寫青谿的景色，也就是古人所謂「賦」的作法。前四句寫黃花川到青谿間，百里不到，但水勢曲折。中四句，兩兩對仗，寫水聲，松色，寫菱荇，蘆草。後四句，借青谿水的澹泊，襯托自己心境的閒靜，並道出自己的志趣，在磯石上垂釣，終其一生，詠歎作結。這首詩，清新、自然，寫景抒情，均不刻意雕琢，詩中暗用嚴子陵垂釣富春江的典故，使人想到詩人對青谿的喜愛，而融入自甘清淡澹泊的心情。

16　渭川田家

王　維

斜光照墟落❶，窮巷牛羊歸。野老念牧童，倚杖候荊扉❷。

雉雊❸麥苗秀，蠶眠桑葉稀。田夫荷鋤立，相見語依依❹。

即此❺羨閒逸，悵然吟〈式微〉❻。

【韻　律】「雉雊麥苗秀，蠶眠桑葉稀」句為對仗，且平仄相反。全詩用韻：歸、扉、稀、依、微為韻腳，同為上平聲五微韻。

【注　釋】❶墟落　村墟籬落。❷荊扉　柴門。❸雉雊　雉鳥鳴叫。❹依依　不捨的樣子。❺即此　就此。❻式微　《詩經・邶風》的篇目，首句為：「式微式微，胡不歸？」

【語　譯】傍晚，夕陽照在村墟籬落間，窮巷裡，牛羊正歸來。村野的老人掛念著牧童，拄著枴杖在柴門邊等候。

青雉叫，正是麥子開花的節候，蠶兒蛻皮，桑葉也已稀少了，農夫們荷鋤站著，相見時相互地交談，彷彿不捨得離開的樣子。

眼前這種景象，怎能不羨慕田家閒逸的生活，不禁悵然地吟起〈式微〉的詩句來。

【賞　析】這是一首歷述渭川一帶農家的景象，引起欣慕的心情。作者傷世道衰微，有歸隱的念頭。渭川，即渭水。源出甘肅渭源，流經陝西鳳翔、西安、朝邑等地，到潼關入黃河。

此詩作法，與前首〈青谿〉相同，採用白描手法。前八句描寫渭水農家日暮時的情景，宛如一幅圖畫。末句抒感，點出農家的閒逸，真教人羨慕，是全詩的精神所在。詩中寫田家閒逸的景象，使人羨慕不已，不由地想起《詩經》中的〈式微〉一詩，由平實而轉深，引來沉思。明王夫之《唐詩評選》：「通篇用即此二字括收，前八句皆情語，非景語，屬詞命篇，總與建安以上合轍。」

17 西施詠

王維

豔色天下重，西施❶寧久微？朝為越溪女，暮作吳宮妃❷。
賤日豈殊眾？貴來方悟稀。邀人傅脂粉，不自著羅衣。君寵益嬌態，
君憐無是非。
當時浣紗❸伴，莫得同車歸。持謝鄰家子，效顰安可希❹？

【韻　律】「朝為越溪女，暮作吳宮妃」句為對仗。此詩用韻，微、妃、稀、衣、非、歸、希等字為韻腳，同為上平聲五微韻。

【注　釋】❶西施　春秋時越國的美女，姓施，名夷光，本是苧蘿山下賣柴的女兒。越王句踐教范蠡把她獻給吳王夫差，吳王寵幸她，因此吳王遭滅國。❷朝為越溪女二句　西施早年為越溪的一採蓮女，後入吳宮為夫差的寵妃。越溪，即若耶溪，在浙江紹興東南，是西施採蓮的地方。吳宮，吳王為西施建館娃，並有香徑、響屧廊，遺址在今江蘇吳縣靈巖山上。❸浣紗　《太平寰宇記》：「諸暨縣有苧蘿山，山下有石跡水，是西施浣紗之所。浣紗石猶存。」❹持謝鄰家子二句　拿西施得寵的原因告訴鄰家的女子，光學西施的皺眉蹙額，怎能希望得寵呢？謝，作告訴。古時男女皆稱子。效顰，《莊子・天運》：「西施病心而矉，其里之醜人，見而美之，

歸亦捧心而矉。」矉，與顰同。希，希望得寵的意思。

【語　譯】美色為天下人所重視，像西施這樣的美女怎能久處微賤呢？早上她還是個越溪的採蓮女，到了晚上，便做了吳宮的妃子。

在她貧賤時，難道跟眾人有什麼不同嗎？當富貴時，才知道她是世間所稀少的。在宮中，請人為她塗抹脂粉，也不必自己動手來穿著羅衣。君王寵幸她，她更加地嬌媚作態，君王喜愛她，她便可恃寵不分是非曲直了。

當時在溪畔同她一起洗紗的女伴，沒一個能夠和她同車到吳宮裡去。拿她得寵的原因告訴鄰家的女子，如果沒有姿色，單學她的皺眉蹙額，怎能希望得寵呢？

【賞　析】詩有言外之音，留有讀者玄思的餘地，才是上品。這首詩表面看來在詠西施，其實未嘗不是拿香草美人來比才士；或者意存諷刺，也未嘗不可。前四句敘述西施有姿色，定不會久處微賤。其次六句描寫西施得寵後，身價不同。末四句是重點，使人有所感發，諷勸世人應有自知之明，如無西施的姿色，而想效顰邀寵，是不可能的。清吳喬《圍爐詩話》：「唐人詩意，不必在題中。如右丞〈息夫人〉怨云：『莫以今時寵，能忘舊日恩。看花滿眼淚，不共楚王言。』使無稗說載其為寧王奪餅師妻作，後人何從知之。可見〈西施〉篇之『賤日豈殊眾？貴來方悟稀。邀人傅脂粉，不自著羅衣。君寵益嬌態，君憐無是非』。當是為李林甫、楊國忠、韋堅、王鉷輩而作。」清沈德潛《唐詩別裁》：「寫盡炎涼人眼界，不為題縛，乃臻斯旨。入後人手，微引故實而已。」

18 秋登蘭山寄張五

孟浩然

北山❶白雲裡，隱者自怡悅。相望始登高，心隨雁飛滅。
愁因薄暮起，興是清秋發。時見歸村人，沙行渡頭歇❷。
天邊樹若薺，江畔洲如月❸。何當載酒來？共醉重陽節❹。

【作　者】孟浩然（西元六八九—七四〇），字浩然，襄陽（今湖北襄陽）人。四十歲以前，隱居在襄陽附近的鹿門山。四十歲才來京師，曾在太學賦詩，在座的都敬佩他的才華。他與張九齡、王維友善，王維想推薦他給唐玄宗，讓他出仕，不料玄宗讀他的〈歸終南山〉詩，其中有「不才明主棄，多病故人疎」一句，大為不快，因此舉薦不成。後為張九齡從事。開元末，病背疽而卒。他的詩，長於五言短篇，以寫田園、隱逸生活為主，為盛唐田園詩派重要作家之一。著有《孟浩然集》。

【韻　律】「愁因薄暮起，興是清秋發」與「天邊樹若薺，江畔洲如月」均為對仗句。此詩用韻為入聲六月、九屑韻通押，韻腳為悅、滅、發、歇、月、節等字。

【注　釋】❶北山　為張五隱居的所在，在四川慶符境北。張五，字子容，排行第五。❷沙行渡頭歇　指溪沙上行走的人，在渡頭的地方止歇。❸天邊樹若薺二句　這兩句為對仗，描寫在蘭山往遠處、低處眺望的景色。

遠處的樹，細小像蒺藜，低處江畔的沙洲像眉月似的。❹重陽節　農曆九月九日為重陽節。《續齊諧記》：「汝南桓景隨費長房學，長房謂曰：『九月九日汝家當有災厄，急宜去，令家人各作絳囊盛茱萸以繫臂，登高，飲菊花酒，此禍可消。』景如言，夕還，見雞犬牛羊一時暴死。」今世人重陽登高始此。

【語　譯】你隱居在北山的白雲裡，過著安適自樂的生活。為了和你相望，我才登蘭山的高處，我的心思，隨遠去的飛雁隱沒在遠方。

只因看不到你，內中的愁思與暮色並起，興奮的情緒卻最容易在清秋時節引發。這兒隨時可以看到村人歸來，溪沙上行走的人，在渡頭止歇等候。

天邊的樹細小地像蒺藜，江邊的沙洲宛如月兒。什麼時候我們能帶酒來這兒？在重陽節那天一起共醉吧！

【賞　析】這是一首登高懷友的詩。蘭山在四川慶符縣南石門山中的一座山，由於山中多蘭，故稱蘭山。孟浩然登蘭山，北望北山，便想起他的朋友張五就住在那座山裡，因此隨興寫了這首詩寄給他，並邀約他在重陽節時，再登高共醉。全詩共分三章，首章先點出友人「張五」，是個隱者，住在北山裡。次章點出「秋登蘭山」，只見村人，不見友人。末章點出「寄」字，期約在重陽節那天再登高共醉。詩中寫景，多與懷念張五的情緒交融，產生境界，從而顯示出友情的真摯。

19　夏日南亭懷辛大

孟浩然

山光❶忽西落，池月漸東上。散髮乘夜涼，開軒臥閑敞❷。

荷風送香氣，竹露滴清響。欲取鳴琴彈，恨無知音賞。

感此懷故人❸，中宵❹勞夢想。

【韻　律】末兩句對句入律，但出句不入律。即「中宵勞夢想」為「平平平仄仄」，與律句的平仄相同。全詩用上聲二十二養韻，韻腳為上、敞、響、賞、想等字。

【注　釋】❶山光　山上的太陽。❷開軒臥閑敞　軒，指窗子。閑敞，閒暇開暢。❸故人　老朋友。❹中宵　半夜。

【語　譯】山上的太陽忽然西落了，池上的月兒已漸漸地東昇。我披散著頭髮，在夜裡乘涼，推開窗戶，躺臥在南亭裡，享受閒暢的情調。

夏夜，荷風送來清香，夜深了，露水從竹葉尖滴下，發出清響。我想拿琴來彈弄，可惜沒有知音的人來欣賞。

有感於此，使我懷念起老朋友來，甚至到了半夜，連夢中也思念您好苦呀！

【賞　析】詩題一作「夏夕南亭懷辛大」，用「夏夕」要比「夏日」來得妥切。前八句，作者寫夏夜在南亭閒暢的情景。末兩句，因此情此景，才道出懷念他的老友辛大。全詩從日落寫起，直到半夜，層次不紊。孟浩然詩寫景，喜用對仗句，如「山光忽西落，池月漸東上」，「荷風送香氣，竹露滴清響」便是。詩的寫法上又吸收了近體的音律、形式的長處，中六句似對非對，具有素樸形式之美，而誦讀起來諧於唇吻，又「有金石宮商之聲」（嚴羽《滄浪詩話》）。清沈德潛《唐詩別裁》云：「荷風竹露，佳景亦佳句也。外又有微雲淡河漢，疎雨滴梧桐句，一時歎為清絕。」

20　宿業師山房待丁大不至

孟浩然

夕陽度西嶺，群壑倏已暝❶。松月生夜涼，風泉滿清聽。

樵人歸欲盡，煙鳥❷棲初定。之子期宿來❸，孤琴候蘿徑❹。

【韻　律】第二章首句「樵人歸欲盡」平仄入律，但對句「煙鳥棲初定」不入律，合乎古詩平仄的論調。全詩用去聲二十五徑韻，暝、聽、定、徑等字叶韻。

【注　釋】❶群壑倏已暝　群谷轉瞬便已昏暗。壑，山谷。倏，倏忽，指時間很快。暝，天色昏暗。❷煙鳥　暮煙中的歸鳥。❸之子期宿來　與丁大約定來此住一夜。之子，此子，指丁大。期，期約。宿，住一夜。❹蘿徑　長蔦蘿的小徑。

【語　譯】夕陽越過了西山，群谷轉瞬便已昏暗。松間的月色，滋生出夜的涼爽，風中的泉水，充滿著清新的音響。

黃昏時，打柴的人差不多都已回來，暮靄中的歸鳥，也剛棲息安定。和您約定好要來這兒住一晚，我單獨抱著絃琴在長滿蘿藤的小徑等候。

【賞析】業師，是對人謙稱自己隨從受業的老師。作者在老師的山中書房裡住一晚，等待友人丁大的來到，結果友人不來而寫下此詩。全詩的重點在一個「待」字，友人不至，也無怨言。詩共八句，前兩句，寫山中的晚景，後兩句，寫禪房的幽靜，五六兩句，寫景以襯托待人。末兩句才點出「待」字。孟浩然這三首五古，前數句都寫景以托情，末兩句才切應詩題，或有所懷念，或有所寄，或有所待，作法相同。沈德潛《唐詩別裁》評此詩：「山水清音，悠然自遠，末二句見不至意。」

21 同從弟南齋翫月憶山陰崔少府

王昌齡

高臥南齋時，開帷❶月初吐。清輝淡水木，演漾在窗戶❷。苒苒❸幾盈虛❹？澄澄❺變今古。

美人❻清江畔，是夜越吟苦❼。千里其如何？微風吹蘭杜❽。

【作者】王昌齡（西元六九八—七六五），字少伯，山西太原人，《舊唐書・文藝傳》說他是江寧人。曾經中過進士，補過秘書郎，做過汜水尉，最後遷升為江寧丞。他和詩人高適、王之渙是好朋友，同為描寫邊塞戰爭出色的詩人。王昌齡以七絕見長，在唐代詩人中，以絕句傳世的有王昌齡、王之渙、王翰諸人；而王昌齡尤為個中翹楚。他到了晚年狂放不羈，被貶為龍標尉。因感於世事混濁，便棄官還鄉，不幸遭刺史閭丘曉所忌，被殺而死。

【韻　律】「荏苒幾盈虛？澄澄變今古」句對仗，且起句「仄仄仄平平」入律，但對句不入律。全詩用上聲七麌韻，吐、戶、古、苦、杜等字叶韻。

【注　釋】❶開帷　打開窗簾。❷清輝淡水木二句　月光照在水面和林木上，於是水月之光，搖晃不定，交映在窗戶間。清輝，指月光。演漾，水流搖動的樣子。❸荏苒　形容光陰迅速。❹盈虛　指月圓月缺。❺澄澄　清光。❻美人　指山陰崔少府。山陰，今浙江紹興。少府，官名。❼越吟苦　《史記・陳軫列傳》：「越人莊舄，仕楚執珪，有頃而病。楚王曰：『舄亦思越否？』使人往聽之，猶尚越聲也。」莊舄在楚顯貴，尚思故土，猶吟越聲。此處指崔少府在山陰，山陰屬越，獨自吟唱，也覺清苦。❽千里其如何二句　一在南齋，一在山陰，兩人相距千里，如何能見面呢？崔少府在山陰，聲名如蘭杜，雖遠，但微風送播，可以聞到他的香氣。蘭杜，香草名，即蘭花和杜若。

【語　譯】我在南齋高臥的時候，拉開窗簾便看到月亮剛剛露臉。月光照在水面和林木上，那水月的光，搖晃著交映在窗前。光陰荏苒，月亮又幾經圓缺？在它的清輝中，不知古今變化多少了。

您住在清江畔，我想：在今晚的月色中，必在越地獨自苦吟。您我相隔千里，又如何能見面呢？但您的聲聞芳香如蘭杜，只要微風吹送，尚可聞到。

【賞　析】這是一首月下懷友的詩。王昌齡同堂弟在南齋賞月，因賞月而想起山陰的好友崔少府。前六句寫「南齋翫月」，有感於月圓月缺有定，古今變化無常，人事又何嘗不是如此？後四句寫「憶山陰崔少府」，因而在月下懷友，「美人清江畔，是夜越吟苦」不寫自己如何懷友，反而寫友人今夜也必在苦吟思舊，已是又深一層。末了讚佩友人名聲遠播，德風如蘭花，如杜若。沈德潛《唐詩別裁》：「高人對月時，每有盈虛古今之感。」

22 尋西山隱者不遇

邱　為

絕頂一茅茨❶，直上三十里。扣關❷無僮僕，窺室惟案几。
若非巾柴車❸，應是釣秋水。差池不相見，黽勉空仰止❹。
草色新雨中，松聲晚窗裡。及茲契❺幽絕，自足蕩❻心耳。
雖無賓主意，頗得清淨理。興盡方下山，何必待之子❼？

【作　者】邱為，蘇州嘉興（今屬浙江）人。奉事繼母至孝，常有靈芝生在堂下。曾任太子右庶子的官職，年八十餘，堂上的老母還健在，他把一半的薪俸來養親，備受時人的稱道，為人謙讓好禮，卒年九十六。《新唐書・藝文志》有傳略。著有《邱為集》。

【韻　律】「絕頂一茅茨，直上三十里」與「雖無賓主意，頗得清淨理」，出句均入律，然對句都不入律，合乎古詩平仄的論調。「草色新雨中，松聲晚窗裡」，對仗工整，平仄也相反。全詩用上聲四紙韻，里、几、水、止、裡、耳、理、子等字為韻腳。

【注釋】❶茅茨　茅屋。❷扣關　叩門。❸巾柴車　用巾覆蓋的柴車。❹差池不相見二句　差池，不齊的樣子，指往來不遇。黽勉，踟躕。仰止，敬仰到極點。❺契　契合。❻蕩　開暢。❼興盡方下山二句　用《世說新語》中的典故：王子猷居山陰，夜雪，忽然想起戴安道，於是乘船去找他，到他門口，不進去便回來，人家問他什麼道理。他說：「乘興而來，興盡而返，何必見戴？」之子，此人，指隱者。

【語譯】那山頂上有一間隱士的茅屋，從山下到上面，要走三十里路。我上山去叩他的門，他不在，連僮僕也沒有，看他室內的陳設，只有桌子和茶几。

他如果不是推著有篷蓋的柴車出去，便是到秋溪邊去垂釣了。一往一來真不巧沒遇見他，我在門前空徘徊，對他無限地敬仰。這一帶，草色映在新雨中，松聲迴蕩在晚窗裡。來到此地，幽雅的景緻很合我的心意，已足夠開暢我的心耳。

這次我來雖未能盡賓主的情誼，也頗得清淨的道理。我盡興後才下山，又何必要等到他呢？

【賞析】這是一首記述上西山尋隱者不遇的詩。首四句，已緊扣全題，第一句指「隱者」，第二句指「西山」，第三句指「尋」，第四句指「不遇」。次四句承上寫尋找不見，而生景仰的心意。又四句寫西山隱居處的幽靜。末四句作者寫有心尋找，無意相見，雖尋不遇，可以盡興，以應隱者無待適性的心境。許文雨《唐詩集解》云：「此篇敘西山訪隱，不知何往。意隱者或命巾車，或棹孤舟，已離此而雲游，致不相值，徒殷景仰之情歟。斯時也，雨滋草色，松聲入窗，幽意默會，頗洽清興，又何必遇所訪之人，始覺遡迴從之之樂哉！」

23 春泛若耶溪

綦毋潛

幽意無斷絕，此去隨所偶❶。晚風吹行舟，花路入溪口。
際夜❷轉西壑，隔山望南斗❸。潭煙飛溶溶❹，林月低向後。
生事且瀰漫❺，願為持竿叟❻。

【作者】綦毋潛，字孝通，與王維友善，王維曾有〈送綦毋潛落第還鄉〉詩安慰他，後成進士。開元中，由宜壽尉入集賢院待制，任右拾遺，死在著作郎任內。《新唐書·藝文志》有傳略。著有《綦毋潛詩》一卷。

【韻律】「潭煙飛溶溶」為五平句。全詩用上聲二十五有韻，偶、口、斗、後、叟等字協韻。

【注釋】❶偶　遇。❷際夜　入夜，指傍晚。❸南斗　星宿名。❹溶溶　廣大濃盛的樣子。❺生事且瀰漫　一生的世事尚且渺茫無窮。❻持竿叟　漁翁。

【語譯】美好的情意沒有完了的時候，這一去，隨船漂泊，隨遇而安。晚風吹拂著行船，只看兩旁的花路，一直延展到溪口。

傍晚船轉入西邊的山壑，隔山可以望見南斗星。潭上的水氣濃盛，林間的月兒，低低地落在後面。

想起一生的世事尚且渺茫無窮，我只願能做一個漁翁。

【賞析】這是一首遊覽抒感的詩。若耶溪，在浙江紹興東南。在一個春天的傍晚，作者曾在若耶溪泛舟，因景生感，寫下此詩。作者超然出世的思想，給若耶溪的景色抹上一層孤清幽靜的色彩。前八句用賦的作法，鋪敘春夜泛舟所見的景色，「幽意」、「花路」點出「春」字，「行舟」、「潭煙」點出「泛」字。末兩句即景起興，因感春江花月夜水煙的瀰漫，想起人生亦復如此，以願為一漁翁收結，倍見情趣。《唐音癸籤》引殷璠曰：「舉體清秀，蕭蕭跨俗。」可謂中肯之評。

24 宿王昌齡隱居

常建

清溪深不測，隱處唯孤雲。松際露微月，清光猶為君。茅亭宿花影，
藥院滋苔紋❶。
余亦謝時❷去，西山鸞鶴❸群。

【作者】常建，開元中進士，大歷中，為盱眙尉。《全唐詩》收有他的小傳。

【韻律】首句「平平平仄仄」入律，但對句「隱處唯孤雲」不入律。「茅亭宿花影，藥院滋苔紋」

為對仗句。全詩用上平聲十二文韻，雲、君、紋、群等字協韻。

【注釋】❶茅亭宿花影二句　花影停留在茅亭之外，苔痕滋生在藥院之間。宿，停留。藥院，種藥草的庭院。❷謝時　辭去時俗的牽累。❸鸞鶴　青鸞、白鶴，都是仙鳥，比喻隱士。

【語譯】這條清溪深不可測，您隱居的地方，只有孤雲一片。今晚，松間露著微弱的月光，這片清光，好像是為您而發的。只見花影散落在茅亭的外面，苔痕滋生在藥院之間。

我也想辭去時俗的牽累，和您隱居西山，與青鸞、白鶴同群。

【賞析】這是一首寫景感懷的詩。詩人在平淡寫景中，含有比興寄喻的成分，用「孤雲」、「松」、「清光」暗示王昌齡隱者的高潔。前兩句寫王昌齡隱居的所在，是在清溪的深處，只有孤雲相伴，配合隱者澹泊的生活。接著四句寫夜宿所見的佳境。「茅亭宿花影，藥院滋苔紋」寫景對仗，「宿」和「滋」是詩眼。所謂詩眼，是指詩句中用字最工巧的所在。末兩句，寫一宿之後，因所見佳境，也生偕隱的念頭。

25　與高適薛據登慈恩寺浮圖

岑　參

塔勢如湧出，孤高聳天宮。登臨出世界，磴道❶盤虛空。

突兀壓神州❷，崢嶸如鬼工。四角礙❸白日，七層摩蒼穹❹。

下窺指高鳥，俯聽聞驚風。
連山若波濤，奔湊如朝東。青槐夾馳道❺，宮館何玲瓏！秋色從西
來，蒼然滿關中❻。五陵北原❼上，萬古❽青濛濛。
淨理❾了可悟，勝因❿夙所宗。誓將挂冠⓫去，覺道資無窮。

【作者】岑參（西元七一五—七七〇），河南南陽人。早歲孤貧，三十歲，登天寶三年的進士，當過參軍、評事、監察御史等職。後來，他跟從封常清的軍隊到西域，出掌安西節度判官。任過虢州長史、侍御史、關西節度判官。安西是現在的新疆，虢州在河南境內，關西是陝西和甘肅。他的詩的特色，便是善於運用樂府歌謠的體制，把西域的風沙冰雪，胡笳琵琶寫入詩篇，表現他多彩多姿的軍旅生活，抒寫出沙場征戰、壯士懷舊的豪情，與高適同開唐詩中歌詠邊塞征戰的詩風，被譽為「邊塞詩人」，後來稱為高岑詩派。我們可以用俊、逸、奇、悲、壯五個字，來說明他的詩的精神。後來他離開關西，為嘉州刺史，後人稱他為岑嘉州。晚年入蜀，依杜鴻漸，卒於蜀，年五十六。《舊唐書》、《新唐書》不列他的傳，《全唐詩》收有他的小傳。著有《岑嘉州詩》七卷。

【韻律】全詩出句多用下三仄，對句多用三平調，如「出世界」仄仄仄，對句「盤虛空」平平平。「四角礙白日，七層摩蒼穹」對仗，出句為五仄句，對句用「仄平平平平」補救。「下窺指高鳥，俯聽聞驚風」；「淨理了可悟，勝因夙所宗」，也是對仗。全詩用上平聲一東韻，宮、空、工、穹、

風、東、瓏、中、濛、宗、窮等字協韻。

【注釋】❶磴道　塔中的石階。❷突兀壓神州　突兀，高聳的樣子。壓，鎮壓。神州，指中國。❸礙　阻礙。❹蒼穹　天空。❺馳道　天子所行的大道。❻關中　今陝西一帶稱為關中。潘岳〈關中記〉：「東自函關，西至隴關，二關之間，謂之關中。」❼五陵北原　在長安城北，漢代帝王所埋葬的地方。即漢高帝葬長陵，惠帝葬安陵，景帝葬陽陵，武帝葬茂陵，昭帝葬平陵。❽萬古　年代久遠。❾淨理　清淨寂滅的道理。❿勝因　佛家語，勝妙的善因。《佛說無常經》：「勝因生善道，惡業墮泥犁。」⓫挂冠　辭去官職。

【語譯】塔勢如同從地面上湧出，孤零地高入天空。在塔上眺望，彷彿出了這個世界，塔中的石階，虛空地盤繞而上。

塔矗立著鎮住神州，高聳的氣象好似不是人力所能建造的。四個塔角擋住了陽光，七層高塔幾乎觸到天空。

往下眺望，可以指那高飛的鳥，向下俯聽，可以聽到驚人的風聲。

遠處山相連接好比波濤，奔騰湊合，有如朝向東方。天子的馳道上，兩旁夾著青槐樹，宮中的館閣，建築得何等精巧！秋色從西邊傳來，青蔥的景色充塞了整個關中。長安城北五陵一帶，永遠是那樣青濛濛地。

清淨寂滅的道理可以明白的領悟，勝善的因緣向來是我所宗仰的。我將決定辭去官職，悟得道理才是真正的受用無窮。

【賞析】岑參和高適、薛據等友人，同登長安城慈恩寺寶塔所作的詩。由於登塔所見景色，忽然了悟佛道。

全詩共分五章：首章四句，從外面寫塔的高立，然後沿石階盤繞而上。次章四句，點出慈恩寺佛塔的雄偉。三章僅兩句，用對仗寫高處俯瞰所見所聞。四章八句，從虛處著筆寫景，是全詩最出色的所在，每兩句包羅一季和一方位，將四方的景色收入眼底，並暗寓四季的氣象不同。末章四句，因景抒感，了悟佛道，並擬去官皈依佛門。宋計有功《唐詩紀事》云：「參詩語奇體峻，意亦新遠。至如長風吹白茅，野火燒枯桑，可謂逸矣。又山風吹空林，颯颯如有人，便稱幽致也。」

26　賊退示官吏 并序

元結

癸卯歲❶，西原❷賊入道州，焚燒殺掠，幾盡而去。明年，賊又攻永州❸，破邵❹，不犯此州邊鄙而退，豈力能制敵歟？蓋蒙其傷憐而已！諸使❺何為忍苦徵斂！故作詩一篇以示官吏。

昔歲逢太平，山林二十年。泉源在庭戶，洞壑當門前。井稅❻有常期，日晏猶得眠。
忽然遭世變，數歲親戎旃❼。今來典❽斯郡，山夷❾又紛然。城小賊不屠❿，人貧傷可憐？是以陷鄰境，此州獨見全。

使臣將王命，豈不如賊焉⓫？今彼徵斂者⓬，迫之如火煎。誰能絕人命？以作時世賢。

思欲委⓭符節⓮，引竿自刺船⓯，將家就魚麥，歸老江湖邊。

【作　者】元結（西元七二三—七七二），字次山，號漫叟，河南（今河南洛陽）人。少年不羈，十七歲才折節向學，三十一歲舉天寶十二年進士，參加過討伐安祿山叛亂有功。代宗時，授著作郎。後來出任道州（今湖南道縣）刺史，關心民間疾苦，有德政。《舊唐書》、《新唐書》都收有他的傳。著有《元次山集》十卷。

【韻　律】全詩用下平聲一先韻，年、前、眠、旃、然、憐、全、焉、煎、賢、船、邊等字協韻。

【注　釋】❶癸卯歲　唐代宗廣德元年，西元七六三年，元結四十一歲，任道州刺史時。❷西原　今廣西扶南西南。❸永州　今湖南零陵。❹邵　今湖南寶慶。❺諸使　指租庸使，唐代掌賦役的官吏。❻井稅　租稅的一種，即田賦。❼戎旃　軍中的旗幟，此指過軍旅的生活。❽典　主管其事。❾山夷　指西原賊。❿城小賊不屠　指道州城小，民間貧苦，故西原賊不願入城殺掠。屠，殺戮。⓫使臣將王命二句　使臣奉了王命，到州縣強行索取租稅，豈不是如同盜賊一般嗎？使臣，指租庸使，掌賦役的官吏。將，奉。焉，疑問語助詞。⓬徵斂者　橫徵暴斂的官員。⓭委　放棄。⓮符節　徵信之具，古以竹為之，或以金玉為之，剖為二，各執一半。此指任官的印信。⓯刺船　撐船。

【語　譯】癸卯年時，從西原來的賊寇闖入道州，燒殺奪掠，幾乎搜括一空才退去。隔年，寇賊又來侵犯永州，破了邵城，但卻沒有騷擾本州的邊境就退去了。難道是我們有力量可以抵抗敵人嗎？這只不過是蒙他們可憐罷了。租庸使們為什麼還忍心苦苦對百姓橫徵暴斂呢！我因此作了這首詩向官吏們表白心志。

早歲遇到太平世，我在山林間過了二十年。泉的源頭就在庭戶的旁邊，山谷洞穴正對著門前。那時，朝廷徵收田賦有一定的時間，太陽高起，還可以安穩地睡大覺。

突然遭到時局的變化，這些年來，我過著軍旅的生活。今年我來擔任這郡的刺史，遇到西南蠻夷又來擾亂。由於道州城小，寇賊竟無意入侵殺掠，也許是居民貧苦也夠可憐的緣故吧？所以寇賊攻下鄰境，而唯獨道州能夠保全。

現在使臣奉了王命，到州縣來強行索取租稅，這樣做難道不是同寇賊一樣嗎？竟讓橫徵暴斂的官員，壓迫百姓，使他們如同受火的煎熬。誰願意做迫害百姓生命的事呢？寧可做被當代人所推崇的賢吏啊！

我正想放棄官職，拿著船篙自己去撐船，把家搬到魚米之鄉，而終老在江湖之上。

【賞　析】這是元結四十二歲時，任道州刺史的第二年所作的詩。由於道州境內，曾遭西原賊的騷擾，第二年，朝廷又派稅吏來苛徵，作者認為不當苛擾百姓，應該養民生息，並願做個好官員，於是賦詩示官吏，以見己志。

全詩共分四章：首章六句，敘述太平世的安樂。次章八句，敘述出來掌理道州，又偏逢喪亂，並說明道州所以保全的原因。三章六句，敘述朝廷派租庸使前來徵斂，這樣做法，形同寇賊。末章抒感，表明自己的心跡，寧可棄官終老於江湖之上，也不願做個酷吏。

27　郡齋雨中與諸文士燕集

韋應物

兵衛森畫戟❶，宴寢凝清香❷。海上風雨至，逍遙池閣涼。
煩痾❸近消散，嘉賓復滿堂。自慚居處崇❹，未覩斯民康。理會是
非遣，性達形跡忘❺。
鮮肥屬時禁❻，蔬果幸見嘗。俯飲一杯酒，仰聆金玉章❼。神歡體
自輕，意欲凌風翔。
吳中❽盛文史，群彥今汪洋❾。方知大藩地❿，豈曰財賦強？

【作者】韋應物（西元七三六——八三〇？），京兆長安（今陝西西安）人。他曾經做過江州、滁州、蘇州等地的刺史，所以又被稱做「韋江州」或「韋蘇州」。他性情高潔，每每必須焚香掃地而坐。跟他一起酬唱的，有顧況、劉長卿、丘丹、皎然等詩人。詩的風格和王維相近，以描寫山水田園為主，但有些詩帶有感傷頹廢的情調。他的死年不可查考，大約活了九十多歲。兩唐書不

列傳，《全唐詩》有他的小傳。著有《韋江州集》十卷。

【韻　律】全詩用下平聲七陽韻，香、涼、堂、康、忘、嘗、章、翔、洋、強等字協韻。

【注　釋】❶畫戟　兵器的一種。❷宴寢凝清香　宴寢，宴請賓客的廳室。清香，指所焚的香。❸煩疴　煩悶。❹居處崇　指居刺史位。❺理會是非遣二句　為對仗句。意思是說明白事物的道理，是非便可解決，性情曠達，一切形跡便可遺忘。❻鮮肥屬時禁　時值炎夏，應禁食鮮魚肥肉。❼金玉章　喻優美的詞章。❽吳中　指蘇州。❾汪洋　喻眾多。❿大藩地　財賦廣聚的大地方，即大都市。

【語　譯】郡府裡兵衛的畫戟森列著，客廳裡凝聚著焚香。風雨從海上吹來，池閣頓然清涼，使人舒暢自在。

煩悶近已消散，嘉賓又聚集一堂。我自己感到慚愧，高居刺史的地位，沒能看到百姓們登入康樂的境地。明白事物的道理，是非便可解決，性情曠達，一切形跡便可遺忘。

時屆炎夏，鮮魚和肥肉應該禁食，幸而果蔬素食，也能得到嘉賓的品嚐。低頭喝一杯吧，仰首聽那些優美的詞章。神情歡悅，體態輕爽，不覺已有飄飄欲飛之感。

蘇州向來是文史興盛的地方，今日之會，群才濟濟眾多。才知道大都會的所在，何只是財賦殷盛呢？

【賞　析】唐貞元初，韋應物任蘇州刺史時，在郡所宴諸文士所詠的詩。全詩分四章：首章四句，寫宴客的地點及時令，點出「郡齋雨中」。次章六句，寫煩疴近消，眼看嘉賓盛多，欣喜之甚。並言忝居高位，未能康阜斯民為恥，惟就理會性達，差堪自慰。第三章六句，描寫賓主宴飲誦詩文的歡樂，點出「與諸文士燕集」。末章四句，結言讚揚吳中不僅財賦稱強，且文史稱盛，群彥碩士濟濟，尤為可喜。宋計敏夫《唐詩紀事》：「應物性高潔，所在焚香掃地而坐，惟顧況、劉長卿、丘丹、秦系、皎然之儔，時與同列，與之酬唱，樂天〈吳郡詩石記〉，獨書：『兵衛森畫戟，宴寢凝清香。』劉太真與韋書云：『顧著作（況）來，以足下郡齋燕集相示，是何情致，暢茂遒逸如此。宋齊間，沈謝吳何，始精於理意，然緣情體物，備詩人之旨。後之傳者，甚失其源，惟足下制其橫流，師摯之始，關雎之亂，於足下之文見之矣。』」

28　初發揚子寄元大校書

韋應物

悽悽去親愛，泛泛入煙霧❶；歸棹洛陽人，殘鐘廣陵樹❷。
今朝為此別，何處還相遇？世事波上舟，沿洄❸安得住？

【韻律】全詩用去聲七遇韻，霧、樹、遇、住等字協韻。

【注釋】❶悽悽去親愛二句　對仗句。上句寫別友人的悽傷，下句寫江上煙霧的瀰漫。悽悽，悲傷的樣子。泛泛，迷茫的樣子。❷歸棹洛陽人二句　對仗句。上句寫搭上開往洛陽的船的我，下句寫回頭望廣陵，煙樹簇簇，只聽得曉鐘聲殘。洛陽，今河南洛陽。廣陵，今江蘇江都。❸沿洄　水流的樣子。

【語譯】我悲傷地離別了親愛的友人，迷茫地進入了江霧之中；我搭上開往洛陽的船，回頭看，煙樹簇簇，只聽得廣陵的曉鐘，餘音嫋繞。

今早在此地和您分手，何處還能再相見？世事如同煙波上的船，隨著流水怎能止泊呢？

【賞析】這是一首作者在揚子江頭與友人元結臨別抒感的詩。元大，指元結。校書，官名，元結任校書郎。

全詩分兩章，首章四句，一二兩句對仗，三四兩句對仗。《文心雕龍・麗辭篇》說：「麗辭之體，凡有四對：言對為易，事對為難，反對為優，正對為劣。」對仗有四種方式，高下不同。「悽去親愛，泛泛入煙霧」，這是「言對」，上寫情，下寫景，做到情景交融，自生意境。「歸棹洛陽人，殘鐘廣陵樹」，這是「反對」，上寫往洛陽，下寫回望廣陵，相距千里，雖寫景，也在道情，做到情景交融。同時，又扣詩題「初發揚子」。次章四句，寄元大校書，抒寫別後難期會面的情景，不覺別情依依，產生世事聚散不常的感歎。

29　寄全椒山中道士

韋應物

今朝郡齋❶冷，忽念山中客❷；澗底束荊薪，歸來煮白石❸。

欲持一瓢❹酒，遠慰風雨夕。落葉滿空山，何處尋行跡？

【韻律】全詩用入聲十一陌韻，客、石、夕、跡四字協韻。

【注　釋】❶郡齋　指滁州郡府住所。❷山中客　指全椒山中道士。❸煮白石　《神仙傳》：「白石先生嘗煮白石為糧。」❹一瓢　剖瓠而成的盛器。一瓢，猶言一壺，言少也。

【語　譯】今早郡府內很冷，忽然使我想起在全椒山中的道士；您在澗底撿細木柴，回來用它來煮白石。

我想提一瓢酒拜訪您，安慰您在風雨的晚上。但是秋葉落滿了空山，我將何處去尋找您的行跡？

【賞　析】這是韋應物在滁州刺史任內，給全椒山中道士的詩。全椒，唐時屬滁州境內，在今安徽合肥西。全詩八句，前四句寫在風雨的寒夜，作者想起山中客，並預想他過淡泊的生活。後四句寫作者本想持酒遠訪，又恐不能相遇，所以寫詩相寄，以見情意。

宋葛立方《韻語陽秋》：「韋應物詩，平平處甚多。至于五字句，則超然出於畦逕之外。故白樂天云：『韋蘇州五言詩，高雅閒淡，自成一家之體。』東坡亦云：『樂天長短三千首，卻遜韋郎五字詩。』」

30　長安遇馮著

韋應物

客從東方來，衣上灞陵❶雨。問：「客何為來？」「采山❷因買斧。」

冥冥❸花正開，颺颺❹燕新乳。昨別今已春，鬢絲❺生幾縷？

【韻　律】此詩用上聲七麌韻，雨、斧、乳、縷四字協韻。

【注　釋】❶灞陵　地名，在長安城東。❷采山　即採山，開墾山地。❸冥冥　茂盛的樣子。❹颺颺　飛翔的樣子。❺鬢絲　兩邊的白髮。

【語　譯】有客從東方來，衣上還沾著灞陵的雨。我問他：「您來這兒做什麼？」「為了開墾山地，特地來買斧頭。」

茂盛的花正燦開著，飛翔的燕子，又哺乳著新燕。去年一別，如今已是春天，您兩鬢的白髮，又憑添多少根了？

【賞　析】這是一首情意深長的詩，作者在長安遇好友馮著，用問答的方式，道出友人有歸隱的念頭。一般士子的歸隱，多少有因仕途的坎坷所致。然作者卻用「冥冥花正開，颺颺燕新乳」的景色，暗示新春氣象，以激勵朋友。詩中首二兩句，敘馮著由灞陵來長安。三四句問答，點出「遇」字，寫馮著來長安的原因。五六句寫兩人相遇正是春天。末兩句感慨。去年一別，今又逢春，景物依舊，但兩鬢又憑添幾許白髮了。

31 夕次盱眙縣

韋應物

落帆逗淮鎮❶，停舫臨孤驛。浩浩❷風起波，冥冥❸日沉夕。

人歸山郭暗，雁下蘆洲白❹。獨夜憶秦關❺，聽鐘未眠客。

【韻　律】本詩用入聲十一陌韻，驛、夕、白、客四字協韻。

【注　釋】❶淮鎮　淮水邊的市鎮。盱眙縣，唐屬臨淮郡，近淮水，即今安徽盱眙。❷浩浩　遼闊的樣子。❸冥冥　昏暗的樣子。❹人歸山郭暗二句　對仗句。日落後，行人歸來，山郭格外昏暗，雁落水邊棲息，月光照在蘆花的沙洲上，顯得皎白。❺秦關　即關中。今陝西一帶稱關中。應物長安人，秦關是他的故鄉。

【語　譯】降下風帆逗留在淮水邊的城鎮，停船泊近孤零的驛站。這時，江風掀起遼闊的波浪，日落後，接著是暮靄昏暗的夜晚。

行人都已歸來，山郭顯得黑暗，雁棲水邊，月光照在蘆花的沙洲上格外皎白。我獨自在夜裡，想起自己的家鄉秦關，聽著鐘聲，做了不眠的異鄉客。

【賞　析】作者旅次盱眙縣，因風止宿該地，夜裡思鄉不寐，引起客愁所作的詩。首章四句，已切詩題，「日沉夕」點「夕」，「落帆」、「停舫臨孤驛」點「次」，「淮鎮」點「盱眙縣」。「浩浩風起波，冥冥日沉夕」對仗，寫江上日落風起之景，為「正對」。次章四句，寫客旅鄉愁，徹夜不眠的情景。「人歸山郭暗，雁下蘆洲白」對仗，寫入夜所見的景色，山郭暗與蘆洲白，做了強烈的對照，所以佳妙。

32 東郊

韋應物

吏舍跼❶終年，出郊曠清曙❷；楊柳散和風，青山澹吾慮。
依叢適自憩，緣澗還復去。微雨靄❸芳原，春鳩鳴何處？
樂幽心屢止，遵事❹跡❺猶遽。終罷斯結廬，慕陶真可庶❻。

【韻律】全詩用去聲六御韻，曙、慮、去、處、遽、庶六字協韻。

【注釋】❶跼　拘束。❷出郊曠清曙　郊，一作郭。清曙，清晨。❸靄　動詞，作滋潤講。❹遵事　指依公務去做。❺跡　形跡，指日常生活而言。❻終罷斯結廬二句　然終當罷官，便將在此結廬，平生仰慕陶公的心意，今後庶幾可以如願。斯，《四部叢刊》本《韋江州集》作期。結廬，建屋，用陶淵明〈飲酒〉詩「結廬在人境，而無車馬喧」句。陶，陶淵明。真，一作直。庶，庶幾。

【語譯】我終年拘束在官衙裡，所以趁著清晨到空曠的郊外走走；看到楊柳在和風中散動，青山使我的思慮恬靜。依著叢樹正好休息，順著澗水來回散散步，看微雨潤澤了芳原，春鳩在何處鳴叫？這種尋幽訪勝的心境，經常為俗務所阻撓，假如循規蹈矩地在官衙裡辦事，那形跡便顯得十分急遽煩躁。然而，我終將罷官歸去，在此結廬，平生仰慕陶公的心意，希望今後可以如願了。

【賞　析】 此詩共三段，每段四句，詠不堪吏事，藉出東郊以洗刷心頭的塵慮。次句「出郊曠清曙」，點出「郊」字。「楊柳散和風」以下六句，寫東郊春野的景色。結尾四句感興，抒寫罷官後，願效陶淵明歸隱的心願。

韋應物一生極景慕陶淵明的為人，常於有意無意之間模倣陶詩。我們可以在他〈擬古詩〉十二首、〈效陶彭澤〉、〈效陶體〉、〈雜詩〉五首等詩中，看出他有意學陶的痕跡。在他的詩中，五言多於七言，蘇軾曾在一首詩中說：「樂天長短三千首，卻遜韋郎五字詩。」在蘇軾的眼中，他的五言詩是超出白居易之上的。他與同時的劉長卿可稱為五言的雙璧。

33　送楊氏女

韋應物

永日方慼慼，出行復悠悠❶。女子今有行❷，大江泝❸輕舟。
爾輩況無恃❹，撫念益慈柔。幼為長所育❺，兩別泣不休。對此結
中腸，義往❻難復留。

自小闕內訓❼，事姑貽我憂。賴茲託令門❽，仁卹庶無尤❾。貧儉誠所尚，資從❿豈待周⓫！孝恭遵婦道，容止⓬順其猷⓭。
別離在今晨，見爾當何秋？居閑始自遣，臨感忽難收。歸來視幼女，零淚緣纓⓮流。

【韻　律】此詩多用仄聲字，如「爾輩況無恃」，「幼為長所育」，「兩別泣不休」，「自小闕內訓」等，差不多整句都用仄聲字，且全詩都用下平聲十一尤韻，更使人讀來有一種纏緜悽惻之感。悠、舟、柔、休、留、憂、尤、周、猷、秋、收、流等字為韻腳。全詩除首聯「永日方慼慼，出行復悠悠」及「貧儉誠所尚，資從豈待周」對仗外，其餘都是沒有對偶的敘述句。

【注　釋】❶永日方慼慼二句　以往的日子你經常在悲愁中渡過，現在出門，道路又這樣遙遠。永日，以往長久的日子。方，常也。慼慼，悲愁貌。出行，出門遠行。❷有行　有所遠行也，指出嫁而言。《詩經・邶風・泉水》：「女子有行，遠父母兄弟。」❸泝　同溯，逆流而上。❹爾輩況無恃　況，一作苦。無恃，幼而無母也。《詩經・小雅・蓼莪》：「無父何怙，無母何恃。」❺幼為長所育　韋應物自注云：「幼女為楊氏所撫育。」❻義往　《禮記・內則》：「女子……二十而嫁。」言義當往也。❼自小闕內訓　韋應物自注云：「言早無恃。」內訓，母訓也。❽令門　好門戶，指夫家。❾尤　過錯。❿資從　資財僕從，皆隨嫁之妝奩也。⓫周　備也。⓬容止　容貌舉止。⓭猷　法度。⓮纓　帽帶。

【語　譯】以往的日子，你經常都在悲愁中渡過，現在出門，路途又是這般遙遠。今天你要出嫁了，搭上輕舟，沿著大江逆流而上。

況且你們從小就失去了母親，因而使我照顧你們更加慈愛和柔。你幫我照顧你那年幼的妹妹，今天分別了，你們兩姊妹都哭泣不已。面對這種情景，也使我愁腸百結，但女大當嫁，實在再難以久留了。

你從小沒有母親，缺少閨中的明訓，侍奉公婆的事，未免使我耽憂。幸好此次能把你託身給好門戶，公婆仁慈憐卹，相信不會有什麼差錯了。貧寒人家節儉的美德正該崇尚，隨嫁的妝奩，又那裡需要樣樣備全呢！你到了夫家，必須孝順恭慎，遵守婦道，容貌舉止，一切都要依照法度。

今早我們分別了，不知什麼時候再能見面呢？我閑居在家還可以自己排遣，但感念到分離的情景，就難以控制情感。回來後，看到你的幼妹，眼淚不知不覺地沿著帽帶流下來。

【賞　析】這是韋應物送女兒出嫁時所賦的詩，因為他的女兒嫁給楊氏，所以標題作「送楊氏女」。詩中寫出自己中年喪偶，父女三人相依為命，現在一旦分離，依依之意，溢於言表。且全篇用散體寫來，不事堆砌，倍增這份感情的真切與深厚。

全詩分四段：首段點出送嫁的場面。次段寫二女幼年喪母，相依為命，在離別之際，兩人都泣不成聲了。第三段是告誡女兒的話，再三叮嚀。寫自己雖出身寒門，但只要遵守婦道，孝順公婆，那就不會遭到別人的非議，越可見慈父憐愛之情。末段寫歸期無日，回來之後，觸景傷情，見家中只剩下自己和幼女二人，不禁淚下不已。

張戒在《歲寒堂詩話》中批評他的詩道：「韋蘇州詩韻高而氣清，王右丞詩格老而味長，皆五言之宗匠。」

34　晨詣超師院讀禪經

柳宗元

汲井漱寒齒，清心拂塵服。閒持貝葉書❶，步出東齋讀。
真源❷了無取，妄跡❸世所逐。遺言冀可冥❹，繕性何由熟❺？
道人庭宇靜，苔❻色連深竹；日出霧露餘，青松如膏沐❼。澹然離言說❽，悟悅心自足。

【作　者】柳宗元（西元七七三——八一九），字子厚，河東解縣（今山西永濟附近）人。他是唐朝出色的思想家和散文家，尤其是他的山水遊記和寓言小品，堪稱雙絕。詩也有特色，清新峭拔，以描寫自然景物為主。

他二十一歲登博學鴻詞科，有才名，三十歲時，任監察御史。順宗元年，王叔文當政，舉薦他為禮部員外郎。幾月後，順宗崩駕，憲宗即位，政局驟變，柳宗元因坐王叔文黨，在元和元年九月，被貶為邵州刺史，在他往邵州的道中，又貶了一次，改為永州（今湖南零陵）司馬。永州荒僻，然山水秀麗，他從三十四歲到四十一歲居於永州，大部分的作品，完成於此。元和九年，他被召回長安，次年，又出任柳州刺史。柳州，在今廣西一帶。他居柳州五年，不得召歸，在他病重時，曾留書寄給他的朋友劉禹錫說：「我不幸卒以謫死，以遺艸累故人。」元和十四年十一月八日，便死在柳州。柳州的居民，感念他的德政，並立廟紀念他。後來劉禹錫將他的遺稿編為四十五卷，題為《柳先生文集》。

前人對柳宗元的文學作品，評價很高。韓愈稱柳文「雄深雅健，似司馬子長」，高似孫讚它「卓偉精緻」。蘇軾評柳詩「外枯而中膏，似淡而實美」，楊萬里稱它「句雅淡而味深長」，劉克莊稱它「高簡要妙」，都是中的之言。

【韻　律】「妄跡世所逐」為五仄句，是古詩中常見的現象，且五仄句中，通常需一個字為入聲。至於「閒持貝葉書，步出東齋讀」，「遺言冀可冥，繕性何由熟」及「道人庭宇靜，苔色連深竹」，三聯均入律，可知清人主張古詩平仄不宜入律的說法，不是必然性。此詩用韻：服、讀、逐、熟、竹、沐等字為入聲一屋韻，足字為入聲二沃韻，一屋二沃可以通押。

【注　釋】❶貝葉書　即佛經，又稱貝葉經。古時西域無紙，多用貝多羅葉書寫佛經，故名。李商隱〈安國大師〉詩：「憶奉蓮花座，兼聞貝葉經。」❷真源　佛經語，指人生大道的根源。❸妄跡　虛妄怪誕的行跡。❹遺言冀可冥　遺言，指佛經中的微言大義。《全唐詩》下注：「一作譴」，無解。冥，契合也。❺繕性何由熟　言修養性情，以復其初，這種修治的工夫，何從達到完美的境地呢？《莊子》有〈繕性〉篇，繕，治也。熟，完美。❻苔　一作蒼。❼膏沐　婦人用以澤髮者。❽澹然離言說　心境恬靜，不需用言語來表達。澹然，恬靜貌。澹，一作淡。說，《全唐詩》注：一作語。

【語 譯】打些井水來漱口，然後拂去衣上的塵垢，內外潔淨，可以清心。閒暇時捧著佛經，走到東齋來誦讀。

我才明白，人生大道的本源，世人不認識，了無可取；虛妄怪誕的行跡，反為世人所追逐。從禪經中所說的微言大義，我希望能獲得契悟，這種修治本性的工夫，我何從到達完美的境地呢？

這位道人所居的庭院很清靜，草色連接著深深的竹林；太陽出來了，薄霧和露水還沒散盡；青松彷彿被膏沐洗櫛一番。面對這種景象，心境恬靜，不需用言語來表達，便能心領神悟，內心感到十分喜悅與滿足。

【賞 析】此詩作者寫清晨到達「超師院」讀禪經的感覺而作。《全唐詩》在禪字下注云：「一作蓮。」則蓮經當指《妙法蓮華經》了。《酉陽雜俎》云：「大興善寺素和尚轉《法華經》三萬七千部，有僧題詩云：『三萬蓮經三十春，半生不踏院塵門。』」禪經，泛指佛經言。

本詩首四句，道出作者內外潔淨，可以誠敬讀經。次云佛經深奧，可悟人生本源，然世人未察。末段六句，前四句寫超師院清晨的景色，明淨自然。結語兩句，道出作者心靈的怡悅自足，全然已悟，不用言辭。清人吳喬《圍爐詩話》云：「子厚詩如高樹臨清池、風驚夜來雨、寒月上東嶺、泠泠疎竹根、石泉遠逾響、山鳥時一鳴、道人庭宇靜、苔色連深竹，不意王孟外復有此詩。」

35 溪居

柳宗元

久為簪組累❶，幸此南夷謫❷。閑依農圃鄰，偶似山林客。曉耕翻露草，夜榜❸響溪石，來往不逢人，長歌楚天碧。

【韻　律】此詩大致合律，且前六句均以排偶出之，律化甚深。全詩用入聲十一陌韻，韻腳為謫、客、石、碧四字。

【注　釋】❶久為簪組累　久為公務所負累，不得享受清閒的生活。簪，指簪纓，用以插帶帽冠。組是組綬，所以繫印信。累，一作束，義均可通。❷南夷謫　指貶官到永州。❸榜　進船也。《全唐詩》注：「一作搒，孔孟切。」章變本作傍。「夜榜」與「曉耕」相對，均作動詞。

【語　譯】多少日子，我都為公務所負累，如今被貶謫到南方來，真算是幸運了。我靠著農人的園地，與他們結伴為鄰，偶然有點像山林隱居的逸士。清早翻除帶有寒露的野草，夜晚進船，船篙敲響了溪石，平常來來往往的，都難得碰上一個人，我獨自長歌，南方的天空顯得格外蔚藍。

【賞　析】此詩題作溪居，蓋指永州愚溪而言，乃作者被貶到南方以後，因而領悟到人世的險惡，有超然出塵之想，所以借題發揮，實在有歸隱山林的心志。清沈德潛《唐詩別裁》云：「愚溪諸詠，處運蹇困厄之際，發清夷淡泊之音，不怨而怨，怨而不怨，行間言外，時或遇之。」實為知言。

此詩不分段，前六句對仗，特別工巧。第二句說「幸此南夷謫」，實為不幸，蓋反言也。餘六句寫溪居生活，給人一種寧謐安詳的感覺。

五古樂府

樂府，含有官署和詩體的雙重意義。樂府的由來，始於漢代的房中歌、郊祀歌，其先是三言、四言、雜言的樂歌，其後五言樂辭才由民間採進，於是五言的樂府詩，才普遍地流行。漢高祖唐山夫人作〈房中歌〉，用以郊祀。惠帝時，使夏侯寬任「樂府令」，漢武帝時，設立「樂府」，是官署的名稱，並由李延年任協律都尉。由於此項官署的職守，在搜集民間的歌謠，增損其聲律，使適合宮廷演唱時用的，因此，樂府成為民歌的代稱。《漢書・禮樂志》云：

> 武帝定郊祀之禮，祠太一於甘泉，就乾位也。祭后土於汾陰，澤中方丘也。乃立樂府，采詩夜誦，有趙、代、秦、楚之謳。李延年為協律都尉，多舉司馬相如等數十人造為詩賦，略論律呂，以合八音之調，作十九章之歌。

其後，樂府詩的流行日廣，漢人大抵以郊廟歌、鼓吹曲、橫吹曲、相和曲為主，魏晉南北朝時，以清商曲為主，從魏晉到隋唐，對民間的俗樂，又可稱為「清樂」。唐人作樂府詩，多沿樂府舊題而作，或依樂府方式而創新調。到杜甫時，始嘗試樂府新題，如〈麗人行〉、〈丹青引〉、〈茅屋為秋風所破歌〉等，已是用古詩的風格來寫樂府，著重詩歌諷諭精神，而漸漸喪失掉音樂的成分。到白居易時，更著重時事的報導，強調諷諭的特色，主張「文章合為時而著，歌詩合為事而作」，標名為「新樂府」。於是樂府詩的範圍，更加的廣闊，而樂府詩已成為我國詩歌中重要詩體之一。

樂府詩，就是風謠、民歌。與音樂的演變，有密切的關係。樂府的種類，依郭茂倩《樂府詩集》的分法，大抵郊廟歌是宗廟的頌歌，燕射樂是君臣燕射的雅樂，鼓吹曲、橫吹曲是國外所輸入的胡樂，相和曲、清商曲是採自民間的歌謠，除此以外，還有舞曲歌、琴曲、雜曲歌、近代曲、雜歌謠、新樂府等種類。

樂府詩是歌行體，在內容上比較淺限樸質，用詞上也比較俚俗。而所用的標題，常用歌、行、吟、弄、曲、調、謠、辭、引、操、難、艷、思、篇、唱、怨等字，來與古詩區別，如〈長干行〉、〈白頭吟〉、〈江南弄〉之類便是。至於樂府詩的作法，沒有一定的標準，有些跟古詩的作法一樣，用韻很寬，不講平仄；有些跟絕律一樣，也合律，可以吟唱。故胡應麟《詩藪》云：「余歷考漢、魏、六朝、唐人詩有三言、四言、五言、六言、七言、雜言、近體、排律、絕句，樂府皆備有之。」為得言之論。

36 塞下曲 二首

王昌齡

蟬鳴空桑林❶，八月蕭關❷道。出塞復入塞❸，處處黃蘆草。從來幽并❹客，皆向沙場老。莫學遊俠❺兒，矜誇紫騮好❻。

【韻　律】此詩首句「蟬鳴空桑林」，為五平句，第三句「出塞復入塞」，為五仄句。全詩用上聲十九皓韻，韻腳是：道、草、老、好。

【注　釋】❶空桑林　《全唐詩》注一作「桑樹間」。❷蕭關　在今甘肅省固原縣東南，為古代關中四關之一。❸出塞復入塞　《全唐詩》本作「出塞入塞寒」，而注云：「一作復入塞。」義較勝，今改。❹幽并　泛指今日河北、山西一帶的地方。并，古讀卑嬰切，平聲，庚韻，今人讀去聲，誤。❺遊俠　一作游俠。《史記・游俠列傳》云：其言必信，其行必果，已諾必誠，不愛其軀，而解人之厄困者。❻矜誇紫騮好　矜，自尊大也。紫騮，本漢橫吹曲名〈紫騮馬歌〉，《古今樂錄》曰：「蓋從軍久戍懷歸而作也。」此處當作一種良馬的名稱，然義有相關。

【語　譯】寒蟬在凋空的桑林中鳴叫，那聲音散落在八月的蕭關道上。我們來來回回的出塞入塞，處處所見到的是一片淡黃的蘆草。從來到幽并從軍的人，都是終老在沙場上，不曾回去。別再學那塞外的遊俠兒，極力稱讚紫騮是好馬，而捨不得回去了。

【賞析】塞下曲，是以寫邊塞為主的樂府標題，大半是非戰的，但卻十分含蓄。全詩共八句，用起、承、轉、合的手法寫成。頭兩句布置了一個秋空冷落的場面。三四句承，第三句點出時間的悠久，第四句則點出空間的遙遠，使人有悠悠無盡的感覺，而戰士思家的心情就更為迫切了。第五六句筆法一轉，作安慰之語，認為在沙場上終老，是戰士應盡的本分。七八兩句結，謂只希望不要學塞上的遊俠兒，為了逞強，喜歡好馬匹而忘記歸家啊！

37 其二

飲馬渡秋水，水寒風似刀。平沙日未沒，黯黯❶見臨洮❷。昔日長城戰❸，咸言❹意氣高。黃塵足❺今古，白骨亂蓬蒿❻。

【韻律】第五六兩句平仄合律。韻腳是刀、洮、高、蒿，用下平四豪韻。

【注釋】❶黯黯　深黑貌。亦有心神沮喪之意。❷臨洮　舊縣名。始置於秦，蒙恬築長城，起臨洮，至遼東，即此；唐以後，沒於吐蕃。即今甘肅岷縣。❸長城戰　泛指歷代在邊界禦侮的戰爭，非專指某一役。《全唐詩》注：「一作龍。」龍城，指河北長垣縣南一帶。❹言　語助詞，無義。❺足　《全唐詩》注：「一作漏，一作是。」成也。❻蓬蒿　亦作莔蒿。花名，菊科。此泛指一切野花。

【語譯】在一個秋天的傍晚渡河，我讓馬兒在河邊喝水歇歇，水很冷，寒風像刀子似的。在這一望無垠的沙漠裡，太陽還沒落下，四周黯淡地，臨洮關隱約可見。使人想起以前在長城內外的戰爭，為了國家，戰士們都意氣高昂。如今黃沙滾滾，古今沒有什麼不同，只見白骨縱橫與野花蓬蒿雜亂在一起。

【賞　析】這是一首描寫塞外風景而感懷的樂府詩。《全唐詩》注云：「此首一本題作望臨洮。」更與詩意切合。此詩前四句敘述塞外秋晚的景象，後四句轉述歷代禦邊，不知多少人壯烈成仁，埋骨於此，愈見悲壯。末兩句用對比手法，黃塵與古今，白骨與蓬蒿，用「足」、「亂」二字連貫，可悟作法。足、亂二字便是詩眼所在。

38 關山月

李　白

明月出天山❶，蒼茫雲海間。長風幾萬里，吹度玉門關❷。
漢下白登道❸，胡窺青海灣❹。由來征戰地，不見有人還。
戍客望邊色，思歸多苦顏；高樓當此夜，歎息未應閑。

【韻　律】此詩完全律化，甚至講求黏對與拗救。如「長風幾萬里」句用下三仄，可以不救；「漢下白登道」及「戍客望邊色」二句，均作「仄仄仄平仄」，孤平，因此用「胡窺青海灣」及「思歸多苦顏」二句以救之，在律詩中本作「平平仄仄平」，現第三字改作平聲以救之，即「平平平仄平」，這完全是律詩的手法。

全詩用上平十五刪韻，首句入韻，韻腳為：山、間、關、灣、還、顏、閑。

【注　釋】❶天山　即祁連山。❷玉門關　在今甘肅敦煌西一百五十里陽關的西北。❸白登道　今山西大同東，山名，又稱白登臺。因詩句此字必用仄聲，故改作「道」字。據《史記‧匈奴列傳》及〈韓王信傳〉的記載，謂漢高祖擊匈奴冒頓，曾被圍七日，即在此地。❹青海灣　今青海東部。

【語　譯】明月從天山上出來，浮在蒼茫的雲層中間。長風從幾萬里外吹來，又從玉門關上飛越過去。在這兒就是漢朝劉邦脫圍而去的白登臺，現在胡人還在窺伺著青海。此地古來就是兵家必爭之地，但總看不到有幾個人能夠活著回來。所以當戰士們看到邊塞一片荒涼的景色時，思歸的心情使自己感到愁眉苦臉；相信今晚家中的妻子站在高樓上，看到這種月色時，歎息的聲音應該沒有中止吧！

【賞　析】這是一首詠邊塞的樂府詩。〈關山月〉，屬於橫吹曲，郭茂倩《樂府詩集》：「樂府解題曰：『〈關山月〉，傷離別也。古〈木蘭詩〉曰：「萬里赴戎機，關山度若飛，朔氣傳金柝，寒光照鐵衣。」』按相和曲有〈度關山〉，亦類此也。」此詩前四句，寫由關、山、月所組成的邊關月色，蒼茫遼闊，同時點題。中四句懷古，言古來征戰，能有幾人回來。末四句，道眼前事，寫守邊的戰士因「思歸」而「苦顏」，結句不言自苦，而言家人思念之苦，更深一層；且能情景交融，所以絕妙。與杜甫的〈月夜〉：「今夜鄜州月，閨中只獨看；遙憐小兒女，未解憶長安。」同一手法。

39～42　子夜四時歌　四首

李　白

春歌

秦地羅敷❶女，采桑綠水邊；素手青條❷上，紅妝白日鮮。蠶飢妾欲去，五馬❸莫留連。

【韻　律】這是一首六句的律詩，三四句對仗，前後皆用散體。僅第二句「采桑綠水邊」犯孤平，不合律。全詩用下平一先韻，韻腳是：邊、鮮、連三字。

【注　釋】❶羅敷　漢樂府有〈陌上桑〉，又稱〈豔歌羅敷行〉。這裡泛指年輕的女子而言。❷青條　指桑樹的枝幹。❸五馬　即太守也。古時太守車駕用五馬，故名。〈陌上桑〉：「使君從南來，五馬立踟躕。」

【語　譯】陝西有一個叫羅敷的女子，在綠水邊採桑；她雪白的手映襯在青嫩的枝條上，穿了一身紅豔的衣裳，與白日爭輝。現在蠶兒飢餓了，我也要回去，太守啊，請你不必再駕著車兒徘徊。

【賞　析】子夜歌，是六朝長江流域吳地的民歌，屬於吳歌中的一種。相傳晉代的一個女子叫子夜的，善唱此歌，因而用「子夜」為歌名。其後這類歌曲很流行，於是演唱四季的，就稱為「子夜四時歌」，還有〈大子夜歌〉、〈子夜警歌〉、〈子夜變歌〉等變曲。唐人吳兢的《樂府古題要解》：「舊史云：晉有女子曰子夜所作，聲至哀。晉武帝太元中，琅琊王軻家，有鬼歌之。後人依四時行樂之詞，謂之子夜四時歌，吳聲也。」

這首〈子夜春歌〉，是寫一個女子在春天採桑餵蠶，一股朝氣蓬勃的樣子，使人對工作有一種愉悅的感覺。詩中用綠水、素手、青條、紅粧、白日等字，設色很美，用摹狀格來修辭。末聯勸太守不要貪慕美色，有詩人諷諭告誡之意，不失溫柔敦厚的本色。

夏歌

鏡湖❶三百里，菡萏❷發荷花。五月西施采，人看隘❸若耶❹。回舟不待月，歸去越王家❺。

【韻律】這也是一首六句的律詩，講求黏對而沒有對仗，「回舟不待月」句，用下三仄，可以不救。本詩用下平六麻韻，韻腳是：花、耶、家三字。

【注釋】❶鏡湖　原名鑑湖，在浙江紹興南。❷菡萏　還未開放的荷花。《詩經・陳風・澤陂》：「有蒲菡萏。」《說文》：「芙蓉未發為菡萏，已發為芙蓉。」❸隘　阻塞。❹若耶　一作若邪。溪水出若耶山下，北流入鑑湖。相傳為西施浣紗處。❺歸去越王家　章燮注：「此〈子夜夏歌〉，歸去越王家，不得復見也。」

【語　譯】鏡湖周圍有三百多方里，菡萏慢慢地開放變成了荷花。五月西施到湖邊來採蓮，很多人爭看西施，把若耶溪畔都阻塞了。啊，你不必辛苦採蓮，等到月亮出來才回船，因為你的美貌就要被挑選入宮，還可能住進越王的宮殿裡呢！

【賞　析】西施是一個悲劇的故事，最後她不在越宮，反而被送入吳宮，她為了救自己的國家，把自己犧牲了。本詩前四句把風景、人物布置得很美；結二句，正面仍形容西施的美，但背地裡卻有言外之音，讓人玄想。

秋歌

長安一片月，萬戶擣衣❶聲；秋風吹不盡，總是玉關❷情。何日平
胡虜？良人❸罷遠征。

【韻　律】這也是一首六句的律詩，僅第二三兩句失黏，首句「長安一片月」作下三仄，可不論。全詩用下平八庚韻，韻腳是：聲、情、征三字。

【注　釋】❶擣衣　洗衣時以杵擊之，使之潔淨。❷玉關　玉門關的縮寫，因受詩句用字的限制所致。此泛指邊關而言。❸良人　即丈夫。

【語　譯】今夜長安城頭一片月色，耳邊經常聽得家家戶戶的擣衣聲；秋風吹不散我心中的愁緒，

因為我總是思念著玉門關上的丈夫啊！不知什麼時候才能蕩平胡虜呢？那時他就不必再去遠征了。

【賞　析】這是一首描寫思婦愁懷的子夜歌。作者利用一片月、擣衣聲、秋風等景物，到第四句才明白地點出「總是玉關情」，一語沉痛。末聯是作者設想之辭。在古典詩歌中，見月懷人是常見的題材，由於秋來，出征家屬為征人趕製寒衣，在月光下、搗衣聲中，帶來淒楚之情。明王夫之《唐詩評選》：「前四語是天壤間生成，被太白拾得。」

冬　歌

明朝驛使❶發，一夜絮❷征袍；素手抽鍼冷，那堪❸把剪刀！裁縫寄

遠道，幾日到臨洮❹？

【韻　律】這也是一首六句的律詩，第一、五句皆下三仄，可以不救，第四句「那堪把剪刀」，堪字孤平。全詩用下平四豪韻，韻腳是：袍、刀、洮三字。

【注　釋】❶驛使　古時用快馬傳遞文書的人，分站而設；即今日的郵差。❷絮　作動詞，裝棉也。❸那堪　猶云兼之也。❹臨洮　關名。即今甘肅省岷縣。參閱王昌齡〈塞下曲〉其二注❷。

【語　譯】明早驛使便要出發了，今晚我一夜趕製征袍；雙手很冷，連抽針都不大方便，更不用說

拿起剪刀了！我把它縫好寄到遠方去，不知道什麼時候才能送到臨洮呢？

【賞析】〈子夜四時歌〉，道情又配合節令。此詩是描寫一個婦人在冬夜裡趕製征袍，寄給遠戍的丈夫。中聯「素手抽鍼冷，那堪把剪刀」承上「一夜絮征袍」而言，不但手冷，歸期何日？更是心冷悽寒。末聯作問語，把氣氛緩和些，所以寬厚。《詩藪．內編》卷二云：「意愈淺愈深，詞愈近愈遠，篇不可以句摘，句不可以字求。」而李白〈子夜四時歌〉，似乎合乎這個原則。

43 長干行

李白

妾髮初覆額❶，折花門前劇❷；郎騎竹馬❸來，遶牀❹弄青梅。同居長干里❺，兩小無嫌猜。十四為君婦，羞顏未嘗開❻；低頭向暗壁，千喚不一回。十五始展眉❼，願同塵與灰；常存抱柱信❽，豈上望夫臺❾？十六君遠行，瞿塘灩澦堆❿；五月不可觸，猿鳴天上哀⓫。

門前遲⓬行跡，一一生綠苔；苔深不能掃⓭，落葉秋風早。八月蝴蝶來⓮，雙飛西園草。感此傷妾心，坐愁⓯紅顏老。

早晚⓰下三巴⓱，預將書報家；相迎不道遠，直至長風沙⓲。

【韻　律】此詩平仄很自由，隨興而作。「五月不可觸」句，全用仄聲。全詩用韻凡四換：起二句，額、劇為入聲十一陌韻。來、梅、猜、開、回、臺、堆、哀、苔等字為上平十灰韻。掃、早、草、老四字為上聲十九皓韻。結用巴、家、沙三字為下平六麻韻。

【注　釋】❶覆額　垂髫也。❷劇　遊戲。❸竹馬　兒童以竹竿代馬，用以嬉戲。❹牀　井欄也。《古樂府・淮南王篇》：「後園鑿井銀作牀。」❺長干里　在今江蘇江寧。❻未嘗開　一作尚不開。❼展眉　歡悅貌。❽抱柱信　喻守約也。《莊子・盜跖》：「尾生與女子期於梁下，女子不來，水至不去，抱梁柱而死。」梁，橋也。❾望夫臺　蘇轍《欒城集》：「望夫臺在忠州南數十里。」此處亦與望夫山、望夫石等只取其義，不必果有其地。❿瞿塘灩澦堆　瞿塘，亦名西陵峽，在四川奉節，長江三峽之一。灩澦堆，為瞿塘峽口的礁石。⓫猿鳴天上哀　《四部叢刊》本、章注，「鳴」字均作「聲」。《水經注・江水注》有巴東三峽歌：「巴東三峽巫峽長，猿鳴三聲淚沾裳。巴東三峽猿鳴悲，猿鳴三聲淚沾衣。」⓬遲　舊也。《全唐詩》注：「一作舊。」⓭苔深不能掃　詩中往往以綠苔喻愁，苔深，言青苔多，也就是愁多。「掃」字雙關，一指掃青苔，一指掃除煩憂。⓮蝴蝶來　一作蝴蝶黃。⓯坐愁　猶言深愁。亦作但愁。坐，作因字解，即但愁、因愁。⓰早晚　何時之意。⓱三巴　巴郡、巴東、巴西合稱三巴，今三峽附近。⓲長風沙　地名。今安徽懷寧東，現名長楓夾。

【語　譯】當我的頭髮剛剛覆額的時候，在門前折花為戲；你騎著竹馬來，繞著井欄，手裡把弄著青梅。我們同住在長干里，小時候彼此都沒有猜嫌。十四歲那年，我做了你的妻子，因為害羞，未嘗開顏一笑；低頭向著暗壁，你喚了千遍，也不一定會答上一句。十五歲那年，我才稍展眉而笑，希望能像塵與灰一樣，永不分離，我常存有貞亮的信念，又何必要跑上望夫臺，才可以看出來呢？十六歲那年，你離家遠行了，還經過瞿塘峽灩澦堆等地方；五月風浪真大，萬萬不能疏忽，以免撞上礁石，那裡峭壁上的猿啼，聽來十分悲哀，彷彿從天上傳來。

看看門前舊時的行跡，都一一長滿了青苔；青苔很多，不能掃盡，葉子落了，今年的秋風來得早啊！八月蝴蝶飛來，在西園的草地上雙雙飛舞。看到這些情景，使我內心感傷，深愁年華易逝而衰老。

什麼時候你從三巴的地方啟程歸來，請預先捎個信兒來，我將不辭遠道去接你，即使到長風沙，也在所不惜。

【賞析】這是一首描寫思婦的樂府詩。〈長干行〉，《樂府詩集》列為雜曲，作古辭。長干，地名，以地名作樂府題辭，如〈襄陽樂〉、〈渭城曲〉、〈三洲歌〉等便是。《樂府遺聲》云：「都邑三十四曲中，有〈長干行〉。」

全詩分三段：首段倒敘，回憶過去她們夫婦倆從小認識的經過，十四歲結婚，十五歲對愛的堅貞，十六歲分離，把女孩子的天真，少婦的深情，都刻畫得很深刻。次段寫當前的景色，從行跡、苔深、落葉，到蝴蝶、雙飛，秋天的景象，帶給她煩惱。末段寫她盼望早得知丈夫歸家的信息。全詩詞意清麗，敘事夾以抒情，益見纏綿。

44 烈女操

孟郊

梧桐相待老，鴛鴦會雙死；貞婦貴徇❶夫，舍生亦如此。波瀾誓不起，妾心井中水❷。

【作　者】孟郊（西元七五一—八一四），字東野，湖州武康（今浙江吳興南）人。年輕時，隱居嵩山，性情耿介，少與人來往。他一生很困窮，貞元十二年，已四十六歲了，才登進士第。士子登第，是人生的一大快事，他曾有一首〈登科後〉的詩：「昔日齷齪不足誇，今日放蕩思無涯。春風得意馬蹄急，一日看盡長安花。」頗膾炙人口。然四年後，才被派任溧陽縣尉，垂老擔任末吏，間關道遠，失意可知，臨行前韓愈還寫了一篇〈送孟東野序〉送他。後任鄭餘慶的參謀。卒年六十四。

他的詩，反映了自己窮愁的生活，不平的心境，曾有「惡詩皆得官，好詩抱空山」的感慨，如〈贈崔純亮〉詩云：「食薺腸中苦，強歌聲無歡；出門即有礙，誰謂天地寬。」愁苦可知。他的詩刻畫精煉，大抵苦思推敲而成，流於艱澀冷僻，與盧仝、劉義、韓愈、賈島諸人稱交，風格亦相近，同為怪誕派詩人，世稱「孟寒賈瘦」。韓愈最賞識他，孟郊死後，曾有詩稱讚道：「孟郊死葬北邙山，日月星辰頓覺閒。天恐文章中斷絕，再生賈島在人間。」真可算是知音了。著有《孟東野集》。

【韻　律】此詩用上聲四紙韻，韻腳為死、此、水三字。首聯對仗。

【注　釋】❶徇　一作殉，以人從葬也。❷井中水　一作古井水。喻不生波瀾。

【語　譯】梧桐樹相待終老，鴛鴦也願雙雙逝亡；貞潔的婦人為丈夫而死，就像牠們捐生相從一樣。我發誓永不變心，就像井中的水，永遠不起波瀾。

【賞析】操，是琴曲的調子，〈烈女操〉，是歌頌堅貞守節女子的琴曲。首聯用梧桐、鴛鴦起興，第三句點題，詩中說明樹和鳥尚知生死與共，何況為人呢？貞婦捨生殉夫，誠屬可貴。結聯以古井水無波作比，以示堅貞不渝。清吳喬《圍爐詩話》：「東野〈烈女操〉、〈遊子吟〉等篇，命意真摯，措詞亦善。」

45 遊子吟

孟郊

慈母手中線，遊子身上衣；臨行密密縫，意恐遲遲歸。誰言寸草心，報得三春暉❶？

【韻律】此詩全首對仗，六句三聯，每聯各自對仗，唐人稱六句對仗的詩為「小律」，有別於八句的「今律」。「意恐遲遲歸」、「報得三春暉」兩句均作下三平，是三平調。全詩用上平聲五微韻，韻腳是：衣、歸、暉三字。

【注釋】❶誰言寸草心二句　誰能說短小的草能夠報答得了春陽偉大的恩情呢？寸草心，比喻子女的孝心像小草那樣微弱。三春暉，比喻慈母對子女的恩情像春日的陽光普澤。三，虛數，無義。

【語　譯】慈母手中所織的針線，就是我這個遊子身上所穿的衣服；臨行前，母親一針一線密密地縫製，就是怕我久久不歸啊！有誰敢說子女像小草那樣微弱的孝心，能夠報答得了慈母像春暉普澤的恩情呢？

【賞　析】〈遊子吟〉，《樂府詩集》列於雜曲中，漢蘇武詩：「幸有絃歌曲，可以喻中懷，請為遊子吟，泠泠一何悲。」〈遊子吟〉，漢時有此曲，大抵為出門在外的人所詠唱的歌。

這是孟郊赴任溧陽縣尉時所作的詩，作者自註云：「迎母溧上作。」溧陽，在今江蘇宜興西。此詩頌揚母愛的偉大，為千古傳誦的名篇。前四句，是作者有意讓讀者注意在一個極細微的動作上——臨行密密縫，這本是一種平凡的操作，卻襯托出深厚的母愛。末聯用陽光養育小草作譬比，寫純切的孝思，自然深刻。清洪亮吉《北江詩話》：「孟東野詩，篇篇皆續古樂府，不獨〈遊子吟〉、〈送韓愈〉、〈從軍行〉諸首已也，即如『良人昨日去，明月又不圓』，魏晉後即無此等言語。」今人彭國棟《澹園詩話》：「東野〈遊子吟〉，余每讀而涕下，蓋先慈李太夫人之心，即〈遊子吟〉中慈母之心也，自來寫母愛之深切，未有如東野者也。」

卷二

七言古詩

七言古詩，簡稱七古。這種詩體，起源於漢代的「柏梁體」，淵源於楚歌、騷辭。漢武帝元封三年（西元前一〇八），築柏梁臺成，於是君臣登臺聯句，便是七言古詩的伊始。宋嚴羽《滄浪詩話》云：「五言起於李陵、蘇武，七言起於漢武柏梁。」是可信的。今漢人的七言詩多亡佚，而流傳下來的，像〈董桃行〉、桓帝時的〈童謠歌〉，只不過雜有七言的句子。直到曹丕的〈燕歌行〉，才算純粹的七言詩。其後魏晉南北朝間，七言詩不及五言詩那麼流行，南朝宋鮑照偶有七言之作，到隋唐後，七言詩才被詩人大量的製作，於是七言古詩的興盛時期，晚至唐代。

大抵詩體的流變與音樂的轉變，有莫大的關係。七言古詩的形式，也與樂府有關。誠如王闓運所說的：「四言如琴，五言如笙簫，歌行七言如羌笛琵琶，繁弦雜管，故太白以為靡。然人不能無哀樂，哀樂不能無偏激感宕，故自五言興而即有七言，而樂府琴曲，希以贈答，至梁而大盛。凡四言、五言所施，皆有以七言代之者。」所以七言古詩，如繁弦雜管，敘事抒情，更是綺穀繽紛，纏綿盡致了。

七言古詩的作法，大致與五言古詩的作法相同，僅在五言上加上兩個字，但對於寫景、敘事、抒情，更便於刻畫描寫，其中所包涵的內容，也比五言詩要豐富多了。至於其他在韻律上的變化，便與「五言古詩」相同，本書前面已經說明過，可參閱「五言古詩」，在此不再複述了。

蘅塘退士選《唐詩三百首》，七言古詩的部分，包括雜言的古詩，如〈登幽州臺歌〉、〈古意〉諸篇便是。

46　登幽州臺歌

陳子昂

前不見古人，後不見來者；念天地之悠悠❶，獨愴然而涕下❷。

【作者】陳子昂（西元六六一——七〇二），字伯玉，梓州射洪（今四川三臺東南）人。幼年家境富裕，喜愛射獵博戲，到十八歲時還沒有唸過書。有一天偶然到鄉校中去，看到其他青年努力勤學的情形，才痛自悔改，從此孜孜不倦。後舉進士，初入京，不為人所知，於是在眾人面前，以千緡購胡琴，大家便要求他演奏，於是陳子昂約定眾人第二天到宣陽里他的寓所去聽琴。第二天，一時名士，都聞風俱至，子昂設宴款待嘉賓，宴畢，卻捧著胡琴對眾人說：「蜀人陳子昂，有文百軸，不為人知，此賤工之伎，豈宜留心？」於是把高價買來的胡琴摔碎，而把他的文章遍贈賓客，始見知名。

在武后時，他被擢為右衛冑曹參軍，不久遷為右拾遺，聖曆初，以父老解官歸侍。其故鄉縣令段簡貪暴，知他家富厚，便欲害子昂，家人納錢二十萬緡，段簡仍嫌太薄，捕送獄中，遂不復出，享年四十三。

陳子昂是寫實載道文學的先驅者，他反對當時那種徒重形式的六朝華靡文學，而欲恢復古代那種有情感、有生命、有寄託而內容充實的言志文學。所以韓愈稱道他：「國朝文章盛，子昂始高蹈。」在文學理論上，他主張詩歌必須反映現實。他的作品雄渾豪放，替唐詩開創了新的局面。著有《陳伯玉集》。

【韻　律】〈登幽州臺歌〉為歌行體，可算是樂府詩。且通篇無七言句，五言六言各兩句。首聯對仗，末聯「念天地之悠悠，獨愴然而涕下」，「念」、「獨」二字，皆以一字領下，為唐詩中僅見。全詩用上聲二十一馬韻，者、下為韻腳。

【注　釋】❶悠悠　無窮無盡貌。❷獨愴然而涕下　愴然，悲傷貌。涕，一作淚。淚也。

【語　譯】前面看不見古時的人，後面看不見將來的人。想到天地的長遠無窮無盡，不覺獨自悲傷地掉下了眼淚。

【賞　析】這是一首登高感懷的詩。幽州，在河北薊縣，即今北平市。燕昭王嘗建黃金臺於此，以招賢士，又名賢士臺。唐稱薊北樓。唐趙儋〈陳公旌德碑〉云：「子昂既東征，參武攸宜幕，以諫軍略不納，遭罷為書記。因登薊北樓，感燕趙古事，泫然流涕，慨然悲歌，一時傳誦，天下莫不知之。」此詩格力高渾，有建安風骨。作者在首聯，故意把時間拉成前後兩個極限。第三句切及己身，在廣漠的天地間，感到孤絕，不期然地灑下英雄熱淚。雖僅短短幾句，卻足以傳誦千古了。

47　古　意

李　頎

男兒事❶長征，少小幽燕客，賭勝❷馬蹄下，由來輕七尺❸；殺人莫敢前，鬚如蝟毛磔❹。
黃雲隴底白雪飛❺，未得報恩不能歸❻。
遼東❼小婦年十五，慣彈琵琶解歌舞，今為羌笛❽出塞聲，使我三軍❾淚如雨。

【作　者】李頎，東川（今四川三臺）人。家居潁陽，開元十三年進士及第，任新鄉縣尉，與王昌齡、劉方平、綦毋潛交往，有集一卷。《全唐詩》編其詩三卷，並有小傳。

【韻　律】此詩前半五言六句，客、尺、磔三字用韻，同為入聲十一陌韻，詩韻無磔字，廣韻仍入二十陌韻。中二句轉七言，飛、歸二字用韻，為上平五微韻。末四句七言，五、舞、雨三字用韻，為上聲七麌韻。

【注　釋】❶事　效命也。❷勝　決也。決勝負的意思。❸七尺　古尺短，以七尺為成人的身長，因謂人身為七尺。❹磔　作張開講。❺黃雲隴底白雪飛　隴，田畝。黃雲，形容塞外的景色。或依章燮注：「黃雲隴，黃蘆塞也。」亦通。白雪飛，一作白雲飛。❻不能歸　一作不得歸。❼遼東　遼河以東的地方。❽羌笛　《風俗通》云：「漢武帝時丘仲作笛，其後又有羌笛。」有三孔、四孔、五孔者。❾三軍　周制，諸侯三軍。此為軍隊的通稱。

【語　譯】男兒應該為國效命遠征，年紀輕輕便有幽燕俠客的模樣，在馬蹄下與人決勝負，把七尺之軀不當一回事；即使他殺了人，也沒人敢靠近他，他那張開的鬍鬚，就像刺蝟的毛一樣。

塞外黃沙滾滾，好一片金黃的世界，冬天來了，只見白雪紛飛，可是君恩未報，他們怎能回來呢！

遼東有個十五歲的小婦女，經常彈琵琶，又善解歌舞，現在為了送我們出塞，吹起羌笛，使得將士們都情不自禁的淚下如雨。

【賞　析】「古意」只是一個隨興而作的詩題，跟古風、古歌之類一樣，不必果有所指。此篇可依韻分段。首段寫身為男兒，應如燕趙英豪為國效命。次段二句，寫塞上景色，如不立功，無顏回來。末段寫出塞的場面，羌笛聲悲，不期然地灑下幾滴英雄淚。全詩共十二句，且五七言混合，前六句寫少年男兒，豪氣干雲，血脈賁張，後六句，突然轉柔，雄直怪麗與茹遠柔情對照，奔騰頓挫，遒勁流暢。讀來暢快。

48　送陳章甫　　李　頎

四月南風大麥黃，棗花未落桐陰長❶。青山朝別暮還見，嘶馬出門思舊鄉。

陳侯❷立身何坦蕩❸？虯鬚虎眉仍大顙❹。腹中貯書一萬卷，不肯低頭在草莽。

東門酤酒飲我曹❺，心輕萬事皆❻鴻毛；醉臥不知白日暮，有時空望孤雲高。

長河❼浪頭連天黑，津口❽停舟渡不得。鄭國遊人❾未及家，洛陽行子❿空嘆息。

聞道故林⓫相識多，罷官昨日今如何？

【韻　律】此詩多用三平調，如「桐陰長」、「皆鴻毛」、「孤雲高」、「今如何」等便是；同時也多用三仄句，如「一萬卷」、「在草莽」、「白日暮」、「渡不得」等便是。全詩每四句一換韻，凡四換：黃、長、鄉為下平七陽韻；蕩、顙、莽為上聲二十二養韻；曹、毛、高為下平四豪韻；黑、得、息為入聲十三職韻。末聯以多、何下平五歌韻作結。

【注　釋】❶桐陰長　一作桐葉長。長，有茂密的意思。❷陳侯　指陳章甫。❸坦蕩　言器量寬宏也。《論語・述而》：「君子坦蕩蕩。」❹虯鬚虎眉仍大顙　虯，龍有角者。仍，兼也。顙，額也。言其有虯龍之鬚，如虎之眉，兼之額頭寬大。❺酤酒飲我曹　酤，與沽通，買酒。飲，動詞，作使動用法。飲我曹，請我輩喝酒。❻皆

《全唐詩》注：「一作如。」❼長河　指黃河。❽津口　渡頭。口字，《全唐詩》注：「一作吏。」❾鄭國遊人　指陳章甫。❿洛陽行子　李頎自稱，蓋當時在洛陽相送也。⓫故林　故鄉。

【語　譯】四月南風吹來，麥子已熟而一片澄黃，這時，棗花未落，但桐蔭卻十分茂密了。早上剛別了青山，晚上仍然可見，出門聽到馬鳴，不免會引起思鄉的念頭。

陳公立身處世，度量宏大，龍鬚虎眉，配上大大的臉。您有學問，滿腹經綸，不願低頭在草野間過一輩子。

平時您在東門經常請我們喝酒，心胸開闊，認為世事都像鴻毛般微不足道；喝醉了就睡吧，也不理它太陽是什麼時候下去，有時仰視青天，看孤高的雲。

您走時，黃河的風浪正大，黑壓壓地捲來，渡口的船停開，不能渡過去。您這位鄭國的遊子，還沒到家吧，我這個洛陽的客子，只有空自歎息。

聽說您在故鄉有很多舊識的友人，於是昨日您罷官回家，應該覺得很舒服吧？

【賞　析】這是一首送別的詩，氣勢磅礡，包羅萬象，區區十數句中，有景語，有壯語，有綴語，有情語，反覆纏綿，無兒女之氣，而真情自見。

全篇都在點一「送」字，因陳章甫的生平未詳，從詩中觀之，他當是個磊落不羈的大丈夫，又怎肯屈就在一份閒官雜職底下呢？是以拂袖而去，朋友貴相知，而作者也就不強作挽留了，全詩的美好，全在末兩段設想之辭。

本詩可作五段：首段點送行的時地、景物。次段寫陳氏的學問為人。三段舉平日的一件小事，以見其性情。四段設想他歸途的遭遇。「長河浪頭連天黑，津口停舟渡不得」兩句，與杜甫〈夢李白〉詩的「水深波浪闊，無使蛟龍得」，有同一意趣。末段兩句，也是設想之辭，不覺寬和。

明王夫之《唐詩評選》評李頎詩為：「頎集絕技，骨脈自相均適。」又清翁方綱《石洲詩話》云：「高之渾厚，岑之奇峭，雖各是一家，然俱在少陵籠罩之中，至李東川則不盡爾也。學者欲從精密中，推宕伸縮，其必問津於東川乎。」

49　琴歌

李頎

主人有酒歡今夕，請奏鳴琴廣陵客❶。月照城頭烏半飛❷，霜淒萬樹風入衣；銅鑪❸華燭燭增輝，初彈〈淥水〉後〈楚妃〉❹。一聲已動物皆靜，四座無言星欲稀。清淮奉使千餘里，敢告❺雲山從此始。

【韻律】首兩句夕、客用入聲十一陌韻。中六句僅第五句不用韻，其餘飛、衣、輝、妃、稀五字皆為上平五微韻，頗為奇特。末兩句里、始用上聲四紙韻。

【注釋】❶廣陵客　廣陵散本琴曲名。此指善彈琴者。❷月照城頭烏半飛　曹操〈短歌行〉：「月明星稀，烏鵲南飛。」❸銅鑪　香鑪。❹初彈淥水後楚妃　淥水、楚妃，皆琴曲名。❺告　告歸，辭官也。

【語譯】主人今夜設酒歡宴，並延請一位善彈廣陵絕響的琴手助興。這時月兒高照城頭，烏鵲在半空飛來飛去，冷霜凝結在樹枝上，微風吹過，寒意襲人衣；銅鑪上的華燭亮起來了，他先彈了一首〈淥水曲〉，然後接著彈〈楚妃曲〉。只覺琴聲很美，萬物都靜下來，四座的客人靜聽，直到夜靜星稀。我奉命來到淮上，去家千里餘，到底為了什麼呢？我想從現在開始，還是辭官歸隱吧！

【賞析】這是一首描寫琴聲的詩，用琴聲而觸動了鄉情。首兩句點出場面，指主人有情意宴請李頎，使在客地的他，感到無限的溫馨。三四句寫夜景，用字很美。字裡行間，都留有思鄉之情，月照城頭，霜凄萬樹，益增鄉關之凄苦。銅鑪以下四句，廣泛描寫琴聲。末聯以歸隱作結，說得十分牽強，但也顯示出仕途的艱辛，與人情的溫暖相對比。

50 聽董大彈胡笳聲兼寄語弄房給事

李頎

蔡女昔造胡笳聲❶，一彈一十有八拍。胡人落淚沾邊草，漢使斷腸
對歸客。古戍蒼蒼烽火❷寒，大荒❸沉沉❹飛雪白。先拂商絃後角羽❺，
四郊秋葉驚摵摵❻。
董夫子，通神明，深山❼竊聽來妖精。言❽遲更速皆應手，將往復

旋如有情。空山百鳥散還合，萬里浮雲陰且晴。嘶酸雛雁失群夜，斷絕胡兒戀母聲❾。川為靜其波，鳥亦罷其鳴。烏孫❿部落家鄉遠，邏娑⓫沙塵哀怨生。幽音變調忽飄灑，長風吹林雨墮瓦；迸泉颯颯⓬飛木末，野鹿呦呦⓭走堂下。

長安城連東掖垣⓮，鳳凰池⓯對青瑣門⓰，高才⓱脫略名與利，日夕望君抱琴至。

【韻律】此詩通篇七言，間雜三言五言各兩句。「一彈一十有八拍」句，共用六個仄聲字，而入聲佔了五個，「長安城連東掖垣」句，則用六個平聲字，大抵古詩不論平仄，抒寫自然。全詩凡五次換韻，拍、客、白、摵四字用入聲十一陌韻；明、精、情、晴、聲、鳴、生等字用下平八庚韻；灑、瓦、下三字用上聲二十一馬韻；垣、門二字用上平聲十三元韻；利、至二字為去聲四寘韻。

【注釋】❶蔡女昔造胡笳聲　蔡琰，字文姬，東漢陳留圉（今河南杞縣南）人。她是蔡邕的女兒，博學多才，精通音律。漢末，天下大亂，為胡兵所擄，身陷匈奴十二年，生了兩個兒子，後為曹操贖回，改嫁董祀，因感己身的遭遇，作〈悲憤〉詩兩首。其一為五言詩，其一為楚辭體，即〈胡笳十八拍〉。五言的〈悲憤〉詩，依後人考證，當為蔡琰所作，〈胡笳十八拍〉恐為後人所偽託。胡笳，樂器名，胡中所傳之吹笳也。舊說多以為捲蘆葉而成，今所傳者，木管，三孔，兩端施角。❷烽火　邊方有警，夜舉烽，晝燔燧以相告。❸大荒　即大漠。

❹沉沉　一作陰沉，誤，蓋與上句「蒼蒼」對偶。❺先拂商絃後角羽　國樂五音，即宮、商、角、徵、羽。胡樂則增變宮、變徵七音。❻摵摵　風葉聲。❼深山　一作深松。❽言　語助詞，無義。❾斷絕胡兒戀母聲　蔡琰回漢，留胡兒於胡，母子相別悽苦。〈胡笳十八拍〉云：「不謂殘生兮卻得旋歸，撫抱胡兒兮泣下沾衣。」❿烏孫　漢有烏孫國，在今新疆。漢武帝遣王建女細君為公主，與烏孫王和親，細君到烏孫國後，悲愁而作歌。⓫邏娑　唐時吐蕃的都城，即今西藏拉薩，薛仁貴曾為邏娑道總管。⓬颯颯　此作泉水聲。⓭呦呦　鹿鳴聲。⓮東掖垣　禁牆也。唐時門下中書兩省在禁中左右掖，稱曰掖省，亦稱掖垣，給事中屬門下省，在東掖。⓯鳳凰池　《通典・職官典》云：「中書省，地在樞近，多承寵任，是以人固其位，謂之鳳凰池。」簡稱鳳池。⓰青瑣門　天子之門。《漢書・元后傳》顏師古注：「刻為連環文而青塗之。」⓱高才　指房琯。

【語譯】從前蔡文姬創造胡笳的曲調，一彈就是十八拍。胡人聽了很感動，眼淚沾濕了邊疆的野草，連接她回來的漢使聽了也肝腸寸斷，眼巴巴地望著她。這個古戰場遺下來的烽火臺，一片蒼黯，使人有些寒意，大漠陰沉沉地，只見白雪紛飛。他先調弄一下商絃，接著角羽迸發，驚動了郊外的秋葉瑟瑟發響。

董夫子，你的音樂造詣可通神明，連深山裡的妖精也來偷聽。要快要慢都能得心應手，散發迴旋都帶有深情。空山裡的百鳥飛散了，但又聚合起來諦聽，天上的浮雲陰暗了，忽兒又放晴。那悲酸的聲調，像雛雁失群在夜鳴，又像蔡文姬回漢，留下兩個胡兒眷戀母親的哭聲。流水都靜下來沒有波浪，鳥兒也停止了鳴唱。公主遠嫁烏孫部落後，便與家鄉遠隔，即使薛仁貴做了邏娑道的總管，看到沙塞煙塵滾滾也會生哀怨的。這時那哀音突然變了調子，飄飄灑灑地捲來，好像大風吹樹林，大雨擊瓦聲；迸發的泉水飛過林梢，發出颯颯的音響，野鹿呦呦地在堂下哀鳴。

長安城連接著房給事住的東掖垣，鳳凰池正對著青瑣門，像房給事這樣大學問的人已擺脫了名利的束縛，日夜只希望你能抱個琴兒來。

【賞析】這是一首聽琴而寄語的詩。坊本標題均無「聲」字。今從《全唐詩》本加入。董大是董庭蘭，房給事則指房琯。俞守真《唐詩三百首詳析》云：「按唐史，董庭蘭善鼓琴，為房琯（天寶五載，琯攝給事中）門客，曾以琴寫胡笳聲，為胡笳弄。題中『弄』字應在『胡笳』下。因『弄』字是琴曲的別名。」

全詩共分三段：首段自「蔡女」至「四郊」句，說明〈胡笳弄〉的由來及其哀怨動人的原因，道出蔡文姬淒涼的身世，然後引入琴聲，作為次段的伏筆。次段自「董夫子」至「野鹿」句，描寫董庭蘭琴技絕妙感人，此段筆力雄渾，可與〈琵琶行〉描寫琵琶聲相媲美，多用想像比喻來形容琴聲。末段四句，兩句一換韻，切題寄語房給事。

明唐汝詢《唐詩解》：「此因房琯好董之調琴，而盛美其曲以戲之也。翻笳調以入琴，自文姬始，故先狀其曲之悲，而後敘董音律之妙，此雖弄之，而無譏刺意。然琯以嗜音之故，任庭蘭為將，覆王師于陳濤，而琯竟以罪斥，其禍蓋始於胡笳云。」

51 聽安萬善吹觱篥歌

李頎

南山截竹為觱篥❶，此樂本自龜茲❷出。流傳漢地曲轉奇，涼州❸胡人為我吹。傍鄰聞者多歎息，遠客思鄉皆淚垂。
世人解聽不解賞，長飈❹風中自來往。枯桑老柏寒颼飀❺，九雛❻鳴鳳亂啾啾，龍吟虎嘯一時發，萬籟百泉相與秋❼。
忽然更作漁陽摻❽，黃雲蕭條白日暗。變調如聞〈楊柳春〉❾，上林❿繁花照眼新。歲夜⓫高堂列明燭，美酒一杯聲一曲。

【韻律】全篇共十八句，凡七次換韻。用觱篥吹歌，聲調急促，可以想見。起二句篥、出，用入聲四質韻；奇、吹、垂，用上平聲四支韻；賞、往，用上聲二十二養韻；飀、啾、秋，用下平十一尤韻；摻、暗，用上聲二十九豏韻；春、新，用上平十一真韻；燭、曲，用入聲二沃韻。這種兩句一換韻的現象，叫做「趁韻」，民歌多用之。

【注釋】❶觱篥　陳暘《樂書》云：「觱篥，一名悲篥，一名笳管，龜茲之樂也，以竹為管，以蘆為首，狀類胡笳而九竅，所發者角音而甚悲篥，吹之以驚中國馬焉。」❷龜茲　漢西域諸國之一，故址在今新疆庫車沙雅二縣之間。❸涼州　在今甘肅秦安一帶。❹飈　狂風也。❺颼飀　風聲。左思〈吳都賦〉：「飀瀏颼飀，鳴條律暢。」❻九雛　《晉書》：「懷帝升平四年，鳳凰將九雛見於豐城。」雛，初生的小鳥。❼萬籟百泉相與秋　自然的聲響和百泉俱靜。萬籟，自然的聲響。秋，本有蕭剎之意，此作靜字解。❽漁陽摻　鼓曲的一種。摻，三撾鼓也。此指一種曲調。《後漢書・禰衡傳》：「操懷忿而以其才名，不欲殺之。聞衡善擊鼓，乃召為鼓史，因大會賓客，閱試音節，諸史過者，皆令脫其故衣，更著岑牟單絞之服，次至禰衡，方為漁陽摻撾，蹀𨂃而前，容態有異，聲節悲壯，聽者莫不慷慨。」撾，擊鼓杖。摻撾，擊鼓之法。❾楊柳春　即〈折楊柳〉，古曲名。❿上林　秦時舊苑，漢武帝增而廣之，為天子遊宴畋獵之所，故址在今陝西長安西。⓫歲夜　除夕。

【語　譯】從南山截取一根竹做觱篥，這種音樂本是從龜茲傳來的。流傳到中國後，聲調就變得奇特了，有個涼州來的胡人，為我吹奏一曲。旁邊的人聽了，不斷地歎息，離鄉背井的人聽了，更是感動得流淚。

世人只會聽而不會欣賞，使得狂風似的音調在風中獨自迴旋。好像枯桑和老柏在寒風中颼颼價響，又像九隻初生的小鳳凰啾啾亂叫，又像龍吟虎嘯一齊迸發，自然的各種聲響和流泉的聲響都靜了下來。

忽然變作漁陽摻的曲調，黃雲孤寂，白日也黯淡了。一會兒又轉變像聽〈楊柳春〉似的，好似上林苑的繁花盛開，光豔耀眼。除夜高堂明燭串列，喝一杯酒，聽一支曲，真好！

【賞　析】安萬善，涼州胡人。這是一首除夜聽歌，而不禁感懷身世的詩。全詩分三段：首段言觱篥的來源及音調的淒楚。次段末段全是描寫曲調的變化，有急遽的，有和緩的，錯綜摹狀，感人至深。末句點出時間，故作安慰語，而悲情已見。這首詩與前兩首最大的不同，除了轉韻頻繁外，主要的還是在末兩句詩人動了感情，時間是除夕，堂上火燭高燒，詩人在一年將盡的除夕，那有不起韶光易逝、歲月蹉跎之感？

52 夜歸鹿門山歌

孟浩然

山寺鐘鳴❶晝已昏，漁梁❷渡頭爭渡喧；人隨沙路向江村，余亦乘舟歸鹿門❸。
鹿門月照開煙樹，忽到龐公❹棲隱處；巖扉松徑長寂寥，惟有幽人自來去❺。

【韻　律】此詩前四句均用韻，用韻密，為歌行體的特色。昏、喧、村、門，為上平聲十三元韻。後四句換韻，樹，去聲七遇韻，處、去，為去聲六御韻。古詩御、遇韻可以通押。

【注　釋】❶鐘鳴　《四部叢刊》本及章注本均作鳴鐘，今依《全唐詩》本。❷漁梁　渡口名，在鹿門附近。孟浩然〈與諸子登峴山〉詩：「水落魚梁淺，天寒夢澤深。」❸鹿門　山名，為孟浩然隱居處。在今湖北襄陽東南三十里。❹龐公　即龐德公。《後漢書．逸民傳》：「龐公者，襄陽人也。荊州刺史劉表數延請，不能屈，後攜妻子登鹿門山，采藥不返。」❺幽人自來去　幽人，隱士，孟浩然自稱。《全唐詩》本作：「夜來去。」今從《四部叢刊》本改。

【語　譯】山寺的晚鐘清響，又是一天的黃昏時候，人們在漁梁渡口喧鬧著爭渡回家；有些人便沿著沙路，回到江邊的村舍，我也乘著小舟返回鹿門山。

鹿門山的月色，照亮濛濛水煙的樹影，無意間我來到龐德公歸隱的地方；那巖石的山門，松陰的小徑，經常靜靜的，只有隱居的人獨自在這兒來往。

【賞析】這是一首夜歸鹿門的歌。前四句點出「夜歸鹿門」，後四句寫隱居鹿門的情景，隨興而發，自然流利。「鹿門」二字，承上而用，在修辭學上稱做「頂真格」。這首詩的題材，全由白描手法，如同畫家在素描山水，題作「夜歸鹿門山歌」，是有一股清高俊逸的情趣，出塵脫俗的畫趣，洋溢在字裡行間。清施均父的《硯傭說詩》云：「孟公邊幅太窘，然如〈夜歸鹿門〉一首，清幽絕妙，才力小者，學步此種，參之李東川派，亦可名家。」

53 廬山謠寄盧侍御虛舟

李白

我本楚狂❶人，鳳歌❷笑孔丘。手持綠玉杖，朝別黃鶴樓❸；五嶽❹
尋仙不辭遠，一生好入名山遊。
廬山❺秀出南斗❻傍，屏風九疊雲錦張❼；影落明湖青黛光，金闕前
開二峰長❽。銀河倒挂三石梁❾，香爐瀑布遙相望❿。迴厓沓障凌蒼蒼，

翠影紅霞映朝日，鳥飛不到吳天⓫長。登高壯觀天地間，大江茫茫去不還。黃雲萬里動風色，白波九道⓬流雪山⓭。

好為〈廬山謠〉，興因廬山發。閑窺石鏡⓮清我心，謝公⓯行處蒼苔沒。早服還丹⓰無世情，琴心三疊⓱道初成。遙見仙人綵雲裡，手把芙蓉朝玉京⓲。先期汗漫九垓上，願接盧敖遊太清⓳。

【韻　律】此詩開端與中間雜有五言句。名山遊、遙相望、淩蒼蒼、吳天長、廬山謠等句皆三平調。全詩凡五換韻，丘、樓、遊，為下平聲十一尤韻；傍、張、光、長、梁、望、蒼、長，為下平聲七陽韻，共九句，除第八句外，句句用韻，氣勢很盛，且「長」字兩押，足見詩人不拘小節。間、還、山，為上平聲十五刪韻；發、沒，為入聲六月韻；情、成、京、清，為下平聲八庚韻。

【注　釋】❶楚狂　《論語・微子》：「楚狂接輿，歌而過孔子，曰：『鳳兮，鳳兮！何德之衰？』」接輿，楚人，姓陸名通，字接輿，佯狂避世，時人謂之楚狂。❷鳳歌　一作狂歌。即接輿所歌者。❸黃鶴樓　在今湖北武昌西，黃鶴磯上，俯瞰江漢，極目千里。《南齊書・州郡志》謂山人子安，乘黃鶴過此，因名。又《太平寰宇記》謂費文禕登仙，嘗駕黃鶴憩此，故名。其說稍異。❹五嶽　東嶽泰山，南嶽衡山，西嶽華山，北嶽恆山，中嶽嵩山是也。❺廬山　在今江西九江南，古有匡俗者，結廬此山，故名。古名南障山，一名匡山，總名匡廬。❻南斗　星宿名，二十八宿之一，即斗宿，玄武七宿之首，有星六，均屬人馬座，亦稱北斗。❼屏風九疊雲錦

張　九疊屏，為廬山上之峰巒。雲錦，山光也。張，蕩漾。《一統志》：「屏風疊，在廬山，自五老峰而下，九疊如屏。」楊鍾羲《雪橋詩話》：「今三疊泉在九疊屏之左，水勢三折而下，如銀河之挂石梁，與太白詩句正相脗合，非此別有三石梁也，後人必欲求其地以實之，失之鑿矣。」❽金闕前開二峰長　《述異記》：「廬山西南有石門山，狀若雙闕。」相傳金闕乃天帝之所居。二峰，即香爐、雙劍二峰。❾三石梁　三座石橋也。《述異記》：「廬山有三石梁，長數十丈，廣不盈一尺，故名。」❿香爐瀑布遙相望　香爐峰，廬山名勝之一。《太平寰宇記》：「其峰尖圓，煙雲聚散，如博山香爐之狀。」慧遠〈廬山略記〉：「香爐山孤峰秀起，遊氣籠其上，則氤氳若香煙。」峰下有瀑布，著稱於世。⓫吳天　指安徽、江西、湖北一帶。⓬九道　即九江。《尚書・禹貢》孔安國注：「江於此州，界分為九道。」⓭雪山　喻瀑布也。⓮石鏡　廬山名勝之一。張僧鑒〈潯陽記〉：「石鏡山東，有一圓石，懸崖明淨，照人見影。」⓯謝公　指謝靈運。有〈登廬山絕頂望諸嶠〉詩，此外在〈入彭蠡湖口〉詩有云：「攀崖照石鏡。」謝氏亦曾到此。⓰還丹　丹藥也。《廣宏明集》：「燒丹成水銀，還水銀成丹，故曰還丹。」⓱琴心三疊　言修道者和氣內積也。《黃庭內景經》：「琴心三疊舞胎仙。」梁邱子注：「琴，和也。疊，積也。存三丹田，使和積如一。」⓲玉京　天宮也。《枕中書》：「元始天王在天中心之上，名曰玉京山。山中宮殿，並金玉飾之。」⓳先期汗漫九垓上二句　我和盧侍御期約同遊於九天之外的荒遠地方，就像古時的盧敖一樣，漫遊蒼空。汗漫九垓，謂廣大不可知之九天。盧敖，燕人，秦始皇召為博士，使求神仙，亡而不返。太清，謂天也。

【語　譯】我本來就跟楚狂一樣，唱起鳳兮的歌來譏笑孔夫子。手裡拿著綠色的玉杖，一大早就辭別了黃鶴樓；為了到五嶽訪尋仙人，我不怕路遠，因為我這一生中，就喜歡遊逛名山。

廬山上應南斗的分野，景色最為秀麗，那屏風疊在五老峰下九疊如屏，山光雲氣蕩漾，山影倒落湖中，煥發著綠的光，石門山像座金闕，前面香爐峰和雙劍峰綿亙著。山間流水像銀河倒掛，且有三座石橋，與香爐峰下的瀑布遙遙相對。這裡環繞的山崖，重重的疊障，彷彿騰身在蒼茫的霧中，青翠的山影與紅潤的霞光跟朝日輝映，廣闊的天空看不到一隻飛鳥。我爬到高處眺望，天地壯觀極了，尤其是長江，浩浩地流去不再回來。黃雲漠漠，長風萬里，好像天色快要變了，瀑布像雪山，白花花的水流分成了九條，各自奔流。

我好好地寫了一首〈廬山謠〉，只因為感興廬山而發的。閒時照照石鏡，使我心境清靜，宋代謝靈運先生也來過這裡，可惜他的行跡早就被蒼苔掩沒了。我還是早些服下丹藥以忘卻世情，使和氣內積，學道就容易有成就。我遠遠地見到仙人在彩雲裡，她手裡拿著一朵蓮花去朝天宮。於是我和盧侍御預先約好，去遊九天之外的荒遠地方，就像古代的盧敖一樣，漫遊蒼空。

【賞　析】這首〈廬山謠〉，是李白寄給盧虛舟侍御史的，約他一起來遊廬山的歌謠。盧虛舟，范陽人，任殿中侍御史。

全詩約分三段：首段作者寫自己要擺脫世俗的束縛，一心一意的去探幽訪勝，尋仙學道。次段全部寫廬山的景色，夸飾摹狀，氣勢非凡，如才力不夠的話，便流於堆砌，然其間華才飄逸，辭彩自然流麗，如「登高壯觀天地間，大江茫茫去不還。黃雲萬里動風色，白波九道流雪山。」波瀾壯闊，誠如張戒《歲寒堂詩話》所謂「此乃真太白詩矣」，可謂知言。末段所述，不但要遊山，更要遊仙，末句引古仙人盧敖點題，實即指盧侍御，一語雙關。

54 夢遊天姥吟留別

李白

海客談瀛洲❶，煙濤微茫信難求；越人語天姥❷，雲霓明滅或可覩。
天姥連天向天橫，勢拔五嶽掩赤城❸；天臺❹四萬八千丈，對此欲
倒東南傾。
我欲因之夢吳越，一夜飛渡鏡湖❺月。湖月照我影，送我至剡溪❻；
謝公宿處今尚在❼，淥水蕩漾清猿啼。腳著謝公屐❽，身登青雲梯❾，半
壁見海日，空中聞天雞❿。千巖萬轉路不定，迷花倚石忽已暝。熊咆龍
吟殷巖泉，慄深林兮驚層巔。雲青青兮欲雨，水澹澹⓫兮生煙。列缺霹
靂⓬，丘巒崩摧，洞天石扇⓭，訇然中開⓮；青冥⓯浩蕩不見底，日月照
耀金銀臺⓰。霓為衣兮風為馬，雲之君⓱兮紛紛而來下；虎鼓瑟兮鸞回
車，仙之人兮列如麻⓲。忽魂悸以魄動，怳⓳驚起而長嗟！惟覺⓴時之枕

席，失向來之煙霞。世間行樂亦如此，古來萬事東流水。

別君去兮何時還？且放白鹿青崖間，須行即騎訪名山，安能摧眉折腰事權貴㉑，使我不得開心顏？

【韻律】此詩平仄，頗為拗亂，本來詩歌中的格律，就是空架子，是規範不了天才的。從這首詩的平仄來看，好像詩人有意逞才似的，反對傳統的束縛，所以沒有按照一定的規律，此其特色之一；且全詩虛字用得很多，句法參差，變化開闔，有濃厚的散文意味，此另一特色。如「煙濤微茫信難求」，只有「信」字是仄聲，其餘皆為平聲。「湖月照我影，送我至剡溪」，僅湖、溪二字平聲。「腳著謝公屐，身登青雲梯，半壁見海日，空中聞天雞」，五仄五平，相間成趣，唯「公」字不合。「千巖萬轉路不定，迷花倚石忽已暝」一聯，下五字均仄聲。「熊咆龍吟殷巖泉，慄深林兮驚層巔」一聯十四字，僅一慄字仄聲。「列缺霹靂」，四字皆入聲，「邱巒崩摧」、「訇然中開」，兩句皆平聲。「霓為衣兮風為馬，雲之君兮紛紛而來下」，凡十六字，除馬、下二字押韻外，均為平聲。以上平仄的變化，純然意運，如萬斛泉水，淨淙成韻，不以尋常格律出之，有如夢境之飄忽。

同時，詩中也多用三平調，如談瀛洲、東南傾、清猿啼、金銀臺、鸞回車、何時還、青崖間、開心顏等便是。

全詩用韻，凡十二轉：洲、求，為下平聲十一尤韻。姥、覩，為上聲七麌韻。橫、城、傾，為下平聲八庚韻。越、月，為入聲六月韻。溪、啼、梯、雞，為上平聲八齊韻。定、暝，為去聲二十五徑韻。泉、巔、煙，為下平聲一先韻。摧、開、臺，為上平聲十灰韻。馬、下，為上聲二十一馬韻。車、麻、嗟、霞，為下平聲六麻韻。此、水，為上聲四紙韻。還、間、山、顏，為上平聲十五刪韻。平仄韻相間而用，而以平聲韻為主，轉仄韻處均以一聯兩句帶過，凡五次，莫不如此，先韻轉灰韻，中間沒插入兩句仄韻，卻用一句全入聲的「列缺霹靂」隔開，可悟轉韻的方法。

【注釋】❶瀛洲　神山名，在東海，詩人理想中的仙境。《史記・秦始皇本紀》：「海中有三神山，名曰蓬萊、方丈、瀛洲，仙人居之。」❷天姥　山名。在今浙江新昌東五十里，東與天台山華頂峰相接，西與沃洲山相連。❸赤城　山名。在今浙江天台北。一名燒山，山土色赤，狀如城堞，西有玉京洞，即天台山之南門。❹天臺　山名，一作天台。在今浙江天台北，為仙霞嶺脈之東支，西南接括蒼、雁蕩二山，西北接四明、金華二山。❺鏡湖　即鑑湖。在今浙江紹興南。❻剡溪　在今浙江嵊縣南，曹娥江之上游。晉王徽之雪夜訪戴逵於此，故又名戴溪。❼謝公宿處今尚在　謝公，指謝靈運，亦曾投宿於此，曾有〈登臨海嶠〉詩：「暝投剡中宿，明登天姥岑。」❽謝公屐　謝靈運喜登山覽勝，所著屐前後齒盡磨去。《宋書・謝靈運傳》：「尋山陟嶺，必造幽峻，巖障千里，莫不備盡登躡，嘗著木履，上山則去前齒，下山去其後齒。」❾青雲梯　言山嶺高峻，緣階而上，如緣青雲而登也。謝靈運〈登石門最高頂〉詩：「惜無同懷客，共登青雲梯。」❿天雞　《述異記》：「東南有桃都山，上有大樹，名曰桃都，枝相去三千里，上有天雞，日初出照此木，天雞則鳴，天下雞皆隨之鳴。」⓫澹澹　水搖貌。張衡〈西京賦〉：「淥水澹澹。」⓬列缺霹靂　列缺，電光閃隙。霹靂，雷聲也。⓭洞天石扇　洞天，道家謂神仙所居之處，皆在名山洞府之中，而各以天名。石扇，一作石扉，即石門也。⓮訇然中開　即轟然中開。訇然，狀聲之詞。⓯青冥　天也。⓰日月照耀金銀臺　日月，單指日光，月字是賸詞，無義。金銀臺，臺名。郭璞〈遊仙〉詩：「神仙排雲出，但見金銀臺。」⓱雲之君　雲神。〈九歌〉有〈雲中君〉。⓲列如麻　如麻之林列，言其多也。⓳恍　失意貌。⓴覺　醒也。即夢醒。㉑摧眉折腰事權貴　謂低頭躬身以奉事權貴，極盡諂上之態。

【語　譯】住在海邊的人常談起瀛洲仙境，只見煙波飄渺，相信難以找到；江浙一帶的人，則說天姥山也是仙境，只見雲霓乍明乍滅，也許人們還能遇上。

天姥山與天連接，向天空伸展，氣勢勝過五嶽，還把旁邊赤城山的風采也掩奪了；天台山雖有四萬八千丈，但與天姥山比起來，就顯得有些向東南低傾了。

我很想做個夢，夢到吳越去，一夜之間，在鏡湖的月影下飛過。湖月照著我的影子，送我到剡溪來；那裡可以找到謝靈運住過的地方，清澄的水波蕩漾，中間還聽得幾聲猿啼。腳上穿著謝公的木屐，在煙霞中拾級而上，如登青雲梯，站在巖壁前等候海天日出，空中也不時傳來天雞的鳴叫。在這巖層萬轉的地方，連一條小路都沒有，有時迷失在花叢中，有時背著大石，頓然暗了下來。有時聽到熊吼龍吟和巖泉的聲響，使得深林和巖層都害怕而顫慄。這時，雲青青的像是山雨欲來，泉水搖漾冒著煙縷。突然電光閃隙，霹靂一聲，山巒崩塌，洞府前的石門，轟然打開；太陽出來了，只見青天浩蕩，廣闊無垠，日光照在金銀臺上。它以雲霓為裳，以晨風為馬，雲神們見了它紛紛地降下來；老虎彈著瑟，青鸞駕著車，而眾仙們也越來越多了。忽然間我魂魄驚動，驚悸而起，哦，原來是一個夢啊！只覺夢醒時枕席依舊，而剛才的煙霞幻景已消失。世間行樂的事還不是像夢一樣，古來多少豪情快意都付諸東流了。

現在我辭別諸君，不知什麼時候再能回來？且把白鹿放到青崖上去吧，假如我要遠行，便可騎上牲去尋訪名山，怎能低頭躬身去奉事權貴，使得我整天不得開心歡顏呢？

【賞　析】這是一首寫夢，也是遊仙的詩。《全唐詩》標題下注云：「一作別東魯諸公。」全詩可分為四段：首段以瀛洲與天姥對比，點出天姥山是實有的，破題。次段寫天姥山的雄偉，非浙中諸山所能比擬。三段寫夢境，也是寫實境，描寫天姥山的夜景和日出的景象，淋漓盡致，其中開闔變化，非大手筆不能道也。末段別君句，亦點題，或指東魯諸公。因一夢的變化遷移，而想到人世無常，因有棄官歸隱之意。

在這篇詩中，作者對於一片夢境的描寫，發抒其對於名山的嚮往心情，從而表示其對於自由理想境地的熱情追求，以及對於所憎惡的現實之堅決否定。從詩的結尾可以明顯地看出，他嚮往自由的浪漫情緒，乃是從對於所憎惡的現實之堅決否定中產生的，他所以發抒其浪漫情性，正是為了使自己的精神從現實所加予的桎梏中解脫出來。清沈德潛《唐詩別裁》云：「託言夢遊，窮形盡相，以極洞天之奇幻，至醒後頓失煙霞矣。知世間行樂，亦同一夢，安能於夢中屈身權貴乎，吾當別去，遍遊名山以終天年也，詩境雖奇，脉理極細。」

55　金陵酒肆留別

李　白

風吹柳花滿店香，吳姬壓酒喚客嘗❶；金陵子弟來相送，欲行不行各盡觴。請君試問東流水，別意與之❷誰短長？

【韻　律】「請君試問東流水，別意與之誰短長」一聯，平仄合律。本詩用韻：香、嘗、觴、長，為下平聲七陽韻。

【注　釋】❶吳姬壓酒喚客嘗　吳姬，吳地的女子。壓酒，以米釀酒，待將熟時，則壓而取之。喚，《全唐詩》注：「一作勸，一作使。」❷之　指稱詞，指東流水。

【語　譯】微風吹動柳絮，使整個酒肆洋溢著花香，吳姬壓好了酒，喚請客人品嚐；金陵的子弟們都來為我送行，使我將要離開卻又不忍心離開，只好和各位多喝幾杯了。請問東流的江水與你們這番情意比一比，究竟誰來得深長呢？

【賞　析】這是一首留別的詩。李白順手拈來，雖只短短六句，酒後吐真言，意氣風發，而情景交融，自是神來之筆。宋魏慶之《詩人玉屑》十四卷：「山谷言：學者不見古人用意處，但得其皮毛，所以去之更遠。如『風吹柳花滿店香』，若人復能為此句，亦未是太白。至於『吳姬壓酒勸客嘗』，壓酒字他人亦難及。『金陵子弟來相送，欲行不行各盡觴』，益不同。『請君試問東流水，別意與之誰短長』，至此乃真太白妙處，當潛心焉。故學者先以識為主。禪家所謂正法眼，直須具此眼目，方可入道。」

56　宣州謝朓樓餞別校書叔雲

李　白

棄我去者、昨日之日不可留，亂我心者、今日之日多煩憂。長風萬里送秋雁，對此可以酣高樓。

蓬萊文章建安骨，中間小謝又清發❶。俱懷逸興壯思飛，欲上青天覽日月。

抽刀斷水水更流，舉杯銷愁愁更愁。人生在世不稱意，明朝散髮弄扁舟❷。

【韻　律】首兩句十一字可連讀，情緒鬱發，氣勢逼人。全詩用下平聲十一尤韻，留、憂、樓為韻腳，中間換為入聲六月韻，骨、發、月為韻腳，末用尤韻收結，流、愁、舟為韻腳。

【注　釋】❶蓬萊文章建安骨二句　叔雲在秘書省任校書，文章有建安高古的風骨，且具有像謝朓清新發越的才思。唐宋人稱秘書省為蓬萊道山。建安骨，即建安體之風骨，饒有古氣。建安，漢獻帝年號，當時文人有曹氏父子及建安七子，皆以文章稱著，世稱建安體。小謝，指謝朓，此處指叔雲任職秘書省，又有謝朓之才。清發，清新發越。❷散髮弄扁舟　《全唐詩》注：「一作舉櫂還滄洲。」弄，駕也。

【語　譯】離我而去的，是昨日的時光，已不可挽留，擾亂我心思的，是今日的時光，使我十分煩憂。我在這座謝朓樓上為你餞別，看著長風萬里伴送著秋雁，此情此景，真可以痛快地暢飲一番。

你在蓬萊道山裡擔任校書，文章有建安那種高古的風骨，尚且具有像謝朓清新發越的才思。揮筆都懷有奔逸的興致和豪壯的思想，就好像要飛上青天去觀賞日月似的。

好比抽出刀子去砍斷流水，怎奈流水更流個不停，舉起酒杯本想銷除愁悶，怎奈愁悶更多難以銷解啊！人生在世，總是不能稱心如意，倒不如明天散著頭髮，去駕扁舟，來得寫意啊！

【賞　析】 這是一首送別的詩。《全唐詩》注，此詩標題一作「陪侍御叔華登樓歌」。宣州，即今安徽宣城。齊謝朓為宣城太守時，郡治後有一高齋，名曰北樓，後人因稱謝公樓。李白在此樓為叔雲餞別，因賦此詩。

全詩分三段：首段寫離別的煩憂，三四句中用「送」、「酣」點出餞別。次段，讚校書叔雲的文章和才思。末段復以寫離愁為結。其實，這是一篇借題發揮抒愁的詩。李白離開長安後，鬱鬱不得志，他的濟世熱忱受挫後，而內心矛盾激烈時的一種自我排遣，「人生在世不稱意，明朝散髮弄扁舟」兩句，實在可以說是一篇的主旨。這就是李白浪漫精神的徹底表現。所以這首詩與其說是李白餞別校書叔雲，倒不如說李白餞別自己的過去，更來得恰當。

57 走馬川行奉送封大夫出師西征

岑　參

君不見走馬川行雪海邊❶，平沙莽莽黃入天。輪臺❷九月風夜吼，
一川碎石大如斗，隨風滿地石亂走。匈奴草黃馬正肥，金山❸西見煙塵
飛❹，漢家大將西出師。

將軍金甲夜不脫，半夜軍行戈相撥，風頭如刀面如割。馬毛帶雪汗氣蒸，五花連錢❺旋作冰，幕中草檄❻硯水凝。虜騎聞之應膽懾❼，料知短兵不敢接，車師西門佇獻捷❽。

【韻律】此詩屬歌行體，除首二句，邊、天，用下平聲一先韻外，其餘均三句一換韻，平仄韻相間，頗為奇特，亦古詩所罕見。吼、斗、走，用上聲二十五有韻。肥、飛，用上平聲五微韻，師為上平聲四支韻，古詩支、微韻可以通押。脫、撥、割，用入聲七曷韻。蒸、冰、凝，用下平聲十蒸韻。懾、接、捷，用入聲十六葉韻。清沈德潛《唐詩別裁》云：「句句用韻，三句一轉，此嶧山碑文法也，唐中興頌亦然。」

【注釋】❶走馬川行雪海邊　雪，一作雲。又按《全唐詩》注：「一作君不見走馬滄海邊。」走馬川，高步瀛《唐宋詩舉要》云：「走馬川未詳，疑即《水經・河水注》之龜茲川。」雪海，《新唐書・西域傳》曰：「勃達嶺西南至葱嶺贏二千里，水南流者經中國入于海，北流者經胡入于海，北三日行度海，春夏常雨雪。」❷輪臺　西域地名。在今新疆庫車東。岑參曾從封常清大夫屯兵於此。❸金山　即阿爾泰山，為天山北出之山脈。❹煙塵飛　指匈奴作亂也。❺五花連錢　皆良馬名。《名畫錄》：「開元內廄有飛黃、照夜、浮雲、五花之乘。」《爾雅・釋畜》：「青驪驎驒。」郭璞曰：「色有深淺，斑駁隱粼，今之連錢驄。」❻草檄　起草文書。❼膽懾　膽寒心驚。❽料知短兵不敢接二句　料定他們不敢前來短兵相接，在車師國的西門等候呈獻戰利品吧！短兵，刀劍等短武器。車師，一作軍師。漢時西域諸國之一，亦名姑師，曾為唐所滅。佇，等候。獻捷，獻戰利品。

【語　譯】你沒看見那些軍隊從走馬川走到雪海邊去嗎？一路黃沙迷茫，揚起的沙塵一直延到天邊。九月天，輪臺的風整夜在怒吼，在乾涸的河川上，連斗大的石頭也被狂風捲起，滿地亂轉。這時，匈奴一帶的草枯黃了，馬兒正肥壯，於是金山西邊又傳來了戰況，我們大漢的將軍封大夫又要西出征討了。

封將軍的盔甲晚上也不脫下，有時夜行軍，因看不見，戈矛都會相碰撞，冷風像刀子，割在臉上。馬兒奔跑，毛上的雪花被汗氣蒸掉，但一停下來，就是五花馬、連錢驄的名駒，身上的汗水也立刻凝結，連帳幕裡起草文書的硯水，也會結成冰塊。胡人聽到我們出征的消息，都要心寒膽顫，料定他們不敢前來短兵相接，只好在車師國的西門等候呈獻戰利品吧！

【賞　析】此詩《全唐詩》題作「走馬川行奉送出師西征」。後章注本、《唐詩別裁》本均在奉送下有「封大夫」三字。沈德潛云：「即封常清也。參常從封常清屯兵輪臺，故多邊塞之作。」封常清，《舊唐書》有傳。

這是作者給封常清送行的詩。全篇寫邊塞生活，氣豪句奇，是盛唐本色。如依內容分，可分兩段：首段前五句，寫走馬川、輪臺一帶九月天風沙飛石的景象。接著三句寫匈奴入侵，引來「漢家大將西出師」。次段，寫封將軍西征的威風，以及大軍士氣的旺盛。如依音節分，除首兩句外，餘皆三句一組，每組換韻，節奏急促，造意勁健。

58

輪臺歌奉送封大夫出師西征

岑參

輪臺城頭夜吹角❶，輪臺城北旄頭❷落。羽書❸昨夜過渠黎❹，單于❺已在金山西。戍樓西望煙塵黑，漢兵屯在輪臺北。上將擁旄西出征，平明吹笛大軍行。

四邊伐鼓雪海湧，三軍大呼陰山❻動。虜塞兵氣連雲屯，戰場白骨纏草根。劍河風急雪片闊❼，沙口❽石凍馬蹄脫。

亞相勤王❾甘苦辛，誓將報主靜邊塵。古來青史誰不見？今見功名勝古人。

【韻　律】此詩兩句一轉韻，共換韻八次。從角、落起韻，角，入聲三覺韻，落，入聲十藥韻，古詩覺、藥韻可通押。然後平仄韻相間，錯落有致。黎、西，用上平聲八齊韻。黑、北，用入聲十三職韻。征、行，用下平聲八庚韻。湧，上聲二腫韻，動，上聲一董韻，腫、董韻通押。屯、根，用上平聲十三元韻。闊、脫，用入聲七曷韻。辛、塵、人，用上平聲十一真韻收結。明王夫之《唐詩評選》：「雲間唐陳彝稱此詩韻凡八轉，如赤驥過九折坂，履險若平，足不一蹶，可謂知言。」

【注　釋】❶角　軍中吹器。猶今之號角。❷旄頭　旄旗之屬。一作星名解，亦通。❸羽書　即羽檄。檄，為對外發表下行之文體，其後多用於軍旅討伐之事，急件則以羽插之，謂之羽檄，或稱羽書。❹渠黎　地名。在今新疆省輪臺縣西南。❺單于　漢時，匈奴稱其君長曰單于。《漢書・匈奴傳》：「單于者，廣大之貌。言其象天單于然也。」❻陰山　山脈名。起於河套西北，綿亙於綏遠察哈爾熱河三省，與內興安嶺相接，自古為我國北方的屏障。高步瀛《唐宋詩舉要》：「以地勢言距輪臺、渠黎頗遠，此蓋借用，否則指騰格里等山言耳。」❼劍河風急雪片闊　劍河，河名。《新唐書・回鶻傳》：「回鶻牙北六百里，得仙娥河，河東北曰雪山，地多水泉，青山之東有水曰劍河。」雪片，《四部叢刊》本、章注本作雲片。❽沙口　或指輪臺附近的地名，不詳。❾亞相勤王　漢代御史大夫，位亞於宰相，世稱亞相。此指封常清而言。勤王，謂起兵為王室靖難也。

【語　譯】輪臺城上的守軍在黃昏時吹起號角，於是輪臺城北的旄旗就趕忙降了下來。昨晚一封羽書經過渠黎送來，說匈奴王已陳兵在金山的西面。從戍樓向西看，只見煙塵漲黑了天，漢家的軍隊已集合在輪臺的城北。大將軍擁旗西征，準備天亮時，吹起號笛，大軍就要進發了。

四面戰鼓擊動，雪海怒濤洶湧，三軍唱起雄壯的軍歌，使陰山都被歌聲震動。看胡地邊塞上的兵氣像雲屯聚一般，那戰場上的白骨沒人收埋，和草根糾纏在一起。劍河附近風勢很急，雪花遼闊，沙口一帶冰石封結，連馬蹄都會被凍掉。

封大夫為王室平亂是不辭勞苦的，立誓要將邊境平定，以報主恩。古來青史上留名的，又有誰不知道呢？現在我相信他的功名應該比古人還勝過一籌啊！

【賞　析】此詩與前詩同為奉送封大夫出師西征的詩。按《四部叢刊》本《岑嘉州集》在這首詩上有眉批云：「封大夫，封常清也。天寶四載（西元七四五），以高仙芝為安西四鎮節度使，仙芝署常清為判官，任以軍事，仙芝嘗破小孛律王及其旁二十餘國，題云西征，必此時也。」

此詩可分三段：首段寫邊塞戰禍起，因陳兵待發西征。次段寫行軍的艱苦，以及邊塞苦寒的情景。末段點亞相封大夫，為國勤王，定可以留名千古了。詩中寫景逼真，敘述生動，如果不是身歷其境的人，怎能道盡塞外的情景呢！

59 白雪歌送武判官歸京

岑參

北風捲地白草❶折，胡天八月即飛雪。忽如❷一夜春風來，千樹萬
樹梨花❸開。散入珠簾濕羅幕，狐裘不煖錦衾薄。將軍角弓不得控❹，
都護❺鐵衣冷猶著。
瀚海闌干❻百丈冰，愁雲黲淡❼萬里凝。中軍❽置酒飲歸客，胡琴琵
琶與羌笛。紛紛暮雪下轅門❾，風掣紅旗凍不翻❿。
輪臺東門送君去，去時雪滿天山⓫路；山迴路轉不見君，雪上空留
馬行處。

【韻　律】頭兩句用了十個仄聲字，入聲便佔了七個，並用入聲韻，聲調急促，離別慘惻的情緒已見。全詩換韻七次，也是平仄韻相間，而以仄聲韻為主。折、雪，為入聲九雪韻。來、開，為上平聲十灰韻。幕、薄、著，為入聲十藥韻。冰、凝，為下平聲十蒸韻。客，入聲十一陌韻，笛，入聲十二錫韻，古詩陌、錫韻通押。門、翻，為上平聲十三元韻。去、處，去聲六御韻，路，去聲七遇韻，古詩遇、御通押。

【注　釋】❶白草　邊地的一種草名。《漢書・西域傳》顏師古注：「白草，似莠而細，無芒，其乾熟時正白色，牛馬所嗜也。」李頎〈送邊將〉詩：「悠揚落日黃雲動，蒼莽陰風白草翻。」❷忽如　《全唐詩》本作「忽然」。❸梨花　應作棃花。屬薔薇科，花色白。這裡指雪花而言。蕭子顯〈燕歌行〉：「洛陽棃花落如雪。」❹將軍角弓不得控　角弓，用角質雕飾的弓。控，拉開。❺都護　官名。唐置安東、安西、安南、安北、單于、北庭六大都護府，以撫輯諸蕃。❻瀚海闌干　瀚海，大沙漠。闌干，縱橫也。❼黲淡　黯淡也。《四部叢刊》本、章注本均作慘淡。❽中軍　軍中主帥。❾轅門　官府的門。❿風掣紅旗凍不翻　掣，牽動。紅旗，唐自天寶九載五月，諸衛與諸節度所用緋色旗旛並改為赤。杜甫〈諸將〉詩：「曾閃朱旗北斗殷。」翻，飄揚。⓫天山又名雪山，白山，在新疆省，分南北二路。

【語　譯】北風捲地而來，連耐寒的白草都凍折，塞外八月的天氣就開始下雪了。突然一夜之間像春風來到似的，樹枝上都開滿了梨花。那雪花落在珠簾上被室內的煖氣蒸化，把帷幕也沾濕了，即使穿著狐裘也不會煖，難怪錦衾也嫌單薄。將軍的角弓凍得拉不開，都護的鐵甲雖冷，為應不時之需，卻經常穿著。

大沙漠浩瀚縱橫地鋪上一層厚厚的冰，愁雲黯淡低垂，凝結萬里。中軍為了替你送行，設酒宴客，席間胡琴、琵琶、羌笛紛陳。只見暮雪在營門前紛紛落下，風牽動紅旗，在雪花中也飄不起來。

我在輪臺的東門為你送行，你走了，天山道上正飄著大雪；山路曲折，不久就看不到你的影子，只見雪地上空留下一些馬蹄的行跡。

【賞析】這是一首送別的詩。坊本詩題上均無「京」字，今從《全唐詩》及《四部叢刊》本補入。武判官，生平不詳。全詩描寫塞外的苦寒和送別的情景，真摯動人。詩分三段：首段描寫大雪紛飛的情景，點題。「忽如一夜春風來，千樹萬樹梨花開」，寫雪景真美。次段，寫餞別，中軍置酒，轅門雪下，琵琶羌笛，愈增悲涼。末段述送行，輪臺送君，雪滿天山，尤其描寫別後雪地上空留行跡，惆悵之情，真切感人。徐嘉瑞在〈岑參〉一文中，推崇他為宏壯的詩人，並且說：「岑參所表現的人物事實，都是最偉大的，最雄壯的，最愉快的，好像一百二十面鼓，七十面金鉦和奏的鼓吹曲一樣，十分震動人的耳鼓，和那絲竹一般細碎而悲哀的詩人劉長卿正相反對。……他感受了大沙漠雄壯的印象，由恐怖到了同情，這偉大的沙漠，即是他偉大的詩境。」我們看了他前面的三首歌行體的詩，應該也有這種感覺吧！

60　韋諷錄事宅觀曹將軍畫馬圖

杜甫

國初已來畫鞍馬，神妙獨數江都王❶。將軍❷得名三十載，人間又見真乘黃❸。曾貌先帝照夜白❹，龍池十日飛霹靂❺。內府❻殷紅瑪瑙盌❼，婕妤❽傳詔才人❾索。盌賜將軍拜舞歸，輕紈細綺相追飛。貴戚權門得筆跡，始覺屏障生光輝。

昔日太宗拳毛騧❿，近時郭家師子花⓫。今之新圖有二馬，復令識者久歎嗟。此皆騎戰一敵萬，縞素⓬漠漠開風沙。其餘七匹亦殊絕，迥若寒空動煙雪⓭。霜蹄蹴踏長楸間⓮，馬官廝養⓯森成列。可憐九馬爭神駿，顧視清高氣深穩。借問苦心愛者誰？後有韋諷前支遁⓰。

憶昔巡幸新豐宮⓱，翠華⓲拂天來向東。騰驤磊落⓳三萬匹，皆與此圖筋骨同。自從獻寶朝河宗⓴，無復射蛟江水中㉑。君不見金粟㉒堆前松柏裡，龍媒㉓去盡鳥呼風！

【韻律】詩中多用三平調，如江都王、真乘黃、相追飛、生光輝、拳毛騧、開風沙、長楸間、新豐宮、朝河宗等便是。此詩共換韻七次，平仄不一定相間，每次換韻，均以逗韻作為轉韻之用，如白、歸、騧、絕、駿、宮等字便是，與岑參句句押韻異趣。王、黃，為下平聲七陽韻。白，為十一陌韻，靂，為十二錫韻，索，為十藥韻，三韻古詩通押。歸、飛、輝，為上平聲五微韻。騧、花、嗟、沙，為下平聲六麻韻。絕、雪、列，為入聲九屑韻。駿，為去聲十二震韻，穩、遁，為上聲十三阮韻，可見古詩上去的界限還不十分明確，且有上聲和去聲通押的現象。宮、東、同、中、風，為上平聲一東韻。

【注釋】❶江都王　唐太宗的侄子李緒。《歷代名畫記》卷十：「江都王緒，霍王元軌之子，太宗皇帝猶子也，多才藝，善書畫，鞍馬擅名。垂拱中官至金州刺史。」❷將軍　指曹霸。《歷代名畫記》卷九：「曹霸，魏曹髦之後，髦畫稱於後代，霸在開元中已得名，天寶末，每詔寫御馬及功臣，至左武衛將軍。」❸乘黃　神馬名。《廣川畫跋》：「乘黃狀如狐，背有角，霸所畫馬，未嘗如此，特論其神駿耳。」❹照夜白　駿馬名。《明皇雜錄》：「上所乘馬，有玉花驄、照夜白。」❺龍池十日飛霹靂　龍池裡的龍，連日來翻飛如疾雷一般。龍池，池名。在長安南內南薰殿的北面。十日，連日也。飛霹靂，形容騰躍疾如雷也。❻內府　即內庫。❼瑪瑙盌　盌，碗也。一作盤。瑪瑙，玉髓之一種。❽婕妤　女官名。《新唐書・百官志》：「唐因隋制，婕妤九人，正三品。」❾才人　女官名。唐置才人七人，掌敘燕寢之事。❿拳毛騧　章注引《金石錄》云：「太宗六馬之一，其一曰拳毛騧，黃馬黑喙。」⓫師子花　馬名。師，一作獅。《杜陽雜編》卷上：「副元帥郭子儀克復京都，上還宮闕，因命御馬九花虬並紫玉鞭轡以賜。」原注：「亦有獅子驄，皆其類。」⓬縞素　畫絹也。⓭動煙雪　一作雜霞雪。⓮霜蹄蹴踏長楸間　蹴踏，踐踏也。楸，大戟科落葉喬木，幹高三丈許，古人多種於道旁。⓯馬官廝養　管馬之差役與執賤役者。⓰後有韋諷前支遁　韋諷，人名，生平未詳，嘗居成都，為閬州錄事。支遁，《世說新語・言語篇》：「支道林，常養數匹馬，或言道人畜馬不韻。支曰：貧道重其神駿耳。」劉孝標注引高逸〈沙門傳〉：「支遁，字道林。」⓱新豐宮　即華清宮。故址在今臨潼縣東北。《元和郡縣志》曰：「漢七年，高祖以太上皇思東歸，於此置縣，徙豐人以實之，故曰新豐。華清宮在驪山上，開元十一年初置溫泉宮，天寶六年，改為華清宮。」⑱翠華　天子之旗飾也。用翠羽飾於旗上。⑲騰驤磊落　言馬奔馳騰躍，形狀俊偉。⑳獻寶朝河宗　言玄宗崩駕，引穆天子事為喻。《穆天子傳》卷一：「天子西征，……河宗伯夭逆天子燕然之山，勞用束帛加璧。」己未，天子大朝于黃之山，乃披圖視典，用觀天子之珤器。」《舊唐書・肅宗紀》：「上元二年建巳月壬子，楚州刺史崔侁獻定國寶玉十三枚。表云：楚州寺尼真如者，恍惚上昇，見天帝，帝授以十三寶，曰：中國有災，宜以第二寶鎮之。甲寅，太上皇帝崩於西內神龍殿。」㉑無復射蛟江水中　言玄宗崩駕後，不再有出巡射蛟之事。《漢書・武帝紀》：「元封五年冬行南巡狩，自尋陽浮江，親射蛟江中，獲之。」㉒金粟　山名。在今陝西蒲城東北，唐玄宗之泰陵在其上。㉓龍媒　馬名。《漢書・禮樂志》：「天馬徠兮龍之媒。」後因稱駿馬曰龍媒。

【語　譯】開國以來，畫鞍馬畫得最好的，要首推江都王。現在曹將軍享有畫名三十年，人間又可以看到真的神馬了。他曾經替玄宗皇帝的那匹照夜白摹畫，因為畫得太逼真了，使得龍池裡的龍，連日來翻飛如疾雷一般。於是皇上賞賜內庫殷紅的瑪瑙碗給他，由婕妤傳令才人去拿來。曹將軍得到那個瑪瑙碗後，拜舞謝歸，從此便有許多人拿著紈素來求畫。權貴們都以能得到他的筆跡，掛在屏障上為榮。

從前太宗的拳毛騧，近來郭家的師子花，今日新畫的兩幅馬都很像牠們，使得內行的人看了，不禁連聲讚歎。這兩匹馬在戰陣中，都能以一敵萬，雖然只在一張素絹中，但豪氣干雲，好像揚起了漠漠塵沙似的。其餘畫中的七匹馬，也很特殊，像寒空中飛舞的煙雪一樣迥異。霜蹄踐踏在長楸的道上，馬官和廝役們，都森然排列在旁邊侍候牠們。這九匹馬都很可愛，爭著表現自己的神采，彼此互相顧視，顯出高貴深穩的樣子。請問最苦心愛護牠們的是誰呢？以前有支遁，現在該是韋諷了。

記得以前太上皇巡幸新豐宮的時候，旌旗蔽天，浩浩蕩蕩地向東來。大約有三萬匹馬，奔馳騰躍，狀貌俊偉，都與畫裡的相貌相同。自從太上皇崩駕以後，那種在江中射殺蛟龍的壯行不再有了。你沒看到，在金粟岡前一帶松柏裡面，那些駿馬都不見了，只有鳥雀在林間呼風啼雨地亂叫呢！

【賞析】這是一首寫畫的詩，詠曹霸將軍所畫的馬。《全唐詩》在標題下校云：「一本下有歌字，一本有引字。」根據《杜甫年譜》的記載，此詩大約是廣德二年（西元七六四），杜甫在成都時所作的。

全詩可分三段：首段寫曹霸善畫馬，時人爭相求取他的畫。次段，寫他所畫的九駿圖，其中「借問苦心愛者誰？後有韋諷前支遁」句，切題，應「韋諷錄事宅」等字。末段因名馬而想念唐玄宗，也想起當前的國事，言外之意，感慨良深。清施均父《硯傭說詩》云：「絕大波瀾，無窮感慨，學者熟此，可悟開拓之法，『皆與此圖筋骨同』一句作鉤勒，更無奔放不收之病，味之。」

61　丹青引贈曹霸將軍

杜甫

將軍魏武❶之子孫，於今為庶為清門❷。英雄割據雖已矣！文采風流猶③尚存。學書初學衛夫人④，但恨無過王右軍⑤。丹青⑥不知老將至，富貴於我如浮雲⑦。

開元之中常引見，承恩數⑧上南薰殿⑨。淩煙功臣⑩少顏色，將軍下筆開生面⑪。良相頭上進賢冠⑫，猛將腰間大羽箭⑬。褒公鄂公⑭毛髮動，英姿颯爽來酣戰⑮。先帝天馬玉花驄⑯，畫工如山貌⑰不同。是日牽來赤墀⑱下，迥立閶闔⑲生長風。詔謂將軍拂絹素，意匠慘澹經營中；斯須九重真龍出⑳，一洗萬古凡馬空。玉花卻在御榻上㉑，榻上庭前屹相向；至尊㉒含笑催賜金，圉人太僕㉓皆惆悵。

弟子韓幹㉔早入室，亦能畫馬窮殊相；幹惟畫肉不畫骨，忍使驊騮㉕氣凋喪。

將軍畫㉖善蓋有神，偶逢佳士亦寫真㉗；即今漂泊干戈際，屢貌尋常行路人。途窮反遭俗眼白，世上未有如公貧；但看古來盛名下，終日坎壈㉘纏其身。

【韻律】全詩共換韻五次，平去相間。孫、門、存，為上平聲十三元韻，軍、雲，為上平聲十二文韻，古詩元、文通押。見、殿、面、箭、戰，為去聲十七霰韻。驄、同、風、中、空，為上平聲一東韻。上、向、悵、相、喪，為去聲二十三漾韻。神、真、人、貧、身，為上平聲十一真韻。

【注釋】❶魏武　曹操也。蓋曹霸為曹髦的後代，而曹髦是魏武帝的曾孫。❷為庶為清門　庶，庶民。清門，寒門。玄宗末年，曹霸得罪，削籍為庶人。❸猶　一作今。❹衛夫人　晉代女書法家。張懷瓘《書斷》：「衛夫人，名鑠，字茂猗。……隸書尤善，規矩鍾公，右軍少嘗師之。」❺王右軍　右軍，官名。王羲之嘗官右軍，故名。《晉書・王羲之傳》：「字逸少，善隸書，為古今之冠。」❻丹青　丹砂青雘之類，繪畫所用，故亦用以稱畫。❼富貴於我如浮雲　《論語・述而》：「不義而富且貴，於我如浮雲。」❽數　屢次。❾南薰殿　《全唐詩》本「薰」作「熏」。唐宮殿名。《長安志》卷九：「南內興慶宮，宮內正殿曰興慶殿，前有瀛洲門，內有南薰殿，北有龍池。」❿淩煙功臣　為閻本立所畫淩煙閣二十四位功臣圖。《歷代名畫記》卷九：「閻本立，貞觀十七年，詔畫淩煙閣功臣二十四人圖，上自為讚。」⓫將軍下筆開生面　謂曹霸將軍下筆有新異之景象，此處指重摹新像也。⓬進賢冠　冠名。《後漢書・輿服志》：「進賢冠，古緇布冠也，文儒者之服。」⓭大羽箭　箭名。《酉陽雜俎》卷一：「太宗好用四羽大笴長箭，嘗一射洞門闔。」⓮褒公鄂公　褒公，指段志玄。鄂公，指尉遲敬德。二人皆唐之開國功臣，為淩煙閣二十四功臣之一。此處蓋舉二人以概其餘也。⓯英姿颯爽來酣戰　颯爽，武勇貌。來，《全唐詩》注：「一作猶。」⓰天馬玉花驄　天馬，一作御馬。玉花驄，玄宗所乘之名馬也。⓱貌　描畫人物而肖其狀貌也。下「屢貌」句同。⓲赤墀　即丹墀，宮殿階前之地。漢官儀：「以丹漆階上地曰丹墀。」⓳閶闔　紫微宮門，名曰閶闔。⓴斯須九重真龍出　斯須，一作須臾。九重，謂天也。或謂天子居處。真龍，馬也。馬八尺以上為龍。㉑玉花卻在御榻上　玉花驄之圖像卻懸掛於御榻上。玉花，玉花驄之簡稱。御榻，皇帝之座位。㉒至尊　舊時稱皇帝為至尊。㉓圉人太僕　圉人，掌養馬芻牧之事。太僕，掌馬之官員。

㉔韓幹　唐代名畫家，為曹霸之弟子，善寫人物，尤工鞍馬。今故宮博物院尚藏有〈韓幹牧馬圖〉一軸。《歷代名畫記》卷九：「韓幹，大梁人，王右丞維見其畫，遂推獎之，官至太府寺丞。善寫貌人物，尤工鞍馬，初師曹霸，後自獨擅。」㉕驊騮　古良馬也。㉖畫　《全唐詩》注：「一作盡。」㉗寫真　圖其真貌，猶今之圖畫也。㉘坎壈　猶坎坷也。

【語　譯】曹將軍是魏武帝的子孫，現在因得罪皇上，已淪為庶民了。當年他的祖先三分鼎立的豪氣雖成過去，但文采風華還是有一些留存下來的。他首先也是臨摹衛夫人的書法，但恨自己沒有超過王羲之的成就。於是改學畫畫，自得其樂，根本不知道老之將至，對於富貴更是視為浮雲了。

以前開元的時代經常被先帝詔見，因為恩寵的關係，幾度到過南薰殿來。淩煙閣中的功臣圖像因年代久了，顏色褪落，於是要將軍重畫，結果更是能別開生面呢！譬如良相頭上帶著的進賢冠，猛將腰間掛著的大羽箭，褒國公、鄂國公的毛髮飛揚，英姿武勇地接受他人的挑戰，都能畫得栩栩如生。先帝有一匹御馬叫玉花驄的，畫工很多，但摹得都與原貌不同。那天被牽到皇宮的階下，只見牠高立在紫微宮門前，虎虎生風。先帝遂命將軍開畫布，默默地用心經營摹畫；不久就畫好了，好像九天的飛龍出現一樣，把自古以來的凡馬都一掃而空。先帝於是把那幅玉花驄圖像掛在御榻前，與庭前昂立的玉花驄相對觀賞；先帝含笑地催促著賞賜給他黃金，使得管馬的圉人和太僕們都感到難過。

他早年的入室弟子韓幹，畫馬也能窮形盡相；韓幹畫馬只畫馬的肥壯而不畫馬的骨氣，使得畫出來的驊騮馬也都喪失了神氣。

將軍畫得好又能傳神，偶然遇上名士也替人畫肖像；如今漂泊在戰亂之中，也為尋常的行路人畫相貌。人在窮途沒落，反而遭到世俗人的白眼，我想世上再沒有一位畫家會像曹公那樣貧窮了；但看自古以來有大名望的人，誰不是終日被困窮潦倒所糾纏著呢！

【賞　析】這是一首感歎畫家遭遇不好的歌，是作者寫來送給曹霸的。引，是文體的一種，與歌行體相同。本詩標題，《全唐詩》本作「丹青引贈曹霸將軍」，《四部叢刊》本及章注本均作「丹青引」，把「贈曹霸將軍」五字移入注文中。

此詩《杜甫年譜》也認為是廣德二年（西元七六四）的作品。當時曹霸也流落到成都來，轉為尋常的百姓畫像，與昔日的境遇相較，真不可同日而語。於是寫下這首詩，概括了曹霸的一生，末幾句感慨很深，也是杜甫自身的感受。如近人楊圻所寫的〈檀青引〉，記敘宮中樂工蔣檀青一生的遭遇一樣，使人同掬一把辛酸淚。

全詩約分四段：首段泛述曹霸的先世和學畫的經過。次段，描寫他受玄宗的詔見，畫人畫馬，筆力不凡，得到權貴的寵遇。第三段，用他的學生韓幹作對比，更顯示出曹霸的成就。第四段慨歎他坎坷的境遇，寄慨悲涼，非至情人不能道也。清施均父《硯傭說詩》：「〈丹青引〉，畫人是賓，畫馬是主，卻從善書引起善畫，從畫人引起畫馬，又用韓幹之畫肉，墊將軍之畫骨，末後搭到畫人，章法錯綜絕妙，學者亟宜究心，唯收處悲涼不可學。」其實收結悲涼，正是世事真實的寫照，如曹霸、杜甫的晚年，又何嘗不是如此。

62 寄韓諫議

杜甫

今我不樂思岳陽❶，身欲奮飛病在牀。美人❷娟娟隔秋水，濯足洞庭望八荒❸。鴻飛冥冥❹日月白，青楓葉赤天雨霜。
玉京群帝集北斗❺，或騎麒麟翳鳳凰❻。芙蓉旌旗煙霧落，影動倒景搖瀟湘❼。星宮之君醉瓊漿，羽人❽稀少不在旁。似聞昨者赤松子❾，恐是漢代韓張良❿；昔隨劉氏定長安，帷幄⓫未改神慘傷。
國家成敗吾豈敢？色難腥腐餐楓香⓬。周南⓭留滯古所惜，南極老人⓮應壽昌。美人胡為隔秋水？焉得置之貢玉堂⓯？

【韻　律】全詩一韻到底，用下平聲七陽韻，韻腳是：陽、牀、荒、霜、凰、湘、旁、良、傷、香、昌、堂。

【注　釋】❶岳陽　今湖南岳陽。韓諫議家居於此。❷美人　為君王、君子之代稱，此指韓諫議。❸八荒　猶八極也，言最遠之處。❹鴻飛冥冥　冥冥，遠空也。《法言・問明》：「鴻飛冥冥，弋人何篡焉。」這裡說他有遁世之意。❺玉京群帝集北斗　言天上眾帝君圍拱著北斗，喻眾臣共戴君王也。玉京，天宮也。參見李白〈廬山謠〉注⑱。群帝，眾帝君，喻群臣也。北斗，星宿名，喻人君。❻或騎麒麟翳鳳凰　麒麟、鳳凰，皆瑞獸也。翳，蔽也；乘也。❼瀟湘　瀟水出湖南寧遠南九疑山。湘水出廣西興安陽海山，於湖南零陵與瀟水交合，是為瀟湘。❽羽人　飛仙也。❾赤松子　仙人。《漢書》顏師古注：「赤松子，仙人號也。神農時為雨師。」❿韓張良　張良，漢代韓人，字子房，佐漢高祖定天下，封留侯。⓫帷幄　軍帳也。《漢書・張良傳》：「運籌策帷幄中，決勝千里外，子房功也。」⓬色難腥腐餐楓香　難以飲食腐臭之惡物，寧餐道家之楓香；喻怕處污濁之世，寧退居而尋仙道也。腥腐，惡物也，喻污濁之世。餐楓香，一作食風香，喻尋道也。楓香，楓有脂而香，道家用以合藥，故云餐。⓭周南　洛陽。《史記・太史公自序》：「天子始建漢家之封，而太史公留滯周南。」此指韓諫議留滯岳陽。⓮南極老人　星宿名，南極，亦稱老人星。此星見則治平，主壽昌。⓯玉堂　玉殿也。

【語譯】今天我心裡不快，於是想起在岳陽的老朋友，我雖想奮飛到你的身邊，怎奈生病在牀。你與我僅隔著一岸秋水，你在洞庭湖邊濯足卻望著最遙遠的地方。飛鴻在遠空中飛過，映照著日月的白光，青楓葉變紅了，天開始下霜。

天上的眾帝君圍拱著北斗星，有的騎著麒麟，有的乘著鳳凰。繡著芙蓉花的旗幟，在煙霧裡飄落，倒影在流水裡，搖蕩著瀟湘。星宮裡的帝君一個個醉了，飛仙們稀少不能在旁邊侍候。昨天我似乎聽人說：赤松子恐怕就是漢代的張良；他跟隨劉邦平定了長安，現在軍帳仍在，但局勢不好，使人神傷。

關於國家大事，我怎敢批評？怕看到污濁的社會，只好退隱，飲食楓香。從前太史公滯留在洛陽，被古人所惋惜，現在南極星出現了，天下將要平治，你又為什麼要隔著秋水？怎麼不被貢到玉堂裡去輔佐君上呢？

【賞 析】這是一首贈寄的詩，作者寄給韓諫議的。韓諫議，岳陽人，生平未詳。據詩意來看，當是功成身退，隱居於洞庭湖畔的長者，杜甫給他這首詩，勸他出來做官。詩意隱晦，借神仙事來表現，或有難言之處，然反映朝廷不能用人，而韓諫議只是其中的一例罷了。清朱鶴齡《杜詩箋注》：「依梁氏編在大曆元年（《杜甫年譜》編在二年），故仍之。」時杜甫五十五歲，居夔州。

此詩約分三段：首段寫作者思念韓諫議，而韓氏卻在洞庭湖畔，過著隱者的生活。次段寫其有功於國，然不被重用。以比喻的手法表現，更能引起讀者的共鳴。末段雖欲勸其出仕，實為反筆，即杜甫本身，也不被任用。

63 古柏行

杜甫

孔明廟前有老柏❶，柯如青銅根如石；霜皮溜雨❷四十圍，黛色參天二千尺。君臣已與時際會，樹木猶為人愛惜。雲來氣接巫峽長，月出寒通雪山白❸。

憶昨路繞錦亭❹東，先主武侯同閟宮❺。崔嵬❻枝幹郊原古，窈窕❼

丹青❽戶牖空。落落盤踞雖得地，冥冥孤高多烈風。扶持自是神明力，
正直原因造化功❾。
大廈如傾要梁棟，萬年回首丘山重❿。不露文章世已驚，未辭剪伐
誰能送⓫？苦心豈免容螻蟻⓬，香葉終經宿鸞鳳⓭。志士幽人⓮莫怨嗟，
古來材大難為用！

【韻　律】此詩前半是歌行體，如「柯如青銅根如石」及「冥冥孤高多烈風」兩句，都有六個平聲字。後半從「扶持自是神明力」起，則完全合律，且講求黏對與拗救，如「大廈如傾要梁棟」與「香葉終經宿鸞鳳」兩句為單拗。又對句甚多，律古參半，實為古詩中罕見的現象。全詩換韻三次：柏、石、尺、惜、白，為入聲十一陌韻。東、宮、空、風、功，為上平聲一東韻。棟、送、鳳，為去聲一送韻。重、用，為去聲二宋韻，古詩送、宋韻通押。

【注　釋】❶孔明廟前有老柏　此為夔州之武侯廟，在今四川奉節八陣臺下。高步瀛《唐宋詩舉要》引九家注趙彥材曰：「成都先主廟，武侯祠堂附焉。夔州則先主廟武侯廟各別。今詠柏專是孔明廟而已，豈非夔州柏乎？公詩集中，其在夔也屢有〈孔明廟〉詩，於〈夔州十絕〉云：『武侯祠堂不可忘，中有松柏參天長。』以絕句證之，則此乃夔州之詩明矣。」❷霜皮溜雨　言柏樹皮蒼白如經霜，枝椏潤澤如經雨洗。❸雲來氣接巫峽長二句　章注本將此二句移至「黛色參天二千尺」句下，並云：「二句舊在愛惜之下，今依須溪改正，則氣順矣。」

今從《全唐詩》本。巫峽，在今四川巫山縣東，為長江三峽之一。雪山，指四川松潘南之岷山，終年積雪未消，故云。❹錦亭　亭名。在成都錦江江畔。❺先主武侯同閟宮　此指成都之先主廟及武侯祠。成都之諸葛武侯祠在先主廟側，祠前有大柏，相傳為武侯手植。閟宮，謂深閉幽靜之廟。❻崔嵬　高貌，二字疊韻。❼窈窕　深貌，二字疊韻。❽丹青　指廟內之圖像。❾造化功　言造物者之功也。❿萬年回首丘山重　千萬年後，人們回首憑弔，只覺古柏（亦指孔明）如同山嶽一樣穩重。萬年，《全唐詩》及其他注本均作「萬牛」，今從《四部叢刊》本改。⓫未辭剪伐誰能送　言未曾阻人砍伐，誰又能將之推倒？辭，拒絕；阻止。送，推倒。⓬螻蟻　喻小人。⓭鸞鳳　喻君子。⓮幽人　指隱者。

【語　譯】孔明廟前有棵老柏，樹枝像青銅，樹根像磐石；霜白的皮，潤澤的枝葉，樹身約有四十圍那麼大，綠葉參天，約有兩千尺那麼高。想起他們君臣倆同時交會在一起，因此，如今廟前的樹木更為人們所愛惜了。這樹上的雲氣長遠與巫峽的雲氣相接，月光皎白與雪山的寒光相通。

記得前些日子，我路過成都錦亭的東邊，先主廟和武侯祠是同樣地深閉幽靜，那古柏高聳的枝幹伸向古老的郊原，而廟內幽深，戶牖和圖像也都斑剝了。古柏牢牢地盤踞雖然頗得地利，但畢竟長得太高了，容易遭到烈風的吹襲。幸賴神明的扶持，長得如此正直，全靠造物者的功勞。

大廈快要傾倒，總得靠大木來支撐，千萬年後，人們回首憑弔，只覺得它穩重如同山嶽一般。雖然他文章不露，但世人已經震驚了他的才華，沒有阻止人去砍伐，但又有誰能將它推倒呢？它苦心孤詣也難免被蟻螻輩所侵蝕，然而枝葉芳香卻始終為鸞鳳們所棲息。志士和隱者不必再怨歎了，古來有大才幹的，實在難以被任用啊！

【賞　析】這是一首詠物的詩，以古柏來比喻武侯。全詩或寫柏樹，或寫武侯，在在雙關，同時句句說出了自己的心聲，絕不是其他無病呻吟的詠物懷古所能比擬的。此詩是杜甫在大曆元年（西元七六六）初夏，從雲安移居夔州時的作品，時杜甫已經五十五歲，對於自己的一生，感物傷情，於是很沉痛地道出了「古來材大難為用」的句子。

全詩可分三段：首段寫夔州武侯廟前的古柏和附近的風光。次段，前四句寫成都先主廟和武侯祠前的古柏作陪襯，後四句，再回到夔州武侯廟的古柏，感歎其得力於造化之功。末段，讚賞古柏，也是讚賞武侯，兩路並進，於是是樹是人，便難以分開了。「大廈」以下四句，寫「材大」，末了才以「古來材大難為用」收結，收得突兀。

64 觀公孫大娘弟子舞劍器行 并序

杜甫

大曆二年❶十月十九日，夔府別駕元持❷宅，見臨潁李十二娘❸舞劍器，壯其蔚跂❹，問其所師？曰：「余公孫大娘弟子也。」開元三載❺，余尚童穉，記於郾城❻觀公孫氏❼舞劍器、渾脫❽，瀏灕❾頓挫，獨出冠時。自高頭宜春梨園❿二伎坊內人⓫，洎外供奉⓬，曉是舞者，聖文神武皇帝⓭初，公孫一人而已。玉貌錦衣，況余白首；今茲弟子，亦匪盛顏。既辨其由來，知波瀾莫二，撫事慷慨，聊為〈劍器行〉。昔者吳人張旭⑭，善草書帖，數常於鄴縣⑮，見公孫大娘舞西河劍器，自此草書長進，豪蕩感激，即公孫可知矣！

昔有佳人公孫氏，一舞劍器動四方。觀者如山色沮喪⑯，天地為之久低昂。㸌如羿射九日落⑰，矯如群帝驂龍翔。來如雷霆收震怒，罷如江海凝清光。絳脣珠袖兩寂寞，晚有弟子傳芬芳。臨潁美人在白帝⑱，妙舞此曲神揚揚。與余問答既有以，感時撫事增惋傷。

先帝侍女八千人，公孫劍器初第一。五十年間似反掌，風塵澒洞⑲昏王室。梨園子弟散如煙，女樂餘姿映寒日。金粟堆⑳前木已拱，瞿塘㉑石城㉒草蕭瑟。玳筵㉓急管曲復終，樂極哀來月東出。老夫㉔不知其所往？足繭㉕荒山轉愁疾。

【韻律】此詩前用平聲韻，後用入聲韻。方、昂、翔、光、芳、揚、傷，為下平聲七陽韻。一、室、日、瑟、出、疾，為入聲四質韻。

【注釋】❶大曆二年　大曆，唐代宗年號。二年，西元七六七年，杜甫時年五十六。❷夔府別駕元持　夔府，即夔州府。今四川省，府治在奉節。別駕，官名，郡守的佐吏。元持，任夔州府之別駕，生平未詳。❸李十二娘　臨潁人，為公孫大娘之弟子。❹蔚跂　綿密超脫貌。❺開元三載　《全唐詩》注：「一作五載。」五載，則杜甫年六歲。❻郾城　在今河南臨潁南。杜甫幼年曾居於此。❼公孫氏　即公孫大娘。《明皇雜錄》：「時公孫大娘能為鄰里曲，及西河劍器、渾脫，舞藝妍妙，皆冠絕於時。」❽劍器渾脫　均西域傳入之胡舞。《文獻通考·舞部》云：「劍器，古武舞之曲名，其舞用女妓雄妝，空手而舞。」渾脫，乃相擲渾脫氈帽而舞。皆健舞之一種。❾瀏灕　即流離，光采煥發貌。❿宜春梨園　故址在今陝西長安，乃唐玄宗教授伶人之所。後世稱劇院為梨園，優伶為梨園子弟。《明皇雜錄》：「天寶中，上命宮女數百人為梨園弟子，皆居宜春北院。」⓫內人　《教坊記》曰：「妓女入宜春院，謂之內人，亦曰前頭人，以常在上前也。」⓬供奉　官名。唐時凡以文學技藝擅長者，得供奉內廷，給事左右。⓭聖文神武皇帝　玄宗之尊號。⓮張旭　蘇州人，嗜酒，每大醉呼叫狂走，乃下筆，或以頭濡墨而書，既醒自視以為神，世號張顛。⓯鄴縣　在今河南臨漳西南。⓰沮喪　面容失色，言驚奇之意。⓱㸌如羿射九日落　㸌，灼也。羿，即后羿。《淮南子·本經訓》：「堯之時，十日並出，焦禾稼，殺草木，堯乃使羿射十日，萬民皆善。」高誘注：「十日並出，射去九日。」⓲臨潁美人在白帝　臨潁美人，指公孫大娘之弟子李十二娘，臨潁人。臨潁，今河南許昌南。白帝，地名，今四川奉節東白帝山。此指夔州而言。⓳澒洞　一作傾動。謂相連無涯際貌。此指安祿山之亂。⓴金粟堆　玄宗陵塚所在地，山名。在今陝西蒲城東北。㉑瞿塘　亦名西陵峽，在四川奉節，長江三峽之一。㉒石城　地名。高步瀛《唐宋詩舉要》引清《一統志》云：「夔州府，石城山，在雲陽縣東二里。」按，此詩石城，當即指白帝城，城據白帝山上。」㉓玳筵猶言瓊筵也。㉔老夫 作者謙稱。㉕足繭 腳底因走路所生之重繭。

【語 譯】大曆二年十月十九日，我在夔府別駕元持的家，看到臨潁李十二娘表演劍器舞，讚賞她的舞技綿密外，因而問及她的師承？她說：「我是公孫大娘的弟子。」開元三年，我那時年紀還小，猶記得在郾城觀賞過公孫大娘的劍器和渾脫舞，流離頓挫，獨秀不凡，冠絕當代。就是宜春、梨園教坊中掛頭牌的，以及在外供奉的人員，懂得這種舞的，在聖文神武皇帝初年，只有公孫大娘一人罷了。當年她貌美，衣著華麗，況且如今我已年老；她的弟子，也不年輕。既辨明她的來歷，知道她的舞數沒有二致，因而感念往事，寫下〈劍器行〉一首。以前吳人張旭，善寫草書字帖，在鄴縣經常看公孫大娘舞西河的劍器舞，因而草書大進，豪放激蕩，便是受公孫氏舞蹈的感染所致，是很明白的了。

從前有個佳人叫公孫氏，她表演劍器舞，曾轟動過四方。圍觀的多如山，沒有人不感到驚奇，甚至連天地也低昂為她起舞。她的舞姿絕妙，閃耀有如后羿射九日，矯健有如眾仙駕著驂龍在飛翔。來時像雷霆萬鈞收住了震怒，結束時像江海凝住了清光。如今，她的年華老去，舞衫寂寞，幸好晚年還有個弟子來傳她的絕技。

這位臨潁美人來到白帝城，她把一闋舞曲，表演得神采洋洋。我還過去跟她談了一會兒，不禁傷時感事徒增一些悲傷。

先帝的侍女八千人，公孫大娘的劍器舞卻佔了第一。五十年間的事蹟反掌即逝，風塵戰禍連綿，把王室攪亂。梨園子弟煙消雲散了，樂伎的身影照在寒日裡，顯得格外淒涼。金粟崗上墓木已有拱把大了，瞿塘峽裡石城山的野草蕭條。盛筵歌管，已是曲終人散，樂盡悲來，只見月兒東上。老漢現在不知到那兒去好？腳下長繭，在荒山裡反而著急起來！

【賞析】這是一首描寫舞姿的詩。由於公孫大娘的弟子李十二娘舞「劍器」，因而想起公孫大娘的舞姿，想起玄宗皇帝，也想起自己桑榆之年，不知投身何處？「先帝侍女」以下六句，感慨往事，是本篇的主旨，故下竟以「金粟堆」作轉接，正寫惋傷之情，一句著先帝，一句收歸本身，不禁百感交集。

全詩分三段：首段描寫公孫大娘的舞姿，「㸌如」以下四句，用明喻法形容。次段寫她的弟子承藝，「妙舞」句形容舞姿，「感時」句，引來末段的感傷。末段寫五十年間之變幻，玄宗已逝，梨園子弟已散，結句以「繭足荒山」投身何處收，愈增惋傷。宋劉克莊《後村詩話》云：「此篇與〈琵琶行〉，一如壯士軒昂赴敵場，一如兒女恩怨相爾汝；杜有建安黃初氣，白未脫長慶體矣。」兩篇都是描寫音樂舞蹈最成功的作品，固未可以高下論之。

65 石魚湖上醉歌 并序

元結

漫叟❶以公田米釀酒，因休暇，則載酒於湖上，時取一醉。歡醉中，據湖岸，引臂向魚取酒❷，使舫❸載之，徧飲坐者。意疑❹倚巴丘❺，酌於君山❻之上，諸子環洞庭而坐，酒舫泛泛然，觸波濤而往來者，乃作歌以長之。

石魚湖❼，似洞庭，夏水欲滿君山青。山為樽，水為沼❽，酒徒歷歷❾坐洲島。長風連日作大浪，不能廢人運酒舫。我持長瓢坐巴丘，酌飲四座以散愁。

【韻　律】此詩為雜言歌行體，凡四換韻。庭、青，為下平聲九青韻。沼，上聲十七篠韻，島，上聲十九皓韻，古詩通押。浪、舫，為去聲二十三漾韻。丘、愁，為下平聲十一尤韻。

【注　釋】❶漫叟　元結之號，字次山。❷引臂向魚取酒　引臂，伸臂。魚，指石魚湖中之獨石，其凹處，可以貯酒。❸舫　小船。❹意疑　疑，與擬通。言私下比擬之意。❺巴丘　一作巴邱。即巴陵山。在湖南岳陽城內西南隅，臨洞庭湖。❻君山　亦名湘山，洞庭山。古又稱為編山。在洞庭湖中，登岳陽樓望之，全山在目。❼石魚湖　在今湖南道縣東。元結另有〈石魚湖上作〉一詩，其序曰：「潓泉南有獨石，在水中，狀如遊魚，魚凹處，修之，可以貯酒。水涯四匝，多欹石相連，石上堪人坐，水能浮小舫載酒，又能繞石魚洄流，乃命湖曰石魚湖。」❽山為樽二句　言以山為酒杯，以水為酒池。樽，酒杯。沼，酒池。❾歷歷　分明貌。

【語　譯】我以公田的米釀酒，閒暇時，便載酒到湖上，經常取得一醉。歡醉時，依著湖岸，伸手向石魚中取酒，使小船載酒，讓在座的人喝酒。我私下把它比著依巴山，在君山上喝酒，各位圍繞著洞庭湖而坐，酒船搖蕩著，冒浪濤往來其間，因此寫了一首歌來長吟它。

石魚湖，像洞庭，夏水漲了，君山青青。我把青山當酒杯，湖水當酒池，酒徒們一個個坐在湖島上暢飲。連日來，儘管長風作浪，但仍阻撓不了運酒的船。我坐在巴陵山上，拿著長瓢打酒，分送給四座的人，讓他們暢飲解憂。

【賞析】這是一首飲酒歌，採雜言的形式寫成。用三、三、七的句法，類似民歌，像荀卿的〈成相辭〉，或〈鳳陽花鼓歌〉，活潑可唱，是作者出任道州（今湖南道縣）刺史時的作品。全詩一氣呵成，可不分段，標題雖作「醉歌」，但歌辭謹嚴，想像成采，實未醉也。

66　山石

韓愈

山石犖确❶行徑微，黃昏到寺蝙蝠飛。升堂坐階新雨足，芭蕉葉大梔子❷肥。

僧言古壁佛畫好，以火來照所見稀。鋪牀拂席置羹飯，疏糲❸亦足飽我飢。夜深靜臥百蟲絕，清月出嶺光入扉。

天明獨去無道路，出入高下窮煙霏。山紅澗碧紛爛漫，時見松櫪皆十圍❹。當流赤足蹋澗石，水聲激激❺風吹衣。人生如此自可樂，豈必局束為人鞿❻？嗟哉吾黨二三子，安得至老不更歸？

【作　者】韓愈（西元七六八—八二四），字退之，河南南陽（今河南孟縣）人，其先世嘗居昌黎（今河北徐水縣西），故自稱昌黎韓愈。他三歲時，父母便去世了，由兄嫂鄭氏撫養長大，從小他便在貧困中成長，愈發勤奮。二十五歲那年，進士及第，便積極提倡古文運動，從貞元到元和年間，與柳宗元提出「文以載道」的口號，寫了許多優美的作品，世人便以「韓柳」並稱。後人，便將他與宋代歐陽修等古文家，合稱為「唐宋八大家」。

他曾擔任過四門博士，監察御史的職務，貞元十九年，以疏諫宮市之弊，被貶為陽山令。元和元年，召回，出任國子博士、刑部侍郎等職，元和十四年正月，他上諫迎佛骨表，觸怒憲宗，貶為潮州刺史。他一共被貶兩次，一次是在三十六歲，一次是在五十二歲。晚年召為國子祭酒，卒於長安京兆尹任內，年五十七，諡為文，世稱韓文公。

韓愈的文章以謹嚴奇崛著稱，詩也是別具匠心，與孟郊的風格相近，所以詩壇上有「韓孟」之稱。有一次皇甫彙去拜訪他，他送皇甫彙一首詩。皇甫彙回來，怪韓愈沒留他吃飯，韓愈聽了，便說：「我送他一首詩，難道還比不上請他吃一碗爛黃魚嗎？」文人的率真，由此可見。著有《韓昌黎全集》。

【韻律】此詩一韻到底，用上平聲五微韻，韻腳是：微、飛、肥、稀、飢、扉、霏、圍、衣、鞿、歸。

【注釋】❶犖确　山石多而不平貌。❷梔子　《全唐詩》作「支子」。植物名，常綠灌木，夏開大形之白花，稍帶黃暈，有香氣，又有木丹、越桃等名。❸疏糲　糲，粗米。言粗菜淡飯也。❹松櫪皆十圍　櫪，即櫟樹。十圍，形容樹木粗大。❺激激　水急流聲。❻局束為人鞿　言為人所管束也。局束，一作侷促，猶言拘束。鞿，轡在口也。

【語譯】山石巉巖，小徑顯得狹窄，黃昏時，我來到野寺前，蝙蝠在頭上亂飛。我走進寺裡，坐在臺階上欣賞下足了新雨的景色，芭蕉葉大了，梔子花也開得挺茂密。

聽寺裡的和尚說，古壁上的佛像畫得很好，我點起火把來照看，果然畫得不尋常。他為我弄好牀鋪，拂淨灰塵，還準備了菜飯，雖然是粗菜淡飯的，也能填飽我的肚子。深夜我靜臥著，連一點蟲聲都沒有，月亮從山嶺上過來，清光灑進窗裡來。

天明，我獨自離去，找不到出路，周遭上上下下迷漫著煙霧。漸漸地霧氣散了，山花火紅，澗水碧綠，好一片爛漫的光景，粗大的松樹、櫟樹，隨處可見。在澗流裡，我赤足踏在澗石上，澗水發出激激的聲響，山風吹亂了我的衣褶。

人生能夠如此，真是可樂，又何必在塵世裡拘束地受人所管束？唉，我那些志同道合的朋友啊，怎能到年老還不退隱呢？

【賞析】這是一首描寫山景的詩，雖以「山石」為題，並無深意，只是取首句的兩個字為題，像

《詩經》的標題，便是如此。全詩可分四段：第一段寫黃昏寺前的山景。第二段寫寺僧殷勤的招待，以及夜宿的寧靜。第三段，寫清晨離去的景象，美得像一幅畫，雖只寥寥數語，卻給人一種清新明麗之感。我國舊詩中，表現詩歌的繪畫性，利用鮮明的意象，布置一幅超越的境界，頗為出色。第四段寫歸隱之意，淡而有致。

清方東樹在《昭昧詹言》中評道：「不事雕琢，自見精彩，真大家手筆。」又說：「只是一篇遊記，而敘寫簡妙，猶是古文手筆，他人數語方能明者，此須一句，即全現出，而句法復如有餘地，此為筆力。」

67

八月十五夜贈張功曹

韓　愈

纖雲四捲天無河，清風吹空月舒波。沙平水息聲影絕，一杯相屬❶君當歌。君歌聲酸辭且苦，不能聽終淚如雨。洞庭連天九疑❷高，蛟龍出沒猩鼯❸號。十生九死到官所❹，幽居默默如藏逃。下牀畏蛇食畏藥❺，海氣濕蟄熏腥臊。昨者州前槌大鼓❻，嗣皇繼聖登夔皋❼。赦書一日行萬里，罪從大辟❽皆除死。遷者追迴流者還，滌瑕蕩垢清朝班。州家申名使家抑❾，坎軻祇得移荊蠻❿。判司⓫卑官不堪說，未免捶楚⓬塵埃間。同時輩流多上道，天路⓭幽險難追攀。

　君歌且休聽我歌，我歌今與君殊科⓮。一年明月今宵多，人生由命非由他；有酒不飲奈明⓯何？

【韻　律】此詩多用三平調，幾乎佔去全詩的一半。如天無河、君當歌、猩鼯號、如藏逃、熏腥臊、登夔皋、清朝班、移荊蠻、塵埃間、難追攀、君殊科、今宵多、非由他等便是。全詩共六次換韻，以平聲韻為主，上聲韻用兩次，均一聯兩韻帶過。韻腳是：河、波、歌，為下平五歌韻。苦、雨，為上聲七麌韻。高、號、逃、臊、皋，下平四號韻。里、死，為上聲四紙韻。還、班、蠻、間、攀，為上平聲十五刪韻。末段，歌、科、多、他、何，再用下平聲五歌韻，單數句也用韻，情感綿密，又歌字重押。

【注　釋】❶屬　勸酒。蘇軾〈赤壁賦〉：「舉酒屬客。」又：「舉匏樽以相屬。」❷九疑　亦作九嶷，山名。又名蒼梧山，虞舜葬處。在今湖南寧遠。❸猩鼯　猩猩與黃鼠狼。❹十生九死到官所　即九死一生，謂多歷艱險而不死也。官所，任所也。高步瀛《唐宋詩舉要》云：「貞元十九年冬，退之與署同貶，退之貶連州陽山令，署貶郴州臨武令。陽山，今廣東屬縣；臨武，今湖南屬縣，此詩所云官所，在張為臨武，在韓為陽山。」❺下

州家申名使家抑　言州府呈報名單遭觀察使之擱置。州家，指州府衙門。使家，指觀察使衙門。沈文起《韓集補注》：「是時楊憑為湖南觀察使。」抑，壓抑擱置也。❿荊蠻　指江陵。⓫判司　謂司批判文牘之官也。此指韓愈改為江陵府法曹參軍，張署為功曹參軍。按方扶南《韓詩編年箋注》曰：「永貞元年，公為江陵府法曹參軍，署為功曹參軍，此時雖未之任而官已定矣。」⓬捶楚　杖刑也。唐制：參軍簿尉有過，即受笞杖之刑。⓭天路　喻回京之路。⓮我歌今與君殊科　一作「我今與君豈殊科」。殊科，不同也。⓯明　《全唐詩》注：「一作月。」言明月也。

牀畏蛇食畏藥　下牀畏蛇，又怕食物中有毒藥。高步瀛引方扶南曰：「南方多蛇，人多畜蠱，以毒殺人。」❻州前槌大鼓　言新君繼位而任用賢才。《新唐書・百官志》云：「少府監中尚署令，赦日擊棡鼓千聲集百官。」❼嗣皇繼聖登夔皋　言新君繼位而任用賢才。嗣皇，指順宗繼位。《舊唐書・順宗紀》：「貞元二十一年正月丙申即位，二月甲子大赦。」登，任用。夔皋，夔，伯夔；皋，皋陶，皆舜之良臣。❽大辟　死刑也。❾州家申名使家抑

【語　譯】天上微雲瀰漫，銀河不見了，清風吹送，月光在水中蕩漾。只見平沙水靜，聲影沉寂，我向你舉杯勸酒，你也該為我高歌，可是你的歌聲辛酸，情意太悽苦了，使我沒聽完，已淚下如雨。

今晚，洞庭湖的水連著天，九疑山高立著，蛟龍在水中出沒，猩猩和黃鼠狼在哀叫。冒著九死一生的艱險，終於到達了任所，悄悄地住在這兒，好像逃亡似的。下床時怕有蛇，吃東西時又怕有毒藥，海氣潮濕，東西放久了，都會蒸發著一股腥臊的味道。

昨天在州府前打大鼓，原來是新皇登基，要大赦天下，任用賢才。赦書一日行萬里路似的急急送來，就是大辟的罪犯也可以免死。至於貶謫的和流放的官員都可以回到原位，朝廷去污革新，整頓朝政。州府衙門把我們的名單呈報上去，卻被觀察使壓了下來，你我的命運真壞，只有改換

到江陵，被流放到荊蠻一帶。只是一份參軍的卑職，又有什麼好說的呢，做錯了隨時都會在泥地上遭杖刑的責罰。現在和我們同來的那班朋友都已上路了，我看回京都的路子，愈來愈艱難了。

你還是不要再唱下去，且聽我高歌一曲吧，我唱的調子與你的大不相同。一年的明月要算今晚的最好，人生有命，不是他人所能安排得了；為什麼有酒不喝，辜負了這一番明月呢？

【賞析】這是韓愈在貞元二十一年中秋夜贈張署的一首詩，也是他三十八歲的作品。韓愈和張署在貞元十九年冬同時遭到貶謫，被流放到連州和郴州。貞元二十一年，順宗即位，大赦天下，韓愈和張署，只是被改調為江陵府的法曹、功曹參軍而已。《全唐詩》在標題下注云：「張功曹，署也，愈與署以貞元二十一年二月二十四日赦自南方，俱從掾江陵，至是俟命於郴而作是詩。」張功曹，功曹是官名，他的名字是署，他的生平，可見韓愈的〈唐故河南令張君墓誌銘〉：「君諱署，字某，河間人，舉進士，拜監察御史，為幸臣所讒，與同輩韓愈、李方叔三人俱為縣令南方，三年逢恩俱從掾江陵。」

全詩分四段：第一段由中秋月色寫起，並述與張功曹對飲悲歌的情景。第二段，倒敘貶謫荊蠻的經過，以及謫居生活的悲涼。第三段，從「昨日」起寫遇赦，然命運「坎軻」，只能徙掾江陵，換一份「判司」的卑職，於是感歎「天路」險阻。末段說明「人生由命非由他」，強作曠達語，明月當前，豈能有酒不飲？同病相憐，愈見真情。宋無名氏的《竹莊詩話》云：「怨而不亂，有〈小雅〉之風。」的確如此。

68 謁衡嶽廟遂宿嶽寺題門樓

韓　愈

五嶽祭秩皆三公❶，四方環鎮嵩當中❷。火維❸地荒足妖怪，天假神❹柄專其雄。噴雲泄霧藏半腹❺，雖有絕頂❻誰能窮？

我來正逢秋雨節，陰氣晦昧無清風。潛心默禱若有應，豈非正直能感通？須臾靜掃眾峰出，仰見突兀❼撐青空。紫蓋連延接天柱，石廩騰擲堆祝融❽。森然魄動下馬拜，松柏一逕趨靈宮❾。粉牆丹柱❿動光彩，鬼物⓫圖畫填青紅。升階傴僂⓬薦脯酒，欲以菲薄明其衷。

廟內⓭老人識神意，睢盱⓮偵伺能鞠躬。手持盃珓⓯導我擲，云此最吉餘難同。竄逐蠻荒幸不死，衣食纔足甘長終。侯王將相望久絕，神縱欲福難為功。

夜投佛寺上高閣，星月掩映雲曈曨⓰。猿鳴鐘動不知曙，杲杲⓱寒日生於東。

【韻　律】清李鍈《詩法易簡錄》云：「七言長篇，對句俱用三平及平仄平腳，不參以變調，無踰此者。王漁洋所謂出句以二五為節，對句以三平為式，正指此種，今欲為初學示以曉然可循之矩，自當從此種入，俾先知門徑，然後可以徐窺其變化之奧。」此說甚為正確。這首詩對句用三平調或平仄平的句式，從頭到底，都是如此。如「嵩當中」、「專其雄」、「誰能窮」等是三平調；如「堆祝融」、「能鞠躬」是平仄平的句式。

全詩一韻到底，用上平聲一東韻，沒有通押的現象，用韻謹嚴。韻腳是：公、中、雄、窮、風、通、空、融、宮、紅、衷、躬、同、終、功、曨、東。

【注　釋】❶五嶽祭秩皆三公　五嶽的祭典，與祭的官員都是三公。五嶽，參見李白〈廬山謠〉注❹。祭秩，言與祭者之官爵。三公，周以太師、太傅、太保為三公，西漢以大司馬、大司徒、大司空為三公，此云朝廷之高官而言。❷四方環鎮嵩當中　嵩，即嵩山，在河南登封北。《史記・封禪書》：「昔三代之君，皆在河、洛之間，故嵩高為中嶽，而四岳各如其方。」❸火維　南方屬火，維，語助詞，無義。此指南嶽衡山。❹神　嶽神也。❺半腹　言山腰也。❻絕頂　最高峰。❼突兀　山勢高峻貌。❽紫蓋連延接天柱二句　衡山七十二峰，以祝融、紫蓋、雲密、石廩、天柱五峰為最高。❾靈宮　嶽廟也。❿丹柱　紅柱。一作丹桂。⓫鬼物　神像也。韓愈斥佛，故謂為鬼物。⓬傴僂　背曲也。⓭廟內　一作廟令。《新唐書・百官志》：「五岳四瀆令各一人，正九品上，掌祭祀。」⓮睢盱　張目貌。⓯盃珓　即杯珓，以玉為之，占吉凶器也。《演繁露》曰：「問卜於神，有器名杯珓，以兩蚌殼投空擲地，觀其俯仰，以斷休咎。後人或以竹，或以木，斲如蛤形，而中分為二，亦名杯珓。」⑯曈曨 一作朣朧。隱約貌。⑰杲杲 日明貌。

【語 譯】說起五嶽的祭典，參與祭祀的官員都是三公以上，而嵩嶽最為尊貴，在其他四嶽的當中。衡山在南，屬火，地處荒遠，妖怪最多，所以上天給與嶽神權柄，讓他在此專雄。在山腰間，雲霧繚繞，雖有高高的山頂，又有誰能夠爬上去呢？

我來到這裡，正遇上秋天的雨季，陰氣暗暗的，連一絲風都沒有。於是我靜心禱告，好像有所應驗，莫非正直真能感通神明？不久，雲氣盡掃露出了山峰，抬頭一看，高峻的山嶺直撐著晴空。紫蓋峰與天柱峰連連相接，石廩峰高起堆在祝融峰的上頭。儼然的景象使我感動，於是下馬而拜，一路上松柏滿徑，送我來到嶽廟前。粉牆紅柱，光彩欲動，那佛像和圖畫，交錯著紅綠的顏色。我彎下腰走上石階，獻上一些旨酒和肉乾，微薄的祭品，只不過表示我由衷的誠意。

這廟裡的長老能明白神的意旨，張著眼睛偵察，並鞠躬頂禮。手裡拿著問卜的杯珓教我投擲，告訴我卜得好卦，再沒有比這更好的了。我被流放到蠻荒來，幸而沒有送命，尚且衣食無缺，就是終於此也情願。王侯將相的希望早已斷絕，縱使嶽神要賜福於我，相信也無能為力了。

今夜，我投宿廟裡，登上高閣，只見星月在隱約的雲層裡閃爍。儘管猿在啼叫，廟鐘響動，也不知道什麼時候天亮了，醒來一看，一輪寒日正東上。

【賞 析】這是一首紀遊的詩，韓愈路過衡山，投宿嶽寺，在寺門樓上所題的詩，依方扶南《韓詩編年箋注》上說：「公自郴至衡，因謁南嶽，故祭張署文云：『委舟湘流，往觀南嶽。』」那麼這首詩是作於往江陵府的任所途中，也是韓愈三十八歲的作品了。

全詩共分四段：首段先說五嶽，再點題指出謁南嶽。次段，寫沿途所見，正遇秋雨，因默禱而開霽，所以能觀賞群峰；然後點出嶽廟，層次井然。三段，寫問卜，但吉凶端賴人事，非關鬼神，既竄逐荊蠻，已與王侯將相絕緣，雖占卜得吉，也非神所能助。末段，點投宿嶽寺，登高閣，甜睡一夜，醒來已是朝日東昇。清劉熙載《藝概》嘗云：「昌黎七古出於〈招隱士〉，當於意思刻畫，音節遒勁處求之。」細味此詩，信然。

69 石鼓歌

韓愈

張生❶手持〈石鼓文〉❷，勸我試作〈石鼓歌〉。少陵無人謫仙死❸，
才薄將奈石鼓何？

周綱凌遲❹四海沸，宣王憤起❺揮天戈。大開明堂❻受朝賀，諸侯劍
佩鳴相磨。蒐于岐陽❼騁雄俊，萬里禽獸皆遮羅。鐫功勒成告萬世，鑿
石作鼓隳❽嵯峨。從臣才藝咸第一，揀選撰刻留山阿。

雨淋日炙野火燎，鬼物守護煩撝呵❾。公從何處得紙本？毫髮盡備
無差訛。辭嚴義密讀難曉，字體不類隸與蝌❿。年深豈免有缺畫？快劍

斫斷生蛟鼉⑪。鸞翔鳳翥⑫眾仙下，珊瑚碧樹⑬交枝柯。金繩鐵索⑭鎖鈕壯，古鼎躍水龍騰梭⑮。陋儒編《詩》不收入，二〈雅〉褊迫無委蛇⑯。孔子西行不到秦，掎摭星宿遺羲娥⑰。

嗟予好古生苦晚，對此涕淚雙滂沱。憶昔初蒙博士徵⑱，其年始改稱元和。故人從軍在右輔⑲，為我度量掘臼科⑳。濯冠沐浴告祭酒㉑，如此至寶存豈多？氈包席裹可立致，十鼓祇載數駱駝。薦諸太廟比郜鼎㉒，光價豈止百倍過？聖恩若許留太學㉓，諸生講解得切磋。觀經鴻都㉔尚填咽，坐見舉國來奔波。剜苔剔蘚露節角㉕，安置妥帖平不頗。大廈深簷與覆蓋，經歷久遠期無佗㉖。

中朝大官老於事，詎肯感激徒媕婀㉗？牧童敲火牛礪角，誰復著手為摩挲㉘？日銷月鑠就埋沒，六年西顧空吟哦。羲之俗書趁姿媚，數紙尚可博白鵝㉙。繼周八代㉚爭戰罷，無人收拾理則那㉛。方今太平日無事，柄任儒術崇丘軻㉜。安能以此上論列？願借辯口如懸河㉝。石鼓之歌止於此，嗚呼吾意其蹉跎㉞！

【韻律】此詩上句多用仄聲字，下句用三平調，如《詩法易簡錄》所說的，算是標準的古詩作法。全詩一韻到底，用下平聲五歌韻，韻腳是：歌、何、戈、磨、羅、峨、阿、呵、訛、蝌、鼉、柯、梭、蛇、娥、沱、和、科、多、駝、過、磋、波、頗、佗、婀、挲、哦、鵝、那、軻、河、跎。

【注釋】❶張生　即張籍。❷石鼓文　鼓凡十，每鼓徑約三尺餘，在隋以前未見著錄，其名初不甚著。自唐韋應物、韓愈等作〈石鼓歌〉後，始顯於世。初發現於陝西天興南，唐鄭餘慶遷於鳳翔府夫子廟，屢經更易，今尚有存者。其文字刻於石鼓之周圍，全文約七百多字，今僅存二百餘字，文體為大篆，亦稱籀文。其文曰：「我車既攻，我馬既同。」又曰：「我車既好，我馬既駒，君子負獵，負獵負游，麀鹿速速，君子之求。」內容為頌揚漁獵之事，為四言之韻文。近人有以秦代金石碑刻文辭考校之，一一與秦文同，定為秦鼓，今存歷代拓本多種。韓愈以為周宣王刻，且視為宣王之臣史籀所作也。❸少陵無人謫仙死　少陵，指杜甫。謫仙，指李白。謂杜甫與李白已死。按李白卒於西元七六二年，杜甫卒於西元七七〇年，韓愈生於西元七六八年，故韓愈作此詩而李杜俱逝。❹淩遲　即陵夷。頹敗也。❺宣王憤起　宣王，厲王之太子，周厲王無道，國人叛，王出奔彘。厲王太子靜，匿居召公家，周、召二相，共立太子為王，是為周宣王。《史記・周本紀》：「宣王即位，二相輔之，修政，法文、武、成、康之遺風，諸侯復宗周。」❻明堂　明政教之堂，亦為諸侯朝天子之所。❼蒐于岐陽　秋獵於岐陽。蒐，天子秋獵也。岐陽，於岐山之陽，故名。今陝西扶風西北。❽隳　壞也。❾撝呵　揮斥也。撝，與揮同。❿隸與蝌　隸書與蝌蚪文。隸書，始於秦而通用於漢之字體。蝌蚪文，漆書也，先秦字體之一。⓫蛟鼉　皆神異之物，龍屬。⓬鸞翔鳳翥　即鸞鳳飛舞。翥，飛也。章注：「狀其活潑也。」⓭珊瑚

碧樹　章注：「狀其珍重也。」⑭金繩鐵索　章注：「狀其遒勁也。」⑮古鼎躍水龍騰梭　章注：「狀其剛健也。」《晉書・陶侃傳》：「侃少時漁於雷澤，網得一織梭，掛於壁，有頃！雷雨化為龍而去。」⑯二雅褊迫無委蛇　言《詩經》〈大雅〉、〈小雅〉之範圍偏窄，未曾將〈石鼓文〉收載。二〈雅〉，指〈大雅〉、〈小雅〉。委蛇，委曲自得貌。《詩經・召南・羔羊》：「委蛇委蛇。」顧炎武曰：「委蛇之蛇，音徒何反，亦作佗。」⑰掎摭星宿遺羲娥　偏采星宿而遺棄日月。喻孔子編定《詩經》忽略〈石鼓文〉。掎，偏引也。摭，采取也。羲，指羲和，為日御。娥，指嫦娥，為月御。⑱博士徵　言召韓愈為國子博士。《舊唐書・韓愈傳》：「元和初，召為國子博士。」唐有太學、國子諸博士，并為教授之官。⑲右輔　即右扶風。⑳臼科　埋石鼓處也。㉑祭酒　官名。《唐六典》：「國子監祭酒一人，從三品，掌邦國儒學訓導之政令。」按鄭餘慶於元和元年罷相，九月任國子祭酒。㉒郜鼎　春秋時郜國之鼎。郜，在今山東祁縣西。《左傳・桓二年》：「取郜大鼎於宋，戊申，納于大廟。」㉓太學　學府名。唐代太學、國子學、四門學均隸國子監。㉔觀經鴻都　言觀經於鴻都門。《水經・穀水注》：「蔡邕等奏求正定六經文字，靈帝許之。邕乃自書丹於碑，使工鐫刻，立於太學門外。及碑始立，其觀視及筆寫者，車乘日千餘輛，填塞街陌矣。」鴻都，指鴻都門。《後漢書・靈帝紀》：「光和元年二月，始置鴻都門學士。」㉕節角　謂石鼓文字筆畫之方正稜角及屈折處。㉖無佗　猶言無他。言無異也。㉗媕婀　遲疑不決貌。㉘摩挲　以手撫摩，愛之不忍釋手也。㉙羲之俗書趁姿媚二句　言王羲之之字，為當世通行之俗體，然筆勢秀媚，其字可換取白鵝。《晉書・王羲之傳》：「羲之性愛鵝，山陰有一道士，好養鵝，羲之固求市之。道士云：『為寫《道德經》，當舉群相贈。』羲之寫畢，籠鵝而歸。」㉚八代　指秦、漢、魏、晉、北魏、北周、隋、唐。㉛那　猶何也。㉜丘軻　孔丘與孟軻。㉝懸河　喻善辯也。《世說新語・言語》：「郭子玄語如懸河瀉水，注而不竭。」㉞蹉跎　顛蹶也。言無法實施。

【語　譯】張籍手裡拿著一本〈石鼓文〉，要我試寫一首〈石鼓歌〉。李白、杜甫都已死了，我沒有他們的天分，對著這個題目，真覺得無可奈何。

周代的法紀頹敗，四海鼎沸，於是宣王揮戈憤發中興。大開明堂，接受了諸侯的朝賀，他們腰間的劍和佩玉，交互地發出清響。宣王又到岐山之陽巡狩，表現他的雄才，幾萬里的禽獸，一起打進了網羅。史官把這項功業，刻石記載，於是他們鑿石成鼓，磨去不平。他的侍臣，才學都是一流的，慎重揀選了一些作品，刻下來留在山阿。

這些石鼓，雖經雨淋日曬，野火焚燒過，幸得鬼神們守護，煩勞揮斥地照顧。張公，你從那兒弄來的拓本？它們完整地絲毫沒有差錯。我看這些文字辭意嚴密，很難讀懂，字體不像隸書，也不像蝌蚪文。由於年代的久遠，難免有些缺畫吧？看那筆畫的雄渾，真像是利劍砍下的活蛟鼉。又像是鸞鳳飛舞，群仙飛過，又像是珊瑚碧樹，枝柯相交錯。又像是金繩鐵索，連接十分牢固，又像是古鼎沉落深淵，龍變成了飛梭。陋儒編選《詩經》，沒把它收載，使得二〈雅〉的範圍十分偏窄。孔子周遊列國，沒到過秦地，如同收了一些星宿而遺漏了日月。

我雖然好古，可惜生得太晚了，見到這個拓本，真使我淚眼滂沱。記得當初徵為國子博士時，也就是那年剛改元為元和。我有一位朋友當鳳翔節度府從事，幫我計劃發掘石鼓。於是我洗淨衣冠，沐浴整潔後去告訴國子監祭酒，告訴他這些寶物留存的並不多，只要用氈席包裹好，再用幾隻駱駝把十個鼓載回來，好像取郜地的鼎，獻於太廟，這價值何止百倍呢？假如皇上開恩，把它留在太學裡，那麼諸生切磋研討得更加切實了。記得漢朝蔡邕刻石經於太學門外，舉國跑來觀看抄寫的，使車輛擺滿了街巷。剜削苔蘚，使露出筆畫稜節，安置在平妥的地方，在大廈的簷壁覆蓋下，縱然時間久了也不會變樣。

朝中的大官辦事老到，為什麼不肯出點力還遲疑不決呢？卻讓石鼓給牧童來敲火，老牛來磨角，又有誰來對它撫摸珍惜過呢？慢慢地隨著日月消沉而埋沒了，六年來總惦著西邊，心血算是白費了。王羲之寫字不講究偏旁俗字，趁他的筆法秀媚，還可以拿幾張字去換白鵝。從周朝以後，接連八個朝代都不停地爭戰，沒有人去收拾，又有什麼好說的呢！今日天下太平無事，奉行儒術，崇尚孔孟。我怎能把這項建議，借用在位者他們口若懸河的辯才，來討論這項事呢？這篇〈石鼓歌〉，就算到此為止，唉，我猜想這項建議是無法實現的了！

【賞　析】這是一篇歌詠石鼓而建議朝廷能珍惜保存古代文物的詩。作者以一副儒者的古道熱腸，為保存古代文物而努力，陳辭至高，用意至苦，千載之下，讀起來仍能扣人心絃。然畢竟曲高和寡，「嗚呼吾意其蹉跎」，已註定了他的意見沒有被重視。清方東樹在《昭昧詹言》裡評道：「一段來歷，一段寫字，一段敘初年已事，抵一篇傳記，夾敘夾議，容易解，但其字句老練，不易及耳。」又清趙翼《甌北詩話》云：「何嘗有一語奧澀，而磊落豪橫，自然挫籠萬有。」都說得很中肯。

此詩共分五段：首段四句，作為〈石鼓歌〉的開場白。次段敘述石鼓的來歷。由於周宣王中興，秋蒐時勅石紀功。第三段，敘述〈石鼓文〉的字體，及其在文學上的價值，可與二〈雅〉同列。其中「快劍砍斷生蛟鼉」以下四句，寫字體的遒勁，全用譬比法，想像力豐富。第四段，說明石鼓的出土，並建議朝廷運來太學保存。末段，感慨他的建議無法實施。

韓愈的詩，為文名所掩，歷來的評價不高，且有人認為他的詩徒作大言。現在引趙翼的一段話作結，使讀韓詩者，知所依歸。他說：「昌黎自有本色，仍在文從字順中，自然雄厚博大，不可捉摸，不專以奇險見長，恐昌黎亦不自知，後人平日讀之自見，若徒以奇險求昌黎，轉失之矣。」

70 漁翁

柳宗元

漁翁夜傍西巖宿，曉汲清湘燃楚竹。煙銷日出不見人，欸乃❶一聲山水綠。迴看天際下中流，巖上無心雲相逐。

【韻律】全詩一韻到底，用入聲韻，宿、竹、逐，為入聲一屋韻，綠，為入聲二沃韻，古詩屋、沃韻通押。

【注釋】❶欸乃 《全唐詩》、章注本均誤作「款乃」。欸乃，行船艪聲，或作划船勸力之聲。《御製詞譜》云：「欸乃之聲，或如唐人唱歌和聲，所謂號頭者，蓋逆流而上，棹船勸力之聲也。今江南棹船有棹歌，每歌一句，則群和一聲，猶見遺意，欸乃二字，乃人聲，或注作船聲者非。」蓋兩說均通。又吳見思《歷代詩話・庚集四》云：「升庵（楊慎）以為欸音靄，乃音襖，是矣。」據《說文長箋》云：「丂（古乃字）欸，船艪搖曳聲，有丂欸歌，譌丂欸歌，譌作乃款，又倒其詞作款乃，謬甚。」

【語譯】夜晚時候，漁翁傍著河西邊的巖石歇宿，清早，打湘江的水，用楚竹來燒。太陽出來，煙霧散了，可是依然看不到一個人影，只聽得欸乃一聲，從水面上搖出一道碧綠的天地來。回頭看，水流從遙遠的天邊奔來，而巖上的白雲，也無心地相互追逐。

【賞 析】這是一首漁歌，簡短而優美。題作「漁翁」，取首句二字為題，詩中有畫境，與中唐張志和的〈漁歌子〉「青箬笠，綠簑衣，斜風細雨不須歸」，含有濃厚的畫趣，前後輝映。以中間一聯，尤為絕唱。明王文祿《詩的》一書中，評此詩為「氣清而飄逸」。

71 長恨歌

白居易

漢皇重色思傾國❶，御宇❷多年求不得。楊家有女初長成，養在深閨人未識。天生麗質難自棄❸，一朝選在君王側。回眸❹一笑百媚生，六宮粉黛無顏色❺。春寒賜浴華清池❻，溫泉水滑洗凝脂❼；侍兒❽扶起嬌無力，始是新承恩澤時。雲鬢花顏金步搖❾，芙蓉帳暖度春宵；春宵苦❿短日高起，從此君王不早朝。承歡侍宴無閑暇，春從春遊夜專夜⓫。後宮佳麗三千人⓬，三千寵愛在一身。金屋⓭妝成嬌侍夜，玉樓宴罷醉和春⓮。姊妹弟兄皆列土⓯，可憐光彩生門戶。遂令⓰天下父母心，不重生男重生女⑰。驪宮⑱高處入青雲，仙樂⑲風飄處處聞。緩歌慢舞凝絲竹⑳，盡日君王看不足。漁陽鼙鼓動地來㉑，驚破〈霓裳羽衣曲〉㉒。

九重城闕煙塵生㉓，千乘萬騎西南行㉔。翠華㉕搖搖行復止，西出都門㉖百餘里；六軍不發無奈何㉗，宛轉蛾眉馬前死㉘。花鈿委地㉙無人收，翠翹金雀玉搔頭㉚。君王掩面救不得，回看血淚相和流。黃埃散漫風蕭索，雲棧縈紆登劍閣㉛。峨嵋山㉜下少人行，旌旗無光日色薄。蜀江水碧蜀山青，聖主朝朝暮暮情。行宮㉝見月傷心色，夜雨聞鈴腸斷聲㉞。

天旋地轉迴龍馭㉟，到此躊躇不能去㊱。馬嵬坡㊲下泥土中，不見玉顏㊳空死處。君臣相顧盡霑衣，東望都門信馬㊴歸。歸來池苑皆依舊，太液芙蓉未央柳㊵；芙蓉如面柳如眉，對此如何不淚垂？春風桃李花開日，秋雨梧桐葉落時。西宮南內多秋草㊶，落葉滿階紅不掃。梨園子弟㊷白髮新，椒房阿監青娥老㊸。夕殿螢飛思悄然，孤燈挑盡未成眠㊹。遲遲鐘鼓初長夜，耿耿㊺星河欲曙天。鴛鴦瓦㊻冷霜華重，翡翠衾㊼寒誰與共？悠悠生死別經年，魂魄不曾來入夢。臨邛道士鴻都客(48)，能以精誠致魂魄；為感君王展轉思，遂教方士(49)殷勤覓。排空馭氣(50)奔如電，升天入地求之徧，上窮碧落下黃泉(51)，兩處茫茫皆不見。忽聞海上有仙山，山在虛無縹緲間。樓閣玲瓏五雲起(52)，其中綽約(53)多仙子。中有一人字太真(54)，雪膚花貌參差是(55)。金闕西廂叩玉扃(56)，轉教小玉報雙成(57)。聞道漢家天子使，九華帳(58)裡夢魂驚；攬衣推枕起徘徊，珠箔銀屏迤邐開(59)。雲鬢半偏新睡覺，花冠不整下堂來。風吹仙袂(60)飄飄舉，猶似霓裳羽衣舞。玉容寂寞淚闌干(61)，梨花一枝春帶雨(62)。含情凝睇(63)謝君王，一別音容兩渺茫。昭陽殿(64)裡恩愛絕，蓬萊宮中日月長(65)。回頭下望人寰處，不見長安見塵霧。唯將舊物表深情，鈿合金釵(66)寄將去。釵留一股合一扇(67)，釵擘(68)黃金合分鈿；但教心似金鈿堅，天上人間會相見。臨別殷勤重寄詞，詞中有誓兩心知，七月七日長生殿(69)，夜半無人私語時：「在天願作比翼鳥(70)，在地願為連理枝(71)。」

天長地久有時盡，此恨綿綿[72]無絕期。

【作 者】白居易（西元七七二—八四六），字樂天，原籍太原，祖上遷居下邽（今陝西渭南），為下邽人。五、六歲便學做詩，二十歲以後，日夜苦讀，以至口舌成瘡，手肘成胝，勤快的程度，令人敬佩。德宗貞元十六年（西元八〇〇）考取進士，後授翰林學士，左拾遺。元和十年（西元八一五），因上疏遭謗，貶為江州司馬，十四年，詩人在江州（今江西九江），閑居無事，壯志消磨，在廬山香爐峰下築草堂，與僧釋交往。後改任忠州刺史。元和十五年，被召回長安，遇李宗閔與李德裕爭權，他自動要求外放，出任杭州太守。在杭州時，興修水利，西湖白堤，便是白居易所修築的。唐敬宗寶曆元年，他改任蘇州刺史，受蘇州人民的愛戴。此後曾任秘書監、河南尹、太子少傅等職，閑居洛陽履道里，作〈醉吟先生傳〉，以醉吟為樂。修香山寺，自號香山居士。唐武宗會昌六年卒，享年七十五。宣帝曾以詩弔之：「綴玉聯珠六十年，誰教冥路作詩仙；浮雲不繫名居易，造化無為字樂天。童子解吟〈長恨曲〉，胡兒能唱〈琵琶篇〉。文章已滿行人耳，一度思卿一愴然。」可知他的詩是如何受人重視。著有《白氏長慶集》七十一卷，共二千一百九十一首，作品之豐，為一般詩人所不及。其後增至二千八百餘首，是為《白香山集》。《舊唐書》、《新唐書》均有傳。

白居易的詩，平白易曉，有「老嫗能解」的比喻，內容以反映社會，著重寫實為主。當時跟他一起唱和的，有元稹、張籍、劉禹錫等，是為「元和體」。他們都崇尚杜甫，創造寓意深厚而能婦孺皆曉的大眾化的文學。在當時一般人都爭誦他的詩，甚至連雞林國（今朝鮮）的宰相都拿金子向唐朝的商人買白居易的詩，也可想見他的詩被人喜愛的程度。蘇東坡嘗批評元稹、白居易的詩說：「元輕白俗。」也說明了通俗是白詩的一大特色。

【韻律】 這首詩大致上說是合律的，而且還講求拗救的方法，而且對仗句很多，假如不轉韻，卻類似一首排律。古詩的韻味不濃厚，詩意淺近，後人名之為「元和體」或「長慶體」，其特色便在於平易近人，雅俗共賞，此詩在當時便被傳誦，後代也流傳不衰。

此詩用韻，凡三十一韻：國、得、識、側、色，為入聲十三職韻。池、脂、時，為上平聲四支韻。搖、宵、朝，為下平聲二蕭韻。暇、夜，為去聲二十二禡韻。人、身、春，為上平聲十一真韻。土、戶，去聲七麌韻，女，為去聲六語韻，古詩通押。雲、聞，為上平聲十二文韻。竹，入聲一屋韻，足、曲，入聲二沃韻，古詩通押。生、行，為下平聲八庚韻。止、里、死，為上聲四紙韻。收、頭、流，為下平聲十一尤韻。索、閣、薄，為入聲十藥韻。青，下平聲九青韻，情、聲，為下平聲八庚韻，庚、青二韻古詩通押。馭、去、處，為去聲六御韻。衣、歸，為上平聲五微韻。舊，屬去聲二十六宥韻，柳，屬上聲二十五有韻，舊、柳二字協韻，這證明唐詩中有上聲和去聲通押的現象。眉、垂、時，為上平聲四支韻。草、老，上聲十九皓韻，掃，去聲二十號韻，也是上去通押的現象。然、眠、天，為下平聲一先韻。重、共、夢，為去聲一送韻。客、魄，入聲十一陌韻，覓，入聲十二錫韻，古詩通押。電、徧、見，為去聲十七霰韻。山、間，為上平聲十五刪韻。起、子、是，為上聲四紙韻。扃，下平聲九青韻，成、驚，下平聲八庚韻，古詩庚、青韻通押。徊、開、來，為上平聲十灰韻。舉，上聲六語韻，舞、雨，上聲七麌韻，古詩語、麌韻通押。王、茫、長，為下平聲七陽韻。處、去，去聲六御韻，霧，去聲七遇韻，古詩御、遇韻通押。扇、鈿、見，為去聲十七霰韻。詞、知、時、枝、期，為上平聲四支韻。

總之，〈長恨歌〉用韻的變化很自由，且合乎口語的押韻，除首尾各用五韻外，中間或二韻，或三韻，均為短韻，又轉韻第一句必用韻，便是前文所謂「逗韻」的現象。使人感覺韻律連貫，氣勢雄渾，使適合元和體律化的特性。不然，敘事道情，一韻到底，讀起來就有些枯燥乏味的感覺。

【注　釋】❶漢皇重色思傾國　漢皇，指唐玄宗而言，詩人不便直說，故借漢朝的人物做為這個故事的開端。傾國，喻絕色的女子。《漢書．外戚傳》：「北方有佳人，絕世而獨立，一顧傾人城，再顧傾人國，寧不知傾城復傾國，佳人難再得。」❷御宇　治理天下。御，治也。❸天生麗質難自棄　麗質，美麗的本質。難自棄，不容許辜負自己的美貌。❹回眸　轉動眸子。❺六宮粉黛無顏色　六宮，天子的後宮。粉黛，指女子。❻華清池　溫泉浴池。在今陝西臨潼南驪山上。開元十一年初建溫泉宮，天寶六載改為華清宮。❼凝脂　形容女子肌膚的白嫩。《詩．衛風．碩人》：「膚如凝脂。」❽侍兒　服侍貴妃的宮女。❾雲鬢花顏金步搖　雲鬢，形容女子烏雲似的頭髮。花顏，如花的容貌。金步搖，女子的首飾。用金絲屈成花枝，綴以垂珠，插於髻下，隨款步而搖動，故名。❿苦　恨。⓫專夜　一夜都和皇帝在一起。⓬後宮佳麗三千人　指天子後宮的妃嬪眾多。陳鴻〈長恨歌傳〉：「三夫人、九嬪、二十七世婦、八十一御妻，暨後宮才人。」佳麗，美女。⓭金屋　華麗的宮室。《漢武故事》：「漢陳嬰曾孫女名阿嬌，其母為武帝姑館陶長公主，武帝幼時，長公主抱置膝上，問曰：『兒欲得婦否?』並指阿嬌曰：『好否?』帝笑對曰：『若得阿嬌，當以金屋貯之。』主大悅，後因要求成婚，帝既即位，立為皇后。」⓮玉樓宴罷醉和春　玉樓的宴會散了，醉醺醺地帶著春意。玉樓，華麗的樓房，指皇宮內院。⓯姊妹弟兄皆列土　指楊貴妃的三個姐姐和兩個堂哥都受到冊封。天寶七載，封大姨為韓國夫人，三姨為虢國夫人，八姨為秦國夫人。貴妃父玄琰，贈齊國公，母封涼國夫人。從兄銛為鴻臚卿，錡為侍御史，從祖兄釗，賜名國忠，天寶十一載，任右丞相。列土，劃土分封。⑯遂令　於是使得。⑰不重生男重生女　〈長恨歌傳〉：「當時謠詠有云：『生女勿悲酸，生男勿喜歡。』又曰：『男不封侯女作妃，看女卻為門上楣。』」其為人心羨慕如此。」重，重視。⑱驪宮　即驪山上的華清宮。⑲仙樂　美妙的音樂。⑳緩歌慢舞凝絲竹　緩歌，節拍緩慢的歌曲。慢舞，美妙的舞蹈。凝絲竹，管絃混聲合奏。㉑漁陽鼙鼓動地來　指安祿山據范陽叛變事。范陽，在今河北大興、宛平、昌平、房山等縣，天寶中置范陽節度使，為藩鎮之一。《唐宋詩舉要》云：「唐薊州（今河北省大興縣）天寶時改漁陽郡，隸范陽節度。安祿山據范陽反唐，如彭寵據漁陽反漢，故不舉范陽而舉漁陽。」鼙鼓，戰鼓。動地來，驚人的消息傳來。㉒霓裳羽衣曲　本婆羅門（即今印度）樂曲，開元中從新疆、甘肅傳進中原。為西涼節度使楊敬忠所獻，經唐玄宗加以改編。小說家謂唐明皇遊月宮時默記其音譜，不可信。㉓九重城闕煙塵生　九重城闕，皇城。《楚辭・九辯》：「君之門兮九重。」煙塵生，指戰亂發生，到處生起煙火和塵土。㉔千乘萬騎西南行　指唐玄宗避安祿山亂，出奔入蜀事。千乘萬騎，指成千成萬的皇帝的衛隊車騎。㉕翠華　皇帝的車蓋和旌旗。㉖都門　即長安帝城的延秋門。㉗六軍不發無奈何　整個軍隊不肯前進，要求懲治禍首，皇上也沒有辦法。六軍，皇帝的軍隊。㉘宛轉蛾眉馬前死　宛轉，形容楊貴妃臨死前掙扎的樣子。蛾眉，美女的代稱，在此指楊貴妃。天寶十五年（西元七五六），玄宗和楊貴妃逃難入蜀，走到馬嵬驛（今陝西興平西二十五里），將士饑疲譁變，並要求將貴妃正法，帝無可奈何，乃令牽去，縊殺在佛堂內，置屍驛庭，召軍士入視，眾始整隊西行。㉙花鈿委地　花鈿，婦女的首飾。委地，掉在地上。㉚翠翹金雀玉搔頭　翠翹金雀，皆釵名。玉搔頭，是玉簪。都是婦女的首飾。㉛雲棧縈紆登劍閣　雲棧，高入雲霄的棧道。棧道是古代在兩山間懸空架木所造成的通道。縈紆，曲折貌。劍閣，即劍門山，在今四川劍閣北。㉜峨嵋山　在成都的西南，乃川內名山，故詩人借為四川的代稱。並非唐玄宗入蜀，經過峨嵋山下。在此泛指四川境內的山。㉝行宮　皇帝巡幸他方時所暫居的地方。㉞夜雨聞鈴腸斷聲　唐明皇傷悼貴妃，在夜晚風雨時聽到風鈴聲，不禁悲傷痛絕。鈴，掛在屋簷上的風鈴。㉟天旋地轉迴龍馭　天旋地轉，言亂事平定。龍馭，皇帝的車駕。㊱到此躊躇不能去此，指馬嵬坡，楊貴妃死處。躊躇不能去，指玄宗在此徘徊，不忍離去。《新唐書・楊貴妃傳》：「妃縊祠下，瘞道側。……帝至自蜀，道過其所，使祭之。」㊲馬嵬坡　在今陝西興平西二十五里。㊳玉顏　指楊貴妃。㊴信馬　隨著馬。㊵太液芙蓉未央柳　太液，漢宮裡的池名，在此借漢說唐。太液池，在今陝西長安西北，漢武帝在池南作建章宮。未央，漢宮名。在今陝西長安西北。為漢蕭何所建。在此也是借漢說唐。㊶西宮南內多秋草　西宮，即西內，亦名太極宮。在今長安西北。南內，《全唐詩》作「南苑」。即興慶宮。在今長安東南。玄宗自蜀回京，為太上皇，先居南內，後移居西內甘露殿。㊷梨園子弟　梨園，唐明皇教授伶人的地方，故址在今長安西北故宮內。後世借為戲班的代稱。子弟，即藝徒。㊸椒房阿監青娥老　椒房，漢代皇后所居住的地方，在未央宮中。阿監，太監。青娥，宮女。㊹孤燈挑盡未成眠　孤燈，一個人守著燈，形容孤單。挑盡，燈草挑完，形容夜已深。這句有語病。按邵氏《見聞續錄》卷十九曰：「寧有興慶宮中夜不燒蠟油，明皇自挑燈者乎？書生之見可笑矣。」不過「挑燈」卻迎合一般人的意識境界，使讀者產生一種孤寂的感覺，對唐明皇就更加同情了。㊺耿耿　星明亮貌。㊻鴛鴦瓦　猶言瓦也。《三國志・魏志・方伎・周宣傳》：「文帝問宣曰：吾夢殿屋兩瓦墮地，化為雙鴛鴦。」㊼翡翠衾　繡有綵文的被子。㊽臨邛道士鴻都客　臨邛，今四川邛崍。鴻都客，在京城裡作客。鴻都，漢宮門名，後作為京都的代稱。㊾方士　道士。㊿排空馭氣　猶言騰雲駕霧。空，一作雲。(51)上窮碧落下黃泉　言上天入地尋找。碧落，青天也。黃泉，地下也。(52)樓閣玲瓏五雲起　玲瓏，精巧貌。五雲，五彩的雲霞。(53)綽約　一作淖約。柔弱貌。《莊子・逍遙遊》：「藐姑射之山，有神人居焉。肌膚若冰雪，淖約若處子。」(54)太真　楊玉環的號。《舊唐書・楊貴妃傳》：「時妃衣道士服，號曰太真。」小字玉奴。(55)雪膚花貌參差是　雪膚花貌，言肌膚白似雪，貌美如花。參差是，和楊貴妃相差無幾。(56)金闕西廂叩玉扃　在黃金似的門樓西邊敲白玉的門。叩，敲。玉扃，玉的大門。(57)轉教小玉報雙成　小玉和雙成，古代仙女名。在此指楊貴妃成仙後所使用的婢女。(58)九華帳　精美的帳子。《博物志》卷三：「漢武帝好仙道，時西王母遣使乘白鹿告帝當來，乃供帳九華殿以待之。」(59)珠箔銀屏迤邐開　原來掛著的珠簾和遮著的屏風，如今一道道地打開。

珠箔，綴珠的簾子。迤邐，連接不斷貌。(60)袂　袖子。(61)淚闌干　淚縱橫貌。(62)梨花一枝春帶雨　形容楊貴妃的哭貌，如春天裡一枝帶雨的梨花。(63)凝睇　注視。(64)昭陽殿　漢朝後宮的內殿，這裡借漢說唐，指楊貴妃生前所居的地方。(65)蓬萊宮中日月長　蓬萊，東海仙山。日月長，形容貴妃成仙後長生不死。(66)鈿合金釵　鈿合，嵌金的盒子。金釵，古代婦女的首飾。(67)釵留一股合一扇　言金釵有兩股，留下了一股；盒子有兩爿，留下了一爿。(68)擘　分開。(69)長生殿　齋殿也。《唐會要》：「天寶元年十月造長生殿，名為集仙臺以祀神。」玄宗與貴妃七夕私語，當在飛霜殿寢殿中為宜，不應在齋殿。故《唐詩紀事・津陽門詩》注云：「飛霜殿，即寢殿，而白傳長恨以長生殿，殊誤矣。」(70)比翼鳥　雌雄並翅齊飛的鳥。比喻恩愛不分。(71)連理枝　兩棵枝條相連結的樹。比喻夫婦一體。(72)綿綿　長遠不斷的樣子。

【語譯】 漢皇愛美色，希望找到一位漂亮的女子，在他治理天下多年之中，依然沒訪到合適的。就在這時候，楊家有一位女孩子，剛剛成長，嬌養在深閨中，外界沒人知道。她天生的美貌，實在是難以被辜負的，於是有一天被選入宮，侍奉在皇帝的左右。她輕輕一笑，轉動明亮的眸子，就有說不出的嬌媚，使得後宮裡的佳麗，全顯得不美了。在寒冷的春天裡，皇上特賜她在華清宮裡洗溫泉浴，溫泉的水洗那潔白的肌膚；然後嬌軟無力的由侍女們將她扶起，這正是她承恩得寵的時候。她有烏雲似的頭髮，如花似的容貌，頭上戴著金步搖，越發地美了，她和皇上在芙蓉帳裡渡著溫馨的春夜良宵；只恨春宵的時刻太短，直到太陽升高時才起身，從此君王不再參與早朝了。她給予皇帝歡樂，陪皇帝宴飲，幾乎沒有片刻的閒暇，春天裡，跟著皇帝春遊，夜夜都和皇帝在一起。後宮雖然有美女三千，皇上卻把全部的寵愛放在她一人身上。夜裡她在金屋裡梳妝完畢，嬌癡地陪侍著皇上，玉樓的宴會散了，她醉醺醺地帶著春意。由於她的得寵，兄弟姊妹們都因此得到分封，大大地光耀了門楣，真使人羨慕不已。於是使天下做父母的，都希望生女的而不再重視生男的了。驪宮高高地插入雲霄，美妙的音樂隨風飄蕩，似乎到處都可聽到。節拍緩慢的歌曲，加以美妙的舞蹈，配合上管絃混合地演奏，使得君王整日流連其中，好像永遠沒有看夠。這時，漁陽一帶突然傳來安祿山造反的消息，驚破了唐明皇〈霓裳羽衣曲〉的美夢。

從此京城內外戰亂發生，到處生起了煙火和塵土，成千成萬的衛隊車騎擁著皇上往西南避難。皇上的車駕和旌旗走走又停停，這時，離開了京都大約有一百多里路了，整個軍隊停下來不肯前進，要求懲治禍首，連皇上也對他們沒有辦法呢！最後只好眼看著貴妃在馬前掙扎，被人拉去將她縊死。那些翠翹、金雀、玉搔頭，都撒滿一地，無人收拾。皇上遮著臉，不忍心看，但也無法挽救，等到回頭看時，貴妃已死，又不禁血淚縱橫地流了下來。於是軍隊再出發了，黃塵滾滾，一路風雲蕭索，沿著棧道迂迴曲折地登上了劍門山。只見峨嵋山下，一片淒清，再看不到人們的影子，日色黯淡，連旌旗也蒙上一層悲哀的意緒。四川的江水碧綠，四川的山儘管青蔥，但聖主依然朝朝暮暮忘不了舊情。在行宮中，皇上傷悼貴妃，看到月色，反而引來滿懷的悲愁，在夜晚風雨時，聽到風鈴的聲響，更是悲痛欲絕。

不久，亂事總算被平定了，唐明皇的車駕也回來了，當他再經過馬嵬坡時，竟然徘徊了好久，不忍離去。在馬嵬坡的泥土中，再也看不見楊貴妃了，徒然只看到她葬身之所。於是君臣們相對地痛哭，向東望望京門，倖倖然地讓馬兒隨意地馱著他進城來。歸來後，太液池的芙蓉，未央宮的楊柳，以及臺池苑榭都跟以前一樣。可是當他見到芙蓉，就想起她的容貌，見到了楊柳，就想起她的秀眉，對此情景，又怎不教人傷心流淚呢？即使是春風駘蕩，桃李花開，或是秋雨連綿，梧桐葉落的時候，心境上也都是一樣的悲哀。現在西宮和南內都長滿了秋草，紅葉掉滿了石階，也沒人來打掃。當年梨園裡的一班子弟都長滿了一頭白髮，椒房裡的太監和宮女們也都年華老去。晚上，他在沉思，螢火蟲從殿前飛過，一片沉寂，夜深了，他把燈草挑盡了，也還是不能成眠。長夜漫漫，只聽得一更更的漏鼓敲過去，星河閃爍，好不容易才捱到天亮的時候。霜花凝結在瓦背上，又冷又重，雖然是擁著上好的被子，依然寒冷，但又有誰來陪伴？生死睽隔，差不多快一年了，在這段漫長的日子裡，他希望貴妃的芳魂來入夢，可是都不曾有過。

臨邛有位道士，來京都作客，他能夠用精誠感動神靈，招魂喚魄；他有感於唐明皇對貴妃的輾轉苦思，於是他讓道士們分頭細心去尋找。他自己騰雲駕霧的像電光一樣地在奔跑，上青天，入黃泉，到處都已找遍，就是沒有找到貴妃的芳魂。後來聽說東海上有座仙山，山隱隱約約地在雲霧氤氳之間。五彩的雲霞裡矗立著玲瓏的樓閣，裡面還住著溫柔美麗的仙子。其中有一位叫太真的，雪白的肌膚，美好的容貌，大致和貴妃相仿。於是道士到黃金似的門樓西邊，敲白玉的門，把來意告訴小玉，請她轉達給雙成知道。太真聽說是漢朝的使臣來到，在九華帳裡從睡夢中驚醒過來；她拿起衣服，推開枕頭，開始時不知如何是好，跟著珠簾、屏風一道道地打開，她出來了。只見她剛睡醒的樣子，鬢髮斜斜地偏在一邊，花冠也沒有帶好，就匆忙地趕下堂來。清風吹來，袖子輕輕地飛揚著，就好像當年跳著霓裳羽衣舞的情景。看她秀臉上帶著憂傷，眼淚縱橫，就像是春天裡一枝帶雨的梨花。她目光凝視，含情脈脈的多謝君王的慰問，可是自從那次分別以後，彼此的聲音和容貌都渺茫不可知了，以前在昭陽殿裡的恩愛也斷絕了，從此在蓬萊宮中，過著漫長永無休止的日子。回頭下望人世間，看不到長安，只看到煙霧迷漫著。她只好將舊時的信物鈿盒和金釵讓使者帶去，以表示對明皇的深情。她把金釵分開，留下一股，鈿盒也分成兩爿，留下一爿，從此金釵兩股分開，鈿盒也剖成了兩半。但願君王的心像金鈿般地堅定，無論在天上，或是人間，將來應該有再相見的機會。臨別時，她還再三地要道士轉達一些話，話裡提到一段只有他們兩人知道的誓語，那就是當年七月七日在長生殿中，夜深人靜時，相互地竊竊私語，誓語是：「在天願作比翼鳥，在地願為連理枝。」雖然天地悠悠，也許還有盡頭的一天，但這份至真至愛的恨事，卻永遠沒有了絕的時期。

【賞析】這是一首偉大的歷史故事詩，利用唐明皇和楊貴妃的歷史故事，再配合上當時民間流行的傳說和神話而寫成的。白居易寫《長恨歌》的年代，在《白氏長慶集》中並沒有註明，但我們可以從陳鴻的〈長恨歌傳〉裡，看出白居易寫這首詩的年代，當在憲宗元和元年（西元八〇六）冬十二月，或是次年的春天，也就是白居易三十五歲或三十六歲時的作品。寫詩的地點在盩厔（今陝西盩厔），當時白居易由校書郎，調來擔任盩厔的縣尉。

全詩可分為四段：第一段，寫唐明皇寵幸楊貴妃的經過。楊貴妃得寵後，她的家族也都顯貴了，甚至她的堂兄楊國忠竊居丞相位，使舊社會原是重男輕女的，可是當時改變了看法，認為生女的反而能光耀門楣。第二段，寫宮廷中正享受奢侈的生活，不料安祿山造反（天寶十四年，西元七五五），以討楊氏為藉口，第二年，攻破洛陽，威脅京都長安，玄宗和楊貴妃逃難入蜀，走到馬嵬坡時，警衛的隊伍不肯前進，要求懲辦禍首，玄宗知道不能倖免，只好遮著臉，讓部下將楊貴妃牽去絞死。第三段，寫亂平後，玄宗回京都，一路上，依然想念楊貴妃，回宮後，更是觸景傷情，引來無限悲傷。第四段，寫一個四川道士來京都，自稱他有法術能找到楊貴妃的芳魂。後來在仙山竟然找到她，和她見面談了話。她也忘不了玄宗舊日的情意，托道士帶回一股金釵和寶盒，並說出某年的七夕，在長生殿和皇上的一段秘密事，那晚他們曾在殿上許下愛情的誓語——願生生世世都結為夫婦。但事實上，他們再也不能相見，只有悲傷長恨而已。

這首詩的結構十分完整而精巧，以「漢皇重色」起，描述皇帝和妃子的故事，末以「天長地久有時盡，此恨綿綿無絕期」結束，是詩末點題。此外，據高步瀛《唐宋詩舉要》的說法：「每段末二句，皆攝下文。」見解是十分精到的，也可見白居易構思的巧妙。首段末兩句是：「漁陽鼙鼓動地來，驚破〈霓裳羽衣曲〉。」也就是次段的大意提要。次段的末兩句是：「行宮見月傷心色，夜雨聞鈴腸斷聲。」便是第三段所描寫的重點。三段末兩句是：「悠悠生死別經年，魂魄不曾來入夢。」便是末段的提要，然後最後兩句拈出「長恨」二字，使人回味無窮。

此外，元稹的〈連昌宮詞〉，鄭嵎的〈津陽門〉詩，都是描述唐明皇和楊貴妃的故事詩，加以白居易的朋友陳鴻寫了一篇傳奇小說——〈長恨歌傳〉，可以作為〈長恨歌〉的本事。在我國的文學作品中，以同樣的題材，用不同的文體來表達，出色的作品很多，如白居易的〈長恨歌〉，陳鴻的〈長恨歌傳〉；陶淵明的〈桃花源記〉，王維的〈桃源行〉，一詩一文，相得益彰。他如白樸的《梧桐雨》，洪昇的《長生殿》，都是以同樣的題材，表現了作者不同的思想和技巧。今將陳鴻的〈長恨歌傳〉附錄於後，以供參照：

開元中，泰階平，四海無事。玄宗在位歲久，倦于旰食宵衣，政無大小，始委于右丞相，深居遊宴，以聲色自娛。

先是元獻皇后，武淑妃皆有寵，相次即世。宮中雖良家子千數，無可悅目者，上心忽忽不樂。

時每歲十月，駕幸華清宮。內外命婦，熠耀景從；浴日餘波，賜以湯沐。春風靈液，澹蕩其間。上心油然，若其所遇，顧左右前後，粉色如土。詔高力士潛搜外宮，得弘農楊玄琰女於壽邸，即笄矣，鬢髮膩理，纖穠中度，舉止閑冶，如漢武帝李夫人。別疏湯泉，詔賜藻瑩。即出水，體弱力微，若不任羅綺。光彩煥發，轉動照人，上甚悅。進見之日，奏〈霓裳羽衣曲〉以導之；定情之夕，授金釵，鈿合以固之；又命戴步搖，垂金璫。明年，冊為貴妃，半后服用。由是冶其容，敏其詞，婉孌萬態，以中上意，上益嬖焉。

時省風九州，泥金五嶽，驪山雪夜，上陽春朝，與上同輦，居同室，宴專席，寢專房。雖有三夫人、九嬪、二十七世婦、八十一御妻，暨後宮才人，樂府妓女，使天子無顧盼意。自是六宮無復進幸者。非徒殊豔尤態致是，蓋才智明慧，善巧便佞，先意希旨，有不可形容者。叔父昆弟列位清貴，爵為通侯。姊妹封國夫人，富埒王室，車服邸第與大長公主侔，而恩澤勢力，則又過之。出入禁門不問，京師長吏為之側目。故當時謠詠有云：「生女勿悲酸，生男勿喜歡。」又曰：「男不封侯女作妃，看女卻為門上楣。」其為人心羨慕如此。天寶末，兄國忠盜丞相位，愚弄國柄。及安祿山引兵嚮闕，以討楊氏為詞。潼關不守，翠華南幸，出咸陽，道次馬嵬亭，六軍徘徊，持戟不進，從官郎吏伏上馬前，請誅晁錯以謝天下。國忠奉氂纓盤水，死於道周。左右之意未快。上問之，當時敢言者，請以貴妃塞天下怨。上知不免，而不忍見其死，反袂掩面，使牽之而去。倉皇輾轉，竟就絕於尺組之下。

既而玄宗狩成都，肅宗受禪靈武。明年，大赦改元，大駕返都。尊玄宗為太上皇，就養南宮，自南宮遷於西內。時移事去，樂盡悲來。每至春之日，冬之夜，池蓮夏開，宮槐秋落，梨園弟子，玉琯發音，聞〈霓裳羽衣〉一聲，則天顏不怡，左右歔欷。三載一意，其念不衰，求之夢魂，杳不能得。

適有道士自蜀來，知上皇心念楊妃如是，自言有李少君（當為漢武帝時之方士李少翁）之術。玄宗大喜，命致其神。方士乃竭其術以索之，不至。又能游神馭氣，出天界，沒地府以求之，不見。又旁求四虛上下，東極大海，跨蓬壺，見最高仙山，上多樓闕。西廂下有洞戶，東嚮，闔其門，署曰：「玉妃太真院」。方士抽簪叩扉，有雙鬟童女，出應其門。方士造次未及言，而雙鬟復入，俄有碧衣侍女又至，詰其所從。方士因稱唐天子使者，且致其命。碧衣云：「玉妃方寢，請少待之。」於時雲海沉沉，洞天日曉，瓊戶重闔，悄然無聲。方士屏息斂足，拱手門下。久之，而碧衣延入，且曰：「玉妃出。」見一人冠金蓮，披紫綃，珮紅玉，曳鳳舄，左右侍者七、八人，揖方士，問皇帝安否；次問天寶十四載以還事，言訖憫然。指碧衣，取金釵、鈿合，各折其半，授使者曰：「為我謝太上皇，謹獻是物，尋舊好也。」方士受辭與信，將行，色有不足。玉妃固徵其意。復前跪致詞：「請當時一事，不為他人聞者，驗於太上皇。不然恐鈿合、金釵，負新垣平之詐也。」玉妃茫然退立，若有所思，徐而言曰：「昔天寶十載，侍輦避暑於驪山宮；秋七月，牽牛織女相見之夕，秦人風俗，是夜張錦繡，陳飲食，樹瓜果，焚香於庭，號為乞巧，宮掖間尤尚之。時夜殆半，休侍衛於東西廂，獨侍上。上凭肩而立，因仰天感牛女事，密相誓心，願世世為夫婦；言畢，執手各嗚咽；此獨君王知之耳。」因自悲曰：「由此一念，又不得居此，復墮下界，且結後緣。或為天，或為人，決再相見，好合如舊。」因言：「太上皇亦不久人間，幸惟自安，無自苦耳！」使者還奏太上皇；皇心震悼，日日不豫，其年夏四月，南宮宴駕。

元和元年冬十二月，太原白樂天自校書郎尉於盩厔，鴻與琅琊王質夫家於是邑，暇日相攜遊仙遊寺，話及此事，相與感歎。質夫舉酒於樂天前曰：「夫希代之事，非遇出世之才潤色之，則與時消沒，不聞於世。樂天，深於詩，多於情者也；試為歌之如何？」樂天因為〈長恨歌〉。意者不但感其事，亦欲懲尤物，窒亂階，垂誡於將來者也。歌既成，使鴻傳焉。世所不聞者，予非開元遺民，不得知；世所知者，有〈玄宗本紀〉在；今但傳〈長恨歌〉云爾。

72 琵琶行 并序

白居易

元和十年❶，予左遷九江郡司馬❷。明年秋，送客湓浦口❸，聞船中夜彈琵琶者，聽其音，錚錚然有京都聲；問其人，本長安倡女，嘗學琵琶於穆曹二善才❹。年長色衰，委身為賈人婦。遂命酒，使快彈數曲，曲罷憫然。

自敘少小時歡樂事，今漂淪憔悴，轉徙於江湖間。予出官二年，恬然❺自安，感斯人言，是夕，始覺有遷謫意，因為長句歌以贈之，凡六百一十六言，命曰〈琵琶行〉。

潯陽江❻頭夜送客，楓葉荻花秋瑟瑟❼。主人下馬客在船，舉酒欲飲無管絃❽；醉不成歡慘將別❾，別時茫茫江浸月。忽聞水上琵琶聲，主人忘歸客不發❿。尋聲暗問彈者誰？琵琶聲停欲語遲。移船相近邀相見，添酒回燈⓫重開宴。千呼萬喚始出來，猶抱琵琶半遮面。轉軸⓬撥絃三兩聲，未成曲調先有情。絃絃掩抑聲聲思⓭，似訴平生不得志。低眉信手⓮續續彈，說盡心中無限事。輕攏慢撚抹復挑⓯，初為〈霓裳〉後〈六么〉⓰。大絃嘈嘈⓱如急雨，小絃切切⓲如私語；嘈嘈切切錯雜彈，大珠小珠落玉盤。間關⓳鶯語花底滑，幽咽泉流水下灘。水泉冷澀絃凝絕，凝絕不通聲漸歇。別有幽愁暗恨生，此時無聲勝有聲。銀瓶乍破水漿迸⑳，鐵騎突出刀鎗鳴。曲終收撥當心畫㉑，四絃一聲如裂帛㉒。東船西舫㉓悄無言，唯見江心秋月白。

沉吟放撥插絃中，整頓衣裳起斂容。自言「本是京城女，家在蝦蟆陵㉔下住。十三學得琵琶成，名屬教坊㉕第一部。曲罷曾教善才服，妝成每被秋娘㉖妬。五陵年少爭纏頭㉗，一曲紅綃㉘不知數。鈿頭銀篦擊節碎㉙，血色羅裙翻酒汙㉚。今年歡笑復明年，秋月春風等閑度。弟走從軍阿姨死，暮去朝來顏色故；門前冷落車馬稀，老大嫁作商人婦。商人重利輕別離，前月浮梁㉛買茶去。去來江口守空船，繞船月明江水寒。夜深忽夢少年事，夢啼妝淚紅闌干㉜。」

我聞琵琶已嘆息，又聞此語重唧唧㉝。同是天涯淪落人㉞，相逢何必曾相識？「我從去年辭帝京，謫居臥病潯陽城。潯陽地僻無音樂，終歲不聞絲竹聲。住近湓江地低濕，黃蘆苦竹繞宅生。其間旦暮聞何物？杜鵑啼血猿哀鳴。春江花朝秋月夜，往往取酒還獨傾㉟。豈無山歌與村笛？嘔啞嘲哳難為聽㊱。今夜聞君琵琶語，如聽仙樂耳暫明㊲。莫辭更坐彈一曲，為君翻作〈琵琶行〉。」感我此言良久㊳立，卻坐㊴促絃㊵絃轉急。淒淒不似向前聲，滿座重聞皆掩泣。座中泣下誰最多？江州司馬青衫濕㊶。

【韻律】這也是一首律化的歌行體，其中有些句子，平仄與律詩相同。此詩用韻，共換韻十九次：客，入聲十一陌韻，瑟，入聲四質韻，古詩質、陌通押。船、絃，為下平聲一先韻。別，入聲九屑韻，月，發，入聲六月韻，古詩月、屑通押。誰、遲，為上平聲四支韻。見、宴、面，為去聲十七霰韻。聲、情，為下平聲八庚韻。思、志、事，為去聲四寘韻。挑、么，為下平聲二蕭韻。雨，上聲七麌韻，語，上聲六語韻，古詩語、麌韻通押。彈、盤、灘，為上平聲十四寒韻。絕，入聲九屑韻，歇，入聲六月韻，古詩月、屑韻通押。生、聲、鳴，為下平聲八庚韻。畫、帛、白，為入聲十一陌韻。中，上平聲一東韻，容，上平聲二冬韻，古詩東、冬韻通押。女，上聲六語韻，部，上聲七麌韻，婦，上聲二十五有韻，去，去聲六御韻，汙、住、度、妬、數、故，去聲七遇韻。這一組以遇韻為主，而參以語、麌、有、御四韻部，不但上去通押，在古詩中亦頗罕見，大抵以口語押韻，不拘於韻書。船，下平聲一先韻，寒、干，上平聲十四寒韻，古詩寒、先韻通押。息、唧、識，為入聲十三職韻。京、城、聲、生、鳴、傾、明、行，下平聲八庚韻，聽，下平聲九青韻，古詩庚、青韻通押。立、急、泣、濕，為入聲十四緝韻。錢玄同為于安瀾《漢魏六朝韻譜》作序云：「白香山之〈琵琶行〉，以『住、部、妒、數、汙、度、故、婦』為韻。以《廣韻》考之，則『妒、汙、度、故』在去聲暮韻，『住、數』在去聲遇韻，暮與遇同用，可不論，而『部』則在上聲姥韻，『婦』則在上聲有韻，似乎上去混淆，尤虞雜亂矣。然以今音讀之，則『住、部、妒、數、汙、度、故、婦』，同為ㄨ韻之去聲，音至諧也。蓋唐代方音中，至少總有一處讀此八字亦是同韻同部同聲調，香山即據此方音以押韻耳。他人押韻不如此，獨香山如此者，乃是他人遵守韻書，而香山根據自然也。」

【注　釋】❶元和十年　元和，憲宗年號。元和十年，即西元八一五年。❷予左遷九江郡司馬　白居易四十四歲那年，即元和十年，因上疏不當，由太子左贊善大夫，貶為江州司馬。左遷，便是貶謫。九江郡，郡治在今江西九江，唐玄宗時改為潯陽郡。司馬，唐制每州置司馬，是刺史的屬官。❸湓浦口　湓江流入長江的地方，又名湓口，在今九江西。❹善才　技藝高妙的樂師。❺恬然　怡然自得貌。❻潯陽江　長江在九江北的一段，稱為潯陽江。❼楓葉荻花秋瑟瑟　楓葉紅，荻花白，秋色淺藍的樣子。荻花，類似蘆葦的水草。明楊慎《升庵詩話》：「白樂天〈琵琶行〉：『楓葉荻花秋瑟瑟』，此句絕妙。楓葉紅，荻花白，映秋色碧也。瑟瑟，珍寶名，其色碧，故以瑟瑟影指碧字，讀者草草，不知其解也。」瑟瑟，碧貌。❽舉酒欲飲無管絃　舉酒，端起酒杯。無管絃，沒有音樂侑酒。❾醉不成歡慘將別　言喝醉了猶覺得不愉快，只得悲傷地分別了。❿客不發　指客人也不想開船。⓫回燈　把撤去的燈重點起來。⓬轉軸　言調絃使音調合宜。⓭絃絃掩抑聲聲思　琵琶上彈出來的聲音都充滿了悲傷的情調。掩抑，低抑。在此指低沉的聲音。⓮信手　隨手。⓯輕攏慢撚抹復挑　攏、撚、抹、挑，均為彈琵琶的指法。⓰初為霓裳後六么　〈霓裳〉，即〈霓裳羽衣曲〉。〈六么〉，亦名〈綠腰〉，為唐代流行的樂曲。⓱大絃嘈嘈　大絃發出沈濁的音響。⓲小絃切切　小絃發出輕揚的音響。⓳間關　猶言婉轉。⓴銀

瓶乍破水漿迸　琵琶聲忽然高奏起來，像是銀瓶突然破裂，水濺了出來。銀瓶，井上汲水的器具。乍，突然。㉑曲終收撥當心畫　曲子彈完後，用撥子向琵琶中心畫了一下。撥，彈琵琶用以撥絃的工具。㉒裂帛　形容琵琶的聲音像撕裂布帛似的。㉓舫　船也。㉔蝦蟆陵　在長安城南，本董仲舒墓，當時以出歌妓著名。李肇《國史補》卷下：「舊說董仲舒墓，門人過皆下馬，故謂之下馬陵。後人語訛為蝦蟆。」㉕教坊　唐朝訓練歌妓的地方。《教坊記》曰：「西京右教坊在光宅坊，左教坊在延政坊，右多善歌，左多工舞。」㉖秋娘　本為杜秋娘，在此為美麗歌妓的代稱。㉗五陵年少爭纏頭　五陵，指長安城北的長陵、安陵、陽陵、茂陵、平陵，為漢代帝皇的陵墓，後來成為貴族豪門所居住的地方。纏頭，賞給歌女的財物。㉘紅綃　紅色的綢緞。㉙鈿頭銀篦擊節碎　歌唱時打拍子而擺動，把鈿頭和銀篦搖落而跌碎。鈿頭、銀篦，皆婦女的首飾。鈿，金花。篦，釵類。擊節，歌唱時打拍子。㉚血色羅裙翻酒汙　她時常要陪人喝酒，所以紅裙上經常沾上酒的痕跡。血色，紅色。㉛浮梁　江西鄱陽東北，即今景德鎮。㉜闌干　言淚縱橫而下。㉝唧唧　歎息聲。㉞天涯淪落人　在江湖上落魄的人。㉟獨傾　獨自喝酒。㊱嘔啞嘲哳難為聽　嘔啞，小兒學語聲。嘲哳，惡鳥聲。均為嘈雜混亂的聲音。難為聽，使人難以聽下去。㊲耳暫明　耳朵一時清亮了。㊳良久　好一會兒。㊴卻坐　回到原來坐處。㊵促絃　把絃擰緊。㊶江州司馬青衫濕　江州，即九江郡，為今江西九江。青衫濕，眼淚把衣裳都沾濕了。青衫是唐朝職位低的官員所穿的衣服。

【語　譯】元和十年，我被貶謫到九江郡擔任司馬的職務。第二年秋天，在湓浦口送客，晚上聽到船上有人彈琵琶的，聽它的音調，錚錚地帶有京都的韻味；打聽那彈琵琶的人，原來是長安的歌女，曾經向穆、曹兩位技藝高妙的樂師學過琵琶。如今她年紀大了，姿色衰老，委身嫁給了商人。於是叫人擺好酒，請她彈了幾首急促的調子，彈完後，她顯得悲傷的樣子。她自敘小時候歡樂的往事，如今漂泊憔悴，往來於江湖之間。我離開朝廷到外面來做官已有兩年了，自己快樂地安分地過著日子，聽了她的話，那晚，我才感到有些貶謫的意味，因此寫了一首長歌送給她，共六百十六字，標題叫做「琵琶行」。

晚上，我到潯陽江頭送客，楓葉紅，荻花白，加上滿眼碧沉沉的秋色。我下了馬，而客人已經在船上了，大家舉杯痛飲，可惜沒有音樂侑酒，就是喝醉了還覺得不愉快，況且彼此便要傷心地分別了，這時，只見一片月色浸在茫茫的江水之中。忽然聽得水上傳來琵琶的聲音，我忘記了回家，而客人也不想開船。我探尋琵琶聲是從哪個方向來的，並且問誰在彈琵琶？這時琵琶聲停下來了，她想答話又有些顧慮。我們把船靠過去，邀請她過來相見，然後再加些酒菜，把撤去的燈重新點上。經過好多次的邀請她才肯出來相見，出來時，還抱著琵琶遮住了大半邊的臉。她將琵琶上的絃柱擰緊，先試彈幾聲，還沒有奏出曲調來，就覺得有情感。似乎每一條絃上彈出低沉的聲音，充滿了悲傷的情調，彷彿在訴說她的一生是那樣的不得志。她低頭隨手繼續彈奏著，訴盡了心中無限的悲哀。她攏、撚、抹、挑，都有一定的指法，起先彈〈霓裳羽衣曲〉，然後再彈起〈六么〉來。大絃嘈嘈地像下急雨，小絃切切地像低聲談心；嘈嘈切切的聲音交響在一起，就好像大珠、小珠落在玉盤裡那樣的清脆。那婉轉流利的琵琶聲，像是黃鶯的啼叫從花間滑下，那低沉的聲響，又像是嗚咽的泉水流過沙灘。一會兒，那聲音變得像下灘的泉水那樣又冷又澀，到後來，絲絃好像凝住不動，凝住不響，而聲音也就停了下來。這時，另有一種隱藏的幽恨在滋生，雖然沒有聲音，卻比有聲音還要美妙。忽然琵琶聲高奏起來，像是銀瓶破裂，水花四濺，又像是戰馬閃躍而出，刀槍交鳴。曲子彈完後，用撥子向琵琶中心畫了一下，四條絃的聲音像撕裂布帛似的。跟著東西兩條船上都悄然無聲，只見江中映著一輪皎潔的秋月。

她沉默了一會兒，就把撥子插入絃中，整一整衣裳，站了起來，臉上現出嚴肅的神情。她說：「我本來是京都的女子，家住在蝦蟆陵下。十三歲學會了彈琵琶，在教坊中，名聲是首屈一指的。每彈一曲，曾使技藝高妙的樂師們讚歎佩服，打扮後，漂亮得每每招致歌妓們的嫉妒。五陵的少年，爭著送禮物給我，每唱一曲，收到的紅綃就多到數不清。鈿頭和銀篦，因歌唱時打拍子搖落而跌碎，同時要陪人喝酒，紅裙子也經常沾上了打翻的酒。為了生活，就這樣一年年在賣笑中混下去，秋月，春風，良辰好景，也白白地消磨掉了。等到有一天，弟弟去從軍，阿姨死了，暮去朝來，我的容貌衰老了；門前冷清清地，連車馬都很少經過這兒，年紀大了，只好下嫁給一位商人。商人只講究賺錢，對兩口子的離別就看得很淡，就拿上個月來說吧，他又到浮梁買茶去了。我只好往來於江口，獨守著空船，只見一船月色，照得江水也有些寒意。夜深時，每每想起年輕的一切，有時從夢裡哭醒過來，淚痕粉漬，也就縱橫滿面了。」

我聽完琵琶聲已經歎息不停，又聽得這番話，更是感歎不已。大家都是在江湖上落魄的人，既然相逢了，又何必一定要熟悉才能同情呢？「我從去年離開了京師，貶謫到潯陽城來，身體不好，經常臥病在牀。潯陽這地方很偏僻，沒有音樂，一年到頭聽不到絲竹的聲音。我住近湓江，地勢特別低而潮濕，房子四周長滿了黃蘆和苦竹。在這裡日夜又能聽到些什麼呢？只有聽到杜鵑泣血和猿猴的哀鳴。在春天江上花開的時節，或是秋天月夜的晚上，我經常是一個人在喝悶酒啊！難道說沒有山歌和村笛嗎？然而嘔啞嘲哳的，實在怪難聽的。今夜聽到你彈奏琵琶的聲音，好像聽到仙樂似的，耳朵一時也清亮了。不要再推辭了，請再彈奏一曲吧，我將為你按譜寫下一首〈琵琶行〉。」她聽了我的話後，有所感慨，站了好一會兒，然後坐回原處，把絃擰緊，使得調子更急促了。琵琶的聲音顯得很悽涼，不像剛才那麼宏亮，在座的人再聽了之後，都矇著臉在哭泣。座中眼淚掉得最多的是誰呢？大概是那位江州司馬吧，他的青衫都被淚水濕透了。

【賞　析】 這是一首歌行體的故事詩，內容在報導琵琶女的遭遇和作者自己的遭遇，所以詩中有「同是天涯淪落人」的句子，也是這首詩所要描寫的主題了。《全唐詩》題作「琵琶引」，據詩中「為君翻作《琵琶行》」句來看，當以「琵琶行」為是。

這是白居易四十五歲的作品，即元和十一年（西元八一六）秋天，那時作者貶謫到九江來，已有一年多了，由於滿肚子的牢騷，就借琵琶女色衰見棄的遭遇，借題發揮，傾吐出自己懷才不遇的苦悶。按《舊唐書・白居易傳》上記載：「元和九年，授太子左贊善大夫。十年七月，盜殺宰相武元衡，居易首上疏論其冤，急請捕賊，以雪國恥。宰相以為宮官非諫職，不當先諫官言。事會有素惡居易者，掎摭居易言浮華無行，其母因看花墮井而死，而居易作〈賞花〉及〈新井〉詩，甚傷名教。執政奏貶為江表刺史。詔出，中書舍人王涯上疏論之，言居易所犯狀跡，不宜治郡，追詔授江州司馬。」所以詩中的「江州司馬青衫濕」，也是作者自己，他的垂淚，不是無緣無故的了。

全詩可分為三段，在序中，作者說明作此詩的動機，是在元和十一年的一個秋夜，他在潯陽江頭給朋友餞行，遇到一個歌女，聽了她的琵琶聲後，對她彈琵琶的技藝和不幸的遭遇，深受感動，就寫下了這篇故事詩。在第一段中，描寫她彈奏琵琶技藝的精湛和工巧。第二段，寫她訴說自己的身世，早年過的賣笑生活，後來嫁作商人婦。第三段，作者看到歌女的音樂才能、容貌風度，卻落得今日這樣的結局。於是聯想到自己的遭遇，覺得自己也有正直的品格，遠大的抱負，滿腹的學問，如今卻受到不公平的處分，被降職到江州來當司馬，心裡有說不出的滋味。便道：「同是天涯淪落人，相逢何必曾相識。」既同情歌女，又感傷自己。因此他寫這首詩的用意，便在於此，不外抒寫天涯淪落之恨罷了。

白居易的詩平白易曉，有「老嫗能解」的比喻，因此他的詩在當時便極流行，尤其是〈長恨歌〉、〈琵琶行〉兩篇，更是膾炙人口，甚至當時的人，以能背誦白居易的詩為榮。

73 韓碑

李商隱

元和天子❶神武姿，彼何人哉軒與羲❷。誓將上雪列聖恥❸，坐法宮❹中朝四夷。

淮西有賊五十載❺，封狼生貙貙生羆❻。不據山河據平地，長戈利矛日可麾❼。帝得聖相相曰度❽，賊斫不死神扶持❾。腰懸相印作都統❿，陰風慘澹天王旗。愬武古通⓫作牙爪，儀曹外郎⓬載筆隨，行軍司馬⓭智且勇，十四萬眾猶虎貔⓮，入蔡縛賊獻太廟⓯，功無與讓恩不訾⓰。

帝曰：「汝度功第一，汝從事愈宜為辭⑰。」愈拜稽首蹈且舞：「金石刻畫臣能為，古者世稱大手筆⑱，此事不係於職司，當仁自古有不讓⑲。」言訖屢頷天子頤⑳。

公退齋戒坐小閣，濡染大筆何淋漓㉑。點竄〈堯典〉〈舜典〉字，塗改〈清廟〉〈生民〉詩㉒。文成破體㉓書在紙，清晨再拜鋪丹墀㉔。表曰：「臣愈昧死上。」詠神聖功書之碑。

碑高三丈字如斗，負以靈鼇蟠以螭㉕。句奇語重喻者少，讒之天子言其私㉖。長繩百尺拽碑倒，麤沙大石相磨治㉗。公之斯文若元氣，先時已入人肝脾，湯盤孔鼎有述作，今無其器存其辭㉘。

嗚呼聖皇及聖相，相與烜赫流淳熙㉙。公之斯文不示後，曷與三五相攀追㉚？願書萬本誦萬過，口角流沫右手胝㉛，傳之七十有二代㉜，以為封禪㉝玉檢㉞明堂基。

【作　者】李商隱（西元八一三—八五八），字義山，號玉谿生，懷州河內（今河南沁陽）人。十七歲時，以文才見知於牛黨令狐楚，引為幕府巡官。二十五歲時，得令狐楚的兒子令狐綯的獎譽，中了進士。次年，李黨的涇原節度使王茂元愛其才，任他為書記，並將女兒嫁給他。當時，正是唐朝宗派傾軋最厲害的時代，他和當時的牛僧孺、李德裕兩派都有關係，於是牛黨的人，都詆毀他背恩，詭薄無行。其後李德裕為牛黨所排擠，而政權落在令狐綯的手中，李商隱雖屢次向令狐綯上書、獻詩，希望他的引掖，但終得不到令狐綯的諒解，遭到冷落。李商隱終身寄人籬下，仕途坎坷，於是他在這種矛盾的環境下，寫下許多詩意曲折晦澀的詩，表達他內心的苦悶。

他的詩，文字音韻都很優美，浪漫主義的色彩非常濃厚，他的詠史詩和抒情詩，更足以代表他自己的優美風格和藝術特色，尤其是他的〈無題〉詩，如春蠶、蠟炬兩句，已成為描寫愛情的絕唱。但他的詩中，往往由於愛用典故和過度的修飾辭藻，使詩的本身變得晦澀難懂。金元好問曾在《論詩絕句》中批評他的詩道：「望帝春心託杜鵑，佳人錦瑟怨華年；詩家總愛西崑好，獨恨無人作鄭箋。」

晚唐的詩，又回到唯美的風尚，綺麗中帶有冷峭之美，晚唐詩人以杜牧、李商隱、溫庭筠三人為代表，而李商隱尤為出類拔萃。此外，他與溫庭筠、段成式都是排行第十六，時人稱他們的作品為「三十六體」。李商隱的詩，特別是他的抒情詩，對後代的影響甚為深遠，從晚唐韓偓等人、宋初的西崑派詩人，直到清代黃景仁、龔自珍等詩人，都受了他的詩風的影響。著有《樊南甲集》、《樊南乙集》各二十卷，《李義山詩集》三卷。《舊唐書》和《新唐書》都收有他的傳。

【韻　律】此詩用上平聲四支韻，一韻到底，其中辭字兩押，韻腳是：姿、義、夷、羆、麾、持、旗、隨、貔、訾、辭、為、司、頤、濟、詩、墀、碑、螭、私、治、脾、辭、熙、追、胝、基。詩中除多用三平調外，「封狼生貙貙生羆」句，為七平聲。「帝得聖相相日度」、「入蔡縛賊獻太廟」兩句，均為七仄聲。又句法上如「彼何人哉軒與羲」為一三三句，「坐法宮中朝四夷」，「汝從事愈宜為辭」，「詠神聖功書之碑」等句亦然，乃詩體中絕無僅有的現象。所以李鍈在《詩法易簡錄》上說：「以文筆為詩，其中七平七仄之句，不必拘守常調，而有大氣以運之，句法筆力，兼能入古，音節轉見雅勁，直追昌黎，當與〈石鼓歌〉並讀。」不過二詩確有異曲同工之妙。

【注　釋】❶元和天子　唐憲宗。❷軒與羲　軒，指黃帝，為軒轅氏。羲，指太昊帝，為伏羲氏。皆古聖王，在此比喻憲宗。❸誓將上雪列聖恥　唐自玄宗安史兵變後，藩鎮割據，如李希烈、朱滔、田悅、李納、王武俊、李錡、吳元濟諸節度使的叛變，憲宗曾一度平息諸強藩，史稱憲宗中興。所以說誓將洗雪上代諸聖君的恥辱。列聖，指唐肅宗、代宗、德宗、順宗四帝。❹法宮　皇宮的正殿，國君處理政務的地方。《漢書・鼂錯傳》：「五帝神聖，處法宮之中，明堂之上。」❺淮西有賊五十載　淮西節度使，治蔡州，轄申、光、蔡（今河南信陽、潢川、汝南等）三州的地方。自肅宗寶應初，以李忠臣鎮蔡州，大曆末，為軍中所逐。歷李希烈、陳仙奇、吳少誠、吳少陽、吳元濟等，據有淮西，不聽命於唐朝，凡五十餘年。至元和九年，彰義軍節度使吳少陽卒，其子元濟，匿喪不報，自領軍務。十年正月，吳元濟反，夏五月，遣御史中丞裴度平定淮西。韓愈〈平淮西碑文序〉云：「蔡帥之不廷授，於今五十年。」指淮西節度使不聽命於朝廷，有五十餘年之久。❻封狼生貙貙生羆　封狼，大狼。貙，似貍而大。羆，似熊而體大。均為猛獸。這裡比喻淮西諸將，私相授受，勇猛不馴。❼日可麾　《淮南子》云：「魯陽公，楚將也，與韓遘難，戰酣，日暮援戈而麾之，日為之反三舍。」這裡形容其跋扈。❽帝得聖相相日度　憲宗皇帝得賢相，宰相的姓名叫裴度。聖相，即賢相。度，裴度。《舊唐書・裴度傳》：「元和十年六月，詔以度為門下侍郎，同中書門下平章事。」❾賊斫不死神扶持　王承宗、李師道謀緩征蔡的兵，使盜刺京師用事大臣，殺武元衡，襲裴度，傷首，墮溝中，度以氈帽厚，得不死。事見《舊唐書・裴度傳》。❿都統　唐天寶以後，命大臣為都統，監總管諸道，或領三道，或領五道。按元和十二年（西元八一七），度請自往討吳元濟，上悅，以度充淮西宣慰招討處置使，後度因韓宏領都統，乃上還招討以避宏，然卻實行都統事。⓫愬武古通　四武將名，即李愬、韓公武、李道古、李文通四人。⓬儀曹外郎　儀曹郎、員外郎，均官名。作隨軍書記。⓭行軍司馬　指韓愈，以右庶子兼御史中丞，充彰義軍行軍司馬。⓮虎貔　皆猛獸。貔，白羆。在此以喻軍隊。⓯入蔡縛賊獻太廟　元和十二年十月，唐將領李愬執淮西叛將吳元濟送長安，帝於興安門受俘，以元濟獻廟社，然後斬吳元濟於市。⓰恩不訾　指聖恩無量。⓱汝從事愈宜為辭　你的屬官韓愈，應該為你寫一篇文章記載這件事。《舊唐書・韓愈傳》：「淮蔡平，十二月，隨度還朝，以功授刑部侍郎，仍詔撰〈平淮西碑〉。」⓲大手筆　善寫文章的人。《晉書・王珣傳》：「夢人以大筆如椽與之，既覺，語人曰：此當有大手筆矣。」⓳當仁自古有不讓　《論語・衛靈公》：「當仁，不讓於師。」今謂於事直任不辭的意思。⓴言訖屢頷天子頤　頷，下巴，在此作動詞，指點頭。頤，面頰，在此作動詞，也是點頭的意思。㉑淋漓　喻文章暢達詳盡。㉒點竄堯典舜典字二句　唐憲宗的功業媲美堯舜等古聖人，因此碑文只需點竄〈堯典〉、〈舜典〉便成，而碑頌只要塗改〈清廟〉、〈生民〉兩篇就差不多了。韓愈〈平淮西碑〉文：「竊惟自古神聖之君，既立殊功。…………其載於《書》則堯舜二典，夏之〈禹貢〉，殷之〈盤庚〉，周之〈五誥〉。於《詩》則〈玄鳥〉、〈長發〉、〈歸美〉、〈殷宗〉、〈清廟〉。」〈堯典〉、〈舜典〉，皆《尚書》篇名。〈清廟〉、〈生民〉，皆《詩經》篇名。㉓文成破體　謂文章別具體裁。《法書苑》：「徐浩論書云：鍾善書，右軍行法，稍令破體，皆一時之妙。」㉔丹墀　宮殿階上地。㉕負以靈鼇蟠以螭　靈鼇，指負載石碑的靈龜。蟠以螭，蟠與螭均為碑上所刻的龍。㉖讒之天子言其私《全唐詩》注云：「碑辭多敘裴度事，時入蔡擒吳元濟，李愬功第一，愬不平之，愬妻，唐安公主女也，出入禁中，因訴碑辭不實，詔令磨去愈文，命翰文學士段文昌重撰文勒石。」㉗麤沙大石相磨治　用粗沙石子將碑上的文字磨去，以便重刻。㉘湯盤孔鼎有述作二句　成湯的盤，孔氏正考父的鼎，如今雖然不存，但銘文依然傳誦於世間。湯盤，指成湯在盥洗的盤上刻自警的銘文。《禮記・大學》：「湯之盤銘曰：苟日新，日日新，又日新。」孔鼎，指孔氏正考父在鼎上刻自警的銘文。《左傳・昭公七年》：「孔丘，聖人之後也。其祖弗父何，以有宋而授厲公，及正考父佐戴武宣，三命為茲益恭，故其鼎銘云：一命而僂，再命而傴，三命而俯，循墻而走，亦莫敢予侮。」㉙相與烜赫流淳熙　言相與顯赫光耀於後代。烜赫，火盛貌。淳熙，大明貌。㉚攀追　攀隨追揚。㉛口角流沫右手胝　口角流沫，形容背誦，口沫橫飛。胝，手上重繭，喻抄寫的勤奮。㉜七十有二代　《史記・封禪書》，太史公引管子曰：「古者封泰山，禪梁父者七十二家，而夷吾所記者十有二焉。」此處謂傳於後代，萬世不盡之意。㉝封禪　封為祭天，禪為祭地。古時君王即帝位，必封泰山，禪梁父。㉞玉檢　古書函之蓋，以玉為之。《漢書・武帝紀》元封元年登封泰山注，引孟康曰：「王者功成治定，告成功於天，刻石記號，有金策、石函、金泥、玉檢之封。」在此用為禱文的代稱。

【語　譯】唐憲宗聖明威武，你道他是什麼人呢？原來他就是黃帝和伏羲的化身。他決心要洗雪列代聖君所受的恥辱，要坐在法宮中，接見四夷來朝的賀臣。

淮西有賊人盤據，已經五十年了，如同大狼生貙，貙又生羆一般，代代相生，十分凶猛。他們不據河山險固的地方，卻在平地上作亂，他們舞動長戈和利矛，十分跋扈，連太陽也被麾轉過來。憲宗皇帝得到一位賢相叫裴度，被賊人行刺，幸賴神明的庇佑而不死。他腰間掛著一枚相印，又親自領兵，擔任都統，在一個陰風暗淡的日子裡，揮著國旗出發了。他手下有幾名勇將，像李愬、韓公武、李道古、李文通等，作為前鋒，又有儀曹郎、員外郎作為隨軍書記，更有一位行軍司馬的韓愈，他聰明，又勇敢，於是十四萬大軍就像猛獸似的，蕩平了蔡州之後，就把叛賊吳元濟抓起來，獻給朝廷祭太廟，然後論功行賞，不論是接受和推讓，足見天子聖恩的無量。

皇上說：「裴度，你的功勞居第一位，你的屬官韓愈應該為你寫一篇文章記載這件事。」於是韓愈稽首再拜，高興得手舞足蹈，說道：「我能做刻石的碑文，古代有所謂大手筆，這和官職的高下是沒有關係的，只不過當仁不讓，自己能力做得到的，就不該推辭了。」說完後皇上頻頻地點頭，贊同他的話。

韓公退朝後，沐浴齋戒，然後坐在小閣上，揮動著大筆，寫得何等的詳盡。因為憲宗的功業可以媲美堯舜等古聖人，所以碑文只要點竄〈堯典〉、〈舜典〉便行，而碑頌只要塗改〈清廟〉、〈生民〉篇就可以了。他的文章別具體裁，於是把它寫在紙上，早晨時鋪在皇宮的紅階上，再讀一遍給皇上聽，然後把表獻上，並且說：「臣愈寫得不好，罪該萬死。」為了頌揚皇上的聖功，應該把它刻在石碑上。

石碑高有三丈，碑上的字體像斗一樣大，下面雕刻著靈龜，負載著碑，石上雕著龍紋。由於碑文奇崛，語意深奧，看得懂的人很少，於是有人在憲宗面前中傷他，說他偏私不實。結果用百尺的長繩把石碑拉倒，還用粗沙大石把字體磨掉。可是韓公的文章好像天地間的正氣，早已深入人們的心脾，就像成湯的浴盤和孔正考父的鼎上，都刻有文章，現在這些盤鼎都已不在，而盤鼎上的銘文卻流傳下來。

唉，以前的聖君賢相，都有文章流傳下來，而且還能光照日月。韓公的碑文既不能傳示後世，我何不跟三五好友，去仰攀追隨它呢？我願抄它一萬本，讀它一萬遍，要背得口沫橫飛，抄得右手長繭，然後讓它永久流傳世間，供後代聖王作為封禪的禱文，以及明堂奠基的獻辭。

【賞析】這是一首歌詠韓碑的詩，也可以當作詠史詩看待。作者很替韓愈抱不平，力讚韓愈的〈平淮西碑〉文如天地的「元氣」。李商隱在什麼年代寫此詩，難以確定，據張爾田《玉谿生年譜會箋》云：「未定何年，雖力學韓體，變化未純，恐是少作。」

全詩共分六段：第一段，寫憲宗的英明。第二段，寫淮西賊人的跋扈，然後宰相裴度領兵討伐。第三段，寫憲宗命韓愈撰〈平淮西碑〉文。第四段，寫韓愈恭敬謹慎撰文紀功。第五段，寫李愬爭功，李妻進讒言，因而詔命把韓碑推倒。第六段，感懷作結，並願為韓碑作流傳的工作，使它永存世間。

韓愈的〈平淮西碑〉文，記裴度平討淮西叛逆的經過和功業，可與東漢班固的〈燕然山銘〉相媲美。但由於李愬的妻子，是憲宗的表妹，出入禁中，替她丈夫爭功，憲宗終因昧於私愛，於是下令更換碑文，結果換上段文昌的碑文，以表彰李愬討賊的功勞。今〈平淮西碑〉文有韓碑和段碑兩篇，而平淮西的功業，便成為歷史上的訟案。後代讚美韓碑的多，而詆裴度的屬將李愬爭功，這是理所當然。宋葛立方《韻語陽秋》卷三云：「裴度平淮西，絕世之功也；韓愈〈平淮西碑〉，絕世之文也。非度之功，不足以當愈之文，非愈之文，不足以發度之功。碑成，李愬之子乃謂沒父之功，訟之於朝。憲宗使段文昌別作，此與舍周鼎而寶康瓠何異哉！李義山詩云：『碑高三丈字如斗，負以靈鼇蟠以螭。句奇語重喻者少，讒之天子言其私。長繩百尺拽碑倒，麤沙大石相磨治。公之斯文若元氣，先時已入人肝脾。』愈書愬曰：『十月壬申，愬用所得賊將，自文城因天大雪，疾馳百二十里，到蔡，取元濟以獻。』與文昌所謂：『郊雲晦冥，寒可墮指，一夕捲旆，淩晨破關』等語，豈不相萬萬哉！東坡先生謫官過舊驛，壁間見有人題一詩云：『淮西功業冠吾唐，吏部文章日月光；千古斷碑人膾炙，世間誰數段文昌。』坡喜而誦之。」所以理之所在，愈久愈見顯著，而裴度的功業，韓愈的文章，真可以與日月同光了。

七古樂府

74 燕歌行 并序

高適

開元二十六年，客有從御史大夫張公出塞而還者❶，作〈燕歌行〉❷以示適，感征戍之事，因而和焉。

漢家煙塵❸在東北，漢將辭家破殘賊。男兒本自重橫行❹，天子非常賜顏色。摐金伐鼓下榆關❺，旌旆逶迤碣石間❻。校尉❼羽書飛瀚海，單于獵火照狼山❽。

山川蕭條極邊土，胡騎憑陵雜風雨❾。戰士軍前半死生，美人帳下猶歌舞！大漠窮秋塞草腓❿，孤城落日鬬兵稀。身當恩遇常輕敵，力盡關山未解圍。

鐵衣遠戍辛勤久，玉筯⓫應啼別離後；少婦城南欲斷腸，征人薊⓬北空回首。邊庭飄颻那可度？絕域蒼茫更何有。殺氣三時⓭作陣雲，寒聲一夜傳刁斗⓮。相看白刃血紛紛，死節從來豈顧勳？君不見沙場征戰苦？至今猶憶李將軍⓯。

【作　者】高適（西元七〇二—七六五），字達夫，滄州渤海（今河北滄縣）人。唐玄宗開元二十年曾隨信安王禕去東北塞外征過契丹，壯年時在梁宋（今河南開封、商丘一帶）漫遊，時有從張守珪出塞歸來者，作〈燕歌行〉，高適讀後，亦作〈燕歌行〉以和之。天寶初年高適已四十多歲，還是個布衣，當時李邕在滑州作刺史，負天下盛名，李白、杜甫和高適都去拜見，成為朋友。後去河西，為河西節度使哥舒翰掌書記。安祿山亂，朝廷召翰討賊，即拜適為左拾遺，轉監察御史，由此官運亨通。蜀亂後，為蜀、彭二州刺史，遷西川節度使。廣德元年，以征吐蕃無功，召還為刑部侍郎，左散騎常侍，封渤海縣侯。永泰元年卒。

高適曾經兩度出塞，去過遼陽，又到過河西，對邊塞生活有深刻的體會。於是他的邊塞詩，常熱情地描述安定邊遠的理想，對戰爭抱著樂觀的精神。他的詩慷慨豪放，氣象萬千，給邊塞詩帶來了激揚奮發的色彩。在形式上，他喜歡採用樂府的格調，尤長於七言的歌行體。今有《高常侍集》八卷傳世。《唐書》、《新唐書》皆有傳。

【韻　律】此詩律古參半。共換六次韻：北、賊、色，用入聲十三職韻。關、間、山，用上平聲十五刪韻。土、雨、舞，用上聲七麌韻。腓、稀、圍，用上平聲五微韻。久、後、首、有、斗，用上聲二十五有韻。紛、勳、軍，用上平聲十二文韻。

【注　釋】❶從御史大夫句　「御史大夫張公」六字，《四部叢刊》本及章注本均作「元戎」，今從《全唐詩》本。《舊唐書・玄宗紀》曰：「開元二十五年二月，張守珪破契丹餘眾於㮈祿山，殺獲甚眾。」張守珪《舊唐書》有傳，陝州河北人。嘗拜為輔國大將軍，兼御史大夫。又本傳云：「二十六年，守珪裨將趙堪、白真陁羅等假以守珪之命，逼平盧軍使烏知義邀叛奚餘眾於湟水之北，初勝後敗。守珪隱其敗狀而妄奏克捷之功，事頗泄。」故此詩有隱刺之意。❷燕歌行　樂府舊題。《樂府詩集》相和曲辭中有〈燕歌行〉。《樂府廣題》云：「燕，地名也。言良人從役於燕而為此曲。」❸煙塵　言寇亂也。❹男兒本自重橫行　男兒在沙場上原來就是橫衝直撞，英勇殺敵。自，一作是。橫行，謂橫衝直撞。❺摐金伐鼓下榆關　摐，擊也。即敲鑼打鼓。榆關，即山海關。在今河北臨榆界。❻旌旆逶迤碣石間　碣石山裡軍旗飄揚，排得好長啊。旆，一作旗。逶迤，長貌。碣石，首見於〈禹貢〉。《水經・濡水》云：「碣石山在遼西臨渝縣南水中。」❼校尉　隋唐為武散官，位次於將軍。❽狼山　山名，在今綏遠北境。清《一統志・烏喇忒》：「狼山在旗東四十里，蒙古名綽農拖羅海。」❾胡騎憑陵雜風雨　憑陵，恃勢陵人。雜風雨，狀軍聲也。❿腓　一作衰。通痱，病也。⓫玉筯　玉筷也。此用以形容流淚。⓬薊　唐河北道薊州，治漁陽縣。今河北密雲西南。⓭三時　即早、午、晚也。指整日而言。⓮刁斗　用以示警也。《史記集解》引孟康曰：「刁斗以銅作鐎，受一斗，晝炊飯食，夜擊持行。」⓯李將軍　漢代李廣也。《史記・李將軍列傳》：「廣居右北平，匈奴聞之，號曰：漢之飛將軍，避之，數歲不敢入右北平。」

【語　譯】開元二十六年，有人跟御史大夫張公（守珪）出征塞外歸來的，寫了一首〈燕歌行〉給我，使我感到征戍之苦，因而也和了一首。

漢朝的邊寇是在東北方，將士們離別了家鄉去殺殘暴的寇賊。男子漢本來就是橫衝直撞的，天子看在眼裡，自然十分賞臉。他們敲著鑼，打著鼓向榆關進發，碣石山裡的軍旗，排得好長哦。校尉的羽書緊急的從大沙漠中傳來，說單于的軍隊已開到了狼山。

山河荒涼的景象一直延伸到邊疆的盡頭，胡人的馬隊恃勢入侵像風雨般交加。戰士們在前線作戰，死生各半，而後方營帳裡，美人還在歌舞呢！到了深秋，沙塞上的野草都已枯萎，落日照在孤城上，這時作戰的軍隊已逐漸稀少了。我們深受國恩，不會把敵人放在眼裡，即使在險要的地方一時未能解圍，但我們已盡了最大的努力。

穿著鐵甲的士兵長期辛勤的邊荒戍守，遠離丈夫的少婦，一定會經常掛著眼淚；她們在城南遙望，不禁肝腸寸斷，而征人在薊城的北邊，回首眺望也是徒然。邊境外面飄渺遙遠，怎能輕易通過呢？絕域曠遠無邊更是一無所有。整天殺氣騰騰，像是寒雲籠罩，夜夜寒風吹送，傳來刁斗的聲音。大家只看到白刃上都沾滿了血污，從來盡忠死節的人，難道是為了功勳嗎？你沒看見沙場征戰的辛苦嗎？人們到現在還想念著李廣將軍。

【賞　析】這是一首利用樂府舊題，描寫征戰的詩。全詩分為三段：第一段描寫行軍的情景。第二段，著筆描寫征戰的艱苦，而「戰士軍前半死生，美人帳下猶歌舞」，意有所諷，然在險要的地方力敵，表現了軍人的本色。第三段，描述征人和少婦兩地相思之苦，而戰士們不顧犧牲，只是為了保衛國家，不是為了功名富貴。胡雲翼在《唐詩研究》中，評邊塞詩人的作品，說他們：「既已著儒冠，亦就沒有辦法，於是一團豪壯之氣，只有洩之於詩，遂促成盛唐邊塞詩的發展。」

75 古從軍行

李頎

白日登山望烽火，黃昏飲馬傍交河❶。行人刁斗風沙暗，公主琵琶幽怨多❷。野雲❸萬里無城郭，雨雪❹紛紛連大漠。胡雁哀鳴夜夜飛，胡兒眼淚雙雙落。聞道玉門猶被遮❺，應將性命逐輕車❻。年年戰骨埋荒外，空見蒲萄❼入漢家。

【韻律】全詩均合律，且對仗句甚多，可說是一首入律的古風。全詩每四句一換韻，共換韻三次：河、多，為下平聲五歌韻。郭、漠、落，為入聲十藥韻。遮、車、家，為下平聲六麻韻。

【注釋】❶交河　舊縣名。漢車師前王國治。唐置交河郡交河縣。故城在今新疆吐魯蕃西。❷公主琵琶幽怨多　漢武帝派江都王建的女兒細君和番，下嫁烏孫國，是為烏孫公主。石崇〈王明君辭序〉云：「昔公主嫁烏孫，令琵琶馬上作樂，以慰其道路之思。」❸野雲　一作野營。❹雨雪　下雪。❺聞道玉門猶被遮　《史記・

大宛列傳》載，武帝派李廣利伐大宛欲取善馬，李廣利因戰事不利請求罷兵，武帝竟派人遮斷玉門關，不准軍隊回師。詩人藉此以諷帝王的一意孤行，引來多少不必要的戰事。玉門，玉門關。在今甘肅敦煌西，古時為通西域的要道。❻輕車　代指將軍。漢有輕車將軍。❼葡萄　一作蒲桃。水果名，可為酒，西域大宛所盛產，胡人以此納貢。

【語　譯】白天爬上山頂瞭望烽火臺有沒有警報，黃昏牽著馬在交河邊界喝水。遠征的人聽到刁斗聲，便覺得風沙陰暗，想起烏孫公主遠嫁的情景，那琵琶聲裡一定含著無限的哀怨。

在萬里的長雲下，看不到城郭，眼前落雪紛紛，連接著無垠的沙漠。每晚，胡雁飛過發出悲鳴，即使胡人聽了，也會流淚難過。

聽說玉門關仍被遮斷回不去，士兵只得跟著將軍繼續在戰場上拚命。在這兒，年年多少人犧牲，埋骨荒外，徒然只見胡人帶著葡萄送到漢廷來朝貢。

【賞　析】這是一首軍旅的樂府詩。〈從軍行〉，是寫征人行役之事的詩歌，晉左延年曾有此歌辭。李頎依舊題而作，所以稱為〈古從軍行〉。全詩分為三段：第一段，敘述守邊的生活，想見漢公主遠嫁的哀怨。第二段，寫塞外的景象，使人落淚。末段寫征戰不已卻只是無謂的犧牲，因此引來詩人感慨。全詩前後用紛紛、夜夜、雙雙、年年等重言疊字，使詩中的音節跌宕，加強語意的變化。結句以「年年戰骨埋荒外，空見葡萄入漢家」，既寫實，又具諷諭的效果，是這首詩畫龍點睛的地方。

76 洛陽女兒行

王　維

洛陽女兒對門居，纔可❶容顏十五餘。良人玉勒乘驄馬❷，侍女金盤膾鯉魚。畫閣朱樓盡相望，紅桃綠柳垂簷向。羅幃送上七香車❸，寶扇迎歸九華帳❹。

狂夫富貴在青春，意氣驕奢劇季倫❺。自憐碧玉❻親教舞，不惜珊瑚持與人❼。春窗曙滅九微火❽，九微片片飛花瑣❾。戲罷曾無理曲時，粧成祇是薰香坐。城中相識盡繁華，日夜經過趙李家❿。誰憐越女⓫顏如玉，貧賤江頭自浣紗。

【韻律】此詩除首句外，每聯均入律，只是在黏對上稍有不諧而已，可算是一首入律的樂府詩。全詩共五次換韻，四句一換，平仄相間。居、餘、魚，為上平聲六魚韻。望、向、帳，為去聲二十三漾韻。春、倫、人，為上平聲十一真韻。火、瑣、坐，為上聲二十哿韻。華、家、紗，為下平聲六麻韻。

【注釋】❶纔可　恰好適當。可，有美好之意。❷良人玉勒乘驄馬　良人，夫婿也。玉勒，以玉為飾的馬頭絡銜。驄馬，青白雜毛的馬。❸七香車　用香木做的華貴的車子。❹九華帳　錦繡華麗的帳子。❺意氣驕奢劇季倫　劇，極甚，言勝過。季倫，指石崇。晉代石崇，字季倫，以驕奢稱著於世。❻碧玉　汝南王妾名也。此指美女。梁元帝〈採蓮賦〉：「碧玉小家女，來嫁汝南王。」❼不惜珊瑚持與人　謂拿珊瑚樹送人也不愛惜，以爭豪爽。《晉書‧石崇傳》：「武帝每助（王）愷，嘗以珊瑚樹賜之，高二尺許，枝柯扶疏，世所罕比。愷以示崇，崇便以鐵如意擊之，應手而碎。愷既惋惜，又以為嫉己之寶，聲色方厲。崇曰：『不足多恨，今還卿。』乃命左右悉取珊瑚樹有高三四尺者六七株，條幹絕俗，光彩耀目，如愷比者甚眾。愷怳然自失矣。」❽九微火燈名。《博物志》：「漢武帝好仙道，七月七日王母乘紫雲車而至於殿西，南面東向，時設九微燈，帝東面西向。」❾璅　與瑣同，細小也。喻燈花。❿趙李家　喻皇親貴戚之家。本指漢成帝時趙飛燕、李平二女家。⓫越女　指西施。

【語　譯】洛陽有個女孩子與我對門而居，她的容貌美好適當，大約十五歲左右。她的丈夫騎著一匹玉勒的青驄馬，侍女們在旁侍候她，托著盛滿精切鯉魚的金盤。她家是朱樓畫閣相連接，簷前還垂拂著綠柳紅桃。出門時，用羅幃送她上七香車，回來時，用扇護著她迎入九華帳。

她的丈夫少年得意，頗為輕狂，意氣驕縱奢侈勝過晉代的石崇。他對她十分憐愛，還親自教與歌舞，甚至跟人爭豪，把珊瑚送人也在所不惜。天亮了，窗前的九微燈才吹熄，使燈光片片結下飛花似的小燈蕊。兩人終日言笑戲謔，也沒空練習歌舞，新粧梳就，便對著薰香靜坐。她夫婿在城中所認識的盡是富貴人家，日夜所交往的都是那些大戶豪門。又有誰憐惜像西施那樣美好的女子，因為家境貧寒，只好在溪邊親自浣紗呢！

【賞　析】這是一首歌行體的樂府詩，以首句做標題。《全唐詩》在詩題注云：「時年十六，一作十八。」是王維少年時的作品。王維是個早慧的詩人，少年時，便才華畢露，文采爛然，十五歲作〈過始皇墓〉，十六歲作〈洛陽女兒行〉，十七歲作〈九月九日憶山東兄弟〉，十九歲作〈桃源行〉，二十一歲作〈燕支行〉，這些詩，到今日仍傳誦不絕。

全詩可分兩段：第一段，敘洛陽女兒十五歲嫁人，描寫她婚後富貴的生活。第二段，鋪敘她的先生少年得志，富貴驕縱，結尾以西施貧賤時在江頭自浣紗作結，是一篇寫實的詩，反映當時洛陽富貴者的生活。清沈德潛《唐詩別裁》以為「結意況君子不遇也，與西施詠同一寄托」，視為敘事中有言外之意。

77 老將行

王維

少年十五二十時，步行奪得胡馬騎。射殺山中白額虎❶，肯數鄴下
黃鬚兒❷。一身轉戰三千里，一劍曾當百萬師。漢兵奮迅如霹靂❸，虜
騎崩騰畏蒺藜❹。衛青不敗由天幸❺，李廣無功緣數奇❻。
自從棄置便衰朽，世事蹉跎❼成白首。昔時飛箭無全目❽，今日垂
楊生左肘❾。路旁時賣故侯瓜❿，門前學種先生柳⓫。蒼茫古木連窮巷，
寥落寒山對虛牖。誓令疏勒出飛泉⓬，不似潁川空使酒⓭。
賀蘭山⓮下陣如雲，羽檄⓯交馳日夕聞。節使三河募年少⓰，詔書五

道出將軍⑰。試拂鐵衣如雪色，聊持寶劍動星文⑱。願得燕弓⑲射天將⑳，
恥令越甲㉑鳴吾君。莫嫌舊日雲中守㉒，猶堪一戰取功勳。

【韻律】此詩律古參半，多對句，實由於初唐律詩尚未成立，故以律古混合來寫樂府詩。此詩共換韻三次，每韻各十句，首句用韻。時、騎、兒、師、藜、奇，為上平聲四支韻。朽、首、肘、柳、牖、酒，為上聲二十五有韻。雲、聞、軍、文、君、勳，為上平聲十二文韻。

【注釋】❶白額虎　猛虎也。《晉書・周處傳》：「處少不修細行，為之所惡。父老歎曰：『三害未除。』處曰：『何謂也？』曰：『南山白額猛獸，長橋下蛟，并子而三矣。』處乃入山射殺猛獸，因投水搏蛟。」❷肯數鄴下黃鬚兒　肯數，恰如也。鄴下，指鄴縣，故城在今河南臨漳西。黃鬚兒，指曹操的兒子曹彰。《魏志・任城王傳》：「彰自代過鄴，太子謂彰曰：卿新有功，宜勿自伐，應對常若不足者。彰到，如太子言，歸功諸將。太祖喜，捋彰鬚曰：黃鬚兒竟大奇也。」❸霹靂　急雷聲。❹蒺藜　本為草名，實有刺。此指障礙也。《爾雅翼》：「軍旅以鐵作蒺，布敵路，謂之鐵蒺藜。」❺衛青不敗由天幸　衛青，字仲卿，西漢平陽人。姐衛夫人得幸於武帝，以青為大中大夫。元光五年，為車騎將軍，凡七出擊匈奴，未曾一敗，故言其由天所賜福也，因而威震西域。《史記》有傳。❻李廣無功緣數奇　李廣伐敵無功，做事屢次不成功。《史記・李將軍列傳》：「李將軍廣者，隴西成紀人也。……從大將軍軍出定襄，擊匈奴，諸將多中首虜卒，以功為侯者，而廣軍無功。……大將軍青亦陰受上誡，以為李廣老，數奇，毋令當單于，恐不得所欲。」《索隱》引服虔云：數奇，作事數不偶也。❼蹉跎　顛躓不如人意。❽飛箭無全目　喻善射也。鮑照〈擬古〉詩：「驚雀無完目。」李善注引〈帝王世紀〉曰：「帝羿有窮氏，與吳賀北遊，賀使羿射雀，羿曰：生之乎？殺之乎？賀曰：射其左目。羿引弓射之，誤中

右目。羿抑首而媿，終身不忘。故羿之善射至今稱之。」❾垂楊生左肘　喻無用也。《莊子・至樂》：「支離叔與滑介叔觀於冥伯之丘，崑崙之虛，黃帝之所休。俄而柳生其左肘，其意蹷蹷然惡之。」高步瀛《唐宋詩舉要》：「或謂柳為瘤之借字，蓋以人肘無生柳之理。然支離、滑介本無其人，生柳寓言，亦無不可。」❿故侯瓜　召平所種之東陵瓜。《史記・蕭相國世家》：「召平者，故秦東陵侯。秦破，為布衣，貧，種瓜於長安城東，瓜美，故世俗謂之東陵瓜。」⓫先生柳　晉陶淵明有〈五柳先生傳〉云：「宅邊有五柳樹，因以為號焉。」⓬疏勒出飛泉　《後漢書・耿恭傳》：「恭以疏勒城旁有澗水可固，乃引兵固之，匈奴於城下擁絕澗水，恭於城中穿井十五丈，不得水，吏士渴乏，笮馬糞汁而飲之。恭仰歎曰：聞昔貳師將軍拔佩刀刺山，飛泉涌出，今漢德神明，豈有窮哉？乃整衣服向井再拜為吏士禱，有頃，水泉奔出。」疏勒，今新疆疏勒。⓭潁川空使酒　謂灌夫因酒而使氣也。《史記・魏其武安侯列傳》：「灌將軍夫者，潁陰人也。灌夫為人剛直使酒，不好面諛。」⓮賀蘭山　在今寧夏省治西。⓯羽檄　軍旅征討所用之緊急公文。⓰節使三河募年少　言節度使在三河一帶召募壯丁。三河，指河東、河南、河內。⓱詔書五道出將軍　朝廷下五道詔書請來這位老將軍出戰。⓲星文　指劍柄上之花紋。《吳越春秋》：「伍子胥乃解百金之劍以與漁者曰：此吾前君之劍，中有七星，價值百金。」⓳燕弓　燕地所出之弓。⓴天將　勇將也。天，一作大。㉑越甲　越國的軍隊。《說苑・立節》：「越甲至齊，雍門，子狄請死之，曰：『昔王田於囿，左轂鳴，王曰：「工師之罪也。」車右曰：「不見工師之乘而見其鳴吾君也。」刎頸而死。今越甲至，其鳴吾君，豈左轂之下哉！』遂刎頸而死。」㉒雲中守　雲中之守將。雲中，今綏遠省托克托縣。《史記・馮唐列傳》：「文帝說，令馮唐持節赦魏尚，復以為雲中守。」

【語　譯】在他少年十五、二十歲的時候，徒步也可以搶得一匹胡馬來騎。有時，在山中射死一隻白額虎，恰如任城王鄴下黃鬚兒一樣威武。一人能夠轉戰三千里之遙，一劍可以抵得上百萬雄師。漢軍如疾雷似的奮勇前進，胡騎卻好像怕鐵蒺藜似的崩潰而去。衛青沒有吃過敗仗，說來真是幸運，李廣勇猛而伐敵無功，做事屢次不成，只好說命運不好了。

自從被投閒置散以後，他的身體日漸衰老，世事顛躓不如人意，轉眼頭髮又已變白。以前只要弓箭能射到的地方，即使一隻小鳥的眼睛也不會放過，今日便像莊子所說的柳生在左肘上，再不能有大作為了。閒時只好在路旁學召平賣瓜，或是在門前學陶淵明種柳。在他住的這條陋巷裡，只有與蒼涼的古木相連著，空寂的寒山剛好和他的窗子相對。真想學耿恭一樣，誓令疏勒的泉水湧出，不要學潁陰的灌夫，因剛直而使酒動氣。

現在賀蘭山下，陣勢如雲，軍中緊急的公文日夜交互的傳遞著。節度使在三河一帶召募壯丁，皇帝的詔書下了五道，請來這位老將軍出戰。他拂拭著像雪色的鐵甲，手裡拿著寶劍，撫摸劍柄上的花紋。希望有一把燕國的弓，來射殺敵人的勇將，即使是犧牲了，也應像子狄一樣，不能讓越國的軍隊來恐嚇我們的國君。請不要嫌棄魏尚這位舊日的雲中守將啊，他尚可以一拼，去建功取賞呢！

【賞　析】這是一首新樂府，用歌行體詠老將一生戎馬，卻無赫赫功勳，落得無功被棄，解甲歸田後，過賣瓜種柳退隱生活，落寞淒涼的晚景堪憐。詩中「蒼茫古木連窮巷，寥落寒山對虛牖」句，表面上是寫景，實際上是一篇的主旨所在。

全詩分三段：第一段寫老將在年少時的梟勇。然「李廣無功緣數奇」句，用典不妥，李廣年老遇事不偶。第二段，寫老境的淒涼，言下無限傷心。此段連用六個典故，尚稱得體。第三段，寫局勢緊張，雖年已老邁，依然希望為國效命，建立功勳。全詩用典過多，落於堆砌，便減卻濃烈的情感，減去幾分真實；然此詩對仗句頗多，儷辭巧妙。

78 桃源行

王維

漁舟逐水❶愛山春，兩岸桃花夾去津❷。坐看紅樹❸不知遠，行盡青溪不見人❹。

山口潛行始隈隩❺，山開曠望旋平陸❻。遙看一處攢❼雲樹，近入千家散花竹。樵客初傳漢姓名，居人未改秦衣服。

居人共住武陵源❽，還從物外❾起田園。月明松下房櫳❿靜，日出雲中雞犬喧⓫。

驚聞俗客爭來集，競引還家問都邑。平明閭巷掃花開，薄暮漁樵乘水入。

初因避地去人間，及至成仙⓬遂不還。峽裡誰知有人事，世中遙望空雲山。

不疑靈境⑬難聞見，塵心⑭未盡思鄉縣。出洞無論隔山水，辭家終擬長游衍⑮。自謂經過舊不迷，安知峰壑今來變。

當時只記入山深，青溪幾曲⑯到雲林？春來遍是桃花水⑰，不辨仙源何處尋？

【韻律】這是一首入律的古風，王力的《漢語詩律學》云：「上繼齊梁與初唐，下開元和體的風氣。」甚是。因為這首詩律句很多，如「不知遠」、「散花竹」、「問都邑」、「有人事」、「隔山水」等句為單拗，可視為律句。僅在其中插入一句「空雲山」三平調，是道地的古詩句式，至於拗黏拗對的地方很多，是古詩的特徵。

此詩用韻，凡七轉：春、津、人，為上平聲十一真韻。隩、陸、竹、服，為入聲一屋韻。源、園、喧，為上平聲十三元韻。集、邑、入，為入聲十四緝韻。間、還、山，為上平聲十五刪韻。見、縣、衍、變，為去聲十七霰韻。深、林、尋，為下平聲十二侵韻。大致為四句換一次韻，只有兩處是六句共韻的。

【注釋】❶逐水　沿著水流。❷去津　進出的渡口。去，一作古。津，渡口。❸紅樹　春天開滿紅花的樹；指桃樹。❹不見人　一作忽值人。忽值，是不遇到的意思。❺隈隩　曲窄幽深。隈，曲折。隩，深遠。❻平陸　平地。❼攢　簇擁。❽武陵源　即桃花源，為避秦的淨土，理想中的世外桃源。❾物外　世外。❿房櫳　櫳，窗牖。房櫳，泛指房舍而言。⑪日出雲中雞犬喧　這裡暗用《神仙傳》的故事：「淮南王劉安仙去，臨去時餘藥器置在中庭，雞犬舐啄之，盡得昇天，故雞鳴天上，犬吠雲中也。」此處仍從字面解釋更佳。⑫及至成仙　《四部叢刊》本作「更問成仙」。章注本作「更問神仙」。⑬不疑靈境　不信仙境。⑭塵心　世俗的心。⑮游衍　恣意游樂。⑯曲　《四部叢刊》本及章注本都作「度」。⑰桃花水　春水也。《漢書・溝洫志》顏注：「月令，仲春之月始雨水，桃始華，蓋桃方華時，既有雨水，川谷冰泮，眾流猥集，波瀾甚長，故謂之桃華水。」

【語譯】漁人駕著小船，沿著水流，欣賞春天的山光水色，在進出的津渡裡，兩岸都開滿了桃花。為了欣賞這紅花滿樹的世界，隨波遠去，不知走了多遠，到了青溪水的盡頭，也還沒有見到一個人。

從山口曲身而入，開始十分曲窄幽深，後來漸漸地開闊，出了山洞，便是一片平原。遠看一簇簇煙靄籠罩的樹林，走近一看，多少戶人家散居在花竹之間。那位來訪的樵客說出了自己漢朝的姓名，但居住在桃源裡的人們，依然未改變，穿著秦朝的服飾。

他們一齊住在武陵源的仙境上，還從世外建立起自己的家園。晚上，明月透過松蔭，灑在幽靜的房舍上；白天太陽從雲中出來，雞犬喧鬧。

他們聽說有一位世俗的人來了，都爭著圍攏過來看看，紛紛邀請他到自己的家裡，詢問他關於家鄉的一切。清晨，他們把街巷的花葉都打掃乾淨，傍晚時，漁人和樵夫們都沿著水道回來。

聽說他們當初是因為躲避戰亂而離開人間，後來定居下來，於是就不想走了。又有誰知道山峽裡還有人住著呢？從塵世中望去，遠遠地只是一片靄靄的雲山。

漁人不相信仙境是難得一見的，由於他的塵心未盡，於是又想起自己的家鄉。並且說出洞後無論隔山水多遠，只要跟家人辭別後，就打算長期到此游樂。自問上回走過的路一定不會迷失，又怎曉得第二趟再來時，一切山峰溪壑都變了樣子。

當時只記得入山很深，然後沿著青溪要彎幾下才來到這片雲樹簇擁的仙境呢？沒想到春天裡到處都是桃花春水，根本就分辨不出仙源到底在那裡？

【賞　析】這是王維根據晉陶淵明的〈桃花源記〉而改寫的詩。《全唐詩》在題下注云：「時年十九。」可知王維是個早慧的詩人，他十五歲時作〈過始皇墓〉，十六歲時作〈洛陽女兒行〉，十七歲作〈九月九日憶山東兄弟〉，十九歲作〈桃源行〉。王維性好山水，有超越世俗的念頭，於是利用陶淵明〈桃花源記〉的題材，改寫成詩，在表面上看來是同一題材，但所表現的精神已是不同：陶淵明運用想像，創造了「武陵春」、「桃花源」，是塊避暴秦的淨土，在他的文中說：「先世避秦時亂，率妻子邑人來此絕境，不復出焉；遂與外人間隔。」甚至他所寫桃花源裡的景象，便是陶淵明自己的家鄉柴桑的景象。而王維的〈桃源行〉，利用這則美麗的寓言，由「避秦」的聖地，演變成「仙源」「靈境」了。可見王維受唐人佛道思想的影響，將「武陵春」染上神仙的色彩。此詩首尾寫景之美，能引導人進入另一個美好的境界，詩的可愛，也就在此。今附錄陶淵明的〈桃花源記〉，以供比較參考：

晉太元中，武陵人，捕魚為業，緣溪行，忘路之遠近；忽逢桃花林，夾岸數百步，中無雜樹，芳草鮮美，落英繽紛，漁人甚異之。復前行，欲窮其林。林盡水源，便得一山。山有小口，彷彿若有光，便舍船，從口入。

初極狹，纔通人；復行數十步，豁然開朗。土地平曠，屋舍儼然。有良田、美池、桑、竹之屬。阡陌交通，雞犬相聞。其中往來種作，男女衣著，悉如外人：黃髮垂髫，並怡然自樂。見漁人，乃大驚，問所從來；具答之。便要還家，設酒、殺雞、作食。村中聞有此人，咸來問訊。自云：先世避秦時亂，率妻子邑人來此絕境，不復出焉；遂與外人間隔。問今是何世；乃不知有漢，無論魏晉。此人一一為具言所聞，皆歎惋。餘人各復延至其家，皆出酒食。停數日，辭去。此中人語云：「不足為外人道也。」

既出，得其船，便扶向路，處處誌之。及郡下，詣太守，說如此。太守即遣人隨其往，尋向所誌，遂迷不復得路。南陽劉子驥，高尚士也，聞之，欣然規往，未果，尋病終。後遂無問津者。

晉陶淵明的〈桃花源記〉，他所創造的桃源聖境，一直是中國人心目中所追求的境界。桃花的意象，含義很廣：是桃花，是春天，是愛情，是少女，是新娘，是西王母的蟠桃仙境，是夸父枴杖所化為的鄧林等，因此〈桃花源記〉給讀者帶來遼闊的想像空間。唐王維的〈桃源行〉，便開拓為「仙源」的聖地，「春來遍是桃花水，不辨仙源何處尋？」仙源何處，讓人遐思。

79 蜀道難

李白

噫吁戲❶！危乎高哉！蜀道❷之難難於上青天。蠶叢及魚鳧❸，開國何茫然。爾來四萬八千歲，始與秦塞通人煙。西當太白有鳥道❹，可以橫絕峨眉❺巔。地崩山摧壯士死❻，然後天梯石棧❼相鉤連。上有六龍回日之高標❽，下有衝波逆折❾之回川。黃鶴之飛尚不得，猿猱❿欲度愁攀援。

青泥何盤盤⓫，百步九折縈巖巒，捫參歷井仰脅息⓬，以手撫膺⓭坐長歎。問君西遊何時還？畏途巉巖不可攀。但見悲鳥號古木，雄飛雌從繞林間；又聞子規⓮啼夜月，愁空山。

蜀道之難難於上青天，使人聽此凋朱顏。連峰去天不盈尺，枯松倒挂倚絕壁。飛湍瀑流爭喧豗⓯，砯⓰厓轉石萬壑雷。其險也如此！嗟爾遠道之人，胡為乎來哉？

劍閣⓱崢嶸而崔嵬⓲，一夫當關，萬夫莫開⓳；所守或匪親，化為狼與豺。朝避猛虎，夕避長蛇，磨牙吮血，殺人如麻。錦城⓴雖云樂，不如早還家。蜀道之難難於上青天，側身西望長咨嗟㉑。

【韻　律】此為雜言詩，最少三字，最多十一字，又四、六、八，五、七、九言參差間用，句法頗為奇特，《李太白集》中尚有〈上雲樂〉、〈日出行〉也用此類句法。平仄上除了多用三平調，整句也多用平聲字，如「噫吁戲！危乎高哉！蜀道之難難於上青天」，「青泥何盤盤」，「問君西遊何時還」，「雄飛雌從繞林間」，「嗟爾遠道之人，胡為乎來哉」等便是。

全詩用韻共四轉：天、然、煙、巔、連、川、援，用下平聲一先韻。盤、巒、歎，用上平聲十四寒韻。還、攀、間、山、顏，用上平聲十九刪韻。先、寒、刪三韻古詩可以通押。其下尺、壁兩字，換用入聲十一陌韻。豗、雷、哉、嵬、開，用上平聲十灰韻；豺，為上平聲九佳韻，古詩灰、佳二韻可以通押。末以蛇、麻、家、嗟四字，用下平聲六麻韻作結。

【注　釋】❶噫吁戲　為感歎詞，無義。❷蜀道　從陝西入四川的道路。由於四川多山，道路險巇，有棧道，故有蜀道難行的感歎。❸蠶叢及魚鳧　均蜀王先祖的名稱。揚雄〈蜀王本紀〉曰：「蜀王之先名蠶叢、柏護、魚鳧、蒲澤、開明，是時人萌椎髻左言，不曉文字，未有禮樂，從開明上到蠶叢，積三萬四千歲。」❹西當太白有鳥道　太白，即太一山，在陝西郿縣南，當入蜀之衝。鳥道，謂險絕的道路。❺峨眉　亦作峨嵋。山名。在四川峨眉西南。❻地崩山摧壯士死　蜀王派五丁力士迎五女的神話故事。《華陽國志．蜀志》：「惠王許嫁五女於蜀，蜀遣五丁迎之，還到梓橦，見一大蛇入穴中，一人攬其尾掣之不禁，至五人相助大呼拽蛇，山崩時壓殺五人。」〈蜀王本紀〉：「山崩，秦五女皆上山化為石。」在此指蜀人開棧道鋪路的艱辛。❼天梯石棧　皆棧道。因山路險巇，架木為路以通行人，謂之棧道，亦稱閣道。❽六龍回日之高標　蜀山有那最高的山峰，使六龍碰到它，也只好拖著太陽神的車子折了回去。六龍，為神話中替太陽神拉車的。《淮南子》注：「日乘車駕以六龍，羲和御之。」高標，指蜀山的最高處。❾逆折　旋回的意思。❿猿猱　猿和獼猴。⓫青泥何盤盤　青泥，山嶺名。在今陝西略陽西北。為唐代由秦入蜀的要道。盤盤，曲折貌。⓬捫參歷井仰脅息　由秦入蜀，走在高峻的青泥嶺上，仰頭伸手，彷彿一路可以摸到所見的星辰，使人凝神屏息透不過氣來。參、井，皆星宿名。參宿七星，今獵座戶，相當於蜀地。井宿八星，今雙子座，相當於秦地。脅息，就是屏息。⓭膺　胸也。⓮子規　杜鵑鳥。《蜀記》：「昔有人姓杜名宇，王蜀，號曰望帝，宇死，俗云宇化為子規。子規，鳥名也。蜀人聞子規鳴，皆曰望帝也。」⓯喧豗　水石相擊的聲音。⓰砯　水激巖石的聲音。⓱劍閣　在今四川劍閣北。⓲崔嵬　山勢高大的樣子。⓳一夫當關二句　謂一人守關，萬人都攻不開，喻形勢的險要。《文選・張載劍閣銘》云：「一人荷戟，萬夫趦趄。形勝之地，匪親勿居。」⓴錦城　即錦官城。四川成都，古為主錦官所居之處。在此泛指四川而言。㉑側身西望長咨嗟　成都在長安西南，故謂側身而西望。咨嗟，歎息。

【語　譯】啊，多麼高峻而又險阻啊！這條通往四川的道路難走，甚至比上青天還難。想最初蠶叢及魚鳧開國的時候，真是何等的飄渺久遠。自此以來，已有四萬八千年之久，才與秦人有所來往。秦地的西面有一座太白山，山徑十分險峻，只有飛鳥才能通過，甚至一路橫伸過來，幾乎連峨眉山的絕頂也被橫斷。後來為了開闢這條路，地折山崩犧牲了許多壯士，終於在各山隘谷架起棧道相連接。在那山嶺的最高處，使六龍碰到它，也只好拖著太陽神的車子折回去；在那山谷的最深處，有曲折激湍的水流在山石間迴旋著。黃鶴尚且無法飛過，猿猴也無法攀越躍過。

那青泥峰上的山路，更是曲折，繞著山勢的九曲十三彎，仰頭伸手，彷彿一路上可以摸到天上的星辰，不禁使人屏息地透不過氣來，然後撫摸著胸口，坐下來長歎。不知道你這次西行要幾時才能回來？像這樣險阻的道上，巉巖疊起，真不容易攀登啊。只見鳥雀在參天的古木裡悲鳴，雄鳥飛起，雌鳥跟隨，在林子裡飛來飛去；又聽得杜鵑在月夜下啼叫，連空山也充滿了悲涼的情調。

　　蜀道難走，甚至比上青天還難，使人聽到這些嚇得面色也變了。連連高矗的山峰，離開天好似不到一尺的樣子，枯松倒掛在絕壁上。急流和瀑布嘩嘩地爭響，水流浪花打在崖石上，響似雷鳴。這道路是這般地驚險啊！你這位遠道而來的人士，又為什麼要到這裡來呢？

　　說到劍閣，更是山勢崢嶸而高大，只要一個人把守住山關隘口，即使是一萬人也不能把它衝破；假使守關的不是心腹，那就像豺狼似的，為害不淺了。你在上面走過，早晚要格外小心，提防那些老虎和毒蛇，牠們磨牙吸血，不知吞噬了多少人呢！四川無疑的是個天府之地，但不如還是早些回家。蜀道是那麼難走，甚至比登天還難，我側身向西張望，不禁要長長地嗟歎。

【賞　析】這是一首讚歎蜀道艱險難行的詩。〈蜀道難〉，《樂府詩集》相和歌辭名，梁簡文帝、劉孝威、陰鏗曾作此詩，皆述蜀道艱險之狀。陰鏗詩末句曾云：「蜀道難如此，功名詎可要？」已暗示功名難求之意。本詩則用比興言蜀道巉巖難攀，以喻仕途的坎坷；借旅人蹇步難行，以喻失志者的浩歎。清人李鍈《詩法易簡錄》云：「蜀道二句凡三見，直以古文章法行之，縱橫馳驟，神變無方，而一歸於自然，大可為化不可為，此太白絕調也。」詩中描述從秦地到蜀地沿途險阻的情景，純然是意象的表現，誠如王運熙在〈略談李白蜀道難的思想和藝術〉一文中所說：「那些富有神秘性的歷史傳說，使詩篇塗上光怪陸離的色彩，增強了詩的動人心目的藝術感染力。」可以說與〈夢遊天姥吟留別〉同為意象凝塑極美的詩。

　　全詩可分為四段：首段寫神話及太白山的風光。次段寫從青泥嶺入蜀的景象。三段寫連山絕壑，水若奔雷的險阻。末段寫劍閣的崢嶸、險要，以及自己思歸的心情。或謂李白的〈蜀道難〉，是借蜀道的難行喻仕途的難行。唐孟棨《本事詩》：「李太白初自蜀至京師，舍於逆旅，賀監知章聞其名，首訪之，既奇其姿，復請所為文，出〈蜀道難〉以示之，讀未竟，稱歎者數四，號為謫仙。解金龜換酒，與傾盡醉，期不間日，由是稱譽光赫。」

80 長相思 二首其一

李 白

長相思，在長安。絡緯秋啼金井闌❶，微霜淒淒簟❷色寒。孤燈不明思欲絕❸，卷帷望月空長歎。美人如花隔雲端。上有青冥❹之高天，下有淥水❺之波瀾。天長路遠魂飛苦，夢魂不到關山難❻。長相思，摧心肝❼。

【韻　律】此詩以七言為主，起句結束，均用三言兩句，依王力《漢語詩律學》的分析，因為起句「長相思」不用韻，顯得「絡緯」及「微霜」兩句有畸零的感覺。然而此兩句連在一起，均入韻，所以應稱之為獨立句。至於「美人如花隔雲端」，則沒有出句相配成一聯，是為畸零句，皆源於「柏梁體」，句法結構頗為複雜。韻腳是：安、闌、寒、歎、端、天、瀾、難、肝，其中「天」字為下平聲一先韻，其餘均為上平聲十四寒韻。古詩寒、先二韻可以通押。

【注　釋】❶絡緯秋啼金井闌　絡緯，蟋蟀。俗名紡織娘。《古今注》：「莎雞，一名促織，一名絡緯，一名蟋蟀。」金井闌，裝飾華麗的井欄。❷簟　竹席。❸思欲絕　形容思念極甚的意思。❹青冥　青的、高遠的。❺淥水　指清池。❻關山難　關山難度。❼摧心肝　肝腸痛斷。

【語　譯】我所思念的人兒，在長安。當秋天的蟋蟀在井邊啼叫的時候，我獨自不寐，薄霜初降，冰冷地連竹席也生起了微寒。孤燈黯淡，相思欲絕，我不禁捲起窗簾對著月兒長歎。美人美如花，彷彿就隔在雲端。上有青的、高遠的長天，下有微波蕩漾的清池。這樣的天長路遠，更使人感到夢思魂牽，但這層層阻隔的關山可難以飛度啊！我永遠地思念著你，那思念，真使我肝腸痛斷。

【賞　析】這是一首擬古的樂府詩，郭茂倩《樂府詩集》列在雜曲歌詞中。詩中充分的刻畫出相思的苦楚。前兩句點題，絡緯兩句寫夜景，襯托出秋冷的心情。以下則望月懷人，無奈關山阻隔，難得會見，甚至連夢魂相會也沒有可能，他只有永遠地思念，永遠地悲傷。末以「長相思，摧心肝」作結，更有纏綿悱惻之感，而這份感情的高貴與純潔，也永遠的注入了讀者心靈中，綿綿無盡。

81　其二

日色已盡❶花含煙，月明欲素❷愁不眠。趙瑟初停鳳凰柱❸，蜀琴欲奏鴛鴦絃❹。此曲有意無人傳，願隨春風寄燕然❺。憶君迢迢隔青天。

昔日橫波目❻，今成❼流淚泉。不信妾腸斷，歸來看取明鏡前。

【韻　律】此詩以七言為主，五言間用的雜言詩。「憶君」句為畸零句，與上首「美人」句相同。詩用下平聲一先韻，一韻到底，韻腳是：煙、眠、絃、然、天、泉、前。

【注　釋】❶日色已盡　已，一作欲。言白天已過去了。❷月明欲素　夜漸深而月光漸皎潔。欲，一作如。素，白也。❸趙瑟初停鳳凰柱　趙瑟，絃樂器的一種，流行於戰國，而趙女尤善鼓瑟，故稱趙瑟。鳳凰柱，雕飾有鳳凰形狀的絃柱。柱，瑟上所以繫絃者。❹蜀琴欲奏鴛鴦絃　漢司馬相如遊臨邛（今四川邛崍），卓王孫女文君聽到他的琴聲，跟他私奔，所以說蜀琴。鴛鴦絃，鴛鴦成雙成對，用鴛鴦形容琴絃，含有求偶的意思。❺燕然　即今蒙古杭愛山。東漢永元元年（西元八九），竇憲帥師破北單于，開拓國境，在燕然山刻石紀功，揚大漢之天聲。在此是泛指塞外。❻昔日橫波目　昔日，一作昔時。橫波目，形容女子媚眼流盼之態。❼今成　一作今作。

【語　譯】白日已過，花木都瀰漫在一片煙霧之中，夜深了，月華逐漸皎白，照得我不能成眠。我起身撫弄了一下趙瑟，剛把鳳凰柱扣住停敲，又拿出蜀琴，彈了一會的鴛鴦絃。我這番心曲又有誰來替我傳達，只希望它能跟上春風，寄到燕然山去。我不停地思念你，可惜遠遠地隔了一道長天。從前撒嬌時，眼波斜盼，今日卻淚湧如泉。假如你不相信我因相思痛斷了肝腸的話，那麼你回來時在鏡子前看看就可以知道了。

【賞　析】這也是一首擬古的樂府詩，而托一個女子的口吻道出思夫的心曲。全詩寫閨閣春怨，而以「願隨春風寄燕然」為全首的樞紐，怨苦之情已見。末兩句立意忠厚，不失風人本色。

李白〈長相思〉兩首，前一首以征人的口吻，配以秋月孤燈之景，思念在長安的人兒，感歎「夢魂不到關山難」。後一首以思婦的口吻，配以春花蜀琴，願將憶君的心曲，隨春風寄向燕然。一唱一和，意款情長，借征夫思婦之情，寄相思之調，仿民歌樂府的風格，男女贈答，音韻自然。

82 行路難 三首其一

李白

金樽清酒斗十千❶，玉盤珍羞❷值萬錢。停杯投筯❸不能食，拔劍四顧心茫然。

欲渡黃河冰塞川，將登太行❹雪暗天。閑來垂釣碧溪上，忽復乘舟夢日邊❺。

行路難！行路難！多歧路❻，今安在？長風破浪❼會有時，直挂雲帆濟滄海。

【韻律】此為歌行體，其中四句為三言，餘皆七言句。全詩換韻一次，韻腳是：千、錢、然、川、天、邊，用下平聲一先韻。在、海，轉為上聲十賄韻。

【注 釋】❶斗十千 言一杯酒值十千錢。❷珍羞 精美的菜肴。❸筯 同箸。筷子。❹太行 山名。主峰在山西晉城南，為太岳山脈的支阜；並以汾河以東，碣石以西，長城、黃河間諸山為太行山脈。❺日邊 指京城長安而言。《世說新語．夙惠》有晉明帝日遠日近之辯，皆與長安並提。王勃〈滕王閣序〉：「望長安於日下。」❻歧路 岔道。❼長風破浪 《南史．宗慤傳》記載：宗慤小時候，他的叔叔宗炳問他的志願，宗慤答道：「願乘長風，破萬里浪。」長大後，宗慤果然有所作為。後人比喻少年懷有大志，稱為乘風破浪。

【語 譯】金杯盛著清酒，一杯就要十千錢，玉盤盛著佳肴，一席值上萬錢。如此美酒佳肴，我竟放下杯筷，無法下咽，憤然地拔劍，東張西望，心頭感到一片茫然，無路可走。

我想渡過黃河，無奈冰凍塞著了河川；我想登上太行山，可是滿天的雪花，使行路昏黯。閒來無事，只好在清溪上垂釣，忽然間又好像夢中乘船回到了長安。

唉，路真難走，路真難走啊！從前岔路很多，現在路卻在那裡呢？我相信總有乘長風破萬里浪的一天，那時我就可以掛起高帆渡過茫然的大海。

【賞 析】〈行路難〉，為樂府雜曲歌。《樂府詩集》引《樂府解題》云：「行路難，備言世路艱難及離別悲傷之意，多以『君不見』為首。」由鮑照創此調，其後仿作的很多，而以李白的這三首最膾炙人口。

李白的第一首〈行路難〉，在感歎世道的艱難，面對著佳肴美酒也難以下咽，有「心茫然」走投無路之感。〈蜀道難〉和〈行路難〉都有暗示仕途坎坷，世道難行的艱辛。「欲渡」以下四句，形容這兒走不通，那兒也行不得，只好隱退垂釣水湄，可是心裡仍惦記著國家大事。「行路」以下諸句，歎沒有出路的苦悶，但結以只要有信心，總有一天能乘風破浪，發揮自己的才能。所以詩末數語，也是這篇詩的主旨所在。胡國瑞在〈李白詩歌的浪漫主義精神及藝術特點〉一文中說：「在這首詩的形象中，詩人強烈的功業要求，及衝破一切人生道途的深重阻礙，而達到自己遠大理想目的的決心和信心，是表現得非常鮮明的。」

83 其二

大道如青天，我獨不得出。羞逐長安社中兒❶，赤雞白狗賭梨栗❷。
彈劍作歌奏苦聲❸，曳裾王門❹不稱情。淮陰市井笑韓信❺，漢朝公卿忌賈生❻。
君不見、昔時燕家重郭隗❼，擁篲折節❽無嫌猜；劇辛❾樂毅❿感恩分，輸肝剖膽效英才。昭王白骨縈爛草，誰人更掃黃金臺⓫？行路難，歸去來！

【韻律】此詩為雜言歌行體，但以七言為主。詩中換韻三次：出、栗，為入聲四質韻。聲、情、生，為下平聲八庚韻。隗、猜、才、臺、來，為上平聲十灰韻。

【注　釋】❶社中兒　猶言公子哥兒。❷赤雞白狗賭梨栗　鬥雞走狗賭吃的東西。赤雞白狗，即鬥雞走狗，是古時一種賭博的遊戲。梨栗，梨子與栗子。❸彈劍作歌奏苦聲　用馮諼客孟嘗君，彈劍而歌的故事。歌曰：「長鋏歸來乎！無以為家。」見《戰國策・齊策》。❹曳裾王門　謂寄食王侯之門下。《漢書・鄒陽傳》：「飾固陋之心，則何王之門，不可曳長裾乎？」❺淮陰市井笑韓信　韓信，淮陰人。《史記・淮陰侯列傳》：「淮陰屠中少年有侮信者，曰：『若雖長大，好帶刀劍，中情怯耳。』眾辱之曰：『信能死，刺我；不能死，出我袴下。』於是信孰視之，俛出袴下，蒲伏。一市人皆笑信，以為怯。」❻漢朝公卿忌賈生　賈生，賈誼。洛陽人，漢文帝召為博士，少年得志，朝中老臣皆嫉妒他。《史記・屈賈列傳》：「於是天子議以為賈生任公卿之位。絳、灌、東陽侯、馮敬之屬盡害之，乃短賈生曰：『雒陽之人，年少初學，專欲擅權，紛亂諸事。』於是天子後亦疏之，不用其議，乃以賈生為長沙太傅。」❼燕家重郭隗　燕昭王即位，厚幣以招賢，從郭隗開始。《史記・燕召公世家》：「郭隗曰：『王必欲致士，先從隗始。況賢於隗者，豈遠千里哉？』於是昭王為隗改築宮而師事之。樂毅自魏往，鄒衍自齊往，劇辛自趙往，士爭趨燕。」❽擁篲折節　俯身彎腰，作擁帚狀，言謙恭下士，以示敬意。篲，掃帚。折節，彎腰。《史記・孟荀列傳》：「如燕，昭王擁篲先驅，請列弟子之座而受業。」❾劇辛　趙人，生平不詳。❿樂毅　為魏昭王使於燕，委質為臣，燕昭王以為西卿，又拜為上將軍，率諸侯兵以伐齊，入臨淄，後封為昌國君。昭王卒，與惠王有隙，亡走趙。事蹟具見《史記・樂毅列傳》及《史記・燕召公世家》。⓫黃金臺　臺名。在今河北大興東南。燕昭王置千金於臺上，以延天下之士。清《一統志》云：「燕昭王於易水東南築黃金臺，延天下士，後人慕其好賢之名，亦築臺於此，為燕京八景之一，曰金臺夕照。」

【語　譯】世道之大猶如青天，可是我卻侷促，沒有發展的機會。我不願跟長安的那班公子哥兒，整天為梨子和栗子而賭博，玩那鬥雞走狗的遊戲。

像馮諼彈劍而歌，發洩心頭的苦悶，說實話，這種寄食王侯門下的生活，也不是我所情願的。

只記得從前淮陰市井的人，譏笑韓信的懦弱，漢朝公卿們嫉妒賈誼的才能。

你沒有看到嗎？從前燕昭王器重郭隗那班賢人，俯身彎腰，躬親禮賢下士，彼此間沒有猜疑；劇辛和樂毅感激這份恩情，甚至肝膽相照地獻出畢生的才幹。如今燕昭王已化為白骨，被荒草所淹沒，又有誰再為他們打掃黃金臺呢？世道難行啊，還是早些回家吧！

【賞　析】這也是感歎世道難行的樂府詩。詩中引述一大堆歷史故事，說明自己不願屈身卑下，希望能遇到燕昭王那樣愛才的人，然後為他捨生效命。但這種人畢竟很少啊，況人死物化，到頭來還是一場大夢。作者開頭憤慨地說：「大道如青天。」但感念自己卻依然埋沒，不能伸展抱負，表現了李白對功業的渴望，在困頓中依然有積極用世的熱情。末以「行路難，歸去來」作結。在意趣上，與前首不同。清蘅塘退士選輯《唐詩三百首》，李白的〈行路難〉只選第一首，其他兩首是章燮注疏本增收的。

84 其　三

有耳莫洗潁川水❶，有口莫食首陽蕨❷。含光❸混世貴無名，何用孤高比雲月？
吾觀自古賢達人，功成不退皆殞身❹。子胥既棄吳江上❺，屈原終投湘水濱❻。陸機雄才豈自保❼？李斯稅駕苦不早❽。華亭鶴唳詎可聞？上蔡蒼鷹何足道。

君不見、吳中張翰❾稱達生，秋風忽憶江東行。且樂生前一杯酒，何須身後千載名？

【韻　律】此詩換韻四次：蕨、月，為入聲六月韻。人、身、濱，為上平聲十一真韻。保、早、道，為上聲十九皓韻。生、行、名，為下平聲八庚韻。

【注　釋】❶潁川水　潁川，在今河南省境。相傳許由不願出仕，聞召後，在此洗耳。〈高士傳〉：「許由耕於中岳，潁水之陽，箕山之下，堯召為九州長，由不欲聞之，洗耳於潁水之濱。」❷首陽蕨　首陽山，一說在今山西永濟南；一說在今河南偃師。相傳為伯夷、叔齊餓隱的地方，採薇而食，餓死在首陽山。薇、蕨，同為羊齒科植物，可食。《史記・伯夷列傳》：「武王已平殷亂，天下宗周，而伯夷、叔齊恥之，義不食周粟，隱於首陽山，采薇而食之。」❸含光　包藏美德，使不外露。❹殞身　捐軀而死。❺子胥既棄吳江上　伍子胥忠諫，吳王不聽，後反被吳王賜死，死後被拋入吳江的故事。《史記・伍子胥列傳》：「吳王賜伍子胥屬鏤之劍曰：『子以此死。』伍子胥乃告其舍人曰：『必樹吾墓上以梓，令可以為器，而抉吾眼縣吳東門之上，以觀越寇之入滅吳也。』乃自剄死。吳王聞之，大怒，乃取子胥尸，盛以鴟夷革，浮之江中。吳人憐之，為立祠於江上，因命曰胥山。」❻屈原終投湘水濱　屈原，楚大夫，名平，字靈均。懷王重其才，後遭靳尚、子蘭輩之讒謗，遂被放逐。屈原乃作〈離騷〉、〈漁父〉等賦以見志。頃襄王時，屈原再遭流放，由於忠君憂國，終不見用，於五月五日自沉於汨羅江而死。事蹟具見《史記・屈賈列傳》。❼陸機雄才豈自保　陸機，吳郡（今江蘇吳縣）人。他是吳國大司馬陸抗的兒子，吳滅後，機入晉到洛陽，被張華所器重。晉惠帝太安二年，成都王司馬穎等討長沙王司馬乂，以陸機為後將軍，河北大都督，督王粹、牽秀等諸軍戰於鹿苑，機軍大敗。宦官孟玖讒機有異志，穎怒，使秀收機，機臨刑神色自若，歎曰：「華亭鶴唳，豈可復聞乎？」時年四十三。華亭，在今江蘇松江西平原村，陸機兄弟曾遊此。事見《晉書・陸機傳》。❽李斯稅駕苦不早　李斯，楚上蔡（今河南汝南北）人，從荀卿學，學成，西入秦為呂不韋舍人。後為秦王所用，秦王既定天下，任斯為丞相，法令多出其手。斯長男由為三川守，諸男皆尚秦公主，女悉嫁秦諸公子。三川守李由告歸咸陽，百官長皆前為壽。門庭車騎以千數，斯喟然歎曰：「夫斯乃上蔡布衣，今人臣之位無居臣上者，可謂富貴極矣。物極則衰，吾未知所稅駕也！」後始皇病崩，斯為趙高所構，誣斯父子與盜通，腰斬咸陽市。臨刑，斯顧謂中子曰：「吾欲與若，復牽黃犬，臂蒼鶻，俱出蔡東門逐狡兔，豈可得乎？」稅駕，猶言解駕，言休息也。事見《史記・李斯列傳》。❾張翰　字季鷹，吳人。齊王冏辟為大司馬東曹椽。後見秋風起，乃思吳中菰菜、蓴羹、鱸魚膾，遂歸。後冏敗，人皆謂之見機。翰任心自適，不求當世，嘗曰：「使我有身後名，不如即時一杯酒。」時人貴其曠達。事見《晉書・文苑傳》。

【語　譯】有耳朵不要去洗潁川的水，有嘴巴也不要去吃首陽山的蕨。只要韜光養晦活在世上，以無名為可貴，又何必顯示自己的清高比作天上的雲月呢？

我看過古來多少英雄豪傑，功成後不退居的話，往往都要招致殺身之禍。像伍子胥雖然刎頸自殺了，還遭吳王棄屍吳江，屈原有憂國忠君的心，最後遭致自投汨羅江的命運。陸機有雄才大略，難道能自保嗎？李斯雖然說過要退休，但遺憾沒早些引退。結果陸機雖想再到華亭欣賞野鶴的鳴叫，又怎能聽得到呢？李斯想再攜著兒子，肩上托著一隻蒼鷹，出上蔡東門去逐狡兔，又何足以提起呢！

你沒有看見嗎？吳中的張翰稱得上是個曠達的人，當秋風吹起的時候，突然想起家鄉的菰菜、蓴羹、鱸魚膾，於是立刻跑回江東去，並且還說：只要生前有一杯酒，能及時行樂，又何必要死後流傳千載的聲名呢？

【賞析】從這首詩，已可以看出李白的曠達、浪漫的精神，以前的牢騷和苦悶，都一掃而光，他恍然大悟的說出了一句：「功成不退皆殞身。」還遍舉了歷史上的伍子胥、屈原、陸機、李斯等不終天年的為例。然而他又不願意像許由、伯夷等過分孤高，以博取千載的美名，實在是別有用心的。最後，他希望能像張翰一樣，任性自適，「且樂生前一杯酒，何須身後千載名？」然而我們知道李白兩者都擁有了，這成功又豈是僥倖得來的呢？

這三首〈行路難〉，放在一起讀，可知李白一生思想的進展，由滿腔熱血到心灰意冷的歸隱，再轉而為曠達，雖然他在事業上沒有什麼建樹，但在文學上卻是一位不朽的偉人。

85 將進酒

李白

君不見、黃河之水天上來，奔流到海不復回？君不見、高堂明鏡悲
白髮❶，朝如青絲暮成雪？人生得意須盡歡，莫使金樽空對月❷。天生

我材必有用，千金散盡還復來。烹羊宰牛且為樂，會須❸一飲三百杯。岑夫子❹，丹丘生❺，將進酒❻，杯莫停。與君歌一曲，請君為我側耳聽：鐘鼓饌玉❼不足貴，但願長醉不願醒。古來聖賢皆寂寞❽，惟有飲者留其名。陳王昔時宴平樂❾，斗酒十千恣讙謔❿。主人何為言少錢？徑須⓫沽取對君酌。五花馬⓬，千金裘⓭，呼兒將出⓮換美酒，與爾同銷萬古愁⓯。

【韻律】這是一首雜言的樂府詩，凡七次換韻：來、回，為上平聲十灰韻。髮、月，為入聲六月韻，雪，為入聲九屑韻，月、屑二韻可以通押。來、杯，再用上平聲十灰韻。生、名，為下平聲八庚韻，停、聽、醒，為下平聲九青韻，庚、青二韻可以通押。樂、謔、酌，為入聲十藥韻。裘、愁，為下平聲十一尤韻。

【注釋】❶君不見句　你沒有看見嗎？上一輩的人因為從鏡子裡看到白髮而悲傷。高堂，指父母長一輩的人而言。❷莫使金樽空對月　對著月夜美景，不要讓酒杯空著。金樽，華麗的酒杯。❸會須　應該。❹岑夫子　即岑徵君。夫子是尊稱。《李太白集》中有〈鳴皋歌送岑徵君〉詩。❺丹丘生　即元丹丘，李白的平輩朋友，所以稱他為生。《李太白集》中有〈元丹丘歌〉。❻將進酒　請飲酒。《詩・鄭風・將仲子》：「將仲子兮，無踰我里。」《毛傳》：「將，請也。」❼鐘鼓饌玉　鐘鼓，古時大宴會時奏的音樂。饌玉，珍貴的菜肴。❽古來聖賢

皆寂寞　自古以來，偉大的人物死後都不被人記起。聖賢，指有才德者。❾陳王昔時宴平樂　陳王，即曹植，太和六年，封為陳王。平樂，觀名。舊址在今河南洛陽附近。曹植〈名都篇〉：「歸來宴平樂，美酒斗十千。」❿斗酒十千恣讙謔　斗酒十千，一斗酒要費十千錢。恣讙謔，任意地歡樂嬉笑。⓫徑須　直須。⓬五花馬　指五色花紋的好馬。杜甫〈高都護驄馬行〉：「五花散作雲滿身。」⓭千金裘　值千金的皮衣。《史記・孟嘗君列傳》：「孟嘗君有一狐白裘，直千金，天下無雙。」⓮將出　將，拿；取。將出，猶言拿出來。⓯萬古愁　謂無窮無盡的憂愁。

【語　譯】你沒看見，黃河的水從高高的天邊流來，奔流到海後，就不再回頭嗎？你沒看見，上一輩的人因從鏡中看到白髮而悲傷，早上還是滿頭青絲，到晚上便變成了雪白嗎？人生得意的時候就應該盡情歡樂，別對著月夜美景，讓酒杯空著。天生下我這樣的材質，一定有作用的，即使把所有的錢花光了，最後還不是可以賺回來。烹羊屠牛盡情地去歡樂吧，一有機會喝酒就應該喝它三百杯。

岑夫子，丹丘兄，盡量喝吧，別將杯子停下來。我為你們唱一首歌，請諸位側耳聽聽我的歌聲：那種盛大宴會的音樂佳肴倒沒有什麼了不起，但願長醉不要醒。自古以來，偉大的人物死後都不被人記起，只有飲酒的人才會千載留名的。就以陳思王為例吧，他在平樂寺裡宴客，雖然一杯酒值得上十千錢，但他們都任意地歡笑戲謔。我身為主人的又何必說沒有錢呢？要不遲疑地打了酒來跟你們對喝。五花的馬兒，千金的狐裘，叫我的兒子拿去換取美酒來，跟你們一起消除這無窮無盡的憂愁。

【賞　析】〈將進酒〉，為漢鐃歌十八曲之一。《樂府詩集》云：「古詞曰：『將進酒，乘大白。』

大略以飲酒放歌為言。」李白的這首詩，也是描寫喝酒放歌的豪情。同時，是一首膾炙人口的詩，由於淺白，沒有什麼典故，像黃河的流水似的，直奔而來。作者本著這份瀟脫的、豪壯的意識傳達給讀者，使人讀了，可以消憂。全詩分兩段：前段言「人生得意須盡歡」，特別是發端兩句，蒼蒼莽莽，使人深深地體會到祖國山川的壯麗，以及李白才情的博大瑰麗。後段寫勸酒，雖是「酒話」，不失其率真，主要在「與爾同銷萬古愁」啊！而這個愁字，並非閒愁，卻道出了千古以來天才的寂寞。

歷代寫飲酒的詩文不少，如曹操的〈對酒當歌〉，劉伶的〈酒德頌〉，陶潛的〈飲酒〉詩，都是傳誦千古的作品。酒與文學，結不解之緣，文人嗜酒，是想以酒發洩心中的苦悶，而文學是苦悶的象徵，於是作品中便與酒結合在一起，使作品中充滿了豪放、浪漫的色彩。酒的文學，畢竟非載道的文學，不免有些「酒話」，但也流露了作者的真性情。宋嚴羽《評點李太白集》云：「一往豪情，使人不能句字賞摘。蓋他人作詩用筆想，太白但用胸口一噴即是，此其所長。」唐汝詢《唐詩解》：「此懷才不遇，托於酒以自放也。」

86 兵車行

杜甫

車轔轔❶，馬蕭蕭❷，行人❸弓箭各在腰。耶孃妻子走相送，塵埃不
見咸陽橋❹。牽衣頓足攔道哭，哭聲直上干雲霄❺。

道旁過者問行人，行人但云：「點行⑥頻。或從十五北防河⑦，便至四十西營田⑧。去時里正⑨與裹頭，歸來頭白還戍邊。邊亭流血成海水⑩，武皇⑪開邊意未已。君不聞、漢家山東⑫二百州，千村萬落生荊杞⑬？縱有健婦把鋤犁，禾生隴畝無東西⑭。況復秦兵耐苦戰，被驅不異犬與雞。」

「長者⑮雖有問，役夫⑯敢申恨？且如今年冬⑰，未休關西卒⑱。縣官急索租，租稅從何出？信知⑲生男惡，反是生女好；生女猶得嫁比鄰⑳，生男埋沒隨百草。」

君不見、青海頭㉑，古來白骨無人收？新鬼煩冤㉒舊鬼哭，天陰雨濕聲啾啾㉓。

【韻律】此詩長短句雜用，但以七言為主，是從古樂府演變而來，帶來新樂府的精神，不重格律的束縛，而重內容的表現。此詩三平調的句式仍多見。詩中凡九換韻：蕭、腰、橋、霄，為下平聲二蕭韻。人、頻，為上平聲十一真韻。田、邊，為下平聲一先韻。水、已、杞，為上聲四紙韻。犂、西、雞，為上平聲八齊韻。問，去聲十三問韻，恨，去聲十四願韻，問、願二韻古詩通押。卒，入聲六月韻，出，入聲四質韻，月、質二韻古詩通押。好、草，為上聲十九皓韻。頭、收、啾，為下平聲十一尤韻。

【注　釋】❶轔轔　車聲。❷蕭蕭　馬鳴。❸行人　出征的士兵。❹咸陽橋　為長安城北跨在渭水上的大橋。❺干雲霄　干，沖上。雲霄，雲層。❻點行　按名冊點名出行。即今的召集令。❼北防河　謂防守黃河以北的地區。指北方的吐蕃入寇。《資治通鑑．唐紀》卷二十九：「開元十五年十二月，以吐蕃為邊患，令隴右道及諸軍團兵五萬六千人，河西道及諸軍團兵四萬人，又徵關中兵萬人集臨洮，朔方兵二萬人，集會州防，秋至冬初，無寇而罷。」河，指黃河。❽營田　守邊的士兵，在閒時開荒耕種。❾里正　里長。唐時百戶為里，設里正一人。❿邊亭流血成海水　指天寶八載，哥舒翰拔吐蕃石堡城，士卒死傷數萬，碧血匯流成海。邊亭，邊境上。亭，一作庭。⓫武皇　即唐明皇。唐詩中多借漢武帝喻之。⓬山東　指華山以東，凡二百十一州。⓭荊杞　荊棘和枸杞，喻田園荒蕪。⓮禾生隴畝無東西　隴畝，田畝。無東西，不成行，形容雜亂。⓯長者　對老年人的尊稱。⓰役夫　出征的士兵。⓱今年冬　指天寶九載十二月，唐出兵討吐蕃事。⓲關西卒　函谷關以西的士兵。⓳信知　誠知。⓴比鄰　附近的鄰居。㉑青海頭　青海邊。青海，在今青海東北境。天寶中，哥舒翰建神威軍於青海，又築城龍駒島，吐蕃始不敢近。㉒煩冤　愁苦冤屈。㉓啾啾　鬼哭聲。

【語　譯】車聲轔轔，馬鳴蕭蕭，出征的士兵，弓箭都掛在腰間。父母、妻兒子女分別來送行，揚起的灰塵連咸陽橋都給遮蔽了。他們拉著出征人的衣服，攔在道旁頓腳啼哭，哭聲直沖上了雲霄。

有一位過路的人問士兵們去那裡？出征的壯丁只說：「近來征調出去打仗已經很多次了。有的從十五歲就到黃河的北邊去防守，一直到四十歲還得到西邊去屯田開墾。有的出去的時候年紀還小，要里長給他包頭巾，回來的時候頭髮已經白了，還要去防守邊境。邊境上經常打仗，死傷很多，血流像海水一樣，可是武皇開拓疆土的意願還沒停止呢！你沒聽說，華山以東的兩百多州地方，成千上萬的村落田裡都長滿了荊棘和枸杞嗎？即使有身強力壯的婦女拿著鋤頭犁頭去耕種，長在田畝裡的莊稼也雜亂地不成行。況且關內的士兵刻苦耐戰，因此徵調得格外厲害，就像雞犬一般。」

「您老人家雖然向我們詢問，可是我們怎敢伸訴心頭的怨恨呢？就拿今年冬天來說吧，沒讓關西一帶的士兵休整一下，就調去打吐蕃了。縣官們又急著索取租稅，試問租稅又從何而出呢？如今才真的知道生兒子是倒楣事，反不如生女兒好；生女兒還可以嫁給附近的鄰居，生了兒子只好要抽壯丁，死在沙場跟野草埋在一起。」

你沒看見，青海那邊，自古以來白骨纍纍，一直沒人收埋嗎？新死的鬼魂愁苦冤屈，舊的便痛哭不已，在天陰濕雨的時候，還發出啾啾的哀哭呢！

【賞　析】這是一首「新樂府」。新樂府之實，起於杜甫；新樂府之名，始於白居易。杜甫的新樂府，便是史詩，詩中所描述的，大抵是當時的事實或民間的疾苦，而透過詩歌的表達，以期收到詩歌諷諭的效果，又能合乎「溫柔敦厚」的精神。由於這類詩的題材，無法再沿用過去的樂府舊題，於是另創新題。

〈兵車行〉是天寶十一載（西元七五二），杜甫在長安時的作品。他有感於玄宗的在位日久，荒淫宴樂，加以好大喜功，頻年征戰，造成民生凋敝，妻離子散的悲痛，於是他利用征人家屬在咸陽橋上送別的悲慘景象做為題材，客觀地報導了這項事實。這是杜甫第一次有感於民間疾苦而創作的詩篇，從此他的詩轉變到另一個新階段，由個人的情感擴充到民族的情感，而為民族文學的典型。由於他的寫實詩，造成唐詩中的新樂府運動，使中唐的詩歌，繼盛唐之後，再度地興盛。

全詩共分四段：第一段描寫征人家屬在咸陽橋送別的景象。第二段用出征的士兵答覆過路人的問話，說明了民間遭遇到征戰的疾苦。第三段仍由征人的口吻，說明了由於年年的徵調，造成了「重女輕男」的心理現象。第四段寫青海邊，沙場上，多少人犧牲在那邊，以天陰鬼哭做結束。

大抵傳統的史詩，敘事的成分重於純藝術的表現，哲學性的啟示也不多，但它的歷史價值，對民族語言發展的價值卻是不容忽視的；而這類的詩歌，也可稱為「故事詩」。

87 麗人行

杜甫

三月三日❶天氣新，長安水邊多麗人。態濃意遠淑且真，肌理細膩
骨肉勻。繡羅衣裳照暮春，蹙金孔雀銀麒麟❷。頭上何所有？翠微㔩葉
垂鬢脣❸。背後何所見？珠壓腰衱❹穩稱身。就中雲幕❺椒房親❻，賜名
大國虢與秦❼。

紫駝之峰❽出翠釜，水精之盤行素鱗❾。犀筯饜飫久未下❿，鸞刀縷切空紛綸⓫。黃門⓬飛鞚⓭不動塵，御廚絡繹送八珍⓮。簫鼓⓯哀吟感鬼神，賓從雜遝實要津⓰。

後來鞍馬何逡巡⓱！當軒下馬入錦茵⓲。楊花雪落覆白蘋⓳，青鳥⓴飛去銜紅巾。炙手可熱㉑勢絕倫，慎莫近前丞相嗔㉒。

【韻　律】此詩以七言為主，中間插入五言的兩句，合乎古樂府的章法。用韻方面，全詩一韻到底，前後句句押韻，中間用隔句押韻，很是奇特。清李鍈《詩法易簡錄》云：「此詩『就中雲幕』句必須用韻者，承上二聯兩五字句，排宕之勢，而頓挫之也。且與前後句句用韻處相映帶，學者須合通首音節，得其拍合之妙，乃為真詮，有定法，而無死法也，若執一則固矣。」全詩均用上平聲十一真韻，韻腳是：新、人、真、勻、春、麟、脣、身、親、秦、鱗、綸、塵、珍、神、津、巡、茵、蘋、巾、倫、嗔。

【注　釋】❶三月三日　古代修禊之俗，在農曆三月上旬巳日舉行，是日曲水流觴，以祓妖邪。自魏以後，便以三月三日為上巳，不再泥於巳日。❷蹙金孔雀銀麒麟　用金線和銀線在羅裳上繡有孔雀和麒麟的圖樣。蹙金，是繡法的一種，也叫做撚金，想要金線蹙縮，必力撚其線。在此即繡金的意思。❸翠微匐葉垂鬢脣　婦女們髻上翡翠的花飾垂到鬢邊。翠微，翡翠。匐葉，婦女髻上的花飾。鬢脣，即鬢邊。❹珠壓腰衱　珍珠綴在腰帶上。

❺雲幕　重重像雲霧的簾帳。❻椒房親　指楊貴妃的兄姊均得寵而言。漢代皇后所居的地方，在未央宮，用椒和泥塗壁，取其溫暖和芳香。後謂后妃為椒房。❼賜名大國虢與秦　楊貴妃得寵後，於天寶七載，封楊貴妃的三個姊姊，大姨為韓國夫人，三姨為虢國夫人，八姨為秦國夫人。這裡因韻律的關係舉兩個以概其餘。❽紫駝之峰　即駝峰，是珍貴的食物，為八珍之一。❾素鱗　鮮魚。❿犀筯饜飫久未下　由於飽飽的不想吃東西，拿著象牙筷子久久沒有下箸。犀筯，象牙筷子。筯，與箸同。饜飫，飽足的意思。⓫鸞刀縷切空紛綸　鸞刀，有鸞鈴裝飾的菜刀。縷切，指廚師切菜特別細致，並加以花飾。紛綸，忙碌。⓬黃門　即太監。在黃門之內給事，故曰黃門。⓭飛鞚　鞚，馬勒。這裡指飛快的意思。⓮八珍　八種名貴的食品。八珍的說法很多：如《南村輟耕錄》云：「所謂八珍，則醍醐、麈吭、野駝蹄、鹿脣、駝乳糜、天鵝炙、紫玉漿、玄玉漿也。」近人則以龍肝、鳳髓、豹胎、鯉尾、鴞炙、猩脣、熊掌、酥酪蟬為八珍。⓯簫鼓　指音樂助興。鼓，一作管。⓰賓從雜遝實要津　賓客和隨從眾多，其實都是些有地位的人物。雜遝，眾多貌。要津，有地位的人物。⓱後來鞍馬何逡巡　最後來了一匹鞍馬，走得那樣緩慢而有架子。逡巡，慢行貌。⓲錦茵　像地毯的草坪。⓳楊花雪落覆白蘋　此句意有雙關。指楊花似雪飄落覆蓋在浮萍上，均為無根物，以喻楊國忠；同時，杜甫用「楊白花」的典故，影射楊國忠與虢國夫人通姦事。蓋北魏胡太后逼通楊華，華懼及禍，降梁，太后思之，作〈楊白花歌〉，歌詞為：「陽春二三月，楊柳齊作花。春風一夜入閨闥，楊花飄蕩落南家。含情出戶腳無力，拾得楊花淚沾臆。秋去春還雙燕子，願銜楊花入窠裡。」蘋，萍之大者為蘋。⓴青鳥　神話裡的三足鳥，為西王母的使者。在此借稱為傳遞消息的人。㉑炙手可熱　喻氣燄甚盛的當權者，猶今所謂紅人。㉒丞相嗔　丞相，指楊國忠。天寶十一載（西元七五二）楊國忠任右丞相。嗔，發脾氣。

【語　譯】三月三日天氣晴和，長安水邊有許多美麗的仕女在春遊。她們的體態豐腴，情意高遠，看來就知道是賢淑又貞靜的女子，加以長得肌膚細嫩，骨肉勻稱。她們華麗的服飾映照在暮春的郊野，上面繡著些鑲金嵌銀的孔雀和麒麟，顯得格外美麗。她們頭上戴些什麼呢？翡翠的髻飾垂到鬢邊。背後可以看到什麼呢？珍珠綴在裙帶上，使腰身越發配稱。就在這簾帳之中，有些是貴妃的親屬，被冊封為虢國夫人和秦國夫人的。

她們吃的是紫駝峰，是用翠釜來烹飪的，鮮魚就擺置在水精盤上。吃飽了，拿著象牙筷子久久沒有下箸，徒然使廚子拿著鸞刀細致的雕花，顯得十分忙碌。然後由太監們飛快的送入，也沒有沾上絲毫的灰塵，御廚們也絡繹不停地送上各種珍貴的菜肴。旁邊還有音樂在助興，演奏出色，使鬼神也為之感動，低吟不已，賓客和從臣眾多，其實每個都是顯貴的人物。

最後來了一匹鞍馬，走得那樣緩慢而有架子！在車帷旁下馬，直入像地毯般的草坪上。楊花似雪飄落，覆蓋在浮萍上面，青鳥使者飛來飛去為她們銜紅巾傳達消息。這是一代的紅人，權勢無人可以跟他倫比，小心，別走近她們的面前，丞相會發脾氣的。

【賞　析】這是一首諷刺貴戚的新樂府，取「麗人」為篇名，詩中首句已言明。魏曹植〈洛神賦〉云：「睹一麗人，于巖之畔。」劉向《別錄》錄有〈麗人歌賦〉，而杜甫見上巳日，長安水邊多麗人，因作〈麗人行〉。

這是杜甫四十二歲的作品，也就是天寶十二載（西元七五三），杜甫在長安時作的。詩分三段：第一段描寫三月三日上巳，長安的貴戚們，衣著華麗，遊曲江樂遊原宴樂的情景。她們都是後宮的親人，像虢國夫人、秦國夫人，她們設宴郊野，陪從的賓客，也是些當朝的要員。第二段描述她們的宴樂，菜是那麼名貴，但她們顯得吃不下的樣子，樂伎在旁邊演奏，侍衛人員來回地戒備，卻忙壞了宮中的御廚，不斷地送菜。第三段描述最後來了一騎，下馬後，昂首闊步走入她們群中，他是誰呢？他是當朝炙手可熱的人物，宰相楊國忠，小心，切莫在他面前得罪了他。

杜甫譏諷貴妃的兄弟姊妹，以豔麗的顏色得寵，所以取名為麗人行。《分門集註杜工部詩》中引師尹評道：「甫有炙手可熱、慎莫見嗔於丞相之句，所以戒當世之士大夫，無以譏切其黨以取禍害。觀《詩》以〈碩人〉美莊姜與申后，蓋取其碩美之德。今此詩以麗人名篇，豈非刺貴妃之黨徒以豔麗之色寵貴乎，杜甫深意於茲可見。」

88　哀江頭

杜甫

少陵野老吞聲哭❶，春日潛行曲江❷曲。江頭宮殿鎖千門，細柳新蒲❸為誰綠？

憶昔霓旌下南苑❹，苑中景物生顏色。昭陽殿裡第一人❺，同輦❻隨君侍君側。輦前才人❼帶弓箭，白馬嚼齧黃金勒❽。翻身向天仰射雲，一箭正墜雙飛翼。

明眸皓齒今何在？血污遊魂歸不得❾。清渭東流劍閣深❿，去住彼此無消息⓫。人生有情淚沾臆，江水江花豈終極？黃昏胡騎塵滿城，欲往城南望城北⓬。

【韻　律】此詩用入聲韻，更增加哀戚的氣氛。善作詩者，用韻也配合詩的內容，所以詩中選韻，也是技巧之一。全詩用韻凡二換，韻腳是：哭，入聲一屋韻。曲、綠，為入聲二沃韻，古詩屋、沃韻可以通押。以下為一韻到底，色、側、勒、翼、得、息、極、北，同為入聲十三職韻。

【注　釋】❶少陵野老吞聲哭　少陵，古地名。在今陝西長安杜陵東南。杜陵為漢宣帝的陵墓，少陵較杜陵為小，為許后所葬之所。杜甫家居陵西，因自號「杜陵布衣」、「少陵野老」。吞聲哭，言暗自飲泣，不敢放聲，寓隱痛也。❷曲江　池名。在今陝西長安東南。漢武帝造宜春院於此，池水曲折，有如之江，故名。唐開元間，更為疏鑿，池畔有紫雲樓、芙蓉苑、杏園、慈恩寺、樂遊原諸勝景，每年佳節，如正月晦日，上巳，九九登高，遊客如雲，秀士登科，也賜宴於此。今已堙為陸地。❸細柳新蒲　《劇談錄》寫曲江夏景有云：「入夏則菰蒲蔥翠，柳陰四合，碧波紅蕖，湛然可愛。」❹憶昔霓旌下南苑　霓旌，謂彩旗張動，有如霓虹。南苑，即芙蓉苑，在曲江南。❺昭陽殿裡第一人　昭陽殿，為漢朝趙飛燕所居之處。第一人，指最美最得寵的人。在此暗喻楊貴妃。❻輦　天子的車駕。❼才人　女官名。唐置才人七人，正四品，掌宮中燕寢絲枲等事。❽白馬嚼齧黃金勒　嚼齧，口裡啃咬。《明皇雜錄》云：「上幸華清宮，貴妃姊妹各購名馬，以黃金為銜勒，組繡為障泥，同入禁中，觀者如堵。」❾血污遊魂歸不得　指天寶十五載（西元七五六）楊貴妃縊死馬嵬驛事。❿清渭東流劍閣深　寫玄宗入蜀所經過的路線。渭，渭河，源出甘肅渭源，至陝西高陵會涇水。渭清涇濁，即世所謂涇渭分明是也。清錢謙益注云：「玄宗由便橋渡渭，自咸陽望馬嵬而西，入大散關，河池，劍閣，以達成都。」⓫去

住彼此無消息　清仇兆鰲《杜詩詳註》云：「馬嵬驛在京兆府興平縣，渭水自隴西而來，經過興平，蓋楊妃藁葬渭濱，上皇巡行劍閣，是去住東西兩無消息。」⑫欲往城南望城北　城南，指曲江。望城北，一作忘南北。肅宗即位靈武，在長安之北，望王師北來收復京都。

【語　譯】我是個少陵野老，在春天的時候，獨自偷偷來到曲江最深靜的地方，暗自飲泣。江邊宮殿的門戶全都封閉著，那些新柳和菰蒲又為誰而轉綠呢？

我想起以前皇上駕臨芙蓉苑的時候，彩旗飄動，有如霓虹似的，苑中每樣東西都增添了不少的光彩。原來是昭陽殿裡那位最美最得寵的人兒，她跟著皇上的車駕隨侍在旁。車前女官們帶著弓箭，而漂亮的白馬不時地咬著黃金勒。只見她們仰身向天，一箭就可以把那雙飛而過的鳥兒射下來。

如今，那位明眸皓齒的人兒又去那裡了呢？她的魂魄也沾染了鮮血，再也回不來了。清清的渭水，不停的東流，而劍閣依然那樣深遠，一去一留，死生異地，彼此都沒消息。人是有感情的，聽了這段故事，難免要灑下同情的淚，只是江水浪花不停地奔流，那有終止的時候？黃昏時，城裡胡騎四出，塵埃揚起，我想回到城南去，不禁向城北跂望。

【賞　析】這是一首傷京都淪落、哀楊貴妃死的新樂府，是杜甫在至德二年（西元七五七）春長安淪陷後所作的。詩中用對比的手法寫成，全詩分三段：第一段寫他在曲江潛行，面對著晚春寥落之景，而大唐江山，正遭胡人蹂躪，不禁百感交集。第二段引出唐玄宗和楊貴妃的故事，描寫當年繁華歡樂的景象。第三段傷悼楊貴妃的死，給人黯然神傷的感覺，末以胡騎滿城作結，哀長安的淪陷。而「人生有情淚沾臆，江水江花豈終極」一聯，與白居易的「天長地久有時盡，此恨綿綿無絕期」，有相同的韻味。

89 哀王孫

杜甫

長安城頭頭白烏❶，夜飛延秋門❷上呼；又向人家啄大屋❸，屋底達官走避胡。

金鞭斷折九馬❹死，骨肉不待同馳驅❺。腰下寶玦❻青珊瑚，可憐王孫❼泣路隅。問之不肯道姓名，但道困苦乞為奴。已經百日竄荊棘，身上無有完肌膚。高帝子孫盡隆準❽，龍種❾自與常人殊。豺狼在邑龍在野❿，王孫善保千金軀。

不敢長語臨交衢⓫，且為王孫立斯須⓬。昨夜東風吹血腥，東來橐駝滿舊都⓭。朔方健兒好身手，昔何勇銳今何愚⓮？竊聞天子已傳位⓯，聖德北服南單于⓰。花門剺面⓱請雪恥，慎勿出口他人狙⓲。哀哉王孫慎

•勿疏，五陵⑲佳氣無時無。

【韻律】全詩用韻一韻到底，均為上平聲七虞韻，僅「疏」字為上平聲六魚韻，古詩魚虞通押。又此詩出句，亦有用韻者，韻腳是：烏、呼、胡、驅、瑚、隅、奴、膚、殊、軀、衢、須、都、愚、于、狙、疏、無。

【注釋】❶頭白烏　即白頭的烏鴉，不祥的鳥，用以喻禍亂的徵兆。《南史・賊臣侯景傳》：「景修飾臺城及朱雀、宣陽寺門。童謠曰：『白頭烏，拂朱雀，還與吳。』」在此以侯景比安祿山。❷延秋門　長安西門。《長安志》云：「苑中宮亭凡二十四所，西面二門，南曰延秋門，北曰玄武門。」延秋門為玄宗避安祿山之亂幸蜀時所經過的城門。❸大屋　喻豪貴人家。❹九馬　喻天子的車騎。《西京雜記》：「文帝從代還，有良馬九匹。」❺骨肉不待同馳驅　指玄宗急於出奔，致委王孫而去。《資治通鑑・唐紀》卷三十四：「國忠使韓虢入宮，勸上入蜀。是夕，上移仗北內，既夕，命龍武大將軍陳元禮整比六軍，厚賜錢帛，選閑廄馬九百餘匹，外人皆莫之知。乙未黎明，上獨與貴妃姊妹皇子妃主皇孫楊國忠韋見素陳元禮，及親近宦官宮人，出延秋門，妃主皇孫之在外者，皆委之而去。」❻寶玦　半圓形的玉珮。❼王孫　皇室的後裔。❽高帝子孫盡隆準　隆準，鼻頭高貌，言帝王之相。《漢書・高帝本紀》：「高祖，沛豐邑中陽里人也，為人隆準而龍顏。」❾龍種　古者天子自託為龍的化身，故其子孫均為龍種。❿豺狼在邑龍在野　喻安祿山入長安，而皇上出奔在外。豺狼，指安祿山。⓫交衢　十字路口，言熱鬧的街道。⓬斯須　片刻。⓭東來橐駝滿舊都　橐駝，駱駝也。舊都，肅宗在靈武，故稱長安為舊都。《舊唐書・史思明傳》：「自祿山陷兩京，常以駱駝運御府珍寶於范陽。」⓮朔方健兒好身手二句　指哥舒翰而言。當時安祿山反，哥舒翰領朔方兵守潼關，相持半載餘，終於無法越雷池一步。後玄宗聽楊國忠的話，要哥舒翰出兵，於是翰不得已出關，至靈寶，兵敗，潼關失守。以前哥舒翰禦吐蕃時，為天下的精兵，今反敗北，是何愚也。《舊唐書・哥舒翰傳》：「翰率兵出關，次靈寶縣之西原，為賊所乘，自相踐蹂，墜黃河死者數萬人。」⑮竊聞天子已傳位　天寶十五載（西元七五六）七月，肅宗即位靈武。靈武，今寧夏靈武。《舊唐書・肅宗本紀》：「七月甲子，上即皇帝位於靈武。」⑯聖德北服南單于　《舊唐書・肅宗本紀》：「八月，回紇、吐蕃遣使繼至，請和親，願助國討賊，皆宴賜遣之。」南單于，即回紇。⑰花門剺面　花門，回紇的別稱。剺面，割面以示誠意。⑱狙　暗中襲擊。⑲五陵　指唐代帝皇的陵墓而言。高祖葬獻陵，太宗葬昭陵，高宗葬乾陵，中宗葬定陵，睿宗葬橋陵。

【語　譯】長安城頭有隻白頭烏，晚上飛到延秋門上啼叫；又向大戶人家的屋梁上啄食，屋底下的達官貴人，都因為躲避胡人而跑光了。

天子的車駕出奔，金鞭也折斷，九匹馬都在逃亡中相繼死亡，甚至連皇上的骨肉，也無法一起逃命了。可憐的王孫啊，在路旁哭泣，腰下卻掛著一塊青珊瑚的寶玉。問他的時候不肯說出自己的姓名，只說他很貧苦，要求別人收留他，甚至做奴隸也都情願。他在荊棘叢中躲藏已經很多天了，看他身上傷痕纍纍，沒有一塊完整的肌膚。高皇帝的子孫鼻子都很高，皇帝的子孫自然與常人不同。現在豺狼在京都，而皇上流落他鄉，王孫啊，應該好好保重千金之軀啊！

我不敢在十字街頭講太多的話，但可以陪你站一會兒。昨夜東風吹過，帶來一股血腥氣，有很多駱駝從東方來到長安。哥舒翰帶著北方的軍隊，素來都是身手矯健，勇猛善戰的，何以這次卻完全失敗，顯得那麼愚笨呢？聽說玄宗已經傳位給肅宗了，天子的聖德感召了回紇和吐蕃，回紇還割面為誓，願意幫助我們雪恥復仇，不過這些話你不要告訴別人，以防別人對你的不利。唉，王孫啊！你千萬不可疏忽，五陵的佳氣是不會終止的啊！

【賞　析】這詩是至德二載（西元七五七年）春天，杜甫在長安時的作品，約與〈哀江頭〉同時而作的。杜甫當時困在長安，躲藏了一個冬天不敢出門，春天到了，忍不住到曲江等地潛行，而路上遇到一位王孫，雖然互不相識，但激於忠義，與之交談，不禁唏噓，彷如隔世。

全詩可分三段：第一段是興的作法，暗示世亂，而引出下文。第二段寫王孫避難的落魄。第三段寫傳聞之辭，充分表現作者對長安收復的殷切；而言聖德北服南單于，又言回紇助順，所以慰王孫，表露了詩人憂時傷世的偉大胸懷。清沈德潛《唐詩別裁》云：「結語反覆以中興望之，一韻到底，詩易而平直，此獨波瀾變化，層出不窮，似逐段轉韻者，七古能事已極。」

卷三

五言律詩

五言律詩，又稱「五律」，是近體詩的一種。近體詩，與古體詩相對待，唐人稱它為「新詩」或「新體詩」，如杜甫的「新詩句句俱堪傳」，白居易的「忽驚芳信至，復與新詩并」，其中所說的新詩，便指絕句和律詩。

近體詩包括：絕句、排律、律詩三種，均有五七言之分，以五字一句為五言，七字一句為七言，只不過四句詩是絕句，八句詩是律詩，八句以上，便是排律。這些詩體，都講求平仄聲律，對仗工整，與古詩的作法有別。絕句可對仗，可不對仗；律詩和排律，除首尾兩聯可不對仗外，其餘各聯，均兩兩對仗。由於排律的限制太多，作者較少，所以《唐詩三百首》中，沒有選錄。

近體詩的形成，是由齊永明間沈約和周顒的「聲律說」所引起，寫詩著重四聲八病、雙聲疊韻等技巧的運用，加以受六朝清商曲——吳歌與西曲的影響，造成小詩的勃興，所以在六朝的末葉，絕句和律詩已略具雛型。清王闓運的《八代詩選》卷十二至十四，專選齊到隋百餘年中稍有格律的詩，名之為「新體詩」。在王闓運前兩百年，王夫之的《古詩評選》中，第三卷名之為「小詩」，第六卷名之為「近體」，可視為闓運的先驅。「小詩」為絕句的前身，「近體」為律詩的前身，而「新體詩」實已包括了小詩和近體。

入唐後，詩壇仍承齊梁的餘風，有以「綺錯婉媚為本」的上官體，在《詩苑類格》上載有上官儀的「詩有六對」：

一曰正名對，天地日月是也；二曰同類對，花葉草芽是也；三曰連珠對，蕭蕭赫赫是也；四曰雙聲對，黃槐綠柳是也；五曰疊韻對，徬徨放曠是也；六曰雙擬對，春樹秋池是也。

《文心雕龍》的四對，以及上官體的六對，對律詩的形成不無影響。其後繼起的，是沈佺期、宋之問，初唐四傑等人，他們脫離了宮廷貴族文學的領域，使詩歌的內容，走向民間真實情感的抒吐，由於清新剛健的詩風，掩蓋了齊梁綺靡的餘緒，開拓了唐詩三百年的盛業，建立新體詩的格律，其功是不可磨滅的。所以律詩在沈、宋時，已成定體，到盛唐才由五言推展成為七言，然後在李白、杜甫的手中，律詩就臻於成熟完備的境域。

所謂「律詩」，就是調平仄，拘對偶，鎔裁聲律，約句準篇的詩體。這種詩體的作法，有一定的格律，分五言律詩和七言律詩兩種。每首固定八句，每兩句稱一聯，上句叫做「出句」，下句叫做「對句」。同時每聯的名稱也不同：通常第一、二兩句不對仗，稱為「首聯」；第三、四兩句必對仗，稱為「頷聯」；第五、六兩句必對仗，稱為「頸聯」；第七、八兩句不對仗，稱為「末聯」。

今將五言律詩平仄定式列舉如下：

一、仄起格定式

（仄）仄起平平仄，
平平對（仄）仄平韻；　首聯（散句）

（平）平黏平仄仄，
（仄）仄對仄平平叶。　頷聯（對仗）

（仄）仄黏平平仄，
平平對（仄）仄平叶；　頸聯（對仗）

（平）平黏平仄仄，
（仄）仄對仄平平叶。　末聯（散句）

（如首句用韻，應作仄仄仄平平韻。）

二、平起格定式

（平）平起平仄仄，
（仄）仄對仄平平韻；　首聯（散句）

（仄）仄黏平平仄，
平平對（仄）仄平叶。 頷聯（對仗）

（平）平黏平仄仄，
（仄）仄對仄平平叶； 頸聯（對仗）

（仄）仄黏平平仄，
平平對（仄）仄平叶。 末聯（散句）

（如首句用韻，應作平平仄仄平韻。）

括號中的平仄表示可以通用，乃依據清王士禎《律詩定體》所云：「五律，凡雙句二四應平仄者，第一字必用平，斷不可雜以仄聲，以平平止有二字相連，不可令單也。其二四應仄平者，第一字平仄皆可用，以仄仄仄三字相連，換以平韻無妨也，大約仄可換平，平斷不可換仄，第三字同此，若單句第一字可勿論。」

至於平起格或仄起格是依據首句第二字的平仄來判斷的，首句第二字為仄聲，便是「仄起格」，首句第二字為平聲，便是「平起格」。

所謂黏對，「對」是每聯出句的第二字、第四字與對句的第二字、第四字的平仄相反；否則稱為「失對」。「黏」是下聯出句第二字、第四字與上聯對句第二字、第四字的平仄相同；否則稱為

「失黏」，也就是「折腰體」。

關於用韻，近體詩不能像古詩有通押的現象，如一東、二冬，在絕律中是涇渭分明的。五言律詩以首句不用韻為正格，第一次出現的韻字就叫「韻」，以後協韻的字就叫「叶」。

律詩中平仄未依譜式規定者，便是「拗體」。如拗而能救，便稱「拗救」，也算合律。拗救的方式，大致可歸納為三種：

一、單拗

多出現在仄起格末聯出句的地方，因該句的定式是「平平平仄仄」，如果將其第三、四兩字平仄對調，便成「平平仄平仄」的現象，這就是「單拗」。七言則在第五、六兩字。例如：

千載琵琶作仄胡平語，分明怨恨曲中論。（杜甫〈詠懷古跡〉）

明朝望仄鄉平處，應見隴頭梅。（宋之問〈題大庾嶺北驛〉）

二、雙拗

凡出句的第二字及第四字均用仄聲，因而形成五字全仄，或「仄仄平仄仄」、「平仄仄仄仄」等拗句時，則對句的第三字，必用平聲以救整句。七言則在出句第四、六兩字，對句則在第五字，不過用者較少。例如：

人事仄有代仄謝，往來成平古今。（孟浩然〈與諸子登峴山〉）

南朝四百仄八十仄寺，多少樓臺煙平雨中。〈杜牧〈江南春〉〉

三、孤平拗救

出句第三字本平而用仄，因而形成孤平的現象，則對句第三字必用平以救之。七言則在第五字。前人對於這種拗救，也稱為「雙拗」，但很容易與第二種相混，為了區別起見，現在就把它稱為「孤平拗救」。例如：

木落雁仄南渡，北風江平上寒。〈孟浩然〈早寒江上有懷〉〉

春潮帶雨晚仄來急，野渡無人舟平自橫。〈韋應物〈滁州西澗〉〉

單拗是本句自救的現象，雙拗和孤平拗救都是以對句救出句的現象。至於「平平仄仄平」中第一字如用仄聲，因而又形成孤平，而必於本句第三字用平聲救之，成為「仄平平仄平」的現象，唐宋人均普遍用之，這可以說是寫律詩的基本條件，也可視為單拗。

90　經鄒魯祭孔子而歎之

唐玄宗

夫子何為者？栖栖❶一代中。地猶鄹❷氏邑，宅即魯王宮❸。歎鳳嗟身否❹，傷麟怨道窮❺。今看兩楹奠❻，當與夢時同。

【作　者】唐玄宗（西元六八五—七六二），名隆基，睿宗之第三子。二十八歲即天子位，任姚崇為相，而有開元之治。天寶四載，冊封楊太真為貴妃，十一載，又任其兄楊國忠為右相兼文部尚書，由於國忠恃寵弄權，造成安祿山的變亂，攻入長安，而有天寶之亂。十五載，玄宗奔蜀，而肅宗即位於靈武，尊玄宗為太上皇。玄宗在位共四十三年，卒於寶應元年，享年七十八，諡曰明。有詩一卷。

【韻　律】末聯出句「今看兩楹奠」，本來應為「平平平仄仄」的，今作「平平仄平仄」，三四兩字的平仄上下相對換，是為「單拗」。又每聯出句的末字，如者、邑、否、奠四字，為上入上去聲，這種平上去入交錯而用的現象，是為「四聲遞用法」。全詩用上平聲一東韻，韻腳是：中、宮、窮、同四字。絕律中，用韻便沒有通押的現象。

【注　釋】❶栖栖　不寧貌。❷鄹　與鄒同，縣名，在今山東滋陽東南。孔子父叔梁紇，嘗為鄹邑大夫，孔子生於此。❸魯王宮　魯王，即魯恭王，漢景帝第五子，好治宮室，嘗壞孔子舊宅，以廣其宮。❹歎鳳嗟身否歎鳳鳥不至，傷己身命蹇也。《論語・子罕》：「子曰：鳳鳥不至，河不出圖，吾已矣夫！」❺傷麟怨道窮　哀麒麟被獲而死，怨吾道之困窮也。《孔叢子》：「叔孫氏之車子鉏商，樵于野而獲麟焉，眾莫之識，以為不祥。夫子往觀焉，泣曰：『麟也。麟出而死，吾道窮矣。』」❻兩楹奠　言在正堂上之奠祭也。楹，廳堂之柱。《禮記・檀弓》：「予疇昔之夜，夢坐奠於兩楹之間。夫明王不興，而天下其孰能宗予，予殆將死也。蓋寢疾七日而沒。」兩楹之間，乃正堂也。言孔子晚年，夢己被殯祭於正堂，已知不久於人世也。玄宗用此典，正切當時之祭祀。

【語　譯】孔夫子又為了什麼呢？竟棲棲惶惶的過一輩子。現在這裡仍然是鄒氏的食邑，而這座宮室還是當年魯恭王壞孔子宅，以作為自己宮室的地方。你感歎鳳鳥不來，嗟歎自己命運的不好；哀傷麒麟被捕而死，埋怨自己的理想不展。如今我看見正堂上的祭祀，應該與你當年的夢境相同吧！

【賞　析】依據《新唐書・玄宗本紀》的記載：「開元十三年（西元七二五）十一月庚辰，封于泰山，丙申，幸孔子宅，遣使以六牢祭其墓。」那麼這首詩當是經過曲阜的孔子宅而作。全詩引用典故的地方很多，都能切合，首聯說孔子「棲棲一代中」，表無限同情，末聯以祭禮作結，以示尊賢。

91　望月懷遠

張九齡

海上生明月，天涯共此時。情人怨遙夜，竟夕❶起相思。滅燭憐光滿❷，披衣覺露滋。不堪❸盈手贈，還寢夢佳期。

【韻　律】頷聯出句「情人怨遙夜」作「平平仄平仄」，三四兩字的平仄互換，是為單拗。且頷聯為流水對。所謂「流水對」，便是指詩中屬對的上下兩句，如流水似的連貫而下，一意相成。如此聯「情人怨遙夜，竟夕起相思」，表面看起來，不像對仗，其實每辭每字，兩兩對仗；且兩句只是一個意思，表示長夜漫漫，而相思不絕。跟頸聯「滅燭憐光滿，披衣覺露滋」，出句講月光亮，對句講露水重，一句一個意思不同。此詩用上平聲四支韻，韻腳是：時、思、滋、期。

【注　釋】❶竟夕　終夜也。❷滅燭憐光滿　謝靈運〈怨曉月賦〉有「滅華燭兮弄曉月」句，詩意本此。憐，愛也。光，指月光。❸不堪　不勝，不任也。

【語　譯】月亮從海上出來，我們雖然不在一起，卻可以同時欣賞到的。深情的人，不免要埋怨夜長，終夜被相思所困繞。今晚的月色太可愛了，我吹熄了蠟燭，披上一件衣服，才感覺到露水愈來愈重。可是我不能將這美好的月色雙手捧著送給你，只好回去睡吧，希望在夢裡可以和你相會。

【賞　析】這是一首「望月懷遠」的詩，首聯兩句，即予點題。後六句只是鋪衍這份情愫而已，做到情中有景，景中有情，情景交融，產生境界。尤其末聯兩句，愈見真摯可愛。唐詩中寫海洋的句子不多，而張九齡的〈望月懷遠〉便從海上寫起，「海上生明月，天涯共此時」，遼闊蒼茫，見月思人。如杜審言的〈和晉陵陸丞早春遊望〉，其中一聯：「雲霞出海曙，梅柳渡江春。」又如張若虛的〈春江花月夜〉，開端便寫道：「春江潮水連海平，海上明月共潮生。」這些海洋詩抄，都是容易引人遐思的佳句。

92 送杜少府之任蜀州

王　勃

城闕輔三秦❶，風煙望五津❷。與君離別意，同是宦遊❸人。海內❹存知己，天涯若比鄰❺。無為在歧路❻，兒女共霑巾。

【作　者】王勃（西元六五〇——六七五），字子安，絳州龍門（今山西河津西）人。六歲能寫文章，九歲，讀《漢書》顏師古注，便指出其中的錯誤，撰《指瑕》十卷。龍朔元年（西元六六一），十二歲，以神童被舉薦於朝廷。麟德元年，十五歲，對策高第，授朝散郎。少年有文名，被沛王召為府修撰，作《平臺鈔略》十篇。當時諸王喜愛鬥雞，勃戲作〈檄英王雞文〉，高宗讀後，大為生氣，便廢了他的官職。於是王勃遠遊江漢。後來，他的父親因得罪被貶為交趾令（今越南北部），上元二年（西元六七五），王勃跟父親到交趾去，八月過淮陰，九月到洪州（今江西南昌），十一月到南海（今廣東廣州），渡海溺水，驚悸致病而卒，年二十六。他是初唐傑出的青年詩人，與楊炯、盧照鄰、駱賓王齊名，稱「初唐四傑」。今有《王子安集》十六卷傳世。

【韻律】此詩首聯便用對仗，頷聯不對仗，這叫做「偷春格」。宋魏慶之《詩人玉屑》云：「其法頷聯雖不拘對偶，疑非聲律；然破題已的對矣。謂之偷春格，言如梅花偷春色而先開也。」尾聯出句「無為在歧路」，為單拗。全詩用上平聲十一真韻，韻腳是：秦、津、人、鄰、巾。首句入韻。

【注釋】❶三秦　指京城長安。《史記・秦始皇本紀》：「項籍滅秦之後，各分其地為三，名曰雍王、塞王、翟王，號曰三秦。」❷風煙望五津　言可望及五津之風景。風煙，風景也。五津，長江五處著名之渡口，在今四川。《華陽國志・蜀志》：「始曰白華津，二曰萬里津，三曰江首津，四曰涉頭津，五曰江南津。」❸宦遊　到外地做官。❹海內　全中國。❺比鄰　鄰居。❻歧路　指岔路。

【語譯】長安的城闕夾護著京師，遠處望去，四川的五個著名的渡口，都瀰漫著煙塵。大家都是在外做官的人，跟你分別，使我滿懷離愁。只要彼此視為知己，即使到了天涯海角，也像是鄰居。不要在岔路口分手的時候，像小兒女似的哭哭啼啼。

【賞析】這是一首送杜少府到蜀州上任的詩。《全唐詩》在詩題上原無「送」字，據《文苑英華》補上。杜少府，指姓杜的縣尉，生平未詳。唐劍南道蜀州治晉原縣，今四川崇德。首聯寫景，一點陝西，一點四川，便說明王勃在長安為杜少府送行，而杜少府要往四川去。以後幾句都是臨別安慰的話。近人俞陛雲《詩境淺說》：「首句言所居之地，次言送友所往之處，先將本題敘明。以下六句，皆送友之詞，一氣貫注，如娓娓清談，極行雲流水之妙。」《論語・顏淵》有「四海之內，皆兄弟也」，曹植有「丈夫志四海，萬里猶比鄰」的句子，王勃更能推陳出新，變成「海內存知己，天涯若比鄰」，面目為之一新，成為千古傳誦的名句。

93 在獄詠蟬 并序

駱賓王

余禁所禁垣西，是法廳事❶也。有古槐數株焉，雖生意可知，同殷仲文之古樹❷，而聽訟斯在，即周召伯之甘棠❸。每至夕照低陰，秋蟬疏引，發聲幽息，有切❹嘗聞；豈人心異於曩時，將蟲響悲於前聽？嗟乎！聲以動容，德以象賢，故潔其身也，稟君子達人之高行；蛻其皮也，有仙都羽化❺之靈姿。候時而來，順陰陽之數；應節為變，審藏用之機。有目斯開，不以道昏而昧其視；有翼自薄，不以俗厚而易其真。吟喬樹之微風，韻資天縱；飲高秋之墜露，清畏人知。僕失路艱虞，遭時徽纆❻，不哀傷而自怨，未搖落而先衰。聞蟪蛄❼之流聲，悟平反❽之已奏；見螳螂之抱影❾，怯危機之未安。感而綴詩，貽諸知己。庶情沿物應，哀弱羽之飄零；道寄人知，憫餘聲之寂寞。非謂文墨，取代幽憂云爾。

西陸⑩蟬聲唱，南冠⑪客思侵。那堪⑫玄鬢⑬影，來對白頭⑭吟。露重飛難進，風多響易沉。無人信高潔，誰為表予心⑮？

【作　者】駱賓王（西元六四〇——六八四），婺州義烏（今浙江義烏）人。初為道王的府屬，後來擔任過長安主簿、侍御史。高宗時，武后專政，賓王屢次諷諫，為當時所忌，被關進了監牢，後遇赦，任他為臨海縣丞，他棄官不就。徐敬業舉兵，他做了徐氏的府屬，有名的〈討武氏檄〉文，便出自他的手筆。徐氏事敗，駱賓王遂亡命他鄉，不知所終。工文章，為初唐四傑之一。他對五言律詩的建立有所貢獻，反對上官儀之流的「綺錯婉媚」文風，只由於年少而才高，官小而名大，沒有得到應有的重視。中宗時，曾詔求駱賓王的文章，得數百篇。今有《駱臨海集》傳世。

【韻　律】首聯對起，尾聯出句「無人信高潔」，是單拗。全詩用下平聲十二侵韻，韻腳是：侵、吟、沉、心。

【注　釋】❶法廳事　即法曹廳事，如今之司法官。《資治通鑑・齊紀》胡三省注：「中庭曰聽事，言受事察訟於是也。」❷殷仲文之古樹　《晉書・殷仲文傳》：「仲文因月朔，與眾至大司馬府。府中有老槐樹，顧之良久而歎曰：『此樹婆娑，無復生意。』」❸周召伯之甘棠　〈毛詩序〉曰：「甘棠，美召伯也。」鄭箋：「召伯聽男女之訟，不重煩勞百姓，止舍小棠之下，而聽斷焉。」❹有切　有感也。❺羽化　言仙人能飛騰遐舉也。❻徽纆　繫囚之索。此謂被囚也。❼蟪蛄　寒蟬也。❽平反　言上訴也。❾螳螂之抱影　喻殺機也。《後漢書・蔡邕傳》：「彈琴者曰：我向鼓琴，見螳螂方向鳴蟬，蟬將去而未飛，螳螂為之一前一卻，吾心聳然惟恐螳螂之失之也。此豈為殺心而形於聲者乎？」❿西陸　秋天也。《隋書・天文志》：「日循黃道東行，一日一夜行一度，三百六十五日有奇而周天，行東陸謂之春，行南陸謂之夏，行西陸謂之秋，行北陸謂之冬。」⓫南冠　指囚犯也。《左傳・成公九年》：「晉侯觀於軍府，見鍾儀，問之曰：南冠而縶者誰也。」⓬那堪　一作不堪。猶云兼之也。⓭玄鬢　黑鬢也。此指蟬翅。⓮白頭　指作者自己未老而先衰。⓯無人信高潔二句　自己與蟬一樣高潔，然無人知曉，又有誰為我表白心情呢？

【語　譯】在我被拘禁的地方，隔了一道禁牆，西邊就是司法官的中庭。有幾棵老槐樹，雖然無復生意，就像殷仲文所說的老樹，而審判就在這裡，有點像周召伯的甘棠。每到黃昏，太陽照在低低的樹蔭上，秋蟬就斷斷續續地鳴叫，那微弱的聲音，使人聽了感慨不已；莫非我的遭遇不同，而蟲響也感覺得比以前悲哀嗎？唉！聲音可以變化人的容貌，道德可以表示人的賢能，所以蟬潔身自愛，表現君子能夠使人通達事理的美德；蟬蛻皮殼，有仙人飛騰高舉的美姿。適時而生，順從天地陰陽的大數；應節氣而變化，決定行藏進退的機宜。眼睛當睜開來看，不因天下無道就不看了；翅膀本來是薄的，不因世俗貴厚而改變了本真。在大樹上應風鳴響，天韻自然；在秋天裡飲露而活，還怕人知道自己的清高。我命運坎坷，遭到拘禁，雖然不悲傷，卻對自己有所責怨，未老而先衰了。聽寒蟬斷續的鳴叫，知道冤辭已奏上；見到螳螂的影子存有殺心，知道危機未了。因有感而寫下這首詩，準備送給知己。希望情感能應外物而流露，使人們同情寒蟬飄零的身世；將這番苦心告訴別人，使人們能憐憫這餘響的寂寞。並不是喜歡舞弄文墨，只是用以來宣洩憂悶罷了。

秋天時，蟬在鳴叫，使我在監牢中，引來更多的鄉愁。更令人難受的是翅如黑鬢的秋蟬，來對著我這個滿頭白髮的人鳴叫。秋露已重，壓在翅上很難飛起，外頭風大，叫的聲音也被掩蓋掉。沒有人會相信牠的高潔，又有誰能表白我這番心意呢？

【賞　析】這是一首詠物的詩，借詠蟬來表露自己的心跡。唐高宗儀鳳三年（西元六七八），作者在長安做侍御史，因多次上章得罪了武則天，於是被關在牢裡。這首詩是在獄中寫的，因蟬聲而百感交集，便借詠蟬以說明自己的委屈。故詩中每一聯都是寫蟬，實際上說的正是自己，「露重飛難進，風多響易沉」，一語雙關，至為沉痛。大凡詠物詩，或見物興感，或借物自況，或借物寓意，方有題外之味，皆為比的作法。

94 和晉陵陸丞早春遊望

杜審言

獨有宦遊人，偏驚物候新❶。雲霞出海曙，梅柳渡江春。淑氣❷催黃鳥，晴光轉綠蘋❸。忽聞歌古調❹，歸思欲霑巾。

【作　者】杜審言（西元六四五？——七〇八），字必簡，襄陽（今湖北襄陽）人。遷居河南省鞏縣，是杜甫的祖父，善五言詩，工書翰，性情矜誕。少時與李嶠、崔融、蘇味道，為「文章四友」。舉進士後，出任隰城縣尉，後為洛陽丞。武后時，為著作佐郎。中宗時，為國子監主簿，修文館直學士。有文集十卷。

【韻　律】頷聯出句「雲霞出海曙」，作「平平仄仄仄」，可以不救。全詩用上平聲十一真韻，韻腳是：人、新、春、蘋、巾。首句入韻。

【注　釋】❶偏驚物候新　偏，出乎意外之意。物，景物。候，氣候。❷淑氣　春天暖和的氣候。❸蘋　水草名，似浮萍而較大，生淺水中。❹古調　言高古的調子，指陸丞原作。

【語　譯】我是個獨自在外做官的人，突然對景物和節候的更新感到驚訝。看見雲霞冒出海面，知道天已亮了，梅柳渡江而來，才覺得春已到了。在這溫和的天氣裡，連黃鶯也情不自禁地叫，陽光照在水邊，蘋草也轉綠了。忽然接到你寄來的詩，唱出高古的調子，又引起我思家的愁緒，不期然地眼淚把手巾沾濕了。

【賞　析】這是一首唱和的詩。晉陵，本春秋時的延陵，後避晉元帝諱改，即今江蘇武進。丞，乃縣丞，從八品下。陸丞，不詳何人；一作陸丞相，則武后時有陸元方，字希仲，吳人。此詩有感於陸丞的〈早春遊望〉，因而奉和。

全詩以「偏驚物候新」為主旨，三四，五六四句對仗，便寫景物和節候的更新，寫景清麗，氣象新穎，有初唐氣象。「出」、「渡」、「催」、「轉」是詩眼，「獨有」與「忽聞」遙相呼應，全詩一氣灌注，傳意入神，大抵律詩之作，最忌枝節橫斷，唐人律詩，無不氣脈流通。又《全唐詩》校云：「一作韋應物詩。」誤。

95 雜詩

沈佺期

聞道黃龍❶戍，頻年❷不解兵。可憐閨裡月，長在漢家營。少婦今春意，良人昨夜情。誰能將旗鼓❸，一為取龍城❹？

【作　者】沈佺期（西元六五〇？—七一四），字雲卿，相州內黃（今河南內黃附近）人。登高宗上元二年（西元六七五）進士，由協律郎遷通事舍人，預修「三教珠英」。再轉給事中，考功員外郎，受賕，劾未究。會張易之敗，遂長流驩州（州治在今越南榮市）。稍遷臺州錄事參軍。中宗時，得召見，拜起居郎，兼修文館直學士。開元初卒。有集十卷，已佚，後人輯有《沈佺期集》。《舊唐書・文苑傳》有傳。文章與宋之問齊名，時人稱為「沈宋」。

【韻　律】頷聯「可憐閨裡月，長在漢家營」，是流水對，兩句意思相承，是說可憐的閨中月，常照在漢家營，而且對仗。末聯出句「誰能將旗鼓」，是單拗。兵、營、情、城四字用韻，為下平聲八庚韻。

【注　釋】❶黃龍　即龍城，五胡十六國中北燕之都城，在今熱河朝陽。❷頻年　連年也。❸誰能將旗鼓　誰能領導軍隊。將，動詞，作領導解。旗鼓，軍中所用之旗幟與鼓號，在此代表軍隊。❹龍城　北燕之都城，此泛指胡人之都城。

【語　譯】聽說在黃龍戍守的，幾年來都沒有退伍。可憐以前在閨中所看到的月亮，現在又跟著照到軍營裡來。少婦們傷春的情緒，在外的丈夫，昨夜還不是一樣。誰能領導著軍隊，一舉蕩平了龍城而奏凱歸來呢？

【賞　析】所謂雜詩，李善《文選注》云：「雜者，不拘流例，遇物即言，故云雜也。」《文鏡秘府論・論文意》：「古人所作，元有題目，撰入《文選》，《文選》失其題目，古人不詳，名曰雜詩。」大抵雜詩是隨興而作，或果有所指，含蓄不露，因而與無題相類，只讓讀者自己去體會、去尋思罷了。《全唐詩》沈佺期〈雜詩〉有三首，都是閨思之作，蘅塘退士只選一首。

律詩經過齊梁的蘊釀，到初唐四傑的墾拓，到沈佺期、宋之問的經營，無論系統上的建立，內容聲律的講求，大致都成了定型。以後李白、杜甫繼起，加以發揚光大，開創了唐詩千年不朽的盛業，在中國詩史上寫下光輝的一頁，沈、宋可以說是一個關鍵所在，厥功至偉。明王世貞《藝苑卮言》：「五言至沈宋始可稱律。律為音律法律，天下無嚴於是者。知虛實平仄不得任情，而法度明矣，二君正是敵手。」

96　題大庾嶺北驛

宋之問

陽月❶南飛雁，傳聞至此回❷。我行殊未已，何日復歸來？江靜潮初落，林昏瘴不開。明朝望鄉處，應見隴頭梅❸。

【作　者】宋之問（西元六五〇？——七一二），字延清，汾州（今山西汾陽附近）人，一云虢州弘農（今河南靈寶）人。高宗上元二年（西元六七五）進士。初徵令與楊炯外直內教，後授洛州參軍。及張易之敗，貶瀧州（今廣東羅定南）參軍。未幾，逃還，夤緣得擢為鴻臚主簿。中宗景龍中，轉考功員外郎，又與杜審言等同為修文館學士。後以知貢舉時，居位不廉，貶越州（今廣東合浦東北）長史，睿宗時，因黨附張易之、武三思，流配欽州（今廣西欽州東北）。先天中，賜死。有集十卷，已佚，後人輯為《宋之問集》。

宋之問詩，有齊梁靡麗之風，與沈佺期齊名。《新唐書・宋之問傳》云：「漢建安後迄江左，詩律屢變，至沈約庾信，以音韻相婉附，屬於精密。及宋之問、沈佺期又加靡，回忌聲病，約句準篇，如錦繡成文，學者宗之，號曰沈宋。」

【韻　律】末聯出句「明朝望鄉處」為單拗。頷聯「我行殊未已，何日復歸來」，是流水對。全詩用上平聲十灰韻，韻腳是：回、來、開、梅。

【注　釋】❶陽月　農曆十月也。《爾雅・釋天》：「十月為陽。」❷傳聞至此回　衡陽南有回雁峰，乃衡山七十二峰之一。相傳鴻雁九月南來，至此不過，遇春而北回。❸隴頭梅　言嶺上梅也。按大庾嶺在江西大庾南，廣東南雄北，唐張九齡嘗開徑植梅於嶺上，故亦稱梅嶺。以地處亞熱帶，梅花早開，有所謂「十月先開嶺上梅」，且為山嶺所隔，南枝已落，北枝方開，是其特色。

【語　譯】十月南飛的雁，聽說到這裡就停下來，等到來年春天再飛回去。可是我流配他鄉，不知什麼時候才能歸來呢？在落潮的時候，江水平靜，山中的煙瘴不開，林子裡一片昏暗。明天早上，我站在大庾嶺上，回首北望，所能見到的，該是梅嶺上一片梅樹花開吧！

【賞　析】此詩為宋之問在中宗時，約西元七〇七年，被貶越州（今廣東合浦東北）長史，因過梅嶺，有感而作。該詩為紀行的詩，題於大庾嶺（即梅嶺）北驛所。首聯起興，以南飛雁有北歸時，頷聯言自己遭貶謫，卻歸期無定。頸聯轉，寫當前之景，「潮初落」、「瘴不開」，與故園風土殊異，故末聯結句，不禁回首「望鄉」，然僅見梅嶺梅花正開而已。起承轉合的章法明顯，可悟作法。古人題壁的詩，多就眼前之景，而抒內心的感觸，何況北人被貶南方，南方瘴癘之區，更難適應。

97 次北固山下

王　灣

客路青山外❶，行舟綠水前。潮平兩岸闊，風正一帆懸。海日生殘
夜，江春入舊年❷。鄉書何處達？歸雁❸洛陽邊。

【作　者】王灣，洛陽人。曾登進士第。開元初，為滎陽主簿，馬懷素請校正群籍，延請碩學巨儒，校宮秘書，王灣亦被選入，參加工作。後又與陸紹伯等同校麗正院書。終為洛陽尉。早年，他便以詞翰稱著，有「海日生殘夜，江春入舊年」一句，被當時所推崇。張說把他的句子題在政事堂上，每示能文的人，視為楷式。今有詩十首傳世。

【韻　律】首聯對起，頷聯出句「潮平兩岸闊」，為「平平仄仄仄」，下三字仄聲，可以不救。前、懸、年、邊叶韻，為下平聲一先韻。

【注　釋】❶青山外　一作青山下。青山，即北固山，在江蘇鎮江北一里，凸入長江，三面臨水，形勢險固。❷海日生殘夜二句　這是倒裝的句子，即殘夜已逝，日生於海上，舊年過去，春又來到江邊。意思是：日復一日，年復一年，在外日久，因感歲月的蹉跎。❸歸雁　北回的雁，亦指書信，雙關。《漢書・蘇武傳》：「天子射上林中，得雁足有繫帛書，言武等在某澤中。」

【語　譯】我路過北固山外，行船在綠水之前。潮漲時，兩岸越來越闊，風正好，只要揚起一片帆便夠了。殘夜已過，又見朝日昇海上，一年易逝，春天又來到江濱。我想寄一封信回家，不知要怎樣才能寄到？歸雁啊，請把它帶回洛陽那邊去吧！

【賞　析】這是一首紀行述景的詩，作者因泛長江而過北固山下，綠水青山，春光寒日，因動思歸之情。頸聯「海日生殘夜，江春入舊年」，是景語，也是情語，所以高妙。此詩亦見於《河嶽英靈集》，唯首尾兩聯不同，想是初稿。

98 題破山寺後禪院

常　建

清晨入古寺❶，初日照高林。竹徑❷通幽處，禪房❸花木深。山光悅鳥性，潭影空人心❹。萬籟此俱寂，惟餘❺鐘磬音。

【作　者】常建，開元中進士。大曆中，為盱眙尉。唯才高而無貴位，像劉楨死於文學，左思終於記室，鮑照卒於參軍，今常建淪於一尉。他的詩，屬於田園的一類，《全唐詩・小傳》云：「初發通莊，卻尋野徑，百里之外，方歸大道；其旨遠，其興僻，佳句輒來。」與王昌齡、陸擢為友。今存詩五十餘首。

【韻　律】首聯對起，首句「清晨入古寺」及頸聯出句「山光悅鳥性」，均作「平平仄仄仄」，下三仄，本可不救，然頸聯對句「潭影空人心」，則為「平仄平平平」以救之，便與古詩的三平調相同，不合律了。末聯出句「萬籟此俱寂」為「仄仄仄平仄」，第四字孤平，故對句「惟餘鐘磬音」，以「平平平仄平」救之。全詩用下平聲十二侵韻，韻腳是：林、深、心、音。

【注　釋】❶古寺　指破山寺。今江蘇常熟虞山興福寺。❷竹徑　一作曲徑。❸禪房　寺後禪院，僧所居者。❹山光悅鳥性二句　是倒裝句，即鳥性悅山光，人心空潭影。這兩句是說：鳥類的本性喜愛山林自然的風光，人們臨潭顧影，不覺心境澄澈，跟水一樣空明。❺餘　一作聞。

【語　譯】清晨，我走進破山寺，朝陽正照在高高的樹林上。我沿著竹徑前去，通到一個幽靜的地方，這是寺後的禪院，深藏在繁花茂樹之中。鳥雀們似乎也洞達天機，喜愛山林自然的景色，人們臨潭照影，不覺心境澄澈，跟水一樣空明。這時候萬籟俱寂，只有遠處傳來鐘磬的餘音。

【賞　析】這是一首寫寺院的詩，前四句切題，五六句抒感，末兩句寫寂靜的境界。作者因自然的風光，而領悟到禪機的意趣，從而澄清世俗的雜念，追求人生完美的理想，寂靜的境界。「潭影空人心」一句，感悟所得，是此篇的主旨所在。元方回《瀛奎律髓》云：「歐公喜此詩，三四不必偶，乃自是一體，蓋亦古詩律詩之間，全篇自然。」

99 寄左省杜拾遺

岑參

聯步趨丹陛❶，分曹限紫微❷。曉隨天仗❸入，暮惹御香歸。白髮悲花落，青雲羨鳥飛。聖朝無闕事❹，自覺諫書稀。

【韻律】首聯對起。此詩用上平聲五微韻，韻腳是：微、歸、飛、稀。

【注釋】❶聯步趨丹陛　聯步，兩人同行也。趨，快步也，以示恭敬之意。丹陛，以丹漆階上地，乃宮殿之階。後謂天子之階。此指朝廷。❷分曹限紫微　分曹，分班治事的官署。岑參為補闕，屬中書，居右署。杜甫為拾遺，屬門下，居左署，故曰分曹。限，界也。紫微，花名，唐中書省多植紫微花，故稱中書省為紫微省。❸天仗　朝衛的儀仗。《新唐書・儀衛志》：「朝會之仗有五，皆帶刀捉仗列於東西廊下。」❹闕事　過失。

【語譯】與你同行去上朝，你在左署，我在右曹，中間隔了紫微省。早晨一齊跟著儀仗入拜，晚上沾得一身御爐的香氣回來。我感到年紀大了，滿頭白髮，不時像落花似的掉下來，真羨慕你還年輕，直步青雲，像鳥兒任意飛翔。如今朝政休明，沒有過失的事，因此勸諫的奏章，自然覺得少多了。

【賞析】這是一首寄贈的詩。寫於肅宗乾元元年（西元七五八），那時岑參四十四歲，任右補闕，時與杜甫、賈至、王維、嚴武等並肩出入，互相唱和，《杜工部集》中，並有〈奉答岑參補闕見贈〉，就是這首詩的和作。今錄置於下，以見和唱之意：

窈窕青禁闥，罷朝歸不同。君隨丞相後，我往日華東。冉冉柳枝碧，娟娟花蕊紅。故人得佳句，獨贈白頭翁。

關於賦詩唱和，《左傳》已有記載。西漢蘇李贈答，情見乎辭，才正式被後人所倣效。《文選》選詩，所見尤多。到了初唐，則成為一種風氣，其中更以奉和聖製為多，不過當時只依其體裁奉和，古律必分，著重意思的表達，可稱為「和意」。中唐以後，便拘於韻腳，格調日卑。明胡震亨《唐音癸籤》卷三：「和詩用來詩之韻曰用韻，依來詩之韻盡押之，不必以次曰依韻，並依其先後而次之曰次韻。盛唐人和詩不和韻，晚唐人至有次韻者。洪邁曰：古人酬和詩，必答其來意，非如今人為次韻所局也。如高適寄杜云：『草玄今已畢，此外更何求？』杜和云：『草玄吾豈敢？賦或似相如。』韋迢寄杜云：『相憶無南雁，何時有報章？』杜和云：『雖無南去雁，看取北來魚。』只以其來意往覆，趣味自深，何嘗和韻？至大曆中，李端、盧綸野寺病居酬答，始有次韻。後元、白二公次韻益多，皮、陸則更盛矣。今人倣效，至往返數回不止，詩以道性情，一拘韻腳，性情果可得而見耶？」所以贈答的詩，有「和意」與「和韻」兩種，和韻又有三種現象，即用韻、依韻、次韻（步韻、原玉）。

100

贈孟浩然

李　白

吾愛孟夫子，風流❶天下聞。紅顏棄軒冕❷，白首臥松雲。醉月頻中聖❸，迷花不事君。高山安可仰？徒此挹❹清芬。

【韻　律】首句「吾愛孟夫子」，為「平仄仄平仄」，第四字孤平，次句「風流天下聞」，為「平平平仄平」，天字本宜仄聲，改為平聲，以救上句，是孤平拗救的現象。聞、雲、君、芬四字叶韻，用上平聲十二文韻。

【注　釋】❶風流　風采高華之意。❷紅顏棄軒冕　紅顏，少年也。軒冕，指官爵而言。❸中聖　古代酒徒的隱語，指喝醉之意。《三國志・魏志・徐邈傳》：「平日醉客謂酒清者為聖人，濁者為賢人。」❹挹　抒也，有效法之意。

【語　譯】我愛孟先生，你的風采高華，早就為世人所知曉。年輕時拋棄功名爵祿，晚年時歸隱松陰山林。時常喝醉在月光下，喜歡花草，不願意侍奉君王。你那高山似的品格，豈是常人所能仰及？我只是徒然效法你那清高的操守罷了。

【賞　析】這是一首寄贈孟浩然的詩，全詩主旨在「高山安可仰，徒此挹清芬」兩句，表示李白對前輩詩人的景仰。除此詩外，尚有〈黃鶴樓送孟浩然之廣陵〉、〈春日歸山寄孟浩然〉詩。孟浩然的一生過得相當平靜，除了四十歲左右曾往長安、洛陽謀取功名，在北方作過一次旅遊外，其餘大部分時間都在故鄉鹿門隱居。他的詩有山水清音，悠然自遠的感覺，農樵逸士，閒話桑麻的鄉情。難怪李白贈詩給他，推崇備至，杜甫〈解悶〉詩也說：「復憶襄陽孟浩然，新詩句句俱堪傳。」一代大詩人且一致推崇，其道德文章，已可想見。

101　渡荊門送別

李　白

渡遠荊門外❶，來從楚國遊。山隨平野盡，江入大荒❷流。月下飛天鏡，雲生結海樓❸。仍憐故鄉水❹，萬里送行舟。

【韻　律】末聯出句「仍憐故鄉水」，作「平平仄平仄」，是單拗，此句第四字本宜用仄聲，今用平，故將第三字本宜用平聲的，改為仄聲以救之。遊、流、樓、舟是韻腳，用下平聲十一尤韻。

【注　釋】❶渡遠荊門外　渡遠，一作遠渡。荊門，在今湖北宜都西北，山勢開合如門，故名。❷大荒　廣漠的原野。❸海樓　即海市蜃樓。❹仍憐故鄉水　憐，愛惜也。故鄉水，指長江水，因李白曾家居四川，故稱故鄉水。

【語　譯】我們從老遠的來到荊門山，這是古代楚國的地方。只見山勢隨著平野展開，而江水還是向著廣漠的荒原奔流。月亮像一面鏡子飛過天際，雲彩的變幻，就像海市蜃樓一般。你應該愛惜故鄉的江流，它曾經流過千山萬水，為你送行。

【賞析】這是一首送行的詩。作者同舟而發，渡過了荊門山才分手，可見他們交誼的深厚。末聯「仍憐故鄉水，萬里送行舟」，不僅寫江流，實在也是寫他們的情誼。此詩氣勢很大，「山隨平野盡，江入大荒流」一聯，只有杜甫的「星垂平野闊，月湧大江流」，差可比擬。李詩是寫晝景，杜詩是寫夜景；李詩是行舟暫視，杜詩是停船細觀，其間一動一靜，境界各有高妙，除了天才以外，實在是無法解釋的。清翁方綱《石洲詩話》云：「此等句皆適與手會，無意相合，固不必相為倚傍，亦不容區分優劣也。」

102 送友人

李白

青山橫北郭，白水遶東城。此地一為別，孤蓬❶萬里征。浮雲游子意，落日故人情❷。揮手自茲去，蕭蕭班馬鳴❸。

【韻律】首聯對起。頷聯是流水對，出句「此地一為別」，作「仄仄仄平仄」，第四字孤平，而下句不救。末聯出句「揮手自茲去」，作「平仄仄平仄」，第四字亦孤平，對句「蕭蕭班馬鳴」，作「平平平仄平」，第三字本宜用仄，今換平以救之。城、征、情、鳴用韻，為下平聲八庚韻。

【注釋】❶孤蓬　飛蓬也。❷浮雲游子意二句　是倒裝句，即游子意似浮雲，故人情如落日。這兩句是說：游子的情意像浮雲，難有定所，朋友的別情像落日，難以挽留。這是襲用陳後主樂府詩句：「自君之出矣，塵網暗羅帷；思君如落日，無有暫還時。」❸蕭蕭班馬鳴　蕭蕭，馬叫聲。班馬，離群的馬。

【語譯】青山橫亙在北郭外，白水繞過東城下。就在這裡我們分手了，從此像蓬草似的萬里飄零。游子的行跡像浮雲，難有定所，朋友的別情像落日，難以挽留。我們揮一揮手，你走了，只聽得離群的馬兒蕭蕭的哀鳴。

【賞析】這是一首送朋友遠行的詩。首先點出送別的地點，接著預為別後設想，「孤蓬」、「浮雲」、「落日」雖寫景，也隱喻游子的心情，行客遠行，如落日不可留。揮手一別，不道離人淚，卻說班馬鳴，深情已見。詩中「浮雲游子意，落日故人情」，為千古佳句。清王琦注云：「浮雲一往而無定跡，故以比游子之意。落日銜山而不遽去，故以比故人之情。」清沈德潛《唐詩別裁》云：「蘇李贈言，多唏噓語而無蹶蹙聲，知古人之意在不盡矣，太白猶不失斯旨。」

103 聽蜀僧濬彈琴

李白

蜀僧抱綠綺❶，西下峨眉峰。為我一揮手，如聽萬壑松❷。客心洗
流水❸，餘響入霜鐘❹。不覺碧山暮❺，秋雲暗幾重？

【韻　律】詩歌中的格律，是空架子，好詩在於境界，不在於平仄的合律與否。這便是一首破律的詩，首句作「仄平仄仄仄」，次句作「平仄平平平」，三句作「仄仄仄平仄」，五句作「仄平仄平仄」，七句作「仄仄仄平仄」，拗亂甚多，不依格律。清施均父《硯傭說詩》：「五律有清空一氣，不可以鍊句鍊字求者，最為高格，如太白『牛渚西江夜』，『蜀僧抱綠綺』，襄陽『掛席幾千里』，摩詰『中歲頗好道』，劉慎虛『道由白雲盡』諸首，所謂羚羊挂角，無跡可求。」

【注　釋】❶綠綺　琴名。傅玄〈琴賦序〉：「司馬相如有綠綺，蔡邕有燋尾，皆名琴也。」❷如聽萬壑松　狀琴聲也。又琴曲有〈風入松〉的調子。俞陛雲《詩境淺說》：「以松濤喻琴聲之清越，以萬壑喻琴聲之宏偉。」❸客心洗流水　狀琴聲之優美。又琴曲有〈石上流泉〉的調子。《列子・湯問》：「伯牙善鼓琴，鍾子期善聽。伯牙鼓琴，志在登高山，鍾子期曰：『善哉！峨峨兮若泰山。』志在流水，鍾子期曰：『善哉！洋洋兮若江河。』」言高山流水之調洗淨客子之心。❹霜鐘　寺院之鐘聲。《山海經》：「豐山有九鐘焉，是知霜鳴。」郭璞注：「霜降則鐘鳴，故言知也。」《志雅堂雜抄》云：「張受益有一琴，名霜鐘。」❺暮　指黃昏。章燮謂此字意有雙關，並引師文學琴事，言琴聲能使天地動容。因而有一秋暮色的感覺，此說亦通。

【語　譯】蜀僧阿濬抱著一張綠綺琴，從峨眉峰的西邊走下來。他為我彈奏一曲，彷如聽到萬壑的松濤。我的心像被泉水洗濯過，一片空明，只覺餘音嫋嫋，隨著寺院的鐘聲，飄入耳際。原來又是一山暮色，天外黯淡的秋雲又堆起多少層呢？

【賞　析】這是一首描寫聽琴的詩。前四句，已抓緊題目，把「聽蜀僧濬彈琴」，完全寫了出來，一句一個動作，「如聽萬壑松」句，可以說是一個小結。後四句鋪敘，寫「流水」，寫「餘響」，寫「碧山暮」，更見琴聲餘韻，感人至深。全詩沒有堆砌，在在流露出一股自然的韻味，就像「高山流水」的琴聲。今人高步瀛《唐宋詩舉要》云：「一氣揮洒，中有凝鍊之筆，便不流入輕滑。」

104

夜泊牛渚懷古

李 白

牛渚❶西江夜，青天無片雲。登舟望秋月，空憶謝將軍❷。余亦能高詠，斯人不可聞。明朝挂帆席❸，楓葉落紛紛。

【韻　律】全首不對仗，頷聯及末聯的出句「登舟望秋月」、「明朝挂帆去」，均單拗。李鍈《詩法易簡錄》云：「通首單行，一氣旋折，有神無跡。」雲、軍、聞、紛是韻腳，用上平聲十二文韻。

【注　釋】❶牛渚　山名。在安徽當塗西北，下臨長江，其北突入江中，名曰采石磯，形勢險要。相傳李白捉月溺於江中，亦在此也。❷謝將軍　指謝尚，取謝尚秋夜泛牛渚遇袁宏舟中吟詠的故事，以喻才士的逢遇。事見《晉書・文苑傳》。❸挂帆席　謂隨風而張帆也。《全唐詩》校云：「一作洞庭去。一作挂帆去。」

【語　譯】船泊在牛渚山長江的西岸過夜，這時青空一碧如洗。我在船上看到一輪秋月，徒然想起謝尚將軍愛才的雅懷來。我也能賦詩高吟，可惜像謝將軍這樣的人，今天再找不到了。明早我將隨風揚帆而去，只見一路楓葉，滿眼紛紛地飄落。

【賞　析】這是一首懷古的詩。原注云：「此地即謝尚聞袁宏詠史處。」可見李白寫此詩，在說明自己懷才不遇，借夜泊牛渚懷古，以抒心中的塊壘。開頭兩句寫景，點出夜泊牛渚。中間四句寫謝尚，而這種擢用賢才的人，現在已沒有了，言下無限傷感。末兩句，言將揚帆而去，「楓葉落紛紛」雖寫秋景，也是寫遲暮飄零的心境，情景交融，絕妙。宋嚴羽《滄浪詩話》云：「又太白牛渚西江夜之篇，皆文從字順，音韻鏗鏘，八句皆無偶者。」所以高古。

105 月夜

杜甫

今夜鄜州❶月，閨中❷只獨看。遙憐小兒女，未解憶長安。香霧雲鬟濕，清輝玉臂寒❸。何時倚虛幌❹？雙照❺淚痕乾。

【韻律】頷聯「遙憐小兒女，未解憶長安」，是流水對，一意相成，如流水一貫而下，遙想家中的小兒女們，實在堪憐，他們不懂得想念在長安的父親。表面看來，不像對仗，但「遙憐」對「未解」，「小兒女」對「憶長安」，詞性虛實相對，這類的對仗句，稱為「流水對」。此聯出句「遙憐小兒女」和末聯出句「何時倚虛幌」，均單拗。看、安、寒、乾四字用韻，為上平聲十四寒韻。

【注釋】❶鄜州　今陝西鄜縣。❷閨中　本為內室，此指杜甫的妻子。❸香霧雲鬟濕二句　詩人想像妻子在鄜州望月時，看得久了，頭髮被霧氣露濕，手臂露在月光裡，也該感到寒意了。雲鬟，女子的頭髮。清輝，指月光。❹虛幌　透明的窗帷。❺雙照　月光照著兩人。

【語譯】今晚鄜州的月亮，只有我的妻子一個人在看。遙念家中的小兒女們，實在可憐，他們不懂得想念流落在長安的父親。她在窗前佇立太久了，霧氣霑濕了頭髮，手臂露在月光下，也該覺得寒冷了吧！什麼時候我們才能相逢呢？那時，再相倚在窗簾下賞月，好把我倆的淚兒擦乾。

【賞析】這是一首思念妻小的詩，十分真摯，萬分深情。天寶十五載（西元七五六）的夏天，杜甫把家人安置在鄜州，聞肅宗在靈武即位，於是隻身奔往靈武，半途被安祿山的軍隊所俘虜，送到長安，因官職卑小，沒有遭到拘禁。這首對月憶內的詩，便是那年秋天寫的。

通篇都寫「月夜」，但不說自己看月，而寫閨中人獨看，兒女年幼不懂事，更足以堪憐。頸聯形容其妻子的神態，給人一種綺麗的感覺，在杜詩中，十分罕見。末以「雙照」作結，與「獨看」首尾呼應。詩中不寫自己想家，而寫家人思念自己，愈發深入一層，表達了夫妻間真實的感情。

106

春望

杜甫

國破山河在❶，城春草木深。感時花濺淚，恨別鳥驚心❷。烽火連三月，家書抵❸萬金。白頭搔更短❹，渾欲不勝簪❺。

【韻律】首聯對起，深、心、金、簪等字叶韻，用下平聲十二侵韻。

【注　釋】❶國破山河在　言國家被戰亂所破壞，然山河卻依然存在。❷感時花濺淚二句　感念時事，連看了花也叫人灑淚，和家人離別久了，聽到鳥叫，也使人心神不安。濺淚，灑淚也。❸抵　值得。❹白頭搔更短　白頭髮越抓越稀少。搔，抓也。❺渾欲不勝簪　言簡直插不上簪子了。渾，簡直。不勝，受不住。

【語　譯】國家遭戰火的破壞，然而河山依然存在，長安城裡春光來到，草木長得很雜亂。我感傷時事，連看到花兒燦爛，也叫人灑淚，和家人離別久了，甚至聽到鳥叫，也倍覺心驚。戰爭已經連續了好幾個月，能收到一封家信，真值得上萬金啊。我頭上的白髮越抓越稀少了，簡直要插不上簪子了。

【賞　析】這是杜甫流落到長安來第二年春天的作品，即肅宗至德二年（西元七五七），這時杜甫四十六歲。「春望」，是指春天在高處遠望，杜甫感傷國事，表現了憂國憂民的情感，在美好的春景中，更使他感觸不已。

首聯點出國破，然山河猶在，春天依舊來到，切詩題春字。以下六句，寫春來登臨遠眺的感傷，「感時」句承春字，「恨別」句承破字，而「烽火」句又承時字，「家書」句又承別字，輾轉相承，脈絡分明。這六句，寫情景極為悲壯。末以飽經憂患，白髮稀落，幾乎插不上簪作結，語極平常，卻境苦情真。杜甫的整個作品中，五律所佔的數量最多，約六百餘首，而〈月夜〉和〈春望〉兩首，可視為杜詩的代表作，尤其〈春望〉一首，尤為膾炙人口。這首詩的作法，採用「三一格」，即前三聯寫盛況，後一聯寫衰況，前後造成盛衰的對比，為三一格的標準作法。又如杜甫的七絕〈江南逢李龜年〉也是採三一格寫成的。元方回《瀛奎律髓》云：「此第一等好詩，想天寶至德，以至大曆之亂，不忍讀也。」

107 春宿左省

杜甫

花隱掖垣❶暮，啾啾棲鳥過。星臨萬戶❷動，月傍九霄❸多。不寢聽
金鑰❹，因風想玉珂❺。明朝有封事❻，數問夜如何？

【韻　律】首聯出句「花隱掖垣暮」，本應「仄仄平平仄」，今為「平仄仄平仄」。「垣」字孤平，對句「啾啾棲鳥過」，本應「平平仄仄平」，今作「平平平仄平」，第三字「棲」字，以救「掖」字，是為孤平拗救。頷聯出句「星臨萬戶動」作下三仄，末聯出句「明朝有封事」，是單拗。全詩用下平聲五歌韻，韻腳是：過、多、珂、何。

【注　釋】❶掖垣　即掖省。謂宣垣也。唐時門下中書兩省，在禁中左右掖。杜甫時為左拾遺，屬門下省，在東，因稱左省。❷萬戶　宮門也，指建章宮。❸九霄　天也。❹金鑰　宮門上的鎖鑰。此指殿門啟動。❺玉珂　馬勒飾也，以貝為之，色白似玉，故名。此指門上之風鈴而言。❻封事　秘密奏議。古代臣子奏事，皂囊封板，以防宣洩，謂之封事。

【語　譯】在掖省的牆垣上，繁花隱約，又是暮色四垂的時分，歸鳥啾啾地，在上面飛過。星星降臨，這一帶的宮門上，閃爍生輝，月兒依傍九天，灑下了一片清光。我不想睡，準備聽金鑰啟動

殿門的聲音，微風吹過，因想起門上風鈴的搖響。明早便要上封事了，所以屢次追問現在是什麼時候了。

【賞　析】這是肅宗乾元元年（西元七五八）春天，杜甫任左拾遺時的作品。先從暮景著筆，再從星月爭輝的夜景深入一層，使春之景，歷歷在目。頸聯「不寢」，始切題，點「宿」字，金鑰、玉珂，皆左省所有，然終夜不能成眠，是為了什麼？末聯始點明，為了「明朝有封事，數問夜如何」。後人說杜甫悲天憫人，忠君憂國，不是沒有根據的，為了上奏，竟然徹夜不眠。宋葛立方《韻語陽秋》云：「蓋憂君諫政之心切，則通夕為之不寐，想其犯顏逆耳，必不為身謀也。」

108

至德二載，甫自京金光門出，間道歸鳳翔。乾元初，從左拾遺移華州掾，與親故別，因出此門，有悲往事

杜　甫

此道昔歸順❶，西郊胡正繁。至今殘破膽❷，應有未招魂。近得❸歸京邑，移官❹豈至尊？無才日衰老，駐馬望千門❺。

【韻　律】首聯「歸」字孤平，對句「胡」字救之。末聯出句「無才日衰老」單拗，均合律。全詩用上平聲十三元韻，韻腳是：繁、魂、尊、門。

【注　釋】❶此道昔歸順　這條道路是昔日胡人歸順朝貢所走的路。此道，指金光門那條路。《長安志》謂城西有三門：開遠、金光、延平。歸順，言胡人歸順唐朝。❷殘破膽　殘，餘也。一作猶。破膽，驚恐貌。❸近得　一作近侍。❹移官　指杜甫改任華州司功。華州在陝西少華山之北。❺千門　即建章宮，漢武帝時所建，其中有千門萬戶。此指宮殿而言。

【語　譯】這條路也是昔日胡人歸順朝貢所走的路，而今城西的郊外，胡人正多著呢！如今回想起來，餘悸還在，應該還有未被招回的魂魄吧！最近才得以回到京都，現在又要被調職他去，這難道是天子的意旨嗎？我沒有才能，加以日漸衰老，不禁停馬再回頭望一望千門萬戶的宮殿。

【賞　析】這是杜甫乾元元年（西元七五八）六月出為華州司功時，復過金光門，因有感於去年四月自京投奔鳳翔時，也是經過此門，但情景不同。詩中謂移官非出於至尊之意，隱指受賀蘭進明輩之譖，蓋此次因房琯出貶邠州，杜甫曾上疏以救，被目為同黨，亦見貶。楊倫《杜詩鏡詮》引顧脩遠云：「移官豈至尊，不敢歸怨於君也，當時讒毀，不言自見，又以無才自解，更見深厚。」詩題「間道」，一作「問道」。按杜甫出為華州司功後，終身再沒有回到長安來，此行實為杜甫一生之轉捩點，以後，他落拓江湖，偃蹇貧困，更開創了詩國的境域，反映離亂的社會，奠定了他在「詩史」上的地位。

109 月夜憶舍弟

杜　甫

戍鼓❶斷人行，秋邊❷一雁聲。露從今夜白，月是故鄉明。有弟皆分散❸，無家問死生。寄書長不達，況乃未休兵。

【韻　律】此詩用下平聲八庚韻，韻腳是：行、聲、明、生、兵。

【注　釋】❶戍鼓　戍樓上的更鼓。❷秋邊　《全唐詩》校云：「一作邊秋。」❸有弟皆分散　仇兆鰲《杜詩詳註》：「二弟，一在許，一在齊。」

【語　譯】除了戍樓上的更鼓聲外，路上都沒有行人，寂寂的秋空裡，只有孤雁在哀鳴。從今夜開始，露水越發地白了，月光該是故鄉的最明亮。我有兩個弟弟，現在都已分散，家破人亡，連生死也無法打聽。我寄信回去，經常無法送達，何況如今依然是連年戰禍呢！

【賞　析】此詩杜甫寫於乾元二年（西元七五九）的秋夜，在秦州作。當時史思明從范陽引兵南下，攻陷汴州，西進至洛陽，李光弼與戰，大敗之。這是一首傷亂的作品，首先寫出兵亂後的荒涼；繼而寫白露明月，追想故鄉的月色，「露從今夜白，月是故鄉明」，對仗精巧，情景明快。然而家破人亡，兄弟分散，生死未明，即使寄書也無法傳達，何況爭戰未息呢！結語沉痛。

110

天末懷李白

杜甫

涼風起天末❶，君子意如何？鴻雁幾時到？江湖秋水多。文章憎命達❷，魑魅喜人過❸。應共冤魂❹語，投詩贈汨羅❺。

【韻律】首句「涼風起天末」，是單拗。頷聯出句「鴻雁幾時到」，「時」字孤平，對句「江湖秋水多」，「秋」字救之，皆合律。何、多、過、羅叶韻，用下平聲五歌韻。

【注釋】❶天末　天際也。❷文章憎命達　要寫好文章，最怕的是命運太通達。有詩窮而後工之意。❸魑魅喜人過　言鬼怪卻喜歡人們走過，得以食之。魑魅，鬼怪也。❹冤魂　指屈原，含冤莫白而自沉於汨羅江。❺汨羅　江名。在今湖南湘陰東北。

【語譯】北風又從天際吹起，你有什麼感想呢？你給我的書信，什麼時候才能到達？我耽心江湖上的秋水高漲，可能送不到了。想將文章寫好的人，最怕的是命運太通達，你被流放夜郎，那邊的鬼怪多，喜歡人們走過，被牠吃掉。你也該向屈原訴說一些話，當你經過汨羅江時，就投下一些詩送給他吧！

【賞析】這是一首懷友的詩，杜甫在乾元二年（西元七五九）居秦州時所寫的。李、杜自兗州一別後，彼此都無訊息，後來聽說李白被長流夜郎，於是十分感傷，就寫了兩首〈夢李白〉，可參閱前面，而此詩也是同時作的。前四句，用「涼風起天末」點出時間，然後接著三句都是問候語。後四句，則滿腹牢騷，或有所指，雖說冤魂是指屈原，但李白和自己的遭遇，何嘗不是如此，所謂「投詩贈汨羅」，該是同病相憐吧！

杜甫心儀李白，從一連串的贈懷詩中，可以看出杜甫對李白的關懷和仰慕。在杜甫現存一千四百五十首詩中，贈懷李白的詩，便有十五首，而李白現存一千零五十首的詩中，贈答杜甫的詩，則僅兩首。從杜甫贈懷李白的詩中，可知李白的詩歌、交友，以及為人。杜甫以詩家的身分，對李白推崇備至，如「白也詩無敵，飄然思不群」，「李白斗酒詩百篇，長安市上酒家眠」，「痛飲狂歌空度日，飛揚跋扈為誰雄」，「冠蓋滿京華，斯人獨憔悴」等語，對李白的評價，已成千古不易的定律。

111 奉濟驛重送嚴公四韻

杜甫

遠送從此❶別，青山空復情。幾時盃重把？昨夜月同行。列郡謳歌
惜，三朝❷出入榮。江村獨歸處，寂寞養殘生❸。

【韻律】首句「遠送從此別」作「仄仄平仄仄」，第二字與第四字均用仄，對句「青山空復情」

作「平平平仄平」，第三字「空」字作平聲，以救上句，這種上下兩句拗救的現象，是為「雙拗」。末聯「江村獨歸處」作「平平仄平仄」，如三、四兩字平仄調換，便是合律，這種本句自救的現象，是為「單拗」。此詩用下平聲八庚韻，韻腳是：情、行、榮、生。

【注釋】❶此　指奉濟驛站，在今四川省綿竹縣。❷三朝　言歷仕玄宗、肅宗、代宗三朝。❸殘生　餘年也。

【語譯】遠送你到這裡，我們就要分手了，從此青山依舊，空留下傷別的離情。何時我們再能舉杯呢？猶記得昨晚在月下與你同行，各地的民眾都為你弦歌惜別，何況你是出入三朝的名臣。我現在就要回到江村去，讓我獨自寂寞地過此餘生。

【賞析】這是一首送別的詩。代宗寶應元年（西元七六二）七月，嚴武被召入朝，杜甫跟他是世交，況且在成都時，又全靠他的照顧，生活才稍為安定，因此送別時，直送到綿州的奉濟驛才分手，杜甫投詩再三，如〈奉送嚴公入朝十韻〉、〈送嚴侍郎到綿州同登杜使君江樓宴〉等，都是同時的作品，故曰重贈。至於「四韻」，則是排律的用語，一聯一韻，共寫多少聯，便算多少韻，如前說「十韻」，便是二十句，這裡「四韻」便是八句，其實就是一首律詩，只是在題目上變化罷了。

此詩先從分別的地方著手，然後一句「幾時盃重把」，寫將來，「昨夜月同行」，寫過去，目的是形容上句的「青山空復情」，以襯托這份悠悠無限的情誼。頸聯是頌語，末聯則及己身。仇兆鰲《杜詩詳註》云：「上半敘送別，已覺聲嘶喉哽，下半說到別後情實，彼此懸絕，真欲放聲大哭，送別詩至此，使人不忍卒讀。」

112

別房太尉墓

杜 甫

他鄉復行役，駐馬別孤墳❶；近淚無乾土，低空有斷雲。對碁陪謝傅❷，把劍覓徐君❸。唯見林花落，鶯啼送客聞。

【韻　律】首句「他鄉復行役」，作「平平仄平仄」，是單拗。此詩用上平聲十二文韻，韻腳為：墳、雲、君、聞。

【注　釋】❶孤墳　指房琯的墓。《舊唐書・房琯傳》：「寶應二年（西元七六三）四月，拜特進刑部尚書，在路遇疾。廣德元年（西元七六三，是年七月改元）八月四日，卒於閬州僧舍，時年六十七，贈太尉。」❷對碁陪謝傅　言房琯有謝安之風，臨大敵而仍下棋若定。《晉書・謝安傳》：「謝玄等破苻堅，有檄書至，安方對客圍棋，了無喜色。」❸把劍覓徐君　《新序・節士》：「延陵季子將西聘晉，帶寶劍以過徐君，徐君觀劍不言，而色欲之。延陵季子為有上國之使，未獻也，然其心許之，反則徐君已死，於是脫劍致之嗣君。嗣君曰：先君無命，孤不敢受。於是季子以劍帶徐君墓樹而去。」杜甫有〈祭房公文〉曰：「撫墳日落，脫劍秋高。」蓋有知音難覓之歎。

【語　譯】我又要浪跡他鄉，現在來到你的墳頭，停馬向你拜別，眼淚不覺地落下，連墳前的泥土都沾濕了，舉頭看幽空處，正浮著幾片殘雲。以前謝安在兵危時，還可以從容的下碁，徐君死了，延陵季子就把寶劍掛在他的墓前。如今低林花落，只聽得幾聲鶯啼，送我遠行。

【賞　析】這是一首向墳前哭別的詩。《全唐詩》在題目下有自注「閬州」二字，是杜甫於廣德二年（西元七六四）春天，在閬州臨回成都之前，往房琯墓前拜別，朋友之情，死生猶一，讀後使人惻惻不已。此詩首聯點題，頷聯寫哀哭，「低空有斷雲」，以景托情。頸聯用典對仗，一寫生前，一寫死後，上句說房琯，下句謂自己。末聯寫離去之景，春林落花，鶯啼送客，與首句他鄉行役呼應。

詩中那股憂鬱的氣氛，那份深沉的哀痛，使人讀罷，不僅是一首悼念亡友的詩，也是詩人對時代、對家國的感傷，杜甫的詩，悲鬱頓挫，從這首詩中，亦可略見一斑。

113　旅夜書懷

杜　甫

細草微風岸，危檣❶獨夜舟。星垂❷平野闊，月湧大江❸流。名豈文章著？官因❹老病休。飄飄何所似？天地一沙鷗❺。

【韻　律】這是一首五言仄起格的律詩，平仄嚴謹，除「名」與「天」二字，因下字為仄聲可以令單而平仄不拘外，其他都合乎格律。所謂「仄起格」或「平起格」，是從每詩的首句第二字的平仄來判斷，仄聲便是仄起格，平聲便是平起格。這首首句「細草微風岸」第二字「草」字是仄聲，所以稱為「仄起格」。全詩用下平聲十一尤韻，韻腳為：舟、流、休、鷗。

【注釋】❶危檣 高桅也。❷垂 一作臨。❸大江 指長江。❹因 一作應。❺沙鷗 水鳥也。

【語譯】微風輕拂著岸邊的細草，船桅高高地直伸向夜空。在這靜夜裡，星光垂照下來，平野顯得格外遼闊，月光映照在水面上，大江不斷地奔流。我的名聲，難道是因文才而顯著嗎？但年老多病，也應該辭官退休了。如今我飄泊不定，又像什麼呢？就像是天地間的一隻沙鷗吧！

【賞析】這是一首述懷的詩。作者在代宗永泰元年（西元七六五）五月，帶著家人離開成都的草堂，泛舟東下，九月，到了雲安（今四川雲陽），暫住下來，此詩大約是經過重慶、忠縣一帶時寫的。清王夫之《薑齋詩話》云：「情景雖有在心在物之分，而景生情，情生景，……互藏其宅。」情景互藏其宅，即寓情於景或寓景於情。此詩便是情景相生，互藏其宅的例子。近人俞陛雲《詩境淺說》：「此與李白之夜泊牛渚，同一臨江書感，一則寫高曠之意，一則寫身世之感，皆氣象千雲，所謂李杜文章，光燄萬丈也。」

114 登岳陽樓

杜甫

昔聞洞庭水，今上岳陽樓❶。吳楚東南坼❷，乾坤日夜浮❸。親朋無一字❹，老病有孤舟。戎馬關山北❺，憑軒涕泗流。

【韻律】首句「昔聞洞庭水」，是單拗。樓、浮、舟、流是韻腳，用下平韻十一尤韻。首聯對起，頷頸兩聯，對仗工巧。

【注釋】❶岳陽樓　在今湖南岳陽西，俯瞰洞庭湖，煙波浩瀚，景色萬千。❷吳楚東南坼　洞庭湖遼闊，把東南部一帶的地方分割。吳楚泛指華中地方，在我國的東南部。坼，分也；裂也。❸乾坤日夜浮　洞庭湖氣象宏大，自為天地，而日月出沒其中。《水經・湘水注》：「洞庭湖水廣圓五百餘里，日月若出沒其中。」乾坤，即天地。❹無一字　言無信息也。❺戎馬關山北　謂中原仍有戰爭。大曆三年八月，吐蕃入寇靈武邠州，郭子儀移朔方，兵鎮邠州，以禦吐蕃。

【語譯】以前聽人說洞庭湖的氣象雄偉，今天總算有機會上岳陽樓來觀賞了。只見湖面遼闊，把我國東南部的地方分割，而氣象宏博，自為天地，使日月出沒其中。親朋們一點消息都沒有，我年老多病，只有一條小船可以託身。聽說中原還有戰爭，我憑欄北望，不禁淚眼縱橫。

【賞析】這是一首登臨的詩，杜甫作於大曆三年（西元七六八）暮冬。上半寫洞庭湖的景象，氣勢迫人，尤以「吳楚東南坼，乾坤日夜浮」一聯，更為千古絕唱，歷代岳陽樓的對聯很多，如「水天一色，風月無邊」，「老杜乾坤今日眼，范公憂樂古人心」，「東南雲氣來衡岳，日夜江聲下洞庭」等，都是上上品的傑作。下半四句，道敘自己的身世，飄泊堪憐，老境堪哀。浦起龍在《讀杜心解》上說：「已暗逗遼遠漂流之象。」所以末四句，一句一哭，最後禁不住要涕泗交流了。

115

輞川閑居贈裴秀才迪

王維

寒山轉蒼翠，秋水日潺湲❶。倚杖柴門外，臨風聽暮蟬。渡頭餘落日，墟里❷上孤煙。復值接輿❸醉，狂歌五柳❹前。

【韻律】首句「寒山轉蒼翠」，為單拗，合律。末聯出句「復值接輿醉」，「輿」字孤平，而對句不救，不合律。首聯對起，而頷聯不對，謂之「偷春格」。有謂為蜂腰格者，誤，蓋「蜂腰格」僅頸聯對仗，其他都是散句不對仗的才是。全詩用下平聲一先韻，韻腳是：湲、蟬、煙、前。

【注釋】❶潺湲　水緩流聲。❷墟里　村落。❸接輿　即楚狂，春秋時楚國的隱士。在此指裴迪。❹五柳　陶淵明，自號五柳先生。在此作者自比。

【語譯】寒山變成了一片墨綠，潺湲的秋水緩緩地流。我拄著枴杖，站在柴門外，迎著晚風，聽暮蟬嘶叫。在渡頭的地方，留有落日的餘輝，村舍裡，不時升起縷縷的炊煙。偶爾碰到你像接輿似的喝醉了酒，就在我家門前慷慨地高歌起來。

【賞析】這首詩是王維晚年的作品。《舊唐書・文苑傳》云：「晚年長齋，不衣文綵，得宋之問藍田別墅，在輞口，輞水周於舍下，別漲竹洲花塢，與道友裴迪，浮舟往來，彈琴賦詩，嘯詠終日，嘗聚其田園，所為詩號《輞川集》。」輞川，在今陝西藍田南。裴迪，生平不詳，以無官職，故稱秀才。這首詩描寫鄉居隱逸自得的生活，清冷簡潔。高步瀛《唐宋詩舉要》云：「自然流轉，而氣象又極闊大。」實在可以說是啜出生活的芬芳來了。

116 山居秋暝

王維

空山新雨後，天氣晚來秋。明月松間照，清泉石上流。竹喧歸浣女❶，蓮動下漁舟。隨意春芳❷歇，王孫❸自可留。

【韻律】此詩用下平聲十一尤韻，韻腳是：秋、流、舟、留。

【注釋】❶浣女　洗衣女。❷春芳　青草也。❸王孫　貴族之後裔，猶言貴公子也。《楚辭・招隱士》：「王孫遊兮不歸，春草生兮萋萋。」

【語譯】空山裡剛下了一陣新雨，到傍晚時，天氣就有些秋意。月光灑進松陰來，清泉從石上流過。洗衣服的女孩子回來了，穿過竹林子發出一些聲響，漁舟擦過蓮葉，蓮葉搖動。春草到了秋天，很容易就凋零了，在外出遊的王孫們，自然可以留在這裡。

【賞析】這是一首寫山居的詩。全詩著重在一個「暝」字，寫夜景，寫歸人，美得像一幅圖畫，給人一種閒適的感覺。詩中兩聯對仗，同是寫景，但各有所述，上聯寫景，重在寫物，下聯寫景，景中有人，但明月、清泉、幽竹、青蓮，以示山居秋晚的高潔。尤其「明月松間照，清泉石上流」，是自然禪境。在這種美好的情調中，當然不忍歸去。東坡嘗謂摩詰詩「詩中有畫，畫中有詩」，信然。

117　歸嵩山作

王　維

清川帶長薄❶，車馬去閑閑❷。流水如有意，暮禽相與還。荒城臨古渡，落日滿秋山。迢遞嵩高下❸，歸來且閉關。

【韻　律】首句「清川帶長薄」單拗。頷聯「流水如有意，暮禽相與還」，出句「水」和「有」都是仄聲，對句「相」用平聲，以救上句，是為雙拗，均合律。閑、還、山、關等字用韻，為上平聲十五刪韻。

【注　釋】❶長薄　叢林也。言草木交錯的地方。❷閑閑　怡然自得貌。❸迢遞嵩高下　迢遞，遠貌。嵩高，一作嵩山，即中嶽嵩山，在河南省登封縣北。

【語　譯】我沿著清流繞過了叢林，坐在馬車上逍遙自在。流水彷彿懂得我的意思，歸鳥也跟著我一齊回來。這座荒城靠臨著古老的渡口，落日灑滿了一山秋色。在那老遠的嵩山下是我的家，回來後，我就把大門關上。

【賞　析】這是一篇寫山景的詩。整首詩著筆層次分明，詩人所見之景，一路寫來，似無匠痕，然安詳從容，恬淡自適，清川叢林，流水暮禽，荒城古渡，落日秋山，八句均寫景，而景中有情，處處流露出一份對大自然的熱愛，末句始一語道破，有隔絕塵世，終老山林之意。元方回《瀛奎律髓》：「閒適之趣，澹泊之味，不求工而未嘗不工者，此詩是也。」紀昀批曰：「非不求工，乃已琱已琢，後還於樸，斧鑿之痕俱化爾。學詩者當以此為進境，不當以此為始境，須從切實處入手，方不走入流易。」

118

終南山

王　維

太乙❶近天都❷，連山接海隅❸。
白雲迴望合，青靄❹入看無。
分野❺中峰變，陰晴眾壑殊。
欲投人處宿，隔水問樵夫。

【韻　律】此詩用上平聲七虞韻，韻腳為：都、隅、無、殊、夫。

【注　釋】❶太乙　亦作太一。山名。在今陝西郿縣南，高矗雲表，終年積雪，故又名太白山，為秦嶺山脈之主峰。終南山，即秦嶺山脈。❷天都　帝都也，指長安。作「天宮」解，亦通。❸連山接海隅　形容山勢綿亘，直到海邊。接，《全唐詩》校云：「一作到。」❹青靄　雲氣也。❺分野　謂列宿所當之區域也。

【語　譯】太乙山靠近京都，山勢連接不斷，直到海角。回頭看，白雲集聚一起，雲氣氤氳，走近看卻空幻一無所有。天上的列宿以主峰為分野，陰晴的變化，每個山谷的景象，都不盡同。我想找一戶人家去投宿，就隔著水端問那個樵夫。

【賞　析】這是一首登臨的詩。先點出終南山的位置及其形勢。中間寫雲氣的聚散，陰晴的開闔。末以投宿作結，清逸挺秀。清沈德潛《唐詩別裁》：「近天都言其高，到海隅言其遠，分野二句言其大，四十字中，無所不包，手筆不在杜陵下。或謂末二句似與通體不配，今玩其意，見山遠而人寡也，非尋常寫景可比。」日人森大來《唐詩選評釋》：「天都原是星名，太乙亦星名，故湊合之，兼比終南，山之在長安也。此處故用星名者，亦非無故，神氣早貫注到第五句，當細心尋繹。」

119

酬張少府

王　維

晚年惟好靜，萬事不關心。自顧無長策，空知返舊林。松風吹解帶，山月照彈琴。君問窮通❶理，漁歌入浦❷深。

【韻　律】此詩用下平聲十二侵韻，韻腳是：心、林、琴、深。

【注釋】❶窮通　通曉奧秘也。《三國志・吳志・虞翻傳》：「又觀象雲物，察應寒溫，原其禍福，與神合契，可謂探賾窮通者也。」❷浦　水濱也。

【語譯】我晚年好靜，對世事漠不關心。自問沒有什麼好策略，只好返回舊時的山林。微風穿過松陰，把衣帶也吹開了，在山月的照耀下，我彈彈琴。假如你想問箇中的道理，就聽正從浦口深處，傳來漁人的歌聲吧。

【賞析】這是一首酬答的詩。張少府，生平未詳，可能是勸王維出仕的，因而答之。此詩有禪理，不正面作答，只寫山林景色，以「漁歌入浦深」作答，所謂「不著一字，盡得風流」是也。前四句很平白，頸聯寫山居的生活，末聯作答，點出「酬」字。王維晚年好佛理，將禪入詩，禪為禪那的省略，本為梵語，指智慧靜慮之意。由於「好靜」，便有深沉之思，「松風吹解帶，山月照彈琴」，自然脫俗，是禪意所在，「君問窮通理」，答以「漁歌入浦深」，其中禪理，便靠妙悟。我國詩歌中的境界，以隱逸為高，浦口深處，漁歌傳唱，卻是另一種境界。

120

過香積寺

王維

不知香積寺❶，數里入雲峰❷。古木無人徑，深山何處鐘？泉聲咽危石，日色冷青松。薄暮空潭曲，安禪制毒龍❸。

【韻律】頸聯出句「泉聲咽危石」，是單拗。峰、鐘、松、龍四字用韻，為上平聲二冬韻。

【注釋】❶香積寺　寺名。在今陝西長安南神禾原上。唐建，宋改開利寺。《雍錄》：「在子午谷正北，近昆明池，鎬水發源之處。」❷雲峰　山高雲氣瀰漫的山峰。❸安禪制毒龍　安禪，謂身心宴然入於禪定也。毒龍，喻慾望妄念也。

【語譯】不知香積寺在那裡，走了好幾里路，都是雲氣瀰漫的山峰。古木參天，連一條小路都沒有，在這深山裡，是那兒傳來的鐘聲呢？只見泉水流過亂石，發出嗚咽的聲響，日光落在青松上，有著一股寒意。黃昏時，在這曲折空寂的清潭處，使我身心宴然入定，而忘卻了一切雜念。

【賞析】《全唐詩》在詩題下校云：「一作王昌齡詩。」誤。此詩與常建〈題破山寺後禪院〉，同為寫寺院的詩，幽趣亦同。詩中運用各種意象，如雲峰、古木、深山、危石、青松、空潭等，組合成幽山寧靜的景象，十分巧妙。至於頸聯「泉聲咽危石，日色冷青松」句，與前詩〈山居秋暝〉的「明月松間照，清泉石上流」取材相同，然手法各異，可悟鍊句之法。

王維晚年好佛，詩中常有禪意，含蘊著一片空明寧靜的境界。詩有禪意，能另闢詩境，正如唐司空圖所謂的沖淡：「素處以默，妙機其微。」不然，便落於偈語，失去詩中的情趣。

121　送梓州李使君

王維

萬壑樹參天，千山響杜鵑。山中一夜雨，樹杪百重泉。漢女輸橦布，巴人訟芋田❶。文翁翻教授❷，不敢倚先賢。

【韻律】頷聯出句「山中一夜雨」作下三仄。天、鵑、泉、田、賢五字用韻，為下平聲一先韻。

【注釋】❶漢女輸橦布二句　李使君治梓州時，婦女們勤於織橦布，作為稅捐，男人們有時為了芋田而爭訟。漢女、巴人，泛指當地男女而言。輸，捐也。橦布，橦木花所績之布。訟，爭訟也。芋田，種青芋之田。❷文翁翻教授　言文翁重施以教化也。文翁，指李使君。《漢書．循吏傳》：「文翁為蜀郡守，見蜀地辟陋，欲誘進之，乃選郡縣小吏開敏有材者，遣詣京師，受業博士。又修起學官，於成都市中，招下縣子弟，以為學官弟子，繇是大化，蜀地學於京師者比齊魯焉。」

【語譯】千山萬壑的古樹參天，到處聽得到杜鵑的啼叫。山中昨夜下了一夜的雨，今朝樹梢上都掛滿水珠，像百道的泉水。這一帶的婦女們勤織橦布，以作稅捐，男人們有時為了開墾芋田而爭訟。你就像漢朝的文翁，對他們重新教化，不因先賢的功績，而有所怠惰啊！

【賞析】這是一首送行的詩。首聯有惜別之意，寫梓州（今四川三臺一帶）的風光，「千山響杜鵑」，意有雙關。頷聯寫山居雨後之美，是山居生活所體驗出來的。頸聯寫巴蜀民風樸質，純然天趣。末聯以文翁相勉，而有頌揚之意。全詩頌揚之意多於惜別之情，然塑意清麗如畫。明徐世溥《榆溪詩話》謂：「此詩輕妙渾然。」並云：「乍讀之，初不覺連用山樹字也，于參天之杪，想百重泉，于百重泉知一夜雨，則所謂千山杜鵑者，政響于夜雨之後，百重泉之間矣。妙處豈復畫師之所能到，前身畫師故是。」

122

漢江臨汎

王 維

楚塞三湘❶接，荊門九派通❷。江流天地外，山色有無❸中。郡邑浮前浦，波瀾動遠空。襄陽❹好風日，留醉與山翁❺。

【韻　律】末聯出句「襄陽好風日」，單拗。通、中、空、翁四字用韻，為上平聲一東韻。

【注　釋】❶三湘　泛指湖南而言。《太平寰宇記》以湘鄉、湘潭、湘陰為三湘。《長沙府志》則以瀟湘、沅湘、蒸湘為三湘。❷荊門九派通　荊門，即荊門山，在今湖北宜都西北，在長江南岸，與北岸虎牙山相對。九派，支流多也。通，匯合也。❸有無　若隱若現也。❹襄陽　即今湖北襄陽，在漢水上流，上通秦隴，下控荊楚。❺山翁　指孟浩然。孟浩然歸隱湖北襄陽鹿門山。

【語　譯】荊楚與三湘接壤，長江從荊門山以下，有許多支流與漢水相通。江水奔流到天地之外，山色若隱若現的在其中。在前面浦口處，浮現著一些城邑和村落，驚濤駭浪，在遠空下騰湧著。今天，襄陽好天氣，風和日麗，還是留下來跟山中的老翁共醉吧！

【賞　析】這是一首登臨懷友的詩。詩題一作「漢江臨眺」，漢江，即漢水，出陝西省，東南入湖北省，至漢陽流入長江。詩中提及襄陽，當是作者在襄陽登臨時所寫的。首聯寫荊楚的形勢，中四句寫「江流」、「山色」、「郡邑」、「波瀾」，一氣貫注而下，亦如江水奔流，使人深深地體會到祖國山川的壯麗。末以歸隱作結，並懷念歸隱襄陽的好友孟浩然。

123　終南別業

王維

中歲頗好道❶，晚家南山❷陲。興來每獨往，勝事❸空自知。行到水窮處，坐看雲起時。偶然值林叟，談笑無還期。

【韻律】全詩平仄拗亂，不合格律，唯其中兩聯對仗，故仍視為律詩。陲、知、時、期用韻，為上平聲四支韻。

【注釋】❶道　指佛理。❷南山　即終南山。❸勝事　快意也。

【語譯】中年以後，我頗喜愛佛理，晚年便隱居在終南山的邊上。興致來時，就獨來獨往，箇中的快意，只有自己才能知道。我走到水源的盡頭，坐下來，看雲霧升起。偶然也會碰到住在山林中的老頭兒，談得開心起來，便忘了回家。

【賞析】終南別業，就是輞川別墅，是王維晚年隱居的地方。這首詩是寫隱居的意趣。首先說明隱居終南山，晚年好佛，興致來時，獨往山中，時有勝事，唯有自己知道。後四句連舉兩件勝事，都富禪理。一是尋找水源，直窮水泉處，卻坐看雲起，此為絕處逢生，無限禪機；一是下山遇林叟，與之言談，忘了回家，自由無礙，毫無牽掛，也是禪趣。宋胡仔《苕溪漁隱叢話前集》曰：「《後湖集》云，此詩造意之妙，至與造物相表裡，豈直詩中有畫哉？觀其詩，知其蟬蛻塵埃之中，浮游萬物之表者也。」

124

望洞庭湖贈張丞相

孟浩然

八月湖水平，涵虛混太清❶。氣蒸雲夢澤❷，波撼岳陽城。欲濟無舟楫❸，端居恥聖明❹。坐觀垂釣者，空有羨魚情❺。

【韻　律】首句「八月湖水平」作「仄仄平仄平」，拗而不救，日人森大來《唐詩選評釋》：「起句下三字，準於平仄之例，別成一種之音節，即如『八月湖水平』、『北闕休上書』等是也。然若此體，上二字必當用入聲，此關於音節之至理，學者不可不知也。」此詩用下平聲八庚韻，韻腳是：平、清、城、明、情。

【注　釋】❶涵虛混太清　涵籠空明，與蒼天相接。涵虛，涵籠空明。太清，天也。❷雲夢澤　古楚國之澤藪名。雲夢本有二澤，分跨今湖北省境大江南北，江南為夢，江北為雲，面積約八九百里，為古代諸侯畋獵之所也。❸舟楫　船也。楫，舟旁撥水之具，長者為櫂，短者為楫。❹端居恥聖明　言平日無所成就，愧對明主也。端居，平居也。聖明，指明主。❺坐觀垂釣者二句　坐看垂釣的人得魚，自己空有羨慕的心情。喻憑空想望，難收實效也。空，一作徒。《淮南子‧說林訓》：「臨河而羨魚，不如歸家織網。」

【語譯】八月的湖水平靜，湖面涵泳著空明，與蒼天相接。在雲夢澤一帶，水氣上蒸，湖波蕩漾，直搖撼著岳陽城。我想渡過去，可惜沒有舟楫，平日無所成就，真是愧對明君。坐著觀看垂釣的人得魚，自己空有羨慕的心情。

【賞析】此詩標題，《四部叢刊》本作「臨洞庭」，章燮注本作「臨洞庭上張丞相」，今從《全唐詩》本。張丞相，指張九齡。《新唐書‧宰相表》：「開元二十一年（西元七三三）起復張九齡為中書侍郎，同中書門下平章事。」

這首詩表面是寫登臨的詩，描寫洞庭湖的景象，其實是比喻雙關，希望張丞相的引掖，以入仕途。前四句寫洞庭湖的景象，著筆宏偉，後四句以欲濟無舟，臨淵羨魚，隱喻望得張丞相的推薦，是為干祿的詩。宋曾季貍《艇齋詩話》云：「老杜有〈岳陽樓〉詩，孟浩然亦有，浩然雖不及老杜，然『氣蒸雲夢澤，波撼岳陽城』，亦自雄壯。」

125 與諸子登峴山

孟浩然

人事有代謝❶，往來❷成古今。江山留勝跡❸，我輩復登臨。水落魚梁❹淺，天寒夢澤深。羊公碑字在❺，讀罷淚沾襟。

【韻　律】首聯對起。首句「人事有代謝」作「平仄仄仄仄」，二四兩字均仄，對句第三字用平聲「成」字，以救上句，是為雙拗。此詩用下平聲十二侵韻，韻腳是：今、臨、深、襟。

【注　釋】❶代謝　猶言興替也。❷往來　過去與現來的時光。❸勝跡　謂峴山也，上有為羊祜所立之墮淚碑。在今湖北襄陽南九里，一名峴首山。❹魚梁　堰水為關孔，用以捕魚之處也。❺羊公碑字在　字，《全唐詩》校云：「一作尚。」羊公碑，即峴山上之墮淚碑。晉羊祜鎮襄陽，常觴於此。《晉書．羊祜傳》：「祜樂山水，每覽風景，必造峴山，嘗慨然太息。顧謂從事鄒湛曰：『自有宇宙，便有此山，由來賢達勝士，登此遠望，如我與卿者多矣，皆湮沒無聞，使人悲傷，吾百歲後，有知魂魄，猶應登此山也。』」及祜卒，後人立碑其上，見者悲泣，謂之墮淚碑。

【語　譯】人事有興替，過去與現來的時光，構成了古今。江山尚留下一些名勝古蹟，讓我們有機會再去登臨。水退落後，魚梁都淺現出來，天氣轉冷，雲夢澤的湖水變得深沉。羊祜碑上的文字依然存在，讀罷，真使人淚落沾滿了衣襟。

【賞　析】這是一首登臨懷古的詩，寄慨蒼涼。第一句寫人事，第二句寫時間，第三句寫空間，第四句「我輩復登臨」點題，作一小結。五六兩句寫登臨所見，在天寒水落之時，愈引來蒼涼之感，所以末聯，寫在峴山上讀罷墮淚碑，不覺淚落。俞陛雲《詩境淺說》云：「凡登臨懷古之作，無能出其範圍，句法一氣揮灑，若鷹隼摩空而下，盤折中有勁疾之勢，洵推傑作。」蘅塘退士評曰：「憑空落筆，若不著題而自有神會。」

126

清明日宴梅道士房

孟浩然

林臥愁春盡，開軒❶覽物華。忽逢青鳥使❷，邀入赤松❸家。丹竈❹初開火，仙桃正發花。童顏❺若可駐，何惜醉流霞❻？

【韻　律】末聯出句「童顏若可駐」，作下三仄。華、家、花、霞四字用韻，為下平聲六麻韻。

【注　釋】❶開軒　一作搴帷。開窗也。❷青鳥使　《漢武故事》：「七月七日，忽有青鳥，飛集殿前。東方朔曰：『此西王母欲來。』有頃，王母至，三青鳥夾侍王母旁。」按後人因借稱使者曰青鳥使。❸赤松　即赤松子，古仙人，神農時為雨師。❹丹竈　一作金竈。用以鍊丹之爐也。❺童顏　猶朱顏也。喻青春。❻流霞　仙酒名。《抱朴子・祛惑》：「項曼都入山學仙，十年而歸，家人問其故，曰：有仙人但以流霞一盃與我，飲之，輒不飢渴。」

【語　譯】我歸臥林間，真怕春天就要過了，於是開窗欣賞窗外的景色。忽然遇到青鳥使者，邀我到赤松子家裡來，朱紅的爐竈剛開始生火鍊丹，四周的仙桃花，也正開得燦爛。假如青春可以永駐的話，又何必珍惜那些流霞酒而不去醉飲呢？

【賞　析】這是一首寫春宴的詩。詩題一作「宴梅道士山房」，今從《全唐詩》本。梅道士，為孟浩然的朋友，故詩集中有很多關於他的記載。此詩首聯暗示春光將盡，切「清明日」。頷聯寫梅道士的邀請，因為他是道士，所以用兩則神話。頸聯寫梅道士山房的陳設和周遭的景色。末聯以醉飲作結。詩中洋溢著歸隱的情趣，用「青鳥」、「赤松」、「丹竈」、「仙桃」等意象，烘托道士的房舍，至為成功。

127 歲暮歸南山

孟浩然

北闕❶休上書，南山歸敝廬。不才明主棄，多病故人疏。白髮催年老，青陽❷逼歲除。永懷愁不寐，松月夜窗虛。

【韻　律】首聯雙拗，出句「北闕休上書」作「仄仄平仄平」，對句「歸」字作平聲，以救上句。此詩用上平聲六魚韻，韻腳是：書、廬、疏、除、虛。

【注　釋】❶北闕　謂坐北朝南之宮殿也。此指朝廷。《漢書》顏師古注：「尚書奏事，謁見之徒，皆詣北闕。」❷青陽　謂春也。《爾雅・釋天》：「春為青陽。」

【語　譯】不要再向北闕上奏書了，還是回到終南山的破茅屋裡來吧。我沒有才能，自然會被英明的皇上所捨棄，加上身體多病，連老朋友也一天一天地疏遠了。滿頭白髮，催促我年華老去，春天將到，又把歲暮逼走。我滿懷愁緒，難以入寐，只見松間的月色，投射到窗裡來，一片虛白。

【賞　析】這是一首歲暮懷歸的詩。「永懷愁不寐」中的「愁」字，可以說是一篇的主旨。孟浩然四十多歲曾往長安謀取功名，不遂，使他不得不回終南山來歸隱。中間「不才明主棄，多病故人疎」，是這個社會真實的寫照，無怪唐玄宗聽了，大不高興，說：「吾未嘗棄卿，何誣之甚也？」頸聯說時光易逝，歲月逼人，撫今追昔，因而愁懷不寐。末以寫景作結。全詩看似豁達，其實含蘊豐富，難為世用，歲月催人，層層轉折，有悠遠深厚的意旨。

128

過故人莊

孟　浩　然

故人具雞黍❶，邀我至田家。綠樹村邊合❷，青山郭外斜。開軒❸面場圃❹，把酒話桑麻。待到重陽日❺，還來就❻菊花。

【韻　律】首句「故人具雞黍」作「仄平仄平仄」，是單拗。頸聯出句「開軒面場圃」作「平平仄平仄」，也是單拗。此詩用下平聲六麻韻，韻腳是：家、斜、麻、花。

【注　釋】❶具雞黍　具，準備。雞黍，田家宴客之酒菜也。黍，小米。《論語・微子》：「殺雞為黍而食之。」❷合　集聚也。❸開軒　一作開筵。軒，窗也。❹場圃　廣場也。❺重陽日　農曆九月九日為重陽節，所以登高敬老也。❻就　近也。此作欣賞解。

【語　譯】老朋友準備了酒菜，邀請我到他的田莊去。一路上看到綠樹在村邊聚集著，青山在城外斜斜地伸展。開窗面對著門前的廣場，我們相互舉杯，談一些農家的閒話。他說等到重陽節的時候，再來這兒欣賞菊花。

【賞 析】這是一首田園詩，純然用白描手法，樸質真實，無一句閒話。先寫邀請，繼而寫村景，寫對酌，寫以重陽為約，層次井然，使人深深體會農家人情味的濃厚。田家詩的可愛，以自然景色入篇，青山綠樹，田家場圃，加以率真樸質的田家生活，醇厚的人情味，使人嚮往不已。末句「還來就菊花」，「就」字是詩眼，用字精鍊。明楊慎《升庵詩話》云：「刻本脫一就字，有疑補者，或作醉，或作賞，或作泛，或作對，皆不同。後得善本，是就字，乃知其妙。」

129

秦中感秋寄遠上人

孟 浩 然

一丘嘗欲臥❶，三徑❷苦無資。北土❸非吾願，東林❹懷我師。黃金然桂❺盡，壯志逐年衰。日夕涼風至，聞蟬但益悲。

【韻 律】此詩用上平聲四支韻，韻腳是：資、師、衰、悲。首聯亦對仗。

【注 釋】❶臥 歸隱也。❷三徑 徑，小路也。陶淵明的〈歸去來辭〉：「三徑就荒，松菊猶存。」《三輔決錄》：「蔣詡，字元卿，舍中竹下開三徑，惟羊仲、求仲從之遊。」❸北土 北地也，此指秦中，今陝西關中一帶。❹東林 晉僧慧遠居住之所，此指遠上人而言。《高僧傳》：「沙門慧永居在西林，與慧遠同門舊好，遂要同止，永謂刺史桓伊曰：『遠公方當宏道，今從屬已廣，而來者方多，貧道所棲褊狹，不足相處，如何？』桓乃為遠復於山東更立房殿，即所謂東林是也。」❺然桂　然，一作燃。言生活費用高昂。《戰國策・楚策》：「楚國之食貴於玉，薪貴於桂，今臣食玉炊桂。」

【語　譯】我常想找一塊山林去歸隱，可是連闢三條小路的錢都沒有。現在流落北方，並非我的願望，使我時常懷念在東林的師友。這裡的生活水準很高，用錢就像燒桂枝似的費盡了，壯志豪情也一年年地衰減。早晚之間，一陣北風吹來，聽得斷斷續續的蟬聲，更使人悲涼。

【賞　析】這是一首寄贈的詩。作者客居長安，秋來，寄給遠上人的。遠上人是個和尚，生平不詳。全詩前四句說想回家歸隱，可惜沒有盤資。後四句寫長安物價昂貴，更兼自己連年不得志，每當秋來，涼風時至，秋蟬淒切，使人不勝悲涼。此詩作法頗異，除「東林懷我師」句，與遠上人有關外，通篇都在道述自己的窮苦。又詩題《四部叢刊》本《孟浩然集》無「遠」字，章燮注本無「感秋」二字，今依《全唐詩》本，且《全唐詩》校云：「一作崔國輔詩。」故蕭繼宗《孟浩然詩說》一書中，沒有提及此詩。

130

宿桐廬江寄廣陵舊遊

孟浩然

山暝聽猿愁，滄江❶急夜流。風鳴兩岸葉，月照一孤舟。建德❷非吾土，維揚❸憶舊遊。還❹將兩行淚，遙寄海西頭❺。

【韻　律】頷聯出句「風鳴兩岸葉」，作下三仄，可以不救。末聯起句「還將兩行淚」作「平平仄平仄」，是單拗，本句自救。此詩用下平聲十一尤韻，韻腳是：愁、流、舟、遊、頭。

【注　釋】❶滄江　江水色蒼，故曰滄江。又滄字有寒意。此指桐廬江而言，為錢塘江上游，在建德與桐廬之間，又稱桐江。❷建德　今浙江桐廬南。❸維揚　即揚州。原名廣陵。今江蘇江都東北。❹還　猶言不如。❺海西頭　廣陵在東海西，附近多湖泊河流，故以海西頭為代稱。隋煬帝〈泛龍舟歌〉：「借問揚州在何處？淮南江北海西頭。」

【語　譯】山色暗了，夜裡聽得猿在悲鳴，使人發愁，今晚滄滄的江水流得很急。大風吹過，兩岸的葉子沙沙作響，明月照在我這條小船上。建德不是我的家鄉，我所思念的卻是在維揚的老朋友。不如將這兩行熱淚，遙寄給揚州海西頭那邊的友人吧！

【賞　析】這是一首寄贈的詩，上半寫浙西的山水。吳均〈與宋元思書〉有云：「自富陽至桐廬，一百許里，奇山異水，天下獨絕。」想這帶風景，確是千古傳名的。頸聯點題，「建德非吾土」，寫宿桐廬江，「維揚憶舊遊」則寫寄廣陵諸友。末聯以兩行淚遙寄，愈見思念之甚。用詩末點題法，愈見巧妙。蕭繼宗《孟浩然詩說》云：「此詩前四句所寫富春景色，不足以見江山之秀美，反有蕭寒之感，因既為夜泊，復念舊遊也。」

131

留別王侍御維

孟　浩　然

寂寂竟何待？朝朝空自歸。欲尋芳草去，惜與故人違❶。當路誰相假❷？知音世所稀。祇應守索寞❸，還掩故園扉。

【韻　律】首聯對起，出句第四字「何」字孤平，對句「空」字以救之。末聯出句「祇」字本平而仄，則第二字「應」字孤平，故對句「還」字用平聲以救之，亦是孤平拗救，均合律。此詩用上平聲五微韻，韻腳是：歸、違、稀、扉。

【注　釋】❶惜與故人違　故人，友人也。指王維。違，分別。❷當路誰相假　當路，指當權者。假，假以詞色，即幫助的意思。❸索寞　即寂寞也。《四部叢刊》及章注本索字均作「寂」。

【語　譯】我在這裡靜靜地等待什麼呢？每天都白跑一趟回來。我想離開這兒去尋找芳草，只是要跟你分手感到遺憾。當權的人誰肯加以幫忙呢？在世上，知音本來就很稀少啊。我本應該守住寂寞，還是回來把家園的門掩上吧！

【賞　析】這是一首留別詩。孟浩然要回家鄉，寫一首詩向王維告別。《四部叢刊．孟浩然集》與章燮注本詩題均無「侍御」二字，今從《全唐詩》本補入。侍御，官名。當時王維任侍御。首聯十分沉痛，頷聯謂己將去，有依依不捨之情。頸聯感歎知音難遇。末聯，言求仕不得，守住寂寞，亦是本分，毫無怨言，合乎溫柔敦厚的詩旨。俞陛雲《詩境淺說》：「襄陽懷才不遇，拂袖而行，若淵明之詩，則委心去留，絕無憤世語也。」

132

早寒江上有懷

孟浩然

木落雁南渡，北風江上寒。我家襄水❶曲，遙隔楚雲端。鄉淚客中盡，孤帆天際看。迷津❷欲有問，平海夕漫漫❸。

【韻律】首聯出句「南」字孤平，對句「江」字救之。頸聯出句「中」字孤平，對句「天」字救之。均為孤平拗救，合乎格律。此詩用上平聲十四寒韻，韻腳是：寒、端、看、漫。

【注釋】❶襄水　即漢水，在襄陽附近的，又稱為襄水或襄河。❷津　渡水處也。❸漫漫　無涯際貌。

【語譯】樹木黃落，鴻雁南飛，北風從江面吹來，越發寒冷。我家住在襄水的曲處，只見楚雲把家鄉遙隔。思鄉的淚已流盡了，坐著小船，只好向天邊張望。我迷失了渡口，在這一片茫茫暮夕的水面上，又從那兒去問人呢？

【賞析】這是一首感懷的詩。詩題一作「早寒有懷」。全詩籠罩著思鄉的情緒，首聯寫歲暮的景象，頷聯引來思鄉之情，頸聯寫思鄉淚盡，翹首雲天，不覺傷心欲絕，末以迷津作結，所謂「平海夕漫漫」，作壯語，雖寫景，實是道情。蕭繼宗《孟浩然詩說》：「全詩骨肉停勻，悵觸不盡，起筆尤為淩厲。」

現存孟浩然的詩約有兩百六十多首，擅於五言，尤長於五律，其中七言的詩只十餘首。他的詩大致可分為兩個時期：四十歲前的詩，表現隱者的心境而滲雜著思慕榮華富貴的念頭，所以在平靜的詩境中，常帶有好奇和憤慨的情調。四十歲以後的作品，便表現淡而深遠的筆調，充滿了和平和與世無爭的理想。他是唐代大量寫山水詩的第一個詩人，繼謝靈運之後，開王維山水詩的先聲。

133

秋日登吳公臺上寺遠眺

劉長卿

古臺搖落後❶，秋日❷望鄉心。野寺人來❸少，雲峰水隔❹深。夕陽依舊壘❺，寒磬滿空林。惆悵南朝❻事，長江獨至今！

【作者】劉長卿（西元七〇九——七八〇？），字文房，河間（今河北河間）人。唐玄宗開元二十一年（西元七三三）進士。肅宗至德年間曾任監察御史，為吳仲孺所誣害，下蘇州獄，貶潘州南邑尉。後有人為他辯白，遂移睦州司馬，終隨州刺史，世稱劉隨州。著有《劉隨州集》。

他是當時的一個知名的作家，以詩馳聲上元寶應間，他長於寫五言近體詩，唐人權德輿稱他為「五言長城」，非溢美之辭。如從年代來看，他比杜甫大三歲，所以清閻若璩的《潛丘劄記》便把他列入盛唐詩人中。如從詩的風格而言，後人將他列入「大曆十才子」中，便視為中唐詩人了。

管世銘《讀雪山房唐詩鈔》所列大曆十才子，是以劉長卿為首，其次是錢起、郎士元、李嘉祐、皇甫冉、司空曙、韓翃、盧綸、李端、李益。當時的人談到詩人，都說：「前有沈、宋、王、杜，後有錢、郎、劉、李。」劉長卿聽了，大不以為然，他說：「李嘉祐和郎士元，怎能同我並提而論？」言下大有出類拔萃之慨。事實上，劉長卿的詩，也的確高人一籌。他的詩以平實的造境和嚴正的構思來取勝，著重詩律的尋求，文字的推敲，這也是中唐詩風的特色。

【韻　律】此詩用下平聲十二侵韻，韻腳是：心、深、林、今。

【注　釋】❶古臺搖落後　古臺，指吳公臺，在今江蘇江都。亦隋煬帝葬地。《太平寰宇記》：「江都縣吳公臺在縣西北，宋沈慶之攻竟陵王誕所築弩臺也，後陳將吳明徹增築之，號吳公臺。」搖落，謂荒蕪也，飄零也。❷日　一作入。❸人來　一作來人。❹水隔　一作隔水。❺舊壘　前時之軍壘，築土疊石以作防禦之用曰壘。此指吳公臺。❻南朝　宋、齊、梁、陳四朝，史稱南朝（西元四二〇——五八八）。

【語　譯】秋天，我登上荒蕪的吳公臺，眺望家鄉，引來鄉愁。這座野寺向來少有人來，雲山蒼蒼，隔著一道深深的水流。夕陽殘照依戀著往日的古堡，晚鐘迴蕩，籠罩著一片空疏的林野。使人想起南朝舊事，惆悵不已，至今只有長江依然在奔流。

【賞　析】這是一首登高弔古的詩，與陳子昂〈登幽州臺歌〉同一感慨。在秋日殘照下，對往日南朝的繁華，作強烈的對比，作品的動人，也在於從搖落的季節，去想像青春，從寂寞寥落去想像繁華盛日，這種悽情，如月光下憶舊，如午夜夢回。藝術作品，有的是以熱情奔逸來感動人，有的是以哀怨悱惻來獲得共鳴；而我國的詩教，有它傳統的觀念，不以熱情哀怨取勝，一向採取「溫柔敦厚」的情操來感人。在詩境中，常以超然絕俗的姿態出現，流露出罕有的和平寧靜，從閑淡的境界中獲得了美感。國樂如此，國畫如此，我國的詩，也是如此。

134

送李中丞歸漢陽別業

劉長卿

流落征南將❶，曾驅十萬師。罷歸❷無舊業，老去戀明時❸。獨立三邊靜❹，輕生一劍知。茫茫江漢❺上，日暮復❻何之？

【韻律】此為仄起格五律，除首句、第三句首字可平可仄外，其餘合律。師、時、知、之用韻，為上平聲四支韻。

【注釋】❶征南將　指李中丞，曾任征南將軍。中丞，官名。為佐御史大夫。❷罷歸　罷官歸鄉。❸明時　聖明平治之時。❹三邊靜　一作三朝識。言邊境平靜也。❺江漢　《全唐詩》作「漢江」，今從章燮本。長江與漢水交匯處，即漢陽是也。❻復　一作欲。又也。

【語譯】你這個落拓的征南大將軍，曾經帶領過十萬大軍。如今罷官還鄉，連以前所操守的事業都沒有了。年華老去，依然留戀這聖明平治的時代。只要你在，邊境都十分平靜，捨生為國，只有你手中的寶劍知道吧！在這茫茫的江漢上，薄暮時分，你又將上那兒去呢？

【賞析】這是一首送別的詩，劉長卿送李中丞回漢陽的家，李中丞本是征南將軍，如今年老，解甲歸鄉，一生為戎事，故無復舊時業，故這首送別，除了述別情外，還讚揚李中丞的功業和公而忘私的操守。詩中首聯寫其勳業，以今昔作對比，為老將鳴其不平，中四句寫其解甲還鄉，猶忠心耿耿，不忘聖明。末以江漢茫茫，日暮何之寫別情，詩中「流落」、「罷歸」，與結語的「茫茫」、「何之」，首尾呼應，含有無限關懷的情意，老將的晚境淒涼，景中有情。

135

餞別王十一南遊

劉長卿

望君煙水闊，揮手淚霑巾。飛鳥沒何處？青山空向人❶。長江一帆遠，落日五湖❷春。誰見汀洲❸上，相思愁白蘋❹？

【韻律】頷聯「飛鳥沒何處？青山空向人」，「沒」字本宜用平，今用仄，則「何」字為孤平，故對句「空」字用平以救之，是為孤平拗救。頸聯出句「長江一帆遠」，本為「平平平仄仄」，今作「平平仄平仄」，三、四兩字平仄對調，本句自救，是為單拗，均合律。詩用上平聲十一真韻，韻腳是：巾、人、春、蘋。

【注釋】❶向人　對人也。❷五湖　太湖的別稱。湖跨江浙兩省，面積約三萬六千頃。❸汀洲　水中之沙洲也。❹白蘋　水中浮草。《爾雅・翼釋草》：「蘋似槐葉而連生淺水中，五月有華，白色，故謂之白蘋。」

【語譯】以後望你，要隔一道遼闊的煙水，在此揮手作別，使我眼淚沾濕了手巾。飛鳥隱沒到那裡去了？青山徒然橫亙在我的面前。只見孤帆隨江水遠去，落日灑在五湖上，春意悠悠。又有誰還見到我站在汀洲上，因思念你，對著白蘋花越發地發愁呢？

【賞析】這是一首餞別送行的詩。王十一，生平不詳，十一，是行輩的稱呼。首聯點江頭送別。中四句寫景，也是寫情。「飛鳥」句暗示遠行的人，「青山」句影射送行的人，徒然屹立，不忍遽去，只見一帆遠去，五湖日落。末聯寫佇立之情，末句「相思」與首句「望君」呼應。清吳喬《圍爐詩話》云：「隨州五言律詩，始收斂氣力，歸於自然，首尾一氣，宛如面語。」

136

尋南溪常山道人隱居

劉長卿

一路經行處，莓苔❶見履痕❷。白雲依靜渚，春草閉閒門。過雨看松色，隨山到水源。溪花與禪意，相對亦忘言❸。

【韻律】末聯出句「溪花與禪意」，單拗。此詩用上平聲十三元韻，韻腳是：痕、門、源、言。

【注釋】❶莓苔 青苔也。❷履痕 一作屐痕。即腳印也。❸忘言 意趣超出言語以外。

【語譯】一路經過的地方，青苔上留下了腳印。白雲寂靜地在沙渚上徘徊，春草叢中，只見門戶緊閉著。我觀賞雨後的松色，跟著山勢來到水的盡頭。面對著溪邊的野花和寂然的禪境，在這種情景下，我還需要說些什麼呢！

【賞　析】這是一首寫「意境」的詩。作者因尋人不遇，於是將一路所見的景物，和盤托出，主旨是「溪花與禪意」，相對兩忘言。著重意境的呈現，希望讀者能從文字之中，而遊乎文字之外，與作者的心靈相契合，共享詩中寧靜之趣。詩題或作「尋南溪常道士」。全詩八句，均寫「尋」字，其餘只是襯題罷了。俞陛雲《詩境淺說》：「七句花與禪本不相涉，而連合言之，便有妙悟。收句意謂朋友存臨，但須會意，溪花相對，莫逆於心，寧在辭費耶？」

137

新年作

劉長卿

鄉心新歲切，天畔獨潸然❶。老至居人下，春歸在客先。嶺猿同旦暮，江柳共風煙。已似長沙傅❷，從今又幾年？

【韻　律】此詩用下平聲一先韻，韻腳是：然、先、煙、年。

【注　釋】❶潸然　涕流貌。❷長沙傅　賈誼也，因受讒，出為長沙王太傅。

【語　譯】到了新年，思鄉的心情更加迫切，人在天邊，只有獨自地流淚。年紀老了，還在人家的底下做事，春天回來了，卻在我回家之前。現在只有與嶺上的猿猴早晚相伴，跟江邊的楊柳同享風煙。我已像長沙王太傅了，從今起還有幾年才能回去呢？

【賞　析】這是一首感懷的詩。感慨自己被流放異鄉，逢年遇節，倍增淒涼。況且人老居人下，春回人未回，這種情景，未知還要過好幾年呢！章燮《唐詩三百首注疏》云：「吳仲孺誣奏，公貶南巴尉時作。」首聯「新歲」二字切題，新年本可樂，卻獨自潸然，可知遭貶謫的痛苦，思念家鄉的心情沉重。頷聯「老至居人下，春歸在客先」，感慨尤深。頸聯寫謫居的景色，嶺猿江柳相伴，悽情足憫。末以賈誼設譬，歸期無日，不禁百感交集。明陸時雍《詩鏡總論》云：「劉長卿體物情深，工於鑄意處，有迥出盛唐者，『黃葉減餘年』，的是庾信王粲氣。『老至居人下，春歸在客先』，春氣句，何減薛道衡思歸語？『寒鳥數移柯』，與隋煬『鳥擊初移樹』同，而風格欲遜。『鳥似五湖人』，語冷而尖，巧還傷雅，中唐手於此見矣。」

138

送僧歸日本

錢　起

上國隨緣住❶，來途若夢行。浮天滄海遠❷，去世法舟輕❸。水月通
禪寂❹，魚龍聽梵聲❺。惟憐一燈影❻，萬里眼中明。

【作　者】錢起，字仲文，吳興（今浙江嘉興西）人。少年聰敏，在鄉里間有好的名譽。據《唐才

子傳》的記載，他開始任計吏，到京口客舍，夜間聽得戶外有人吟詩：「曲終人不見，江上數峰青。」他出戶外觀看，卻不見人影。天寶十載（西元七五一），他入京考試，詩題為「湘靈鼓瑟」，於是他將客舍所聽到的那十字做為落句，主考官激賞他的詩，遂擢置高第。考取進士後，嘗任秘書省校書郎，累官尚書考功郎中。大曆中，與劉長卿、李益等被譽為「大曆十才子」。他的詩體製清新，理致富贍，今有詩集《錢考功集》十卷傳世，《新唐書・文藝傳》有他的小傳。

【韻　律】末聯出句「惟憐一燈影」，單拗。詩用下平聲八庚韻，韻腳是：行、輕、聲、明。

【注　釋】❶上國隨緣住　言有緣得來上國居住。上國，指中國。隨緣，佛家語，謂因緣也。❷浮天滄海遠　言其來時自隔海泛舟而來，路程遙遠，如浮天際。❸去世法舟輕　現在你離開中國，坐著一葉輕舟，飄然而逝。去世，謂離開中國而言。古人喻東海有仙境，故比中國為塵世。法舟，僧人所乘的船。《宋書・天竺迦毗黎國傳》：「無上法船，濟諸沉溺。」❹禪寂　《全唐詩》作「禪觀」，今從章注本。謂禪境也。❺梵聲　誦讀佛經的聲音。❻一燈影　《維摩經》有法門名無盡燈，譬如一燈然，百千燈冥者皆明，明終不盡。這裡有勸勉他廣傳佛法的意思。

【語　譯】你有因緣得來上國居住，來時，途中的經歷就像夢遊似的。從隔海浮天而來，路途遙遠，現在你離去了，駕著輕舟，飄然而逝。月亮照在水中，你悟達禪意，海上的魚龍也都來聽你唸經。你該好好愛惜這一盞慧燈哦，使萬里外的人，眼中也引燃智慧的光輝。

【賞　析】這是一首送行的詩，作者送一位日本和尚回國，然其姓名未詳。日本在東海外，隋文帝時，始與中國通。唐時並派遣僧人來華留學，如空海，法名「遍照金剛」，便是其中之一，回國後，曾用中文寫一部文學批評的書，名為《文鏡秘府論》。全詩多用佛家語，如「隨緣」、「去世」、「法舟」、「通禪」、「梵聲」、「一燈」等詞，配合被送者的身分。首聯寫日和尚因緣而來，中四句寫回程及海景，末聯勉其弘揚佛法，合乎送人遠行，贈以嘉言的原則。章燮評云：「前半不寫送歸，偏寫其來處，後半不明寫出送歸，偏寫海上夜景，送歸之意，自然寓內，如此則詩境寬而不散，詩情蘊而不晦矣。」

139　谷口書齋寄楊補闕

錢　起

泉壑帶茅茨❶，雲霞生薜帷❷。竹憐❸新雨後，山愛夕陽時。閒鷺棲常早，秋花落更遲。家童掃蘿徑❹，昨與故人期。

【韻　律】首聯對起，末聯出句「家童掃蘿徑」作「平平仄平仄」，為單拗，本句自救，合律。詩用上平聲四支韻，韻腳是：茨、帷、時、遲、期。

【注　釋】❶泉壑帶茅茨　我家的茅屋與溪泉山壑相連接。茅茨，以茅葦蓋屋也。帶，連也。❷薜帷　薜荔的帷幔。薜，即薜荔，香草名。〈離騷〉：「貫薜荔之落蕊。」❸憐　可愛。❹蘿徑　長滿松蘿的小徑。

【語　譯】我家的茅屋與溪泉山壑相連，雲霞繚繞著薜荔的幔幕。新雨過後的竹林，更是嫵媚，夕陽殘照下的山色，越發地可愛。閒逸的白鷺很早就棲息在那兒，這裡，秋天的花朵，凋零得比別的地方遲些。家童已把長滿松蘿的小徑掃乾淨，昨兒個我已和朋友約好了，他要來的。

【賞析】這是一首邀約的詩。作者邀楊補闕來舍下，楊補闕，不知何人，為諫官。谷口，在陝西涇陽西北，醴泉東北，相傳為黃帝升仙處，古稱寒門，錢起嘗居於此。全詩前六句寫齋居的景色，一句一景，寫泉壑，寫雲霞，寫新雨，寫夕陽，寫閒鷺，寫秋花，末兩句為主旨，家童已把小徑打掃乾淨，因為朋友要來的緣故，所以前七句，均在襯托「昨與故人期」，末句點題，構思巧妙，且流露自然景色之美。

140

淮上喜會梁川故人

韋應物

江漢曾為客，相逢每醉還。浮雲一別後，流水十年間❶。歡笑情如舊，蕭疏鬢已斑❷。何因北歸去？淮上❸對秋山。

【韻律】頷聯出句「浮雲一別後」作下三仄；末聯出句「何因北歸去」為「平平仄平仄」，是單拗，本句自救，均合律。詩用上平聲十五刪韻，韻腳是：還、間、斑、山。

【注釋】❶浮雲一別後二句　自從上次跟你分手後，你的行蹤如浮雲，轉瞬間就過了十年。浮雲，喻友人別後的行蹤。流水，喻時光的流逝。❷蕭疏鬢已斑　兩鬢的髮絲已稀少斑白。蕭疏，稀少也。鬢，兩鬢，亦作「髮」。❸淮上　淮水之上。

【語譯】我曾經在江漢一帶作客，大家碰面時總是喝醉了才回去。自從上次跟你分手後，你我的行蹤像浮雲，轉眼間就過了十年。今日我們聚首，歡情跟過去一樣，只是兩鬢疏落而斑白了。你為什麼又要北歸呢？使我在淮水上，徒然地對著秋山。

【賞　析】這是寫友人客地相逢的詩，也是贈別用的，一別十年，年華逝水，不覺鬢髮已斑，然歡情如舊。詩題是喜會故人，詩中表現的是「此日相逢思歸日，一杯成喜亦成悲」，那種悲喜交集的情感，表露無遺。首聯寫早年常相聚，末聯記客地相逢又分離。中間兩聯對仗，頷聯寫景，亦寫人事，頸聯寫情，亦寫人事，對比成趣，是工巧處。梁川，在今陝西南鄭東，韋應物早年曾客居於此，十年後遊於淮水之上，又遇梁川老友，故作此詩。

141

賦得暮雨送李冑

韋應物

楚江❶微雨裡，建業❷暮鐘時。漠漠❸帆來重，冥冥鳥去遲。海門❹深不見，浦樹遠含滋❺。相送情無限，沾襟比散絲。

【韻　律】首聯對起。詩用上平聲四支韻，韻腳是：時、遲、滋、絲。

【注　釋】❶楚江　長江的代稱。❷建業　即今南京市。❸漠漠　布列貌。❹海門　長江入海處。❺滋　滋潤。

【語　譯】長江籠罩在微雨裡，這時，又是建業城頭晚鐘清響的時候，駕來的帆船，一艘艘拖著濕重的帆，天色暗了，連歸鳥都飛得很慢。江水入海的地方，深遠而不可見，浦口一帶的遠樹，正含著滋潤的雨色。那些雨水彷彿含有無限的情意為你送行，沾在襟袖上，宛如散絲一般。

【賞析】這是一首送行的詩，借暮雨的迷濛比喻無限的別情。全詩表面上在詠暮雨，其實詩旨在「相送情無限」這句上，而結句「沾襟比散絲」，美極了。前六句，均寫暮雨的景象，暗示送別心境的沉重，布置一幅淒涼的送行場面。詩中的「微雨」、「暮鐘」、「重帆」、「遲鳥」、「海門」、「浦樹」，連同詩人的情懷，交織成陰沉淒楚的別情。詩題「賦得」就是「詠」的意思。李胄，一作李渭、李曹，生平未詳。

142 酬程延秋夜即事見贈

韓翃

長簟❶迎風早，空城澹月華❷。星河❸秋一雁，砧杵夜千家❹。節候看應晚，心期臥亦賒❺。向來吟秀句，不覺已鳴鴉。

【作者】韓翃，字君平，南陽（今河南南陽）人。登天寶十三載（西元七五四）進士第。前後為侯希逸、李勉的幕僚。建中初，以詩受德宗的賞識，除駕部郎中，後擢為中書舍人。與錢起、盧綸等，號「大曆十才子」。他的詩興致繁富，如芙蓉出水，每寫就一篇，被朝野人士們所珍愛。《新唐書．文藝傳》、《唐才子傳》都收有他的小傳。著有詩集五卷。

【韻律】首句對起。詩用下平聲六麻韻，韻腳是：華、家、賒、鴉。

【注釋】❶簟 本為竹席，此指竹枝。❷月華 月光也。❸星河 銀河也。❹砧杵夜千家 夜夜聽得家家戶戶洗衣的聲音。砧，搗衣石。杵，搗衣棒。❺心期臥亦賒 心期，期約也。賒，緩也。

【語譯】長長的竹枝迎著早風，入夜，空城寂靜地映著月光。秋天裡，星河下正有一隻雁飛過，附近人家，夜夜傳來洗衣的聲音。依節候來看，該是晚秋了，心裡想到跟你有著期約，所以睡得比較晚。向來我就喜歡諷誦你的詩句，今晚，不知不覺又到鴉啼清曉的時刻。

【賞析】這是一首酬唱的詩，因程延有〈秋夜即事〉一詩給韓翃，所以韓翃也和他一首。程延，一作程近，生平未詳。此詩前半切題，敘述秋夜的景象，頷聯「秋」、「夜」二字，鍊字工巧，這是中唐詩風的特色。後半四句寫酬唱，稍嫌浮泛，然「向來吟秀句，不覺已鳴鴉」，正說明為酬答，以至寫此詩，一夜未眠。

143

闕題

劉眘虛

道由白雲盡，春與青溪長。時有落花至，遠隨流水香。閑門向山路❶，
深柳讀書堂。幽映每白日，清輝❷照衣裳。

【作　者】劉昚虛，字全乙，奉化鄉（今江西奉新）人。開元中舉宏詞，累官崇文館校書郎，與孟浩然、王昌齡相友善。為詩情幽興遠，思雅詞奇。《全唐詩》收有他的詩一卷。《奉新縣志》載有他的傳略。按：昚，今作慎。

【韻　律】此詩平仄，全不合律；為古風式的律詩；然四聯均對仗，首聯「青」字應作「清」，可視為借字對。末聯為流水對。詩用下平聲七陽韻，韻腳是：長、香、堂、裳。

【注　釋】❶向山路　朝山的小路。❷清輝　指日光。

【語　譯】這條山路一直伸到白雲的盡頭，為了尋春，春光與青溪一樣長。這兒，時時有落花飄落，隨著流水遠去，散發著幽香。閑靜的柴門，對著朝山的小路，在柳蔭的深處，正是我讀書的書房。枝葉掩映著白日，陽光漏下，還不時地照在我的衣裳上。

【賞　析】這是一首寫春景的詩，描寫自己的書齋的幽靜，每年春到，景色澹雅，非凡塵可比。但作者以「闕題」名篇，從詩中流露出空靈幽靜的境界。俞陛雲的《詩境淺說》上云：「唐人缺題之詩，或託興，或寓言，意本翻空，事非徵實，在讀者默喻之。」這首詩的作法很特別，在韻律上，不按格律，從頭到尾對仗，作者利用各種意象，塑造一幅寧靜的境界，如「白雲」、「青溪」、「落花」、「流水」、「閑門」、「向山路」、「深柳」、「讀書堂」、「白日」、「清輝」等，構成一幅書齋春到的景象，秀逸自然，如一片明媚的春陽。

144

客舍與故人偶集

戴叔倫

天秋月又滿，城闕❶夜千重。還作江南會，翻疑夢裡逢。風枝驚暗鵲，露草覆寒蛩❷。羈旅❸長堪醉，相留畏曉鐘。

【作　者】戴叔倫（西元七三二——七八九），字幼公，潤州金壇（今江蘇丹陽南）人。為蕭穎士的學生，性情溫雅，工詩，貞元初，任撫州刺史，吏治清明，被人所推尊，德宗賦〈中和節〉詩，遣使者寵賜，世以為榮。他的詩，詩興悠遠，每作驚人。有文集十卷。《新唐書》有傳，《唐才子傳》亦錄有他的傳。

【韻　律】首句作下三仄，合律。詩用上平聲二冬韻，韻腳是：重、逢、蛩、鐘。

【注　釋】❶城闕　城上之高闕。❷寒蛩　即吟蛩，指蟋蟀也。❸羈旅　旅人寄跡於外。

【語　譯】秋天到了，月兒盈滿，照在城闕上，隔著千重的夜幕。我們又好像以前在江南的相逢，反而以為這是在夢中呢！微風吹動樹梢，驚動黑夜中的烏鵲，露水凝重，把草中蟋蟀的鳴聲掩蓋了。我們作客在外經常喝醉，今夜相互慰留，真怕曉鐘催醒，那時我們又要分手。

【賞　析】這是一首在客舍中，與朋友偶聚的詩，詩題已說得很清楚，一本作「江鄉故人偶集客舍」。

逆旅故友偶逢，真是悲喜參半，然而明日清早，又將分手，與韋應物的〈淮上喜會梁川故人〉同一意趣。此詩首句點偶集的時間，次句點空間，頷聯入題，切「偶」字，頸聯寫當前的夜景，有蕭瑟的秋意，末聯互吐心曲，又「畏」明朝的別離。律詩中兩聯的對仗，通常一聯寫景，一聯道情，而景中有情，情中有景，以合情景交融的境界。

145 李端公

盧綸

故關❶衰草遍，離別正堪悲。
路出寒雲外，人歸暮雪時。
少孤❷為客早，多難❸識君遲。
掩淚❹空相向，風塵❺何處期？

【作者】盧綸，字允言，河中蒲（今山西永濟）人。避天寶亂，客居鄱陽，大曆初，數舉進士不第，然素有詩名，為「大曆十才子」之一，元載素賞重，取其文進之，累官監察御史。為人所誣害，詩中多憤懣不平之氣。渾瑊鎮河中，盧綸跟從他到河中，寫了一些邊塞詩，雄渾悲壯。唐文宗素愛盧綸的詩，因問宰相：「綸沒後，文章幾何？亦有子否？」李德裕答道：「綸四子皆擢進士，仕在臺閣。」今留傳下來的詩有五卷。《唐才子傳》錄有他的傳。

【韻律】詩用上平聲四支韻，韻腳是：悲、時、遲、期。

【注釋】❶故關 故園也。❷少孤 少時失父。❸多難 多災難也。❹掩淚 一作掩泣。❺風塵 狀世事之擾攘。

【語譯】故園已長滿了蔓草，今天我要告別回家，真感到悲愁。歸路漫長，直伸到寒雲的外邊，我歸去，正是日暮下雪的時候。小時，我沒有父親，早年就作客在外，平時災難多，很晚才與您結識。現在我們又要分離，不禁相對掩面而流淚，在這擾攘的塵世裡，不知何處再能見面？

【賞析】這是一首留別的詩。《全唐詩》校云：「一作嚴維詩，題作送李端。」李端，大曆十才子之一。此時開端即點出告別還鄉，頷聯敘歸途所見景色，頸聯道自己早孤，晚遇知音，末言無奈驪歌在即，不知後會何期？全詩孤涼沉鬱，臨別感餘生悲涼，發為激昂之言，歸里還鄉，本為可喜，由於早孤，故園衰草，反生悲情。

146

喜見外弟又言別

李　益

十年離亂後，長大一相逢。問姓驚初見，稱名憶舊容。別來滄海事❶，
語罷暮天鐘。明日巴陵道❷，秋山又幾重？

【作者】李益（西元七四九——八二九），字君虞，甘肅姑臧（今武威）人。大曆四年（西元七六九）進士。浪遊燕趙，幽州節度劉濟辟為從事，在邊地居住十年之久。寫了不少邊塞詩，一時

頗為流傳，被樂工譜入管絃，在內廷歌唱，憲宗雅聞其名，召為秘書少監，集賢殿學士，累官禮部尚書致事。

李益的詩含有濃厚的民間歌謠意味，內容多描寫邊塞情景和征夫戍邊的心情，激昂慷慨，也描寫久戍思鄉的憂傷，在諧和的音節中，表現感人的情景，風格與王昌齡相近，長於五七言絕句。《新唐書．文藝傳》有傳。

【韻律】詩用上平聲二冬韻，韻腳為：逢、容、鐘、重。

【注釋】❶滄海事　言世事變化大，乃「滄海桑田」之節用。❷巴陵道　言巴陵道上。巴陵，今湖南岳陽。《元和郡縣志》：「昔羿屠巴蛇於洞庭，其骨若陵，故曰巴陵。」

【語譯】經過十年的離亂，你長大後，我們還是第一次的相逢。初見時，我問到你的姓感到吃驚，等你說出名字，就使我想起你以前的容貌。別來滄海桑田，世事變化大，剛談罷，已是向晚暮鐘時分。明天你向巴陵道上進發，從此秋山阻隔，又不知隔了多少重呢？

【賞析】這是一首剛剛相逢而又言別的詩。外弟，就是表弟。近人彭國棟《澹園詩話》：「元吳師道引時天彝云：李益與盧綸為中表，此云外弟，蓋指盧綸。」且備一說。此詩先從別後說起，次句才敘到相逢。中間兩聯，一聯敘事，一聯寫景感慨，款款之意，躍然紙上。末聯以寫景作結，為一般詩篇結局通用的方法，可學。沈德潛《唐詩別裁》云：「與乍見翻疑夢，相悲各問年，撫衷述緒，同一情致。」

147

雲陽館與韓紳宿別

司空曙

故人江海別，幾度❶隔山川。乍見❷翻疑夢，相悲各問年。孤燈寒照雨，深竹暗浮煙。更有明朝恨，離杯❸惜共傳。

【作　者】司空曙，字文明，廣平（今河北雞澤東）人。大曆十才子之一。磊落有奇才，韋皐節度劍南，召致幕下。後任洛陽主簿，累官左拾遺，終水部郎中。與李約員外至交。性耿介，不干權要，家境困窮，晏如也。詩風幽閑，終篇調暢，如新花映日，自成機軸。《唐才子傳》有小傳。

【韻　律】詩用下平聲一先韻，韻腳為：川、年、煙、傳。

【注　釋】❶幾度　幾次也。❷乍見　初見也。突然會見。❸離杯　離別的酒杯，言餞別也。

【語　譯】自從江海一別後，幾次想與你見面，都因為山川阻隔。現在突然相逢，反以為身在夢中，並互相詢問，今年歲數多大了。孤燈煢煢，照著窗外夜雨，不勝寒寂，綠竹深暗，籠罩著一片煙霧浮動。想到明天還有離愁別恨，今晚更珍惜這杯別酒，就一起痛快地共飲吧！

【賞　析】這是一首相逢又言別的詩。雲陽，在今陝西涇陽北。韓紳，《全唐詩》校云：「一作韓升卿。」高步瀛《唐宋詩舉要》以為：「《元和姓纂》，《新唐書・世系表》及《韓昌黎年譜》，退之之叔父曰紳卿，未知是否？」此詩也是從別後敘起。頷聯用筆傳神，元方回《瀛奎律髓》評為「久別忽逢之絕唱」。頸聯寫夜雨，有超然脫俗的感覺。末聯以醉飲作結，寓有叮嚀惜別之意。

148

喜外弟盧綸見宿

司空曙

靜夜四無鄰，荒居舊業貧。雨中黃葉樹，燈下白頭人。以我獨沉❶久，愧君相見頻。平生自有分❷，況是蔡家親❸。

【韻　律】頸聯「以我獨沉久，愧君相見頻」為孤平拗救，合律。詩用上平聲十一真韻，韻腳是：鄰、貧、人、頻、親。

【注　釋】❶沉　沉淪也。❷分　緣分。❸況是蔡家親　況且我們還是親戚呢！《晉書・羊祜傳》：「祜，蔡邕外孫。」又云：「祜討吳賊有功，將進爵士，乞以賜舅子蔡襲。」蔡，一作霍。

【語　譯】夜靜極了，附近沒有鄰居，因為家貧，只好荒居於此。雨中，四周圍繞著黃葉樹，燈下，只有我這個老年人。我潦倒沉淪很久了，幸得你屢次相訪，真使我感到慚愧。或許我們向來就有緣分吧，況且我們還是親戚呢！

【賞　析】這是一首酬贈的詩。寫表弟盧綸的來訪，不嫌貧賤。上半寫荒村獨處，「雨中黃葉樹，燈下白頭人」一聯，意緒悲涼，讀之使人淚下。下半寫表弟過訪，形諸喜色。俞陛雲《詩境淺說》：「前半首寫獨處之悲，後言相逢之喜，反正相生，為律詩之一格。」全詩澹泊平實，悲歡人生，從中流露人情的醇厚與芳香。

149

賊平後送人北歸

司空曙

世亂同南去，時清❶獨北還。他鄉生白髮，舊國❷見青山。曉月過殘壘❸，繁星宿故關。寒禽與衰草，處處伴愁顏。

【韻律】首聯對起，末聯出句「寒禽與衰草」單拗，本句自救，合律。此詩句法，八句均作「二二一」，讀來十分單調，缺乏抑揚頓挫，由於太重視對仗而忽略了聲律的緣故。明王世懋《藝圃擷餘》云：「岑嘉州雲隨馬，雨洗兵，花迎蓋，柳拂旌，四言一法。在彼正不自覺，今用之能無受人揶揄？」詩用上平聲十五刪韻，韻腳是：還、山、關、顏。

【注釋】❶時清　言局勢昇平。❷舊國　指家鄉。❸殘壘　廢棄的軍壘。

【語譯】世亂的時候，我們一同南來，現在時局平靜了，卻只有你一人獨自北返。在異鄉的歲月裡，我的頭髮都白了，你回去後，又可以看到故鄉的青山。曉月依然照過廢棄了的軍壘，繁星的夜，我依然在舊時的關塞裡歇宿。縱目只見寒禽和衰草，處處陪伴著愁容的我。

【賞析】這是一首客地送別的詩。近人彭國棟《澹園詩話》云：「司空文明從韋皋於劍南，所謂世亂同南去，蓋在蜀作也。」首聯寫同來竟不得同歸，頷聯敘他鄉容易生白髮，歸去者卻可見故鄉之青山。下四句寫別後，自守舊關，故景依然，愈見不得歸鄉的落寞。

所謂「大曆十才子」，指盧綸、韓翃、劉長卿、錢起、郎士元、皇甫冉、李嘉祐、李益、李端、司空曙等十人，此外還有戎昱、皇甫曾、戴叔倫等，詩風也相近。唐皎然《詩式》云：「大曆中，詞人竊占青山、白雲、春風、芳草等以為己有，吾知詩道初喪，正在於此。」指出了他們作品的缺點，故又云：「大曆末年，諸公改轍，蓋知前非也。」足見大曆後期，詩風有所轉變。在這輩詩人中，盧綸輕捷明麗，間有雄健的氣概；李益的絕句多寫邊塞，與王昌齡、王之渙詩相似；戴叔倫的歌行以反映現實稱著；劉長卿則在五言近體上有特異的表現，贏得「五言長城」的美譽。此外李端、錢起、韓翃、司空曙諸人，或鍊字精工，或情思緜密，各有意到之處。

150 蜀先主廟

劉禹錫

天地英雄❶氣，千秋尚凜然❷。勢分三足鼎❸，業復五銖錢❹。得相能開國❺，生兒不象賢❻。淒涼蜀故妓，來舞魏宮前❼！

【作　者】劉禹錫（西元七七二—八四二），字夢得，洛陽（今屬河南）人。貞元九年（西元七九三），二十一歲中進士，不久，登博學宏詞科，而出任監察御史。因得王叔文的舉薦，得入禁中，在短短幾個月當政的時間內，有新政。後來王叔文被貶，劉禹錫也謫為朗州（今湖南常德）司馬，當時他才二十三歲。他在朗州居留了十年，他曾利用民歌改作新詞，所以武陵一帶的夷歌，多半經他潤色過。元和十年（西元八一五），他被召還京都，因寫了〈遊玄都觀詠看花君子〉詩，觸犯執政者，又被發落到連州（今廣東連縣）任刺史。以後作過夔州、和州刺史。太和二年回京，任太子賓客，因此世人稱他為「劉賓客」，死時年七十一歲。

劉禹錫的一生，從三十四歲到五十五歲，這二十餘年，都在「巴山楚水淒涼地」渡過，他的壯年是與貶謫相始終。儘管後來出任過幾任刺史，但在他貶謫中，政治上的失意，處境的艱辛，使他與民間生活相接觸，成為具有民謠風的傑出詩人。劉禹錫的詩歌雄渾爽朗，節奏也比較和諧響亮，在當時即有「詩豪」之稱。他的小詩，意味雋永，保有民歌的活潑性。他的長處，便是能吸取民歌的養分，他著名的〈竹枝詞〉十一首、〈楊柳枝詞〉二首，便可代表。晚年與白居易交往甚密，白居易還稱誇他那首〈石頭城〉詩，說他那句「潮打空城寂寞回」，寫得空靈超脫呢！他在詩上的成就，和白居易、元稹一樣，使詩和樂融和，文字與音樂結合，使詩歌更容易流傳於民間。《舊唐書》、《新唐書》收有他的傳。著有《劉夢得文集》三十卷。

【韻　律】末聯出句「淒涼蜀故妓」作下三仄。詩用下平聲一先韻，韻腳是：然、錢、賢、前。

【注　釋】❶英雄　指劉備。《蜀志・先主傳》：「曹公從容謂先主曰：今天下英雄，惟使君與操耳。」❷凜然　敬畏貌。❸三足鼎　言魏、蜀、吳三國鼎立。❹五銖錢　始鑄於漢武帝，重五銖，上有「五銖」二篆字，自漢迄隋，皆有冶鑄，惟形製大小不一。此處喻劉備能恢復漢室。❺得相能開國　相，指孔明。《蜀志・先主傳》：「章武元年，以諸葛亮為丞相。」開國，指孔明「先取荊州為家，後即西川建基業，以成鼎足之勢」的計策。❻生兒不象賢　指劉備的兒子劉禪，沒有像先聖王之賢。《書經・微子之命》：「惟稽古崇德象賢。」❼淒涼蜀故妓二句　說劉禪樂不思蜀。裴松之注引《漢晉春秋》曰：「司馬文王與禪宴，為之作故蜀妓，旁人皆為之感愴，而禪喜笑自若。」

【語　譯】天地間英雄豪傑的氣概，即使千年後，還是使人凜然敬畏啊！先主的勢力與魏、吳鼎足而三，同時，他恢復了漢代的五銖錢的制度。由於得到宰相諸葛亮的幫助，建立蜀漢的國基，可惜生了個兒子，不像他一樣賢明。最淒涼的該是蜀國以前的歌妓，還要在魏宮前翩翩起舞呢！

【賞　析】這是一首詠史的詩，也可說是詠懷的作品。作者到了成都的蜀先主廟，有感於三國的史實而寫的。首聯二句籠罩全文，似不見用典的跡象，氣勢雄健。頷聯稱揚劉備的功業。頸聯稱其得人，然生子不肖，終遭滅亡，誠可歎也。元方回《瀛奎律髓》：「此詩用三足鼎、五銖錢，可謂精當。」紀昀批曰：「句句精拔，起二句確是先主廟，妙似不用事者，後四句，沉著之至，不病其直。」

151 沒蕃故人

張籍

前年伐月支❶，城下❷沒全師。蕃❸漢斷消息，死生長別離。無人收廢帳，歸馬識殘旗。欲祭疑君在，天涯哭此時。

【作　者】張籍（西元七六八？——八三〇），字文昌，和州烏江（今安徽和縣）人，一作蘇州人。唐德宗貞元十五年（西元七九九）進士。元和初年，任西明寺太祝，一任十年，不得遷調。他已到五十歲，加以眼疾纏身，難怪孟郊贈張籍的詩，說他是：「西明寺後窮瞎張太祝，縱爾有眼誰爾珍。天子咫尺不得見，不如閉眼且養真。」後由孟郊介紹和韓愈相識，被薦為國子博士，遷水部員外郎。唐文宗太和二年任國子司業，世稱張水部或張司業。今有《張司業詩集》八卷傳世。

　　張籍的詩，是繼承杜詩寫實的風格而加以變化。唐人馮贄的《雲仙散錄》云：張籍取杜詩一卷，燒成灰燼和蜜糖吃下，希望他的肝腸從此也跟杜甫一樣。雖然這段記載不甚可靠，但張籍對杜甫的敬佩是可相信的。他的詩，在能利用樂府的體製，來歌詠當時社會的問題，反映民間受徭役、征戰、課稅的疾苦。如〈征婦怨〉、〈築城詞〉、〈促促詞〉等篇，真耐人尋味。至於他的小詩，也極富情趣，他能利用俚語俗詞入詩，仍不失為敦厚優雅之作。張籍的樂府，深得白居易的推崇，白居易在〈讀張籍古樂府〉曾讚道：「尤工樂府詩，舉代少其倫。」可謂知心之言。

【韻　律】頷聯「蕃漢斷消息，死生長別離」，為孤平拗救，合律。詩用上平聲四支韻，韻腳是：支、師、離、旗、時。

【注　釋】❶前年伐月支　伐，一作戍。月支，古西域國名。亦作月氏、月氐。本居敦煌祁連間，即今甘肅省中部西境及青海省東境地。❷城下　《全唐詩》原作「城上」，今從其校文。❸蕃　同番，外族也。指月支。

【語　譯】前年你去攻伐月支時，在城下全軍覆沒。以後在月支和中國間都沒有你的消息，一死一生，我們永遠地分離。再沒有人去收拾那廢棄的營帳，戰馬跑回來，也許還認識破碎的旗幟。我想為你設祭，又怕你仍活著，莽莽天涯，只有在這時候向你痛哭一番。

【賞　析】這是一首哭祭的詩。故人，就是好朋友，他為國出征月支而犧牲了，張籍沒點出朋友的名字，因而成了無名英雄。俞陛雲《詩境淺說》：「詩為弔絕塞英靈而作，蒼涼沉痛，一篇哀誄文也。」全詩先從全軍覆沒說起，點明是前年的事情，然而兩年來斷無消息，相信已為國捐軀了。頸聯想設敗軍之象，一片鬼哭神號的景象。末聯是設祭，但猶存九死一生之想，莽莽天涯，唯有一哭而已，語真情苦，足見朋友的高誼。

152

賦得古原草送別

白居易

離離❶原上草，一歲一枯榮❷。野火燒不盡，春風吹又生。遠芳侵古道❸，晴翠接荒城❹。又送王孫❺去，萋萋❻滿別情。

【韻　律】頷聯「野火燒不盡，春風吹又生」為雙拗，上句「火」、「不」均為仄聲，故下句「吹」字，用平聲救之，合律。詩用下平聲八庚韻，韻腳為：榮、生、城、情。

【注　釋】❶離離　猶歷歷也。《詩經・王風・黍離》：「彼黍離離。」❷榮　繁盛。❸遠芳侵古道　伸向遠方的一片野草，佔據了古老的道路。遠芳，指伸向遠方的草。❹晴翠接荒城　言晴天，一片翠綠連接著荒城。❺王孫　貴公子。這裡指自己的朋友。❻萋萋　草繁盛貌。

【語　譯】在古原上的野草歷歷可見，每年都生長一次枯萎一次。野火是燒不盡的，只要春風一到，它又繁盛起來。伸向遠方的一片野草，佔據了古老的道路，在晴天裡，一片翠綠連接著荒城。我又要送你遠行，只見草木萋萋的充滿了別情。

【賞　析】這是一首詠草的詩，而用來送別。詩題一作「草」。首聯先從古原上的野草寫起，頷聯歌頌它頑強的生命力，成為千古傳誦的名句。頸聯寫景，勾畫出草原的廣闊，用「古道」、「荒城」，作為下聯送別的伏筆。末聯點出送別，仍以草木萋萋比喻別情。我國詩歌中，凡是描寫「草」的句子，大抵有暗示別情：如〈古詩十九首〉中的「青青河畔草，鬱鬱園中柳」，漢樂府〈飲馬長城窟行〉中的「青青河畔草，緜緜思遠道」，以及唐人崔顥〈黃鶴樓〉詩中的「晴川歷歷漢陽樹，芳草萋萋鸚鵡洲」，均用草暗示別情。詩人把人對自然的感情和人與人之間的感情很巧妙地結合起來，極為含蓄。

這是白居易十六歲寫的詩，他到長安來找顧況，顧況是貞元年間的名詩人，看到白居易的名字，因此譏謔他道：「長安百物皆貴，居大不易！」後來讀了白居易的「野火燒不盡，春風吹又生」詩句，才感歎道：「有句如此，居天下亦不難，老夫前言戲之耳。」事見元辛文房所撰《唐才子傳》。

153

旅宿

杜牧

旅館無良伴，凝情自悄然❶。寒燈思舊事，斷雁❷警愁眠。遠夢歸侵曉，家書到隔年。滄江❸好煙月，門繫釣魚船。

【作　者】杜牧（西元八〇三——八五二），字牧之，京兆萬年（今陝西長安）人。二十六歲時進士及第，授宏文館校書郎。曾任黃州、睦州、湖州刺史，轉司勳員外郎，卒年五十一歲。

杜牧是晚唐時期重要的詩人，他處在唐代國勢日蹙而個人又感到懷才不遇的時候，作品中常產生憂傷的情緒，寫一些對人生感慨的詩歌。尤其他的七言絕句最為人所激賞，他能在短小的形式中，表現一幅優美的畫面，用精煉的語言，傳達含蓄的情思，在爽朗俊逸的情調下，帶有淡淡的哀愁，使人玩味不已，如〈山行〉、〈泊秦淮〉便是例子。

杜牧為人雖風流不羈，可是他的政治生活是嚴肅的。他的祖父是有名的歷史家杜佑，可以說他是出於書香世家。著有《樊川文集》二十卷傳於世，後人為了拿他和杜甫區別起見，稱他為「小杜」。《新唐書》有他的傳。

【韻　律】末聯出句「滄江好煙月」為單拗，本句自救，合律。詩用下平聲一先韻，韻腳是：然、眠、年、船。

【注　釋】❶凝情自悄然　凝情，凝思也。悄然，靜貌。❷斷雁　孤雁也。❸滄江　江河的泛稱。以江水名蒼，故稱。

【語　譯】旅館裡沒有良伴，只好一人靜悄悄地凝思。在淒冷的燈下回憶著往事，孤雁的哀鳴，驚動我這愁眠的人。我夢見回到家中，驚醒時卻是曉色入侵，可記得上次收到家書，到如今又已隔了一年。外頭，寒江上煙月依然美好，門前還繫著一條釣魚的小舟。

【賞　析】這是一首客旅愁眠的詩。首聯寫逆旅無聊，獨自凝思。頷聯敘憶往事，聽到雁聲而長夜難成眠。頸聯敘破曉時迷離中夢見還鄉，忽又驚醒想起上次收到的家書，如今又已隔了一年。末聯寫門前煙景，塑意甚美。全詩迷離恍惚，一夜愁眠，忽醒忽寐，客旅鄉心愁難盡，結尾以景收，更為出色。明楊慎《升庵詩話》云：「律詩至晚唐，李義山而下，唯杜牧之為最，宋人評其詩豪而豔，宕而麗，於律詩中特寓拗峭，以寓時弊。信然。」

154

秋日赴闕題潼關驛樓

許　渾

紅葉晚蕭蕭❶，長亭酒一瓢❷。殘雲歸太華❸，疎雨過中條❹。樹色隨山迥，河聲入海遙。帝鄉❺明日到，猶自夢漁樵。

【作　者】許渾，字仲晦，潤州丹陽（今江蘇丹陽）人。太和六年（西元八三二）進士及第，為當塗、太平二縣令。後拜監察御史，歷任睦、郢二州刺史。後退居丁卯澗橋村舍，暇日整理所作，為《丁卯集》。《唐才子傳》收有他的傳。

【韻　律】此詩用下平聲二蕭韻，韻腳為：蕭、瓢、條、遙、樵。

【注　釋】❶蕭蕭　風聲。❷一瓢　一杯也。❸太華　西嶽華山。在今陝西潼關西南。❹中條　雷首山之別名。在今山西永濟東南。山狹而長，東太行，西華嶽，此山居中，故曰中條。❺帝鄉　指長安。

【語　譯】對著紅葉蕭蕭的晚秋，我在長亭上喝下一瓢酒。雲霞向太華山飛去，疎雨灑在中條山上。樹色蒼蒼，隨著山勢而遠去，黃河湯湯，奔向遙遠的海洋。長安明天就可以到了，但我心中，卻依然對漁樵的生活十分嚮往。

【賞　析】這是作者在秋天赴京的時候，歇宿在潼關的驛樓所作的詩。潼關，在今陝西潼關東南，地當黃河之曲，據崤函之固，為入京的要道。此詩首聯說明赴京的時間和地點，中間寫潼關的景色和形勢，殘雲過雨，由東而西，又寫山勢急流，則潼關的險固，形於目前，氣象十分雄偉。末以漁樵作結，道出心中宿願。晚年作者隱居丁卯澗，可謂如願以償。俞陛雲《詩境淺說》：「凡作客途風景詩者，山川形勢，最宜明瞭，筆氣能包掃一切，而句法復雄宕高超，斯為上乘，許詩其佳選也。」

早秋

許渾

遙夜汎❶清瑟，西風生翠蘿❷。殘螢委❸玉露，早雁拂銀河。高樹曉還密，遠山晴更多。淮南一葉下❹，自覺老煙波❺。

【韻律】首聯及頸聯均為孤平拗救，頷聯及末聯出句均作下三仄，皆合律。詩用下平聲五歌韻，韻腳是：蘿、河、多、波。

【注釋】❶汎　滿也。❷西風生翠蘿　倒裝句，即翠蘿生西風。❸委　一作棲。委身也，有停宿之意。❹淮南一葉下　言淮水以南，葉落秋到。《淮南子．說山》：「見一葉落而知歲之將暮。」❺老煙波　一作洞庭波。老，終老也。

【語譯】長夜充滿了淒清和蕭瑟，青翠的蘿蔓上竟吹起西風了。殘螢停宿在野草的露水上，早雁從銀河下飛過。高高的樹木，在早晨時還顯得茂密，遠山在晴空下，看起來更是連綿不絕。淮南一帶已開始葉落，我總覺得，此生將終老於煙波之中。

【賞析】這是一首寫景的詩，《全唐詩》共有三首，此僅錄其中的一首，都是寫作者鬱鬱不遇於世，此篇因早秋而自傷凋零。全詩前七句，都寫早秋的景色，從早秋的夜景，到清晨的玉露、早雁，再由曉樹而帶到晴空。末以淮南葉落，感念自己將終老於煙波作結。

詩題作「早秋」，就不是中秋、暮秋，遣詞選材，便要切中。全篇由「清瑟」二字領起，然後「西風」、「殘螢」、「玉露」、「早雁」、「銀河」、「曉還密」、「晴更多」、「一葉下」等語，都與早秋有關，這與作者的年齡身世有關，感受特深，生命中的初秋，自有一份清瑟之感。

156

蟬

李商隱

本以高難飽❶，徒勞恨費聲。五更疏欲斷，一樹碧無情。薄宦梗猶汎❷，故園蕪已平❸。煩君最相警，我亦舉家❹清。

【韻律】頸聯「薄宦梗猶汎，故園蕪已平」，為孤平拗救。末聯出句「煩君最相警」，為單拗，均合律。詩用下平聲八庚韻，韻腳是：聲、情、平、清。

【注釋】❶本以高難飽　這裡是說蟬的吸風飲露，清高難飽，亦以自喻。高，清高。❷薄宦梗猶汎　在外做小官，如同草梗隨流飄泊。薄宦，小官也。梗，草木的枝梗。汎，飄泊。《戰國策·齊策》：「蘇秦曰：今者臣來過於淄上，有土偶人與桃梗相與語。土偶曰：『今子東國之桃梗也，刻削子以為人，降雨下，淄水至，流子而去，則子漂漂者將何如耳！』」❸故園蕪已平　謂故園且已平蕪荒廢。陶潛〈歸去來辭〉：「歸去來兮，田園將蕪胡不歸。」❹舉家　全家也。

【語譯】清高本來就難以填飽肚子，又何必徒然地發出怨恨的聲音呢！五更時候疏落的鳴叫像要斷絕似的，滿樹碧綠，卻沒有絲毫同情你。薄宦他鄉，如同草梗隨波飄泊，家園也已平蕪荒廢。真感謝你對我有所提醒，其實我也跟你一樣，全家人都很清苦啊！

【賞析】這是一首詠物的詩，含蓄而有深意，作者借詠蟬比喻自己的高潔、清苦。前四句寫蟬，後四句寫自己，並說明與蟬的遭遇相同，所以托物起興，有言外之音。宦海無情，如「一樹碧無情」，比喻恰當，令人思路斷絕。薄宦如桃梗漂泊，不如歸去，詩人不得志的心境，表露無遺。這確是一首好詩，是用生命換取來的代價，不在困頓中，不能感受如此之深。清吳喬《圍爐詩話》：「義山〈蟬〉詩，絕不描寫用古，誠為傑作。」

157

風雨

李商隱

淒涼〈寶劍篇〉❶，羈泊欲窮年❷。黃葉仍風雨，青樓❸自管絃。新
知遭薄俗❹，舊好隔良緣。心斷新豐酒❺，銷愁斗❻幾千？

【韻律】此詩用下平聲一先韻，韻腳是：篇、年、絃、緣、千。

【注釋】❶寶劍篇　《新唐書・郭震傳》：「武后知所為，召欲詰，既與語，奇之，索所為文章，上〈寶劍篇〉，后覽嘉歎，詔示學士。」〈寶劍篇〉，為郭震所作之文章。此言懷才不遇，沒有人賞識。❷羈泊欲窮年　羈

旅飄泊，又將窮盡一年也。❸青樓　富貴者所居之樓宇。❹薄俗　言世俗澆薄也。❺新豐酒　新豐，在今陝西臨潼東。《三輔舊事》：「太上皇不樂關中，思慕鄉里，高祖徙豐沛屠兒沽酒煮餅商人，立為新豐。」此有思鄉之意。❻斗　一作又。

【語　譯】讀了〈寶劍篇〉後，使我感到淒涼，我羈旅飄泊，又將窮盡一年了。眼前黃葉依然在風雨中搖曳，青樓上富貴人家卻絃歌自樂。新相識的又怕世情澆薄不易結交，舊識的好友卻早已斷了良緣。對著新豐美酒，使我肝腸欲裂，為了銷解鄉愁，又管它一斗酒要費好幾千呢？

【賞　析】這是一首詠風雨的詩，但作者的主旨卻在抒懷。詩題為「風雨」，說明自己羈泊他鄉多年，由於風雨飄零，引發身世滄桑的感慨。風雨象徵世道的不順，新知舊好，人世炎涼，社會的冷酷，豈是新豐的酒能銷愁。全詩結構，首先敘以懷才不遇，故窮年飄泊。頷聯暗示社會上貧賤富貴不相踰的情形。頸聯則寫世情澆薄，知音難覓。末聯以新豐酒解愁作結，與「羈泊欲窮年」相呼應。清何焯《義門讀書記》：「義山為宏農尉，故以元振通泉自比。」

158

落花

李商隱

高閣客竟去，小園花亂飛。參差連曲陌❶，迢遞❷送斜暉。腸斷未
忍掃，眼穿仍欲歸❸。芳心向春盡，所得是沾衣❹。

【韻　律】首聯及頸聯出句均作「平仄仄仄仄」，對句第三字用平聲以救之，為雙拗。末聯出句「芳心向春盡」，為單拗，皆合律。詩用上平聲五微韻，韻腳是：飛、暉、歸、衣。

【注　釋】❶參差連曲陌　落花不時地飄落在彎曲的田徑上。參差，不齊貌。連，從上而下。曲陌，彎曲的田間小道。❷迢遞　遠貌。有迴旋之意。❸歸　指春歸來而花再開。❹沾衣　謂淚沾衣。

【語　譯】春天走了，高閣上的客人已經離去，小園裡落花亂飛。它不時地飄落在彎曲的田陌上，遠遠地迴旋送著斜暉。我心裡難過，不忍把落花掃除，落花也望眼欲穿，好像仍想回到枝頭上。我的心已隨著春天的離去而傷盡，所得到的，只是淚落沾衣。

【賞　析】這是一首詠落花的詩，寓言含蓄，無限綺情，怎奈春盡花落，徒然傷心欲絕。李商隱寫過不少寫景詠物的詩，這些詩，在形象上的塑造十分新鮮，寄情也十分綺靡，只是思想消極而情調低沉，給人一種淒美的感覺。頷聯寫落花連徑，迴映斜陽，刻畫入微。頸聯癡情苦待，末以春去花落，情已幻滅作結。清何焯《義門讀書記》：「一結無限深情，『得』字意外巧妙。」

159

涼　思

李商隱

客去波平檻，蟬休露滿枝。永懷❶當此節，倚立自移時❷。北斗❸兼春遠，南陵❹寓使遲。天涯占夢數，疑誤有新知❺。

【韻律】首聯對起。詩用上平聲四支韻，韻腳是：枝、時、遲、知。

【注釋】❶永懷　永遠的懷念。❷移時　時刻移轉，言好一會兒。❸北斗　星宿名。喻所懷念的人。❹南陵　今安徽蕪湖南。❺天涯占夢數二句　我在遙遠的天邊，因思念你，曾憑著夢境占斷了幾次，我誤以為你已有了新知。俞守真《唐詩三百首詳析》云：「是因思而疑，因疑而夢，因夢而占，因占而誤以為別有新知，竟忘我故交。」

【語譯】你走後，夏水漲高與欄檻平齊，蟬聲漸歇，又是秋露凝枝的節候。此時，我深深地懷念你，倚著欄杆佇立良久。北斗星遠離我，甚至比春天的距離還遠，你到了南陵的寓所後，遲遲都不給我音訊。我在遙遠的天邊因思念你，曾經憑著夢境占了幾次，我誤以為你已經有了新識的朋友。

【賞析】這是一首秋思懷遠的詩。所懷的究竟是何人，詩中未有指明。此詩從夏到秋敘起，儘管時光易逝，然思懷未斷，甚至屹立移時。後四句，極寫相思之苦。「北斗兼春遠，南陵寓使遲」，造意甚美，似有所怨。末聯由思而夢，由夢而占，甚至誤以為已有新知，則多心而情癡矣。清紀昀《批李義山詩集》云：「起四句一氣涌出，氣格殊高，尤妙於倒轉下筆，若換一二作三四，則平鈍語矣。五句在可解不可解間，其妙可思。結句承寓使遲來，言家在天涯，不知留滯之故，幾疑別有新知也。」

160

北青蘿

李商隱

殘陽西入崦❶，茅屋訪孤僧❷。落葉人何在？寒雲路幾層。獨敲初夜❸磬，閒倚一枝藤❹。世界微塵裡❺，吾寧❻愛與憎？

【韻律】此詩用下平聲十蒸韻，韻腳為：僧、層、藤、憎。

【注釋】❶崦　日落的地方。《廣韻》：「崦，崦嵫，山下有虞泉，日所入。」❷茅屋訪孤僧　言我訪茅屋中之孤僧。❸初夜　入夜。❹一枝藤　指枴杖。❺世界微塵裡　言大千世界，俱在微塵之中。《法華經》：「譬如有經卷書寫三千大千世界事，全在微塵中，時有智人，破彼微塵，出此經卷。」❻寧　怎能。

【語譯】殘陽西下到崦嵫時，我去茅屋拜訪一位孤獨的僧人。只見落葉紛飛，他在何處？路上寒雲密集，不知雲暗幾層。他一個人在入夜時敲著鐘磬，閒時拄著枴杖隨處倚憑。大千世界只不過像一粒微塵，我又怎能存有喜愛和憎恨呢？

【賞析】這是一首訪僧悟道的詩，作者去拜訪住在北青蘿茅舍中的孤僧。前四句點出尋訪的時間和地點，頷聯寫路上所見的景色。後四句寫孤僧的閒情和尋訪所得，末了感悟世塵空幻，愛憎何分？則是悟道之言。《楞嚴經》云：「人在世間，直微塵耳，何必拘於憎愛而苦此心也。」全詩著重在寫僧人的「獨」、「閑」二字，然後引發感悟，以生境界。

161 送人東遊

溫庭筠

荒戍落黃葉，浩然❶離故關。高風漢陽渡，初日郢門山❷。江上幾人在？天涯孤櫂還。何當重相見？樽酒慰離顏。

【作　者】溫庭筠（西元八一三？—八七〇？），字飛卿，原名岐，太原祁（今山西祁縣）人。他是宰相彥博的孫子，從小喜愛音樂，吳歌楚辭，隨口詠唱，跟劉禹錫、李德裕學問詩文，劉禹錫的長處，是能採集民間的歌謠而作新詞，因此劉禹錫對他的影響很大。他雖面貌醜陋，但才思敏捷，曾經以八叉手而成賦，與七步成詩的曹植，同享文壇奇名。

他在科場上的遭遇，卻跟他的朋友李商隱相似，屢中副榜，始終沒考取進士，由於行為不檢，和一班貴族子弟出入酒樓茶肆，為當時士大夫所不齒。他雖和大官員令狐綯、徐商有交往，也不能插足仕途，晚年才做了方城尉和國子助教。

詩壇有「溫李」並稱，但在風格上仍有差異，李商隱寫過不少詠史詩和反映民間疾苦的詩，溫庭筠卻沒有，只是寫些浮豔綺麗的愛情詩。他們相同的，是代表晚唐綺麗唯美的詩風。溫庭筠被人傳誦的佳句：「雞聲茅店月，人跡板橋霜。」只用幾筆淡墨的線條，勾畫出秋天山村早晨的景色，頗具匠心。他的詩《全唐詩》裡收有九卷，他在文學史上的地位，不在詩，而以詞見稱。詞有《握蘭》、《金荃》二集，已不傳世，今所能看到的，是散見於《花間集》、《尊前集》及《全唐詩》末諸集中，約有六十餘首。《唐才子傳》、《舊唐書．文苑傳》有傳。

【韻律】首聯及頸聯為孤平拗救，頷聯及末聯出句為單拗，均合律。詩用上平聲十五刪韻，韻腳是：關、山、還、顏。

【注釋】❶浩然　決然也。❷郢門山　即荊門山，與虎牙山相對，在今湖北江陵附近。

【語譯】荒涼的塞外正落著黃葉，這時，你卻決然地離開故鄉。大風中你過了漢陽渡，太陽剛出，就到了郢門山。現在江上又有幾人在呢？只希望天邊出現你的孤帆歸來。什麼時候才能再相見？就用這杯酒，來安慰彼此離別的愁懷。

【賞析】這是一首送別的詩。首聯情景兼收。頷聯是想像中的景色，「高風」「初日」四字，寫景在目，雄渾。俞陛雲《詩境淺說》：「五言中用地名而兼風景者，下三字皆實字，上二字以風景襯之，此類甚多。但上二字須切當有意義，而非湊合乃佳。」頸聯盼其早歸。末聯回到送別餞行，以杯酒相慰。詩以前四句為佳。

162

灞上秋居

馬　戴

灞原❶風雨定，晚見雁行頻。落葉他鄉樹，寒燈獨夜人。空園白露滴，孤壁野僧鄰。寄臥郊扉久❷，何門❸致此身？

【作　者】馬戴，字虞臣，華州（今陝西華陰）人。會昌四年（西元八四四）進士，咸通末年，佐大同軍幕，與賈島、許棠唱答，為苦吟詩人。家境貧苦，為祿代耕，然終日詠詩不懈，清虛自守。後任太常博士。《唐才子傳》收有他的傳。

【韻　律】頸聯出句作下三仄，合律。詩用上平聲十一真韻，韻腳是：頻、人、鄰、身。

【注　釋】❶灞原　灞，灞水，出陝西藍田東，入渭水。灞原，乃灞水兩岸的平原。❷寄臥郊扉久　寄臥，隱居高臥。扉，柴門。❸門　一作年。

【語　譯】灞原上的風雨停了，傍晚，看到一行行的雁飛過。這異鄉的樹木，葉已飄落，靜夜下，只剩下孤燈陪伴著我。空寂的園中滴滿了白露，在這片孤牆後，一位野僧與我為鄰。我在郊原柴門裡隱居久了，還有什麼好門戶給我晉身呢？

【賞　析】這是一首貧士詠懷的詩。全詩所用詩語，如「風雨」、「雁行」、「落葉」、「白露」，寫灞原秋色秋意，憑添一份蕭瑟和淒涼。寂寞和苦悶，是創作的動力，此詩表現了詩人秋居寂寞的心境。首聯點出居處和時節，切合題意。頷聯「落葉他鄉樹，寒燈獨夜人」，鍊句精到，有鍛鐵成鋼之妙。寫自己流落異鄉，孤燈寒寂。頸聯寫居處，加強詩中孤寂的氣氛。末以希望有所晉身作結，有不甘退隱之感。「扉」、「門」兩字呼應得當，且見雙關之意。

163

楚江懷古

馬　戴

露氣寒光集，微陽下楚丘。猿啼洞庭樹，人在木蘭舟❶。廣澤生明月，蒼山夾亂流。雲中君❷不見，竟夕自悲秋。

【韻　律】頷聯出句「猿啼洞庭樹」，是單拗，合律。詩用下平聲十一尤韻，韻腳是：丘、舟、流、秋。

【注　釋】❶木蘭舟　用木蘭樹所造的船。《述異記》：「木蘭洲在潯陽江中，多木蘭樹，七里洲中有魯班刻木蘭為舟，舟至今在洲中。詩家云木蘭舟出於此。」❷雲中君　雲神豐隆也。《楚辭．九歌》有雲中君。

【語　譯】殘陽落在楚山以後，露氣和寒光交集。洞庭湖畔，我坐在木蘭舟裡，聽林子裡猿猴啼叫。廣闊的湖面升起一輪明月，蒼暗的山嶺夾著亂奔的流泉。我沒看到雲神，整夜獨自一人對著秋天在悲傷。

【賞　析】這是一首懷古的詩，前人以為是指唐玄宗的故事。然詩中並無說明，不如把它當作「文士悲秋」解為佳。《全唐詩》中共有三首，都是同一格調。此詩上半寫黃昏湖景，下半寫所見夜色，因而引來悲秋的情緒，「雲中君」或指詩人心目中的理想。明楊慎《升庵詩話》：「馬戴〈薊門〈應為楚江）懷古〉，雅有古調，至如『猿啼洞庭樹，人在木蘭舟』，雖柳吳興無以過也。晚唐有此，亦希聲乎？」宋嚴羽《滄浪詩話》云：「馬戴在晚唐諸人之上。」信非溢美。

164

書邊事

張　喬

調角❶斷清秋，征人倚戍樓❷。
春風對青冢❸，白日落梁州❹。
大漠無兵阻，窮邊有客遊。
蕃情似此水，長願向南流。

【作　者】張喬，池州（今安徽貴池）人。懿宗咸通中進士。黃巢亂作，隱於九華山中。以苦學詩句，清雅有俊才，當時東南多才子，與許棠、喻坦之、劇燕、吳罕、任濤、周繇、張蠙、鄭谷、李栖遠，稱為「十哲」，俱以韻律詩名馳聲。《唐才子傳》有他的傳。

【韻　律】首聯對仗，頷聯出句「春風對青冢」單拗。詩用下平聲十一尤韻，韻腳是：秋、樓、州、遊、流。

【注　釋】❶調角　軍中所吹的號角。❷戍樓　戍守邊境的鼓樓。❸青冢　王昭君墓，在今內蒙古呼和浩特市南。邊塞皆白草，相傳只有昭君冢獨青。❹梁州　古九州之一，今四川省及陝西省西南屬之。此泛指邊地。

【語　譯】戍守邊城的號角在秋空中隱沒，守邊的士卒憑靠在鼓樓上。春風吹過了青冢，白日落向梁州的那頭。現在大漠間已沒有戰爭，邊荒的地方還有旅客來往。但願蕃人就像這條河流一樣歸心，它永遠向著南方流去。

【賞析】這是一首詠邊城的詩。表面上是寫吐蕃臣服，大漠銷兵，然而實際上是諷唐室疏於邊防，流露出一片忠忱之意。首聯寫清秋邊境，頷聯寫塞外風光，頸聯轉筆，寫邊境無事，末聯抒願，使蕃人向化。詩中寫邊關的所聞、所見、所感、所望，意境高調而深遠。全詩一氣直書，高視闊步而出，亦高格調也。

165

巴山道中除夜有懷

崔　塗

迢遞三巴路❶，羈危❷萬里身。亂山殘雪夜，孤獨異鄉春❸。漸與骨肉❹遠，轉於僮僕親。那堪❺正飄泊，明日歲華❻新。

【作　者】崔塗，字禮山，江南人。光啟四年（西元八八八）進士，工詩，造意新警，寫景狀懷，也能深沉有致。窮年羈旅在外，壯年在巴蜀，老大遊龍山，家在江南，故每多離怨的作品。《唐才子傳》收有他的小傳。

【韻　律】頸聯「漸與骨肉遠」，與、肉均仄，下句「轉於僮僕親」，僮字平聲，以救上句，是為雙拗。末聯出句「那堪正飄泊」，「飄」字本宜仄而用平，故第三字本宜平而用仄以救之，是為單拗。

均合律。詩用上平聲十一真韻，韻腳是：身、春、親、新。

【注　釋】❶迢遞三巴路　迢遞，遠貌。三巴，巴郡、巴東、巴西合稱三巴，今三峽附近。❷羈危　羈旅在外而艱險也，有飄搖之意。❸春　一作人。❹骨肉　子女兄弟至親的人。❺那堪　猶云兼之也。更何況。❻歲華　猶歲月也。

【語　譯】遙遠的三巴路上，只有我這萬里的行客，飄搖一身。亂山被殘雪覆蓋的夜晚，我孤獨地在異鄉，現在又將進入新春了。出外久了，漸與兄弟兒女們疏遠，轉而跟僮僕們親近。更加上這種飄零的滋味，明天還是新的一年呢！

【賞　析】這是一首感懷的詩。作者流落在巴山道上，遇到過年，就難免有淒涼之感。首聯對仗巧妙，三巴路與萬里身配合，切詩題「巴山道中」。中四句也對仗，寫羈旅在外，歲暮的景和情。歲暮懷歸，異鄉客旅，故轉而與僮僕為親。王維〈宿鄭州〉詩有「孤客親僮僕」句，意趣相同，感性一致。末聯云兼之以過年猶飄泊，其滋味如何，可想而知，切詩題「除夜」，故詩中無一閒字，可悟詩歌為濃縮的語言，小詩精煉尤甚。

166

孤雁

崔塗

幾行歸去❶盡，片影❷獨何之？暮雨相呼失，寒塘獨❸下遲。渚雲低
暗渡，關月冷遙❹隨。未必逢矰繳❺，孤飛自可疑❻。

【韻律】詩用上平聲四支韻，韻腳是：之、遲、隨、疑。

【注釋】❶去 一作塞。❷片影 一作念爾。片影，猶隻影。❸獨 一作欲。❹遙 一作相。❺矰繳 弋鳥之具。繫以絲綸的箭，用以射雁。❻疑 小心之意。

【語譯】一行行的鴻雁全都飛走了，你獨自一隻要飛到那兒去呢？在暮雨中，呼喚著失去的同伴，寒冷的塘水上，你遲遲地落下來歇息。沙渚上的雲層很低，你在昏暗的水面掠過，關塞的冷月遠遠地陪伴著你。你不一定會遭到射鳥的羽箭，但你獨自的飛行可要留意。

【賞析】這是一首詠物的詩。詠孤雁，卻以孤雁自比。全篇用暗示法寫成，可知作者心靈的孤寂，人海芸芸，卻彼此不瞭解，如同孤雁失群。「渚雲低暗渡，關月冷遙隨」，寫冷冷的蒼穹，冷冷的月色，永遠相隨，孤獨之情已見。結句以危機相警，處世亦然。

清劉熙載的《藝概・詩概》云：「五言無閑字易，有餘味難。」崔塗的〈孤雁〉可謂字字珠璣，無一字閑置，且餘音嫋嫋，令人回味。詩人體物微細，異於常人之處。

167 春宮怨

杜荀鶴

早被嬋娟❶誤，欲妝臨鏡慵❷。承恩不在貌，教妾若為❸容？風暖鳥聲碎，日高花影重。年年越溪女❹，相憶採芙蓉。

【作　者】杜荀鶴（西元八五六——九〇七），字彥之，池州石埭（今安徽石埭）人。出身寒微，登第很晚。唐代科舉制度，從貞元、元和以後，需靠權貴推薦，才能及第。所以他曾有「空有篇章傳海內，更無親族在朝中」的慨喟。他在昭宗大順二年（西元八九一）考中進士，做過田頵的幕官。朱全忠（溫）篡唐稱帝後，拜他為翰林學士，可是，只有五天，就去世了。

他有《唐風集》三百餘首傳世，大抵為五、七言近體詩，尤以七律為多。他的詩反映了當時的現實生活，以及他自己追求功名的遭遇。《舊五代史》、《唐才子傳》有他的傳略。

【韻　律】頷聯是流水對，出句作下三仄。頸聯為孤平拗救，末聯出句為單拗，均合律。詩用下平聲二冬韻，韻腳是：慵、容、重、蓉。

【注　釋】❶嬋娟　美貌。❷欲妝臨鏡慵　想要妝扮，對著鏡子又覺得懶散。妝，一作歸。慵，懶散。❸若為　猶怎能也。❹越溪女　越溪，若耶溪，指西施在若耶溪畔浣紗的女伴。

【語　譯】年輕時被美貌耽誤了一生，我想妝扮，對著鏡子便覺得懶散。承恩受寵不全在於容貌的好看，又教我怎能去打扮呢？每當春風和暖，鳥語聲碎時，陽光從高處照下，花影重重，我便會想起年年在越溪浣紗的女伴，回憶著當時一起採芙蓉的情景。

【賞　析】這是一首春宮怨的詩。雖寫宮女春怨，卻有弦外之音，有所比喻。從詩的構思來看，〈春宮怨〉不僅是代宮女寄怨抒恨；也是詩人的自況。人臣的得寵，往往不是憑仗才學，這與宮女的「承恩不在貌」，有深沉的感慨。故元方回《瀛奎律髓》云：「譬之事君而不遇者，初亦恃才，而卒為才所誤，愈欲自衒，而愈不見知。蓋寵不在貌，則難乎其容矣。女為悅己者容是也。風景如此，不思從平生貧賤之交，可乎？」紀昀批云：「前四句微覺太露，然晚唐詩又別作一格論，結句妙於對面落筆，便有多少微婉。」

168

章臺夜思

韋　莊

清瑟怨遙夜，繞絃風雨哀。孤燈聞楚角，殘月下章臺❶。芳草已云暮❷，故人殊❸未來。鄉書❹不可寄，秋雁又南迴。

【作　者】韋莊（西元八五一——九〇九），字端己，長安杜陵（今陝西西安附近）人。是宰相韋見素的後裔，疏曠不拘小節。十歲時，他的家由長安搬到白居易的家鄉下邽居住，因仰慕香山的詩，使他日後的詩詞，深受白描平易詩風的影響。韋莊窮困半輩子，命運坎坷，三十歲那年入京應試，不幸遇到黃巢之亂，因此能親眼看到離亂的景象。後他離開長安到洛陽，於中和三年（西元八八三）春避亂到江南來，寫下〈秦婦吟〉，這時他約三十三歲。

韋莊在乾寧元年（西元八九四）進士及第，已四十四歲了，不久，出任校書郎，奉命入四川，遷為右補闕。在四川，投入王建幕下，為掌書記。朱溫篡唐時，韋莊便勸王建稱帝，是為前蜀，他也做了蜀國的宰相。他的詩集為《浣花集》。晚年耽於禪門，性行儉嗇，《朝野僉載補遺》云：「數米而炊，秤薪而爨，炙少一臠而覺之。」正史無傳，《唐才子傳》有他的傳略。

【韻　律】首聯及頸聯均為孤平拗救，末聯出句作下三仄，均合律。詩用上平聲十灰韻，韻腳是：

哀、臺、來、迴。

【注釋】❶章臺 戰國時秦宮內之臺。故址在今陝西長安故城西南隅。此泛指宮殿的樓臺。❷芳草已云暮 年華已逝。芳草，香草也。已云暮，言歲月已遲晚。❸殊 猶也。❹鄉書 家書。

【語譯】幽怨的瑟聲，在長夜裡低徊，繚繞的絃音不散，好似風雨的哀鳴。在孤燈下，傳來楚地的號角，殘月已沉落到章臺的後面去了。歲月已晚，香草已快枯萎，以前的好友到如今還不來。家書已經無法寄到，秋雁又飛回南方來了。

【賞析】這是一首秋思的詩。秋思，便是秋天的懷念。作者居蜀國的宮廷，秋來的懷念。首先借絃瑟的清音，引來秋夜的幽怨。頷聯寫當前的景色，「殘月下章臺」切題。後四句寫思念的幻滅，「芳草」、「故人」、「鄉書」，三者皆不可得，末以「秋雁又南迴」作結，以見沉痛。大抵前四句寫秋「夜」，後四句寫「思」，全篇情致婉約，雋永可誦。俞陛雲《詩境淺說》云：「五律中有高唱入雲，風華掩映，而見意不多者，韋詩其上選也。」

169 尋陸鴻漸不遇

僧皎然

移家雖帶郭，野徑入桑麻。近種籬邊菊，秋來未著花❶。扣門❷無犬吠，欲去問西家❸。報道❹山中去，歸時每日斜。

【作　者】皎然，是個和尚，俗姓謝，名晝，字清晝，吳興（今浙江湖州）人。宋謝靈運的十世孫。初入道，在杼山肄業，與靈澈、陸羽同居妙喜寺。居杼山，有《杼山集》，並作詩論，今有《詩式》傳世。《唐才子傳》有傳略。

【韻　律】全詩八句均不對仗，但平仄合律。詩用下平聲六麻韻，韻腳是：麻、花、家、斜。

【注　釋】❶著花　開花。❷扣門　敲門。❸西家　指鄰居。❹報道　回答道。

【語　譯】你雖然把家搬到城郭的旁邊，然而到你家卻須穿入一條種滿桑麻的野徑。新近你在籬邊種的菊花，秋天到了，依然還沒開花。我去敲門，連狗吠都沒有，於是只好去問你的鄰居。他說：你已到山中去了，回來時每每要到太陽下山的時候。

【賞　析】這是一首棲逸體的詩，寫作者訪友不遇，從而描寫友人居住的環境，以見友人的性情。此詩充滿閒逸的氣氛，結廬人境，自種桑麻，掩門無應，與世無爭，充滿淳樸恬靜的情調。《唐書・隱逸傳》云：「陸羽，字鴻漸，復州竟陵人。天寶中，盧火門山。上元初，更隱苕溪。自稱桑苧翁，闔門著書，或獨行野中。貞元末，卒。羽嗜茶，著經三篇。」全詩吐抒自然，有古詩風味。皎然《詩式》對於詩的取境，曾有這樣的見解，他說：「取境之時，須至難至險，始見奇句。成篇之後，觀其氣貌有似等閒，不思而得，此高手也。有時意靜神王，佳句縱橫，若不可遏，宛若神助。」以他自己的詩論，來看他的詩，似可吻合。

卷四

七言律詩

七言律詩，簡稱「七律」。絕句和律詩，同為近體詩，絕句僅四句，而律詩為八句以上。所謂律詩，如元稹〈敘詩寄樂天書〉云：「聲勢沿順，屬對穩切者為律詩。」也就是說，要調平仄，講黏對，拘對仗，鎔裁聲律，約句準篇的詩體，便是律詩。律詩有定句，共八句，八句以上的便為排律。律詩有五、七言之分，五字一句的稱五言律詩，七字一句的為七言律詩。

七律的作法，大致和五律相同；所不同的，在於五律每句頭上再加兩字，於是在格律上的變化，就比五律複雜，在詩意的內涵上，也就再次擴大。五律因字數少而難作，要成好詩比較容易；七律因字數多，反而容易寫，但要工巧，反而困難。由於五言句短促，要步步不失古意；七言字數多，包羅的意象也就廣了，故不妨時出新意。七言律詩氣勢必須貫注全篇，在屬對上，抒情遣事要配合得當，在鍊字上，要謹嚴老結，虛實字的應用，也要錯綜稱允。如用虛字過多，便流於空泛孱弱；如用實字過多，又落於膚廓呆滯，所以說七律易寫而難工，原因便在於此。

近體詩往往比古詩較重格律，杜甫〈遣悶〉詩云：「晚節漸於詩律細。」其實詩歌除了「格律」以外，還有更重要的成分，那便是「神韻」和「性靈」。神韻是很抽象的，著重詩趣和畫趣的尋求，大抵在平淡中要有滋味，使詩意無窮，如唐人司空圖所謂的「不著一字，盡得風流」便是。從宋嚴羽的《滄浪詩話》到清王士禎的《漁洋詩話》，便是走同一路線。故《滄浪詩話》曾謂：

> 詩者，吟詠情性也。盛唐諸人，惟在興趣，羚羊掛角，無跡可求。故其妙處，透徹玲瓏，不可湊泊，如空中之音，相中之色，水中之月，鏡中之象，言有盡而意無窮。

同時，以禪喻詩，重妙悟。王士禎的《帶經堂詩話》所謂：「嚴滄浪以禪喻詩，余深契其說。」又《香祖筆記》云：「捨筏登岸，禪家以為悟境，詩家以為化境，詩禪一致，等無差別。」悟境與化境一致，到此境界，無法可求，渾然天然，色相俱合，這是王漁洋理想的詩境。至於性靈，是直據胸臆，著重性情的流露。從宋楊萬里、明袁宏道到清袁枚的《隨園詩話》，便是一脈相承。所以袁宏道在〈敘小修〉詩云：

> 大都獨抒性靈，不拘格套，非從自己胸臆流出不肯下筆。

主張詩以意為主，辭采為奴婢。《隨園詩話》曾云：「性情之流露，自由述敘，不受形式法則之束縛，以清新機巧行之，才是真詩。」大抵天分低拙的人，愛談格律，而不解詩中的風趣，於是袁枚認為格律是空架子。他在〈再答李少鶴尺牘〉上說：「足下論詩，講體格二字固佳，僕意神韻二字尤為要緊。體格是後天空架子，可仿而能；神韻是先天真性情，不可強而至。」進而講才情，如〈三百篇〉，大半是勞人思婦，率意言情之作，誰為之格律？如許渾云：「吟詩好似成仙骨，骨裡無詩莫浪吟。」所以詩歌除了格律以外，還有更重要的詩素存在。

七言律詩每聯的名稱與五言律詩相同，通常第一、二兩句不對仗，稱為「首聯」；第三、四兩句必對仗，稱為「頷聯」；第五、六兩句必對仗，稱為「頸聯」；第七、八兩句不對仗，稱為「末聯」。

今將七言律詩平仄定式列舉如下：

一、仄起格定式

(仄)仄起平平(仄)仄平韻， (平)平對(仄)仄仄平平叶；	首聯（散句）
(平)平黏(仄)仄平平仄， (仄)仄對平平(仄)仄平叶。	頷聯（對仗）
(仄)仄黏(平)平平仄仄， (平)平對(仄)仄仄平平叶；	頸聯（對仗）

(平)平黏(仄)仄平平仄，
(仄)仄對平平(仄)仄平叶。——末聯（散句）

(如首句不用韻，應為(仄)仄(平)平平仄仄。)

二、平起格定式

(平)平起(仄)仄仄平平韻，
(仄)仄對平平(仄)仄平叶；——首聯（散句）

(仄)仄黏(平)平平仄仄，
(平)平對(仄)仄仄平平叶。——頷聯（對仗）

(平)平黏(仄)仄平平仄，
(仄)仄對平平(仄)仄平叶；——頸聯（對仗）

(仄)仄黏(平)平平仄仄，
(平)平對(仄)仄仄平平叶。——末聯（散句）

(如首句不用韻，應為(平)平(仄)仄平平仄。)

七言律詩首句用韻的為正格，在定式中括號裡的正仄表示可以不論，其實七律句首字的平仄可以不論，因為它距離尾字最遠，地位最不重要，不在節奏點（二四六各字便在節奏點），所以該平的也可用仄，該仄的也可用平。王士禎《律詩定體》云：「凡七言第一字俱不論，第三字與第五字與五言第一字同。凡雙句第三字應仄聲者，可換平聲，應平聲者不可換仄聲。」又在平起不入韻式首句下注云：「第三字可平，凡仄可使單。」第七句下注云：「單句第六字拗用平，則第五字必用仄以救之，與五言三四一例。」在仄起入韻式首句下注云：「第三字必平，凡平不可令單。」古人作詩，有所謂「一三五不論，二四六分明」，二四六字的平仄要依定式，才不會失黏，而一三五字的平仄，有時還是要講求的，目的在使合乎「凡平不可令單」的原則，否則造成「孤平」的現象，是詩家的大忌。

七律用韻也限於一韻，不能換韻，也沒有通押的現象。至於拗救的方式，與五律相同，這些拗救的方法在五律中已說明過，在此不再重複。七律的作法，明胡震的《唐音癸籤》引楊仲宏的一段話，可供參考：「七言律有起、有承、有轉、有合。起為破題，或對景興起，或比起，或就題起，要突兀高遠，如蘋風初發，勢欲卷浪。承為頷聯，或寫意，或寫景，或書事，或用事引證，要接破題，如驪龍之珠，抱而不脫。轉為頸聯，或寫意，寫景，書事，用書引證，與前聯之意相應相避，要變化不窮，如魚龍出沒波濤，觀者無不神聳。合為結句，或就題結，或開一步，或繳前題之意，或用事，必放一句作散場，或截奔馬，辭意俱盡，如臨水送將歸，辭盡意不盡，知此則七律思過半矣。」初學者細細體會這段話，對律詩的作法，可得箇中的三昧了。

七律的發生很晚，在初唐才漸次發展建立，沈佺期、宋之問已有是作。盛唐初期，是體猶未為世人所重視，故《李太白集》中，七律才僅三首，《孟浩然集》中，七律也僅兩首。可知當玄宗開元天寶之盛，七律尚未盛行。到杜甫時，才使七律為詩家所喜愛的詩體之一，故《杜工部集》中，七律便佔了不少的分量。其後如崔顥、賈至、王維、岑參諸家，才曲盡其妙，使七律成為普遍流行的詩體，同時使七律在創作的技巧上，臻於高妙的境地。所以清方東樹《昭昧詹言》中特別推崇杜甫和王維，他在《七律通論》中云：

初唐章法句法皆備，惟聲響色澤，猶帶齊梁。盛唐而後，厥有二派，演為七家。以此二派，登峰造極，幾於既聖，後人無能出其區宇，故遂為宗。何謂二派：一曰杜子美，如太史公文，以疏氣為主，雄奇飛動，縱恣壯浪，凌跨古今，包舉天地，此為極境。一曰王摩詰，如班孟堅文，以密字為主，莊嚴妙好，備三十二相，瑤房絳闕，仙官儀仗，非復塵間色相。

至於七家，在唐為李義山，兼杜甫王維二家之長。其他六家，宋為黃庭堅、陸游，明為李夢陽、李攀龍、錢謙益、陳子龍諸人。宋明諸家的作品，此書未選，只及於唐詩而已。

170

黃鶴樓

崔　顥

昔人已乘黃鶴❶去，此地空餘黃鶴樓❷。黃鶴一去不復返，白雲千載空悠悠❸。

晴川歷歷❹漢陽樹，芳草萋萋❺鸚鵡洲❻。日暮鄉關何處是？煙波江上使人愁。

【作　者】崔顥（西元七〇四？——七五四），汴州（今河南開封）人。開元十一年（西元七二三）中過進士，天寶中任尚書司勳員外郎。才高而無行，少年為詩，意浮豔，多陷輕薄；晚年忽變常體，風骨凜然。後遊武昌，登黃鶴樓，感慨賦詩，成此絕唱。相傳李白也遊歷武昌，登黃鶴樓，原想題詩，看到崔顥的〈黃鶴樓〉詩，曾云：「眼前有景道不得，崔顥題詩在上頭。」自嘆不如，就此擱筆不寫。《舊唐書．文苑傳》、《新唐書．文苑傳》有傳，《唐才子傳》也記其軼事。

【韻　律】此詩律古參半，前四句完全不合律，為古詩的格式，後四句始合律。頸聯出句「晴川歷歷漢陽樹」，為「平平仄仄仄平仄」，「陽」字孤平，對句「芳草萋萋鸚鵡洲」作「平仄平平平仄平」，「鸚」字本宜仄而改用平以救之。此詩喜用疊字，如「悠悠」、「歷歷」、「萋萋」等便是，又「黃鶴」字凡三見，「人」、「去」、「空」各二見。頷聯似對非對，頸聯卻對仗工巧。詩用下平聲十一尤韻，韻腳是：樓、悠、洲、愁。首句不入韻。

【注　釋】❶黃鶴　《全唐詩》本作「白雲」，今從校文。李鍈《詩法易簡錄》云：「按首句作『黃鶴去』最是，不惟白雲二字有題外突入之妙，且三句『黃鶴一去』，正承首說下，若作『白雲去』，則三句黃鶴不得說去，而四句白雲何反云千載悠悠耶？」❷黃鶴樓　在今湖北武昌西黃鵠磯上，俯瞰江漢，極目千里。《南齊書・州郡志》謂：山人子安乘黃鶴過此，因名。《太平寰宇記》謂：費文禕登仙，嘗駕黃鶴憩此，故名。二說稍異。❸悠悠　久遠貌。❹歷歷　分明貌。❺萋萋　草繁盛貌。❻鸚鵡洲　在今湖北漢陽西南長江中。東漢末，黃祖為江夏太守，祖長子射，大會賓客，有獻鸚鵡者，禰衡作賦，洲因以名。

【語　譯】從前有位仙人乘著黃鶴離開這裡，因此此地只留下一座黃鶴樓了。黃鶴一去，就沒有再回來過，千年以後，白雲依然久久地等待。在晴天，江水很清明，映照著漢陽的樹木，鸚鵡洲上，芳草長得挺茂密。傍晚時分，我想望望家鄉，但又在那裡呢？只見江上風煙迷漫，更使人發愁。

【賞　析】這是一首千古絕唱的律詩，主旨在寫登樓望遠時，心頭寂寞思鄉之感。此詩歷來被訟論不休，前四句破律，可說是神來之筆，一貫而下，有千鈞之勢。因為這是一首題壁的詩，先從神話中點出黃鶴樓，再從人去樓空說到眼前的景象，「白雲」、「晴川」、「漢陽樹」、「鸚鵡洲」，形象明麗，映托出黃鶴樓的視野開闊和秀麗。由於好景而引發思鄉的情緒，對著江上的煙波，不免勾起淡淡的鄉愁。末句「煙波江上」是倒裝，為合律的緣故，且全詩虛實照應稱允，所以高妙。

171 行經華陰

崔顥

岧嶢❶太華俯咸京❷，天外三峰削不成❸。武帝祠❹前雲欲散，仙人掌❺上雨初晴。

河山北枕秦關險❻，驛樹西連漢畤平❼。借問路傍名利客，無如❽此處學長生？

【韻律】全詩合律，用下平聲八庚韻，韻腳為：京、成、晴、平、生。律詩還講「四聲遞用法」，便是每聯出句的末字，用平上去入交錯而用，如「京」為平聲，「散」為去聲，「險」為上聲，「客」為入聲。這種平去上入交錯而用的現象，稱為四聲遞用法。

【注釋】❶岧嶢　山高貌。❷咸京　指咸陽，為秦國的都城，舊城在今陝西長安東。❸天外三峰削不成　天外，形容山峰高聳在天空之外。三峰，指太華山的芙蓉、明星、玉女三峰。削不成，形容山勢突兀，非人工所能削成的。《山海經・西山經》：「太華之山，削成而四方，其高五千仞，其廣十里。」❹武帝祠　漢武帝所建立的巨靈祠。〈華山志〉曰：「巨靈，九元祖也，漢武帝觀仙掌於縣內，特立巨靈祠。」❺仙人掌　太華山上的山峰名。清《一統志》引〈華山志〉云：「嶽頂東峰曰仙人掌，峰側石上有痕，自下望之，宛然一掌，五指俱備，人呼為仙掌。」❻河山北枕秦關險　在北邊，渭水和華山依靠著險要的函谷關。河，渭水。山，華山。河山，泛指山川形勢而言，與下句「驛樹」對仗。枕，倚也。秦關，指函谷關，在華山的東北。❼驛樹西連漢畤平　在西邊，一路上的驛站和樹木與平坦的漢畤相連。驛樹，一作驛路。言驛站和樹木。漢畤，漢代祭天地的所在。〈括地志〉：「漢武帝時，在岐州雍縣南。」❽無如　一作何如。不如也。

【語　譯】高高的太華山俯視著咸陽城，聳立在天外的三座主峰，不是人工所能削成的。武帝祠前的雲霧開始吹散了，仙人掌上也雨過放晴。在北邊，山川依靠著險要的函谷關，在西邊，驛樹和平坦的漢畤相連。借問一下，路邊那些追求名利的人們，為什麼不在這裡學習長生不老的道術呢？

【賞　析】這是作者路過華陰寫景的詩。華陰，今陝西華陰，在華山之北，故名。前四句，寫華山的高峻。後四句，寫路過華陰所見，末句以見山入道抒感。從全詩來看，詩人將神話古蹟融於河山勝景中，使詩境雄渾，情景壯闊。清方東樹《昭昧詹言》：「起二句破點，次句句法帶寫加琢。三四句寫景有興象，故妙。五六亦是寫景，但有敘說而無象，故不妙也。收託意亦浮淺。」

172

望薊門

祖詠

燕臺一去❶客心驚，簫鼓喧喧漢將營。萬里寒光生積雪，三邊❷曙色動危旌。

沙場烽火連胡月，海畔雲山擁薊城❸。少小雖非投筆吏❹，論功還欲請長纓❺。

【作　者】祖詠，洛陽人。登開元十二年（西元七二四）進士第。官駕部員外郎。商璠評他的詩為：「剪刻省靜，用思尤苦，氣雖不高，調頗凌俗，足稱為才子也。」少年時，便與王維結伴聯吟，王維在濟州時，有〈贈祖詠〉詩云：「結交三十載，不得一日展；貧病子既深，契闊余不淺。」感傷祖詠的流落不遇，貧病交迫。後移家汝墳，以漁樵終其一生。《唐才子傳》有傳。

【韻　律】詩用下平聲八庚韻，韻腳是：驚、營、旌、城、纓。

【注　釋】❶燕臺一去　燕臺，即黃金臺，燕昭王所築。在今河北大興東。一去，一作一望。❷三邊　泛指邊境。❸薊城　即薊門。在今河北宛平北，有「薊門煙樹」之稱，為京都十景之一。❹投筆吏　指東漢投筆從戎的班超。《後漢書·班超傳》：「嘗為傭書養母，久勞苦，投筆歎曰：大丈夫無他志略，猶當效傅介子、張騫立功異域，以取封侯，安能久視筆硯間乎？」❺請長纓　指西漢請纓報國的終軍。《漢書·終軍傳》：「軍自請願受長纓，必羈南越王而致之闕下。」

【語　譯】登上燕臺，使我這個異鄉客不禁心驚，原來漢家的軍營，正發出簫鼓喧闐的聲音。眼前積雪萬里，映照著寒光，邊境上的旌旗，高高地飄動在曉色裡。沙場烽火外，連接著胡地的月光，遙臨海畔，雲山簇擁著薊城。我年少時雖然不是投筆從戎的班超，但為了立功，還是想學請纓報國的終軍。

【賞析】這是一首邊塞詩，作者上薊門遠眺，不禁生起報國的意志。此詩重點全在首句，表面看來是上燕臺眺望，其實暗用典故，暗示燕自郭隗樂毅去後，即被秦所滅，故客心暗驚，漢高祖曾率兵擊燕王臧荼於此，故云漢將營。「萬里」以下四句，登臨所見的景色，呼應所以心驚的原因，滿目「積雪」、「危旌」、「烽火」、「雲山」，寫邊城風聲緊急的氣氛，怎不心驚呢？末聯以「投筆吏」、「請長纓」，抒發報國的心願。清方東樹《昭昧詹言》云：「收託意有澄清之志，豈是時范陽已有萌芽耶？」天寶末年，安祿山屯兵於此，作者或已見其有叛逆的跡象，故作此詩。

173　送魏萬之京

李　頎

朝聞遊子唱離歌，昨夜微霜初度河。鴻雁不堪愁裡聽，雲山況是客中過。
關城樹色❶催寒近，御苑❷砧聲向晚多。莫見❸長安行樂處，空令歲月易蹉跎❹。

【韻律】詩用下平聲五歌韻，韻腳是：歌、河、過、多、跎。

【注釋】❶關城樹色　關城，函谷關也。樹，一作曙。❷御苑　本謂帝王宮宅。此指京城而言。❸莫見　一作莫是。莫認為。❹蹉跎　失時也。

【語譯】昨夜微霜初降，今朝就聽到你唱起離歌，渡河遠離。在別愁中，我們聽到鴻雁的哀鳴幾乎不能忍受，更何況雲山黯淡，是你客中必經過的地方呢！關城附近的樹色，已顯示出冬天的景象，向晚時分，靠近京城，擣衣的聲音更加密了。你不要認為長安是個行樂的地方，徒然使人容易把歲月蹉跎。

【賞析】這是一首送別的詩。魏萬，上元初登第，後隱居王屋山，自號王屋山人。李白有〈送王屋山人魏萬還王屋〉詩。此詩首句扣題，點出送別，次句點明時序，送別地點，言昨夜微霜，今朝遊子渡河而去。中四句情景交融，頷聯用「鴻雁」、「雲山」，襯托旅途的落寞，頸聯寫漸次到京，而秋寒已至。結意勉以立身立名，勿以長安為行樂之地而空使歲月蹉跎無成，用於摯友始稱當，可知李頎與魏萬為深交，臨別贈以忠告。

174

九日登望仙臺呈劉明府容

崔　曙

漢文皇帝有高臺❶，此日登臨曙色開。三晉❷雲山皆北向，二陵❸風雨自東來。

關門令尹❹誰能識？河上仙翁❺去不回。且欲❻近尋彭澤宰❼，陶然共醉菊花杯❽。

【作者】崔曙，宋州（今河南登封）人。少年孤貧，志疏爽，開元二十六年（西元七三八）登進士第。與薛據友善。《唐才子傳》有傳。

【韻律】詩用上平聲十灰韻，韻腳是：臺、開、來、回、杯。

【注釋】❶高臺　即望仙臺。《太平寰宇記》云：「河南道陝州陝縣：望仙臺在縣西南十三里，漢文帝築以望河上公，公既上昇，故築此臺以望祭之。」❷三晉　戰國時三家分晉，即韓、趙、魏。約今山西省地。❸二陵　殽山有南北二陵，在函谷關東端。《左傳．僖公三十二年》：「殽有二陵焉，其南陵夏后皐之墓也，其北陵文王之所避風雨也。」❹關門令尹　即尹喜。為周大夫，看守函谷關，老子過關時，曾授以《道德經》五千言。後與老子俱遊流沙，不知所終。❺河上仙翁　即河上公。西漢人，曾授文帝以《老子章句》四篇。今《老子》有河上公注。❻且欲　寧可也。❼彭澤宰　晉陶淵明曾任彭澤令，後辭官歸隱。《南史．隱逸傳》：「陶潛為彭澤令，解印綬去職，當九月九日無酒，出宅邊菊叢中坐久之，逢王弘送酒至，即便就酌，醉而後歸。」❽菊花杯　猶菊花酒。《西京雜記》：「菊花舒時，并採莖葉，雜黍米釀之，至來年九月九日始熟，就飲焉，故謂之菊花酒。」《荊楚歲時記》：「九月九日，佩茱萸，食蓬耳，飲菊花酒，令人長壽。」

【語譯】漢文帝曾築了一座望仙臺，今日我來此登臨，正是曙色初開的時候。三晉一帶的雲山都向著北方，函谷關的風雨從東邊捲來。如今，還有誰認識關門令尹呢？因此河上公出關之後，也就沒有回來過。我寧可就近去找陶淵明，跟他一起喝菊花酒而陶然共醉吧！

【賞析】這是一首投贈的詩。劉容，生平不詳，明府，乃唐時縣令之稱。首聯點題，是起筆的方法。頷聯寫形勢，寫景物，就登臺所見的景色來入篇。頸聯聯想到古代隱逸之士，如關尹子、河上公已不可復見，他們的疎曠高蹈，卻為後人所思慕。末聯以陶淵明作結，以切合呈劉明府，並以菊花杯切九月九日，更見筆力有餘。全詩有隱逸之思，近乎遊仙詩。清沈德潛《唐詩別裁》云：「一氣轉合，就題有法。」可謂得言。

175　登金陵鳳凰臺

李　白

鳳凰臺❶上鳳凰遊，鳳去臺空江自流。吳宮❷花草埋幽徑，晉代衣冠❸成古丘。

三山❹半落青天外，二水中分白鷺洲❺。總為浮雲能蔽日❻，長安不見使人愁。

【韻　律】頷聯「吳宮花草埋幽徑，晉代衣冠成古丘」的平仄與首聯的平仄相同，如將第三句的平仄和第四句的平仄對換，便合乎七律平起格的定式了，這便是「失對」「失黏」的現象，也可稱為「拗對」「拗黏」。王力的《漢語詩律學》在「失對和失黏」這一節上說：「首先我們須知，『對』和『黏』的格律在盛唐以前並不十分講究；二者比較起來，『黏』更居於不甚重要的地位。直至中唐以後，還偶然有不對不黏的例子。『失對』和『失黏』的『失』字是後代的詩人說出來的，『失』是不合格的意思，而唐人並不把不對不黏的情形認為這樣嚴重。因此，有些詩論家並不叫做『失對』『失黏』，只稱為『拗對』『拗黏』。」詩用下平聲十一尤韻，韻腳是：遊、流、丘、洲、愁。

【注　釋】❶鳳凰臺　臺名。蓋南朝宋元嘉時，有鳳凰翔集於此山，因而得名。故址在今南京市南。❷吳宮　三國東吳時所建之宮室。❸晉代衣冠　指東晉王謝世家等顯貴而言。❹三山　在南京市西南長江南岸，上有三峰。❺二水中分白鷺洲　白鷺洲在長江中，多聚白鷺，因名。二水，指長江為白鷺洲所分，因而分成兩道水流。❻總為浮雲能蔽日　總為，總是也。浮雲能蔽日，隱喻國君為群小所蒙蔽，猶浮雲之鄣日月。

【語　譯】鳳凰臺上曾經有鳳凰來翔集過，如今鳳凰飛走了，剩下這座空臺，只有長江仍在滾滾的東流。吳宮中的花草都已埋沒在荒幽的小徑裡，東晉時的一些顯貴，而今也變成了累累的荒墳。三座山峰依然聳立在青天外，白鷺洲橫在長江的中心，江水被分割成兩道水流。太陽總是容易被浮雲所遮蓋，我看不見長安，不禁使我發愁啊！

【賞　析】這是一首登臨的詩，與崔顥的〈黃鶴樓〉詩同是千古的絕唱。或云李白登黃鶴樓不得賦詩，到鳳凰臺時，總算出了這口氣，然大體看來崔顥的〈黃鶴樓〉和李白的〈登金陵鳳凰臺〉，章句極為相似，氣勢韻腳也相同。元方回《瀛奎律髓》云：「太白此詩，與崔顥〈黃鶴樓〉相似，格律氣勢未易甲乙。此詩以鳳凰臺為名，而詠鳳凰臺，不過起語兩句已盡之矣。下六句乃登臺而觀望之景也。三四懷古人之不見也。五六七八，詠今日之景，而慨帝都之不可見也。登臺而望，所感深矣。金陵建都自吳始，三山二水白鷺洲，皆金陵山水名。金陵可以北望中原唐都長安，故太白以浮雲遮蔽，不見長安為愁焉。」高步瀛《唐宋詩舉要》云：「太白此詩全摹崔顥〈黃鶴樓〉，而終不及崔詩之超妙，惟結句用意似勝。」詩貴言外之音，由此可知。

176

送李少府貶峽中王少府貶長沙

高　適

嗟君此別意何如？駐馬銜杯問謫居❶。巫峽啼猿數行淚❷，衡陽歸雁幾封書❸。

青楓江❹上秋帆遠，白帝城❺邊古木疏。聖代即今多雨露❻，暫時分手莫躊躇❼。

【韻　律】頷聯出句「巫峽啼猿數行淚」，作「平仄平平仄平仄」，第五六兩字平仄互換，便成「平仄平平平仄仄」合律了，這種本句拗救的方式，稱為單拗。詩用上平聲六魚韻，韻腳是：如、居、書、疏、躇。

【注　釋】❶駐馬銜杯問謫居　停下馬來喝酒，並問他們被貶謫到什麼地方。駐馬，停馬。銜杯，含杯飲酒。❷巫峽啼猿數行淚　言李少府貶峽中，聽到巫峽的猿啼悲鳴，不禁掉下淚來。峽中，即巫峽，長江三峽之一，在四川巫山縣東。《水經注．江水注》：「江水東逕巫峽，杜宇所鑿，以通江水，其間首尾百六十里，每晴初霜旦，林寒澗肅，常有高猿長嘯，聲極淒厲，故漁者歌曰：『巴東三峽巫峽長，猿鳴三聲淚沾裳。』」❸衡陽歸雁幾封書　言王少府貶長沙，湖南衡陽境內有衡山，上有回雁峰，南來的雁到此為止，來春北回，古代雁足繫書，故云歸雁幾封書。❹青楓江　即雙楓浦，又名青楓浦，在湖南長沙。❺白帝城　在今四川奉節東白帝山。❻雨露　喻恩澤也。❼躊躇　欲行不進貌。猶徘徊。

【語譯】唉！你們這次分別又有什麼感想呢？請停下馬來喝酒，我想問一問關於你們被貶謫的地方。當你經過巫峽的時候，啼猿悲鳴，不禁要掉下數行眼淚；衡陽的雁歸來時，也許會送來幾封書信。在青楓江上，秋天裡的離帆漸漸地遠去；那白帝城頭，古木的枝葉稀疏。現在是個聖治的年代，國家對我們有很多恩澤，就讓我們暫時分手吧，不必在這兒難過，徘徊不前了。

【賞析】這是一首送別的詩，被送的共兩人：一為李少府，因貶四川，故云峽中；一為王少府，因貶湖南長沙。李、王二少府，生平未詳。詩中首聯，「此別」、「銜杯」，切送別，臨別餞行，不禁嗟二君的遭遇。中四句各自對仗，皆豫想別後的情景，一往峽中，故曰：「巫峽啼猿數行淚」、「白帝城邊古木疏」；一往長沙，故云：「衡陽歸雁幾封書」、「青楓江上秋帆遠」。末聯作慰語，怨而不露，哀而不傷，合乎溫柔敦厚的詩教。詩格高華朗曜，端是盛唐詩風。

177

奉和中書舍人賈至早朝大明宮

岑參

雞鳴紫陌❶曙光寒，鶯囀皇州春色闌❷。金闕❸曉鐘開萬戶，玉階仙仗❹擁千官。

花迎劍珮星初落，柳拂旌旗露未乾。獨有鳳凰池❺上客，〈陽春〉❻

一曲和皆難。

【韻律】詩用上平聲十四寒韻，韻腳是：寒、闌、官、乾、難。首聯也對仗。

【注釋】❶紫陌　帝京的道路。❷鶯囀皇州春色闌　鶯囀，鶯啼。皇州，指京城。闌，晚也，有「盡」的意思。❸金闕　金殿。❹仙仗　謂皇殿上之儀仗也。❺鳳凰池　指宰相而言，為中書省所在地，簡稱鳳池。❻陽春　雅樂也。〈陽春〉、〈白雪〉，均曲調名。〈宋玉對楚王問〉：「其為〈陽春〉、〈白雪〉，國中屬而和者不過數十人，是其曲彌高，其和彌寡。」

【語譯】晨雞響徹了京城的大道，曙光中猶帶有幾分寒意，這時，京都裡黃鶯宛轉，春天就快過了。金殿上曉鐘嘹亮，所有的宮門一齊打開，玉砌的石階下，衛隊森嚴地拿著儀仗，千官簇擁著。在上朝的行列中，春花迎拂著劍珮，星光漸漸地隱沒，楊柳輕撫著旌旗，朝露未乾。只有鳳凰池上的那位詩人，他的詩就像〈陽春〉〈白雪〉一樣高雅，真教人難以奉和呢！

【賞析】這是一首贈答的詩。據杜詩考之，當為肅宗乾元元年（西元七五八）的作品，案賈至有〈早朝大明宮呈兩省僚友〉一詩，當時岑參、王維、杜甫都有和作，今存。大明宮，即蓬萊宮，稱東內。此詩詠早朝的景象，春柳春花與金闕玉階，點綴皇都春朝的富麗，然無深意。前六句寫景，僅末聯切奉和中書舍人賈至，然言過其詞，不過頌揚應酬罷了。清翁方綱《石洲詩話》云：「古人唱和，自生感激，若早朝大明宮之作，並出壯麗；慈恩寺塔之詠，並見雄宕，率由興象互相感發。」

178

和賈舍人早朝大明宮之作

王　維

絳幘雞人送曉籌❶，尚衣方進翠雲裘❷。九天閶闔❸開宮殿，萬國衣冠拜冕旒❹。
日色纔臨仙掌❺動，香煙欲傍袞龍❻浮。朝罷須裁五色詔❼，珮聲歸向鳳池❽頭。

【韻　律】末聯「朝罷須裁五色詔，珮聲歸向鳳池頭」的平仄與頸聯相同，如將七八兩句的平仄互換，便合平仄起格的定式，這種平仄互換的現象，便是拗黏拗對，依然合律。末聯出句「五色詔」作下三仄。詩用下平聲十一尤韻，韻腳是：籌、裘、旒、浮、頭。

【注　釋】❶絳幘雞人送曉籌　絳幘，深紅色的頭巾，漢時宿衛士的冠幘，至唐猶然。雞人，周官春官之屬，大祭祀夜報時呼旦，以警起百官。《漢官儀》：「衛士於朱雀門外著絳幘，傳雞唱。」送，一作報。曉籌，即更籌，猶今之時數。❷尚衣方進翠雲裘　尚衣，官名，唐屬殿內省，掌供御服。翠雲裘，喻珍貴的皮裘。❸九天閶闔　九重宮殿的大門。❹冕旒　朝冠也。冠飾上之垂玉曰旒。此處喻君王也。❺仙掌　即仙人掌，用以承露，為宮廷雕飾之物。《漢書・郊祀志》：「武帝作柏梁、銅柱、承露、仙人掌之屬。」注：「仙人以手掌擎盤承甘露也。」❻袞龍　天子禮服，卷龍衣也。❼五色詔　以五色紙所書之詔。❽鳳池　指宰相辦公的地方，為中書省的所在地。

【語　譯】戴著深紅色頭巾的衛士送來報曉的更籌，尚衣剛剛把翠雲般的皮裘獻上。一重重的宮門跟著正殿的大門敞開著，各國的使臣都向君王朝拜。太陽才照在仙人掌上，露水被蒸發了，御爐上的香煙，依傍著天子的龍袍在浮動。散朝後，中書舍人還要裁製五色紙寫成的詔誥，然後帶著珮玉聲，回到鳳凰池那邊去。

【賞　析】這是一首贈答的詩。與上首岑參的詩同時而作，都是描寫早朝森嚴莊麗的景象。此詩首聯寫初曉，頷聯承意，寫宮中早朝，氣象宏博。頸聯轉，用景象烘托宮廷的肅穆，天子的威儀。末聯結，寫中書舍人的辛勤，並切題以和賈至中書舍人。章法嚴謹可學。和唱的詩，有和意、和韻的區分，此和意之作。然和唱之作，如無真實情感，便落於頌揚、堆砌，只是禮尚往來，應酬罷了。元楊載《詩法家數》云：「榮遇之詩，要富貴尊嚴，曲雅溫厚，寓意要閒雅、美麗、精細。如王維、賈至諸公早朝之作，氣格渾深，句意嚴整，如宮商迭奏，音韻鏗鏘，真麟遊靈沼，鳳鳴朝陽也。學者熟之，可以一洗寒陋，後來諸公應詔之作，多用此體，然多志驕氣盈，處富貴而不失其正者幾希矣，此又不可不知。」詩品之於人品，無甚差異，故讀其詩，可知其為人。

179

奉和聖製從蓬萊向興慶閣道中留春雨中春望之作應制

王　維

渭水自縈秦塞曲，黃山❶舊遶漢宮斜。鑾輿❷迥出千門柳，閣道❸迴看上苑❹花。

雲裡帝城雙鳳闕❺，雨中春樹萬人家。為乘陽氣❻行時令，不是宸遊❼翫物華❽。

【韻　律】詩用下平聲六麻韻，韻腳是：斜、花、家、華。

【注　釋】❶黃山　即黃山宮，漢宮名。在黃山，在今陝西興平北。漢武帝微行西至黃山宮即此。❷鑾輿　天子的車駕。❸閣道　樓閣通行的地方，上下都有路，稱為閣道，又名複道。❹上苑　宮苑也，御花園。❺雙鳳闕　言京城宮闕上所鑄的金鳳凰。〈關中記〉：「建章宮圓闕臨北道，有金鳳在闕上，故號鳳闕。」❻陽氣　指春天。《漢書・律曆志》：「陽氣動物，於時為春。」❼宸遊　天子的遊樂。❽物華　猶言光景。

【語　譯】渭水沿著舊秦的邊塞曲折地奔流，漢時的黃山宮順山勢橫斜其中。御駕從千門的楊柳叢中馳行遠出，在複道上，還不時回頭，瞻望宮苑裡的花木。長安城裡的雙鳳闕聳立雲表，在微雨春樹中，散有萬戶人家。這次天子的出幸，是配應春天的時令而出巡，並不是為了遊樂而玩賞光景。

【賞析】這是一首應制的和韻詩，又稱「館閣體」。所謂應制，便是皇上寫了一首詩，臣子們依原題目也做一首詩答和他。大抵這類的詩是以歌功頌德為主，在初唐、盛唐間，頗為流行，故《全唐詩》中應制的詩不少。此詩首聯先點出京都一帶的形勢。頷聯寫閣道所經，「迴」、「迴」二字，鍊字工巧。頸聯寫景高逸，「雙鳳闕」、「萬人家」對仗巧妙。末聯迎合上意，合乎應制詩的規格，仍不失是一和雍和富麗的好詩。

180

積雨輞川莊作

王維

積雨❶空林煙火遲，蒸藜炊黍餉東菑❷。
漠漠❸水田飛白鷺，陰陰夏木囀黃鸝。
山中習靜觀朝槿❹，松下清齋❺折露葵。
野老與人爭席罷❻，海鷗何事更相疑❼？

【韻律】此詩應為平起格的律詩，首聯為拗對拗黏，如將一二兩句的平仄互換，便合平起格的定式。詩用上平聲四支韻，韻腳是：遲、菑、鸝、葵、疑。

【注　釋】❶積雨　久雨未晴。❷蒸藜炊黍餉東菑　做好菜飯，送飯到東邊的田野。藜、黍，菜飯也。餉，送飯。菑，田野。❸漠漠　布列貌。❹朝槿　晨開的木槿花。木槿花，朝開晚萎，可食。❺清齋　乾淨的素食。❻野老與人爭席罷　我既已罷官而歸田野，不再與人有所爭了。野老，王維自謂也。爭席，爭坐次，示不相讓。❼海鷗何事更相疑　喻己無貪求之心，海鷗何事更疑其有機心呢？《莊子》佚文：「海上之人有好鷗鳥者，每旦之海上，從鷗鳥遊，鷗鳥之至者，百數而不止。其父曰：『吾聞鷗鳥從汝遊，試取來，吾欲玩之。』曰：『諾。』明日之海上，鷗鳥舞而不下。」此文又見《列子・黃帝》。

【語　譯】一連下了好幾天雨，林子裡連煙火也升得很遲，農家們燒好了飯菜，便送到東邊的田野去。在一大片的水田上，白鷺在上面飛舞，夏日濃陰的樹木下，黃鶯不停地鳴叫。我在山中修習靜養，早上看看木槿花，有時，在松下吃些清淨的素齋，常摘下帶露的葵葉來作菜。我這個野老，已罷官退隱，不再與人有所爭了，海鷗又何必懷疑我有機心而高飛不下呢？

【賞　析】這是一首寫閒情的詩，作者隱居輞川莊時所作的。輞川，在陝西藍田南。此詩用自然的形象，表現山居的恬靜，極為成功。首聯從「積雨」說起，從「煙火」聯想到農家送飯田畔的景象。頷聯寫農莊夏景，前人推崇備至，也有誤會王維剽竊李嘉祐的詩句，清翁方綱《石洲詩話》上說：「昔人稱李嘉祐詩：『水田飛白鷺，夏木囀黃鸝。』右丞加漠漠、陰陰四字，精彩數倍。此說阮亭先生以為夢囈。蓋李嘉祐中唐詩人，右丞何由預知，而加以漠漠陰陰耶？此可大笑者也。惟右丞此句，精神全在漠漠陰陰字上，不得以前說之謬，而概斥之。」頸聯轉述山居隱逸的生活，「習靜」、「清齋」與下聯與世無爭，不用機心相應。故末聯不但說自己與人無爭，還把機心去掉，境界又高，將雜念洗滌，純然淨化，而進入化境。

181 酬郭給事

王維

洞門高閣靄餘輝❶，桃李陰陰❷柳絮飛。禁裡❸疏鐘官舍晚，省中❹啼鳥吏人稀。

晨搖玉珮趨金殿，夕奉天書❺拜瑣闈❻。強欲從君無那❼老，將因臥病解朝衣。

【韻律】詩用上平聲五微韻，韻腳是：輝、飛、稀、闈、衣。

【注釋】❶洞門高閣靄餘輝　洞門高閣，指郭給事的衙門高閣。《漢書‧佞幸傳》：「重殿洞門。」顏注：「洞門，謂門門相當。」靄，映照。餘輝，太陽的餘光，喻天子的餘蔭。❷桃李陰陰　言桃李盛也。喻門生眾多。❸禁裡　即禁中，門閣有禁，閒人不得擅入。❹省中　指門下省。❺天書　皇帝的詔書。❻瑣闈　指青瑣門，在南內，門上刻有瑣環，塗以青色。宮門稱為闈。❼無那　無奈也。

【語譯】給事的衙門高閣映照著太陽的餘輝，門前桃李盛開，柳絮在飛舞。禁中斷續傳來晚鐘的聲響，這時門下省往來的官吏少了，只聽得鳥兒不停地啼叫。早晨，你戴著玉珮上朝趨拜，晚上，捧著詔書向青瑣門辭拜歸來。我本想跟你做事，無奈年紀老邁，只好因病退休，辭去這份差事了。

【賞　析】這是一首酬唱的詩。郭給事，名承嘏，字復卿。給事，官名，屬門下省，掌侍奉左右，分判省事。前六句盛讚郭給事能得天子的信任，門生眾多，且從事朝政，忠勤和穆。首二句寫景中含有雙關意，自然高妙。末聯歸結到自己，因老病在身，不能出仕以跟隨左右，委婉致意，韻味十足。通篇高華富麗，這是右丞的高致，與杜甫的境界不能相提並論。

182

蜀相

杜甫

丞相祠堂❶何處尋？錦官城❷外柏森森。映堦碧草自春色，隔葉黃鸝空好音。

三顧❸頻煩天下計，兩朝❹開濟老臣心。出師未捷身先死，長使英雄淚滿襟。

【韻　律】頷聯孤平拗救，出句「春」字孤平，對句第五字「空」字，本宜仄，今改用平聲以救之。詩用下平聲十二侵韻，韻腳是：尋、森、音、心、襟。

【注　釋】❶丞相祠堂　即成都諸葛武侯祠，在先主廟側，廟前有古柏，相傳為諸葛亮所手植。❷錦官城　四川成都古為主錦官所居之處，因稱錦官城。故址在今城之南。世又通稱成都為錦官城。❸三顧　指劉備三訪諸葛亮於草廬的故事。諸葛亮〈出師表〉：「三顧臣於草廬之中。」❹兩朝　蜀自先主開國，後主亡國，凡兩朝，均以諸葛亮為相。

【語　譯】丞相的祠堂在那裡呢？就在錦官城外柏樹繁茂的地方。綠草映著臺階，徒自呈現出一片春色，黃鸝隔著濃密的樹葉，白白地唱出好聽的聲音。當年劉備三顧茅廬，一次次地與他商量安定天下的大計，兩代中間開國與輔佐，便全靠這位老臣的一片忠誠。可惜他幾次出師沒有成功，便不幸自己先死了，因此，常使英雄們不禁為他流下滿襟的熱淚！

【賞　析】這是一首詠史的詩。杜甫作於肅宗上元元年（西元七六〇），那時他四十九歲，剛從關中流落到成都的第一年。詠史詩難寫，大半為以古諷今，借史寄憤。然杜甫晚年居成都浣花村，對諸葛武侯心儀已久，常至丞相祠堂，心有所感，寫下此詩，尤其對諸葛武侯的史評，有如太史公的史筆，允重瑰麗，且筆端帶有情感。

此詩題作「蜀相」，前四句寫諸葛武侯祠的景色，後四句寫諸葛武侯的一生。末聯尤為世人所傳誦，感慨諸葛武侯的扶持蜀漢，雖未成功，然他的一片忠心，已可動天地，泣鬼神了。而杜甫的感歎，正是後世君子之士所共同的慨歎啊！元方回《瀛奎律髓》云：「子美流落劍南，拳拳於武侯不忘，其詠懷古跡於武侯云：『伯仲之間見伊呂，指揮若定失蕭曹。』及此詩皆善頌孔明者。」

客至

杜甫

舍南舍北皆春水，但見群鷗日日來。花徑不曾緣客掃，蓬門❶今始為君開。

盤飧❷市遠無兼味❸，樽酒家貧只舊醅❹。肯與鄰翁相對飲，隔籬呼取盡餘杯。

【韻律】 首句不用韻，詩用上平聲十灰韻，韻腳是：來、開、醅、杯。

【注釋】 ❶蓬門　用蘆柴編製的門。❷盤飧　菜肴也。《四部叢刊》及章注本均作「盤飱」。❸兼味　兼有幾種肉類，即有魚又有肉。❹醅　沒過濾的酒。

【語譯】 我家的前前後後都圍繞著一片春水，只見成群的水鳥日日飛來。花木交錯的小徑不曾因客人的來到而打掃乾淨，這扇蘆柴的小門，今日為你的來到才打開。因為距離市井很遠，沒有大魚大肉招待你，加以家貧，只有一杯舊釀的薄酒來敬你。如果你願意與隔壁那位老翁相對飲的話，我會隔著籬笆喊他過來一起乾杯。

【賞析】 這是一首閒居的作品，寫於肅宗上元二年（西元七六一）的春天，那時杜甫五十歲，正在成都草堂裡過著恬靜的生活。原注在標題下尚有「喜崔明府相過」數字，崔明府是他的母舅，分屬至親，所以在詩裡很自然地流露出一份真摯熱烈的情感。首聯先寫草堂附近的景色，因一個「來」字，更顯得閒居孤寂的感覺，而引出頷聯客至的喜悅。頸聯和末聯都是寫留客的情意。丁嬰在《中國歷代詩選》中分析這首詩說：「這是一首對話體的律詩，全詩用第一人稱的口氣，從獨自到對客講話，詞句樸質明暢，一口氣貫注，不用修飾，自然地形成一種平淡空靈的境界，和杜甫其他律詩的精細凝煉不同。」

184 野望

杜甫

西山❶白雪三城❷戍，南浦清江萬里橋❸。海內風塵❹諸弟隔，天涯涕淚一身遙。
唯將遲暮供多病，未有涓埃❺答聖朝。跨馬出郊時極目，不堪人事日蕭條。

【韻律】首句不用韻，詩用下平聲二蕭韻，韻腳是：橋、遙、朝、條。

【注釋】❶西山　一名雪嶺，在成都西。❷三城　《全唐詩》原作「三奇」。今據《四部叢刊》及章注本改。

三城指松、維、保而言，與吐蕃接壤，為唐時邊防重地。❸南浦清江萬里橋　南浦，南邊近水的地方。萬里橋，在成都南門外。❹風塵　言風起塵揚，比喻戰亂。❺涓埃　謂一滴水，一撮土，喻微末的意思。

【語　譯】在白雪覆蓋的西山外，松、維、保三城都有重兵戍守，城南的水邊，萬里橋橫跨在江上。國境內都在戰亂之中，幾位弟弟都與我分隔，在遙遠的天涯，只有我一個人孤獨地流淚。只因年老，光陰消磨在病榻裡，我沒有點滴的功勳可以報答國家。騎著馬兒到郊外去跑跑，極目遠眺，真不忍心看到這個局勢一天天的壞下去。

【賞　析】這是一首感懷的詩，也是作於上元二年（西元七六一）。首聯著筆寫景，先點出「望」字，頷聯因敘戰亂，而想起兄弟的分散。頸聯則寫自己年老多病，無力報效國家。末聯再回到題目，「出郊」「極目」，切合「野望」，因眺望而有所感。「不堪人事日蕭條」，可見杜甫胸襟的偉大，他所擔憂的不是一己之事，他那忠君憂國的情懷，時時流露於字裡行間，杜甫之所以偉大，便在於此。

185　聞官軍收河南河北

杜甫

劍外❶忽傳收薊北❷，初聞涕淚滿衣裳。卻看❸妻子愁何在？漫卷❹
詩書喜欲狂。

白日放歌須縱酒，青春作伴好還鄉。即從巴峽穿巫峽❺，便下襄陽向洛陽❻。

【韻　律】詩用下平聲七陽韻，首句不入韻，韻腳是：裳、狂、鄉、陽。

【注　釋】❶劍外　四川北部有劍門，劍外，指劍門以南的地方。❷薊北　在今河北北部。為當時安史之亂，叛軍盤結的根據地。❸卻看　回頭去看。❹漫卷　草率地收拾。卷，同捲。❺即從巴峽穿巫峽　即刻就要動身，從巴峽穿過巫峽。巴峽，泛指重慶到萬縣、奉節一帶大江的峽口而言。巫峽，三峽之一，在四川巫山縣東。❻便下襄陽向洛陽　出了巴峽就下達襄陽，然後再向洛陽進發。襄陽，在今湖北襄陽。原注：「余田園在東京。」東京即洛陽。杜甫的故鄉在鞏縣，在洛陽東，故洛陽是杜甫還鄉所必經之路。

【語　譯】在四川，忽然傳來官軍收復薊北的消息，初聽之下，真使我驚喜得流下熱淚，沾滿了衣裳。回頭去看看妻子，她的愁容也沒有了，隨便地收拾好書籍，準備還鄉，簡直是欣喜欲狂。在這大好的日子裡，可要痛快地高歌喝酒，趁著春光明媚的時候，早些結伴回到故鄉去。那麼即刻動身吧！從巴峽穿過巫峽，出了巴峽便下達襄陽，然後再往洛陽進發吧！

【賞　析】這是杜甫欣聞官軍光復河南河北所作的詩。唐代宗廣德元年（西元七六三）的春天，官軍平定了安史之亂，那時杜甫在梓州，聽到這個消息，大喜過望，故在詩中處處流露出一片歡悅的氣息，全詩重點，在在側重在「喜欲狂」的描寫。詩中特別還選用了七陽韻，與這首歡欣的情緒相配襯，這是杜詩中罕見寫歡情的作品。它流露出亂世流離之際，人民對國家的期望是積極的，雀躍的，因此千古以來，此詩被傳誦不絕。至於心理上和神態上的刻畫入微，更是此詩成功的地方。清李調元《詩話》云：「杜詩之妙，有以意勝者，有以篇法勝者，有以俚質勝者，有以倉卒造狀勝者，如〈劍外忽傳收薊北〉一首，倉卒間寫出欲歌欲哭之狀，使人千載如見。」

186 登高

杜甫

風急天高猿嘯哀，渚清沙白鳥飛迴。無邊落木❶蕭蕭下，不盡長江滾滾來。
萬里悲秋常作客，百年多病獨登臺。艱難苦恨繁霜鬢❷，潦倒新停濁酒杯❸。

【韻律】全詩八句兩兩對仗。詩用上平聲十灰韻，韻腳是：哀、迴、來、臺、杯。

【注釋】❶落木　落葉。❷霜鬢　兩鬢如霜，言白髮多也。❸潦倒新停濁酒杯　潦倒，這裡指杜甫當時患有肺疾而言。新停濁酒杯，是戒酒的意思。

【語譯】秋空高闊，風也很急，猿猴不停地哀叫，秋水清波，小洲上鋪著一片白花花的細沙，水鳥在上面迴旋。放眼看去，無邊際的落葉蕭蕭地飄零，長江也無窮無盡地滾滾流來。經常作客在外，去家萬里，遇上秋天，便更加地悲傷；何況人生百年而疾病苦多，有機會自然要獨上高臺去登覽。如今時局艱難，更惱人的是白髮像繁霜，加以肺疾纏身，最近只好戒酒不喝了。

【賞　析】這是一首登高抒感的詩，氣勢浩蕩，僅寥寥數十字，就像排山倒海似的，就拿首聯來看，組合了六件形象，「風急」、「天高」、「猿嘯哀」、「渚清」、「沙白」、「鳥飛迴」，讀起來十分急促，更顯得秋意蕭瑟，有萬物凋零之感。這是杜甫在夔州時所作的，前四句寫秋景，後四句寫一己的感懷，一生的悲歡際遇，全都從這首詩中抒唱出來。清施均父《硯傭說詩》推為古今七言律第一，定非過譽。

187

登樓

杜　甫

花近高樓傷客心，萬方多難此登臨。錦江❶春色來天地，玉壘❷浮雲變古今。

北極❸朝廷終不改，西山寇盜❹莫相侵。可憐後主還祠廟❺，日暮聊為〈梁甫吟〉❻。

【韻　律】詩用下平聲十二侵韻，韻腳是：心、臨、今、侵、吟。

【注　釋】❶錦江　在四川省境，為岷江支流，蜀人以此水濯錦鮮明，故以名江。❷玉壘　山名。在今四川灌縣西北。❸北極　即北辰，居天之中而眾星拱之。❹西山寇盜　指吐蕃入寇而言。《新唐書‧吐蕃傳》曰：「寶應元年，吐蕃破西山合水城，明年（西元七六三）入長安，立廣武王承宏為帝，留十五日乃走，天子還京。是歲南入松、維、保等州。」❺後主還祠廟　後主，指劉備之子劉禪。祠廟，猶言能守其宗廟社稷。劉禪以諸葛亮為相，守其宗廟社稷三十餘年。❻梁甫吟　古曲名。《蜀志‧諸葛亮傳》：「亮躬耕隴畝，好為〈梁甫吟〉。」按梁甫，山名，在泰山下。梁甫吟，蓋言人死葬此山，亦葬歌也。

【語　譯】上高樓，春花近在眼前，使客寓在外的我，不禁觸景傷心，我在此登臨，正值國家各方面多難的時候。看那錦江的春色，來自於天地之間，玉壘山上的浮雲，就像古往今來般，不停地變幻著。中國的朝廷像北極星似的，永遠不會更改，西山那邊的寇盜，也別妄想來入侵。可憐的蜀後主，尚且還能保守他的宗廟社稷三十餘年，在這傍晚的時分，我聊且吟唱一曲〈梁甫吟〉！

【賞　析】這是一首感懷的詩。廣德二年（西元七六四）春，杜甫在成都遊先主廟時所作的。在廣德元年的冬天，吐蕃陷長安，郭子儀復之。首聯點題，首句云高「樓」，次句云「登」臨，把「登樓」二字拈出。且首二句倒裝，故妙。由於吐蕃入寇，故云「萬方多難」。頷聯承上，就登臨所見的景色，寫入篇中，氣魄宏大，錦江玉壘兩句，為杜甫的好句。頸聯轉，似告吐蕃不必入寇，因「北極朝廷終不改」的緣故。末聯結，回到所登臨的地點是先主廟，借蜀後主尚能守其社稷三十餘年，及諸葛亮吟〈梁甫吟〉事以寄慨，結語委婉迴蕩，有言外之音。

188

宿府

杜甫

清秋幕府❶井梧寒，獨宿江城蠟炬❷殘。永夜角聲悲自語，中天月色好誰看？

風塵荏苒❸音書絕，關塞蕭條行路難。已忍伶俜❹十年事，強移棲息一枝安❺。

【韻律】末聯出句「已忍伶俜十年事」為單拗，五六兩字平仄互換，為本句自救，仍合律。八句兩兩相對仗，詩用上平聲十四寒韻，韻腳是：寒、殘、看、難、安。

【注釋】❶幕府　軍隊出征，施用帳幕，故將軍府亦稱幕府。❷蠟炬　蠟燭。❸荏苒　時間漸進的意思。❹伶俜　孤零失所。❺強移棲息一枝安　勉強作為一枝之棲，安身的所在。杜甫時為嚴武的參謀，故云一枝之安。《莊子．逍遙遊》云：「鷦鷯巢於深林，不過一枝。」

【語譯】清秋的晚上，將軍府井邊的梧桐都有寒意，我獨自一人住宿在江城附近，蠟燭也快要燒完了。整夜不時地傳來悲涼的角聲，似乎在我耳邊不停地自言自語著，天上的月色美好，又有誰去欣賞呢？戰亂漸漸地拖延下去，音訊都中斷了，塞隘上冷冷清清，道路上也不大寧靜。我孤零零地已忍耐了十多年，勉強的找到一份差事，只是暫時作為安身之所罷了。

【賞析】這是一首秋懷的詩。是杜甫作於廣德二年（西元七六四）的秋天，那時嚴武再鎮蜀，遂於是年六月薦杜甫為「節度使署中參謀」。九月，破吐蕃，擴地數百里，解除邊患。閒暇之餘，與杜甫詩酒唱和，足見兩人的交誼甚篤。不過，唐代幕府生活嚴肅，清晨入幕至夜方退，而杜甫的草堂在西郊外，只得住在府中，不獨生活呆板，且人事複雜，加以區區微職，更談不上施展抱負了。故內心充滿了難言的抑鬱，在這首詩中流露無遺。次句「獨宿」二字，是全詩的詩眼所在。至於鍊字方面，清施均父《硯傭說詩》評頷聯云：「悲字、好字，作一頓挫，實七律奇調，令人讀爛不覺耳。」

189

閣夜

杜甫

歲暮陰陽❶催短景，天涯霜雪霽❷寒宵。五更鼓角聲悲壯❸，三峽星河影動搖❹。

野哭千家聞戰伐，夷歌幾處起漁樵❺。臥龍躍馬❻終黃土，人事音書漫寂寥。

【韻　律】全詩八句兩兩對仗。詩用下平聲二蕭韻，首句不入韻，韻腳是：宵、搖、樵、寥。

【注　釋】❶陰陽　謂日月也。❷霽　本指雨止放晴。引申為凡霜雪消，雲霧散亦稱霽。❸五更鼓角聲悲壯　黎明前的軍鼓和警角聲，聽起來悲涼、雄壯。❹三峽星河影動搖　三峽上空的星宿動搖，暗示境內將有戰爭。三峽，指長江三峽，介於湖北四川之間，即瞿塘峽、巫峽、西陵峽。星河影動搖，言星影動搖，喻用兵的徵象。此寫眼前的景象，也有用典之意。《史記・天官書》：「禮、德、義、殺、刑盡失，而填星乃為之動搖。」填星，指土星，星影動搖，喻用兵之兆。❺夷歌幾處起漁樵　好幾個地方漁樵們都在吟唱夷歌。夷歌，夷人的歌曲。幾處，一作數處。❻臥龍躍馬　臥龍，指諸葛亮，曾躬耕南陽，時人稱為臥龍。躍馬，指公孫述，王莽時自立為蜀王。左思〈蜀都賦〉：「公孫躍馬而稱帝。」

【語　譯】又是一年歲暮，日月催促著短暫的光景，我客處天涯，在一個寒冷的夜裡，霜雪停止不下了。黎明前軍中傳來悲涼雄壯的鼓角聲，三峽上空的星河，也被震撼得動搖起來。聽說又要打仗了，田野間不知道有多少人家哭哭啼啼，夷人的歌曲，傳到內地來，好幾個地方漁樵們都在唱著夷歌。臥龍的諸葛亮，躍馬的公孫述，終歸也是一坯黃土，現在國家動亂，親友間缺乏連絡，也很少有書信來往了。

【賞　析】這是一首歲暮書懷的詩。大曆元年（西元七六六）冬天，杜甫在夔州西閣作的。全詩情意悲苦，用筆卻很壯闊。首聯寫歲暮寒夜，不但歲云暮矣，連一生也進入晚年，洋溢著老年落寞無依的悲涼。頷聯情景兼收，因景即情，說明了這是一個動盪的時代。《漁隱叢話・前集》引《西清詩話》云：「作詩用事要如禪家語，水中著鹽，飲水乃知鹽味，此說詩家秘密藏也。如五更鼓角聲悲壯，三峽星河影動搖，人徒見淩轢造化之工，不知乃用事也。〈禰衡傳〉：撾漁陽操，聲悲壯。《漢武故事》：星辰動搖，東方朔謂民勞之應。則善用事者，如繫風捕影，豈有跡邪？」此聯表面寫景，並含有動亂之象，亦無不可，詩貴言外之音，寬度愈大，詩意愈寬。頸聯寫野哭的人多，夷歌卻照唱不誤，反映動亂的小插曲。末聯結語，有自我安慰之意，言賢愚同歸黃土，戰亂人事音書兩隔絕，那麼寂寥又何足計較呢？

190

詠懷古跡 五首其一

杜　甫

支離東北風塵際❶，漂泊西南天地間。三峽樓臺淹❷日月，五溪❸衣服共雲山。

羯胡❹事主終無賴，詞客哀時且未還。庾信❺平生最蕭瑟，暮年詩賦動江關❻。

【韻　律】首聯對起。末聯出句「庾信平生最蕭瑟」，為單拗，五六兩字平仄互換，是本句自救的方法，仍合律。詩用上平聲十五刪韻，首句不入韻，韻腳是：間、山、還、關。

【注　釋】❶支離東北風塵際　支離，流離。東北風塵際，指安祿山叛亂時期。❷淹　浸漬也。❸五溪　武陵有五溪，謂雄溪、樠溪、無溪、酉溪、辰溪也。其間悉為蠻族所居，皆盤瓠種落，謂之五溪蠻。在今湖南西部。

❹羯胡　為五胡之一。此指安祿山而言。❺庾信　字子山，新野人，曾流落長安，北周孝閔帝拜為洛州刺史，惜其文才，挽留他不讓他回去，因此有鄉關之思，作〈哀江南賦〉，驚動一時。❻江關　此指荊州江陵。梁元帝都江陵，庾信未入周時，也曾居於江陵，其所居相傳是宋玉的故居。

【語　譯】在安祿山造反期間，東北方面，戰爭很多，人民流離失所，我只好漂泊到西南這個地方來。三峽的樓臺浸漬在日月光華之中，五溪蠻人的服飾與雲山相輝映著。羯胡歸順我國，終究是不可信託，詩人感傷時局，是由於一時還鄉不得。庾信的一生最是淒涼落寞，因此晚年所作的辭賦，能夠驚動江陵呵！

【賞　析】杜甫這五首詩，是大曆元年（西元七六六）的秋天在夔州所作的，與〈秋興〉八首，〈諸將〉五首，同為傳唱千古的不朽名篇，不但可以看出杜甫在詩學上的功力，也表示了他晚年在風格上的改變，乃是由古入律的樞紐。在七律的發展史上，從此奠定了穩固的地位，加以杜甫還把五律拗救的方法，廣泛地運用到七律中來，與大曆以前守律謹嚴的作風不同。所以七律要遲至中唐以後，才能蓬勃地發展起來，杜甫是居功至偉的。

〈詠懷古跡〉五首，蘅塘退士只選錄第三首和第五首，其餘由章燮補入。詩中所述的古跡，包括江陵、歸州、夔州一帶的庾信故居，宋玉宅，明妃村，永安宮，先主廟，武侯祠等處。因古跡而追懷古人，每首分詠。第一首前六句，寫自己的遭遇，是自序，也是五篇的總序。末聯說到庾信，以庾信的平生比擬自己，從長安到荊蜀的一段生活，然庾信故居在江陵，杜甫尚未到達，先詠他，隱然有出峽的願望。

191

其二

搖落深知宋玉悲❶，風流儒雅亦吾師。悵望千秋❷一灑淚，蕭條異代不同時。

江山故宅❸空文藻，雲雨荒臺❹豈夢思？最是楚宮❺俱泯滅，舟人指點到今疑！

【韻　律】此詩應為平起格的律，首聯為拗對拗黏，如將一二兩句的平仄互換，便合平起格的定式。由於黏對的格律，在盛唐以前並不十分講求，出句和對句的平仄互換，仍可視為合律，後人視這種現象，謂之失對失黏。又第三句作下三仄，不合律。詩用上平聲四支韻，韻腳是：悲、師、時、思、疑。

【注　釋】❶搖落深知宋玉悲　搖落，零落也。宋玉，屈原的學生，出身低微，出仕後不得意，著有〈九辯〉，寫蕭瑟的秋景，寫貧士失職的感傷。其詞云：「悲哉秋之為氣也，蕭瑟兮草木搖落而變衰。」❷千秋　千年。❸故宅　江陵與歸州（今湖北秭歸）皆有宋玉的故宅。❹雲雨荒臺　荒臺，即陽雲臺，在今四川巫山縣陽臺山上。宋玉有〈高唐賦〉，寫楚王夢見巫山神女的故事云：「旦為行雲，暮為行雨，朝朝暮暮，陽臺之下。」❺楚

宮　楚國的宮殿，戰國時楚國建都在郢，即今湖北江陵。

【語　譯】看到草木飄零的景況，才深深瞭解宋玉悲秋的心情，像他這種高華朗爽而又儒雅的風度，真可以做我的老師。千年之後，我悵然地憑弔他，不禁灑下了同情淚，雖然我們不同時代，但身世卻是一樣的淒涼。在這江山之間，依然保留你住過的舊宅，也徒然地留下了你的文采，巫山上的陽雲臺，依舊是在雲雨籠罩之中，這難道是你夢中所見嗎？最可惜的是楚王的宮殿已沒有了，船夫們指指點點地指著那些遺跡，相信也不大可靠吧！

【賞　析】這是一首追懷宋玉的詩。讚揚宋玉的文章如〈九辯〉、〈高唐賦〉，仍能留傳千古，儘管江山勝跡或存或滅，也只供人憑弔罷了。杜甫沿江出蜀，飄泊水上，旅居舟中，多病年衰，生計窘迫，本無心欣賞風光，只因宋玉遺跡，觸發無盡的感慨，寫下此詩。詩人有感於自己平生從事著述的事，視文章為千古的盛業。詩中第二句「亦」字，承上首庾信而來，杜甫所敬仰的文士即為此二人。楊倫謂此詩「有嶺斷雲連之妙」。

192 其　三

群山萬壑赴荊門❶，生長明妃❷尚有村。一去紫臺❸連朔漠，獨留青塚❹向黃昏。

畫圖省識春風面❺，環珮❻空歸月夜魂。千載琵琶作胡語❼，分明怨恨曲中論❽。

【韻　律】末聯出句「千載琵琶作胡語」是單拗，五六兩字平仄互換，本句自救，仍合律。詩用上平聲十三元韻，韻腳是：門、村、昏、魂、論。

【注　釋】❶荊門　即荊門山，在今湖北荊門南，山勢狀如門，故名，在長江南岸，與北岸虎牙山相對。❷明妃　即王昭君，晉人避司馬昭諱，改為明君。名嬙，漢元帝宮人，畫師毛延壽故意把她畫醜，於竟寧元年（西元前三三）遣嫁匈奴王呼韓邪，元帝召見，驚為麗人，遂斬畫師。而昭君出塞和蕃的故事，便一直流傳民間。昭君村，在歸州，即今湖北秭歸。❸紫臺　即紫宮，帝王所居。江淹〈恨賦〉：「若夫明妃去時，仰天太息，紫臺稍遠，關山無極。」❹青塚　王昭君墓。在今內蒙古呼和浩特市南。相傳塞外草白，獨王昭君墓草青，故名。❺畫圖省識春風面　省識，約略地看出。春風面，指王昭君的美貌。❻環珮　古代婦女的裝飾品，這裡借指王昭君，是修辭學中的借代格。❼胡語　匈奴的語言。❽論　表達出來。

【語　譯】我經過許多山巒谿谷來到荊門，這裡還保存有昭君生長的鄉村。她一離開皇宮就走向北方遙遠的沙漠，現在斜陽冷照下，惟獨她的墳上草色青青。從畫像中，應該可以約略看出她青春的美貌，如今她死在匈奴，只好讓她的魂魄在月夜裡趕回漢廷。千載以後，她那琵琶配合著胡語來彈奏，分明有許多哀怨，從曲調中流露出來。

【賞　析】這是一首詠王昭君的詩。作者遊覽昭君村古跡後，對王昭君的遠嫁塞外，道出了無限的同情。全詩前六句描寫王昭君的身世遭遇，末兩句道出無盡的哀怨。明朱孟震《續玉笥詩談》：「考明妃事，班史紀之甚詳，無足道者。青塚之傳，畫史之誤，良不可信。自石季倫濫觴為曲，而後世詞人，連篇累牘，競新角異，總之，不出哀怨悼憤，更無責其謬者。杜陵氏，百代詩聖也，而猶祖雜記之說，何也？至琵琶胡語，本出烏孫，季倫創之，後世不察，而竟指為一事，又可發笑矣。」未免對典故出處苛求過甚，失去風人之旨，是拿考據來解詩，不能體悟詩歌中的美好境界。

193

其 四

蜀主窺吳幸三峽❶，崩年亦在永安宮❷。翠華❸想像空山裡，玉殿❹虛無野寺中。
古廟杉松巢水鶴，歲時伏臘走村翁❺。武侯祠屋常鄰近❻，一體君臣祭祀同。

【韻 律】首句單拗，五六兩字平仄互換，本句自救。詩用上平聲一東韻，首句不用韻，韻腳是：宮、中、翁、同。

【注釋】❶蜀主窺吳幸三峽　蜀主，指劉備。窺吳，一作征吳。蜀漢劉備章武元年（西元二二一）稱帝，第二年，親自率兵伐吳，失敗。幸，君主駕臨。❷崩年亦在永安宮　章武三年（西元二二三），劉備死。在永安宮稱帝，死也在永安宮。國君死稱崩。永安宮，在夔州。❸翠華　皇帝的儀仗。皇帝的旗幟以翠羽為飾。❹玉殿《全唐詩》原注云：「殿今為寺，在宮之東。」❺歲時伏臘走村翁　村民在歲時伏臘，都前去祭拜。伏臘，古代祭名，夏六月為伏，冬十二月為臘。❻武侯祠屋常鄰近　諸葛武侯祠在先主廟西，所以說經常在鄰近。

【語譯】當年劉備駕臨三峽，出兵伐吳，後來兵敗回來，不久就死在永安宮裡。在空山中，猶可想像他的大軍，旗幟飄揚的情景，在野寺裡，依稀可以想見往日的宮庭。古廟前的杉松樹上，水鶴巢居其間，每年夏伏冬臘的節日，村民都前來祭拜。武侯祠永遠和先主廟比鄰在一起，君臣一體，同饗後人對他們的祭奠。

【賞析】這是一首詠蜀先主廟的詩。前四句，因夔州的永安宮古跡、先主廟，想望劉備當年的情景，出兵伐吳，兵敗歸來，鬱鬱以終。後四句，寫當前的景象，廟前雖然淒清，但歲時伏臘，依然受人膜拜頂禮。末聯提及武侯祠，凡村翁前來焚香禱祝者，不分先主為君，武侯為臣，均一體膜拜，顯示君臣一體，同時作下首的伏筆。

194

其五

諸葛大名垂宇宙，宗臣❶遺像肅清高。三分割據紆籌策❷，萬古雲霄一羽毛❸。

伯仲之間見伊呂❹，指揮若定失蕭曹❺。運移漢祚終難復，志決身殲❻軍務勞。

【韻　律】頸聯出句「伯仲之間見伊呂」為單拗，「見」字宜平而用仄，故下字「伊」本宜仄而改用平以救之，這種本句自救的現象，仍合律。首聯對起，詩用下平聲四豪韻，首句不用韻，韻腳是：高、毛、曹、勞。

【注　釋】❶宗臣　大臣，重臣。❷三分割據紆籌策　三分割據，謂魏、蜀、吳三國鼎立。紆，繁雜的意思。籌策，籌謀計劃。❸萬古雲霄一羽毛　諸葛亮的高超，就像鸞鳳高翔，獨步雲霄，是後人難以企及的。羽毛，是鸞鳳的代稱。❹伯仲之間見伊呂　諸葛亮的成就，幾乎與伊尹、呂尚不相上下。伯仲之間，本指兄弟之間，此指不相上下。見，漸趨於某種形勢之謂。伊呂，即伊尹和呂尚，商周的賢相。❺失蕭曹　謂蕭何與曹參也為之遜色。蕭曹，為漢高祖的謀臣。❻身殲　以身殉職。

【語　譯】諸葛亮的英名永流傳在天地間，他的遺像顯示出大臣肅穆清高的風範。他為鼎足三分的局面，費心籌謀計劃，他高超的人格，千萬年來，就像雲霄中的一隻鸞鳳舉翼高翔。他在功業上的成就，幾乎和伊尹、呂尚不相上下；而他沉著的指揮，卻使蕭何和曹參也為之遜色。時勢的變遷，使蜀漢的福祚終於難以恢復，但他決心以身殉國，仍然勞碌地處理一切軍務。

【賞析】這是歌詠諸葛武侯的詩，全詩頌揚武侯的偉大。然時移運轉，就是聖賢也不能使漢祚轉機，愈顯示諸葛武侯鞠躬盡瘁，忠心報效國家的偉大。明謝榛《四溟詩話》云：「七言絕律，起句借韻，謂之孤雁出群，宋人多有之，寧用仄字，勿借平字，若子美先帝貴妃俱寂寞，諸葛大名垂宇宙是也。」清李調元《雨村詩話》云：「〈詠懷古跡〉五首，前庾信、宋玉，後蜀主、孔明，豈古跡竟無，詠懷絕少，而以明妃廁其中耶？蓋以明妃天地所鍾靈，至今傳頌，而漢帝止從畫圖一識面，終死胡中。貴妃何如人，竟致馬嵬之亂，可傷孰甚。此首全在言外見卓識。」這是五首連章的詩。雖每首各詠一人，然五篇前後連貫一體，非有大魄力的不易連絲一氣。

195

江州重別薛六柳八二員外

劉長卿

生涯豈料承優詔？世事空知學醉歌。江上月明胡雁過，淮南木落楚山多。

寄身且喜滄洲❶近，顧影無如白髮何❷！今日龍鍾❸人共棄❹，媿君猶遣❺慎風波。

【韻律】首聯對起。詩用下平聲五歌韻，韻腳是：歌、多、何、波。

【注釋】❶滄洲　謂水限之地，常用以稱隱者所居的地方。❷顧影無如白髮何　「無如……何」，是語法上修辭的技巧，意謂無可奈何。❸龍鍾　形容老態。❹棄　一作老。❺遺　送也。這裡有「贈言」的意思。

【語譯】怎料得到這一生還有恩遇的詔書降下來呢？世事變化莫測，只好學逸士醉飲狂歌了。江上月明的晚上，有胡雁飛過，淮南楚山一帶，樹葉已開始紛紛飄落。我寄身在他鄉，幸好住近水邊滄洲的地方，顧影自憐，無奈白髮添多。今日老態龍鍾，人人都嫌棄我，幸而還得到你們的關心，臨別贈言，叫我小心江上的風波。

【賞析】這是一首留別的詩。江州，即今江西九江。薛六、柳八二員外，生平未詳。全詩有感而作，自然樸實，首聯洶湧而出，說明應詔而去，然世事空幻，性好隱逸。頷聯承上寫秋景，亦是別離時的景象，也是隱喻下聯的遲暮之年。頸聯轉述寄身山林水湄，況且歲月老去。末聯臨別留言致意，「慎風波」語有雙關，意謂江上慎風波，言外之音有仕途慎風波。清吳喬《圍爐詩話》云：「劉長卿送陸灃，贈別嚴士元，送耿拾遺，別薛柳二員外諸詩，絕無套語。」頗為推崇。

196

長沙過賈誼宅

劉長卿

三年謫宦此棲遲❶，萬古惟留楚客❷悲。秋草獨尋人去後，寒林空見日斜時。

漢文有道恩猶薄❸，湘水無情弔豈知❹？寂寂江山搖落處，憐君何事到天涯？

【韻　律】詩用上平聲四支韻，韻腳是：遲、悲、時、知、涯。

【注　釋】❶三年謫宦此棲遲　言賈誼被貶謫到長沙，任長沙王太傅三年之久。此，指長沙賈誼宅。棲遲，謂游息也。❷楚客　指屈原。❸漢文有道恩猶薄　言漢文帝是個仁厚的皇帝，但對賈誼未免恩情太薄了。《史記・屈賈列傳》：「孝文帝初即位，謙讓未遑也。諸律令所更定，及列侯悉就國，其說皆自賈生發之。於是天子議以為賈生任公卿之位。絳、灌、東陽侯、馮敬之屬盡害之，乃短賈生曰：『洛陽之人，年少初學，專欲擅權，紛亂諸事。』於是天子後亦疏之。」❹湘水無情弔豈知　賈誼過湘水，曾作〈弔屈原賦〉來弔念屈原，但湘水無情，他又怎能知道呢？

【語　譯】你在這裡過了三年謫居的生活，自古以來，此地就留有屈原被放逐的悲哀。在遊人離開之後，我獨自在秋草中追尋徘徊。林間透出一股寒意，只見斜陽向西落去。漢文帝還是一位英明的君主，但對你來說，未免恩情太薄。面對著湯湯的湘水，你憑弔屈原，但他又怎麼能知道呢？加以秋天來了，山川寂寥，到處是飄零的景象，在這種情景下，我就不明白，你為什麼要到這麼遠的地方來？

【賞　析】這是一首懷古的詩。唐代長沙，仍留有漢時賈誼住過的遺址，作者過此，感念自己的身世，與他相似，因此作此詩以自況。詩中雖借古事，道秋景，為賈誼的際遇而悲哀，其實也是在自憐啊！首聯先從賈誼的貶謫說起，以切詩題。頷聯便寫目前秋殺的景象，勾出一幅蕭索的畫面。頸聯再替賈誼設想，「漢文」一句，有影射時君的意味。末聯再用景語作結，一個「憐」字，卻是自憐。

197

自夏口至鸚鵡洲夕望岳陽寄源中丞

劉長卿

江洲❶無浪復無煙，楚客相思益渺然。漢口❷夕陽斜渡鳥，洞庭秋
水遠連天。
孤城❸背嶺寒吹角，獨戍臨江夜泊船。賈誼上書憂漢室❹，長沙謫
去❺古今憐。

【韻律】詩用下平聲一先韻，韻腳是：煙、然、天、船、憐。

【注釋】❶江洲　一作汀洲。指鸚鵡洲而言，在漢陽。❷漢口　即詩題所謂的「夏口」，地當漢水入長江之口，故名。漢口古名夏口。❸孤城　謂岳陽城，地當洞庭湖入長江之口。❹賈誼上書憂漢室　《史記·屈賈列傳》：「賈生數上疏，言諸侯或連數郡，非古之制，可稍削之。文帝不聽。」❺長沙謫去　指賈誼被貶為長沙王太傅事。

【語譯】鸚鵡洲附近沒有煙靄，也沒有波浪，我飄零到楚地，想起我們的交往，現在相隔卻很遙遠了。漢口的夕陽斜掛，有飛鳥掠過，洞庭湖上，秋水和蒼天接連著。岳陽城在山嶺的下面，嚮起清冷的角聲，江邊有孤獨守衛的士兵，晚上我獨自在江邊停船夜宿。從前賈誼為擔憂漢室，曾經上了好幾篇的奏疏，沒想到反而遭到貶謫，他被流放到長沙去，古今的人都為他的遭遇而憐惜。

【賞析】這是一首寄贈的詩。源中丞，一作元中丞。詩題謂夕望岳陽，在地理上是說不通的。因為漢口漢陽同在湖北，而岳陽則在湖南，其間相去甚遠，可能源中丞住在岳陽，那麼「望」字便是懷念的意思了。首聯先從地點說起，「楚客」句，寫自己與源中丞的交情。頷聯與頸聯均從暮景落筆，一主一賓，錯綜對比。末聯借賈誼事，聯想到自己的遭遇貶謫。清章燮云：「我之上書，獨非憂唐室乎？自遭吳仲孺誣奏，乃貶南巴，君獨不為我憐耶？」不過作者將賈誼事前後倒置，蓋上書事在拜為梁懷王太傅以後，那時賈誼已從長沙赦還，非因上書而貶謫長沙。

198

贈闕下裴舍人

錢起

二月黃鸝飛上林❶，春城紫禁❷曉陰陰。長樂❸鐘聲花外盡，龍池❹柳色雨中深。

陽和❺不散窮途恨，霄漢長懷捧日心❻。獻賦十年猶未遇，羞將白髮對華簪。

【韻　律】此詩為平起格七律，首聯為拗黏拗對的現象，如將第二句與第一句平仄互換，便合定式，唐人有此現象，依然合律。詩用下平聲十二侵韻，韻腳是：林、陰、深、心、簪。

【注　釋】❶上林　本秦時舊苑，漢武帝增而廣之，為天子畋獵的場所，漢司馬相如有〈上林賦〉記述此事。故址在今陝西長安西。此指御苑而言。❷紫禁　皇宮。❸長樂　漢宮名。本秦時興樂宮，漢高帝五年修治後，改名長樂宮，故址在今陝西長安西北。此處指唐宮。❹龍池　池名。在長安南內南薰殿北。❺陽和　謂春陽，亦喻君王。❻長懷捧日心　長懷，一作常懸。捧日心，喻忠心。

【語　譯】二月的上林苑，黃鶯亂飛，春天來了，紫禁城的清晨花木陰陰。長樂宮的鐘聲，傳到花外才消失掉，龍池旁的柳色，在煙雨中格外深濃。春陽和暖，卻驅不散我窮途落魄的心境，仰首雲天，長懷著一片捧日的忠心。可惜我獻賦已十年了，還沒有絲毫恩遇，現在白髮滿頭，我又怎好意思對著你這位插著華簪的貴人呢！

【賞　析】這是一首投贈的詩，言外之音，是希望裴舍人予以提攜，然委婉陳辭，雖十年未遇，仍長懷捧日的忠心。前四句寫皇宮的春景，點出所寄的人在闕下，華貴得體；後四句寫懷有忠誠的心，然猶未遇，並羨慕裴舍人的得幸。全詩委婉致意，並無尤怨之詞，尤其前四句，雖然是在恭維，由於引用寫景，便不覺其庸俗。末句兩相比較，言下有無限淒楚。

199

寄李儋元錫

韋應物

去年花裡逢君別，今日花開又❶一年。世事茫茫難自料，春愁黯黯獨成眠。

身多疾病思田里，邑有流亡愧俸錢❷。聞道欲來相問訊，西樓❸望月幾回圓？

【韻律】詩用下平聲一先韻，首句不入韻，韻腳是：年、眠、錢、圓。

【注釋】❶又 一作己。❷俸錢 秩祿，即今日所謂的薪水。❸西樓 《唐宋詩舉要》引清《一統志》云：「江蘇蘇州府：觀風樓在長洲子城西。龔明之中吳紀聞：唐時謂之西樓，白居易有〈西樓命宴〉詩。」

【語譯】去年花開的時候和你分別，今日花開，又算是過了一年。世事茫茫，難以預測，這黯黯的春愁，陪伴我獨自成眠。由於近來身體不好，我希望能退休還鄉，城裡仍有流亡失業的人，我沒把朝政做好，真慚愧拿了朝廷的俸錢。聽說你有意來這裡一敘，我在西樓上等待著你，不知還要等幾回月圓呢？

【賞析】這是一首寄贈的詩，李元錫，名儋，為韋應物的朋友。全詩用第一人稱向友人傾訴，愈見真摯有情。首聯寫歲月易得，花落花開，別後又已一年。因而引起頷聯中「茫茫」與「黯黯」的幽思，詩人多愁善感，已是可見。頸聯裡，流露出作者愛民精神的偉大，難怪范仲淹讀了「邑有流亡愧俸錢」，嘆為「仁人之言」。末以西樓望月作結，巧妙且富情韻。清方東樹《昭昧詹言》云：「本言今日思寄，卻追敘前，此益見真情。三句承一年之久，放空一句，四句兜回自己，五六接寫自己懷抱，末始入今日寄意。」寄贈之作，此為上品。

200

同題仙游觀

韓翃

仙臺下見五城樓❶，風物❷淒淒宿雨收。山色遙連秦樹晚，砧聲近報漢宮秋。
疏松影落空壇靜，細草香閑❸小洞幽。何用別尋方外❹去？人間亦自有丹丘❺。

【韻律】詩用下平聲十一尤韻，韻腳是：樓、收、秋、幽、丘。

【注釋】❶仙臺下見五城樓　仙臺，在今陝西長安西山。下見，一作初見。五城樓，為五城十二樓的簡稱，仙人所居的地方，在崑崙山中。《抱朴子》云：「崑崙山上，有五城十二樓。」❷風物　風景。❸香閑　幽香也。

一作「春香」，誤，頷頸已著「秋」字，此言春景，不妥。❹方外　世外。❺丹丘　仙人所居之所。《楚辭・遠遊》：「仍羽人於丹丘兮，留不死之舊鄉。」

【語譯】仙臺下隱約可見五城十二樓，昨夜的雨才收，景物有點淒清的樣子。傍晚，蒼翠的山色和秦樹相連，砧聲傳來，告訴人們又是漢宮秋晚了。法壇十分寂靜，只有一些疏落的松影，禪房洞室旁，細草幽香，給人一種閑適的感覺。何必再去找尋世外淨土呢？人間也自有丹丘仙境啊！

【賞析】這是一首題寺觀的詩。仙游觀，在長安西山。作者刻意描寫道觀周遭環境的清幽寂靜，使人覺得人間自有仙境，何必捨此而求諸世外虛無之境呢？全詩由「宿雨」而秦樹晚，寫一天景象的變化，頸聯寫法壇洞室之景，末聯則極寫仙游觀的閑靜，可視為人間淨土。寫梵釋的詩，大致表現寧靜的境界，但願人間有仙境，且美麗如斯。

201　春思

皇甫冉

鶯啼燕語報新年，馬邑❶龍堆❷路幾千。
家住層城鄰漢苑，心隨明月到胡天。
機中錦字論長恨❸，樓上花枝笑獨眠。
為問元戎竇車騎❹，何時返旆勒燕然❺？

【作　者】皇甫冉（西元七一四——七六七），字茂政，丹陽（今江蘇丹陽）人。天寶十五載進士，授無錫尉，大曆初遷右補闕，為大曆十才子之一。有詩集三卷。《唐書・文藝傳》、《唐才子傳》有傳。

【韻　律】末聯出句「為問元戎竇車騎」為單拗，五六兩字平仄互換，是本句自救的方式，合律。詩用下平聲一先韻，韻腳是：年、千、天、眠、然。

【注　釋】❶馬邑　故城在今山西朔縣東北。《晉書・太康地紀》：「秦築此城，輒崩不成，有馬周旋反覆，父老異之，因依以築城，遂名馬邑。」❷龍堆　即白龍堆。天山南路之沙漠也。❸機中錦字論長恨　用《晉書》竇滔妻的故事。苻堅時，竇滔為秦州刺史，被徙流沙，蘇氏織錦為「璇璣圖詩」，亦稱「迴文詩」寄之，循環宛轉可讀，詞甚悽切。今摘其內經一例：「詩情明顯，怨義興理，辭麗作此，端無終始。」回讀為：「始終無端，此作麗辭，理興義怨，顯明情詩。」論，表達的意思。❹元戎竇車騎　元戎，謂將軍也。竇車騎，即竇憲，為車騎將軍，大破匈奴，登燕然山，勒石紀功。❺返旆勒燕然　返旆，即凱旋。勒燕然，指勒石在燕然山以紀功。燕然山，在今蒙古杭愛山。

【語　譯】鶯兒啼，燕子叫，又是新年來到。馬邑城，白龍堆，去此幾千里。可憐我家住層樓之中，隔鄰是漢宮的花園，但願心隨明月走，照向塞外去。錦詩織上相思意，只把長恨寄。上樓來，樓外花枝明媚，卻笑我獨睡。借問竇憲車騎將軍，什麼時候，才能燕然勒石凱旋歸？

【賞　析】這是一首春怨的詩，借閨婦道出思念出征丈夫的情意，唐人宮怨閨怨的詩著實不少，寫來亦頗纖巧。首句寫新年到，而丈夫卻出征到千里外。頷聯寫自己雖住在京都，心中卻掛念著塞外，一反一正，「層城」「漢苑」，「明月」「胡天」，不論鍊字對仗，巧妙無比。頸聯抒寫春閨獨守，詩寄長恨。末聯是責難語，但問得冠冕堂皇，也就是詩人含蓄的地方。《全唐詩》在詩題下注云：「一作劉長卿詩。」未知孰是？

202

晚次鄂州

盧　綸

雲開遠見漢陽城，猶是孤帆一日程。估客❶晝眠知浪靜，舟人夜語覺潮生。

三湘愁鬢逢秋色❷，萬里歸心對月明。舊業已隨征戰盡，更堪江上鼓鼙❸聲！

【韻　律】詩用下平聲八庚韻，韻腳是：城、程、生、明、聲。

【注　釋】❶估客　商人。❷三湘愁鬢逢秋色　本已多愁，兩鬢已斑，遇到三湘的秋色，更使人觸景神傷。三湘，泛指湖南一帶。《太平寰宇記》以湘鄉、湘潭、湘陰為三湘。《長沙府志》則以瀟湘、沅湘、蒸湘為三湘。❸鼓鼙　戰鼓也。

【語　譯】天晴雲散了，遠遠地可以看見漢陽城，從這裡到達那兒，至少還得走上一天的水程。在白天商人們打盹兒，知道船好坐，風平浪靜；夜裡船夫們竊竊私語，原來是水上暗潮已生。本已多愁的我，兩鬢斑白，再加上三湘的秋色，真使人傷情；身在萬里外，滿懷歸心，卻對著一夜月明。往日的家業，已遭戰爭破壞殆盡，更那堪江上頻頻傳來戰鼓的聲音！

【賞　析】這是一首客旅的詩。鄂州，就是現在的武昌。「次」字就是停留的意思。《全唐詩》在題下注云：「至德中作。」至德是唐肅宗的年號，至德元年（西元七五六）十月永王璘反於江陵，欲東下據金陵，第二年二月為江南采訪使李成式所敗，璘死。因此詩中末聯當指其事，乃作者至德二年秋天的作品。詩中兩聯對仗，刻畫景象，至為逼真，讀之彷彿置身在長江航行的舟中，尤其「舟人夜語覺潮生」一語，如果沒有深切的體會，是寫不出來的。

203

登柳州城樓寄漳汀封連四州刺史

柳　宗　元

城上高樓接大荒❶，海天愁思正茫茫。驚風亂颭❷芙蓉水，密雨斜
侵薜荔❸牆。
嶺樹重遮千里目，江流曲似九迴腸。共來百越❹文身❺地，猶自音
書滯一鄉。

【韻　律】詩用下平聲七陽韻，韻腳是：荒、茫、牆、腸、鄉。

【注釋】❶大荒　原野。❷颭　風吹浪動。❸薜荔　植物名，又名木蓮，香草之一種。〈離騷〉：「貫薜荔之落蘂。」❹百越　泛指今日華南一帶的地方，在唐代尚未開發，為蠻夷之邦。❺文身　在身體皮膚上施以彩繪，為野蠻人的習俗。

【語譯】從柳州的城樓上看去，外面接連著一片荒野，我在這裡居住，彷彿隔著茫茫的海天一樣，使人發愁。風吹起開滿蓮花的湖水，密雨打在爬滿薜荔草的牆上。嶺上的樹木，重重地擋住了視界，江流曲折，就像九轉的迴腸。我們一齊來到百越，這文化落後的地方，然而各自停留在一鄉，就像是音書隔斷一樣。

【賞析】這是一首寄贈的詩。柳宗元於元和十年（西元八一五），出任柳州刺史，初到任，登柳州（今廣西柳城西）城樓，因感念諸友謫居百越諸地，而賦此詩以寄贈。《柳集五百家注》韓仲韶云：「永貞元年，公與韓泰、韓曄、劉禹錫、陳謙、淩準、程异、韋執誼皆以附王叔文貶，號八司馬。淩準、執誼皆卒貶所。异先用，餘四人元和十年皆例召至京師。又皆出為刺史。公為柳州，泰為漳州，曄為汀州，禹錫為連州，謙為封州。公六月到柳州，此詩是年夏所寄也。」

此詩前六句皆寫登城樓所見南方的景色，用「大荒」、「驚風」、「密雨」、「嶺樹」、「江流」等形象，襯托「愁思正茫茫」、「九迴腸」等悲苦的心境，達到情景交融的境界。末聯點出寄贈，共處南方百越之地，卻各滯隔於一處，因交通不便，不易獲得音訊，益形孤楚，造境奇高。

204

西塞山懷古

劉禹錫

王濬樓船下益州❶，金陵❷王氣黯然收。千尋鐵鎖沉江底❸，一片降旛出石頭❹。
人世幾回傷往事，山形依舊枕寒流。從今四海為家日，故壘❺蕭蕭蘆荻秋。

【韻　律】詩用下平聲十一尤韻，韻腳是：州、收、頭、流、秋。

【注　釋】❶王濬樓船下益州　王濬，西晉時任益州刺史，武帝謀伐吳，命濬修舟艦，作大船連舫，其上可馳馬，舟棹之盛，自古未有。太康元年，發自成都以攻吳。樓船，大舟也。此指戰艦。益州，今四川。❷金陵　即今南京，古為東吳京都所在地。❸千尋鐵鎖沉江底　吳人以千丈鐵鎖抗拒王濬之戰艦，結果失敗，事見《晉書・王濬傳》。❹一片降旛出石頭　晉太康元年，吳兵敗，吳主孫皓出降。降旛，降旗。石頭，石頭城，即今南京市。❺故壘　廢棄的堡壘。

【語　譯】王濬的艦隊從四川東下，金陵城中的王氣頓時暗淡無光。千丈的鐵鎖也被燒毀沉在江底，石頭城上豎起了一片降旗。人世間不斷地變化，往事回憶起來，徒然使人感傷，但山勢依然跟從前一樣，枕靠著寒冷的江流。從今以後，天下統一，四海一家，然而舊時的堡壘，仍然在秋天的蘆葦堆中，供人憑弔。

【賞析】這是一首懷古的詩。西塞山在湖北大冶東九十里，此地關於孫策、周瑜、桓玄、劉裕等三國的故事流傳甚多。這是詠王濬伐吳，天下復歸一統的事。全詩前四句據史直敘。頸聯感懷，屬對工巧。末聯抒寫願望。清翁方綱《石洲詩話》云：「劉賓客〈西塞山懷古〉之作，極為白公所賞，至於為之罷唱。起四句，洵是傑作，後四則不振矣。此中唐以後，所以氣力衰颯也，固無八句皆緊之理，然必鬆處，正是緊處，方有意味，如此作結，毋乃飲滿時思滑之過耶？〈荊州道懷古〉一詩，實勝此作。」可謂持平之論。

205

遣悲懷 三首其一

元稹

謝公最小偏憐女❶，自嫁黔婁百事乖❷。
顧我❸無衣搜藎篋❹，泥他沽酒❺拔金釵。
野蔬充膳甘長藿❻，落葉添薪仰古槐。
今日俸錢過十萬，與君營奠復營齋❼。

【作　者】元稹（西元七七九—八三一），字微之，河南（今河南洛陽）人。由於排行第九，友輩都喚他元九。他二十四歲才授校書郎，不久，與工部尚書韋夏卿的女兒韋蕙叢結婚。韋蕙叢是個溫靜賢淑的女子，她嫁給元稹時，元稹還沒成名，婚後他們的情感很好。四年後，元稹到河南去做官，這時正是他仕途青雲直上的時候，不幸韋蕙叢在元和四年去世，元稹不能趕回長安親觀下葬，更是傷心。元和五年，元稹貶官江陵，仍無時無刻不在悼念亡妻，那三首著名的〈遣悲懷〉，便是在這樣悲慟的情景下寫就。他後期的仕途，也較平坦，在穆宗長慶二年，曾經入相，後因與裴度不合，才罷相離京。

元稹和白居易很要好，從貞元到太和三十年間，他們共同提倡通俗化、大眾化的詩歌，得到大眾的支持，這種反映當時社會現實生活，介於雅俗之間的作品，稱為元和體。著有《元氏長慶集》。《新唐書》、《舊唐書》均有傳。

【韻　律】詩用上平聲九佳韻，首句不用韻，韻腳是：乖、釵、槐、齋。

【注　釋】❶謝公最小偏憐女　謝公最偏愛的小女兒。這是讚美自己妻子出身高貴的門第，用《晉書・列女傳》謝道韞的故事。謝道韞，謝奕的女兒，王凝的妻子，聰識有才辯。謝公，指謝奕，晉代王謝兩家為豪門高第。❷自嫁黔婁百事乖　自從嫁給我這個像黔婁一樣的窮人家以後，事事都乖舛不順利。元稹以黔婁自比。自嫁，《全唐詩》作「嫁與」。今從章注本。黔婁，春秋時齊國的高士，家貧，不求仕進，有高節。❸顧我　看我。❹藎篋　一作畫篋。裝衣服的草箱。❺泥他沽酒　慫恿他去買酒。泥，從旁鼓舞的意思。他，指元稹，因與上句「我」字對仗的緣故。❻長藿　長的豆葉。❼營奠復營齋　營，設也。營奠營齋，都是設壇祭祀之意。復，又也。

【語　譯】謝公最溺愛他的小女兒，但自從將她嫁給我這個像黔婁一樣的窮人家以後，就事事不順利了。你看到我沒有好的衣服穿，就從衣箱裡去找；看到我沒錢買酒，拔下金釵慫恿我去典當了來換酒。由於家裡窮，你甘願將野菜、豆葉當飯吃，拿落葉當柴燒，有時柴火沒有了，你抬頭看那古槐樹，希望它掉下些葉子來。如今我的收入已超過了十萬錢，但是你卻不在世了，只讓我設奠、設齋來祭你。

【賞　析】這三首都是悼亡妻的詩。唐范攄《雲溪友議》云：「元公初娶京兆韋氏，字蕙叢，官未達而苦貧。繼室河東裴氏，字柔之，二夫人俱有才思，時彥以為佳偶。初韋蕙叢卒，不勝其悲，為詩悼之。」韓愈〈監察御史元君妻京兆韋氏夫人墓誌銘〉云：「夫人固前受教於賢父母，得其良夫，又及教於先姑氏，率所事所言，皆從儀法，年二十七，以元和四年七月九日卒。」元稹作〈遣悲懷〉，約在元和五年左右。

此詩前六句，都是盛讚他的妻子韋蕙叢的賢淑。首聯寫韋氏出身大家，但甘於貧賤。頷聯寫韋氏的賢慧，照顧丈夫的衣著，無衣搜篋的情景，典當金釵，泥他沽酒，在在顯露溫順純良的本性。頸聯寫韋氏能共同過貧苦的生活，野蔬充膳，落葉添薪，表現她勤儉刻苦的美德。末聯與前六句對比，「今日俸錢過十萬」，說他生活比以前好多了，卻生死乖隔，不能同享富貴，言下有無限傷痛。

206

其二

昔日戲言身後事❶，今朝都到眼前來。衣裳已施行看盡❷，針線猶存❸未忍開。
尚想舊情憐婢僕，也曾因夢送錢財❹。誠知此恨人人有，貧賤夫妻百事哀。

【韻　律】詩用上平聲十灰韻，首句不用韻，韻腳是：來、開、財、哀。

【注　釋】❶昔日戲言身後事　戲言，開玩笑的話。身後事，一作身後意。人死後的事。❷衣裳已施行看盡　你的衣裳送給人家，眼看就要送完了。施，送給人。行看，眼看就要的意思。❸猶存　還收藏著。❹送錢財　燒些冥錢送給你。

【語　譯】從前我們常開玩笑說些人死後的事情，今天竟然在眼前應驗了。你的衣服我拿去送給人家，眼看就要送完了，只是你生前所做的針線還收藏著，我不忍心把它打開。有時想到我們以前夫婦的深情，不知不覺對那些你使喚過的下人們就特別憐愛，也曾經在夢中夢見你，便情不自禁地燒化些冥錢送給你。我確實知道這種遺憾是人人有的——那就是貧賤的夫妻，樣樣事情都是可悲的啊！

【賞　析】章燮注引蘅塘退士說：「古今悼亡詩充棟，終無能出此範圍者，勿以淺近忽之。」不過第二首更為深刻感人，通篇如說家常，向亡妻傾訴，沒有引用什麼典故。由死後而想到生前，因為妻子是這樣做過的，自己也跟著做了；還因為以前在一起時生活窮苦，猶恐地下的亡妻仍然貧窮，不禁燒化冥紙，愈見深情。末以「貧賤夫妻百事哀」作結，乃人世間的定論。章燮評道：「此從死後詠到生前，留言遺物，真情幻變，一一抽出，何等悲懷。」

207 其三

閑坐悲君亦自悲，百年多是幾多時❶？鄧攸無子尋知命❷，潘岳悼亡❸猶費詞。
同穴窅冥何所望❹？他生緣會更難期。惟將終夜長❺開眼，報答平生未展眉。

【韻律】詩用上平聲四支韻，韻腳是：悲、時、詞、期、眉。

【注釋】❶百年多是幾多時　百年雖多，究竟能有多少時光呢？言人生短暫也。❷鄧攸無子尋知命　鄧攸，西晉人。《晉書・鄧攸傳》曰：「攸，字伯道，為河東太守，永嘉末，遇石勒之亂，以牛馬負妻子而逃，遇賊掠其牛馬，步走擔其兒及其弟之子綏，度不能兩全，乃謂其妻曰：『吾弟早亡，唯有一息（即一子），理不可絕止，應自棄我兒耳。』妻泣而從之，乃棄之而去，卒以無嗣，時人義而哀之，為之語曰：『天道無知，使鄧伯道無兒。』」尋知命，即知命該如此。❸潘岳悼亡　潘岳，西晉人，妻亡，作〈悼亡〉詩三首。❹同穴窅冥何所望　同穴，死後同葬在一起。窅冥，深遠難見，有渺茫的意思。❺長　一作常。

【語　譯】閒坐的時候，一方面替你傷心，一方面也替自己難過，人生百年雖然很長，但算起來又有多少時光呢？鄧攸後來沒有兒子，只好感歎自己命該如此；潘岳妻子死了，寫了三首悼亡詩，說起來也是無益。死後夫妻同葬一起，未免太渺茫了，這又有什麼希望呢？或者期待來生再結為夫婦，那更是難以期待的啊！現在我只好整夜不合眼思念你，來報答你一生未能歡笑展眉，作為我對你的一些補償吧！

【賞　析】讀到第三首，真想放聲一哭，人世間最寶貴的，莫如一份真摯的感情。韋蕙叢的死，的確給元稹帶來悲痛，他的三首〈遣悲懷〉，比起那些著名的悲劇故事，又有何遜色呢？故知好文章，只要是真情的流露，便能傳誦千古。清洪亮吉《北江詩話》說得好：「明御史江陰李忠毅〈獄中寄父〉詩：『出世再應為父子，此心原不間幽明。』讀之使人增天倫之重。宋蘇文忠公〈獄中寄子由〉詩：『與君世世為兄弟，又結他生未了因。』讀之令人增友于之誼。唐杜工部〈送鄭虔〉詩：『便與先生成永訣，九重泉路盡交期。』讀之令人增友朋之風義。唐元相〈悼亡〉詩：『惟將終夜長開眼，報答平生未展眉。』讀之令人增伉儷之情，孰謂詩不可以感人哉？」

自河南經亂，關內阻饑，兄弟離散，各在一處。因望月有感，聊書所懷，寄上浮梁大兄，於潛七兄，烏江十五兄，兼示符離及下邽弟妹

白居易

時難年饑世業❶空，弟兄羈旅❷各西東。田園寥落干戈後，骨肉❸流
離道路中。
弔影分為千里雁，辭根散作九秋蓬❹。共看明月應垂淚，一夜鄉心
五處❺同。

【韻律】詩用上平聲一東韻，韻腳是：空、東、中、蓬、同。

【注釋】❶世業　祖上遺留下來的產業。❷羈旅　作客在外。❸骨肉　指兄弟。❹九秋蓬　秋天共九十天，所以稱九秋。蓬，蓬草。❺五處　即詩題所說的，兄弟姊妹流散在五個地方：白居易的大哥白幼文，在浮梁縣

任主簿。浮梁，在今江西浮梁。七兄，是居易的從兄弟，在於潛。於潛，在今浙江於潛。十五兄，是居易的從祖兄弟，在烏江縣任主簿。烏江，在今安徽和縣東北。符離，在今安徽宿縣。下邽，是白居易的家鄉，在今陝西渭南東北。

【語譯】時局不好，又碰到饑荒，祖業都沒有了，兄弟們作客在外，各自東西分散。經過戰亂後，家園都已荒蕪，甚至骨肉至親，也流散在異鄉的道路中。我看著自己的身影，就像是失群在千里外的孤雁，離鄉各自流浪，就像秋天裡離了根的蓬草，隨風飄散。今夜，我們同時看到明月，恐怕都會掉淚吧，雖然我們分散在五個地方，但思鄉的心情卻是一樣的。

【賞析】這是一首懷念諸兄和弟妹的詩。清章燮云：「《唐書‧白居易傳》：拜左贊善大夫，出為江州刺史，中書舍人王涯上言不宜治郡，追貶江州司馬，按此詩當在是時作。」並於其下引蘅塘退士曰：「一氣貫注，八句如一句，與少陵聞官軍作如一格律。」白居易被貶為江州司馬，是在元和十年，也就是他四十四歲時的作品。此詩詩意重複的地方很多，如首聯和頷聯，意思相同。末四句頗為明快，平淡之中，卻給人回味無窮。

209 錦瑟

李商隱

錦瑟無端五十絃❶，一絃一柱❷思華年。莊生曉夢迷蝴蝶❸，望帝春心託杜鵑❹。

滄海月明珠有淚❺，藍田日暖玉生煙❻。此情❼可待成追憶，只是當時已惘然❽。

【韻　律】詩用下平聲一先韻，韻腳是：絃、年、鵑、煙、然。

【注　釋】❶錦瑟無端五十絃　不巧得很錦瑟也是五十條絃。錦瑟，有文飾的瑟。瑟是絃樂器的一種。《史記・封禪書》：「太帝使秦女鼓五十弦，悲，帝禁不止，故破其瑟為二十五弦。」無端，沒來由，猶言不巧。❷柱　琴瑟之所以繫絃者。❸莊生曉夢迷蝴蝶　莊周夢蝶，真幻難知，喻人生若夢之感。《莊子・齊物論》：「昔者莊周夢為胡蝶，栩栩然胡蝶也，自喻適志與，不知周也。俄然覺，則遽遽然周也。不知周之夢為胡蝶與，胡蝶之夢為周與？」❹望帝春心託杜鵑　望帝變為杜鵑鳥，杜鵑為挽留住春天而泣血，但春天畢竟離去。猶如人們希望青春永駐，但青春畢竟一去不回。望帝，《說文》：「蜀王望帝，婬其相妻，慙亡去，為子雋鳥。」子雋同子規，即杜鵑鳥。❺滄海月明珠有淚　回憶往日悲痛的事，不禁傷心淚下，猶如在滄海月明之下，有珠光或是淚影、悲愴之感。❻藍田日暖玉生煙　回憶往日歡樂的事，不禁喜氣洋洋，猶如在藍田日暖之時，玉氣生煙，喜氣洋溢之感。藍田產玉，藍田，山名，在今陝西藍田東南。❼此情　指上述四端，即有人生若夢之感，青春難再之感，以及往日悲、歡之情。❽惘然　若失貌。

【語　譯】打開錦瑟一看，真不巧它也是五十條絃，因此瑟上的每一根柱每一條絃使我想起自己的年華來。在我一生之中，就如同莊周夢蝶般，似真似幻，大有人生若夢的感覺。我也曾有過像望帝一樣的情感，期望青春永駐，於是化作杜鵑鳥喚住春天，但春天畢竟離我而去。回憶往事，使我想起悲痛的事，不禁愴然淚下，彷彿置身在滄海月明之下，是珠光或是淚影呢？有時，想起舊時的樂事，也抑不住要喜氣洋洋，就如同藍田日暖，玉氣生煙。但這些情感，只能成為回憶中的資料罷了，只是當時為什麼遇事茫然若失，以致一步錯，步步舛錯呢！

【賞　析】這首詩取起句頭兩個字作標題，在李商隱的詩中是很常見的。在《李義山詩集》中，〈錦瑟〉這首詩是排在第一首，因此可視為義山詩的「代序」。前人對此詩的解釋不一：有的說是悼亡的；有的說是思念侍兒叫「錦瑟」的；有的說是自比文才的。然就全詩內容來看，應該是作者晚年，追憶自己一生往事的詩。所以首聯由錦瑟的五十絃起興，「無端」二字，與「一絃一柱思華年」切合，從錦瑟的五十絃與自己將近五十歲契合，故每一絃便代表了一年的歲月。李商隱享年四十七歲，故視此詩為他晚年的作品，自可相信。頷聯及頸聯，是作者回憶一生的往事，其中有「莊生曉夢」，人生若夢之感；有「望帝春心」，願青春永駐之情；有往日的悲痛，如今追憶起來，引起淡淡的哀傷，如「滄海月明」之境；有往日的歡樂，每憶及此，為之喜氣洋洋，如「藍田日暖」之境。末聯收結，往日之情，皆成追憶之資料，只怪當時茫然無知，為情所困，以致今日一事無成，大有如曹雪芹晚年寫《紅樓夢》的心情：「滿紙荒唐言，一把辛酸淚。」由於李商隱的身世悲涼，政治環境複雜，不能直抒，故詩多委婉陳辭，詩意隱曲，惟辭藻音韻優美，難怪金元好問要讚歎道：「詩家總愛西崑好，只恨無人作鄭箋。」然而金元好問在《樂府鼓吹》一書中，亦選此詩，並指李商隱此詩，為聽瑟有感而作，可謂對此詩的主旨，又增一說。明王世貞《全唐詩說》云：「李義山〈錦瑟〉中二聯，是麗語，作適怨清和解，甚通。然不解則涉無謂，既解，則意味都盡，以此知詩之難也。」

210

無題

李商隱

昨夜星辰昨夜風，畫樓西畔桂堂東。身無綵鳳❶雙飛翼，心有靈犀一點通❷。

隔座送鉤❸春酒暖，分曹射覆❹蠟燈紅。嗟余聽鼓應官去❺，走馬蘭臺❻類斷蓬❼。

【韻律】詩用上平聲一東韻，韻腳是：風、東、通、紅、蓬。

【注釋】❶綵鳳　一作彩鳳。靈鳥也，狀似鶴而具五綵之羽。❷心有靈犀一點通　喻兩心相通，有如兩端相通的犀角。靈犀，靈獸也。《南州異物志》云：「犀，有神異，表靈以角。」❸送鉤　喝酒時的一種遊戲，用以勸酒也。《槁簡贅筆》云：「唐人酒戲極多，釣鼇竿，堂上五尺，庭中七尺，紅絲線繫之石盤，詒諸魚四十品，逐一作牌子，刻魚名，各有詩於牌上，或一釣連二物，錄事擇其一以行功罰焉。」❹分曹射覆　分組比賽猜謎或連字遊戲，以行酒令。分曹，即分隊、分組也。射覆，酒令的一種。《酒令叢鈔》：「今酒座所謂射覆，又名射雕覆者，以上一字為雕，下一字為覆，設注意『酒』字，則言『春』字、『漿』字使人射之，蓋言春酒、酒漿也。射者言某字，彼此會意也。」❺嗟余聽鼓應官去　可惜我聽到更鼓聲後，便要趕著上朝應事去了。聽鼓應官，百官聽更鼓聲上朝。古人早朝，在卯時，即晨五時至七時。❻蘭臺　御史臺，掌典校圖籍，治理文書。❼斷蓬　一作轉蓬。

【語　譯】昨兒有星又有風的晚上，我們在畫樓西邊，也就是桂堂東邊的地方相見。我遺憾身上沒有彩鳳般的翅膀，幸好我們兩心相印，如同犀角兩頭相通一樣。我們隔著座位玩鈎鬮竿的酒戲，喝下一些暖和的春酒，在紅燭高照下，我們又分組猜酒令。可惜我聽到更鼓聲後，又要趕著上朝去了，騎著馬兒到御史臺轉轉，就像斷了根的蓬草一般。

【賞　析】這是一首「無題」的詩，雖是失題，卻是一首微婉深雋的抒情詩，描寫詩人與伊人約會的情景。首聯道出詩人與伊人約會的時間與地點。頷聯承上，寫詩人內心對她的傾慕，雖常感身無彩鳳的羽翼，無法飛到伊人的身邊，幸得兩心相印，聊慰苦思。頸聯寫昨晚兩人在一起遊樂喝酒的情景。末聯以春宵恨短，公務在身為歎。李商隱的〈無題〉詩，大抵是描寫豔情。因為這類的感情太深微了，他便用鮮明穠郁的詞句來襯托它，將豐富、繁縟、隱曲、矛盾的情感，融會在華美、莊嚴、整齊的律詩中，表現圓渾、精密、自然、和諧的境界。

211

隋　宮

李商隱

紫泉宮殿❶鎖煙霞，欲取蕪城❷作帝家。玉璽不緣歸日角❸，錦帆❹

應是到天涯。

於今腐草無螢火❺，終古垂楊有暮鴉❻。地下若逢陳後主❼，豈宜重問〈後庭花❽〉？

【韻　律】詩用下平聲六麻韻，韻腳是：霞、家、涯、鴉、花。

【注　釋】❶紫泉宮殿　言環繞著流水的宮殿。此處的宮殿，便是揚州的江都宮和揚子宮等，皆隋煬帝南幸時的行宮，極其奢麗。❷蕪城　謂廣陵城，故址在今江蘇江都東北。宋鮑照的〈蕪城賦〉，便是弔揚州城。❸玉璽不緣歸日角　玉璽，天子印。日角，額上之骨隆起如日，為帝王之相。此指唐高祖而言，《舊唐書・唐儉傳》曰：「唐祖召訪時事，儉曰：明公日角龍庭，李氏又在圖牒，天下屬望，指麾可取。」❹錦帆　指隋煬帝的御龍舟。《開河記》：「帝自洛陽遷駕大梁，詔江淮諸州造大船五百隻，龍舟既成，泛江沿淮而下，時舳艫相繼，連接千里，自大梁至淮口，聯綿不絕，錦帆過處，香聞百里。」❺螢火　指隋煬帝夜遊放螢火事。《隋書・煬帝紀》曰：「大業十二年，上於景華宮徵求螢火，得數斛，夜出遊山放之，光徧巖谷。」《禮記・月令》：「腐草為螢。」❻終古垂楊有暮鴉　古代的垂楊柳，今日只見暮鴉棲息其上。指隋煬帝種楊柳事。〈開河記〉曰：「詔民間有柳一株賞一縑，百姓爭獻之。又令親種，帝自種一株，群臣次第種，栽畢，帝御筆寫賜垂楊柳姓楊，曰楊柳也。」❼陳後主　南朝陳最後的一個國君，姓陳名叔寶，荒淫奢侈，在位七年，被隋所滅。❽後庭花　曲名，即〈玉樹後庭花〉，為陳後主時的宮廷舞曲。《隋遺錄》記載：煬帝遊吳公宅，恍惚間與陳後主相遇，後主命舞女麗華等舞〈玉樹後庭花〉，以娛煬帝。

【語譯】紫色泉水環繞的隋宮，被一片煙霞籠罩著，我知道隋煬帝真想以蕪城作為帝都。假如玉璽不是因天意要歸屬唐高祖的話，他的龍舟一定可以遊遍天下了。現在腐草堆中再化不出螢火蟲來，以前種下的楊柳樹上，如今只有晚鴉在喧噪。如果隋煬帝地下有知碰到陳後主的話，是不是應該重問起舞〈玉樹後庭花〉的事呢？

【賞析】這是一首詠史的詩。借隋宮感傷隋煬帝的亡國，實由於煬帝耽於逸樂所召致的，並以陳後主為賓，相得益彰。全詩所用典實，融化靈活，且有深意。清沈德潛《唐詩別裁》云：「言天命若不歸唐，遊幸豈止江都而已，用筆靈活，後人只鋪敘故實，所以板滯也。末言亡國之禍，甚於後主，他時魂魄相遇，豈宜重以〈後庭花〉為問乎？」

212 無　題　二首其一

李　商　隱

來是空言去絕蹤，月斜樓上五更鐘❶。夢為遠別啼難喚，書被催成墨未濃。
蠟照半籠金翡翠❷，麝熏微度繡芙蓉❸。劉郎❹已恨蓬山❺遠，更隔蓬山一萬重。

【韻律】詩用上平聲二冬韻，韻腳是：蹤、鐘、濃、蓉、重。

【注釋】❶五更鐘　天將亮時所發的鐘鼓聲。古人一夜分五更，每至一更，擊鐘鼓以報時。❷金翡翠　漆金的翡翠屏風。❸麝熏微度繡芙蓉　麝香熏過的衾被，它的香氣從芙蓉帳裡微透出來。麝熏，麝香熏過。微度，微透也。繡芙蓉，繡有芙蓉花的帳子。❹劉郎　指東漢劉晨，他與阮肇入山遇仙女的事，見《幽明錄》。唐人稱男子為郎。或謂劉郎指漢武帝，他相信方士的話，到東海尋求蓬萊仙境，事見《漢武內傳》。❺蓬山　相傳為仙人居住的地方。在此比喻伊人居住的地方。

【語譯】你說過還要再來的，竟然是空話騙我，你走後，就沒有蹤影了。這時正是高樓上月斜五更鐘響的時候，我在夢裡和你遠別，卻喚不住你，突然從夢裡哭醒過來，於是趕忙寫一封信給你，連墨都來不及磨濃。在房裡燭光殘照在翠屏上，熏香從芙蓉帳裡微透過來。劉郎已埋怨蓬山離他這麼遙遠，更何況我離蓬山有千山萬水的隔離呢！

【賞析】《全唐詩》錄有李商隱的〈無題〉詩共四首，這裡所選的，只是其中的第一、二兩首。第三首是五律，第四首是仄韻的七律。所謂無題詩，便是愛情詩。一般人提到無題詩，便聯想到李商隱的〈無題〉詩，因為他在這方面的表現，更具創造性。他善於運用想像和聯想，造意特別優美。加以他運用歷史故事和神話傳說，融匯成一往情深的抒情詩，使詩中充滿了神秘性和刺激性。此外他有豐富的情感，在複雜的政治生涯和生活環境中，又不能直接抒吐，於是使他的詩更帶有濃厚的悲劇色彩。大抵他的詩屬於晦澀的風格，卻是情韻十足，耐人尋味。像此詩首句「來是空言去絕蹤」，便有若即若離之感，末兩句「劉郎已恨蓬山遠，更隔蓬山一萬重」，比較之下，更有孤絕、淒美的情調。

213 其二

颯颯東風細雨來，芙蓉塘外有輕雷。金蟾齧鏁燒香入，玉虎牽絲汲井迴。

賈氏窺簾韓掾少，宓妃留枕魏王才。春心莫共花爭發，一寸相思一寸灰。

【韻　律】詩用上平聲十灰韻，韻腳是：來、雷、迴、才、灰。

【注　釋】❶颯颯　風聲。❷金蟾齧鏁燒香入　口銜鎖環的蟾形香爐雖然緊閉，但燒香猶可投入。金蟾，狀似蟾蜍的金屬香爐。齧鏁，謂蟾蜍的口，銜著鎖環。蓋蟾善閉氣，古人用以飾鎖。❸玉虎牽絲汲井迴　飾有玉虎的井雖深，但汲水的繩索依然可以汲引。玉虎，井欄的飾物。絲是汲水用的繩索。❹賈氏窺簾韓掾少　賈充的女兒偷看韓壽，後來他們終於結為夫婦。《世說新語・惑溺》：「韓壽美姿容，賈充辟以為掾，充每聚會，賈女於青璅中看見壽，說之。……與之通，充秘之，以女妻壽。」❺宓妃留枕魏王才　宓妃，洛水的女神。魏王，曹子建。《文選》李善注引〈感甄記〉云：「魏東阿王漢末求甄逸女，既不遂，太祖回與五官中郎將（曹丕）。植殊不平，晝思夜想，廢寢與食。黃初中入朝，帝示植甄后玉縷金帶枕，植見之不覺泣。想已為郭后讒死，帝亦尋悟，因令太子留宴飲，仍以枕賚植。植還，度轘轅，少許時，將息洛水上，思甄后，忽見女來，自云：『我本託心君王，其心不遂，此枕是我在家時從嫁，前與五官中郎將，今與君王。」遂用薦枕席。」

【語　譯】東風颯颯地吹，兼雜著一些微雨，荷塘外，傳來幾陣輕雷。那口銜鎖環的蟾形香爐，儘管堅硬緊閉，但燒香仍然可以投入；那飾有玉虎的井雖深，但繩索照樣可以汲引。晉代賈充的女兒，隔著簾兒偷看年少的韓掾，幸而終成夫婦；宓妃把枕頭留給魏王，只因愛上他的才情。可惜我與你卻無緣相近，春心哦，不要再跟花兒爭豔開發，縱有一寸相思之情，到頭來還不是化成一寸灰燼！

【賞　析】這是一首表達戀情的抒情詩。儘管春天是生機蓬勃的季節，在他卻像是經火銷亡後的灰燼，有無限孤絕之感。俞守真《唐詩三百首詳析》說得好：「第二首是回憶前情。起首從眼前景說起，頷聯以用物為譬，意謂金蟾雖堅，香燒猶可齧入，井雖深，絲索亦可汲引，我何以無隙可乘，終成遺恨。頸聯以故事作喻，當初賈氏窺簾，幸而緣合，而今宓妃留枕，終屬夢想。其間遇合離散，那得不令人相思。結聯又作慰藉之語，莫再相思，尤覺相思之苦。」清馮浩《玉谿生詩箋注》將此二首〈無題〉詩視為：「蓋恨令狐綯之不省陳情也。」亦可另備一說。

214 籌筆驛　　李商隱

猿鳥猶疑畏簡書❶，風雲常為護儲胥❷。徒令上將揮神筆❸，終見降王走傳車❹。

管樂有才終不忝❺，關張無命欲何如❻？他年錦里經祠廟❼，〈梁父吟〉❽成恨有餘。

【韻　律】詩用上平聲六魚韻，韻腳是：書、胥、車、如、餘。

【注　釋】❶簡書　戒命也。猶今日軍中的動員令或戒嚴令。❷儲胥　軍中的木柵和竹籬，猶今所謂警戒線。揚雄〈長揚賦〉：「木擁槍纍，以為儲胥。」❸上將揮神筆　上將，上將軍，此指諸葛武侯。揮神筆，籌擬善策。❹降王走傳車　降王，投降的君王，指劉禪。傳車，驛車也。《蜀志・後主傳》：「鄧艾至城北，後主輿櫬自縛詣軍壘門，艾解縛焚櫬，延請相見，因承制拜後主為驃騎將軍。明年，後主舉家東遷至洛陽。」❺管樂有才終不忝　管樂，管仲和樂毅。忝，辱也。諸葛亮常以管、樂自比。《蜀志・諸葛亮傳》：「每自比於管仲樂毅，時人莫之許也。」❻關張無命欲何如　關張，關羽和張飛。兩人皆死於戰役中，故曰無命。《蜀志・關羽傳》：「羽率眾攻曹仁於樊，不能克，引軍退還。孫權已據江陵，遣將逆擊羽，斬羽於臨沮。」又〈張飛傳〉：「先主伐吳，飛當率兵萬人自閬中會江州，臨發，其帳下將張達、范彊殺飛。」❼錦里經祠廟　錦里，即錦官城，故址在今四川成都南。經，經過，路過。祠廟，指武侯的祠廟。❽梁父吟　一作〈梁甫吟〉。曲名，為諸葛武侯所愛吟的曲調。

【語　譯】這是當年諸葛武侯駐軍的地方，由於他治軍軍紀森嚴，至今這一帶的猿鳥，似乎還害怕他的戒令。四周的風雲凝滯，似乎還經常為他守護著藩籬。可惜諸葛武侯白白地費心運用善策，終於劉禪還是乘著驛車投降了。武侯有管仲、樂毅般的才幹，實在不是過許，關羽和張飛命運不濟，甚至丟了性命，那又有什麼辦法呢？將來我經過成都武侯祠時，再把〈梁父吟〉詠唱一遍，一定還會感發更多的遺恨呢！

【賞析】這是一首詠史詩。籌筆驛，在今四川廣元北。清《一統志》云：「相傳諸葛亮出師，嘗駐軍籌畫於此。」故名。李商隱作此詩，是在唐宣宗大中五年（西元八五一），也是他四十歲的作品。張爾田《玉谿生年譜會箋》云：「此隨仲郢還朝途次作。結指大中五年，西川推獄，曾至成都也。」此詩首先寫出附近的風雲形勢，足見武侯治兵的森嚴。頷聯和頸聯都用一正一反的筆法對仗，以烘托武侯的才分和智慧，但命運如此，實非人事所能企及。末聯對武侯懷念不已，亦如杜甫的〈登樓〉所謂「可憐後主還祠廟，日暮聊為梁甫吟」，有無限的感歎。

215

無題

李商隱

相見時難別亦難❶，東風無力百花殘。春蠶到死絲方盡❷，蠟炬成灰淚始乾❸。

曉鏡但愁雲鬢❹改，夜吟應覺月光寒。蓬萊❺此去無多路，青鳥❻殷勤為探看。

【韻　律】詩用平聲十四寒韻，韻腳是：難、殘、乾、寒、看。

【注　釋】❶相見時難別亦難　相見時是那麼難得，但分別時卻是難分難捨。❷春蠶到死絲方盡　以春蠶吐絲為譬，喻堅貞的愛情到死方休。絲，與「思」諧聲，雙關。❸蠟炬成灰淚始乾　此以蠟炬燒為灰燼，以比愛情的堅貞不渝。蠟炬，即蠟燭。淚，指蠟燭的溶液，也指相思淚，雙關。❹雲鬢　像烏雲似的頭髮。❺蓬萊　《全唐詩》及《四部叢刊》本均作「蓬山」，今從章本。蓬萊是東海裡的仙山。這裡把自己的愛人比作仙人，使意象更形美化。❻青鳥　神話裡的三足鳥，為西王母的使者。在此借稱為傳遞消息的人。

【語　譯】相見一次是那樣的難得，所以分離時更覺得難分難捨了，更何況遇到暮春，正是東風無力、百花凋殘的時候。春蠶只有到死，才能把絲吐盡，蠟燭燃燒成灰燼，燭淚才會流乾。早晨，你在對鏡，深怕烏黑的頭髮失去了青春的光澤；晚上，我在苦苦行吟，你也該覺得月色有些寒意吧！蓬萊距離這裡並沒有多少路程，希望青鳥好心好意地為我去探聽一些消息吧！

【賞　析】這是一首深情的戀詩，和前面所選的三首〈無題〉詩，一樣地感人肺腑。首聯敘述一對戀人經過一番努力，才得見面，但在不得已的環境下，又被迫分離，就好似春風是無力的，不得不讓百花凋殘一樣。既寫分離時的景色，又跟當時的內情相仿，情景交融，所以出色。頷聯以「春蠶」「蠟炬」等形象，表達這種對愛情堅貞不渝的情感，純情已極，為千古傳誦不絕的名句。頸聯「曉鏡」句，為對方設想，「夜吟」句，自道相思，均寫別後為情所困的痛苦。末聯用典寄願，盼能獲得音訊。「蓬萊」、「青鳥」，都是神話中的景物，用來比喻戀人居住的地方和傳達訊息的使者，倍見綺靡，情意自長。

216

春雨

李商隱

悵臥新春白袷衣❶，白門❷寥落意多違。紅樓隔雨相望冷❸，珠箔❹飄燈獨自歸。

遠路應悲春晼晚❺，殘宵猶得夢依稀❻。玉璫緘札❼何由達？萬里雲羅❽一雁飛。

【韻律】詩用上平聲五微韻，韻腳是：衣、違、歸、稀、飛。

【注釋】❶白袷衣　白色的夾衣。❷白門　地名。為李商隱在此所發生的一段情，借吳歌〈讀曲歌〉中所提的「白門」為喻。〈讀曲歌〉：「暫出白門前，楊柳可藏烏。歡作沉水香，儂作博山罏。」《南史》：「建康宣陽門，謂之白門。」❸紅樓隔雨相望冷　紅樓，本為富貴人家，在此指白門附近佳人所住的地方。「冷」字雙關：一指隔著春雨望紅樓而有寒意。一指佳人已去，情意已冷。❹珠箔　用珠子綴成的簾子，此指車簾。❺晼晚　晼，日落，亦晚也。謂日落暮晚。《楚辭・哀時命》：「白日晼晚其將入兮，哀余壽之弗將。」❻依稀　猶言彷彿。❼玉璫緘札　玉璫，耳珠。緘札，書信。章燮注：「《風俗通》曰：『耳珠曰璫。』玉璫緘札，猶今所云侑緘。」侑緘，謂耳珠和書信一齊寄出的意思。❽雲羅　雲層像羅網似的。

【語譯】在這新春的季節裡，我穿著一件白夾衣在悶睡，想起白門的一段往事，如今已成陳跡，不禁使人感歎世事多與願違啊。於是我又來到昔日聚會的地方，隔著春雨望那座紅樓，卻有孤寒冷清的感覺。回來時，車簾、車燈飄搖在夜色底下，我獨自從風雨中歸來。路又長，春日已晚，你是否也感染上無可奈何的悲傷？我惟有盼望在殘宵的夢裡，但願能依稀和你相見。那些耳珠和信札，又怎樣才能寄到你的身邊？驀然只見羅網似的雲層下，有一隻雁兒飛過。

【賞析】這是一首借春雨為題而寫懷人的詩。首聯點出「春」字，因新春而憶往事，由往事而懷人，感歎世事多與願違。頷聯敘述出門意欲往會佳人，卻僅悵望「紅樓」，夜雨獨歸，「冷」字更見孤絕。頸聯寫歸途所見，因寄望於夢中晤見，足見情苦。末聯想表達衷情，但無由以寄。宋蔡寬夫《詩話》云：「王荊公晚年亦喜稱義山詩，以為唐人知學老杜而得其藩籬，惟義山一人而已。」清紀昀《批李義山詩集》：「此因春雨而感懷，非詠春雨也。亦宛轉有致，但格未高耳。」此詩雖為豔詩，或有所隱喻，李商隱處於牛李黨爭之間，或許是向令狐綯有所表白。

217 無題 二首其一

李商隱

鳳尾香羅薄幾重，碧文圓頂❶夜深縫。扇裁月魄❷羞難掩，車走雷聲❸語未通。

曾是寂寥金燼❹暗，斷無消息石榴紅❺。斑騅❻只繫垂楊岸，何處西南任好風❼？

【韻　律】此詩失韻，重、縫屬二冬韻，通、紅、風屬一東韻。近體詩用韻不能通押，所以說此詩有「失韻」的現象。

【注　釋】❶碧文圓頂　羅帳的圓頂上織有綠色的錦飾。程泰之《演繁露》曰：「唐人昏禮多用厚帳，捲為圈以相連瑣，百開，百闔，大抵如今尖頂圓亭子，而用青氈通冒四隅上下，以便移置。」❷扇裁月魄　謂團扇也。班婕妤〈怨歌行〉：「裁成合歡扇，團團似明月。」❸車走雷聲　形容車行發出隱隱的聲音，有如雷響。❹燼　火餘木也。此指蠟燭已點完。❺石榴紅　指夏天五月石榴花開的時候。❻斑騅　蒼暗雜色的馬。❼何處西南任好風　我該在何處趁上好風去找到她呢？西南，泛指一個方向而言，並無實在的含意。任，從也。

【語　譯】這繡有鳳尾圖案的香羅帳，薄薄的有好幾層，在深夜裡趕縫圓頂上綠色紋彩的錦飾。她坐在那邊，拿著一把像月魄裁成的團扇，卻掩不住那種嬌羞的情態。我們還不曾說上半句話，後來她便隨著隱隱的車聲走了。曾經有多少個夜晚，我在燈前枯坐，蠟燭燒完了，室內一片沉寂，在這五月石榴花開的季節，還是沒有她的消息。現在且把馬兒繫在堤邊的楊柳樹下，我該在什麼地方趁上好風去找到她呢？

【賞　析】這也是一首抒寫戀情的詩。前四句寫兩人相見的情景，雖未曾款通言語，她那嬌羞難掩的情態卻使他難以忘懷。後四句寫思念之情，燈前獨坐，直至「金燼暗」，讓「寂寥」襲上心頭，日夜苦待，直至五月「石榴紅」，依然「斷無消息」，結句希望能趁上好風而找到她。全詩委婉陳詞，寫情細膩而穠麗含蓄。

218　其二

重帷深下莫愁堂❶，臥後清宵❷細細長。神女生涯原是夢❸，小姑居處本無郎❹。

風波不信菱枝弱❺，月露誰教桂葉香❻？直道相思了無❼益，未妨惆悵是清狂❽。

【韻　律】末聯出句「直道相思了無益」是單拗，五六兩字平仄互換，是本句自救的方法，仍合律。詩用下平聲七陽韻，韻腳是：堂、長、郎、香、狂。

【注　釋】❶莫愁堂　石城女子名莫愁，其所居之堂也。在此借喻為女子的香閨。《舊唐書．音樂志》：「莫愁樂，出於石城樂。石城有女子名莫愁，善歌謠。石城樂和中復有莫愁聲。故歌云：『莫愁在何處？莫愁石城西；艇子打兩槳，催送莫愁來。』」石城，在今湖北鍾祥西。莫愁為石城中一善歌的女子。❷清宵　靜夜。❸神女生涯原是夢　巫山女神所過的生活，原來只是個夢吧。神女，巫山的女神。宋玉有〈神女賦序〉：「楚襄王與宋玉游於雲夢之浦，使玉賦高唐之事，其夜王寢，夢與神女遇，其狀甚麗。」❹小姑居處本無郎　青溪的小姑獨處，本來就沒有郎。小姑，即青溪小姑，蔣侯的第三妹妹，六朝吳地人奉之為神，而加以祭祀。〈青溪小姑曲〉：「開門白水，側近橋梁；小姑所居，獨處無郎。」❺風波不信菱枝弱　喻愛情嬌弱，經不起誤會的摧折，有如菱枝脆弱，經不起風波一樣。❻月露誰教桂葉香　喻愛情神妙，愈是滋潤愈發芬芳，有如桂花一樣，在秋天的月露下，越發芳香。桂葉，即桂花，因「花」為平聲，此句第六字宜仄，故用「葉」字。❼了無　全無。❽未妨惆悵是清狂　未妨，不妨。清狂，放佚離俗。

【語　譯】我打從你的窗前走過，那扇窗，窗簾總是深深地垂落。就寢後的秋夜，被寂寞拉得更長。我想：巫山神女所過的生活，原來只是一個夢吧，而青溪的小姑獨處，本來就沒有郎啊！但水上的風波，又那裡知道菱枝是脆弱的；在秋天月露的滋潤下，誰教桂花越發地飄香呢？我已向你直訴相思，但又有什麼用？倒不如化悲愁為疏狂吧！

【賞　析】這也是一首抒寫戀情的抒情詩。關於李義山的〈無題〉詩，歷代註家的解釋不盡相同，然大抵將它視為愛情詩看待。至於李義山的戀愛對象是誰？那些〈無題〉詩是寫給誰的？這是個很複雜而難以推測的問題。李義山是否眷戀過女道士宋華陽姐妹，是否眷戀過宮女，或許只是詩人寫他的想像和感覺而已，可望而不可即，如「豈知一夜秦樓客，偷看吳王苑內花」、「扇裁月魄羞難掩，車走雷聲語未通」，連話都未款通，就如他自己辯白的「雖有涉於篇什，實不接於風流」。李義山後來與王茂元的女兒結合，愛篤情深，所以有些抒情詩，是否在未婚前所寫的，亦未可知。像這類情感上的遭遇，如無直接註明，是無法猜測的。關於他的〈無題〉詩，在抒寫愛情方面寫得特別細膩、含蓄、優美，對於愛情心理的描寫，更是入微入妙，一往情深。

詩的可愛，在於它的內容，能給讀者有個想像的空間；它的情意，能引發讀者熱烈的共鳴；而李商隱的〈無題〉詩，在這方面，已給讀者高度的吸引力。

此詩寫秋夜的思念，首先敘述經過她的窗下，只見重帷深垂，始覺清宵夜長。繼而用「巫山神女」、「青溪小姑」等神話故事，使情意迷離，似幻似真，造成神秘感而優美。五六兩句寫景，也是寫情，「菱枝」雖「弱」，卻遭「風波」，「桂葉」已「香」，更加「月露」，隱喻愛情脆弱，卻芬香令人嚮往。結句自慰語，直道無益，惆悵無助，不如灑脫疏狂，愈見情深。清何焯《義門讀書記》云：「義山〈無題〉數詩，不過自傷不逢，無聊怨題，此篇乃直露本意。」

219 利州南渡

溫庭筠

澹然❶空水對斜暉，曲島蒼茫接翠微❷。波上馬嘶看棹去，柳邊人歇待船歸。
數叢沙草群鷗散，萬頃江田一鷺飛。誰解乘舟尋范蠡❸？五湖煙水獨忘機❹。

【韻律】詩用上平聲五微韻，韻腳是：暉、微、歸、飛、機。

【注釋】❶澹然 水光清明的樣子。❷曲島蒼茫接翠微 彎曲的島嶼，在暮色水煙氤氳中，與遠處的山嵐煙靄相接。翠微，是山嵐煙靄。❸范蠡 春秋楚人，字少伯，事越王句踐二十餘年，勞心苦思，卒以滅吳，尊為上將軍。蠡以句踐難與共安樂，乃辭去，變易姓名，歷齊至陶，從事貿易，因成巨富，號陶朱公。❹五湖煙水獨忘機 五湖，指太湖及其附近的四湖。《越絕書》云：「吳亡後，西施復歸范蠡，同泛五湖而去。」在此是指有慨然歸隱的意思。

【語譯】空明的水光和落日的餘輝相映，彎曲的島嶼在暮色水氣氤氳中，與遠處的山嵐煙靄相接。水上馬兒嘶叫，眼看渡船漸漸地遠去，在對面柳樹下，有人在等著渡船歸來。那叢草和沙灘上，成群的鷗鳥已飛散了，只有一隻白鷺，在江邊一大片的水田上飛翔。又有誰知道我乘船是在尋找范蠡呢？像他陶醉在五湖煙波中，忘掉人間的機詐而與世無爭了。

【賞析】這是一首描寫津頭待渡的詩，待渡的地點是在利州。利州，即今四川廣元，瀕嘉陵江東岸，扼秦蜀交通的要衝。前六句皆寫嘉陵江兩岸的景色，刻畫出夕陽下的水光山色。末聯以范蠡泛舟五湖的故事作結，以暗示自己也有歸隱的意願。金聖歎《選批唐才子詩》云：「寫盡渡頭勞人，情意迫促，自古至今，無日無處，無風無雨，而不如是，固不獨〈利州南渡〉為然矣。」

220

蘇武廟

溫庭筠

蘇武❶魂銷漢使前，古祠❷高樹兩茫然。雲邊雁斷胡天月，隴上羊歸塞草煙。
迴日樓臺非甲帳❸，去時冠劍是丁年❹。
茂陵❺不見封侯印，空向秋波哭逝川。

【韻　律】詩用下平聲一先韻，韻腳是：前、然、煙、年、川。

【注　釋】❶蘇武　漢杜陵人，字子卿，武帝時，以中郎將使匈奴，單于脅降，不屈，被幽，置大窖中，齧雪吞旃；徙北海，使牧羊，仍杖漢節，留十九年。昭帝與匈奴和親，乃還，拜典屬國。宣帝立，賜爵關內侯。❷古祠　指蘇武廟。❸迴日樓臺非甲帳　蘇武回漢廷的時候，漢武帝已崩，樓臺已換，沒有當年供神的甲帳。迴日，即回來的時候。甲帳，為漢武帝所設，作為供神的華帳。《漢書・西域傳》贊：「孝武之世，興造甲乙之帳，絡以隨珠和璧。」《漢武故事》云：「雜錯天下珍寶為甲帳，其次為乙帳，甲以居神，乙以自居。」❹丁年　成年。漢朝以男子二十歲為丁年。李陵〈答蘇武書〉云：「丁年奉使，皓首而歸。」❺茂陵　在今陝西興平東北，漢武帝葬於此。這裡指漢武帝而言。

【語　譯】蘇武任漢使，在出使前早把生命置於度外了，現在面對著古廟和廟前的樹木，使我不禁心頭茫然。我想他在匈奴時，除了看到胡地的月天外，連一隻雁兒都看不見，傍晚時，他趕著羊群消失在塞草暮煙中。當他回到漢朝，一切樓臺都變了，也沒有當年漢武帝供神的華帳；想到他出使時，還是戴冠佩劍一副青年的模樣。可惜漢武帝再也看不到他封侯的印信，使他徒然地對著秋江，為著如逝水般老去的年華而痛哭。

【賞析】這是一首懷古的詩。首聯用一古一今的方法，把時間上和空間上的距離拉近，使自己內心感到茫然。中間四句是想像蘇武在匈奴及其回國後的情景。末聯對漢武帝有些諷刺，縱然有更大的功業，到頭來還不是一堆茂陵秋草嗎？結句用意雙關，既哭蘇武，也是為自己的遭遇而悲悼。

晚唐國力衰頹，人們對歌頌忠貞不屈，表彰民族氣節，心向故國的需求，再被激起。如杜牧〈河湟〉詩云：「牧羊驅馬雖戎服，白髮丹心盡漢臣。」溫庭筠的〈蘇武廟〉，也塑造了白髮丹心的漢臣形象。

221

宮詞

薛逢

十二樓❶中盡曉妝，望仙樓❷上望君王。鎖銜金獸連環冷❸，水滴銅龍晝漏長❹。

雲髻罷梳還對鏡，羅衣欲換更添香。遙窺正殿❺簾開處，袍袴❻宮人掃御床。

【作者】薛逢，字陶臣，蒲州（今山西永濟）人。武宗會昌元年（西元八四一）進士。累官侍御史、尚書郎，出為巴州刺史，遷秘書監卒。有詩集十卷。《唐才子傳》有小傳。

【韻　律】詩用下平聲七陽韻，韻腳是：妝、王、長、香、牀。

【注　釋】❶十二樓　即五城十二樓，本為仙人居住的地方，在此指皇帝的後宮。❷望仙樓　樓名。唐武宗時建此樓於宮苑。《唐書・武宗紀》：「會昌五年，作望仙樓於神策軍。」❸鎖銜金獸連環冷　指宮門製成金獸狀的門鎖，在獸口中銜著冷冷的門環。❹水滴銅龍晝漏長　指宮內龍形的鐘漏滴水計時，顯得白天特別長。❺正殿　皇帝居住的宮殿。❻袍袴　短袍繡袴，是宮女的服飾。

【語　譯】十二樓中的妃嬪們都梳理好晨妝，她們在望仙樓上盼望著君王的駕到。只是宮門上金獸狀的門鎖，在獸口中銜著一雙雙冷冷的門環；銅龍的鐘漏，水一滴滴的漏下來，日子顯得特別漫長。她們把頭髮梳好，還要再對著鏡子照照，羅衣換洗後，尚且還要加上薰香。遠遠地看到正殿的簾子已拉開，穿著袍袴的宮女們正忙著整理御牀。

【賞　析】所謂宮詞，也就是寫宮妃的幽怨，借宮女的口吻道出心中的抑鬱，因為古代皇帝的後宮，佳麗三千，然得寵的只是一兩人，其餘的只好青春虛擲，怎能不幽怨呢？於是唐代的詩人，做了她們的代言人，替她們抒怨，一方面發揮詩人悲天憫人的胸懷，一方面擴展唐詩寫作題材的範圍。這類的詩，表面看來富麗堂皇，就拿此詩來看，「十二樓」、「望仙樓」、「金獸」、「銅龍」、「雲髻」、「羅衣」、「正殿」、「御牀」等形象，足以渲染宮中的榮華富貴，但在字裡行間，卻含蓄地流露著幽怨，如詩中的「冷」字與「長」字，哀怨已生，末聯的「遙窺正殿」，雖非長門怨，實為無奈的感傷。

222

貧女

秦韜玉

蓬門未識綺羅香❶，擬託良媒益自傷❷。誰愛風流高格調❸？共憐時世儉梳妝❹。
敢❺將十指誇鍼巧，不把雙眉鬬❻畫長。苦恨年年壓金線❼，為他人作嫁衣裳。

【作　者】秦韜玉，字中明，京兆（今陝西長安）人。僖宗幸蜀，從駕。中和二年（西元八八二）進士，累官工部侍郎。韜玉年輕時就有詩名，每成一詩，時人便加以傳誦。有《投知小錄》三卷行世。《唐才子傳》有傳。

【韻　律】末聯出句「苦恨年年壓金線」，作「仄仄平平仄平仄」，是單拗，第五字「壓」字本宜平而用仄，便是拗，於是第六字「金」字，改仄聲為平聲以救上字，這是本句自救的方法，仍合律。詩用下平聲七陽韻，韻腳是：香、傷、妝、長、裳。

【注　釋】❶蓬門未識綺羅香　窮人家的姑娘從來沒有見過綾羅錦緞的衣服。蓬門，寒門。綺羅香，綾羅錦緞的衣服。❷擬託良媒益自傷　想請良媒說親事，自己更覺得感傷。擬，打算。益，一作亦。❸高格調　謂高尚的風格。❹共憐時世儉梳妝　我卻跟大家一樣共體時艱，總是裝扮得樸素。❺敢　敢於。❻鬬　比賽。❼壓金線　壓，針壓。謂做刺繡的工作。

【語　譯】窮人家的姑娘從來沒見過綾羅錦緞的漂亮，想請良媒說個親事，自己也更覺得感傷。有誰能賞識我不同凡俗的高尚格調？大家一起體念時局的艱難，總是裝扮成樸實的模樣。我敢說在十指做針黹的手巧上，能做得好，卻不願在雙眉上跟人比賽誰畫得長。只恨年年做刺繡的工作，替別人縫製出嫁時所著的衣裳。

【賞析】這是一首詠貧女的詩，也是借貧女以喻寒士。全詩用貧女的口吻自白，道出出身寒門，具有樸質、純潔、節儉的性格，且善於女紅，不以姿色鬥妍，然末以「為人作嫁」自傷。作者寫貧女無人賞識的感傷，在在都是寫他自己的懷才不遇。詩的美好，便在於委婉陳辭，詞隱而意顯。同時，從這首詩也可以反映作者人品的高潔。

七律樂府

223 古意呈補闕喬知之

沈佺期

盧家少婦鬱金堂❶，海燕雙棲玳瑁梁❷。九月寒砧催木葉，十年征戍憶遼陽❸。
白狼河❹北音書斷，丹鳳城❺南秋夜長。誰為含愁獨不見❻？更教明月照流黃❼。

【韻 律】末聯出句作下三仄。詩用下平聲七陽韻，韻腳是：堂、梁、陽、長、黃。

【注 釋】❶盧家少婦鬱金堂　堂，一作香。盧家少婦，借喻為一位新嫁的少婦。鬱金堂，指富貴者用鬱金香草敷壁，如椒房之類。❷玳瑁梁　玳瑁，龜類。甲光澤有文采，可作飾物。玳瑁梁，指畫梁。❸遼陽　在今遼寧遼陽。❹白狼河　即大淩河。發源於白狼山，因有此名。白狼山，在今瀋陽西北。❺丹鳳城　即長安城。長安城西有雙闕，上有雙銅雀。銅雀即銅鳳凰。❻獨不見　本為曲名，《樂府解題》云：「相思而不得見也。」在此言不得相見。❼流黃　黃色的絲織品。古樂府〈相逢行〉：「大婦織綺羅，中婦織流黃。」

【語 譯】盧家的少婦住在鬱金敷壁的閨房，跟丈夫在一起，快樂地像雙棲的海燕停在畫梁上。後來她的丈夫出征去了，從此九月的搗衣聲，似乎要把樹葉都催落一般。十年來，她時時刻刻掛念著戍守在遼陽的丈夫，由於戰亂，近來連白狼河北的音訊也中斷。可憐她孤獨地住在丹鳳城南，秋天來了，秋夜更顯得漫長。她為了見不到誰在飲恨含悲呢？更何況明月照在黃絹上，越發使人淒涼難挨！

【賞 析】詩題亦作「獨不見」，是一首律體的樂府詩。詩中寫一位出征家屬的哀怨，由於戰亂，使他們得不到幸福的家庭生活。所以這是一首諷諭詩，借閨婦的口吻，反對初唐皇室開拓疆土的野心。首聯寫一對新婚夫婦的快樂。後六句全寫思婦淒涼的況味，對比成趣。明胡應麟《詩藪》云：「體格丰神，良稱獨步，惜頷聯頗偏枯，結非本色。」何仲默取為七言壓卷，過矣。然詩意哀而未怨，仍合乎「溫柔敦厚」的傳統詩風。

卷五

五言絕句

五言絕句，簡稱「五絕」。絕句和律詩，同屬近體詩，與古體詩相對待。近體詩講格律，不論句數的多寡，用字的平仄，押韻的方式，都有嚴格的限制，不像古體詩那樣自由。因此絕律的形成，可以說是我國形式格律的文學發展到最高的極限。同時，這種詩體也要求內涵的無限，雖然只用少量的文字，如五絕二十字，七絕二十八字，五律四十字，七律五十六字，卻要表現詩人複雜的情感，錯綜的人生面，不論在詩情、詩意、詩境的呈現，或是情韻、詩趣、化境的塑造，都能做到意在言外，言有盡而意無窮的境地。所以絕句和律詩，是我國文學中達到最完美、最高妙的藝術結晶。

所謂絕句，又名斷句、短句、截句，都是四句體的小詩，而有「截然而止」的意思，合乎意在言外的原則。清李鍈《詩法易簡錄》云：「絕句貴有含蓄，所謂絃外之音，味外之味。」又云：「所謂含蓄者，固貴其不露，尤貴其能包括也。」便是要使詩中的情意酣暢淋漓，尚有不盡之意。

絕句的由來，非始於唐代。早在漢朝，便有無名氏的〈斷句〉：

藁砧今何在，（讔鈇，指夫字）

山上復有山；（指出字）

何當大刀頭，（讔環，指還字）

破鏡飛上天。（指半月二字）

這是一首通篇諧讔的詩，並無深意，只是隱喻「夫出半月還」。試觀漢代的古詩樂府，五言四句的小詩，已有發生，如「枯魚過河泣」，「高田種小麥」等便是。六朝時，五言四句的小詩，更為流行，但對平仄的限制，尚未確定。像〈吳聲歌曲〉，〈西曲歌〉，〈梁鼓角橫吹曲〉，大都是小詩短歌的形態。六朝時，也有「絕句」、「斷句」的名稱，《南史・梁宗室傳》記載：宋文帝第九子劉昶，封義陽王。「在大明中，常被嫌，乃夜開門奔魏，在道慷慨為斷句曰：『白雲滿鄣來，黃塵半天起；關山四面絕，故鄉幾千里。』」又《南史・梁本紀》載：「梁元帝降魏被囚，求酒飲之，製詩四絕，其一曰：『南風且絕唱，西陵最可悲，今日還蒿里，終非封禪時。』」所以絕句產生在律詩之前，不是截取律詩中的四句而成的詩體，它由來於六朝小詩的勃興，加以齊永明聲律說的形成，於是絕句也講平仄，至齊梁始正式成立。

絕句的種類，約可分四種：

一、律絕：平仄合乎平起格或仄起格定式的絕句，又稱今絕。

二、樂府絕：本以入樂為主，屬歌行體的絕句。唐人新樂府中，受律詩影響，大抵平仄合律。

三、古絕：不調平仄的四句詩，與古詩相同。

四、拗絕：律古間用，不講黏對的絕句。

清人董文煥分絕句為三種，今《唐詩三百首》中，五七言絕句均收錄有「樂府」，用樂府題寫成歌行體的絕句，故增加「樂府絕」。董文煥《聲調譜》云：「五絕之法雖仿自齊梁，但黏對尚未有定。唐人此體乃有『律絕』、『古絕』、『拗絕』之判。律絕者即世所傳平起仄起四句是也。單用則為絕句，雙用則為律詩。其用韻則平多仄少，與律詩大致相同。古絕者五言古平仄韻各四句是也。其用韻平聲固多，仄聲則專以此體為正，與古詩亦同。律、古二格雖殊，而黏對之法則一，此唐人絕句之正式也。拗絕者即齊、梁諸詩之式，律古各句可以間用，且不用黏對，與律、古二體迥別，與拗律亦異。此格最古，盛唐人間有用者。」今人寫絕句，多依律絕，平仄合律，故亦稱為今絕。

今將五言絕句平仄定式列舉如下：

一、仄起格平聲韻定式

(仄) 仄平平仄，平平 (仄) 仄平韻；

(平) 平平仄仄，(仄) 仄仄平平叶。

(如首句用韻，應為 (仄) 仄仄平平韻。)

二、平起格平聲韻定式

(平)平平仄仄，(仄)仄仄平平韻；
(仄)仄平平仄，平平(仄)仄平叶。
(如首句用韻，應為平平(仄)仄平韻。)

三、仄起格仄聲韻定式

(仄)仄平平仄韻，(平)平平仄仄叶；
平平(仄)仄平，(仄)仄平平仄叶。

四、平起格仄聲韻定式

(平)平平仄仄韻，(仄)仄平平仄叶；
(仄)仄仄平平，(平)平平仄仄叶。

括號內的平仄表示可以通用。通常寫絕句，以平聲韻為多，少用仄聲韻，所以第一、第二定式為常用的，初學詩者，宜熟記。此外，絕句用韻與律詩用韻相同，只限一韻內的字，不能有通押的現象。

絕句的作法，採用起、承、轉、合的方式，至為明顯。絕句共四句，首句為起，或比興起，或敘事寫景起，都要切合詩題。次句為承，承首句的意思。第三句為轉，一定要轉得靈活，才有韻致。第四句為合，收結全局，截然而止。全詩警語，常在三四兩句中，不外做到意象和形象的結合，以達情景交融的境界。元楊載《詩法家數》中論絕句的作法，可供參考，他說：

要宛曲回環，刪蕪就簡，句絕而意不絕。多以第三句為主，而第四句發之；有實接、有虛接；承接之間，開與合相關，反與正相依，順與逆相應，一呼一吸，宮商自諧。大抵起承二句固難，然不過平直敘起為佳，從容承之為是，至如宛轉變化工夫，全在第三句，若於此轉變得好，則第四句順流之舟矣。

因此唐人絕句中，傳為千古絕唱的，多在三、四兩句上，例如：孟浩然的〈春曉〉：「夜來風雨聲，花落知多少？」李商隱的〈登樂遊原〉：「夕陽無限好，只是近黃昏。」韋應物的〈滁州西澗〉：「春潮帶雨晚來急，野渡無人舟自橫。」王維的〈渭城曲〉：「勸君更盡一杯酒，西出陽關無故人。」凡此種種，不勝枚舉，只要我們多加諷誦，便不難領略箇中三昧。

此外，前人說絕句是截取律詩中的四句而成，正可以說明絕句的句法組織：如截取律詩中前兩聯，便成了前兩句行散，後兩句對仗的現象，孟浩然的〈宿建德江〉便是。如截取律詩中後兩聯，便成了前兩句對仗，後兩句行散的現象，杜甫的〈八陣圖〉便是。如截取律詩中中間兩聯，便成了前後兩句各自對仗的現象，王之渙的〈登鸛雀樓〉便是。如截取律詩前後兩聯，便成了前後兩句都是行散的現象，劉長卿的〈送上人〉便是。以上四種現象，包括了絕句所有的句法，從前人作品來看，還是以四句行散不對仗的居多，這樣可以馳騁自如，神味十足了。

其次，關於絕句中拗救的方法，與律詩相同。所謂「拗救」，便是在定式上的字，該平的地方用了仄聲，所以在下面該仄的地方用平聲以補救；相反地，上面該仄的地方用了平聲，那麼下面該平的地方用仄聲以補救。如果拗而不救，便是不合律。今將絕句中拗救的現象，說明如下：

一、單拗　單拗是本句自救，發生的地方，是五言出句的第三字，七言出句的第五字，本宜平而用仄，便不合律而拗了，所以五言在同句的第四字，七言在第六字，本宜仄，便改用平聲以救上字，這種平仄互換的方法，便是單拗，救過之後，仍然合律。例如：

移舟泊仄煙平渚，日暮客愁新。（孟浩然〈宿建德江〉）

正是江南好仄風平景，落花時節又逢君。（杜甫〈江南逢李龜年〉）

二、雙拗　雙拗便是對句相救，凡五言出句的第二字及第四字均用仄聲，七言出句的第四字及第六字均用仄聲，便造成不合律而拗了，所以五言對句的第三字，七言對句的第五字，必用平聲以救上句。這種對句救出句的方法，便是雙拗，救過之後，仍然合律。例如：

向晚仄意不仄適，驅車登平古原。（李商隱〈登樂遊原〉）

南朝四百仄八十仄寺，多少樓臺煙平雨中。（杜牧〈江南春〉）

三、孤平拗救　孤平拗救也是對句相救，出句第三字本平而用仄，因而形成孤平的現象，則對句第三字必用平以救之。七言則在第五字，前人對這種拗救的現象，也稱之雙拗，但很容易與第二種相混，為了區別起見，現在把它稱為孤平拗救。救過之後，仍然合律。例如：

但見淚仄痕溼，不知心平恨誰。（李白〈怨情〉）

兒童相見不仄相識，笑問客從何平處來？（賀知章〈回鄉偶書〉）

詩中出句「痕」和「相」便犯孤平，而「淚」和「不」本平而用仄，便是拗的現象，所以對句「心」和「何」字用平聲以救之。

四、失黏和失對　又可稱為拗黏和拗對。所謂「對」，即每句第二字及第四字平仄，必與上句第二字及第四字相反。所謂「黏」，即每句第二字及第四字平仄，必與上句第二字及第四字相同，七言便擴大到第六字，倘不照定式即為「拗」。凡平仄不調的為「失黏」，也可稱為「失嚴」，或謂之「折腰體」。在盛唐以前，詩人對於黏對並不十分講究，常將出句的平仄，與對句的平仄互換，仍可視為合律，後人對此現象，謂之失黏、失對。例如：

春眠平不覺仄曉，處處仄聞啼平鳥；夜來平風雨仄聲，花落仄知多平少？（孟浩然〈春曉〉）

渭城平朝雨仄浥輕平塵，客舍仄青青平柳色仄新；勸君平更盡仄一杯平酒，西出仄陽關平無故仄人。（王維〈渭城曲〉）

以上兩首如將三四兩句的平仄互換，便合定式的平仄，然唐人中有此現象，亦不視為不合律，後人稱此互換的現象，謂之失黏失拗。

224

鹿柴

王維

空山不見人，但聞人語響；返景❶入深林，復照青苔上。

【韻律】這是一首拗絕，因四句均入律，然而卻失黏失對。詩用上聲二十二養韻，韻腳是：響、上。

【注釋】❶返景　即反影。反照的日光。

【語譯】空山中看不到半個人影，卻隱約間聽得有人講話的聲響；反照的日光穿越過深林，幽幽地又曬在青苔之上。

【賞析】這是一首寫景的詩，描寫鹿柴幽靜的景象。鹿柴，為王維隱居輞川莊中附近的一景。全詩寫幽靜，前兩句用動態烘托靜景，後兩句用日光襯托寧靜的幽境。王維的詩，特別是他的絕句，最能表現他那種明朗、清新和自然的格調。唐殷璠《河嶽英靈集》云：「維詩詞秀調雅，意新理愜，在泉為珠，著壁成繪，一句一字，皆出常境。」明李日華批評他的詩，具有「明心寒水骨，妙語出天香」的特色。

225

竹里館

王 維

獨坐幽篁❶裡，彈琴復長嘯❷；深林人不知，明月來相照。

【韻 律】這是一首古絕，第二句作「平平仄平仄」，不合律，其他三句合律。詩用去聲十八嘯韻，韻腳是：嘯、照。

【注 釋】❶幽篁 幽靜的竹林。❷復長嘯 復，又。長嘯，長聲呼嘯。

【語 譯】我獨自坐在幽靜的竹林子裡，撥弄著絃琴，又學古人的呼嘯；住在深林裡有誰知道我呢？只有明月不時地來相照。

【賞 析】這是一首寫景的詩。竹里館，是輞川莊附近的一景。王維晚年隱居在藍田輞川（在今陝西藍田西南二十里），將所寫的詩，稱為《輞川集》，其〈序〉云：「余別業在輞川山谷，其遊止有孟城坳、華子岡、文杏館、斤竹嶺、鹿柴、茱萸沜、宮槐陌、臨湖亭、南垞、欹歌、柳浪、欒家瀨、金屑泉、白石灘、竹里館、辛夷塢、漆園、椒園等，與裴迪閑暇各賦絕句云爾。」這些詩都是表現他晚年閒適的心境，〈竹里館〉一詩，更足以代表。全詩寫獨坐的情景，有孤絕之感，詩中流露了作者的真實、充沛的情感，蘊藏著詩人對事物無窮的興趣和感慨，頗富禪趣；同時，也表現出一幅優美的畫境。明唐汝詢《唐詩解》云：「林間之趣，人不易知，明月相照，似若會意。」

如此，則明月亦有生命，成為山居的知心人。

226 送別

王維

山中相送罷❶，日暮掩柴扉；春草明年綠，王孫❷歸不歸？

【韻律】全詩合律，是為律絕。詩用上平聲五微韻，韻腳是：扉、歸。

【注釋】❶罷　完畢；後。❷王孫　本為貴族的子孫。在此指所別的友人。

【語譯】我在山中送你走了之後，天色已晚，回來便把柴門掩上；到明年春草轉綠的時候，不知道你回來不回來呢？

【賞析】這是一首送別的詩。首句寫送別的地點，次句寫別後回家的情景，第三句寫春草尚有定期，第四句寫友人歸期是否有定呢？須溪校唐《王右丞集》謂此詩：「今古斷腸，理不在多。」王維善從生活中攝取看似平凡的題材，運用樸質自然的語言，表現真摯的情感，令人讀罷，神往不已，這首〈送別〉，便是如此。

227

相思

王維

紅豆生南國❶，春來發幾枝；願君多采擷❷，此物❸最相思。

【韻律】全詩合律，是為律絕。詩用上平聲四支韻，韻腳是：枝、思。

【注釋】❶紅豆生南國　紅豆，紅豆樹生長在廣東、廣西、臺灣等地，它的子呈紅色，扁圓形，可做飾物。古人用以象徵愛情，又稱相思子。南國，南方。❷采擷　一作采襭。採摘。❸此物　指紅豆。

【語譯】紅豆生長在南方，春來時，便掛在那青綠的枝條上；希望你經過時多採擷幾顆，因為它最能慰藉人們的相思。

【賞析】這是一首抒情詩，借紅豆以寄相思。前兩句寫紅豆生長的地方和時節，後兩句抒寫此物最能慰藉相思之情，故願君多採。全詩一氣呵成，起承轉合，承接巧妙。

228

雜詩

王維

君自故鄉來❶，應知故鄉事。來日❷綺窗前，寒梅著花❸未？

【韻律】此詩上下兩聯平仄對稱相同，一三兩句合律，二四兩句均作「平平仄平仄」拗，是為拗絕。又此詩上聯「事」字用去聲四寘韻，下聯「未」字用去聲五未韻，卻是用古詩押韻的方式，寘未韻通押。

【注釋】❶君自故鄉來　言從故鄉來的客人。❷來日　指動身來的時日。❸著花　開花。

【語譯】你來自故鄉，應知道故鄉的一切。不知道你動身前來的時候，我家的窗前，那株梅花可曾開花了沒有？

【賞析】這是一首雜感的詩，用詢問的口吻，道出懷鄉之情，用詞精鍊，而有言外之音。問來自故鄉的客人，探聽故鄉的事，所問的必然多，甚至連窗前的梅花開花了沒有都問到，其他的事情，更是不會放過，愈見思鄉的深情。宋洪邁《容齋詩話》云：「杜公〈送韋郎歸成都〉云：『為問南溪竹，抽梢合過牆。』〈憶弟〉云：『故園花自發，春日鳥還飛。』王介甫云：『道人北山來，問松我東岡；舉手指屋脊，云今如許長。』古今詩人懷想故居，形之篇詠，必以松竹梅菊為比興，諸子句皆是也。」

229

送崔九

裴　迪

歸山深淺去，須盡丘壑美❶；莫學武陵人❷，暫遊桃源❸裡。

【作者】裴迪，關中（今陝西）人。初與王維、崔興宗隱居終南山，日以詩唱和。天寶後，出仕，任蜀州刺史，與杜甫、李頎等友善，累官尚書省郎。今存詩二十九首，載於《王右丞集》中。《全唐詩》有小傳。

【韻律】這是一首古絕，二四兩句不合律。詩用上聲四紙韻，韻腳是：美、裡。

【注釋】❶須盡丘壑美　須盡，應窮盡。丘壑，山林泉壑，隱者所居的地方。❷武陵人　武陵漁人。武陵，在今湖南常德境。陶淵明〈桃花源記〉，描寫武陵漁人，誤入桃源，數日後便返家。❸桃源　即桃花源，喻人間的樂土。在此喻隱居的地方。

【語譯】不管你要歸隱到山的深處或淺處，都應該盡情地享受山林泉壑之美；但別學武陵刺船的漁夫，只在桃源的聖地稍作勾留。

【賞析】這是一首送別的詩。臨別贈以嘉言，勸崔九歸隱泉林。崔九，即崔興宗，排行第九，故稱崔九。《全唐詩》題作「崔九欲往南山馬山口號與別」，南山，即終南山。口號，便是口占而成的詩。首句送友人入山，次句勸他能窮盡山林之美。三句轉，用陶淵明的桃花源故事，希望他的朋友能隱居終身。

230

終南望餘雪

祖詠

終南陰嶺秀❶，積雪浮雲端❷；林表明霽色❸，城中增暮寒。

【韻律】這是一首古絕，二句作下三平，三句平仄錯亂，均不合律。詩用上平聲十四寒韻，韻腳是：端、寒。

【注釋】❶終南陰嶺秀　終南山嶺北一帶的景色特別秀麗。終南，即終南山，橫亙陝西河南甘肅一帶，主峰在長安縣南。陰嶺，山之北為陰。❷雲端　雲的上面。❸林表明霽色　林表，指林外。霽色，雨後雪後放晴的日光。

【語譯】終南山嶺北的風光秀麗，皚皚的積雪浮現在雲端；林外雪後初晴的陽光明媚，暮晚時長安城裡格外陰寒。

【賞析】這是一首寫景的詩，蒼秀之筆，可與韋應物的詩媲美。「終南陰嶺秀」，起句挺秀，點題「終南」。二句承，點出「餘雪」。三四轉合，除了點出「望」字外，另有言外之音，喻落第者的落寞苦寒。宋計敏夫《唐詩紀事》：「有司試『終南望餘雪詩』，詠賦云：『終南陰嶺秀』四句，即納於有司。或詰之，詠曰：『盡意。』」又云：「開元中，進士唱第尚書省，落第者，至省門散去，詠吟曰：『落去他兩兩三三戴帽子，日暮祖侯吟一聲，長安竹柏皆枯死。』」

231

宿建德江

孟浩然

移舟泊煙渚❶，日暮客愁新。野曠天低樹，江清月近人。

【韻　律】首句「移舟泊煙渚」作「平平仄平仄」，是單拗，三四兩字平仄互換，本句自救，仍合律。詩用上平聲十一真韻，韻腳是：新、人。

【注　釋】❶煙渚　煙霧籠罩的沙洲。

【語　譯】晚舟停泊在煙霧迷濛的沙洲，那漸濃的夜色勾起了一絲絲的客愁。遙望前面空曠的田野，黯淡的天空比樹還低，江水清盈，月影落在水上，彷彿更靠近人了。

【賞　析】這是一首客旅夜宿的詩。作者經錢塘江，夜泊停舟在建德附近，旅途有感而作。建德，今浙江建德，城臨錢塘江。詩中首二兩句寫夜泊。三四兩句對仗，寫夜泊所見的景色，愈覺旅途遼闊蒼茫，然月影近人，倍增親切之感。「曠」、「清」兩字是詩眼，對仗工巧出色，情韻已生。宋嚴羽《滄浪詩話》云：「孟浩然之詩，諷咏之久，有金石宮商之聲。」

232

春曉

孟浩然

春眠不覺曉❶，處處聞啼鳥；
夜來風雨聲，花落知多少❷？

【韻　律】首句作下三仄，可算是合律而不救。三四兩句是失黏失對，唐詩中常有此現象，也算合律。詩用上聲十七篠韻，韻腳是：曉、鳥、少。

【注　釋】❶春眠不覺曉　春天好睡得很，醒來時，不知不覺，天已亮了好久。❷夜來風雨聲二句　一夜風吹雨打，不知道花落了多少？

【語譯】春天好睡，醒來時，不知不覺天已亮了好久，隨處可以聽到鳥兒在啼叫；昨夜經一夜的風雨吹打，不知道花兒又落了多少？

【賞析】這是一首描寫春天早晨的詩，明朗而有情韻，是唐詩中最膾炙人口的一首詩。詩句淺白通俗，但不怕千讀百誦，仍不厭倦，確是一首上上品的好詩。尋繹其原因，由於白描，人人能感受「春曉」的美好；其次有韻致，「不覺」二字，格外傳神。三四兩句，轉述夜來風雨，花落多少，以虛應實，尤為空靈。詩人情與境會，寫閒情之趣，又有悲天憫人的懷抱，連落花都關心，得自然的真趣。

233

夜思

李白

牀前明月光，疑是地上霜。舉頭望明月，低頭思故鄉。

【韻律】這是一首古絕，平仄拗亂而不合律。亦有題作「靜夜思」，便視為樂府絕了。末聯對仗。詩用下平聲七陽韻，韻腳是：光、霜、鄉。

【語譯】牀前灑滿了一片月光，我疑心是地上的霜。抬頭望望天上的明月，低下頭來，不禁使我想起自己的故鄉。

【賞析】這是一首旅中思鄉的詩。全首白描直述，卻蘊含著無限的情意，也是一首千古絕唱的好詩。午夜夢回，月光滿地，儘管月光美好，但故鄉難忘。前兩句寫「夜」，後兩句寫「思」，章法分明。全詩脫口而成，渾然無跡，從這裡，我們了解李白詩的自然，無意於工而無不工的奧妙。李白此詩，與〈子夜秋歌〉很相似，足證六朝的民歌，影響唐人的絕句至深。今錄〈子夜秋歌〉如下：「秋風入窗裡，羅帳起飄颺；仰頭看明月，寄情千里光。」

234

怨情

李白

美人捲珠簾❶，深坐蹙蛾眉❷；但見淚痕濕，不知心恨誰？

【韻律】這是一首古絕。首二兩句平仄不合律，三四兩句為孤平拗救的現象。第三句「但見淚痕濕」作「仄仄仄平仄」，「痕」字孤平，「淚」字本宜平而用仄，故拗，第四句第三字「心」字，用平聲以救之。詩用上平聲四支韻，韻腳是：眉、誰。

【注釋】❶珠簾　綴珠而成的簾子。❷深坐蹙蛾眉　蹙，一作顰。深坐，久坐。蹙蛾眉，言蛾眉深鎖，形容愁容。

【語譯】美人捲起了珠簾，呆呆地久坐那兒，蛾眉深鎖；但見她眼角掛著一絲潤濕的淚痕，不知心中在恨那一個？

【賞析】這是一首閨怨的詩，詩人著重幽怨情態的描寫，故題作「怨情」。前三句描寫幽怨的情態，末句點出怨恨。章燮注云：「首句寫望，次句繼之以愁，然後寫出淚痕，深淺有序，信手拈來，無非妙筆。」

235

八陣圖

杜　甫

功蓋三分國，名成八陣圖❶。江流石不轉，遺恨失吞吳❷。

【韻律】第三句用下三仄，但可不救，全詩合律，是為律絕。首二兩句對仗。詩用上平聲七虞韻，韻腳是：圖、吳。

【注釋】❶功蓋三分國二句　這兩句盛讚諸葛亮的成就。功蓋三分國，說他在三國中，功業最高。他曾布「八陣圖」而成名。八陣圖，在四川奉節南。《水經・江水注》云：「江水又東逕諸葛圖壘，石磧平曠，望兼川陸，有亮所造八陣圖。」❷遺恨失吞吳　謂未能吞吳為遺憾。

【語譯】諸葛亮的功業，在三國時，可算是功高一切了，他排成著名的八陣圖以對抗魏、吳。儘管江水日夜奔流，八陣圖的石壘，也依然沒有絲毫轉動，但遺憾的是他出兵伐吳沒有成功吧！

【賞析】這是一首詠史的詩，題為「八陣圖」，實在是評諸葛亮的功業。由於諸葛亮的佐助劉備，造成三國鼎立的局面，他的治軍紀律森嚴，謀略出色，故有八陣圖的防禦陣線，儘管江水不息，時移勢轉，他的英名永垂後世，唯一遺憾的是伐吳未成。所以杜甫的〈八陣圖〉詩，雖只二十字，卻是一篇很中肯的史論。清朱鶴齡《杜詩箋註》云：「此當是大曆元年（西元七六六）初，至夔州時作。」清沈德潛《唐詩別裁》云：「吳蜀唇齒，不應相仇，失策於吞吳，非謂恨未曾吞吳也。隆中初見時，已云東連孫權，拒曹操矣。」

236 登鸛雀樓

王之渙

白日依山盡，黃河入海流；欲窮千里目，更上一層樓❶。

【作者】王之渙（西元六九五—？），并州（今山西太原）人。與高適、岑參、王昌齡齊名，作品的風格也相近，內容大抵以邊塞、戰爭為題材，表現出熱情、進取、享樂的人生觀。他瞧不起科舉功名，因此他的生平無可稽考。然他的絕句，卻使唐詩增色不少，如他的〈涼州詞〉和〈登鸛雀樓〉詩，可稱為家誦戶曉的作品。可惜他的詩文大半亡佚，今日我們所能讀到的，也不過是六首絕句罷了。《唐才子傳》有他的小傳。

【韻律】全詩合律，是為律絕。前後兩聯兩兩對仗。詩用下平聲十一尤韻，韻腳是：流、樓。

【注釋】❶欲窮千里目二句　如果想用視力看得更遠些，那就得再登上一層樓。窮，盡也。

【語譯】登上鸛雀樓，看見太陽靠近山，慢慢落下去了，黃河莽莽地向大海奔流；假如你要想看得更遠一些，那就得再上一層樓。

【賞　析】這是一首登臨遠眺的詩，作者所登的是鸛雀樓，是樓故址在今山西蒲縣西南。詩中前兩句，作者用投射法，使讀者如同跟他一起登樓遠眺，所見到的是日落西山，莽莽黃河，不停奔流的景象。後兩句是由於此景的蒼茫和動態，啟迪了心靈的感悟，但他依然用具體的形象來表達，借「更上一層樓」，說明了人生要想看得更遠，就得不斷地往上提升。所以這首詩能傳誦不絕，便在於末兩句的精闢慧語。宋沈括《夢溪筆談》云：「河中府鸛鵲樓三層，前瞻中條，下瞰大河，唐人留詩極多，唯李益、王之渙、暢諸三篇，能狀其景。」

237

送靈澈

劉長卿

蒼蒼竹林寺❶，杳杳❷鐘聲晚。荷笠帶斜陽，青山獨歸遠。

【韻　律】這是一首古絕，首句和第四句均不合律。詩用上聲十三阮韻，韻腳是：晚、遠。

【注　釋】❶竹林寺　寺名。在江蘇鎮江城南。《輿圖備考》云：「鎮江黃鶴山鶴林寺，舊名竹林寺。」❷杳杳　悠遠貌。

【語　譯】一片青蔥的竹林寺，傳來悠遠的晚鐘聲。你背著笠，帶著夕陽的餘暉，獨自走回青山的深處。

【賞析】這是送別的詩，所送的對象是靈澈和尚，因此在內容上不能偏於離愁別恨的描寫，於是作者便用山中蒼茫的暮色，來表現方外之別的寂情。用「蒼蒼」、「杳杳」烘托出靈澈的獨歸「遠」去。靈澈，生於會稽，本姓湯，字源澄，為雲門寺的和尚，從嚴維學詩，曾與吳興詩僧皎然遊。事見《唐詩紀事》。

238 彈琴

劉長卿

泠泠七絃上❶，靜聽〈松風〉寒❷。古調雖自愛，今人多不彈。

【韻律】這是一首古絕，一至三句皆不合律。三四兩句對仗，為流水對。詩用上平聲十四寒韻，韻腳是：寒、彈。

【注釋】❶泠泠七絃上　七絃琴上發出洋溢的琴聲。泠泠，形容琴聲洋溢。七絃，指七絃琴。❷松風寒　〈松風〉，古琴曲名，即〈松入風〉。此曲音調淒清，故云〈松風〉寒。

【語譯】七絃琴上發出泠泠的音響，原來是〈松風〉淒清的曲調。雖然我喜愛這類古老的曲子，但今人多已不大彈奏了。

【賞析】這是一首聽曲的詩，借琴聲以自比，說明「古調雖自愛」，但世人畢竟不欣賞。詩有言外之音，言知音之難遇。首句寫琴聲「泠泠」，切合次句的「寒」字。三四兩句感知音難求，有孤寒之感。劉長卿另有〈幽琴〉一首，詩意與此詩近似，詩云：「月色滿軒白，琴聲宜夜闌。飀飀青絲上，靜聽〈松風〉寒。古調雖自愛，今人多不彈。向君投此曲，所貴知音難。」

239

送上人

劉長卿

孤雲將❶野鶴，豈向人間住？莫買沃洲山❷，時人已知處。

【韻　律】這是一首古絕，前三句合律，末句不合律。用韻也用通押的現象，「住」為去聲七遇韻，「處」為去聲六御韻。

【注　釋】❶將　送也。❷沃洲山　山名。在今浙江新昌東。唐白居易〈沃洲山禪院記〉：「在剡縣南三十里。」《雲笈七籤》云：「七十二福地，沃洲，在越州剡縣南。」

【語　譯】孤雲送野鶴，你怎肯留住在凡塵之間呢？我勸你別買沃洲山而隱居，因為當時人都知道那是福地啊！

【賞　析】這是一首送別的詩。上人，是僧人的尊稱。作者自比為孤雲，將被送的和尚比作野鶴，野鶴不棲人間凡塵，以喻其不俗。三四兩句勸高僧莫以沃洲山作為買山而隱的地點，因為時人已知其所在，不久，將為凡夫俗子所居。劉長卿善寫五言詩，有「五言長城」的美譽，然此詩並無深意。

240

秋夜寄邱員外

韋應物

懷君屬秋夜❶，散步詠涼天。空山松子落，幽人❷應未眠。

【韻律】此為古絕，一二兩句合律，然三四兩句平仄未合。首句是單拗，本句自救。詩用下平聲一先韻，韻腳是：天、眠。

【注釋】❶懷君屬秋夜　我思念你，正遇上秋天的夜晚。屬，適也。猶言正值。❷幽人　悠閒的人。指邱員外。

【語譯】我思念你，正遇上秋天的夜晚，這時我在散步，在初涼的天氣下吟詩作唱。空山中時時有松子落下來，你也是個閒雅的人，我猜想這個時候你也還沒睡吧！

【賞析】這是一首秋夜懷人的詩。邱員外，名丹，蘇州嘉興人，曾任尚書郎，隱臨平山，與韋應物、呂渭等有交往。前兩句寫作者在秋夜中懷人，因而詠詩寄贈。後兩句，寫友人此時必有同感，恐亦未睡吧。詩意沖淡，然摯情純淨。清翁方綱《石洲詩話》云：「王孟諸公，雖極超詣，然其妙處，似猶可得以言語形容之。獨至韋蘇州，則其奇妙全在淡處，實無跡可求。」

241

聽箏

李端

鳴箏金粟柱❶，素手玉房❷前；欲得周郎顧，時時誤拂絃❸。

【作　者】李端（西元七三二——七九二），字正己，趙郡（今河北趙縣）人。大曆五年（西元七七〇）進士，授秘書省校書郎，因病辭官，居終南山草堂寺。後出任杭州司馬。與柳中庸、張芬等酬唱，詩名大振，與錢起、李益等被譽為「大曆十才子」。《唐才子傳》有小傳。

【韻　律】全詩平仄合律，是為律絕。首次兩句對仗。詩用下平聲一先韻，韻腳是：前、絃。

【注　釋】❶金粟柱　柱，箏上繫絃的柱，金粟是柱上的裝飾。❷玉房　安放箏的墊子。❸欲得周郎顧二句　她希望周郎前來聽她彈箏，經常有意將絃音撥錯。周郎，即三國時的周瑜。《三國志・吳志・周瑜傳》云：周瑜，字公瑾，年少貌美，年二十四任建威中郎將，吳中呼為「周郎」。他精通音樂，他人彈曲有誤，瑜必知之，知之必顧，時人謠曰：「曲有誤，周郎顧。」顧，顧曲的意思，猶今所謂聽曲。「顧」字雙關：一指聽曲，一指顧盼。

【語　譯】她調弄著金粟柱上的箏絃，然後伸著白白的手兒把玉房墊好了古箏；由於心裡盼望周郎前來聽她彈箏，經常有意地將絃音撥錯。

【賞　析】這是一首聽箏的詩，借聽箏而有所邀寵，詩意甚含蓄，但不直陳。作者以彈箏女自比，喻己有才，願得如周郎識音的人前來聽曲。詩中前兩句描寫美女細心安置古箏而有所等待，後兩句寫她故意撥錯絃音，盼知音者前來而有所邀寵。宋計敏夫《唐詩紀事》云：「端，趙州人。始郭曖尚昇平公主，賢明有才思，尤多招士，端等多從曖遊。曖進官，大集客，端賦詩最工，錢起曰：『素為之，請賦起姓，又工於前。』客乃服。」

242

新嫁娘

王　建

三日入廚下，洗手作羹湯❶；未諳姑食性❷，先遣小姑❸嘗。

【作　者】王建（西元七六八——八三〇？），字仲初，潁川（今河南許昌）人。大曆十年（西元七七五）進士及第。初任渭南縣尉，歷秘書丞，侍御史。太和中為陝州司馬，從軍塞上，到過西北邊地，後歸咸陽。晚年無妻無子，生活孤苦。他的詩，與張籍的詩齊名。《新唐書・藝文志》、《唐才子傳》有傳。

【韻　律】首句「廚」字孤平，且次句失對不救，是為古絕。詩用下平聲七陽韻，韻腳是：湯、嘗。

【注　釋】❶羹湯　雜有肉菜的湯。❷未諳姑食性　未諳，未熟悉。姑，丈夫的母親，即婆婆。食性，猶今之口味。❸小姑　丈夫的妹妹。

【語　譯】新娘子三天後便下廚房，她先洗手，做好一道湯；由於她初入家門，不熟悉婆婆的口味，於是先讓小姑嘗嘗。

【賞析】這是一首詠新娘子初下廚房的情景，描寫新娘的心理，至為微妙。首句便切題，次句「洗手」以示「潔」，「作羹湯」以示「主中饋」，新婦下廚，盡其婦道，三四兩句，寫奉侍公婆，盡其孝道。然詩中描寫極為細微，恐未知婆婆的口味，讓小姑試嘗，親切可喜。

243

玉臺體

權德輿

昨夜裙帶解❶，今朝蟢子飛❷。鉛華❸不可棄，莫是藁砧❹歸。

【作者】權德輿（西元七五九—八一八），字載之，天水略陽（今甘肅天水附近）人。德宗時，召為太常博士，貞元十五年，進為中書舍人。憲宗初，歷兵部侍郎，太子賓客。復拜禮部尚書同平章事。德輿善辯論，開陳古今，覺悟人主。他能詩賦、工古調，樂府極多，情韻亦足。有《權文公集》傳世。《新唐書》、《唐才子傳》有傳。

【韻律】是一首古絕，首句作「仄仄平仄仄」，第三句作「平平仄仄仄」，都不合律。一二兩句對仗。詩用上平聲五微韻，韻腳是：飛、歸。

【注釋】❶昨夜裙帶解　婦女裙帶自動脫落，相傳為夫婦好合的預兆。章注云：「裙帶而自解者，主應夫歸之兆。」❷今朝蟢子飛　蟢子飛，為好兆頭。「蟢」諧「喜」。蟢子，即蠨蛸，像小蜘蛛而腳長。陸璣《毛詩草木鳥獸蟲魚疏》：「喜子，一名長腳，荊州河內人謂之喜母，此蟲來著人衣，當有親客至，有喜也。」❸鉛華脂粉。❹藁砧　為「夫」的隱語。《名義考》：「古有罪者，席藁伏於椹上，以鈇斬之，言藁椹則兼言鈇矣，鈇與夫同音，故隱語藁椹為夫也。藁，禾稈，椹，俗作砧。」漢人〈斷句〉：「藁砧今何在？山上復有山；何當大刀頭，破鏡飛上天。」全詩指「夫出半月還」。

【語　譯】昨夜，我的裙帶突然脫落，今早起來，又看到蟢子飛到身上來，這都是好預兆。脂粉是不可以洗棄，恐怕是丈夫要回來了。

【賞　析】這是一首思婦想望丈夫歸來的詩，作者用「玉臺體」來表達。所謂玉臺體，是指「玉臺新詠」一類的詩體。徐陵編《玉臺新詠》一書，專收《文選》所不收的詩，所選為漢魏六朝人的詩，較為纖巧而輕豔，後人稱這類輕豔的詩為「玉臺體」。權德輿的這首詩，著意在末句上，但全詩含蓄隱喻，十分巧妙。前兩句寫「裙帶解」、「蟢子飛」，都是夫歸的預兆。詩中所用諧讔雙關語，是為諧趣。第三句寫脂粉不可不施，末句才點出是因為夫歸的緣故。宋計敏夫《唐詩紀事》：「德輿元和中為相，其文雅正贍縟，動止無外飾，其醞藉風流，自然可喜。」

244

江　雪

柳宗元

千山鳥飛絕，萬徑人蹤滅❶；孤舟簑笠翁❷，獨釣寒江雪。

【韻　律】此為拗絕，首句「千山鳥飛絕」作「平平仄平仄」，是單拗，三四兩字平仄互換，是本句自救的現象。三四兩句平仄對換，是失黏失對的現象。詩用入聲九屑韻，韻腳是：絕、滅、雪。

【注釋】❶萬徑人蹤滅　到處都看不到人的蹤跡。徑，路。蹤，腳印。❷蓑笠翁　披蓑衣、戴斗笠的漁翁。

【語譯】連綿不盡的山上沒有飛鳥，所有的路上也沒有行人；只有一個披蓑戴笠的漁翁，獨釣著寒江上的白雪。

【賞析】這是一首寫江上雪景的詩，有孤絕的境界。柳宗元的古文，風格「清新峭拔」，他的詩，也是如此。詩中前兩句暗示「雪」字，第三句暗示「江」字，第四句才點出「江雪」。全詩造景巧妙，詩有繪畫性，王維和柳宗元的詩，在這方面的表現，最有成就。讀此詩，宛如一幅清新絕俗的畫面，呈現在我們的眼前。

柳宗元在政治上的失敗與被放逐，但在他的人生道路上卻是一大轉折點。建功立業的理想破滅後，他把精力轉向思想文化的領域。他認為「賢者不得志於今，必取貴於後」（〈寄許京兆孟容書〉），因此他頗以文墨自慰，這首〈江雪〉，便足以傳世，取貴於後了。

245 行宮

元稹

寥落古行宮❶，宮花寂寞紅。白頭宮女在，閒坐說玄宗❷。

【韻律】全詩合律，是為律絕。然一二兩句用上平聲一東韻，第四句用上平聲二冬韻，失韻。韻腳為：宮、紅、宗。

【注　釋】❶行宮　古時帝王出行所住的宮室。❷玄宗　唐明皇。

【語　譯】空寂的古老行宮裡，只有宮花依舊地開放著。偶有一兩個年老的宮女，還在娓娓地談論著唐明皇的故事。

【賞　析】這是一首詠史的詩，借「行宮」為題，來詠唐玄宗的盛事。如今行宮寥落，宮花猶紅，然宮女老去，古盛今衰，有無限傷感之情。明瞿佑《歸田詩話》云：「樂天〈長恨歌〉，凡一百二十句，讀者不覺其長；元微之〈行宮〉詩，才四句，讀者不覺其短，文章之妙也。」清王夫之《薑齋詩話》所謂「以樂景寫哀」，愈能倍增其哀。

246

問劉十九

白居易

綠螘新醅酒❶，紅泥小火爐。晚來天欲雪，能飲一杯無❷？

【韻　律】此詩合律，是為律絕。且前兩句對仗。詩用上平聲七虞韻，韻腳是：爐、無。

【注　釋】❶綠螘新醅酒　綠螘，綠蟻，皆酒名。螘，與蟻同。在此指浮在酒上的泡沫。醅，未濾過的酒。❷無　疑問語助詞。如同「嗎」字。

【語　譯】上浮著泡沫新釀好未過濾的酒，用紅泥的小火爐慢慢地煨著；看樣子今晚又要下雪了，不知道你能來喝一杯嗎？

【賞　析】這是一首贈寄的詩，作者邀請姓劉的朋友前來賞雪飲酒。全首用自我敘述的口吻，問友人能否前來。前三句自云，酒已釀好，用小火爐溫酒，加上天欲雪的樣子，是喝酒最好的情調，所少的就是喝酒的友人，所以末句才道出邀約之意。詩末點題，真是「不著一字，盡得風流」。蘅塘退士曰：「信手拈來，都成妙諦，詩家三昧，如是如是！」

247 何滿子

張祜

故國❶三千里，深宮二十年。一聲〈何滿子〉❷，雙淚落君前。

【作　者】張祜，字承吉，清河（今河北鉅鹿附近）人。以宮詞得名。長慶中，令狐楚表薦之，不報；辟諸侯府，多不合，自劾去。隱丹陽曲阿以終。《唐詩紀事》、《唐才子傳》有傳。

【韻　律】此詩合律，是為律絕。首句與第二句對仗，十分精巧。詩用下平聲一先韻，韻腳是：年、前。

【注　釋】❶故國　指故鄉。❷何滿子　歌曲名。為宮詞，詠宮娥思鄉又不得寵幸的怨歌。相傳為開元中的一個囚犯叫何滿子所創的調子。《樂府詩集》卷八十云：「唐白居易曰：何滿子，開元中滄州歌者，臨刑進此曲以贖死，竟不得免。」又云：「《杜陽雜編》曰：文宗時，宮人沈阿翹為帝舞〈何滿子〉，調辭風態率皆宛暢，然則亦舞曲也。」

【語　譯】離開故鄉有三千里那麼遠，深閉在宮裡少說也有二十年。突然聽得一聲〈何滿子〉的曲調，我的眼淚不禁落在你的面前。

【賞　析】這是一首宮怨的詩，《全唐詩》題作「宮詞」。首句寫離開故鄉，遠離父母，次句寫來入禁宮之久，未得寵幸。三四兩句，寫聞曲哀傷，道出宮妃們的哀怨。宋尤袤《全唐詩話》云：「祜所作宮詞，傳入宮禁。武宗疾篤，目孟才人曰：『吾即不諱，爾何為哉？』才人指笙囊泣曰：『請以此就縊。』上憫然。復曰：『妾嘗藝歌，請對歌一曲以泄其憤。』上許，乃歌一聲〈何滿子〉，氣亟立殞。上令醫候之，曰：『脈尚溫而腸已斷。』」此段記事，近於傳奇，不外形容〈何滿子〉曲調哀怨，聽了令人斷腸。

248

登樂遊原

李　商　隱

向晚意不適❶，驅車登古原❷。夕陽無限好，只是近黃昏。

【韻　律】此詩合律，是為律絕。首句連用五仄，第二句第三字「登」字用平聲救之，是為雙拗。詩用上平聲十三元韻，韻腳是：原、昏。

【注　釋】❶意不適　心裡不快。❷古原　指樂遊原。在陝西長安南八里，為京都附近名勝地之一。《長安志》

云：「樂遊原，在陝西長安南八里，其地居京城最高處，漢唐時，每當三月三日，九月九日，京城士女就此登賞祓禊。」

【語　譯】向晚時分，我心裡有所不快，於是趕了車子，登上樂遊原。這時只見一片美好的斜陽，可惜已是接近黃昏了。

【賞　析】這是一首賦景感傷的詩。意謂晚景雖好，然不可久留，言外有身世遲暮的感傷。詩中以「向晚」引起，次句切題，三四兩句，以「夕陽」、「近黃昏」補足向晚意。此詩末兩句，為李商隱的名句，含義甚廣，這便是詩的寬度，自傷衰老亦可，感身世遲暮亦可，憂晚唐的衰微亦可，詩的寬度大，越能使詩意含蘊無窮。詩的可貴，在於能言有盡而意無窮。張爾田《玉谿生年譜會箋》云：「箋曰：楊氏云，遲暮之感，沉淪之痛，觸緒紛來，可謂此善狀，詩妙處，謂憂唐之衰者，只一義耳。」所以詩意能含蘊無窮，自然便是上好的詩。

249

尋隱者不遇

賈　島

松下問童子，言「師採藥去。只在此山中，雲深不知處。」

【作　者】賈島（西元七七九——八四三），字浪仙，范陽（今北平附近）人。因為連試不第，又貧困不能自給，只好出家做了和尚，法名無本。後來韓愈勸他還俗，並跟韓愈學詩文。文宗時，曾任長江主簿，世人稱他為賈長江。後來遷為普州司戶，可惜未上任便去世。賈島一生清苦，死後家中沒留分文，只剩一頭病驢和一張古琴而已。他的詩，格調和孟郊相近，稱之謂「郊寒島瘦」。《新唐書》附〈韓愈傳〉、《唐才子傳》有小傳。

【韻　律】此詩為古絕，除第三句外，其餘均不合律。詩用去聲六御韻，韻腳是：去、處。

【語　譯】在松樹下問那位小孩子，他說：「老師已經去採藥了，就在這座雲層很多的山中，卻不知道他在那裡。」

【賞　析】這是一首尋訪友人的詩，用問答體寫成，首句「問童子」，點出「尋」字，次句「採藥去」，點出「不遇」，第三句暗寓去此不遠，似可尋到，第四句寫雖尋找他，也不易碰上。每句都切合隱者，所以章燮注云：「此詩一問一答，四句開合變化，令人莫測。」明游潛之《夢蕉詩話》：「孟郊賈島，皆窮困至死，或謂詩能窮人，未信也，殆詩必窮者而後工耳。」

250

渡漢江

李　頻

嶺外音書絕❶，經冬復歷春❷。近鄉❸情更怯，不敢問來人。

【作　者】李頻，字德新，睦州壽昌（今浙江建德西南）人。大中八年（西元八五四）進士及第，任秘書郎，累遷建州刺史。《唐才子傳》有小傳。

【韻律】全詩合律，是為律絕。詩用上平聲十一真韻，韻腳是：春、人。

【注釋】❶嶺外音書絕　久客嶺外，家鄉的音書斷絕已久。嶺外，指廣東。嶺，指大庾嶺。❷經冬復歷春　經過一個冬天，又一個春天，共兩年未得音書了。歷，一作立。❸近鄉　渡漢水，則家鄉漸近了。

【語譯】久客嶺外，家裡很久沒有音信了，經過了一個冬天，又一個春天。現在我渡過漢水，便漸靠近家鄉，但心中反而有些害怕，甚至連從家鄉來的人也不敢問起他。

【賞析】這是一首還鄉的詩，寫遊子快到家門，心裡反而會產生「情怯」的現象。作者已把握了人們的共通性，所以讀此詩，便容易引起共鳴。詩中前兩句描寫淹留異鄉，家鄉的音訊中斷已兩年了。後兩句意轉，寫今日還鄉，渡過漢水，離家已近，反生害怕，連家鄉來人也不敢向他詢問，是怕得到壞消息的緣故。此詩作者自言從「嶺外」還鄉，渡過「漢江」，從此路線來看，李頻的家，當在湖北才對。但《唐才子傳》說他是睦州壽昌人，睦州在浙江。從廣東回浙江，不應繞道湖北漢水，恐是李頻的家已遷至湖北。不然，便是《唐才子傳》的記載錯誤。又《全唐詩》亦將此詩列在宋之問的作品中，或為宋之問所作，宋之問，汾州（今山西汾陽）人。

251

春怨

金昌緒

打起黃鶯兒❶，莫教❷枝上啼。啼時驚妾❸夢，不得到遼西❹。

【作　者】金昌緒，或云曾居錢塘（今浙江杭州），其餘無可查考，僅存詩一首。

【韻　律】全詩合律，是為律絕。首句下三平，不救亦可。詩用上平聲八齊韻，但「兒」字為四支韻，出韻。韻腳是：兒、啼、西。

【注　釋】❶打起黃鶯兒　把黃鶯兒打得飛起來。❷莫教　猶言別讓牠。❸妾　古代婦女對自己的稱呼。❹遼西　遼河以西的地方，即今遼寧省西部，當時征東的軍隊駐紮該處。

【語　譯】把黃鶯兒打得飛起來，別讓牠在枝上亂啼。因為牠的叫聲將我的夢驚醒，害得我的夢魂不能到遼西。

【賞　析】這是一首思婦抒怨的詩，作者用女子的口吻，抒寫思念丈夫的幽怨。她的丈夫打仗去了，駐紮在遼西，她好不容易夢見丈夫，卻被黃鶯兒吵醒，難怪她要「打起黃鶯兒」了。前兩句點出「春」字，而「怨」已含蘊其間，後兩句寫「怨」，夢醒，不得到遼西，怎能不怨？先說「果」，後說「因」，前後呼應。清錢大昕《十駕齋養新錄》云：「金昌緒〈春怨〉詩：打起黃鶯兒，莫教枝上啼；啼時驚妾夢，不得到遼西。昌緒，餘杭人。一作蓋嘉運伊州歌者，非也。然此詩為嘉運所進，編入樂府，乃誤為嘉運作耳。」

252 哥舒歌

西鄙人

北斗七星高❶，哥舒夜帶刀❷。至今窺牧馬，不敢過臨洮❸。

【作　者】西鄙人，指西塞邊鄙的人。因〈哥舒歌〉是西塞人所創，當是民歌，作者不可考。

【韻　律】全詩合律，是為律絕。詩用下平聲四豪韻，韻腳是：高、刀、洮。

【注　釋】❶北斗七星高　北斗星座共七顆，拿北斗星的高照，喻哥舒翰的威望。❷哥舒夜帶刀　哥舒，指哥舒翰，亦指哥舒族的後裔。《舊唐書．哥舒翰傳》：「哥舒翰，突騎施首領哥舒部落之裔也。吐蕃寇邊，翰拒之於苦拔海，其眾三行從山差池而下，翰持半段槍，當其鋒擊之，三行皆敗，無不摧靡，由是知名。明年，築神威軍於青海上，吐蕃屏跡，不敢近青海。」❸臨洮　地名，即今甘肅省岷縣。秦時蒙恬築長城，起臨洮，至遼東，即此。

【語　譯】北斗七星高照，哥舒翰夜裡帶著刀，威風四耀。至今西塞的那些吐蕃，要想南下牧馬，也不敢超越過臨洮。

【賞　析】這是一首歌頌哥舒翰功德的歌，《全唐詩》注云：「天寶中，哥舒翰為安西節度使，控地數千里，甚著威令。故西鄙人歌此。」詩中首句興起，以北斗星比其威望，次句道哥舒翰的威武。三四句頌其功，使吐蕃不敢南下寇邊。清沈德潛《唐詩別裁》云：「與〈敕勒歌〉是天籟，不可以工拙求之。」〈哥舒歌〉，是唐代的一首北歌。

五絕樂府

253 長干行 二首其一

崔顥

「君家何處住？妾住在橫塘❶。停船暫借問❷，或恐是同鄉。」

【韻律】此詩平仄合律，是為樂府絕。第三句作下三仄，且三四兩句平仄互換，是失黏失對的現象，然唐人不以為拗，仍視為合律。詩用下平聲七陽韻，韻腳是：塘、鄉。

【注釋】❶妾住在橫塘　妾，古代婦女對自己的稱呼。橫塘，地名。在今江蘇江寧。《六朝事跡編類》：「吳大帝時，自江口沿淮築堤，謂之橫塘。」❷借問　打擾你請問一下。

【語譯】「你家住在什麼地方？我家是住在橫塘。且停船打擾你請問一下，或許我們是同鄉吧！」

254 其二

「家臨九江水❶，來去九江側❷。同是長干人，生小不相識❸。」

【韻　律】此詩為樂府絕，但四句均拗不合律。詩用入聲十三職韻，韻腳是：側、識。

【注　釋】❶家臨九江水　我家面對著九江水。臨，面對。九江，即今江西九江。❷來去九江側　經常往來於九江一帶。側，兩邊。❸同是長干人二句　我本來也是長干人，只是從小離家，因而彼此不認識。長干，地名，即今江蘇南京秦淮河南，古有長干里。

【語　譯】「我家面對著九江水，經常往來於九江一帶。我本來也是長干人，只是從小離家，所以彼此不認識。」

【賞　析】這兩首是仿造民歌的小詩，用男女贈答方式寫成。第一首是女的唱的，為女子問話，並自我介紹。第二首是男的唱的，回答女子所問的，卻是：「同是長干人，生小不相識。」以此拒絕，對比成趣。題作「長干行」，用樂府舊題寫成的樂府詩。在六朝吳地的民歌中，如〈子夜歌〉，常用男女和唱的方式，來表現男女相悅之情，崔顥作〈長干行〉，便是仿此。民歌的美好，在於樸質率真，此詩為表現男女的相悅，竟用瑣事作為話題，自然富有情趣。

255

玉階怨

李　白

玉階生白露，夜久侵羅襪。卻下水晶簾❶，玲瓏望秋月❷。

【韻　律】此詩為樂府絕，末句「玲瓏望秋月」作「平平仄平仄」，類似單拗，但單拗很少發生在第四句上，由於此詩用仄聲韻的緣故。詩用入聲六月韻，韻腳是：襪、月。

【注　釋】❶卻下水晶簾　卻，且也。水晶簾，一作水精簾。以水精為之，如今之琉璃簾也。❷玲瓏望秋月　是倒裝句，即望玲瓏的秋月。玲瓏，空明貌。

【語　譯】玉階上生起了白露，夜深時，露水沾濕了襪子。她退回房裡，且拉下水精的簾子，仍在望著空明的秋月。

【賞　析】這是一首寫閨怨的樂府詩。《樂府詩集》將此詩列入相和歌辭〈楚調曲〉中，南朝謝朓和虞炎也寫過〈玉階怨〉。詩中首句寫夜已深了，次句述她仍長夜久待，三四兩句，寫她歸房後，且下水精簾在望月，久待還不來，極寫怨情。然詩中竟無一字言怨，而隱約間幽怨已表露於言外，真是巧妙極了。

256

塞下曲　四首其一

盧　綸

鷲翎金僕姑❶，燕尾繡蝥弧❷。獨立揚新令，千營共一呼。

【韻　律】此為樂府絕，全首合律。詩用上平聲七虞韻，韻腳是：姑、弧、呼。

【注　釋】❶鷲翎金僕姑　用鷲鳥的羽毛做的金僕姑的箭。翎，箭羽。金僕姑，箭名。❷燕尾繡蝥弧　帶有燕尾形飄帶的刺繡的蝥弧旗。燕尾，旗上做成燕尾形的飄帶。蝥弧，旗名。《左傳・隱公十一年》：「潁考叔取鄭伯之旗蝥弧以先登。」疏：「鄭有蝥弧，諸侯之旗也。」

【語譯】將軍所用的箭，是用鷲羽做成的金僕姑箭；將軍所豎的旗，是燕尾形飄帶、刺繡而成的蝥弧旗。他站在臺上頒布新號令，千營的弟兄齊聲喊一聲遵守。

【賞析】〈塞下曲〉，是以描寫邊塞為主的樂府詩，《樂府詩集》列在新樂府辭中。盧綸共作六首〈塞下曲〉，此詩描寫將軍的威武，以及他率領軍隊紀律的森嚴。首句寫將軍所用的箭，次句寫將軍所用的旗，第三句寫將軍發號施令，第四句寫全軍一致遵守他的號令，氣勢一貫而下，威武已見。

257

其二

林暗草驚風❶，將軍夜引弓❷。平明尋白羽❸，沒在石稜中❹。

【韻律】全首合律。詩用上平聲一東韻，韻腳是：風、弓、中。

【注釋】❶林暗草驚風　深林裡風吹草動，彷彿有野獸潛伏其中。草驚風，形容風吹草動。❷引弓　拉弓。❸白羽　箭尾部的箭羽。亦指箭。❹沒在石稜中　沒，陷入。石稜，指石塊。《史記・李將軍列傳》：「廣出獵，見草中石，以為虎而射之，中石沒鏃。」

【語譯】昨夜，深林裡風吹草動，彷彿有野獸潛伏其間，將軍拉弓發箭射去。天剛亮便去尋找那支箭，只見它已射入石頭中。

【賞　析】這是頌讚將軍孔武有力的詩，借李廣將軍出獵射石的故事來烘托，簡潔明快。以神話般的誇張，為詩歌塗上一層浪漫的色彩，鮮活可愛。

258

其　三

月黑❶雁飛高，單于夜遁逃❷。欲將輕騎逐❸，大雪滿弓刀。

【韻　律】全首合律。詩用下平聲四豪韻，韻腳是：高、逃、刀。

【注　釋】❶月黑　沒有月光。❷單于夜遁逃　單于趁黑夜帶領他的部屬逃了。單于，匈奴的酋長。此指侵唐的吐蕃、契丹等族的酋長。❸欲將輕騎逐　將，帶領。輕騎，輕騎兵，指馬隊。逐，追趕。

【語　譯】沒有月光，雁高飛的晚上，單于趁黑夜帶領他的部屬逃了。將軍率領輕騎兵去追趕，回來時，大雪都沾滿了弓刀。

【賞　析】這是描寫將軍率兵逐敵之時。首句寫氣候惡劣，次句寫敵軍趁夜逃脫，第三句述將軍帶馬隊去追趕，第四句與首句呼應，寫回來時弓刀上都沾滿了雪花，邊塞苦寒的景色，愈表現將士英勇的精神。盧綸雖處中唐，但其邊塞詩依舊表現盛唐的氣象，雄渾豪邁，洋溢著英雄氣概。

其四

野幕蔽瓊筵❶，羌戎賀勞旋❷。醉和金甲舞❸，雷鼓動山川。

【韻　律】全首合律。詩用下平聲一先韻，韻腳是：筵、旋、川。

【注　釋】❶野幕蔽瓊筵　野外軍營中，到處被慶功宴的熱潮所掩蓋。野幕，野外軍隊的營幕。瓊筵，珍貴的筵席。❷羌戎賀勞旋　羌戎，指西方的夷邦。賀勞旋，慶賀慰勞我軍的凱旋歸來。❸醉和金甲舞　一邊喝酒，一邊穿著盔甲跳舞。金甲，戰衣，如盔甲之屬。

【語　譯】野外的軍營中，到處被一片慶功宴的熱潮所掩蓋，連西方的羌戎也慶賀慰勞我軍的凱旋歸來。戰士們一邊喝酒，一邊穿著盔甲跳舞，鼓聲雷動，震撼了山川。

【賞　析】這首是描寫軍中凱旋，開慶功宴的盛況。次句不說士兵祝凱旋，而用「羌戎賀勞旋」，意義深長。盧綸的〈塞下曲〉，這四首是詩意相連，第一首是描寫將軍的威武，號令森嚴。第二首是描寫將軍的英勇，可與漢代的飛將軍李廣相媲美。第三首是描寫將軍身先士卒逐敵的情景。第四首是描寫凱旋慶功的熱潮。比起一般描寫沙塞淒涼景象的〈塞下曲〉，不可相提並論。此四首充滿熱情豪健，能振奮軍心，寫下熱血青年保衛疆土的英勇精神。

260

江南曲

李　益

嫁得瞿塘賈❶，朝朝誤妾期；早知潮有信❷，嫁與弄潮兒❸。

【韻　律】此為樂府絕，全詩合律。詩用上平聲四支韻，韻腳是：期、兒。

【注　釋】❶嫁得瞿塘賈　瞿塘，即瞿塘峽，長江三峽之一。在今四川奉節東南。賈，商人。❷潮有信　指潮水定期而到。❸弄潮兒　識水性的年輕人。

【語　譯】自從嫁給瞿塘的商賈後，他雖跟我信約，卻每次都耽誤了歸期；如果早知潮水有信，定期而到，倒不如嫁給弄潮兒。

【賞　析】《樂府詩集》中，漢代的相和曲收有〈江南曲〉，六朝的清商曲收有〈江南弄〉，大抵這是江南一帶的民歌，由於南音美好，如龍笛曲的和聲云：「江南音，一唱值千金。」於是文人也有仿作。李益便是仿照清商曲辭而作〈江南曲〉，是道情的小詩，內容是描寫商人婦的怨恨。這類纏綿委婉的情歌，往往詩意隱曲而雙關，詩中拿「潮有信」來怨恨「瞿塘賈」的失信延期，不如「弄潮兒」能隨潮而到，來得有信。所以「有信」是指潮水有信，同時也是指弄潮兒有信而雙關。

卷六

七言絕句

七言絕句，簡稱「七絕」。七絕的起源，導源於六朝的樂府小詩。明王夫之的《薑齋詩話》上說：「絕先於律，五言絕句，自五言古詩來；七言絕句，自歌行來。」所謂「歌行」，便是指樂府詩。六朝的樂府詩，為篇幅短的小詩，如〈女兒子〉，是兩句七言的詩，詩云：「巴東三峽猿鳴悲，夜鳴三聲淚沾衣。」但未成四句的絕句。宋鮑照多七言的作品，然尚無四句的七言詩，湯惠休的〈秋風引〉，已具七絕的形式，他如梁武帝、簡文帝，已有七言四句的小詩。如簡文帝的〈烏棲曲〉、〈春別詩〉，音韻平仄已能諧合，可稱為七絕的先聲。今舉他的四首〈烏棲曲〉中的一首為例：

浮雲似帳月如鉤，那能夜夜南陌頭；宜城投泊一作酒今行熟，停鞍繫馬暫棲宿。

這首詩用韻和平仄很自由，保存民歌的風格，可視為古絕，與格律謹嚴的律絕，還有一段距離。

大抵七絕的興起，要比五絕晚些，五絕孕育於漢魏，成立於齊梁；七絕滋生於齊梁，成立於陳隋，至於五七言絕句，均成熟於唐朝，唐人將近體詩拓展到登峰造極的境界。

七言絕句的格律，據清人董文煥《聲調譜》云：「七言絕句之法，與五絕同，亦分三格：曰律，曰古，曰拗。律絕與五律同黏對法，又增以二聯，即為七律。古絕與七古平仄同，平仄韻皆如之。此二體亦有拗法。」七言絕句可分為四種：即「律絕」、「古絕」、「拗絕」；此外加上用樂府題寫成歌行體的絕句，可稱為「樂府絕」。其分別可參閱「五言絕句」的說明。

今將七言絕句平仄定式列舉如下：

一、仄起格平聲韻定式

(仄)仄平平(仄)仄平韻，(平)平(仄)仄仄平平叶；

(平)平(仄)仄平平仄，(仄)仄平平(仄)仄平叶。

(如首句不用韻，應為(仄)仄(平)平平仄仄。)

二、平起格平聲韻定式

(平)平(仄)仄仄平平韻，(仄)仄平平(仄)仄平叶；

(仄)仄(平)平平仄仄，(平)平(仄)仄仄平平叶。

(如首句不用韻，應為(平)平(仄)仄平平仄。)

三、仄起格仄聲韻定式

(仄)仄(平)平平仄仄韻，(平)平(仄)仄平平仄叶；

(平)平(仄)仄仄平平，(仄)仄(平)平平仄仄叶。

四、平起格仄聲韻定式

(平)平(仄)仄平平仄韻，(仄)仄(平)平平仄仄叶；
(仄)仄平平(仄)仄平，(平)平(仄)仄平平仄叶。

七言絕句雖然有四種定式，實際上仄聲韻的定式極少應用。因為仄聲韻的七絕，極容易跟四句的古詩混淆，同時七絕聲調要抑揚，用仄聲韻，使聲調顯得侷促，於是詩家用平聲韻來寫七絕的多。

七言絕句的作法，與五言絕句相同，也是採用起、承、轉、合的基本方法，但這不是絕對不變的。絕句貴能語淺情深，其中寓有微旨遠意，又能一氣呵成。大抵七言絕句，近於歌行體，況唐人的七絕，是可以吟唱的，如旗亭的酒會，陽關三疊，都證明七絕是可以唱的。其他如〈清平調〉、〈竹枝詞〉、〈楊柳枝〉、〈浪淘沙〉、〈何滿子〉、〈金縷衣〉等詩，是唐代新興的歌曲，是詩中的絕句，而定為歌曲的，所以詩與音樂有密切的關係。清王士禎的《師友詩傳續錄》云：「問：七言絕五言絕，作法不同，如何？答：五言絕近於樂府，七言絕近於歌行。五言最難於渾成故也，要皆有一唱三歎之意，乃佳。」詩是最富音樂性的文學，除了具有優美的境界外，還具有優美的韻律。

詩的作法，是要靠詩人心靈的活動，不斷地求新求深的，像兵家用兵一樣，「運用之妙，存乎一心。」例如杜甫的〈江南逢李龜年〉：

岐王宅裡尋常見，崔九堂前幾度聞。

正是江南好風景，落花時節又逢君。

除了用起、承、轉、合，以及前聯對仗，後聯散句外，更使用對比的方法，前三句寫他的盛，後一句寫他的衰，把「好風景」變成了「落花時節」，以景喻情，又將彼此的淒涼流落，寓意其中，像這樣的結構，古人稱為「三一格」。所以詩歌的作法構思，全憑詩人心靈去揣摩、變化，沒有定局的。

至於七絕拗救的方法，比照五言絕句的方式，這在上面已經提到過，不再重複。

261

回鄉偶書

賀知章

少小離家老大回，鄉音無改鬢毛衰❶；兒童相見不相識，笑❷問「客從何處來？」

【作　者】賀知章（西元六五九—七四四），字季真，晚號四明狂客，會稽（今浙江紹興）人。少年便有詩名，與李白、張旭等喝酒詠唱，性曠達，善談論笑謔。杜甫的〈飲中八仙歌〉，便說他酒醉後的情態是：「知章騎馬似乘船，眼花落井水底眠。」武朝證聖初（西元六九五）擢進士第，累遷禮部侍郎，兼集賢院學士。天寶三年，請為道士，還鄉里，享年八十六。《舊唐書．文苑傳》、《新唐書．隱逸傳》有傳。

【韻　律】此為律絕，第三句「兒童相見不相識」作「平平平仄仄平仄」，第五字宜平而用仄，是拗的現象，第六字「相」字犯孤平，所以在第四句第五字「何」字用平聲以救之，是為孤平拗救。詩用上平聲十灰韻，韻腳是：回、衰、來。

【注　釋】❶鄉音無改鬢毛衰　鄉音，家鄉的口音。衰，與「縗」通，斑白也。一作摧。鬢毛衰，謂貌非昔比，兩鬢花白。❷笑　一作卻。

【語　譯】我從小離家，老了才回到家鄉，雖然鄉土口音沒改，但兩鬢卻已斑白；家鄉的兒童見了我反而不認識，笑著問我：「客人，你是從什麼地方來的？」

【賞析】這是一首描寫久客還鄉的詩，題作「回鄉偶書」，所謂偶書，便是隨興寫下的意思。由於作者去鄉已久，老大回鄉，晚輩已不認識他，反而把他當客人來招呼，故詩中有自傷老大的感慨，但極具情趣。此詩的好處，平白易懂，能道心中隱痛事，千載之下，仍然動人心弦。

262

桃花谿

張旭

隱隱飛橋隔野煙❶，石磯❷西畔問漁船：「桃花盡日❸隨流水，洞在清谿何處邊？」

【作者】張旭，字伯高，蘇州吳（今江蘇蘇州）人。嗜酒，每大醉，亂跑狂叫，酒後下筆寫草書，更能傳神，故世號「張顛」，又號「草聖」。曾任常熟尉。時人以李白的詩，裴旻的劍舞，張旭的草書，視為三絕。張旭今存詩六首。《舊唐書．李白傳》附有小傳。

【韻律】此詩合律，是為律絕。詩用下平聲一先韻，韻腳是：煙、船、邊。

【注釋】❶隱隱飛橋隔野煙　隱隱，因野煙所隔，故不分明。飛橋，高橋。❷石磯　水中高出的巖石。❸盡日　猶言終日。

【語譯】高橋隱約地隔斷在野煙中，我向石磯西邊的漁翁問道：「這一帶整天流著桃花水，那桃源洞究竟在清溪的那一邊呢？」

【賞析】這是一首詠桃花谿的詩。晉陶淵明寫了一篇〈桃花源記〉，於是世人將桃花源視為人間的樂土。桃花源究竟在何處？這本是一個寓言，是不可能找到的，但人們對人間的樂土嚮往不已，也就勉強找到湖南省桃源縣西南的桃源山，視為桃花源的遺跡，來滿足世人的好奇心。桃花谿，源出桃花山。清《一統志》云：「溪在湖南常德府桃源縣西南二十五里，源出桃花山，北流入沅江。」詩中用「隱隱」、「飛橋」、「野煙」等迷濛的景象，烘托桃源聖境在虛無飄渺間，然後用詢問漁夫的口吻，問他桃源洞究竟在何處。此詩妙在不答，故有餘意。

263

九月九日憶山東兄弟

王　維

獨在異鄉為異客，每逢佳節倍思親。遙知兄弟登高❶處，偏插茱萸
少一人❷。

【韻律】此詩合律，是為律絕。詩用上平聲十一真韻，韻腳是：親、人。

【注釋】❶登高　古代風俗，九月九日重陽節要爬山。❷偏插茱萸少一人　大家都插戴茱萸，只少我一個人。茱萸，古代重陽節人們所佩帶的一種植物。《續齊諧記》：「汝南桓景隨費長房學，長房謂曰：『九月九日汝家

當有災厄，急宜去，令家人各作絳囊盛茱萸以繫臂，登高，飲菊花酒，此禍可消。』景如言，夕還，見雞犬牛羊一時暴死。」

【語　譯】我獨自流落在外做了異鄉客，每逢佳節便會加倍地思念親人。今天正是重陽節，我想家中的兄弟們都去爬山了，他們都佩戴著茱萸，只少我一個。

【賞　析】這是懷鄉思親的詩。《全唐詩》引原注云：「時年十七。」是王維十七歲的作品。題中云憶山東兄弟，山東，是指殽山以東，也就是函谷關以東的地區，包括現在的山西省。王維的家在太原，即今山西太原。詩中前兩句寫自己流落在外，遇佳節越發思念家人，後兩句寫重陽節的風俗，並遙想家中的兄弟，句句切題。次句明快，已成名句。

264

芙蓉樓送辛漸

王昌齡

寒雨連江夜入吳❶，平明❷送客楚山孤。洛陽親友如相問，一片冰心在玉壺❸。

【韻　律】此詩合律，是為絕律。詩用上平聲七虞韻，韻腳是：吳、孤、壺。

【注　釋】❶吳　《全唐詩》作「湖」。❷平明　天剛亮。❸一片冰心在玉壺　我的心清廉明潔，有如一塊冰放在玉壺中，毫無雜念。一片冰心，存心明潔，有如一塊素冰。玉壺，用玉做的壺，專以盛冰。王維〈清如玉壺冰〉詩云：「玉壺何用好？偏許素冰居。」

【語　譯】昨夜我來到吳地，寒雨滿江，大清早我送朋友上路，楚山也顯得孤獨。你到洛陽後，親友們如果問起我，你告訴他們，我的心境明潔，好比一塊冰放在玉壺中，毫無雜念。

【賞　析】這是一首送別的詩。王昌齡在芙蓉樓送他的朋友辛漸到洛陽，芙蓉樓，故址在今江蘇鎮江城西北隅。辛漸，生平不詳。詩中一二兩句寫餞別，所寫的景，「寒雨連江」、「楚山孤」，也能配合別情，故景中有情。三四兩句是託言，如洛陽的親友問起，可以告訴他們客居清廉自守，用「一片冰心在玉壺」作喻，足見作者人格的高尚。清沈德潛《唐詩別裁》云：「言己不牽於宦情也。」此詩收結警闢，自成名句。清人鼻煙壺，有詩句云：「青雲足下三千士，白玉壺中一片冰。」便是受此詩影響，所衍生出來的句子。

265

閨怨

王昌齡

閨中少婦不知愁，春日凝妝上翠樓❶；忽見陌頭❷楊柳色，悔教夫婿覓封侯❸。

【韻　律】此詩合律，是為律絕。詩用下平聲十一尤韻，韻腳是：愁、樓、侯。

【注釋】❶春日凝妝上翠樓　春天裡打扮得漂漂亮亮，登上華麗的樓上去眺望。凝妝，盛妝。翠樓，華麗的樓。❷陌頭　田間壟上；路邊。❸覓封侯　出外尋求榮華富貴。

【語譯】在深閨裡的少奶奶不知道憂愁，春天裡打扮得漂漂亮亮，登上翠樓去眺望；忽然看到路邊楊柳發青，春天已到，才後悔真不該讓丈夫出外尋求功名。

【賞析】這是一首寫春閨怨的詩。全詩以「不知愁」起，也是全詩的著重點。由於她的「不知愁」，所以「凝妝」，所以「上翠樓」，次句承接巧妙，前兩句已括出「閨」字。後兩句寫「怨」，用「楊柳色」展示春光，然夫婿出外獵取功名未歸，也是她當初要他去的，如今見春色美好，反生怨悔。對少婦矛盾的心理，刻畫入微。真是功名和恩愛難以兼得，難怪她要怨悔萌生了。清李鍈《詩法易簡錄》云：「寫閨中嬌憨之態如畫。」

266

春宮曲

王昌齡

昨夜風開露井桃❶，未央❷前殿月輪高。
平陽❸歌舞新承寵，簾外春寒賜錦袍。

【韻律】全詩合律，是為律絕。詩用下平聲四豪韻，韻腳是：桃、高、袍。

【注　釋】❶露井桃　井邊的桃樹。〈雞鳴〉古詞：「桃生露井上。」❷未央　漢宮名。❸平陽　指漢平陽主家的歌女。善歌舞，後為漢武帝所寵幸，立為皇后。《漢書・外戚傳》：「孝武衛皇后，字子夫，為平陽主謳者。帝祓霸上，還過平陽主，既飲，謳者進，帝獨說子夫，帝起更衣，子夫侍尚衣軒中得幸，主因奏子夫送入宮。元朔元年，立為皇后。」

【語　譯】昨夜春風吹開了露井邊的桃花，未央宮前，一輪明月高掛。那位平陽宮主家的歌女，新近得到皇上的寵幸，在簾外春寒料峭的時候，皇上把一件錦袍賜給她。

【賞　析】這是一首寫宮女春怨的詩。全詩從側面描寫他人承寵的情形，已可體會出自己失寵的幽怨了。首句寫桃花開，切「春」字，次句寫未央殿前的月色，切「宮」字，且詩中已含幽怨，獨自望月已久，落寞之情隱見。三句轉，借漢宮衛皇后初以歌舞承寵的故事，引出末句「簾外春寒賜錦袍」作結，而冷暖對比，榮枯已知。《唐詩評選》引唐仲言解云：「是失寵者欣羡得寵者之詞。詩之妙，在空靈，神傳象外，不落言筌。若欲解之，勢不能不以意逆志。」

267

涼州詞

王　翰

葡萄美酒夜光杯❶，欲飲琵琶馬上催❷。醉臥沙場君莫笑，古來征戰幾人回？

【作　者】王翰，字子羽，并州晉陽（今山西太原）人。景雲元年進士及第。張説為相，召他任秘書正字，擢通事舍人，駕部員外郎。張説罷相後，翰出為汝州長史，徙仙州別駕，後貶道州司馬。《新唐書·文藝傳》、《唐才子傳》有傳。

【韻　律】此為樂府絕，全首合律。詩用上平聲十灰韻，韻腳是：杯、催、回。

【注　釋】❶葡萄美酒夜光杯　葡萄美酒，西域盛產葡萄，葡萄可釀酒。夜光杯，是白玉杯。東方朔《十洲記》：「周穆王時，西胡獻夜光常滿杯，杯是白玉之精，光明夜照，冥夕出杯於庭以向天，比明而水汁已滿於杯中也。」葡萄酒與玉杯，均西域所產。❷欲飲琵琶馬上催　正要喝酒時，馬上的琵琶聲正催促著要出發了。琵琶，樂器名，出於胡域，為四弦的樂器。

【語　譯】白玉杯中盛滿了葡萄酒，我正想舉杯暢飲，可恨馬上的琵琶又在聲聲催促，要出征了。縱使醉倒在戰場上，你也別取笑啊，自古以來，上沙場征戰的人，又有幾個能安然歸來呢？

【賞　析】這是一首描寫邊塞的樂府詩。〈涼州詞〉，為西涼樂曲的一種。涼州，在今甘肅武威。郭茂倩《樂府詩集》近代曲辭有〈涼州歌〉。《樂苑》云：「涼州宮調曲，開元中，西涼都督郭知運進。」首句將涼州的特產來入篇，次句承以正欲飲此美酒，而琵琶已在催促。但此句在句法上，容易誤解以為「欲飲琵琶」，如此則琵琶豈可飲嗎？此為詩語，其實應作「欲飲」、「琵琶馬上催」，二字頓開後，便不容易誤導。三句轉，言醉臥的地點竟是沙場，豈不可笑？但君莫笑，結句說出原因，是古來征戰之士，能有幾人生還？既無生還，那麼醉臥其間，自然可悲痛了。明王世貞《全唐詩說》：「葡萄美酒一絕，便是無瑕之璧，盛唐地位，不凡乃爾。」

268

送孟浩然之廣陵

李白

故人西辭黃鶴樓❶，煙花三月下揚州❷。孤帆遠影碧空❸盡，惟見長江天際流。

【韻　律】此詩首句作「仄平平平仄仄平」，第三句作「平平仄仄仄平仄」，均不合律，是為古絕。詩用下平聲十一尤韻，韻腳是：樓、州、流。

【注　釋】❶故人西辭黃鶴樓　老朋友從西方離開了黃鶴樓。故人，老朋友。西辭，從西方辭別。黃鶴樓，在今湖北武昌。❷煙花三月下揚州　煙花三月，應為三月煙花。煙花，春天的景色。揚州，亦稱廣陵，即今江蘇省揚州市。❸碧空　青天。唐人敦煌寫本作「碧山」。

【語　譯】老朋友從西方離開了黃鶴樓，在三月春光正好的時候，他要到揚州去。那片船帆的影子遠遠地消失在青天下，只見長江的水滔滔地向天邊奔流。

【賞　析】這是一首送別的詩。李白在黃鶴樓上送孟浩然東下到揚州去。首句點出送別的地點和被送的人，切「黃鶴樓送孟浩然」，次句點出送別的時節，以及友人所到的地點，切「之廣陵」。三四兩句寫送朋友走後的心情，自己站在黃鶴樓上，注視著朋友的船消失在碧空下，然後才發現朋友走遠了，眼前只見長江滔滔東流。

269 早發白帝城

李白

朝辭白帝彩雲間❶，千里江陵一日還❷。兩岸猿聲啼不住❸，輕舟已過萬重山。

【韻律】全詩合律，是為律絕。詩用上平聲十五刪韻，韻腳是：間、還、山。

【注釋】❶朝辭白帝彩雲間　一大早離開了雲霞繚繞的白帝城。白帝，即白帝城，故址在今四川奉節東白帝山。彩雲間，白帝城在山上，從江上看去，彷彿城在雲端。❷千里江陵一日還　這兒去江陵有一千多里路，坐船順流而東下，一天便可到達。江陵，今湖北江陵，距白帝城有一千二百里路。還，到達。❸兩岸猿聲啼不住　兩岸猿聲，指船過三峽，峽中猿猴多，善啼，其聲悽苦。啼不住，有雙關意，一指猿聲不住地啼；一指三峽水流湍急，船不可稍停，連猿啼也挽不住行舟。

【語譯】大清早我離開了雲霞繚繞的白帝城，坐船順流東下，遠在千里外的江陵，一天便可到達。在船上，我只聽得兩岸的猿猴不停地啼叫，儘管猿聲悽苦，也挽留不住我的船，轉瞬間，輕舟已渡過萬重山了。

【賞析】這是一首旅次紀行的詩，由於作者記途中所見，沒有別情，所以詩意特別輕快。詩題一作「下江陵」。全詩描寫從白帝城到江陵，一日所見。起句極美，且已點題，次句承，言「朝辭白帝」，暮達「江陵」，其間雖有千里，但可「一日還」，快速已極；引出三四兩句的猿聲啼不住，輕舟過萬重山的感覺。詩句輕快清暢，讀此詩，使人彷彿與作者同坐一船過三峽，共聽兩岸猿聲，共賞三峽萬重山的景象一般。明楊慎《升庵詩話》：「盛宏之〈荊州記〉巫峽江水之迅云：『朝發白帝，暮到江陵，其間千二百里，雖乘奔御風，不以疾也。』杜子美詩：『朝發白帝暮江陵，頃來目擊信有徵。』李太白：『朝辭白帝彩雲間，千里江陵一日還；兩岸猿聲啼不住，扁舟已過萬重山。』雖同用盛宏之語，而優劣自別。」至於憑一首詩便評一家詩的優劣，未免以一概全，有失公允。大抵每一詩家，都有他一些出色的代表作，這是任何人所無法追及的。如崔顥的〈題黃鶴樓〉，也曾使李白為之擱筆，但不能因此便下斷語，李白的詩不如崔顥。何況文藝作品不比其他技藝，有冠亞的分別，作者只是各盡其性，而讀者也只是各取所好罷了。

270

逢入京使

岑參

故園東望路漫漫❶，雙袖龍鍾淚不乾❷。馬上相逢無紙筆，憑君傳語❸報平安。

【韻律】全詩合律，是為律絕。詩用上平聲十四寒韻，韻腳是：漫、乾、安。

【注釋】❶故園東望路漫漫　故園，是指故鄉，家園。岑參的家鄉在河南南陽，由於岑參身在西塞，所以說東望。漫漫，路遠貌。❷龍鍾淚不乾　想起家鄉不禁淚下漣漣而拭不盡。龍鍾，垂淚貌。❸憑君傳語　憑，依託。傳語，猶言帶口信。

【語譯】我向東方眺望，回家鄉的路竟是那麼漫長，不禁使我淚下漣漣，雙袖也揩拭不完。現在我和你在馬上相逢，身邊又沒帶紙筆，拜託你帶個口信給我家裡，說我在外身體平安。

【賞析】這是一首詩人報導客中片刻感觸的詩，描寫旅人客地遇鄉人，請他帶口信給家人報個平安。小詩往往表現片刻的感受和情感，不像散文和小說，可以細細描述，它只是截取一段情，或一時的感觸作素材。詩又是濃縮的語言，它必須有所刪略，截取事物情理中的精華，用最經濟的字，表現複雜的情感或最美好的境界。這首詩，確能做到這些，詩中前兩句描寫作者客地思鄉，望斷鄉關，不覺淚下潸潸。後兩句切題，騎在馬上遇到入京的使者，一時又無紙筆，只好煩他捎個口信給家人，說他在外平安。所以這詩的重點在末句，三句只是敘事，而一二兩句是襯托而已。

271　江南逢李龜年

杜甫

岐王宅裡尋常見❶，崔九堂前幾度聞❷。正是江南好風景，落花時節又逢君❸。

【韻　律】全詩合律，是為律絕。第三句為單拗，第五字宜平而用仄，拗，第六字宜仄而用平以救上字，是為本句自救的現象，仍合律。詩用上平聲十二文韻，韻腳是：聞、君。

【注　釋】❶岐王宅裡尋常見　杜甫在岐王的宅府裡經常看到李龜年。岐王，睿宗第四子隆範，雅愛文章之士，士無貴賤皆盡禮接待。睿宗即位，封隆範為岐王。尋常，平常。❷崔九堂前幾度聞　杜甫在崔氏的舊堂前也好幾次聽到李龜年的演奏。崔九，原注以為殿中監崔滌，滌素與玄宗款密，用為秘書監。依年代考之，岐王及崔九均卒於開元十四年，其時未有梨園弟子，杜甫見李龜年必在天寶十載後，那麼詩中的岐王當指嗣岐王，崔九堂前，亦當指崔氏的舊堂。❸落花時節又逢君　落花時節，是景語也是情語，有雙關意。一方面感傷春暮花落，傷失時；一方面暗示亂世，感傷李龜年的年華老大，同時杜甫也有自傷的意思，幾層的含義，都在其中。

【語　譯】從前我在岐王的公館裡經常看到你，在崔氏的舊堂上也好幾次聽過你的演奏。如今江南正是好風光的時候，在這暮春花落的季節裡，我又在此遇到你。

【賞　析】這是一首見贈的詩，詩中撫今感昔，卻有無限的悲痛。李龜年為唐玄宗時有名的樂工，後遇亂世，年老流落江南，晚景堪哀。江南，指江湘之間。《明皇雜錄》云：「唐開元中，樂工李龜年、彭年、鶴年兄弟三人，皆有才學盛名。彭年善舞，鶴年、龜年能歌，尤妙製渭川，特承顧遇。其後龜年流落江南，每遇良辰勝賞，為人歌數闋，座中聞者莫不掩泣罷酒。」此詩用對比寫成，前兩句對仗，寫從前盛世，杜甫在王侯之家，經常遇到李龜年，且均在盛年。詩中「尋常」和「幾度」是借對，「尋常」是平常的意思，但古代八尺為尋，兩尋為常，所以借來對數目。後兩句是散句，寫如今亂世，杜甫在江南落花時節又遇到李龜年，然均是桑榆之年而遭落拓流離，言下有無限的感傷，與前兩句適成對比。同時，這首詩採「三一格」的作法，詩中前三句寫盛況，末一句寫衰況，盛衰對比，成三一的比例，故稱三一格。蘅塘退士評此詩云：「世運之治亂，年華之盛衰，彼此之淒涼流落，俱在其中，少陵七絕，此為壓卷。」

272 滁州西澗

韋應物

獨憐❶幽草澗邊生，上有黃鸝深樹鳴❷。春潮帶雨晚來急，野渡無人舟自橫。

【韻律】此詩為拗絕。兩聯均對仗。第三句「來」字孤平，第四句「舟」字用平聲救之。且兩聯失黏失對。詩用下平聲八庚韻，韻腳是：生、鳴、橫。

【注釋】❶獨憐　獨自喜愛。❷上有黃鸝深樹鳴　黃鸝，黃鶯的別稱。深樹，枝葉繁茂的樹。

【語譯】我特別喜愛生長在澗旁一帶的幽草，它的上面有黃鶯在枝葉繁茂的樹上鳴叫。春天的傍晚，潮水和雨點似乎來得更大，這時，荒野的渡頭沒有人了，只有渡船獨自地橫在水邊。

【賞析】這是一首寫景的詩。滁州，即今安徽滁縣。西澗，在滁縣城西，俗名上馬河。王阮亭《萬首絕句選凡例》云：「元趙章泉、澗泉選唐詩絕句，其評注多迂腐穿鑿，如韋蘇州〈滁州西澗〉一首：『獨憐幽草澗邊生，上有黃鸝深樹鳴。』以為君子在下，小人在上之象。以此論詩，豈復有風雅耶？」韋應物和王維的詩在造景上特別清麗，應物此詩，三四兩句尤為出色。詩有「繪畫性」，是指「詩中有畫，畫中有詩」。讀此詩，能引導人進入一幅優美的畫境中，即王漁洋所謂的「詩趣」與「畫趣」，決不是拿文字來畫畫，作文字遊戲的詩。前人曾以「踏花歸去馬蹄香」，「野渡無人舟自橫」等詩句來作畫：以幾隻蝴蝶繞著馬蹄而飛，畫出上句的「香」字；以幾隻麻雀飛落蘆草虛掩的渡船上，以畫出下句「無人」的景象。這兩幅畫，均能曲盡詩句中的妙趣。

273

楓橋夜泊

張繼

月落烏啼霜滿天，江楓漁火對愁眠❶。姑蘇城外寒山寺，夜半鐘聲到客船❷。

【作者】張繼，字懿孫，襄州（今湖北襄樊附近）人。天寶十二載（西元七五三）進士及第。在江南做鹽鐵判官。大曆間，入內侍，任檢校祠部郎中。他的詩，以白描手法勝，造景尤美。《唐詩紀事》、《唐才子傳》有傳。

【韻律】全詩合律，是為律絕。詩用下平聲一先韻，韻腳是：天、眠、船。

【注釋】❶江楓漁火對愁眠　江上的楓樹和漁船上的火把對著客愁不眠的我。江楓，指江上的楓樹。漁火，漁船上捕魚用的火把。❷姑蘇城外寒山寺二句　姑蘇城外寒山寺的鐘聲，半夜時傳到客船來。姑蘇，在今江蘇蘇州。寒山寺，在楓橋附近的一個寺院，現在還是蘇州名勝之一。夜半鐘聲，當時的寺院，或有半夜敲鐘的習慣。然一般寺廟，都是在快黎明時打鐘，所謂暮鼓晨鐘。如果是這樣，那張繼因一夜未眠，聽到快天亮的鐘聲，以為是「夜半鐘聲」。

【語　譯】月亮落，烏鴉叫，滿天瀰漫著降霜的寒氣。江上的楓樹和漁船上的燈火對著客愁不眠的我。姑蘇城外寒山寺的鐘聲，半夜時傳到我的船上來。

【賞　析】這是一首客旅不寐的詩，重點在「愁」字，題作「楓橋夜泊」，寫景清麗優美。楓橋，在今江蘇蘇州閶門外。夜泊，是把船靠在岸邊過夜。

張繼此詩，千古流傳，膾炙人口，不但經常被人詠誦，也經常被人討論。首句寫景，用「月落」、「烏啼」、「霜滿天」等形象，組合巧妙。有人認為「霜滿天」不合理，應該是「霜滿地」，其實「霜滿天」才是詩，「霜滿地」便落實而失去詩意。次句承，仍然寫景，烘托客旅不寐的「愁」。由此詩在日本也很流行，日人將「江楓」解為江橋和楓橋，並謂蘇州今有此二橋，這是錯誤的。由於張繼的這首詩寫得太好，有些好事的人，便在姑蘇蓋起江橋楓橋來，唐代恐怕連「楓橋」也沒有，只是在楓樹岸的橋邊，但在後代輿地府志的書上，竟然也有楓橋的記載。甚至於有人把「愁眠」解作「愁眠山」，也拿後代的輿地的書來證明，更是錯誤。三四兩句寫夜旅不眠，寒山寺的鐘聲，夜半猶傳至客舟。在抗戰勝利後，某大學入學考試，物理的試題竟引此詩後兩句作問答題，問何以寒山寺的鐘聲，夜半傳到客船，白天傳不到客船來，原因何在？拿詩來解釋聲波的傳播，卻是活用而實用的物理試題。因為白天空氣熱，聲波往上傳，所以白天時寒山寺的鐘聲在客船聽不到，夜間空氣冷，聲波往下傳，所以江上可以聽到鐘聲。宋葉少蘊《石林詩話》云：「姑蘇城外寒山寺，夜半鐘聲到客船，此唐張繼題姑蘇城西楓寺詩也。歐公嘗病其夜半非打鐘時，蓋公未嘗至吳中，今吳中寺實半夜打鐘。繼詩三十餘篇，余家有之，往往多佳句。」

274

寒食　韓翃

春城無處不飛花，寒食東風御柳斜❶；日暮漢宮傳蠟燭❷，輕煙散入五侯家❸。

【韻律】全詩合律，是為律絕。詩用下平聲六麻韻，韻腳是：花、斜、家。

【注釋】❶寒食東風御柳斜　寒食，節名，在清明節前二日。《荊楚歲時記》：「晉介之推三月五日為火所焚，國人哀之，每歲春暮不舉火，謂之禁煙。」❷日暮漢宮傳蠟燭　指寒食節的夜晚，漢宮中以蠟燭賜給侯家，作為點明之用。漢宮，暗指唐宮。《西京雜記》云：「寒食禁火日，賜侯家蠟燭。」又唐輦下《荊楚歲時記》：「清明日，取榆柳之火以賜近臣。」❸五侯家　《漢書．元后傳》：「河平二年，成帝悉封諸舅：王譚為平阿侯；商，成都侯；立，紅陽侯；根，曲陽侯；逢時，高平侯。五人同日封，故世謂之五侯。」

【語譯】春天，京城裡沒有一個地方不飛舞著花兒，寒食時節，東風把宮柳斜拂著；入夜時，漢宮將蠟燭分別賜給王公，只見嬝嬝的燭煙散亂在五侯的家中。

【賞析】這是一首寒食即景的詩，但言外之音，借漢宮的事，以諷唐室肅、代以來，宦官的擅權。詩中表面詠寒食的景象，「春城」、「飛花」、「寒食」、「東風」、「柳斜」，都是暮春景色，三句轉寫漢宮傳蠟燭事，四句結，寒食禁火，僅五侯家特別，已見諷諭。清王應奎《柳南隨筆》云：「韓翃〈寒食〉詩：輕煙散入五侯家，唐之亡國，由于宦官握兵，實代宗授之以柄，此詩在德宗建中初，只五侯二字見意，唐詩通於春秋者也。」

275

月夜

劉方平

更深月色半人家❶，北斗闌干南斗斜❷。今夜偏知春氣暖，蟲聲新透❸綠窗紗。

【作者】劉方平，河南人。白皙美容儀，二十歲便工於詞賦，與元魯山交往，隱居在潁陽大谷中，不出來做官。皇甫冉、李頎等也曾以詩跟他和唱過。《唐才子傳》有小傳。

【韻律】此詩合律，是為律絕。詩用下平聲六麻韻，韻腳是：家、斜、紗。

【注釋】❶更深月色半人家　更深，夜深時。半人家，指一半人家照著月色。❷北斗闌干南斗斜　夜深時，北斗星橫在天上，南斗星斜在西方。闌干，橫的意思。❸新透　初透。

【語譯】夜深時，月色一半映照在人家的屋舍上，這時北斗星橫掛天上，南斗星已在西方。今晚我才感覺到春氣已經暖和多了，難怪蟲聲初次傳到窗裡來。

【賞析】這是一首寫春夜的詩，由於劉方平是個隱士，在他筆下的春夜，也是恬靜幽美地像他的心境一樣，充滿了大自然和平、新生的氣象。首句以更深月色起，切題，次句承，寫更深的星象。三句轉，言春氣初暖，四句合，以蟲聲初聞作結，寫春夜清麗如畫，幽靜的境界已現，不俗。全詩是畫趣，也具有情趣，春的來到，從「今夜偏知春氣暖，蟲聲新透綠窗紗」。與宋張栻〈立春偶成〉：「律回歲晚冰霜少，春到人間草木知。」相似。

276

春怨

劉方平

紗窗日落漸黃昏，金屋❶無人見淚痕。寂寞空庭春欲晚，梨花滿地不開門。

【韻律】全詩合律，是為律絕。詩用上平聲十三元韻，韻腳是：昏、痕、門。

【注釋】❶金屋　指婦女所居華麗的屋舍。《漢武故事》：「漢陳嬰曾孫女名阿嬌，其母為武帝姑館陶長公主，武帝幼時，長公主抱置膝上，問曰：『兒欲得婦否？』並指阿嬌曰：『好否？』帝笑對曰：『若得阿嬌，當以金屋貯之。』」

【語　譯】落日照入紗窗，又是黃昏時候，華屋中未見人來，只見她滿臉是淚。今年的春天眼看就要過去，寂寂的庭院，梨花已落滿地，可是她依然門戶深深地緊閉。

【賞　析】這是一首寫春閨幽怨的詩。前兩句點出「怨」字，後兩句點出「春」字，且為暮春，「空庭」、「不開門」，也含有無限的幽怨。明唐汝詢《唐詩解》云：「一日之愁，黃昏為切；一歲之怨，春暮居多。此時此景，宮人之最感慨者也，不忍見梨花之落，所以掩門耳。」依此評，便成宮怨，當泛指金屋中的閨怨，則詩意寬。三四句寫暮春景色，淒美。

277 征人怨

柳中庸

歲歲金河復玉關❶，朝朝馬策與刀環❷。三春白雪歸青塚❸，萬里黃河繞黑山❹。

【作　者】柳中庸，名淡，以字行，河東（今山西永濟）人。為柳宗元的姪子，御史柳并的弟弟，與弟中行皆有文名，曾為洪府戶曹，早死。有詩十三首傳世。《唐詩紀事》有小傳。

【韻　律】全詩無一字平仄出格，是為律絕。前後兩句，兩兩對仗，持律最嚴。詩用上平聲十五刪韻，韻腳是：關、環、山。

【注　釋】❶歲歲金河復玉關　每年不是到金河戍守，便是到玉門關戍守。金河，亦名黑河。水中泥色似金，故名。源出綏遠省歸綏縣東北官山，南流。復，重複來到。玉關，即玉門關。在今甘肅敦煌西。❷朝朝馬策與刀環　每天不是拿著馬鞭驅馬，便是提刀爭戰不休。馬策，趕馬的鞭子，與上句「金河」對仗。刀環，大刀的把環，與上句「玉關」對仗。刀環一辭是雙關語：一指爭戰不息；一指還鄉之願，環與還諧音。《漢書・李陵傳》：「立政等未得私語，即目視陵，而數數自循其刀環，言可還歸漢也。」❸三春白雪歸青塚　三春，春天。三為虛數，無義。青塚，王昭君的墳，此泛指塞外的墳墓。❹黑山　在今綏遠歸綏境，即殺虎口東北九十里的殺虎山。

【語　譯】每年不是到金河去駐防，便是到玉關去戍守。每天不是拿著馬鞭策馬，便是提刀爭戰不休。只見春天的白雪，又覆蓋上塞外的墳頭。萬里長流的黃河，依舊把黑山圍繞著。

【賞　析】這是一首描寫征夫久戍而生怨情的詩。詩中每句表現了重複不變的厭煩，如「歲歲」、「復」、「朝朝」、「歸」、「繞」等辭，都有重複之意。譬如昨天做過的，今日再重複地做，怎不埋怨。詩中前兩句寫歲歲朝朝，不是戍守，便是爭戰；後兩句寫塞上所見的景象，永遠依舊。征夫所為，不外守塞爭戰，以「金河」、「玉關」、「馬策」、「刀環」為代表；征夫所見，不外塞上風光，以「白雪」、「青塚」、「黃河」、「黑山」為代表。這些均非家鄉所有，又不得還鄉，怎不生怨？詩中雖無「怨」字，而怨已含蘊於各句之中。

278

宮詞

顧　況

玉樓天半❶起笙歌，風送宮嬪笑語和❷。月殿影開聞夜漏❸，水晶簾捲近秋河❹。

【作　者】顧況，字逋翁，蘇州（今江蘇蘇州）人。肅宗至德二年（西元七五七）進士及第，初為江南判官，德宗時，柳渾輔政，薦為秘書郎，況一向與李泌友善，李泌為相，舉薦他為著作郎。況性詼諧，善詩歌，工畫山水。後隱茅山。有《華陽集》傳世。《唐才子傳》有傳。

【韻　律】全詩合律，是為律絕。末聯對仗。詩用下平聲五歌韻，韻腳是：歌、和、河。

【注　釋】❶玉樓天半　形容天子所居的華樓，高入雲霄。❷風送宮嬪笑語和　風中送來笙歌聲混雜著妃嬪們的笑語聲。宮嬪，宮中的妃嬪。和，混雜。❸月殿影開聞夜漏　月殿影開，指月色清明，雲霧已散。夜漏，古人用漏刻計時，在此指夜間可以聽到漏刻滴水的聲音。❹水晶簾捲近秋河　水晶簾，用水晶做成的簾子。秋河，即天河。

【語　譯】高入半天的玉樓又開始奏起笙歌，那歌聲隨風飄送，與妃嬪們的笑語聲混和著。秋夜雲開，月影澄明，靜夜只聽得漏刻的滴水聲，這時，我捲起水晶簾，彷彿天上的銀河更靠近我。

【賞　析】這是一首宮怨的詩，題作「宮詞」，便是詠宮中瑣事的詩。此詩以宮嬪的口吻道出，說她夜裡聽得玉樓上笙歌聲，以及得寵妃嬪的笑語聲。夜深時，秋月皎潔，她卻獨聽漏刻聲，良夜不寐，捲簾望銀河，失寵已明。但詩中並無「怨」字，而怨情已深。

夜上受降城聞笛

李　益

回樂峰❶前沙似雪，受降城❷外月如霜。不知何處吹蘆管❸？一夜征人盡望鄉。

【韻　律】全詩合律，是為律絕。前兩句對仗。詩用下平聲七陽韻，韻腳是：霜、鄉。

【注　釋】❶回樂峰　唐關內道靈州迴樂縣，在今甘肅靈武西南。❷受降城　為唐張仁愿所築的城，共有三城，都在黃河以北，以防突厥入寇。東城在綏遠歸遠西河東岸，中城在烏喇特旗西河北岸，西城在烏喇特旗西北河北岸。❸蘆管　胡人捲蘆葉以作樂器，是為蘆管。

【語　譯】回樂峰前的沙漠像雪一樣，受降城外的月色像霜一般。今晚，不知何處傳來的蘆管聲？使出征在外的人聽了，個個都想起自己的家鄉。

【賞　析】這是一首描寫征人聞笛思鄉的詩。詩題中的受降城，在唐代是防禦突厥、吐蕃的前哨。前兩句對仗巧妙，點出「夜上受降城」，寫塞上的「沙似雪」，「月如霜」，並作末句的伏筆。第三句點「聞笛」，末句寫因聞笛而「望鄉」，章法分明。明胡應麟《詩藪》：「七言絕開元之下，便當以李益為第一，如〈夜上西城從軍〉、〈北征〉、〈受降〉、〈春夜聞笛〉諸篇，皆可與太白龍標競爽，非中唐所得有也。」

280

烏衣巷

劉禹錫

朱雀橋邊野草花❶，烏衣巷口夕陽斜❷；舊時王謝❸堂前燕，飛入尋常百姓家❹。

【韻　律】全詩合律，是為律絕。詩用下平聲六麻韻，韻腳是：花、斜、家。

【注　釋】❶朱雀橋邊野草花　朱雀橋，為六朝時都城南門外的橋，和烏衣巷相近，在今南京市。《六朝事跡編類》：「晉咸康二年作朱雀門，新立朱雀浮航，在縣城東南四里，對朱雀門，南渡淮水，亦名朱雀橋。」花，作動詞，開花。❷烏衣巷口夕陽斜　與上句對仗。烏衣巷，巷名。東晉宰相王導和謝安兩大家族都住在建業此巷，因其子弟都喜穿烏衣，故名，在今南京市。《輿地紀勝》：「江南東路建康府烏衣巷，在秦淮南，去朱雀橋不遠。」又曰：「晉南渡，王謝諸名族居烏衣巷。」夕陽斜，指夕陽斜照，也暗示王謝家的敗落。❸王謝　即王導、謝安兩家族。❹尋常百姓家　平常老百姓的家。

【語　譯】朱雀橋邊野草開滿了花，烏衣巷口，只見夕陽斜掛；往昔王、謝兩望族堂前的燕子，如今已飛入平常老百姓的家。

【賞　析】這是一首懷古的詩，為劉禹錫〈金陵五題〉之一。〈金陵五題〉為〈石頭城〉、〈烏衣巷〉、

〈臺城〉、〈生公講堂〉、〈江令宅〉五首。其序云：「余少為江南客，而未遊秣陵，嘗有遺恨。後為歷陽守，跂而望之，適有客以〈金陵五題〉相示，逌爾生思，欻然有得。他日，友人白樂天掉頭苦吟，歎賞良久，且曰：『石頭詩云：潮打空城寂寞回，吾知後之詩人，不復措詞矣，餘四詠，雖不及此，亦不孤。』樂天之言爾。」

詩人雅集，定題作詩，時有佳作。《古今詩話》記載，有一次，元稹、劉禹錫、韋楚客三人，同會於白居易家，談及金陵懷古，因定此為詩題作詩。頃刻間，劉禹錫詩已寫就，白居易說：「四人探驪，子先獲珠，所餘鱗魚何用？」其餘的人於是罷筆。劉禹錫的〈金陵五題〉是探驪之作，其他的人只是得一鱗半爪，成為文壇佳話。

〈烏衣巷〉詩，用暗示法寫成，是景語，也是情語，意有雙關。前兩句對仗，並點題。烏衣巷靠近朱雀橋，是東晉王導、謝安兩望族居住的地方，當時是繁華之地，但曾幾何時，如今已沒落了，只見「野草花」、「夕陽斜」。後兩句寫從前王、謝堂前的燕子，如今已飛入平常百姓的家，暗示王、謝豪門的子弟，如今已淪為百姓，豈僅寫燕，意有雙關。清施均父《硯傭說詩》云：「若作燕子他去便呆，蓋燕子仍入此堂，王、謝零落，已化作尋常百姓矣。如此則感慨無窮，用筆極曲。」詩的美好，在於含蓄，言有盡而意卻無窮。

281

春詞

劉禹錫

新妝宜面❶下朱樓，深鎖春光一院愁❷。行到中庭數花朵，蜻蜓飛上玉搔頭❸。

【韻　律】此為律絕，第三句「行到中庭數花朵」是單拗，第五字宜平而用仄，是為拗，所以在第六字宜仄，今改為平聲以救上字，是本句自救的現象，仍合律。詩用下平聲十一尤韻，韻腳是：樓、愁、頭。

【注　釋】❶新妝宜面　指剛化妝好，脂粉勻稱與面相宜。❷深鎖春光一院愁　只見宮門深閉，鎖住一院春光，怎能不愁呢！❸玉搔頭　即玉簪，女子的首飾。

【語　譯】她剛化妝好，看來臉容更加嫵媚合適了，然後她下樓來，只見宮門深閉，鎖住了一院春光，怎能不生愁呢！她走到庭院中，無聊地數著花朵，一隻蜻蜓飛來，卻停在她的玉簪上。

【賞　析】這是一首宮怨的詩。《淮南子‧繆稱訓》：「春女思，秋士悲，而知物化矣。」高誘注：「春女感陽則思，秋士見陰則悲。」春秋佳日，觸景生情，閨閣婦女，愛春惜春，自然引發惆悵難名之情，詩人為之代言，作〈春詞〉、〈春閨怨〉之類的宮詞。全詩樞紐在於一個「愁」字。前兩句寫她新妝剛成，容貌更加嫵媚，本欲召幸，卻不能得，只見深宮鎖住一院春光，點出怨愁。後兩句轉寫她百般無奈，屹立中庭，且數花朵，只有蜻蜓飛來，停在玉搔頭上，以賞新妝，不見君王垂幸，愁怨已在言外。末句收結新巧，用暗示手法。

282

後宮詞

白居易

淚濕羅巾夢不成，夜深前殿按歌聲❶。紅顏未老恩先斷，斜倚薰籠❷坐到明。

【韻律】全詩合律，是為律絕。詩用下平聲八庚韻，韻腳是：成、聲、明。

【注釋】❶按歌聲　依照節拍所唱的歌聲。❷薰籠　覆蓋薰香的竹籠，用以薰衣服。

【語譯】午夜夢回，不禁淚濕羅巾，再也無法成眠了。在這深夜裡，猶聽得前殿依拍而歌，歌聲喧闐。容顏未嘗老去，但君王的恩愛已絕，想到這些，不覺斜依薰籠直坐到天明。

【賞析】這是一首宮怨的詩。前兩句用強烈的對比，寫後宮淒寂，午夜夢回，而前殿卻恩寵正濃，歌聲未輟。「前殿」二字，暗示自己處於「後宮」，點題。第三句轉，言自己年華仍在，然君王的恩愛已斷，詩中用「夢不成」、「坐到明」等詞語，不直說幽怨，而幽怨已充滿在字裡行間。

283

贈內人

張祜

禁門❶宮樹月痕過，媚眼惟看宿鷺窠❷。斜拔玉釵燈影畔，剔開紅燄救飛蛾❸。

【韻　律】全詩合律，是為律絕。韻腳是：過、窠、蛾。

【注　釋】❶禁門　舊稱天子所居的地方為禁。禁門，即宮門。❷窠　動物棲息的巢穴。❸剔開紅燄救飛蛾　飛蛾撲火，陷在油中，用玉釵挑開燈燄以救牠。暗示宮娥入宮，深鎖禁宮，猶如飛蛾入火，所以憐蛾，亦有自憐的意思。紅燄，指燈燄。

【語　譯】禁門中的宮樹，被月影照過，她媚眼只看白鷺棲宿的窩，而心中無限羡慕。回來在燈前她不忍心看到飛蛾撲火，斜拔下金釵，剔救陷在燈燄裡的飛蛾。

【賞　析】這也是一首宮怨的詩。題作「贈內人」，所謂內人，在此指宮人。唐崔令欽《教坊記》云：「妓女入宜春院謂之內人，亦曰前頭人，以常在上前頭也。」此詩首句寫禁宮的景色，次句寫宮女羡慕宿鷺的雙棲。三四兩句轉合，尤具慧心仁術，借飛蛾撲火，剔開燈燄相救，也有代傷身世之意。張祜善作宮體小詩，鍊字工巧，詩中痕、媚、斜、影諸字，寫景狀人，都能精確畢肖。唐馮贄《雲仙雜記》云：「白氏金鎖云：張祜苦吟，妻孥喚之不應以責祜。祜曰：吾方口吻生花，豈恤汝輩？」足見張祜寫作的用心，可與賈島、孟郊、李賀諸人相媲美。

清王士禛《帶經堂詩話》卷一：「唐張祜詩：『內人已唱〈春鶯囀〉，花下傞傞軟舞來。』按

《教坊記》：伎女入宜春院，謂之內人，亦曰前頭人。凡出戲日，所司先進曲名，上以墨點者，即舞，謂之進點。教坊人唯得舞〈伊州〉，餘悉讓內人。如〈回波樂〉、〈蘭陵王〉、〈春鶯囀〉、〈烏夜啼〉之屬，謂之軟舞。又有〈綠腰〉、〈涼州〉、〈柘枝〉、〈胡渭州〉、〈達摩支〉之屬，謂之健舞。」

284

集靈臺 二首其一

張　祜

日光斜照集靈臺❶，紅樹花迎曉露開。
昨夜上皇新授籙❷，太真❸含笑入簾來。

【韻　律】全詩合律，是為律絕。詩用上平聲十灰韻，韻腳是：臺、開、來。

【注　釋】❶集靈臺　一作集虛臺。臺名，臺在驪山華清宮內。故址在今陝西臨潼驪山上。〈元和志〉：「天寶六載，改溫泉宮為華清宮，又造長生殿，名為集靈臺，以祀神。」❷上皇新授籙　玄宗初冊封楊貴妃。天寶四載，玄宗冊封楊氏為貴妃。上皇，指玄宗。籙，登記名氏於冊，即冊封之意。❸太真　楊貴妃的號。

【語　譯】當太陽第一道光線照在集靈臺上，這時，樹上的紅花迎著晨曦，曉霧逐漸散開。昨夜唐明皇冊封玉環為貴妃，只見她笑盈盈地掀起簾兒走進來。

【賞　析】這是一首詠楊貴妃得唐明皇新寵的詩，借冊封的地點——集靈臺作為詩題。楊貴妃以姿色承寵，貴傾天下。詩中前兩句寫集靈臺上的晨曦，日光照在集靈臺上，以日光比喻皇恩，以曉露比喻恩澤，暗示皇恩先到；後兩句寫明皇冊封貴妃，太真承寵的情景。集靈臺是祭祀神明的宮殿，今卻在此施恩布愛，冊封太真，豈非褻瀆神明，有諷喻之意。

285 其二

虢國夫人❶承主恩，平明騎馬入宮門。卻嫌脂粉污顏色❷，淡掃蛾眉朝至尊。

【韻律】全詩合律，是為律絕。詩用上平聲十三元韻，韻腳是：恩、門、尊。

【注釋】❶虢國夫人　楊貴妃的姐姐。天寶七載，玄宗封大姨為韓國夫人，三姨為虢國夫人，八姨為秦國夫人。鄭嵎的〈津陽門〉詩：「上皇寬容易承事，十家三國爭光輝。」三國，指楊貴妃的三個姐姐。《舊唐書・楊國忠傳》云：「貴妃姐虢國夫人，國忠與之私，於宣義里構連甲第，土木被綈繡，棟宇之盛，兩都莫比。」❷卻嫌脂粉污顏色　指虢國夫人自矜美豔，怕脂粉損壞了她的容顏。宋樂史《楊太真外傳》：「然虢國不施妝粉，自衒美豔，常素面朝天。」

【語譯】虢國夫人受君王的恩寵，時常天剛亮騎著馬進入宮中。她自恃嬌豔，怕脂粉損壞了她的容顏，所以只輕描眉黛便來朝見君王。

【賞析】這兩首詩借「集靈臺」為題，詠楊氏姐妹承寵的景象，而言外之音有所微諷。前首詠楊貴妃承寵受封，後首詠貴妃的姐姐虢國夫人，因妹妹的得寵，也竟可「騎馬入宮」，故詩中特別強調她「卻嫌脂粉」、「淡掃蛾眉」，不外恃色承恩，委婉諷諭。難怪陳鴻的〈長恨歌傳〉說楊氏一家人：「叔父昆弟皆列位清貴，爵為通侯。姐妹封國夫人，富埒王室，車服邸第與大長公主侔，而恩澤勢力，則又過之。出入禁門不問，京師長吏為之側目。」張祜作此詩在元和長慶年間，去天寶相距有五六十年，詩的表面詠讚楊氏姐妹之美，然底子裡卻有所刺，可謂得含蓄之宜。此篇一作杜甫詩，今《張祜集》有此詩，且《唐人萬首絕句》、《唐詩品彙》，均作祜詩，可知應非杜甫的詩。

286

題金陵渡

張　祜

金陵津渡小山樓❶，一宿行人自可愁❷。潮落夜江斜月裡，兩三星火是瓜州❸。

【韻　律】此詩合律，是為律絕。詩中下平聲十一尤韻，韻腳是：樓、愁、州。

【注　釋】❶金陵津渡小山樓　金陵，即南京。俞守真《唐詩三百首詳析》云：「金陵渡疑為江蘇鎮江之西津渡，隔長江與瓜州相對。若謂在南京，則不應距瓜州這樣遠。」其言極是。小山樓，樓在金陵渡口小山上。❷一

宿行人自可愁　一宿行人，因平仄的關係倒裝，即行人一宿。謂行人在此住上一晚，自有可愁之處。❸兩三星火是瓜州　那稀疏像星光似的燈火，該是瓜州吧！瓜州，一作瓜洲，鎮名，在江蘇省江都縣南，在長江邊，與鎮江相對。

【語　譯】在金陵津渡的小山樓上，行人在此住上一夜，自會感到憂愁。當夜晚江上退潮的時候，在斜月裡，那稀疏像星光似的燈火處，該是瓜州吧！

【賞　析】這是一首題壁的詩，作者在金陵渡口的小山樓上，因夜宿有感而作，雖是寫渡口樓上所見的夜景，然隱約中含有無盡的鄉愁，配合江上的落潮斜月，瓜州稀疏的燈火，有無限蒼茫之感。三四兩句，寫夜景尤美，益增旅次的淒清。簡短二十八字，勾畫出一幅清麗的畫境，文字捕捉的意象，可意會，尤其「兩三星火是瓜州」，真美。

287

宮詞

朱慶餘

寂寂花時❶閉院門，美人相並立瓊軒❷。含情欲說宮中事，鸚鵡前頭不敢言❸。

【作　者】朱慶餘（西元七九九—？），名可久，以字行，越州（今浙江紹興）人。寶曆二年（西元八二六）考中進士，受張籍所賞識，在當時便有詩名。有集一卷。《唐才子傳》收有小傳。

【韻律】全詩合律，是為律絕。詩用上平聲十三元韻，韻腳是：門、軒、言。

【注釋】❶寂寂花時　寂寂，靜貌。花時，花季時節，指盛春。花開時節尚且寂寂，過此花時那更覺寂靜了。❷美人相並立瓊軒　宮人並立在華麗的長廊上賞花。美人，指宮人。瓊軒，華麗的有窗的長廊。❸鸚鵡前頭不敢言　鸚鵡能效舌，故不敢在鸚鵡面前傾訴怨言，怕牠傳言給君王，引起麻煩。

【語譯】花開時節，情景卻是一片淒清，深閉著院門，美女們並肩而立，在華麗的廊前賞花。滿懷幽怨之情想抒吐宮中的怨事，但在鸚鵡面前，不敢訴說。

【賞析】這是一首宮怨的詩。這類的詩，主題不外寫宮人不得君王的寵幸，而生幽怨。全詩重點在「含情欲說」四字，然一氣相貫，甚為含蓄。前兩句寫花時尚且寂寂，可知君王不進幸已久，「美人相並」，足見失寵者不僅一人，於是共立瓊軒賞花。三四句轉結，因賞花本可訴吐心中的幽怨，「情」指怨情，「事」指怨事，然鸚鵡面前，又恐怕牠會效舌，所以又不敢明言。詩中無一怨字，卻句句含怨。

288

近試上張水部

朱慶餘

洞房昨夜停紅燭，待曉堂前拜舅姑❶。妝罷低聲問夫婿：「畫眉深淺入時無❷？」

【韻　律】第三句單拗，「問」字本宜平而用仄，是為拗，「夫」字本宜仄而反用平，以救上字，是本句自救，依然合律。其他各句合律，是為律絕。詩用上平聲七虞韻，韻腳是：姑、無。

【注　釋】❶舅姑　丈夫的父母。即公婆。❷畫眉深淺入時無　畫眉的濃淡合時嗎？無，做疑問語助詞。

【語　譯】昨夜洞房裡放置著紅燭，等待天亮後，便要到廳堂去拜見公婆。她梳妝完了，低聲問丈夫道：「我眉毛畫的濃淡合時樣嗎？」

【賞　析】詩題一作「閨意，獻張水部」。張水部，便是張籍，當時做水部員外郎的官。這是朱慶餘在應考進士前與主考官張水部打交道的詩，唐人有這種風氣，稱為「溫卷」。朱氏寫這首詩，想問問張水部：「自己的文章能不能合主考官的意？」但這類事不好直問，只好借新婦的口吻，委婉陳辭。張籍便和他一首，詩云：

越女新妝出鏡心，自知明豔更沉吟；
齊紈未足人間貴，一曲菱歌敵萬金。

張籍長於樂府詩，也隱約含蓄地告訴朱君，越女明豔，一曲值萬金，讚揚朱君的詩好極了。事見唐范攄的《雲溪友議》。這事便成了當時的文壇佳話，可見雙關意的詩，在唐詩中是相當普遍，且能增加詩中的情趣啊！

289

將赴吳興登樂遊原

杜　牧

清時有味是無能❶，閒愛孤雲靜愛僧。欲把一麾❷江海去，樂遊原上望昭陵❸。

【韻　律】全詩平仄合律，是為律絕。詩用下平聲十蒸韻，韻腳是：能、僧、陵。

【注　釋】❶清時有味是無能　在清平時，雖有興趣為官，但自己卻毫無能力。清時，指昇平之世。❷一麾　一麾乃出守。《南史．顏延之傳》：「為永嘉太守，延之甚怨憤，乃作〈五君詠〉，詠阮咸云：『屢薦不入官，一麾乃出守。』」❸樂遊原上望昭陵　樂遊原，在陝西長安南八里，為唐代京都附近名勝之一。昭陵，為唐太宗的陵墓，在陝西醴泉東北九嵕山中。

【語　譯】在清平的時候，雖有興趣做官，但自己卻毫無能力，所以不如過著像孤雲般的幽閒，像僧侶般的寧靜生活。如今我將出守吳興，向江海那邊去，臨行前特地上樂遊原來拜望昭陵。

【賞　析】這是作者將離開長安，往赴吳興就任刺史，而不忍遽去，登樂遊原而抒眷戀之情的詩。吳興，即今浙江吳興。此詩以說理起，次句寫「清時」的「閒靜」自在。三四句點題，末句「望昭陵」作結，有臨去依依之情。杜牧這首詩採用托事於物的筆法，可謂言在此而意在彼，言已盡而意有餘的佳篇。蘅塘退士評道：「惓惓不忍去，忠愛之思，溢於言表。」

290

赤壁

杜牧

折戟❶沉沙鐵未銷，自將磨洗認前朝。東風不與周郎便❷，銅雀❸春深鎖二喬❹。

【韻律】全詩平仄合律，是為律絕。詩用下平聲二蕭韻，韻腳是：銷、朝、喬。

【注釋】❶折戟　折斷的戟。戟，古兵器，竿端附有枝狀的利刀。❷東風不與周郎便　倘若東風不給周郎方便。東風，指孔明借東風，吳蜀聯軍敗曹兵於赤壁。周郎，即周瑜，時人呼為周郎。❸銅雀　臺名。曹操所築，故址在今河南臨漳西南鄴城內。《魏志・武帝紀》：「建安十五年作銅雀臺。」❹二喬　東漢時，喬玄有二女，皆國色。孫策納大喬，周瑜納小喬，世稱二喬。喬本作橋。《吳志・周瑜傳》：「喬公二女，皆國色也。孫策自納大喬，瑜納小喬。」

【語譯】折斷的戟沉埋沙中，至今被發掘出來，鐵器的部分仍未銷毀，我將它磨洗辨認出是前朝的遺物。倘若東風不給周郎方便，恐怕東吳的二喬，早就被曹操擄去，將她們的春色深鎖在銅雀臺了。

【賞析】這是一首詠史的詩。三國時，魏軍被吳、蜀聯軍打敗在赤壁，是歷史上有名的「火燒赤壁」之役。赤壁，在今湖北嘉魚東北江濱。前兩句借前朝遺物起興，後兩句假使之詞，如周瑜不得東風之便，那麼東吳為魏兵所滅，而以二喬恐貯於銅雀臺作結，更見詩趣。杜牧的詠史詩很具特色，他如〈過華清宮三絕句〉，都能夠以小視大，選擇典型的事項加以刻畫，又有強烈的文學感染性。

291 泊秦淮

杜　牧

煙籠❶寒水月籠沙，夜泊秦淮❷近酒家。商女❸不知亡國恨，隔江猶唱〈後庭花〉❹。

【韻　律】全詩平仄合律，為平起格的律絕。詩用下平聲六麻韻，韻腳是：沙、家、花。

【注　釋】❶籠　籠罩。❷秦淮　秦淮河，在今南京市市區。❸商女　賣唱的歌女。❹隔江猶唱後庭花　江，指秦淮河。猶，還。後庭花，歌曲名，即陳叔寶所作的〈玉樹後庭花〉。陳叔寶為陳的後主，荒淫享樂，朝政不修，亡於隋。後以「後庭花」代表靡靡之樂。

【語　譯】煙籠罩著寒水，月光照射著平沙，夜泊在秦淮河邊，靠近酒家。歌女們不知道亡國的痛恨，隔著江兒還在唱〈玉樹後庭花〉。

【賞　析】杜牧在一個煙月的晚上，乘船停靠在秦淮河畔，對岸是繁華的酒樓，歌女們正唱著流行歌曲。他有感於唐朝國勢的日衰，詠下〈泊秦淮〉這首千古的絕唱，有居安思危的警惕，借陳後主的亡國故事而有所託諷。詩中前兩句寫夜景，並點題，後兩句借商女歌〈後庭花〉一事，雖歌者無心，而聽者卻有所感慨。杜牧詩取象優美，造景綺麗，用精煉的語言表達含蓄的情意，使人玩味不盡，尤其是他的七絕，更能表現這項優點。

292

寄揚州韓綽判官

杜　牧

青山隱隱❶水迢迢❷，秋盡江南草未凋❸。二十四橋❹明月夜，玉人❺何處教吹簫？

【韻　律】全詩平仄合律，為平起格的律絕。詩用下平聲二蕭韻，韻腳是：迢、凋、簫。

【注　釋】❶隱隱　不明貌。❷迢迢　遠貌。❸草未凋　言江南地氣暖，秋已盡而草木未凋零。❹二十四橋　在今江蘇江都城西門外瘦西湖。二十四橋有兩種說法：一為二十四座橋。清《一統志》云：「隋置，並以城門坊市為名，後宋韓令坤省築州城，分布阡陌，別立梁橋，所謂二十四橋者，或存或廢，不可得而考。」二為橋名「二十四橋」。《揚州畫舫錄》云：「二十四橋，一名紅藥橋，即吳家磚橋，古有二十四美人吹簫於此，故名。」❺玉人　指韓綽。

【語　譯】青山隱約可見，而綠水流向遙遠的地方，如今秋已老去，但江南的草木尚未凋零。今晚，二十四橋的明月正好，您在何處教伊人吹簫呢？

【賞析】這是一首寄贈的詩，杜牧寄給在揚州任判官的韓綽。揚州，為唐朝繁華之區，遊樂之處，即今江蘇江都西南。詩中前兩句寫江南秋景，山水嫵媚，草木未凋；後兩句問近況，因揚州為遊樂之地，故以「玉人何處教吹簫」相問，更覺富有情趣。今揚州瘦西湖有二十四橋、白塔等景點，瘦西湖有小西湖之意，杭州西湖，湖面廣闊，瘦西湖則窄小，但景色優美，良辰美景，自然有佳話詩篇，益增山水靈秀，杜牧此詩，便增人文山水的情致。

293 遣懷

杜牧

落魄❶江湖載酒行，楚腰纖細掌中輕❷。十年一覺揚州夢❸，贏得青樓薄倖名❹。

【韻律】全詩平仄合律，為仄起格的律絕。詩用下平聲八庚韻，韻腳是：行、輕、名。

【注釋】❶落魄　失意無聊。❷楚腰纖細掌中輕　此指揚州腰身纖細的女子。楚腰，《後漢書．馬廖傳》：「楚王好細腰，宮中多餓死。」楚王好細腰的女子，後世因稱細腰為楚腰。掌中輕，伶玄《趙飛燕外傳》：「纖便輕細，舉止翩然，人謂之飛燕。」世人因謂趙飛燕體輕，能為掌上舞。❸十年一覺揚州夢　在揚州遊樂沉迷十年之久，而今猶如一夢醒來。十年一覺，言十年雖久，猶如一夢醒來。《傳燈錄》云：「十年一覺紅塵夢，不定風燈是此身。」❹贏得青樓薄倖名　青樓，即妓院。梁劉邈〈萬山見採桑人〉詩：「倡妾不勝愁，結束下青樓。」薄倖，薄情。

【語譯】我失意流落江湖，經常攜酒而遊，這兒的女子腰細體輕，如同趙飛燕可以作掌中舞。我在揚州遊樂，沉迷已久，如今彷如一夢醒來，只贏得青樓的姑娘們說我是個薄倖郎的名聲。

【賞析】這是一首懺悔自責的詩，全詩的主旨在於「十年一覺」的「覺」字。覺是醒覺。由於「落魄」，寄身「江湖」，借「酒」消愁，甚至沉迷墮落。十年揚州夢，總算得以「一覺」，然不怨人，以「贏得青樓薄倖名」自嘲，多情種子，字裡行間流露真摯之情，所以感人。宋胡仔《苕溪漁隱叢話》後集云：「牧之〈遣懷〉詩，余嘗疑此詩必有謂焉。因閱《芝田錄》云：牛奇章帥維揚，牧之在幕中，多微服逸游。公聞之，以街子數輩，潛隨牧之，以防不虞。後牧之以拾遺召，臨別，公以縱逸為戒。牧之始猶諱之，公命取一篋，皆是街子輩報帖，云書記平善，乃大感服。方知牧之此詩，言當日逸游之事耳。」所謂「遣懷」，是指排遣愁懷。

294　秋夕

杜牧

銀燭秋光冷畫屏❶，輕羅小扇撲流螢❷。天階❸夜色涼如水，坐看牽牛織女星❹。

【韻律】全詩平仄合律，是為仄起格的律絕。詩用下平聲九青韻，韻腳是：屏、螢、星。

【注釋】❶銀燭秋光冷畫屏　秋夜的燭光照在畫屏上，使人覺得有些涼意。銀燭，白蠟燭。畫屏，上有繪刻的屏風。❷輕羅小扇撲流螢　提著輕薄絲織品製成的小團扇，在捕捉飛動的螢火蟲。流螢，飛動的螢火蟲。❸天階　露天的臺階。一作天街，指京城的街道。❹坐看牽牛織女星　坐，一作臥。牽牛、織女，兩座星宿名。是神話中牛郎和織女。

【語譯】秋夜的燭光照在畫屏上，使人覺得有些涼意，她拿著一把輕羅的小團扇，在捕捉飛動的螢火蟲。這時，露天的石階上，夜色清涼如水，她坐下來，看那天上的牽牛和織女星。

【賞析】這是一首寫秋夜的詩，美得像一幅圖畫。王維的詩是「詩中有畫，畫中有詩」，而杜牧的詩，也有此特色，且詞采清麗，畫面鮮明，流露出爽朗俊逸的情調。這首詩把秋涼的夜景全映托出來，使人彷彿見到一個活潑的少女，拿著羅扇在追趕流螢，一會兒，又坐在石階上，仰視天空，在幻想牽牛織女美麗的神話。詩中末句「坐看牽牛織女星」，「坐看」則有幾分少女的矜持，如果是「臥看」，則近於自在輕狂。

295

贈別 二首其一

杜牧

娉娉嫋嫋❶十三餘，豆蔻❷梢頭二月初。春風十里揚州路，卷上珠簾總不如❸。

【韻　律】三四兩句為失黏失對的現象，依然合律，是為律絕。詩用上平聲六魚韻，韻腳是：餘、初、如。

【注　釋】❶娉娉嫋嫋　美好嬌弱的樣子。❷豆蔻　植物名。豆蔻還未開花的叫做含胎花。在此是以豆蔻花比喻女子。《桂海虞衡志》云：「豆蔻花，春末發，先抽幹，有大籜包之。」❸卷上珠簾總不如　謂捲上珠簾，品賞諸妓的容貌，總不如她的美好。

【語　譯】她今年才十三歲多一點兒，長得一副美人胚子，就像二月初剛抽幹的豆蔻花。在春風駘蕩的揚州十里路上，捲起珠簾，品賞諸妓的容貌，總覺得不如她那麼漂亮。

296

其　二

多情卻似總無情❶，唯覺尊❷前笑不成。蠟燭有心❸還惜別，替人垂淚到天明。

【韻　律】全詩平仄合律，是為平起格律絕。詩用下平聲八庚韻，韻腳是：情、成、明。

【注　釋】❶多情卻似總無情　你雖是多情，但總要裝得像是無情的樣子。卻似，反而像是。❷尊　一作樽。酒杯。❸蠟燭有心　「有心」二字雙關：一指蠟燭本身有心。一喻情人有心。有心，有情意。

【語　譯】你雖是多情，如今反而裝得像是無情的樣子，但我可以察覺出你在餞別的酒杯前，再也歡笑不起來。蠟燭有心還珍愛惜別的情意，替離人流淚，直到天明。

【賞析】一般的別詩，有送別、贈別、留別三種。送別詩是臨別時，寫詩送他遠行。贈別，也就是送別。而留別詩，與送別相反，是遠行的人，留詩給送行的人作為紀念，也可稱為留贈。

杜牧的兩首〈贈別〉，依內容來看，是屬於「留別」。這是杜牧離開揚州時，寫詩送給妓女的留別詩。第一首是讚美她的年輕貌美，用「娉娉嫋嫋」、「豆蔻」，讚她年輕，用「十里揚州路」、「總不如」，頌其貌美。第二首是抒其惜別之情，言昔日的多情，如今反似無情的樣子，然臨別不免為別情所困，歡笑不起來。三四兩句寫女子的多情，愈覺自己的不忍離去。

297

金谷園

杜牧

繁華事散逐❶香塵，流水無情草自春。日暮東風怨啼鳥，落花猶似墜樓人❷。

【韻律】第三句「日暮東風怨啼鳥」是單拗，「怨」字宜平用仄，是拗，「啼」字本仄用平，是救，本句自救，依然合律。其餘各句合律，是為平起格的律絕。詩用上平聲十一真韻，韻腳是：塵、春、人。

【注　釋】❶逐　隨也。❷墜樓人　指綠珠為石崇殉情的故事。《晉書・石崇傳》：「崇有妓曰綠珠，美而豔，善吹笛，孫秀使人求之，崇勃然曰：『綠珠吾所愛，不可得也。』秀怒，矯詔收崇，崇正宴於樓上，介士到門，崇謂綠珠曰：『我今為爾得罪。』綠珠泣曰：『當效死於君前。』因自投於樓下而死。」

【語　譯】昔日的繁華韻事已隨香塵消散了，但金谷園裡的流水，依然無情地流著，在春天裡，草木依然自動地滋長。黃昏時，東風裡傳來啼鳥的哀怨，看到落花，不禁使我想起：就跟當年跳樓的綠珠一樣。

【賞　析】這是一首傷春詠史的詩。金谷園，是晉代石崇的別墅。在河南洛陽西金谷澗中。杜牧遊金谷園，不禁對廢園興起慨歎，尤其是綠珠跳樓的故事，可謂最出色的風流韻事了。於是詩人配以當前所見的春景，最後一句才點出綠珠的死。而綠珠的死，也已美化，拿「落花」來比喻，發揮了詩人豐富的想像力。清洪亮吉《北江詩話》云：「中唐以後，小杜才識，亦非人所及，文章則有經濟，古近體詩則有氣勢，倘分其所長，亦足以了數子，宜其薄視元白諸人也。」杜牧的詩，用詞清麗，可謂啟開晚唐唯美文學的先聲。

清代袁枚有〈落花〉詩八首，也是詠史詩，其靈感得自於杜牧的〈金谷園〉詩。〈落花〉詩的第一首，也是組詩的序，其詩云：「江南有客惜年華，三月憑欄日易斜。春在東風原是夢，身非薄命不為花。仙雲影散留香雨，故國臺空剩館娃。從古傾城好顏色，幾枝零落在天涯。」由西施寫起，蔡文姬等，都以落花為喻，淒美婉約，袁枚也堪稱才子，可與杜牧的〈金谷園〉詩相媲美。

298

夜雨寄北

李商隱

君問歸期未有期❶，巴山❷夜雨漲秋池。何當❸共剪西窗燭，卻話❹巴山夜雨時？

【韻律】全詩平仄合律，是為仄起格的律絕。詩用上平聲四支韻，韻腳是：期、池、時。

【注釋】❶君問歸期未有期　你問我幾時回來，但我的歸期還沒有確定呢！「君問歸期」是問，「未有期」是答。❷巴山　泛指四川的山。❸何當　猶云何日。即那一天。溫庭筠〈送人東遊〉詩：「何當重相見，樽酒慰離顏。」❹卻話　猶云回溯。即重談。

【語譯】你問我幾時回來，但我的歸期還沒有一定呢！今晚巴山一帶正下著雨，池塘裡漲滿了秋水。那一天，才能和你共坐在西窗下剪燭談心，重談今晚巴山夜雨的情景呢！

【賞析】這是李商隱在四川時，遇到夜雨，因而思家殷切，寫了一首詩，寄給住在河內的妻子，題作「夜雨寄北」。當時他的家在河內，即今河南北部，所以說是「寄北」。詩中「巴山夜雨」四字，出現兩次，一方面點題，一方面也強調此詩主旨的所在，借夜雨的迷濛，表達了思念家人心情的迷茫。前面說今晚巴山下雨，後面又重提巴山夜雨的惆悵心情。一說是寄給朋友的詩，如今

「同窗共硯」、「剪燭西窗」，便成了思念同學朋友的成語。不過此詩作寄給妻子的，較為妥當。清李鍈《詩法易簡錄》云：「就歸期夜雨等字觀之，前人有以此為寄內之詩者，當不誣也。」唐詩中佳語麗典很多，留連其間，美不勝收。

299

寄令狐郎中

李商隱

嵩雲秦樹❶久離居，雙鯉❷迢迢一紙書。休問梁園❸舊賓客，茂陵秋雨病相如❹。

【韻律】第三句「休問梁園舊賓客」，是單拗。第五字「舊」字宜平而用仄，第六字「賓」字，本宜仄，反用平以救上字，是為本句自救，依然合律。詩中其他各句合律，是為平起格的律絕。詩用上平聲六魚韻，韻腳是：居、書、如。

【注釋】❶嵩雲秦樹　即嵩山的雲，秦川的樹。一在河南，一在陝西。❷雙鯉　本為藏書信的函，今為書信的代稱。漢〈飲馬長城窟行〉：「客從遠方來，遺我雙鯉魚。呼兒烹鯉魚，中有尺素書。」❸梁園　即漢時梁孝王的兔園。故址在今河南商丘東。梁孝王，為漢文帝的第二子，好賓客，司馬相如客遊梁，曾從遊於梁孝王的幕下。❹茂陵秋雨病相如　茂陵，在今陝西興平東北。司馬相如曾家居於此。《史記・司馬相如列傳》：「相如嘗稱病閒居，不慕官爵，拜為孝文園令，既病免，家居茂陵。」

【語　譯】我和你被嵩山的雲和秦川的樹久久的隔離著，遠遠地只靠一紙書信款通著消息。請你別再問起梁孝王兔園裡舊時的賓客，如今我正像在茂陵秋雨中患病的司馬相如一樣。

【賞　析】這是李商隱在河南寄贈給在陝西令狐郎中的一首詩。令狐郎中，便是令狐楚的兒子令狐綯。《新唐書・令狐綯傳》：「字子直，舉進士，擢累左補闕，右司郎中。」李商隱十六歲時，被河陽節度使令狐楚所賞識，召致幕下。後來便與令狐楚的孩子們在一起長大。但李商隱的科場屢屢失利，儘管詩寫得好，每次考進士，都是金榜失名。直到二十五歲那年，反而由令狐楚的孩子令狐綯的獎掖，才擢為進士。所以李商隱和令狐綯是童年的友伴。後來李商隱娶王茂元的女兒為妻，夾在牛李黨爭之中，使令狐綯對他不諒解。這首寄贈，前兩句點題，寫兩人久離，僅憑一紙書款通消息。後兩句以司馬相如居梁時自況，嘆近況臥病潦倒之情。

300　為有

李商隱

為有❶雲屏❷無限嬌，鳳城❸寒盡怕春宵。無端❹嫁得金龜婿❺，辜負香衾事早朝。

【韻　律】全詩平仄合律，是為仄起格的律絕。詩用下平聲二蕭韻，韻腳是：嬌、宵、朝。

【注 釋】❶為有 猶言復有。❷雲屏 用雲母石做的屏風。❸鳳城 秦穆公女弄玉吹簫，鳳降其城，因號丹鳳城。後世因謂京都為鳳城。❹無端 猶言無因。❺金龜婿 指佩金龜作官的夫婿。唐代三品以上的官員，朝服上繡有金線的魚形或龜形。《舊唐書・輿服志》：「天授元年，改內外所佩魚皆為龜，三品以上龜袋用金飾。」

【語 譯】在這豪華的臥室中，加上雲母的屏風真是有無限的嬌美，在京城裡，冬天已過，使她最怕的卻是春宵。因為自從她無因地嫁給了金龜婿後，她的夫婿往往辜負美好的香衾，天沒亮便趕著去早朝了。

【賞 析】這是一首閨怨的詩，取第一句前兩字為題，「為有」二字，發端悠妙。詩中寫華屋嬌婦，本是可樂，但閨人卻「怕春宵」。後兩句道出怕的原因，是無端嫁給了金龜婿，他忙於早朝，放棄了閨房之樂，使她發出無限的幽怨。清何焯《義門讀書記》：「此與悔教夫婿覓封侯同意，而用意較尖刻。」屈復的《玉谿生詩意》分析道：「玉谿以絕世香豔之才，終老幕職，晨入暮出，簿書無暇，與嫁貴婿，負香衾何異？其怨也宜。」

301

隋 宮

李商隱

乘輿南遊❶不戒嚴，九重誰省諫書函❷？春風舉國裁宮錦，半作障泥❸半作帆。

【韻　律】全詩平仄合律，是為仄起格的律絕。詩用下平聲十五咸韻，韻腳是：函、帆。首句末字「嚴字」，是下平聲十四鹽韻，是借用鄰韻押韻的現象。

【注　釋】❶南遊　指隋煬帝幸江都。❷九重誰省諫書函　朝廷裡有誰去看臣子的奏章呢？九重，天子所居之處。省，省察。諫書函，臣子所上的奏章。❸障泥　垂在馬鞍兩旁，用以遮蔽塵泥的布。亦作蔽泥。

【語　譯】隋煬帝趁興到江南遊玩，由於時局平靖，不必戒嚴，當時皇上一心遊樂，朝廷上還有誰去察看臣子的奏章？在春風駘蕩時，舉國忙於織造宮中用的錦繡。進貢後，那些錦緞，一半卻做了馬身上的蔽泥布，另一半做了船上的風帆。

【賞　析】這是一首詠史的詩，詩中諷刺隋煬帝的逸樂奢侈，導致亡國。大業十二年（西元六一六），隋煬帝幸江都，奉信郎崔民象上表忠諫，反遭殺戮，於是臣子們再不敢有忠諫的。詩中含蓄地指責帝王的遊樂而荒於政事，後兩句更明確地諷刺君王的奢侈，不愛惜民力。其實李商隱是借「隋宮」為題，對唐敬宗不事朝政，耽於女色而有所諷。晚唐詠物、詠史詩興起，詩人借物、借史諷諭，不免有言外之意，弦外之音，讀者不難意會。

302

瑤池

李商隱

瑤池阿母❶綺窗開，〈黃竹❷〉歌聲動地哀。八駿❸日行三萬里，穆王❹何事不重來？

【韻律】全詩平仄合律，是為平起格的律絕。詩用上平聲十灰韻，韻腳是：開、哀、來。

【注釋】❶瑤池阿母　瑤池，仙境也，相傳為西王母所居的地方。阿母，即西王母。《穆天子傳》：「觴西王母於瑤池之上。」❷黃竹　逸詩篇名。《穆天子傳》：「天子遊黃臺之丘，獵於苹澤，日中大寒，北風雨雪，天子作〈黃竹詩〉三章，以哀人民。」❸八駿　相傳為周穆王有駿馬八匹。《拾遺記》：「穆王八駿：一名絕地，二名翻羽，三名奔宵，四名起影，五名踰輝，六名超光，七名騰霧，八名挾翼。」❹穆王　即周穆王。

【語譯】西王母居住的瑤池，華麗的窗子已打開，那〈黃竹〉的歌聲傳到人間，充滿了悲哀。周穆王有八匹駿馬，一日可以奔行三萬里，為什麼到如今還不見他重來？

【賞析】這是一首諷刺學仙的詩。「瑤池阿母」、「黃竹歌」，「八駿」，「穆王」等詞，都是出自《穆天子傳》。《穆天子傳》，是晉太康二年，汲縣人丕準盜魏襄王墓所出土的神怪小說，記載周穆王西遊的神仙故事。詩中末句問得巧妙，如人不死，周穆王又有八匹駿馬，為何不見他重來？清何焯《義門讀書記》：「詩云：將子無死，尚復能來。不來則死矣，譏求仙之無益也！」清葉燮《原詩》云：「李商隱七絕，寄托深而措辭婉，可空百代。」

303

嫦娥

李商隱

雲母屏風❶燭影深，長河❷漸落曉星沉。嫦娥❸應悔偷靈藥，碧海青天夜夜心。

【韻律】全詩平仄合律，是為仄起格的律絕。詩用下平聲十二侵韻，韻腳是：深、沉、心。

【注釋】❶雲母屏風　用雲母石鑲製的屏風。❷長河　天河。❸嫦娥　后羿的妻子，相傳她偷得不死之藥，奔月，便居於月宮。今多以嫦娥為月的代稱。《淮南子．覽冥訓》：「羿請不死之藥於西王母，姮娥竊之奔月宮。」

【語譯】燭影投射在雲母屏風上，這時夜已深了。天河漸漸地降落而曉星也已稀微。嫦娥應後悔偷了不死之藥，如今在月宮裡，對著碧海般的青天，這顆心夜夜不能平靜。

【賞析】這是一首借詠月或有所寄託的詩。前兩句寫夜殘星落，後兩句感歎月裡嫦娥，也應後悔偷取靈藥，到如今夜夜猶不能平靜。清紀昀《批李義山詩集》云：「意思藏在第一句，卻從嫦娥對面寫來，十分蘊藉，此悼亡之詩，非咏嫦娥。」李商隱詩沉博絕麗，晦澀難解，然善於用歷史典故，烘托比興，表達複雜的情感，故其詩旨遙深，造意極美，使人詠誦不已。

304　賈生

李商隱

宣室求賢訪逐臣❶，賈生才調更無倫❷。可憐夜半虛前席❸，不問蒼問蒼生問鬼神❹。

【韻　律】全詩平仄合律，是為仄起格的律絕。詩用上平聲十一真韻，韻腳是：臣、倫、神。

【注　釋】❶宣室求賢訪逐臣　宣室，天子的正室，在此指天子。逐臣，流放的臣子。因賈誼出為長沙太傅，是逐臣，一年後，漢文帝又召見他，所以說求賢訪逐臣。❷無倫　無比。❸虛前席　空出座位接待賓客，言禮賢下士。❹不問蒼生問鬼神　指漢文帝因祭祀而問鬼神事。《史記・屈賈列傳》：「後歲餘，賈生徵見。孝文帝方受釐，坐宣室，上因感鬼神事，而問鬼神之本。賈生因具道所以然之狀。至夜半，文帝前席。既罷，曰：『吾久不見賈生，自以為過之，今不及也。』」

【語　譯】漢文帝為求賢才，曾召見流放在朝外的臣子，在這些臣子中，以賈誼的才氣最高，沒有人可以跟他相比。最可惜的是漢文帝在半夜裡禮賢下士，不問百姓的事，反而問鬼神來由的事。

【賞　析】這是一首詠史的詩，借賈誼的懷才不遇而有所慨歎。李商隱的慨歎，也感歎自己的不遇啊！詩中首句謂漢文帝有求賢之心，次句讚賈誼的才氣高，三四句有所抑，諷刺漢文帝不問民生大計，反問鬼神的由來。清馮浩《玉谿生詩箋注》：「義山退居數年，起而應辟，故每以逐客逐臣自喻，唐人習氣也。上章亦云賈生事鬼，蓋因嶺南瘴癘之鄉，故以借慨，不解者乃以為議論。」

305

瑤瑟怨

溫庭筠

冰簟❶銀牀夢不成，碧天如水夜雲輕。雁聲遠過瀟湘❷去，十二樓❸中月自明。

【韻律】全詩平仄合律，是為律絕。詩用下平聲八庚韻，韻腳是：成、輕、明。

【注釋】❶冰簟　涼爽的竹席。❷瀟湘　湖南省境的湘水，在零陵縣西合瀟水，世稱瀟湘。❸十二樓　泛指京都的高樓。

【語譯】睡在涼席和潔白的牀上，一時無法入睡，但見秋夜夜空如水，雲影輕盈。雁的鳴聲已遠過了瀟湘，這時，十二樓中，月色正好呢！

【賞析】這是一首閨怨的詩，借瑤瑟的聲音，以抒幽怨。瑤瑟，飾有玉的瑟。全詩主旨在首句「夢不成」三字上，其下三句均寫秋夜之景，末句「十二樓中月自明」，應首句「夢不成」，如此良夜，為何不寐？況夜已深了，雁聲遠過瀟湘而去，但留十二樓中一輪孤月，更能觸動幽情。通篇寫秋景，然怨意與秋意俱濃。

306

馬嵬坡

鄭畋

玄宗回馬楊妃死❶，雲雨❷難忘日月新。終是聖明天子事，景陽宮井❸又何人？

【作　者】鄭畋，字臺文，滎陽（今河南成皋南）人。會昌年間進士。劉瞻鎮北門，辟為從事，瞻作相，薦為翰林學士，遷中書舍人。乾符中，以兵部侍郎同平章事，累官尚書左僕射。有詩一卷，今存十六首。《新唐書》、《舊唐書》有傳。

【韻　律】全詩平仄合律，是為平起格的律絕。詩用上平聲十一真韻，韻腳是：新、人。首句不用韻。

【注　釋】❶玄宗回馬楊妃死　天寶十五載（西元七五六），安祿山破潼關，唐玄宗避難入蜀，路過馬嵬坡（在今陝西興平西），兵變，楊貴妃縊死。肅宗至德二年（西元七五七），玄宗返都，就養南宮。❷雲雨　喻男女歡合。❸景陽宮井　指陳後主出景陽宮，與張麗華、孔貴嬪投入井中，以避隋軍的事。《陳書‧後主本紀》：「後主聞兵至，從宮人十餘出後堂景陽殿，將自投于井，袁憲侍側，苦諫不從。後閤舍人夏侯公韻又以身蔽井，後主與之爭，久之，方得入焉。及夜，為隋軍所執。」

【語　譯】唐玄宗從四川轉馬回京，楊妃早已死在馬嵬坡了。儘管歲月常新，但他和貴妃的歡情，卻始終難忘。然而玄宗使楊妃自盡，畢竟是聰明的做法，不然，帶著妃子逃入景陽宮的井裡，又是誰呢？

【賞　析】這是一首詠史的詩，題作「馬嵬坡」，是玄宗避兵亂入蜀所過的地方，同時馬嵬佛寺，也是楊貴妃縊死的傷心地，後人在此題壁的詩不少。首句點題，並述史事，次句承，言玄宗猶不忘情。三四句轉結巧妙，呵護玄宗的做法，否則，又要成陳後主第二了。唐高彥休《唐闕史》云：「馬嵬佛寺楊貴妃縊所，邇後才人經過賦詩，以導幽怨者，不可勝紀，莫不以翠翹香鈿，委於塵土，紅淒碧怨，令人傷感，雖調苦詞清，而無此意。獨丞相滎陽公畋為鳳翔從事日，題詩曰，玄宗回馬楊妃死云云，後人觀者以為真輔相之句。」蘅塘退士云：「唐人馬嵬詩極多，惟此首得溫柔敦厚之意，故錄之。」

307

已涼

韓偓

碧闌干外繡簾垂，猩色❶屏風畫折枝❷。八尺龍鬚❸方錦褥，已涼天氣未寒時。

【作者】韓偓，字致光，號玉山樵人，京兆萬年（今陝西長安）人。龍紀元年（西元八八九）進士，官至兵部侍郎、翰林學士。因忤朱全忠，貶濮州司馬。天佑二年復官，不赴召，南依王審知而卒。著有《韓內翰集》、《香奩集》。他是李商隱的連襟韓瞻的兒子，小時能詩，頗得李商隱的賞識，李商隱給他的詩中，有「雛鳳清於老鳳聲」句。《韓內翰集》中，多感傷時亂的作品，表現忠國憂時的思想，至於《香奩集》，是他少年的作品，流於豔麗，情調不高。《新唐書》有傳。

【韻律】全詩平仄合律，是為平起格的律絕。詩用上平聲四支韻，韻腳是：垂、枝、時。

【注釋】❶猩色　血紅色。❷折枝　花卉畫法之一，謂畫花卉不帶根，斷如折下的花枝。❸龍鬚　龍鬚草，可織為席。

【語譯】綠闌干外，繡簾低垂，血紅色的屏風上，畫著一幅折枝的花卉圖。房裡八尺的龍鬚席上，鋪著錦繡的被褥，這時，正是已涼的天氣，未寒的時節。

【賞析】這是一首豔體詩，題作「已涼」，與詩中的末句呼應。前三句寫豪華精緻的臥室，由外而內，用「闌干」、「繡簾」、「屏風」、「龍鬚」席、「錦褥」等具象，造成一幅舒適的情調。末句用「已涼天氣未寒時」收結，不著邊際，令人玄想。大抵韓偓的詩，格調輕快，卻有些纖弱。通篇沒有涉及一個「情」字，甚至也不涉及人事，純然以渲染周遭的景物，暗示無限的情思，供讀者玩索，頗富情趣。

308

金陵圖

韋莊

江雨霏霏江草齊，六朝❶如夢鳥空啼。無情最是臺城❷柳，依舊煙籠十里堤。

【韻律】全詩平仄合律，是為仄起格的律格。詩用上平聲八齊韻，韻腳是：齊、啼、堤。

【注釋】❶六朝　指東吳、東晉、宋、齊、梁、陳六個朝代，均建都於建業。建業，亦稱金陵，即今南京市。❷臺城　《容齋隨筆》云：「晉宋間，謂朝廷禁省為臺，故稱禁城為臺城。」故址在今南京市北玄武湖畔。亦稱苑城，咸和中修繕，亦稱新宮。宋、齊、梁、陳，皆以此為宮城。

【語譯】江上細雨霏霏，江草挺秀整齊，六朝的事跡，已如夢般過去了，甚至連鳥兒也感到哀傷，空自在鳴叫。只有那臺城的柳樹，對六朝的興亡無動於衷，它依然綠濛濛地籠罩在十里長堤上。

【賞析】這是一首題畫的詩，詩中充滿了懷古的情調。正如他處在唐朝的末世，於是借〈金陵圖〉，就六朝的興亡，流露出濃厚的末世哀愁。他用霏霏的江雨，滿堤煙柳的景色和寂寞的啼鳥，與「六朝如夢」的惆悵心境交織在一起，造成淒涼的氣氛。詩中沒有說出哀愁，卻使人讀罷，那哀愁有如十里堤上的煙柳，一片迷濛地包圍著你，久久不散。

畫是無聲的美的展現，韋莊題畫詩，則隱約可聽得鳥啼聲，似乎在哀歎六朝的消逝，於是江雨霏霏掩沒掉十里臺城柳，時間和空間的消逝，在淒迷中消失。

309 隴西行

陳　陶

誓掃匈奴❶不顧身，五千貂錦喪胡塵❷。可憐無定河❸邊骨，猶是深閨夢裡人。

【作　者】陳陶，字嵩伯，鄱陽（今屬江西）人。沒考中進士，宣宗大中時游學長安，後來隱居洪州（今江西南昌）西山。有《文錄》十卷。《唐才子傳》有小傳。

【韻　律】這是一首樂府絕，全詩平仄合律，末聯對結。詩用上平聲十一真韻，韻腳是：身、塵、人。

【注　釋】❶匈奴　是古代北方經常入寇中原的民族。❷五千貂錦喪胡塵　五千名將士在北方的戰場上犧牲了。貂錦，戴著貂皮帽，穿著錦袍的將士。胡，漢人稱北方民族的通稱。❸無定河　源出內蒙古，經陝西省流入黃河。《一統志》云：「無定河自邊外流經陝西榆林府懷遠縣北，西南經米脂縣，又東南流經清澗縣東北，入黃河。一名奢延河，以潰沙急流，深淺不定，故名無定。」

【語　譯】不顧自身的危險，決心要把匈奴掃蕩，五千名將士都在北方的沙場上犧牲了。可憐那些散落在無定河邊的枯骨，還是他們家裡的妻子正在夢中想念著的人呢！

【賞　析】這是一首沿用樂府舊題的詩，〈隴西行〉本為相和曲辭。隴西，在今甘肅隴山以西的地方。詩中表現了戰士的英勇和不畏犧牲的精神；同時，詩人也客觀地描繪了戰爭的另一面，說明了那些在無定河邊捐軀的壯士，他們家中的妻子，還正等著他們的歸來，使這首詩充滿了悲壯的情調。我國歷代的寇患，大都來自北方，讀唐人的邊塞詩，使人產生不少悲壯的激情。

先總統蔣中正先生生前喜愛唐詩，死後，他的家人曾將《唐詩三百首》一冊，作為殉葬物之一。他尤其愛好唐人的邊塞詩，充滿悲壯的情懷，強烈的進取心。但他特別不喜歡其中的兩首邊塞詩：一首是王翰的〈涼州詞〉：「葡萄美酒夜光杯，欲飲琵琶馬上催。醉臥沙場君莫笑，古來征戰幾人回？」如果軍人都喝酒上戰場，這豈不是打一場爛戰？另一首便是陳陶的〈隴西行〉：

「誓掃匈奴不顧身，五千貂錦喪胡塵。」全軍覆沒，畢竟太壯烈了。「可憐無定河邊骨，猶是深閨夢裡人。」未免悲慘，不忍卒讀。

310

寄人

張泌

別夢依依到謝家❶，小廊回合❷曲闌斜。多情只有春庭月，猶為離人❸照落花。

【作　者】張泌，字子澄，淮南人。仕南唐，嘗仕句容縣尉，累官至內史舍人，有詩一卷。見《全唐詩》小傳。

【韻　律】全詩平仄合律，是為仄起格的律絕。詩用下平聲六麻韻，韻腳是：家、斜、花。

【注　釋】❶別夢依依到謝家　別後依依，在夢中又來到你的家。依依，不捨貌。謝家，伊人家的代稱。❷小廊回合　猶回廊。曲折回環的小廊。❸離人　離別的人。

【語　譯】別後依依，在夢中又來到你的家，只見曲折回環的小廊和闌干橫斜著。醒來，只有庭前的春月是多情的，它依然為滿懷離愁的人照著落花。

【賞　析】這是一首別後懷人，寄贈的詩。前兩句道出別後依依，夢到謝家的景象，夢中所見，小廊回曲，闌干橫斜。後兩句寫夢醒所見的景象，春月多情，猶照落花。言外之音，有伊人冷寞，何時能像多情的春月，安慰別後離人的心。詩中「別夢」句，已見情癡，「多情」、「猶為」相呼應，寫景以見內情，愈見眷戀之情，是一首淒美的抒情詩。清徐釚《詞苑叢談》：「張泌，仕南唐為內史舍人，初與鄰女浣衣相善，作〈江神子〉詞云：浣花溪上見卿卿，眼波明，黛眉輕，高綰綠雲，低簇小蜻蜓。好是問他知得麼，和笑道，莫多情。後經年不復相見，張夜夢之，寄絕句，別夢依依到謝家云云。」

311 雜詩

無名氏

近寒食雨草萋萋❶，著麥苗風❷柳映堤。
等是❸有家歸未得，杜鵑❹休向耳邊啼。

【韻律】全詩平仄合律，是為律絕。詩用上平聲八齊韻，韻腳是：萋、堤、啼。

【注釋】❶萋萋　草盛貌。❷著麥苗風　著，受的意思。即麥苗受風。❸等是　猶言都是。❹杜鵑　鳥名。子規鳥，啼聲如「不如歸去」。

【語譯】將近寒食節的雨，不停地下，放眼看去，草葉萋萋，麥苗承受風的吹襲，綠柳映照著長堤。想來你我都是有家歸不得的遊子，杜鵑哦，請別對著我的耳邊啼叫吧！

【賞析】這是一首近寒食時節，遊子思歸的詩。詩中前兩句寫清明節前所見的景色，如「寒食雨」、「草萋萋」、「著麥苗風」、「柳映堤」，沒有一件不引起愁緒。後兩句傷佳節有家不得歸，因此埋怨子規鳥老在耳邊啼「不如歸去」。詩以境界為上，情景交融，始生境界。此詩如「近」、「著」、「等是」、「休向」等字，鍊字尤工。

七絕樂府

312

渭城曲

王維

渭城❶朝雨浥❷輕塵，客舍❸青青柳色新。勸君更盡一杯酒，西出陽關❹無故人。

【韻律】這是一首樂府絕。第三句孤平，第四句「無」字救之，是孤平拗救的現象，依然合律。詩用上平聲十一真韻，韻腳是：塵、新、人。

【注釋】❶渭城　在今陝西西安西北。為王維替元二餞別的地方。❷浥　一作裛。潤濕的意思。❸客舍　旅舍。❹陽關　古代關名。在今甘肅敦煌西南。

【語譯】早晨，渭城下了一陣雨，潤濕了路上輕揚的沙塵，旅舍外，草木青青，柳色也煥然一新。在這兒為您餞行，請您再乾一杯酒吧！您向西出了陽關就沒有老朋友了。

【賞析】王維的〈渭城曲〉，是唐人送別詩中最具深情厚意的一首，後來便成為朋友送別時所唱的送別歌。〈渭城曲〉，一作〈送元二使安西〉。安西，在今新疆吐魯番一帶。又名〈陽關曲〉，是因詩中所提到的地點而得名。

唐人在朋友送別時，經常唱這支歌，於是有「陽關三疊」的唱法，從元和年間詩人的作品中可以明白，如劉禹錫〈與歌者〉詩云：「舊人唯有何戡在，更與殷勤唱〈渭城〉。」白居易〈對酒〉詩五首之一云：「相逢且莫推辭醉，聽唱〈陽關〉第四聲。」〈陽關〉第四聲，白居易自注云：「即勸君更盡一杯酒。」至於陽關三疊，唐人如何疊唱，說法紛紜，今略舉數種如下：宋蘇軾的《東坡志林》云：

> 舊傳陽關三疊，然今歌者，每句再疊而已。通一首言之，又是四疊，皆非是也。或每句三唱，以應三疊之說，則叢然無復節奏。余在密州，有文勛長官，以事至密，自云得古本〈陽關〉，其聲宛轉淒斷，不類向之所聞，每句再唱，而第一句不疊，乃知唐本三疊蓋如此。及在黃州，偶得樂天〈對酒〉詩五首之一云：「相逢且莫推辭醉，聽唱〈陽關〉第四聲。」注云：「第四聲，勸君更盡一杯酒」是也。以此驗之，若一句再疊，則此句為第五聲，今為第四聲，則第一句不疊審矣。

蘇東坡的這段記載，便提到三種不同的疊唱方式，他認為一二兩種都不合理，第三種才是唐人陽關三疊的真正唱法。其方式如次：

渭城朝雨浥輕塵，客舍青青柳色新，客舍青青柳色新；（一疊）勸君更盡一杯酒，（白詩云：

「聽唱〈陽關〉第四聲。」即指此句）勸君更盡一杯酒，（二疊）西出陽關無故人，西出陽關無故人。（三疊）

其次，元人《陽春白雪集》中，有以大石調而歌陽關三疊的，這譜在每句中填入無數文字，跟元人的散曲一樣，已可斷言非唐人的三疊唱。又明人田藝衡有《陽關三疊圖譜》，其中列舉三種不同的唱法，其一是：第四句不疊，其他一至三句，每組各疊一句，故為三疊，方式如下：

渭城朝雨浥輕塵，渭城朝雨浥輕塵，客舍青青柳色新；勸君更盡一杯酒，西出陽關無故人。（一疊）渭城朝雨浥輕塵，客舍青青柳色新，客舍青青柳色新；勸君更盡一杯酒，西出陽關無故人。（二疊）渭城朝雨浥輕塵，客舍青青柳色新；勸君更盡一杯酒，勸君更盡一杯酒，西出陽關無故人。（三疊）

這種疊唱，「勸君更盡一杯酒」句，均在第四句，與白居易〈對酒〉詩五首之一所說的也可以吻合。

其實陽關三疊，當與音樂有關，依今日歌曲的唱法，有些歌曲，故意將末句疊唱數遍，加重其情意，合乎「送聲」的原則，這種最簡單的三疊唱，也最具音樂效果。其方式是：

渭城朝雨浥輕塵，客舍青青柳色新；勸君更盡一杯酒，西出陽關無故人，（一疊）西出陽關無故人，（二疊）西出陽關無故人。（三疊）

〈渭城曲〉詩意重點在末句，且「陽關」二字，亦在末句，將末句疊唱三遍，故獨稱為「陽關三疊」。如在他句疊唱，則何必稱「陽關」三疊呢？稱「渭城」三疊亦可，唐人以「陽關三疊」稱之，必疊末句，已是明證。其後疊唱繁複，可知此調有各種不同的唱法。

313

秋夜曲

王　維

桂魄初生秋露微❶，輕羅已薄未更衣。銀箏❷夜久殷勤弄，心怯空房不忍歸❸。

【韻　律】這是一首樂府絕，全詩平仄合律。詩用上平聲五微韻，韻腳是：微、衣、歸。

【注　釋】❶桂魄初生秋露微　桂魄，即月魄。指初生的月亮，月輪無光。秋露微，初秋的露水未重。❷銀箏　銀箏，絃樂器，以銀為飾的箏為銀箏。❸歸　歸房也。

【語　譯】月亮剛昇上來，秋夜的露水還很稀微，我穿著羅衣已感到單薄，但還沒更換呢！在夜裡，我殷勤地撥弄著銀箏，已彈了好久，就是心裡害怕空房，所以才遲遲不忍回房去。

【賞　析】這是一首寫宮怨的樂府詩，郭茂倩將此詩列在《樂府詩集》雜曲歌辭中。首句便點出「秋夜」，描寫初秋的夜，月初上。次句接著寫秋夜初涼。三四句寫「夜久」弄箏，「心怯空房」，由初夜直到深夜，猶「不忍歸」，已蘊藏著無限的哀怨，而心境的淒清與秋夜的淒涼融合，以達情景交融的境界。故蘅塘退士評此詩云：「貌為熱鬧，心實淒涼。非深於涉世者不知。」

314

長信怨

王昌齡

奉帚平明金殿開❶，且將團扇共徘徊❷。玉顏不及寒鴉色，猶帶昭陽❸日影來。

【韻律】這是一首樂府絕，全詩平仄合律。詩用上平聲十灰韻，韻腳是：開、徊、來。

【注釋】❶奉帚平明金殿開　奉帚，指班婕妤失寵，在長信殿拿掃帚做灑掃的工作。吳叔庠〈行路難〉：「班姬失寵顏不開，奉帚供養長信臺。」平明，天剛亮。❷且將團扇共徘徊　且將，一作暫將。卻將的意思。團扇，圓形的扇子，借團扇的典故，比喻秋扇見捐。班婕妤〈怨歌行〉：「新裂齊紈素，鮮潔如霜雪，裁為合歡扇，團團似明月。出入君懷袖，動搖微風發。常恐秋節至，涼風奪炎熱，棄情篋笥中，恩情中道絕。」共徘徊，言持帚與團扇共來往。❸昭陽　漢宮名。漢成帝寵趙飛燕，封趙飛燕的妹妹為昭儀，居昭陽殿中。

【語譯】天一亮，宮門剛打開，她便忙著灑掃庭臺，有時，她卻拿著團扇和大家一起在宮中寂寞地徘徊著。她有美好的容顏，但反而比不上寒鴉的顏色，那寒鴉尚可自由出入昭陽殿，把昭陽殿上的日光帶來。

【賞析】這是一首寫宮怨的樂府詩，屬於相和曲辭。描寫班婕妤的幽怨。長信，是漢代殿名。漢成帝班婕妤失寵時，曾供養太后在長信殿。王昌齡作〈長信怨〉，是沿用班婕妤的〈怨歌行〉樂府舊題而作。詩中以「奉帚」起興，切合班婕妤奉帚長信殿，供養太后的史實。次句引「團扇」為喻，切合她的〈怨歌行〉，有秋扇見捐之意。三四兩句始點出「怨」字，寫她雖有「玉顏」，卻不能得寵，並以「寒鴉」作陪襯，寒鴉尚可自由飛往昭陽殿中，得天子餘暉的照映，而她呢？竟長守長信殿中，不得寵幸。詩中拿「昭陽日影」與「長信奉帚」作對比，真有天壤之別。

315

出塞

王昌齡

秦時明月漢時關❶，萬里長征人未還；但使龍城飛將在❷，不教胡馬度陰山❸。

【韻律】這是一首樂府絕，全詩平仄合律。詩用上平聲十五刪韻，韻腳是：關、還、山。

【注釋】❶秦時明月漢時關　現在所看到的月亮還是秦時候的月亮，關塞還是漢時候的關塞。❷但使龍城飛將在　只要防守龍城邊塞的飛將軍還在的話。但使，猶言只須，即只要的意思。龍城，在今漢北塔果爾河地方。《漢書・匈奴傳》：「五月，大會龍城。」飛將，漢朝防守邊塞的將軍李廣，匈奴稱他為漢之「飛將軍」。❸陰山　在今內蒙古北部。

【語譯】現在所看到的月亮，還是秦朝的月亮，關塞也還是漢朝的關塞，但是古代出塞去遠征的壯士，到如今都還沒有回來呢！只要戍守龍城的飛將軍還在，就不讓胡人的馬隊跨過陰山來。

【賞　析】這是一首詠邊塞的詩。〈出塞曲〉，是屬於鼓吹曲辭，古時軍中所用的樂歌。《西京雜記》云：「戚夫人善歌出塞、入塞，望歸之曲。」唐代又有〈塞上曲〉、〈塞下曲〉，都是詠邊塞的樂府詩。王昌齡善寫邊塞詩，此詩尤為稱著。前兩句點題，以秦漢的關塞明月起興，次云，萬里長征的壯士，至今尚未歸來。三四句抒願作結，盼國有良將，邊境自寧，便可以不再有出塞之事，悲涼之中而有壯語。全詩寫景造意凝鍊，明人視此篇為唐人絕句的壓卷好詩，可當之無愧。明王世貞《全唐詩說》：「李于鱗言唐人絕句，當以『秦時明月漢時關』壓卷，余始不信，以太白集中有極二妙者，既而思之，若落意解，當別有所取，若以有意無意，可解不可解間求之，不免此詩第一耳。」

王昌齡以邊塞詩稱著，他是京兆長安人，處於開元盛世，年輕時，嚮往邊塞生活，有豪邁雄渾的胸襟。天寶初年，「以不護細行，貶龍標尉」。他不拘小節，遭人讒謗至此。龍標一地，說法不一，一指貴州黎平西北龍里司龍標寨，見民國修《貴州通志・人物志》。一指湖南黔陽附近，見《新唐書・地理志》。王昌齡的龍標尉，當指黔陽縣尉而言。他遭貶謫，仍渴望有建功立業的機會，時時抱有愛國淑世的情操，在〈九江口作〉詩，有云：「何當報君恩，卻繫單于頭。」可惜他在還鄉時，路經亳州（今安徽亳州），被刺史閭丘曉所殺，甚為可惜。不然，他還有更多的邊塞詩傳世。

316

出塞

王之渙

黃河遠上白雲間❶，一片孤城萬仞山❷。羌笛何須怨楊柳❸，春風不度玉門關❹。

【韻律】這是一首樂府絕，第三句「羌笛何須怨楊柳」為單拗，第五字「怨」字，本宜平而用仄，是拗，第六字「楊」字，本宜仄而反用平，以救上字，是本句自救，依然合律。其他各句平仄合律。詩用上平聲十五刪韻，韻腳是：間、山、關。

【注釋】❶黃河遠上白雲間　從西望去，黃河遠遠而來，彷彿從白雲間流來。黃河遠上，一作黃沙直上。❷一片孤城萬仞山　一片孤城，指涼州城。即今甘肅武威。萬仞，一仞八尺，猶言千萬丈，在此形容山高。❸羌笛何須怨楊柳　羌笛，古代羌族的一種管樂樂器。楊柳，一指〈折楊柳〉，古曲名；一指楊柳樹，一語雙關。❹玉門關　古關塞名。在今甘肅敦煌西。玉門關外，便是今日的新疆省。

【語譯】從西望去，黃河遠遠而來，彷彿從白雲間流出，只見一座孤城矗立在幾千丈的高山之間。羌笛何必吹〈折楊柳〉那種哀怨的調子呢？要知道春風是吹不到玉門關的，那裡長不出楊柳來啊！

【賞析】王之渙的〈出塞〉，又名〈涼州詞〉。也是一首詠邊塞的詩。《唐書・禮樂志》：「天寶間樂曲，皆以邊地為名，若涼州、甘州、伊州之類。」可知〈涼州詞〉是可以唱的，唐人薛用弱

《集異記》記載王昌齡、高適、王之渙三人，在旗亭畫壁的故事，也說明了唐人的絕句可唱，而王之渙的〈涼州詞〉，更是當時歌女們所喜愛詠唱的歌曲之一。只可惜王之渙的詩，今日傳世的只有六首。

這首詩前兩句描寫守邊時所看到塞上的風光，黃河從雲間來，涼州孤城，矗立在群山環抱中，刻畫出塞上孤高而又荒涼的情景，塑意真美。後兩句抒寫塞上戍邊的哀怨，但不直說，反而說羌笛何須吹〈折楊柳〉這類哀怨的調子，更徒增離人的愁怨，末以塞外無春作結，呼應上句。清李鍈《詩法易簡錄》云：「沈德潛云李于鱗推王昌齡『秦時明月』為壓卷，王元美推王翰『葡萄美酒』為壓卷，王新城尚書則云，必求壓卷，王維之『渭城』，李白之『白帝』，王昌齡之『奉帚平明』，王之渙之『黃河遠上』，其庶幾乎而終唐之世、絕句亦無出四章之右者矣。愚謂李益之『回樂峰前』，劉禹錫之『山圍故國』，杜牧之『煙籠寒水』，鄭谷之『揚子江頭』，氣象稍殊，亦堪接武。」以上所提及的各首絕句，該是唐人絕句中最出色的作品了。

317 清平調 三首其一

李白

雲想衣裳花想容，春風拂檻❶露華濃。若非群玉山❷頭見，會向瑤臺❸月下逢。

【韻　律】這是三首聯章的樂府絕，每首用韻不同，但詩意相承。第一首，全詩平仄合律。詩用下平聲二冬韻，韻腳是：容、濃、逢。末聯對結。

【注　釋】❶檻　指檻窗、檻櫺之類，是有格子的窗戶。❷群玉山　神話中的仙山，相傳為西王母所居住的地方。《穆天子傳》：「天子北征東還，乃循黑水，癸巳，至于群玉之山。」《山海經．西山經》：「玉山是西王母所居也。」注：「此山多玉石，因以名云。」群玉山，即玉山。❸瑤臺　神仙所居住的地方。屈原〈離騷〉：「望瑤臺之偃蹇兮，見有娀之佚女。」

【語　譯】看到了雲，就想起了她的衣裳，看到了花，就想起了她的容貌，當春風吹拂著窗櫺、露水正濃的時候。假若不是在群玉山頭會見過她，那便是在瑤臺月光下相逢過。

318

其　二

一枝紅豔❶露凝香，雲雨巫山枉斷腸❷。借問漢宮誰得似？可憐飛燕倚新粧❸。

【韻　律】每句平仄合律，詩用下平聲七陽韻，韻腳是：香、腸、粧。

【注　釋】❶一枝紅豔　指芍藥花，亦所以喻楊貴妃的豔麗。❷雲雨巫山枉斷腸　雲雨巫山，指楚襄王夢見巫山神女和他歡合的事。在此指巫山神女雖得襄王的寵幸，只是個虛妄的故事，徒然使她想念，為之悲傷難過。

而隱射貴妃的得寵沐恩，卻是實惠。❸可憐飛燕倚新粧　可憐，可愛的意思。飛燕，即趙飛燕，漢成帝時入宮，大幸，立為后。《漢書・外戚傳》：「孝成趙皇后本長安宮人，屬陽阿主家，學歌舞，號曰飛燕。成帝嘗微行，過陽阿主家作樂。上見飛燕而悅之，召入宮，後為皇后。」倚新粧，謂剛化好粧。伶玄《趙飛燕外傳》：「飛燕膏九曲沉水香，為卷髮，號新髻，為薄眉，號遠山黛，施小朱，號慵來粧。」

【語譯】一枝紅豔的花兒，沾濕了露水，彷彿香氣凝結在上面，而楚襄王夢見巫山神女和他歡合，只是個虛妄的故事，徒然使人感傷罷了。請問漢宮裡，有誰能夠和她相像呢？只有可愛的趙飛燕，當她剛化好粧，勉強可以跟她一比吧！

319

其三

名花傾國❶兩相歡，常得君王帶笑看。解識❷春風無限恨❸，沉香亭❹北倚闌干。

【韻律】每句平仄合律，詩用上平聲十四寒韻，韻腳是：歡、看、干。

【注釋】❶傾國　謂絕色的女子。〈李延年歌〉：「北方有佳人，絕世而獨立。一顧傾人城，再顧傾人國。寧不知、傾城與傾國，佳人難再得。」❷解識　猶言得識，即得以明白。一作解釋，是消除的意思。❸恨　嫉妒。❹沉香亭　亭名。在長安宮內興慶池邊，為玄宗與貴妃賞花的地方。

【語　譯】她像一朵名花，有傾國的美貌並且與君王兩相歡愛，因此能經常得到君王含笑地觀賞。要明白東風看了也會無限地嫉妒，當他們在沉香亭北依闌干賞花的時候。

【賞　析】〈清平調〉，是唐代新歌。樂史〈李翰林別集序〉云：「天寶中，李白供奉翰林，時禁中初種木芍藥，移植興慶池沉香亭前。會花開，上賞之，太真妃從，上曰：『賞名花，對妃子，焉用舊樂詞為？』命李龜年持金花牋，宣賜白，為〈清平樂〉詞三章。」可知李白的〈清平調〉三首是新詞以配舊曲，宋王灼的《碧雞漫志》也記載此事，並說明唐代的絕句可以入歌的，除了〈清平調〉以外，還有〈竹枝詞〉、〈浪淘沙〉、〈拋球樂〉、〈楊柳枝〉、〈涼州詞〉、〈何滿子〉、〈念奴嬌〉等，惟歌唱時，往往加入些「和送聲」或「散聲」，使整齊的五七言詩，變成了參差的長短句，而漸漸地演變為詞。

李白的〈清平調〉，一名〈詠芍藥〉，三首聯章，內容一貫，拿芍藥的美，以頌楊貴妃的嬌媚。第一章，詠貴妃的美，從衣裳容貌說起，以雲與花為喻，聯想成彩，接著以芍藥承春風露華的滋潤，越發嬌豔。三四句以仙境為譬，言不是群玉山見過，便是在瑤臺見過，以仙子喻貴妃，美意已生。第二章，再由花說起，芍藥承露而紅豔，如同貴妃承君的恩寵一樣。並引楚襄王與巫山神女會合的事相比，那只是虛妄的，更襯托貴妃的承恩，非夢境而是事實。後兩句引漢宮趙飛燕與貴妃相較，越見貴妃的國色天香。後李白受高力士的讒謗，便由此句所引起；然李白不羈之才，也非宮廷御用所能容納得了。第三章，以名花貴妃並提，由於絕色傾國，更能得君王的歡愛。三四句倒裝，轉說當沉香亭花開，君王對妃子、賞名花，像這種情景，連東風見了也會生嫉的。清沈德潛《唐詩別裁》云：「三章合花與人言之，風流旖旎，絕世丰神。或謂首章詠妃子，次章詠花，三章合詠，殊近執滯。」

320　金縷衣

杜秋娘

勸君莫惜金縷衣❶，勸君惜取少年時。花開堪折直須折❷，莫待無花空折枝。

【作　者】杜秋娘，她本是金陵（即今南京市）的女子，年十五為李錡妾。錡滅籍，入宮，穆宗命為皇子傅姆，漳王廢，賜歸故里。《舊唐書》和《新唐書》均無收錄她的傳，杜牧有〈杜秋娘〉詩并序，可視為她的小傳。

【韻　律】這是一首樂府絕，全句平仄均不合律。詩用上平聲四支韻，韻腳是：時、枝。首句末字「衣」字，是借用五微鄰韻。

【注　釋】❶金縷衣　用金線織成的衣裳，喻華麗的衣服。❷花開堪折直須折　堪，可也。直須，必須直接地。

【語　譯】奉勸你不必愛惜金縷衣，奉勸你能愛惜年少青春的時光！花開時可以攀折，就必須直接折取，不要等待花兒謝了，只有攀折空枝。

【賞析】這是唐代產生的一首新歌，《樂府詩集》將它列在近代曲辭中，並題為李錡作，《全唐詩》將此詩視為無名氏作，蘅塘退士題為杜秋娘作。讀她的詩，想望其人，定是個敏慧的女子，難怪唐人羅隱〈金陵思古〉詩云：「杜秋在時花解語，杜秋死後花更繁。」讀杜牧的〈杜秋娘〉詩，可知她晚年困頓，但她的〈金縷衣〉詩，卻永垂人間。

此詩在勸人珍惜年少青春的時光，有「少壯不努力，老大徒傷悲」之意。前兩句用對比手法寫成，言金縷衣雖珍貴，然尚可再得，無須珍惜；而青春年少，每人只有一回，人生有如單行道，一去不能復返，所以更當珍惜。後兩句以折花為喻，如錯過青春時光，就如同折取空枝，徒負悲傷，又有何益？勉人奮發，及時而為。詩能陶冶性情，澄清心靈；也能啟迪人生，發人深省。

附錄

詩韻簡易錄

上平聲

一東

東蝀同銅桐峒筒筩童僮瞳曈艟潼中忠衷沖种忡盅
蟲終螽崇漴嵩崧菘戎弓躬宮融雄熊穹窮馮風楓豐
灃酆充隆癃窿空倥公工釭攻蒙濛朦艨瞢懵籠聾瓏
礱龐櫳洪烘紅虹訌鴻叢潨翁蓊悤聰驄總從騣椶通
侗逢蓬篷

二冬

冬鼕宗琮淙農濃儂憹穠醲松淞鬆重鍾鐘艟容蓉溶
鎔榕庸墉鏞傭封葑丰匈洶胸凶兇逢縫彤禺喁顒雍
邕灉癰壅從縱蹤鏦茸蛩邛共供恭龔

三江

江杠扛矼釭舡豇尨哤窗邦降洚瀧雙艭腔撞幢鬃

四支

支枝肢脂知之芝祗咨資姿貲緇輜錙茲滋孳孜池馳
篪遲墀持治雎癡疵髭螭魑差笞蚩嗤媸司思颸緦絲
私斯撕廝師篩獅施尸屍詩詞祠時塒鰣匙褆茨瓷辭
慈磁移簃夷洟痍遺彝頤怡貽飴疑嶷宜檥儀倪涯崖

尼怩奇錡琦騎岐歧祇祁耆鰭其期棊旗祺淇騏麒戲
羲犧曦蓰絺瓻嬉僖嘻禧熹熙伊咿猗漪椅醫噫離籬
醨罹漓璃褵麗驪鸝蠡棃黎黧犂釐嫠貍欺圯姬其箕
基朞奇羈畸飢肌姬規龜危窺虧為帷嬀萎逶誰錐椎
鎚槌垂陲隨隋騅推纍羸蘺追綏雖睢衰吹炊卑俾碑
陴椑麾悲眉湄嵋楣郿縻糜靡披丕皮陂疲兒而

五微

微薇非菲扉斐誹霏緋妃飛肥淝幾機饑譏璣磯鞿希
稀晞欷衣依沂祈頎旂畿韋違幃闈圍威葳揮暉輝徽
褘翬巍歸

六魚

魚漁如茹洳余予妤歟譽旟璵畬輿餘於淤書舒紓胥
糈樗摴攄疏蔬梳虛噓墟歔初居裾琚据車諸豬瀦且
苴沮蛆雎趄疽狙鉏耡駔除滁儲躇渠蕖蘧醵閭櫚廬

驢
臚

七虞

虞娛麌禺嵎隅喁愚俞逾渝覦窬瑜榆揄踰毹愉歈臾
腴萸瘐諛儒孺濡醹襦于迂盂竽吁盱紆昫姁輸需繻
須鬚區嶇軀驅樞趨朱珠侏硃邾銖洙茱株誅蛛姝殊
除瞿癯衢氍鸜夫扶蚨芙苻符鳧孚俘桴郛敷膚夫鈇
無蕪巫毋誣廡壺吾梧齬吳蜈胡湖瑚葫餬狐孤菰瓠
觚弧呱姑沽酤蛄鴣枯烏嗚鄔乎芻麤粗徂租蒩刳呼
蒲捕逋晡餔鋪都闍圖途塗徒鍍屠瘏菟盧罏鑪壚顱
瀘蘆鱸艫奴孥駑弩模謨膜嫫婁鏤

八齊

齊臍躋黎棃犂藜瓈黧蠡驪鸝妻萋淒悽谿隄提題蹄
嗁啼低詆羝柢鵜綈騠褆梯雞稽嵇笄乩齏齎兮奚蹊
翳倪蜺蓖霓輗西栖棲犀嘶梯鼙迷泥圭閨奎袿睽攜

畦鑴

九佳

佳街鞋厓涯捱睚牌排俳乖懷淮叉釵差柴齋豺儕埋

霾皆階偕喈楷諧揩蝸媧蛙娃哇

十灰

灰恢詼豗虺魁悝隈煨偎回迴洄徊枚梅莓每媒煤瑰

傀雷罍隤頹嵬隗槐桅崔催摧漼縗堆鎚推陪培裴杯

醅坏咍開哀埃欸臺抬儓薹苔駘該垓陔荄才材財裁

栽纔來萊崍徠哉災猜胎台邰顋罳孩皚獃

十一真

真禛稹嗔瞋振甄珍遵身娠申伸呻紳人仁神辰晨宸

脣漘純紉蓴醇鶉錞犉臣陳塵填辛莘新薪親荀洵詢
郇恂峋鄰麟鱗粼嶙磷燐轔頻顰嚬蘋貧賓儐濱嬪彬
豳寅夤因茵湮堙闉駰銀垠誾齗狺鄞嚚巾津蓁榛溱
臻墐[illegible]逡皴竣悛民泯珉岷緡旻閩春椿淪倫綸輪掄
論屯迍窀勻旬巡徇循馴紃秦螓諄肫均鈞

十二文

文紋雯汶蚊聞枌棼汾氛焚賁墳濆分紛雰芬棻云雲
沄妘耘紜芸員鄖氳熅蘊醞君群裙宭麇軍皸熏薰焄
曛醺纁葷殷慇勤懃慬斤芹筋欣昕

十三元

元原源嫄沅垣洹園袁轅猿爰圈湲援媛冤鴛[illegible]蜿宛
鵷眢暄萱喧狟諼塤軒掀犍言甗蹇煩番蕃墦燔膰蹯
潘翻幡旛璠繙藩樊礬繁蘩魂沄渾緷褌昆琨崑鯤鵾
溫縕薀門捫亹孫飧蓀尊罇蹲存敦墩惇暾焞屯豚臀

芚燉村盆溢奔賁論掄崙綸侖坤髡昏婚閽惛歕噴痕
根跟恩吞

十四寒

寒韓翰榦邗頇鼾看刊干竿肝玕杆奸豻安鞍丹殫簞
癉殫鄲灘歎攤珊跚壇檀彈殘餐闌瀾蘭爛讕丸完桓
紈莞萑皖歡驩寬官倌棺觀冠湍酸痠鑽攢團剸摶鸞
鑾欒巒圞孌漫謾瞞顢蹣鏝般盤磐瘢潘蟠磻胖鞶弁

十五刪

刪潸關彎灣蠻還環闤鐶鬟圜寰湲鍰患攀姦菅顏班
斑頒扳般山訕孱潺僝頑閑憪嫺鷳閒間艱慳殷鰥斕

下平聲

一先

先跣仙鮮宣千芊阡牽戔箋愆褰騫搴遷躚詮銓拴荃
筌痊全錢泉前乾虔鍵犍旋漩璇鏇延涎梴筵綖鋋蜒
沿賢弦絃舷煙湮燕咽妍趼焉蔫鄢嫣扁編鯿蹁褊邊
籩篇偏翩鞭胼軿駢便眠緜棉緡肩堅濺韉煎湔媊鬋
鐫天顛巔癲田佃畋鈿滇填闐連蓮漣鏈鰱憐然禪嬋
蟬船邅鱣淵懸涓鵑狷娟湲羶扇煽穿川專栴旃饘氈
鸇傳椽廛纏躔甎顓遄鳶緣玄員圓卷棬惓蜷鬈拳權
攣顴年籛

二蕭

蕭簫瀟消宵霄逍綃銷蛸硝魈翛梟囂枵刁凋彫雕鵰
苕岧迢髫齠調蜩條挑祧朓跳佻幺要腰喓邀徼夭妖
嬌驕矯椒焦蕉噍鷦鷯聊瞭嘹遼嫽鐐繚潦燎寥堯嶢
僥驍嬈超朝潮鼂饒橈蕘姚遙搖謠瑤猺颻鰩軺樵譙

憔喬僑嶠橋轎蕎翹漂僄嫖飄瓢飈剽標鑣摽苗描貓
燒韶軺

三肴

肴淆崤殽爻交郊蛟教膠轇巢鐃譊撓呶梢艄捎髾鞘
筲茅哮包胞苞泡拋庖炮跑匏咆敲磽鈔訬嘲坳凹窅
謷

四豪

豪濠壕號嗥高篙蒿膏皋槔羔餻勞嘮澇撈癆牢醪毛
氂旄髦叨弢饕絛韜滔洮刀忉舠搔騷臊繅艘陶淘萄
醄綯逃咷桃鼗濤燾曹遭嘈槽漕艚螬敖遨熬嗷螯璈
鼇驁鏖袍褒操猱

五歌

歌哥柯牁戈過珂軻訶苛呵阿娿痾何河荷瑳搓磋蹉
嵯鹺艖娑莎挲梭唆蓑禾和科蝌窠髁俄哦娥峨蛾莪
鵝訛多羅囉蘿籮鑼邏螺騾贏蛇佗沱陀跎酡駝鼉馱
他拖挼鄱那皤婆磨摩魔渦蝸堝波坡陂頗嶓茄迦伽

六麻

麻蟆華譁驊花瓜夸誇胯加嘉家珈迦枷痂笳霞遐蝦
瑕豭葭邪琊耶椰揶斜車奢賒巴葩鈀疤爬杷琶丫鴉
椏啞叉衩差嗟紗沙裟牙枒衙茶闍佘蛇查楂渣撾拏
窪哇呱靴

七陽

陽揚楊暘颺鍚煬瘍羊佯詳祥庠翔強戕檣牆嬙梁粱
糧涼良量香鄉薌相湘廂箱緗襄鑲驤將漿醬姜薑僵
疆韁槍蹌鏘羌蜣央秧怏泱殃鞅鴦方芳妨枋坊祊光
洸桄王皇徨篁遑鳳煌艎隍惶黃簧潢璜狂亡忘望房

牀常嘗償裳當簹璫襠鐺霜孀驦桑喪康糠慷章彰樟
漳鄣張昌倡猖菖閶長腸唐塘螗糖堂棠郎廊浪踉琅
狼榔囊倉滄蒼創瘡岡綱剛鋼荒盲旁傍防汪忙邙茫
臧贓滂磅昂航杭行吭頏彭

八庚

庚鶊更秔羹耕京荊驚莖精晶菁蜻睛旌英瑛嬰嚶櫻
攖纓甖鸚鶯清卿輕傾情晴擎檠黥鯨迎行盈楹嬴贏
營塋平評枰苹坪怦伻名明鳴兵并聲生笙牲甥振正
貞楨禎爭箏猙征鉦成城誠盛呈程酲兄瓊煢榮嶸瑩
縈榮橙萌盟氓鏗宏閎翃泓紘甍訇轟錚衡蘅橫璜觥
亨撐

九青

青星惺醒腥猩經涇馨形刑型邢鉶寧冥溟瞑螟蓂銘
丁釘玎仃汀町聽廳廷庭霆蜓亭渟婷靈櫺伶泠玲鈴

聆舲苓囹羚鴒翎蛉經涇馨熒螢扃坰萍娉

十蒸

蒸烝承丞澄懲仍層曾乘塍繩澠升昇勝曾增憎矰罾
僧繒甑徵癥陵淩凌菱輘膺應鷹譍凝興兢矜凭冰馮
憑登燈滕藤籐謄騰能朋鵬棱楞恆弘肱

十一尤

尤疣郵由油遊蝣儵酋遒猶猷蝤憂優攸悠幽呦嘔謳
漚歐甌鷗求裘毬逑球仇讎酬綢惆稠輈籌儔躊疇柔
揉蹂愁囚泅虯牛丘抽瘳秋鍬湫愀楸收搜修羞廋颼
蒐休庥髹貅舟州洲糾周賙鄒搊謅騶鄹陬諏矛蟊鍪
牟侔眸謀繆不芣罘抔浮蜉棓踣瓿裒頭投骰偷婁樓
塿髏褸摟簍螻流琉旒留遛榴騮劉瀏鏐侯猴喉篌餱
勾鉤軥溝篝韝兜

十二侵

侵駸今金禁襟音愔陰瘖尋潯岑涔壬任姙紝淫森參

葠簪斟鍼箴砧忱椹沉林霖淋臨琴禽擒檎黔心欽衾

吟

十三覃

覃譚潭蟫醰曇壜參驂南楠男庵盦諳含函涵嵐婪蠶

簪貪探耽眈湛龕堪鬖弇談痰甘柑擔儋甔三藍籃檻

真慙酣邯憨

十四鹽

鹽阽檐廉濂鐮簾匳砭銛纖摻籤僉詹瞻譫占苫沾蟾

幨枏黏炎霑覘淹崦尖殲潛箝黔鉗鈐厭添甜恬謙兼

傔蒹鵮鰜餂拈嚴巖

十五咸

咸鹼緘杉喦喃讒饞巉欃銜嗛嚴巖杉芟凡帆監颿嵌

函

上聲

一董

董懂蝀恫峒桶動攏籠俸唪菶矇懵總傯嵷孔空汞滃

蓊

二腫

腫種踵寵隴壟擁壅甬俑涌湧踊踴慂蛹拱珙鞏悚竦
慫聳恐奉捧重冢宂茸

三講

講港棒蚌項

四紙

紙只咫枳旨指是諟氏士仕俟涘市視峙恃塒始史使
駛矢水死弛豕侈哆舐爾邇徙屣璽釃揣捶箠蘂靡蘼
彼被俾埤此髀婢泚紫觜呰髓累壘㠥漯耒誄技妓掎
倚綺觭旖蟻艤褫豸阤邐旎迤企跂姽委蔿毀燬詭桅
跪庪仳弭敉羋瞇姊秭兕黹雉履唯癸揆几机跽洧巋
軌簋晷匭宄鄙否企圮美匕比妣秕止趾址芷祉時齒
苢耳珥滓葸子仔耔梓似姒巳祀汜耜徵耻里理悝娌
季以已苡矣唉喜蟢起杞屺己紀擬你

五尾

尾鬼偉葦韙煒瑋螘卉虺幾亹豨斐誹悱菲榧蟣豈晞

六語

語圄圉齬禦呂侶旅膂紵苧貯佇予抒杼與嶼渚楮褚
煮汝茹暑黍杵處醑女許巨距炬鉅秬詎所楚礎阻沮
俎舉莒筥敘漵序緒墅

七麌

麌雨羽禹宇舞父府俯腑鼓虎古估詁牯股賈蠱土吐
譜圃庾戶樹麈煦怙琥嶁鹵滷怒罟肚膴嫵扈滬鬴輔
祖組乳弩補魯櫓艣堵覩賭豎腐數簿普姥拊侮五伍
廡斧聚午縷部柱矩武甫脯黼苦撫浦主炷拄杜隖愈

祜扈虜滸怒詡栩傴

八薺

薺禮體啟米澧醴陛洗邸底詆抵牴柢弟悌涕遞濟蠡禰徯醍緹

九蟹

蟹解駭買灑楷獬澥騃鍇擺罷枴矮

十賄

賄悔改采彩綵海在罪宰餧醢載鎧愷待怠殆倍猥隗蕾儡骰紿欵塏每亥乃

十一軫

軫敏允引蚓尹盡忍準隼筍盾楯閔憫泯囷菌眕哂腎
牝臏賑蜃隕殞蠢緊狁愍吮朕稹

十二吻

吻粉蘊憤隱近忿槿墳昋听齔刎抆

十三阮

阮遠本晚苑返反飯阪損偃堰衮遁遯穩蹇巘楗婉蜿
宛琬閫悃捆壼鯀撙很懇墾畚圈綣混沌娩烜焜棍

十四旱

旱煖管琯滿短館緩盥盌款嬾散繖傘卵伴誕罕澣瓚
纘斷侃算暵但坦袒蜑稈悍亶窾纂趲

十五潸

潸眼簡版琖產限撰棧綰赧剗孱僝柬揀

十六銑

銑善遣淺典轉衍犬選免勉輦冕展蘚辯辨篆翦卷顯
餞踐眄喘蘚輭蹇謇演峴棧舛扁臠兗孌跣腆鮮件璉
泫單畎褊惼殄靦緬湎鍵燹狷諞

十七篠

篠小表鳥了曉少擾繞遶嬈紹杪秒沼眇渺矯蓼皎皦
瞭繚燎杳窅窈窕嫋裊挑掉肇湫旐標慓摽縹藐撟殍
悄愀兆夭嬌

十八巧

巧飽卯泖昴爪鮑撓攪狡絞姣拗炒

十九皓

皓寶藻早棗老好道稻造腦碯惱島倒禱擣抱討考燥
掃嫂槁縞潦保葆堡褓鴇槀草皞昊浩顥灝鎬皁襖燠
蚤澡栲媼

二十哿

哿火舸瑳鞸柁拕沱我娜可叵坷軻左果裹朵垛鎖瑣
璅墮惰妥坐麼裸蠃蓏跛簸頗禍夥顆

二十一馬

馬下者野雅瓦寡社寫瀉夏廈冶也把賈假捨赭斝椵
惹若姐啞灺且灑

二十二養

養瀁痒鞅怏泱象像橡仰朗獎槳敞氅廠昶枉顙強穰
沆盪蕩惘昉放仿倣兩帑黨讜儻曩丈杖仗響嚮掌想
榜爽廣享晃滉幌莽漭蟒繈襁紡蔣攘盎髒長上罔網
輞壤賞往怳慷

二十三梗

梗影景井領嶺境警請屏餅永騁逞潁穎頃整靜省幸
眚頸郢猛丙炳癭杏打綆哽鯁秉耿憬荇併皿靚艋蜢
冷請

二十四迥

迥炯茗挺梃艇町酊醒溟剄竝等鼎頂詗婞脛肯濘拯
酩

二十五有

有酒首手口後柳友婦斗狗久負厚叟走守綬右否醜
受牖偶耦阜九后咎藪吼帚垢畝狃紐鈕舅藕朽臼附
韭剖缶酉扣瓿黝耇蔻丑苟糗某玖拇紂糾嗾忸蚪赳
陡毆

二十六寢

寢飲錦品枕甚審廩衽稔稟葚沈凜懍噤瀋諗荏嬸

二十七感

感覽擥欖膽澹噉坎慘敢頷闇萏撼毯槧晻菡喊揜橄

嵌 欿

二十八儉

儉 琰 琰 斂 險 檢 臉 瀲 染 奄 掩 簞 點 貶 冉 苒 陝 諂 漸 玷 忝 剡 颭 芡 閃 歉 慊 儼 渰

二十九豏

豏 檻 範 減 艦 犯 湛 斬 黯 范 喊 濫 巉 歉 摻

去聲

一送

送 夢 鳳 洞 眾 甕 弄 貢 凍 痛 棟 仲 中 糉 諷 慟 空 控 哄 侗 鬨

哄

二宋

宋重用頌誦統縱訟種綜俸共供從縫封壅

三絳

絳降巷戇撞淙

四寘

寘置事地意志治思淚吏賜字義利器位戲至次累偽
寺侍瑞智記異致備肆翠騎使試類棄餌媚鼻易轡墜
醉議翅避笥幟粹誼帥廁寄睡忌貳萃穗二帔臂嗣吹
遂恣四驥季刺駟泗識痣誌寐魅邃燧隧穎謚熾飼食
被芰懿悸覬冀暨媿匱饋簣恚比庇畀悶泌祕鷙贄觶

躓漬穊遲祟珥示伺嗜自詈荔莅莉緻輊譬彗肆惴懟
縊啻企為糒膩施遺縋摯錗

五未

未味氣貴費沸尉慰蔚畏魏緯胃渭謂彙諱卉毅溉既
翡餼

六御

御處去慮與譽署據馭曙助絮著翥箸豫恕濾庶疏詛
預倨茹語踞鋸沮洳淤瘀澦蕷醵鐻歟詎

七遇

遇路潞璐露鷺輅賂樹澍度渡賦布步固痼錮素具數
怒務婺霧鶩騖附兔故雇顧句墓暮慕募注註住駐炷

胙祚阼裕誤悟晤寤戍庫護屨訴蠹妒懼趣娶鑄絝胯
傅付諭嫗捕哺芋汙忤厝措錯醋鮒祔仆赴賻酺惡互
孺怖煦寓沍酤瓠吐鋪泝屢塑訃

八霽

霽濟制製計勢世麗歲衛第藝慧幣砌滯際厲涕睇契
敝獘斃蔽帝蒂髻銳戾裔袂繫祭隸閉逝綴翳細桂稅
壻例誓筮蕙偈詣礪勵瘞噬繼脃諦系叡曳憩睨沴柮
禘薊擠眥禊嬖棣說彘荔泥蜺唳薙澨薜羿謎

九泰

泰帶外蓋大沛旆霈賴瀨籟蔡害會繪最貝靄藹艾兌
匃柰會儈檜膾澮獪鄶薈磕太汰癩蜕酹狽

十卦

卦挂懈廨隘賣畫瘥派債怪壞戒誡介价芥界疥械薤
拜湃快邁話敗曬稗瘵屆聵憊殺鎩噲蒉解喟唄寨

十一隊

隊內塞愛曖輩佩代岱貸黛退載碎態背穢菜對廢誨
晦昧妹礙戴配喙潰憒賚吠肺逮埭概溉慨嘅愾耒塊
繢乂刈碓賽耐悖誖倅睟淬磑纇焙在再欬痗酹瓈睞
徠采襶北瑇悔

十二震

震信印進潤陣鎮振刃仞軔順慎儐鬢殯擯晉搢駿峻
儁畯餕閏舜吝燼汛訊迅釁瞬襯櫬僅藎墐殣饉覲濬
藺躪憖侚殉賑璡瑾趁齔靭

十三問

問聞運暈韻訓糞奮忿分醞慍縕郡紊抆汶僨靳近斤
攟拚

十四願

願愿怨券勸恨論萬販飯曼蔓寸巽困頓遁遯建健憲
獻鈍悶嫩遜遠慁褪畹圈

十五翰

翰岸漢斷亂幹榦灌觀冠歎難散旦算半畔貫按案汗
閈炭贊讚漫幔縵玩爨竄攛粲璨燦爛喚煥渙換悍扞
彈憚段看判叛絆惋旰讕泮滤墁館

十六諫

諫雁贗澗閒患慢盼辦豢晏鷃棧慣串莧綻幻訕丱綰

縵 辦 疝 篡

十七霰

霰 殿 面 縣 變 箭 戰 扇 煽 善 膳 繕 鄯 傳 見 現 硯 選 院 練 鍊
燕 醮 嚥 讌 宴 眷 賤 電 薦 狷 睊 絹 眷 彥 絢 掾 佃 甸 鈿 便 麪
線 倦 羨 堰 奠 徧 戀 轉 囀 釧 眩 倩 蒨 卞 汴 忭 弁 拚 片 禪 譴
諺 緣 顫 擅 援 媛 瑗 淀 澱 旋 唁 穿 茜 楝 揀 先 衒 炫 眩 遣 繾
洊

十八嘯

嘯 笑 照 詔 召 邵 劭 廟 妙 竅 要 曜 耀 調 釣 弔 叫 嘂 燎 嶠 少
徼 眺 朓 肖 陗 鞘 誚 哨 料 尿 剽 掉 鷂 糶 噭 燒 漂 醮 驃 蔦 摽

十九效

效教校較孝貌橈淖豹鬧罩踔窖鈔礉櫂棹覺

二十號

號冒帽報導盜操譟噪躁竈奧澳燠隩告誥暴好到倒蹈勞傲耄澇造悼纛鶩縞掃瀑靠糙

二十一箇

箇个個賀左佐作坷軻大餓那些過和挫剉課唾播簸磨坐座破臥貨磋惰銼

二十二禡

禡駕夜下謝榭罷夏暇霸灞嫁稼赦借藉炙蔗假化舍價射罵架亞婭罅跨麝咤怕訝詫迓蜡帊柘摴貰瀉杷乍壩

二十三漾

漾様養上望相將醬狀帳悵浪唱讓釀曠壯放向餉仗
暢量匠障滂尚漲訪舫貺嶂瘴亢抗吭炕當臟況王纊
鬯諒亮妄創愴掤喪兩傍碭恙颺閬旺償

二十四敬

敬命正政令性鏡盛行聖詠姓慶映病柄鄭勁競淨竟
獍孟迸聘穽諍泳請倩硬檠更敻併儆偵

二十五徑

徑定聽勝磬罄應乘媵贈佞稱鄧甑脛瑩證孕興經濘
醒錠暝賸剩凭凝鐙磴凳亘飣

二十六宥

宥候堠就售授壽繡宿奏富獸鬬漏陋守狩晝寇茂懋

舊胄宙袖岫柚覆復救廄臭幼右佑祐侑囿豆逗竇溜

莤構遘媾覯購透瘦漱鏤貿走詬究湊謬繆籀疚灸彀

畜耨柩驟繇甃首皺縐袤瞀咮姤又後后厚

二十七沁

沁飲禁任蔭讖浸祲譖鴆枕衽賃滲椹闖甚

二十八勘

勘暗濫啗擔憾纜瞰紺暫磡澹

二十九豔

豔劍念驗贍塹店占斂厭灩瀲墊欠槧窆僭釅坫砭殮
掞譫兼俺忝

三十陷

陷監鑑汎梵帆懺賺蘸讒劍淹站

入聲

一屋

屋木竹目服鵩福幅蝠輻祿碌穀轂熟孰谷肉族鹿轆
腹菊陸軸舳逐牧伏洑宿蓿讀犢瀆牘櫝黷轂復覆複
粥肅育縮哭斛戮畜蓄叔淑菽獨卜沐馥速祝鏃簇麓
蹙竹竺筑築穆睦啄鶩禿扑岴鸑燠澳隩暴瀑漉蔌僕
濮樸朴匊掬鞠鞫麴郁矗蹴夙餗匐觫倏勠

二沃

沃俗玉足曲粟燭屬綠錄籙辱獄毒局欲束告鵠酷蜀
促觸續浴縟褥矚旭蓐慾梏篤纛督贖勗

三覺

覺角桷埆榷嶽樂捉朔數斲卓踔琢諑涿倬剝駮駁眊
雹撲樸璞殼慤確濁濯櫂幄喔握渥犖學

四質

質日筆出黜室實疾嫉術一乙壹吉詰秩密蜜率律逸
佚軼帙抶泆失漆膝栗慄篥畢蹕恤卹橘溢瑟匹述七
叱卒蝨悉朮戌唧櫛暱窒必姪鎰秫帥桎汨

五物

物佛拂屈鬱乞訖迄吃掘崛紱弗茀髴勿詘熨欻不屹
倔黻

六月

月骨滑闕越鉞樾謁沒歿伐閥罰卒竭碣窟笏歇蠍發
髮突忽惚韤襪勃厥蹶蕨鶻訥粵悖餑兀杌紇矻猝捽
齕核曰刖

七曷

曷喝褐遏暍渴葛達㒓末沫闊活鉢脫奪割拔跋魃鈸
撻闥撥潑豁括聒抹秣卉薩掇獺撮怛刺斡袜

八黠

黠札猾鶻拔八察殺剎軋刖劼戛嘎揠茁獺刮帕刷

九屑

屑節雪絕結穴悅閱說血舌挈潔別莂缺裂熱抉決訣
鴂鐵滅折哲拙切澈轍徹撤咽噎傑設鼈齧劣碣掣譎
玦截竊綴埒訐餮瞥撇蹩臬闑媟昳列冽洌褻䬝絰巀
竭擷跌浙垤凸薛紲渫桀輟爇晢迭歠姪惙拮絜

十藥

藥薄惡略作樂洛落閣鶴爵爝弱約腳雀鵲幕壑索郭
鞹博錯躍若縛酌託拓削鐸勺杓灼鑿卻烙絡駱度諾
鄂萼諤鶚橐漠鑰籥著虐箬掠穫鑊蠖搏鍔霍藿嚼謔

廓綽爍鑠擭籰亳恪貉箈攫涸芍彴瘧爚粕格昨柝酢
斫摸堊噱瘼矍各

十一陌

陌石客白澤百伯迹宅席策碧籍格役帛戟壁驛額柏
魄積夕脈液冊尺隙逆畫闢赤易革脊獲翮屐適幘劇
戹磧隔益栅窄核覈舄擲責惜辟僻癖掖腋釋拍舶擇
礫軛摘射繹懌斥弈迫疫譯昔瘠蹐赫炙謫號腊簀賾
碩螫藉翟穸襞砉亦擗擘骼隻鯽珀膈嘖搤躑埸蜴幗
摑嶧斁蓆貊檗汐摭唶咋嚇躄刺

十二錫

錫壁歷曆櫪擊績勣笛敵滴摘鏑適嫡檄激寂翟覿逖
糴析晳淅覓溺狄荻冪鷁戚慼滌的喫甓霹靂瀝惕裼
踢剔礫櫟轢皪鬲汩闃鬩迪覡

十三職

職國得德食蝕色力翼墨極息直北黑飾賊刻則側塞
式軾域殖植敕飭棘惑默織匿億憶臆特勒劾慝仄昃
稷識逼克剋蜮即唧弋陟測惻翊泐肋亟殛忒閾湢愎

十四緝

緝輯戢揖葺立集色邑入泣溼習給十拾什襲及急岌
汲級笈吸澀粒汁蟄笠執隰唈縶翕歙挹廿

十五合

合答嗒塔榻納匝雜臘蠟蛤鴿閤蛤闔衲沓踏盍榼颯
搨搭拉遝靸

十六葉

葉帖貼妾接牒蝶諜堞屧喋獵疊捷睫篋頰攝躡懾協
挾俠莢鋏浹笈燮靨摺饁擪捻婕苶

十七洽

洽夾狹峽硤筴法甲呷胛柙匣業鄴壓鴨乏怯劫脅插
鍤歃牐押狎袷祫掐

新譯李商隱詩選
新譯范文正公選集
新譯蘇洵文選
新譯蘇軾文選
新譯蘇軾詞選
新譯蘇轍文選
新譯曾鞏文選
新譯王安石文選
新譯唐宋八大家文選
新譯柳永詞集
新譯李清照集
新譯辛棄疾詞選
新譯陸游詩文選
新譯歸有光文選
新譯唐順之詩文選
新譯徐渭詩文選
新譯薑齋文集
新譯顧亭林文集
新譯納蘭性德詞
新譯方苞文選
新譯鄭板橋集
新譯袁枚詩文選
新譯李慈銘詩文選
新譯聊齋誌異選
新譯閱微草堂筆記
新譯浮生六記
新譯弘一大師詩詞全編

教育類

新譯爾雅讀本
新譯顏氏家訓
新譯聰訓齋語
新譯曾文正公家書
新譯三字經
新譯百家姓
新譯幼學瓊林
新譯增廣賢文・千字文
新譯格言聯璧

歷史類

新譯史記
新譯漢書
新譯後漢書
新譯三國志
新譯資治通鑑
新譯史記——名篇精選
新譯尚書讀本
新譯周禮讀本
新譯逸周書
新譯左傳讀本
新譯公羊傳
新譯穀梁傳
新譯春秋穀梁傳
新譯戰國策
新譯國語讀本
新譯說苑讀本
新譯新序讀本
新譯吳越春秋
新譯西京雜記
新譯列女傳
新譯越絕書
新譯燕丹子
新譯東萊博議
新譯唐六典
新譯唐摭言

宗教類

新譯金剛經
新譯高僧傳
新譯碧巖集
新譯百喻經
新譯楞嚴經
新譯梵網經
新譯圓覺經
新譯法句經
新譯六祖壇經
新譯禪林寶訓
新譯維摩詰經
新譯經律異相
新譯阿彌陀經
新譯無量壽經
新譯妙法蓮華經
新譯景德傳燈錄
新譯大乘起信論
新譯釋禪波羅蜜
新譯八識規矩頌
新譯永嘉大師證道歌
新譯華嚴經入法界品
新譯地藏菩薩本願經
新譯悟真篇
新譯无能子
新譯坐忘論
新譯列仙傳
新譯抱朴子
新譯神仙傳
新譯性命圭旨
新譯老子想爾注
新譯周易參同契
新譯道門觀心經
新譯養性延命錄
新譯樂育堂語錄
新譯沖虛至德真經
新譯長春真人西遊記
新譯黃庭經・陰符經

地志類

新譯山海經
新譯水經注
新譯佛國記
新譯大唐西域記
新譯洛陽伽藍記
新譯徐霞客遊記
新譯東京夢華錄

政事類

新譯商君書
新譯鹽鐵論
新譯貞觀政要

軍事類

新譯孫子讀本
新譯司馬法
新譯尉繚子
新譯三略讀本
新譯六韜讀本
新譯吳子讀本
新譯李衛公問對

◎新譯樂府詩選

溫洪隆、溫強／注譯

「樂府詩」最初指的是由樂府採集、可以配樂演唱的詩歌，主政者可以藉此觀風俗，知民情。由於它來自民間，語言大都生動形象，樸素自然，為古典詩歌注入一股清涼活水，啟發、滋養無數詩人效法創作。宋朝郭茂倩所編的《樂府詩集》，收錄上起陶唐，下至五代的樂府歌辭，內容徵引浩博，被譽為「樂府中第一善本」。本書依其分類，選錄二一二首樂府詩精華加以注譯研析，引領讀者進入樂府詩歌的無邪世界中遨遊。

國家圖書館出版品預行編目資料

新譯唐詩三百首／邱燮友注譯.－－六版十刷.－－臺北市：三民，2023
面；　公分.－－(古籍今注新譯叢書)

ISBN 978-957-14-3023-2（平裝）

831.4　　80001488

古籍今注新譯叢書

新譯唐詩三百首

注譯者　邱燮友
注音者　戴明坤

發行人　劉振強
出版者　三民書局股份有限公司
地　址　臺北市復興北路 386 號 (復北門市)
　　　　臺北市重慶南路一段 61 號 (重南門市)
電　話　(02)25006600
網　址　三民網路書店 https://www.sanmin.com.tw

出版日期　初版一刷 1973 年 5 月
　　　　　五版六刷 2012 年 5 月修正
　　　　　六版一刷 2012 年 10 月
　　　　　六版十刷 2023 年 3 月
書籍編號　S030270
ISBN　978-957-14-3023-2